HISTOIRE DES NAVAJOS

JEAN-LOUIS RIEUPEYROUT

Histoire des
NAVAJOS

Une saga indienne
1540-1990

Albin Michel

ISBN 2-226-05317-4

Sommaire

Troisième partie
LA NOUVELLE « LONGUE MARCHE » (1900-1990)

Prologue

1. LA TERRE DES GRANDS HORIZONS —
YAH-TA-HEY![1]

Quand la diligence et son escorte de cavaliers en uniforme bleu débouchèrent du chemin rocailleux contournant Merrick Butte, l'homme au feutre gris brailla : « Roulez ! » D'un geste machinal, il rajusta ses lunettes dont l'un des verres disparaissait sous un cache de tissu noir solidaire d'un élastique ceignant sa tête. Puis, remâchant son cigare éteint, il s'assit lourdement dans un fauteuil pliant au dossier de toile portant son nom : JOHN FORD[2]. A son côté, autour de la caméra, toute l'équipe, regards tendus, observait la frêle patache cahotant en contrebas dans l'immense décor de la vallée, bornée de gigantesques monolithes de grès rouge dressés sous le ciel ensoleillé.

Un « plan » d'une magnifique ampleur. Et par lequel, Monument Valley, partie intégrante de la réserve des Navajos, devait sans retard accéder à la gloire cinématographique, et *La Chevauchée fantastique* (*Stagecoach*) devenir un succès populaire universel.

L'archétype même du western, aux yeux de millions et de millions de spectateurs depuis 1939 jusqu'à nos jours. Huit autres films du vieux maître d'Hollywood ancrèrent par la suite les images de ce prodigieux « plateau » dans la mémoire collective. Aujourd'hui encore, les touristes, fascinés, le peuplent des personnages quasi mythiques brusquement surgis, à son spectacle, sur l'écran de leurs souvenirs.

Monument Valley Navajo Tribal Park n'occupe qu'une partie réduite (3 900 km²) de la plus grande réserve indienne (64 750 km²) des États-Unis. Devenue comme une Mecque du tourisme international et pour cela dotée d'aménagements capables de satisfaire une clientèle cosmopolite, la vallée n'est qu'une prestigieuse vitrine sur un paysage d'une exceptionnelle et rude beauté d'où la vraie vie navajo est presque absente. Il faut la rechercher ailleurs, dans les profondeurs d'un territoire généralement ignoré du touriste toujours pressé. Là, où, sous des horizons d'une stupéfiante majesté, la terre navajo — traits physiques et climat — conditionne les travaux et les jours du peuple qu'elle a vu naître et grandir au cours du temps.

Zones d'altitude : un bonheur mesuré

Dans sa configuration présente, la réserve des Navajos empiète, en d'inégales proportions, sur trois États du Sud-Ouest des États-Unis : Arizona (46 000 km², 97 780 habitants [3]), Utah (6 000 km², 4 731 habitants) et Nouveau-Mexique. Ce dernier, outre les 10 000 km² de la réserve proprement dite, abrite trois petites communautés qui en sont écartés : Ramah (558 km², 2 000 habitants environ) contiguë à Zuñi Pueblo ; Canoncito (307 km², 1 200 habitants), près de Laguna Pueblo et Alamo (236 km²), au sud de la précédente. Par ailleurs, nombre de familles vivent hors réserve, à l'est, sur le domaine public, dans un secteur [4] relativement bien irrigué grâce à des aménagements récents et riches de ressources minérales. D'où, au Nouveau-Mexique, une population navajo forte de 70 507 membres.

Géographiquement, la réserve s'inscrit dans la zone méridionale du plateau du Colorado (1 000 à 3 100 m d'altitude). Elle s'y articule sur de longs alignements montagneux orientés sud-est-nord-ouest qui enjambent la limite Arizona/Nouveau-Mexique. Au sud-est, les monts Chuska, entamés par le col Washington, présentent un profil de haute mesa (900 m au-dessus des plaines environnantes) tapissée d'une riche forêt de conifères qui enserrent, sur sa ligne de faîte, un chapelet de petits lacs. Plus au nord, le bloc des monts Tunicha-Lukachukai aligne des arêtes aiguës (2 700 à 2 900 m) aux versants plus raides à l'est qu'à l'ouest. Enfin, nettement détachés en avant-garde septentrionale, les monts Carrizo culminent à 2 800 m, tout en observant de loin l'étrange formation de lave solidifiée qui se dresse, solitaire, à l'orient et baptisée Ship Rock (2 153 m) ou Tse Bi Dahi (« le Rocher ailé ») pour les Navajos.

Ce système montagneux majeur sépare radicalement l'est de l'ouest de la réserve. Il trouve à l'occident une réplique amoindrie, aux traits physiques différents, avec la Black Mesa (Arizona) et Navajo Mountain (3 116 m, Utah) qui domine le Rainbow Plateau en bordure duquel s'arrondit le célèbre Rainbow Bridge. A deux pas du lac Powell alimenté par les eaux du Colorado et de son affluent, la San Juan, retenues par le barrage de Glen Canyon. Aux disparités physiques de ces complexes d'altitude correspondent celles du climat qui privilégie les massifs orientaux par des précipitations, pluie et neige, d'une moyenne annuelle de 54 cm. Une générosité suffisante pour nourrir au printemps les modestes cours d'eau (*washes* ou *arroyos*) descendus de leurs gorges et garantir la vitalité d'une forêt, en majorité de conifères, d'où la tribu tire une partie de ses revenus. L'été assèche ces oueds qui n'espèrent plus alors que le déluge ponctuel des orages pour rejoindre la vallée de la Chinle, à l'ouest (via le canyon de Chelly) et celle de la Chaco, à l'est.

Mesas, canyons et désert : une redoutable précarité

De part et d'autre de ces zones d'altitude (8 % de la superficie de la réserve) s'étendent des plaines ondulées (1 000 à 2 000 m) dominées par un réseau complexe de mesas, elles-mêmes striées de canyons tortueux et de gorges labyrinthiques. Ailleurs, dans la zone semi-aride, se dressent des buttes de grès isolées, des pinacles aux formes étranges modelées et remodelées par le vent et les pluies d'orages toujours désirés. Leur venue, trop épisodique, n'abreuve pourtant que chichement une terre dont la mince couche végétale, encore présente sur 27 % environ de la superficie de la réserve, ne résiste guère ni à l'érosion ni au surpâturage des ovins. Tout autour, sur plus de la moitié du territoire navajo, règne le désert dont les occupants recherchèrent toujours le refuge des seules oasis à leur portée : la vallée moyenne de la San Juan, dans sa traversée du nord-ouest du Nouveau-Mexique, et le canyon de Chelly [5], leur sanctuaire historique d'Arizona.

Moins populaire que le Grand Canyon du Colorado (à 350 km à l'ouest), moins « couru » que Monument Valley, Chelly niche au cœur de la réserve son vaste et admirable complexe géologique. Ses deux axes majeurs — le canyon de Chelly, proprement dit, au sud (L. : 41 km) et le canyon del Muerto, au nord (L. : 56 km) — reçoivent divers canyons adventices plus modestes avant de confluer à quelques kilomètres de l'entrée occidentale. Géologiquement très différent du Grand Canyon, Chelly témoigne, dans son propre secteur, de la succession des âges de la Terre, depuis 200 à 250 millions d'années avant notre ère. Ses abris sous falaises révèlent les vestiges des peuplades qui s'y succédèrent. Des *Basket Makers* (les Vanniers, de − 200 à 700) aux Pueblos (de 700 à 1 300 environ). Tous des Anasazis, c'est-à-dire des « Anciens » dans la langue des Navajos qui ne peuvent toutefois se prévaloir historiquement parlant de cette ascendance. En effet, comme on le verra, la leur remonte à une période plus récente, durant laquelle ils parvinrent au voisinage des Pueblos sédentaires dont la mythologie inspira le mythe navajo de la Création.

Carte 1 - La réserve des Navajos aujourd'hui

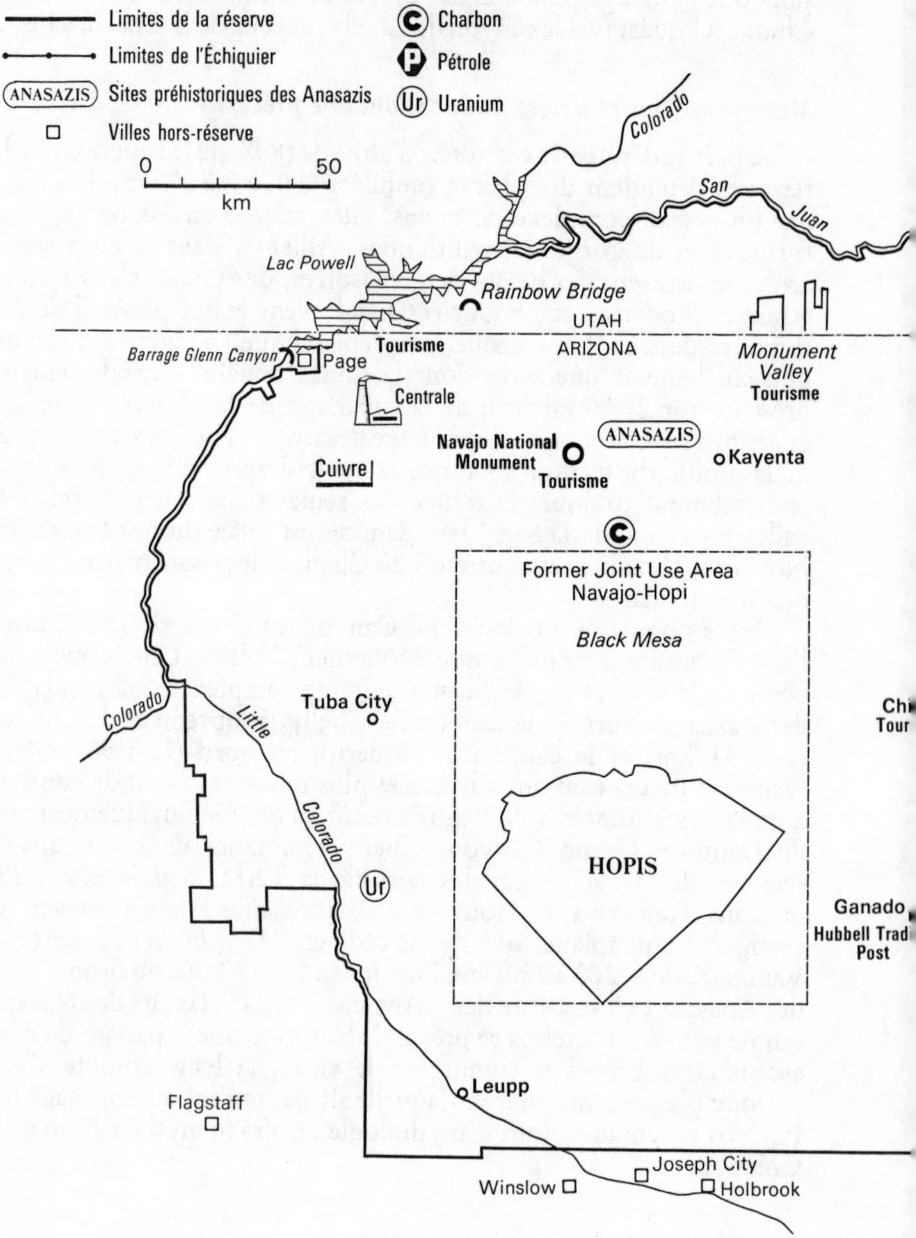

——— Limites de la réserve   **Ⓒ** Charbon

•—•—• Limites de l'Échiquier   **Ⓟ** Pétrole

(ANASAZIS) Sites préhistoriques des Anasazis   **Ⓤr** Uranium

☐ Villes hors-réserve

0   50

km

Colorado

San Juan

Lac Powell

Rainbow Bridge

UTAH

ARIZONA

Monument Valley **Tourisme**

Barrage Glenn Canyon ☐ Page

Tourisme

Centrale

Cuivre

Navajo National Monument **Tourisme**

(ANASAZIS)

○ Kayenta

Ⓒ

Former Joint Use Area
Navajo-Hopi

Black Mesa

Colorado

Little Colorado

Tuba City ○

Ch
Tour

HOPIS

Ⓤr

Ganado
Hubbell Trad
Post

Leupp ○

Flagstaff ☐

Joseph City ☐

Winslow ☐   ☐ Holbrook

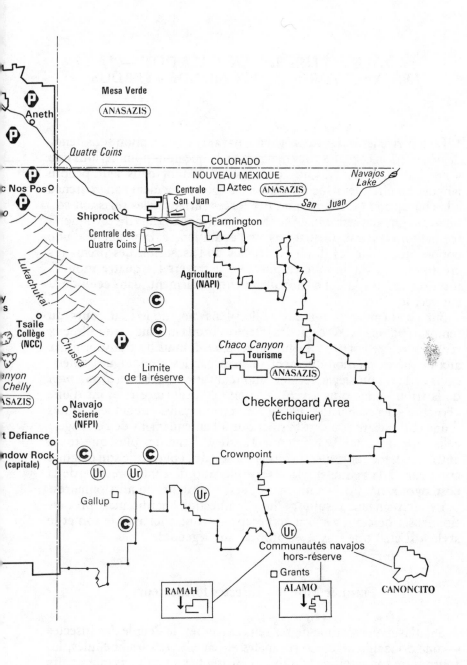

Mesa Verde
(ANASAZIS)

Aneth

Quatre Coins

COLORADO

NOUVEAU MEXIQUE

Navajos Lake

c Nos Pos

Centrale San Juan

□ Aztec (ANASAZIS)

San Juan

Shiprock

□ Farmington

Centrale des Quatre Coins

Lukachukai

Agriculture (NAPI)

Tsaile Collège (NCC)

Chuska

Chaco Canyon Tourisme

(ANASAZIS)

anyon Chelly

ASAZIS

Limite de la réserve

Checkerboard Area
(Échiquier)

Navajo Scierie (NFPI)

t Defiance

ndow Rock (capitale)

□ Crownpoint

Ur   Ur

□ Gallup

Ur

C

Ur

Communautés navajos hors-réserve

□ Grants

RAMAH

ALAMO

CANONCITO

2. LE MYTHE DE LA CRÉATION —
LES AVENTURIERS DES MONDES PERDUS

Loin d'être lettre morte, le mythe navajo de la Création sous-tend, de nos jours encore, les rites majeurs de ce que nous nommerions une « religion », si les Navajos possédaient ce mot dans leur propre langue. En effet, leur société conforme épisodiquement son existence à la conception qu'elle nourrit des forces surnaturelles régissant son univers. Un univers matériel et spirituel dont le mythe évoque la formation, les transformations et l'évolution, à la manière d'une épopée qui relate les différents stades de l'ascension des premières créatures — c'est le mot employé — à travers les quatre mondes intra-terrestres d'où elles débouchèrent, finalement, dans celui de la surface, le nôtre.

Sur ce thème, l'imaginaire collectif navajo, nourri au cours du temps, répétons-le, de celui des Pueblos, broda un long et tumultueux récit qui relève, en propre, du merveilleux. Il nous fut transmis grâce aux enquêtes méthodiquement menées par les ethnologues américains de la fin du siècle dernier, auditeurs attentifs des *medicine men* de la tribu — les plus savants en cette connaissance relevant d'une véritable science héritée. Parmi les versions ainsi entendues, toutes d'une complexité souvent hermétique à l'entendement de l'étranger, celle rapportée par Washington Matthews[6] mérite, plus que toute autre, confiance et respect. Cela en raison de la pureté de son origine, antérieure à la venue sur la réserve de trop d' « interprètes » de la cosmogonie navajo — anthropologues, éducateurs ou missionnaires.

Le récit suivant résulte de la simplification, hardie mais précautionneuse, de cette version archétype — contée ici avec le ton et le style « Il était une fois... », propres aux légendes.

Premier Monde : Insectes fornicateurs

S'il n'avait été victime de ses sens exacerbés, le Peuple des Insectes — une douzaine de créatures mâles et femelles tels les libellules, les fourmis, le hanneton, le scarabée, l'escargot et les criquets migrateurs — aurait pu vivre heureux dans l'île occupant le centre du Premier

Monde d'en dessous, au cœur de la Terre. Un monde baignant dans une teinte rouge, l'on ne savait pourquoi. Fixé sur les rives des trois fleuves, il y coulait des jours sereins, rythmés par les variations de couleur et d'intensité de leur lumière. Le jour blanc se levait à l'est. Il devenait bleu au sud avant de virer au jaune, le soir, à l'ouest. Puis après que le vent du Nord l'eut chassé, les Insectes s'endormaient sous la garde vigilante de quatre dieux fort débonnaires, chacun campé en son point cardinal : Monstre-de-l'Eau, Héron blanc, Grenouille et Tonnerre-de-la-montagne-blanche. Cet heureux temps prit fin du jour que ceux-ci découvrirent, horrifiés, les turpitudes de leurs protégés — luxure et adultère ! Grenouille réagit la première en coassant d'une voix de stentor : « Allez-vous-en ! Fichez le camp ! » Monstre-de-l'Eau renchérit : « Allez ailleurs ! Dé-guer-pissez ! »

Bravant, en ricanant, la colère divine, les Insectes continuèrent à se vautrer insolemment dans le péché. Alors, les dieux excédés rendirent le verdict suivant : « Vous négligez nos avertissements. Vous nous désobéissez en vous moquant de nous. C'en est trop, vous ne pouvez plus demeurer en ce monde. Partez ! » Cette fois, pensèrent les Insectes, c'est du sérieux. Mais où aller ? Après quatre longues nuits d'une vaine réflexion sur ce point, l'aube du quatrième jour se leva sur le spectacle angoissant d'un infranchissable mur d'eau menaçant d'engloutir l'île qu'il cernait. Il fallait fuir ! En panique, les débauchés s'envolèrent au plus haut du ciel sous lequel ils tournoyèrent longtemps à la recherche d'une issue. Soudain, alors qu'ils désespéraient, leur apparut la tête bleue d'une créature qui gazouilla, par un orifice de la voûte céleste : « Par ici ! Par ici ! Il y a un trou à l'est ! Venez ! » A bout de souffle, le Peuple s'y engouffra pour déboucher dans le Deuxième Monde, bleu celui-là.

Deuxième Monde : Hirondelles trompées

Il y fut accueilli par le gentil Peuple des Hirondelles, hôte de ces lieux où les maisons, disséminées, n'avaient d'entrée que par leur toit[7]. Afin d'explorer le pays, les criquets migrateurs furent envoyés en éclaireurs. Par bonds et par sauts, ils parvinrent bientôt au sommet de hautes falaises d'où leur regard plongea sur un immense paysage désolé. Quand, à leur retour, ils eurent communiqué au Peuple cette décevante nouvelle, celui-ci s'approcha des Hirondelles dont il se tenait écarté jusque-là. Elles s'étonnèrent, disant : « Pourquoi avoir envoyé si loin vos courriers ? Nous l'eussiez-vous demandé, nous vous aurions appris que ce monde était vide... » Surpris et abattus par ces paroles, les Insectes jouèrent alors la seule comédie susceptible de les sauver. Ils s'exclamèrent : « Mais vous, les Hirondelles, vous comprenez notre langue et vous avez, comme nous, une tête, des ailes et des pattes ! Nous sommes donc frères et sœurs ! Unissons-nous ! » Hospitalières et généreuses, les Hirondelles acceptèrent bien volontiers la proposition. L'on fraternisa ainsi vingt-trois jours durant car, le vingt-quatrième, leur chef constata qu'un Insecte avait séduit son épouse... Furieux, il ordonna aux faux frères de décamper *illico presto*.

De nouveau, la bourdonnante cohorte s'éleva vers le ciel où, déboussolée, elle chercha longuement une issue. Elle ne dut son salut qu'à une créature au blanc visage, penchée par un interstice de la voûte céleste, et qui lui dit : « Je suis le Vent. Volez vers le sud jusqu'à une fente du ciel et vous entrerez dans le monde du dessus. » Ainsi les Insectes se glissèrent-ils dans le Troisième Monde. Il était jaune.

Troisième Monde : Sauterelles bafouées

Est-il bien nécessaire de relater ici, par le menu, le récit de leur séjour en ce monde-là ? N'a-t-on déjà pas compris qu'encore une fois victimes de leurs démons intérieurs, les Insectes bafouèrent ignominieusement leurs hôtes, les Sauterelles maîtresses de cet univers ? Qu'accablés par un opprobre pleinement mérité, ils furent à nouveau chassés ? Pour être sauvés, cette fois, par le Vent rouge qui leur indiqua une ouverture dans le ciel, suffisante pour qu'ils fassent irruption dans le Quatrième Monde, noir et ourlé de blanc.

Observons. Aucun des trois premiers mondes jusqu'alors si rapidement traversés n'était, à vrai dire, un paradis. Pourtant, le Peuple des Insectes y eût vécu dans une chaleureuse concorde avec leurs habitants respectifs s'il n'avait, encore et toujours, succombé à la concupiscence. Comme Adam et Ève exclus de l'Éden pour la même faute. Un souvenir biblique, certes. A l'égal de l'évocation du Déluge, sans Noé ni son arche. Autre réminiscence de l'Ancien Testament. Pourquoi ? Par quelles voies ? Il n'y a pas de réponse, l'imaginaire d'un peuple se nourrissant où il peut. Mais, d'ores et déjà, la pierre angulaire du mythe est posée sur l'assise du merveilleux qui annonce bien d'autres prodiges, ceux-là fortement « indianisés ».

Quatrième Monde : Le Peuple sacré

A première vue, un monde désert. Noir par absence de soleil, de lune et d'étoiles. Blanc aux points cardinaux occupés par des pics enneigés si lointains que les criquets, chargés de les reconnaître, s'épuisèrent avant de les atteindre. Néanmoins, au cours de leurs voyages, ils découvrirent des hommes occupés à moissonner et qui se disaient être des Kisanis [8]. Ils portaient leur chevelure en frange sur le front et vivaient en des maisons qu'ils invitèrent les criquets à visiter. Après avoir franchi sur un radeau un fleuve d'eau rouge [9], les voyageurs s'ébahirent, sur la rive opposée, à la vue de champs de maïs, de courges et de haricots soigneusement cultivés à l'entour des villages. Puis, fort accueillants, les Kisanis firent transmettre aux Insectes leur invitation à venir s'installer fraternellement parmi eux. La gent ailée s'étant dès lors sagement amendée, l'été puis l'automne s'écoulèrent dans la concorde la plus totale.

Un jour, vers la fin de cette dernière saison, les Insectes s'effrayèrent d'une voix puissante comme le Tonnerre qui se leva dans l'est puis se rapprocha. Quatre étranges personnages, quatre dieux, apparurent peu après, chacun le corps peint d'une couleur différente : blanc, bleu, jaune et noir. Plantés devant le Peuple, ils se livrèrent à une pantomime muette, incompréhensible à ce dernier. « N'ayez crainte, lui dit le dieu Corps-noir, après le départ de ses semblables. Ces divinités vous exprimaient à leur manière leur désir de fabriquer davantage d'êtres vivants à leur image, avec des jambes, des pieds, des bras, des mains. Certes, vous avez un corps, mais vous n'êtes encore que des insectes par vos pattes, vos griffes, vos dents. De plus, vous sentez mauvais par votre saleté. Lavez-vous donc et soyez propres à notre retour, dans douze jours. » Comme dit, les dieux revinrent et trouvèrent le Peuple luisant de saine propreté.

C'est alors que commencèrent des prodiges inouïs. Le premier, au moins, vaut d'être conté en son détail, pour son importance.

Corps-noir et Corps-bleu, portant chacun une peau de daim, étendirent l'une d'elles sur le sol. Sur celle-ci, Corps-blanc déposa deux épis de maïs, l'un blanc et l'autre jaune — en prenant soin d'orienter leur pointe respective vers l'est. Ensuite, sous chacun de ces épis, les dieux glissèrent une plume d'aigle de couleur correspondante, avant de recouvrir le tout avec la seconde peau. Le Peuple-Mirage, composé d'Êtres surnaturels, étant arrivé durant ces préparatifs, se mit alors à déambuler autour de cet autel tandis que le Vent blanc, venu de l'est, et le Vent jaune, venu de l'ouest, soufflaient entre les peaux. Sous celles-ci, les plumes d'aigle commencèrent bientôt à s'agiter doucement. A la fin de la quatrième déambulation du Peuple-Mirage, l'on enleva la peau du dessus. Miracle ! En place des épis apparurent Premier Homme, né de l'épi blanc, et Première Femme, de l'épi jaune. « Entrez dans cette demeure construite pour vous, leur ordonnèrent les dieux, et vivez-y comme mari et épouse. »

Naissance du Peuple sacré

Quatre jours plus tard, ce premier couple donna naissance à deux jumeaux hermaphrodites puis à un garçon et à une fille qui devinrent adultes dans le même délai. A leur tour, ils vécurent ensemble et procréèrent des jumeaux. Peu après, les dieux conduisirent Premier Homme, sa compagne et leurs enfants vers leurs divines demeures dans l'Est où ils demeurèrent quatre jours. A leur retour, frères et sœurs se séparèrent pour épouser qui des hommes, qui des femmes du Peuple-Mirage. Les enfants nés de ces unions grandirent dans un délai aussi bref. Puis ils prirent mari ou femme, ce fut selon, soit parmi les Kisanis, soit parmi le Peuple des Insectes, maintenant humanisé. Voilà comment le Quatrième Monde se peupla d'une humanité d'une origine si surnaturelle et mystérieuse qu'elle mérita le nom de Peuple sacré *(Holy People)*. Celui-ci vécut dès lors sous la double autorité du chef des Kisanis et de Premier Homme qui, dans sa grande sagesse, enseigna à tous le nom de chacune des quatre montagnes sacrées bornant ce monde-là : à l'est, le mont Blanca (Tsisnaajini, pour les Navajos) ; au sud, le mont Taylor (Tsoodzil) ; à l'ouest, les pics San Franscisco (Doko'oosliid) et, au nord, le mont Hesperus (Dibentsaa).

La félicité régnant en cette petite société trouva sa fin en une sotte querelle de ménage, entre Premier Homme et son épouse. A l'origine, un échange de propos aigres-doux sur leurs mérites respectifs dans la conduite matérielle de leur maison, chacun persuadé qu'il y contribuait, par ses propres activités, plus largement que l'autre. Puis, le ton monta jusqu'à ce que l'époux posât cette malheureuse question :

« Oserais-tu prétendre que les femmes pourraient se passer des hommes ? » La réponse fusa : « Oh oui ! Nous le pourrions, certainement ! » Humilié, blessé dans sa fierté, Premier Homme rassembla immédiatement les mâles qui, sous sa conduite, passèrent tous sur la rive opposée du fleuve, bien décidés à laisser les femmes se débrouiller seules. Quatre longues années s'écoulèrent ainsi, pénibles surtout pour les épouses qui s'étiolaient de solitude et de misère, alors qu'ailleurs leurs maris prospéraient grâce au travail de leurs champs. Dans leur abandon, nombre d'entre elles s'abandonnèrent au péché de chair avec des partenaires de rencontre sans préjuger, hélas, des conséquences désastreuses de leurs fautes, comme on le verra. Réclamant à cor et à cri leurs hommes, depuis la rive du fleuve où elles se tenaient, elles furent enfin entendues et autorisées à les rejoindre.

Si grave qu'ait été cette crise dans l'existence du Peuple sacré, elle marqua moins, sur le moment, sa destinée que le danger auquel, peu après, il se trouva brusquement exposé.

Le roseau magique

Quand, accourus en toute hâte de l'Est, le daim, le dindon et l'antilope suivis des aigles, des écureuils, des colibris et d'une chauve-souris vinrent se réfugier dans son camp, le Peuple sacré en fut surpris. Quand, trois jours plus tard, la gent animale eut centuplé chez lui, au point de l'étouffer presque sous le nombre, il s'inquiéta. Pourquoi ces fuyards apeurés, avec leurs cris et leurs gémissements ? Les criquets migrateurs, ces éclaireurs toujours aussi véloces et dévoués, crièrent alors : « Un flot puissant et impétueux s'approche qui va nous engloutir ! Fuyons ! » La panique s'empara du Peuple sacré et des Kisanis qui, suivis de tous les animaux, gravirent une colline voisine où ils tinrent conseil, dans le vacarme grandissant des eaux montant alentour. Où aller ? Comment échapper à la noyade générale ?

L'on vit alors s'avancer deux inconnus qui, sans mot dire, fendirent les rangs de la foule jusqu'au sommet de la colline. L'un, un vieillard chenu, y déposa un sac lourdement chargé, aidé en cela par l'autre, un beau jeune homme. Qui étaient-ils ? Que venaient-ils faire là ? Pourquoi s'exposaient-ils ainsi au danger du proche déluge ?

A ces questions, les deux arrivants répondirent par des actes. L'aïeul répandit sur le sol la terre contenue dans son sac, en assurant qu'elle provenait des montagnes sacrées. Puis, son fils planta dans cette même terre trente-deux roseaux qui, presque aussitôt, poussè-rent merveilleusement. Parvenus à une certaine hauteur, ils se réunirent en une seule et unique tige de fort diamètre, percée d'un trou à sa base, du côté de l'est. « Entrez ! Entrez vite dans ce roseau, tous ! » ordonna le jeune homme. Dieux, hommes, femmes, enfants et animaux s'y précipitèrent. Une fois à l'intérieur, l'orifice se referma sur eux. Alors, la tige hospitalière se mit à grandir. Elle s'éleva vers le ciel du Quatrième Monde en luttant de vitesse avec le flot montant, inexorablement, à l'extérieur. Avec une telle furie que, sous sa pression et ses remous, le roseau rudement tourmenté s'inclinait en tous sens. Il ne retrouva de stabilité que lorsque le dieu Corps-noir eut, de son propre souffle, formé deux nuages qui le maintinrent vertical. Au grand soulagement de ses occupants, entassés, agglutinés dans son intérieur. Enfin, le roseau toucha la voûte céleste, si dure et si unie qu'aucune ouverture n'y apparaissait. Que faire ? Allait-on périr en cet étroit boyau, après avoir échappé aux eaux ? Il fallait percer le ciel ! Mais comment ?

Le faucon noir s'y essaya en vain. L'ours, le loup, le coyote, le lynx — tous des fouisseurs, pourtant — s'y épuisèrent. Le blaireau tenta l'impossible mais retomba de fatigue après avoir été copieusement douché par l'eau s'écoulant du sommet du roseau et provenant, à coup sûr, du monde du dessus. Échouerait-on, si près du salut ? Le criquet, fort heureusement, sauva la situation, mais à quel prix !

Ayant réussi à creuser une galerie dans la boue tapissant le fond des eaux supérieures il déboucha dans une petite île, au centre d'un lac. Il s'y trouva confronté à quatre grèbes qui lui dirent être propriétaires du lieu. Ils lui proposèrent, néanmoins, de le lui céder s'il triomphait d'une épreuve par eux imaginée : se transpercer le cœur avec une flèche de vent noir. Le criquet joua alors héroïquement sa vie et... la conserva ! « Très bien, admirent les grèbes, cet endroit t'appartient. » La nouvelle réjouit, l'on s'en doute, les occupants angoissés du roseau-ascenseur qui, dès lors, s'apprêtèrent à quitter leur prison-étouffoir. Il fallut, pour cela, que le blaireau élargît de ses pattes le trou creusé par le criquet (depuis ce temps-là, disent les Indiens, les descendants du blaireau ont les pattes noires). C'est ainsi que se produisit l'Émergence, l'arrivée du Peuple sacré et des animaux dans le Cinquième Monde, le nôtre. Le monde de la Surface.

Observons : L'Émergence, épisode capital, met un terme à l'odyssée tourmentée du Peuple dans les mondes intra-terrestres. Monde de transition, le Quatrième vient de lui apporter, coup sur coup, des créations et des révélations saisissantes : les naissances de Premier Homme, de Première Femme et de leurs enfants ; la découverte des Kisanis-Pueblos qui tirent leur nourriture du travail de la terre ; la constitution du Peuple sacré. Une topographie s'est précisée, grâce à la présence des montagnes sacrées et d'un fleuve. Malheureusement, ce monde-là s'anéantit dans un nouveau déluge. C'est un peuple nu, désarmé qui débouche dans un monde neuf où tout reste à créer. Donc, un recommencement, avec ses inconnues.

Cinquième Monde : les Navajos de la Surface

Comme, à partir de l'île, il fallait gagner la terre ferme au-delà du lac, le dieu Corps-noir vida partiellement celui-ci. Apparut alors une langue de sol boueux, un passage, que le dieu Vent léger s'employa à assécher. Il y mit du temps. En attendant, le Peuple sacré dressa, au centre de l'île, des abris de branchages — tels ceux qui avoisinent aujourd'hui le *hogan*[10] navajo. De leur côté, toujours attachés à leur spécificité, les Kisanis s'établirent à l'est de l'île où ils construisirent des demeures de pierre et de boue — semblables à celles des Pueblos. Cette séparation s'accusa sur la terre ferme. Conscients de leur savoir et de leur éducation supérieure, ces mêmes Kisanis ne supportèrent plus, bientôt, la grossièreté du Peuple sacré, mélange d'humains mal dégrossis et d'animaux. En conséquence, ils s'en allèrent vivre ailleurs, dans l'Est — comme de nos jours. Le Peuple sacré se retrouva seul, face à l'inconnu, dans un monde informe. Parviendrait-il à y assumer son futur destin ? Une fois encore, les dieux témoins de son embarras premier lui vinrent en aide.

Montagnes magiques

Prévoyants, les dieux Corps-noir et Corps-bleu avaient rapporté, du monde du dessous, de la terre et des rochers avec lesquels ils édifièrent, prioritairement, les montagnes sacrées définitives : quatre principales pour borner le domaine du peuple et trois secondaires à l'intérieur de celui-ci. Jamais, sous le ciel, n'existèrent montagnes aussi solidement assises et sommets aussi splendides tant par la richesse de leurs matériaux que par celle de leur décoration.

A l'est, Tsisnaajni (mont Blanca) fut lié à la terre par un éclair puis décoré de coquillages, d'éclairs et de maïs blanc avant de recevoir une coiffe de nuages d'où tombait une pluie mâle[11]. Dans le grand coquillage en forme de vasque posé sur son sommet, les dieux déposèrent deux œufs de pigeon (« pour donner des ailes à la montagne ») qui furent recouverts d'une peau de daim sacrée. Après quoi, deux divinités s'installèrent là-haut : le Garçon et la Fille, l'un et l'autre de cristal. Au sud, Tsoodzil (mont Taylor) fut transpercé de part en part d'un grand couteau de pierre qui le rattacha à la terre. Orné de turquoises, couronné de brouillard sombre et de pluie femelle, son sommet reçut un plat de turquoise contenant deux œufs d'oiseau bleu (« afin de les faire couver ») ; une peau de daim sacrée le recouvrit. Sur ses versants, les dieux conduisirent diverses espèces de gibier. Puis le Garçon-à-la-turquoise et la Fille-au-grain-de-maïs élurent domicile sur le sommet. Tout comme le Garçon-maïs-blanc et la Fille-maïs-jaune qui se logèrent sur Doko'oosliid (les pics San Franscisco), retenu à la terre par un rayon de soleil. Un plat d'haliotis, avec deux œufs de fauvette jaune, fut déposé sur le sommet le plus élevé, sous une peau de daim sacrée, au centre d'une guirlande de coquillages et de maïs blanc. Enfin, une pluie mâle tomba d'un dôme de nuages sombres sur les animaux peuplant ses versants. Au nord, Dibentsaa (mont Hesperus) ne fut pas moins richement doté. Une couronne de perles de jais et de plantes diverses orna un plat de jais contenant deux œufs de merle sous une peau de daim sacrée. Là vinrent loger Garçon Pollen et Fille Sauterelle.

Quand les trois dernières montagnes eurent complété ce décor si majestueux, Premier Homme et Première Femme se mirent en devoir de l'éclairer. Ce qu'ils firent à la perfection.

Lumières célestes

Il leur apparut que seule une lumière d'origine divine pourrait illuminer ces Olympes, appelés à souligner la beauté de la future terre des Navajos. Pour cela, le Soleil fut constitué d'un disque plat de pierre blanche, orné sur son pourtour de rayons de pluie rouge, d'éclairs et de serpents de toutes espèces. La Lune, un disque de cristal couronné de blanches coquilles, fut tapissée d'une ardente feuille d'éclairs striée d'eaux limpides.

Quand il fallut situer l'un et l'autre, un léger différend opposa le Vent d'est, qui les réclamait pour lui seul, au Peuple sacré, soucieux de se les approprier. Il y réussit finalement en les tirant de son côté, là où il vivait. Puis, il attribua l'astre du jour au jeune homme, planteur du roseau magique, et l'astre de la nuit à son vieux père qui fut chargé de le porter. Supputant de sa part une possible défaillance, Premier Homme et sa compagne découpèrent dans une feuille de mica étincelant des étoiles capables de pallier l'absence de la lune. Soucieux d'harmonie, ils les groupèrent en constellations.

Désormais nanti d'un domaine divinement borné et éclairé, protégé par une cohorte de dieux qui, grands ou moins grands, veillaient sur lui, le Peuple s'apprêta à découvrir le Cinquième Monde, sa dernière aventure. En marchant vers l'est, d'abord.

Observons : Le Peuple sacré revient de loin, après avoir enduré maints tourments et épreuves. Le voici parvenu dans le concret d'une surface au relief identifiable, même si l'exact emplacement du trou de l'Émergence prête encore à débat parmi les exégètes du mythe. Les épisodes de celui-ci ont acquis désormais une forme et un esprit purement indiens, marqués de l'influence des

Carte 2
Les quatre montagnes sacrées

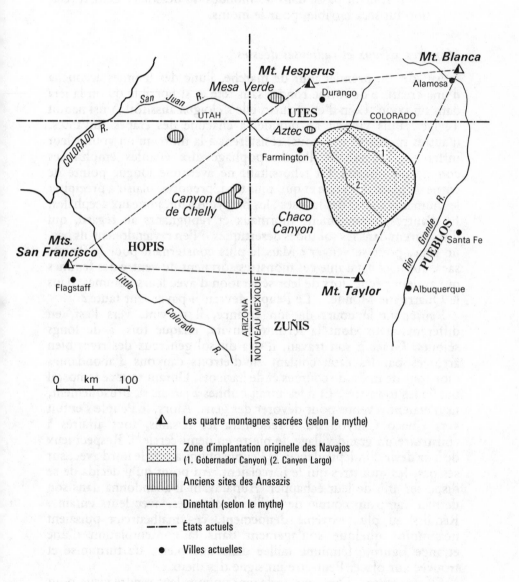

Mt. Blanca

Mt. Hesperus

Mesa Verde

San Juan R.

Durango

Alamosa

COLORADO R.

UTAH

UTES

COLORADO

Aztec

Farmington

1

2

Canyon de Chelly

Chaco Canyon

Rio Grande R.

Santa Fe

PUEBLOS

Mts. San Francisco

HOPIS

Flagstaff

Little Colorado R.

Mt. Taylor

Albuquerque

ARIZONA
NOUVEAU MEXIQUE

ZUÑIS

0   km   100

▲ Les quatre montagnes sacrées (selon le mythe)

Zone d'implantation originelle des Navajos
(1. Gobernador Canyon) (2. Canyon Largo)

Anciens sites des Anasazis

- - - - - Dinehtah (selon le mythe)

— · — États actuels

● Villes actuelles

Pueblos et des Hopis, prédécesseurs des Navajos dans le Sud-Ouest. Une aube nouvelle se lève sur le Peuple sacré. Comment assurera-t-il son avenir dans le monde ébauché par ses dieux ? Sait-il qu'il traîne avec lui de lourdes hypothèques, héritées de son turbulent passé dans les mondes du dessous ? Leur révélation lui sera terrible, pour le moins.

Monstres affreux et radieuses déesses

Au soir du premier jour de marche, l'une des femmes accoucha d'une créature de forme ronde, sans tête et si horrible qu'on la jeta dans un ravin. Loin d'en mourir, elle s'éloigna aussitôt. Ainsi naquit Teelget. Puis vinrent au monde, à chacune des étapes suivantes, d'autres monstres qui, tous, résistèrent à la mort qu'on voulut leur infliger : Tse'nahale, l'anthropophage aux épaules emplumées comme un oiseau ; Tse'tahotsiltali, né avec une longue pointe de corne en place de la tête et qui, plus tard, prendrait plaisir à précipiter les humains au bas des falaises ; les Binaye Ahani, jumeaux acéphales. Et d'autres, étrangement anormaux et répugnants au regard, qui disparurent dans les solitudes désertiques. N'en reviendraient-ils pas, un jour, pour se venger ? Mais le plus consternant pour le Peuple sacré fut le constat que ces monstres sortaient du ventre des femmes qui avaient péché, lors de leur séparation d'avec leurs hommes, dans le Quatrième Monde... Le Peuple devrait-il payer leur faute ?

Reprenant le cours de son errance, il parvint, vers l'est, en différents lieux dont la fertilité l'invita, chaque fois, à de longs séjours. Grâce à son travail, il tira du sol généreux des rives bien arrosées par les eaux coulant en d'étroits canyons d'abondantes moissons de maïs, de courges et de haricots. Durant tout ce temps, il oublia les monstres. Et il les aurait oubliés à jamais si, brusquement, ils n'étaient revenus pour dévorer des gens. Alors, le Peuple s'enfuit vers Chaco Canyon où il rencontra les Kisanis, tout affairés à construire un grand village de pierre en demi-cercle [12]. Respectueux de leur désir d'indépendance, le Peuple obliqua vers le nord avec, sur ses pas, les monstres qui le harcelaient. Au point qu'il décida de se disperser afin de leur échapper. Auparavant il abandonna dans son dernier camp un couple de vieillards obstinés, avec leurs enfants. Réduits au plus extrême dénuement, ces malheureux puisaient néanmoins quelque soulagement dans la contemplation d'une étrange figurine féminine taillée dans une pierre de turquoise et trouvée sur place. Peut-être un signe des dieux...

Effectivement, Dieu-qui-parle vint un jour leur rendre visite pour leur dire : « Comptez douze jours puis marchez vers cette montagne sacrée, là-bas. Emportez avec vous la statuette de turquoise. » Ce délai écoulé, la famille gagna le lieu indiqué. A mi-chemin du sommet de la montagne, elle rencontra une prestigieuse assemblée de divinités et de peuples surnaturels aux yeux desquels le dieu Corps-blanc exhibait une figurine féminine de coquillage blanc, en tout point conforme à celle de turquoise possédée par les arrivants. Suivit une cérémonie de création, identique à celle d'où naquirent Premier Homme et Première Femme. A la seule différence que les deux statuettes furent disposées auprès de deux épis de maïs, entre deux peaux de daim sacrées. Puis, tandis que l'assistance déambulait tout autour de cet autel, le Vent intervint qui souffla entre ces peaux pour donner naissance à deux êtres de chair et d'os, deux femmes. L'une fut nommée Femme Changeante (Estsánatlehi) et l'autre Femme-Coquille-blanche (Yolkai Estsan). Deux divinités qui furent laissées seules sur la montagne, après la dispersion de l'assemblée.

Héros Jumeaux

Livrées à elles-mêmes durant les quatre premiers jours de leur existence, elles devinrent adultes le cinquième. Toutes deux gagnèrent alors le sommet. Sous leurs yeux, en contrebas, elles aperçurent une petite cascade dont les eaux cristallines bondissaient et rebondissaient d'un rocher à l'autre dans une musique enchanteresse pour l'oreille. Femme Changeante dit à sa compagne : « Je reste ici, sur ce sommet. Peut-être quelqu'un viendra-t-il au matin ? Toi, ma sœur, descends parmi ces rochers à la recherche d'un autre. Nous nous retrouverons demain en ce lieu. » Elle s'étendit ensuite sur un rocher plat. Tout le jour, elle goûta ainsi la chaleur du soleil tandis que Femme-Coquille-blanche offrait son corps à l'eau de la cascade.

Après quatre jours de pleine solitude, l'une confia à l'autre l'insolite agitation qui l'habitait : « Je sens en moi quelque chose d'étrange qui remue. » A quoi la seconde répondit : « C'est un enfant, ma sœur. Vous êtes restée sous la cascade, n'est-ce pas ? Moi aussi, je sens en moi les mouvements d'un bébé car je me suis exposée au soleil. » Quatre jours plus tard, chacune d'elles mit au monde un garçon. Bien que nés de mères différentes, le Peuple les considéra, plus tard, comme des jumeaux et leur décerna le titre de Héros Jumeaux (*Hero Twins*) en raison de leurs hauts faits[13].

Fils-du-Soleil et Fils-de-l'Eau ne tardèrent pas à révéler des dons prodigieux. Par la rapidité de leur croissance, d'abord, qui, en quatre jours, les hissa à la taille de garçon de douze ans. Ensuite, par leur victoire sur les dieux eux-mêmes qui, les ayant défiés pour les éprouver, se mesurèrent à eux dans une course de six jours autour de la montagne. Une épreuve d'endurance et de rapidité au terme de laquelle les Jumeaux, vainqueurs, gagnèrent une stature d'adultes. Il leur fallait maintenant rechercher leur père, le Soleil. Quand, après avoir surmonté bien des dangers — grâce à la formule magique que leur enseigna, préalablement à leur départ, Femme-Araignée —, ils le trouvèrent enfin, il leur imposa une dernière série d'épreuves dont ils triomphèrent. Alors, il les reconnut volontiers. Avec fierté, d'ailleurs. Et puisqu'ils lui manifestèrent leur volonté de tuer les monstres ravageant leur pays, il les dota des armes merveilleuses utiles à leur défense comme à leurs assauts : une armure de silex, des flèches-éclairs, un grand couteau de pierre. Puis, les plaçant respectivement à chaque extrémité d'un arc-en-ciel, il les fit glisser vers la terre qu'ils touchèrent sur le mont Taylor, précisément.

Monstrueuse hécatombe

Yetso, le plus puissant et le plus redoutable des monstres de la gent monstrueuse, les rencontra dans une étroite vallée, voisine du mont ci-dessus. Prévenus de son approche par le Vent, les Jumeaux se gardèrent en attendant son attaque. Il leur décocha, tout de go, quatre éclairs qu'ils évitèrent. Il allait leur en envoyer un cinquième lorsqu'un trait de feu venu du ciel l'atteignit et l'ébranla — moment choisi par l'un des Jumeaux (l'aîné, le fils de Femme Changeante, venu au monde le premier) pour le cribler de flèches-éclairs. Il en fut si meurtri qu'il chancela puis s'effondra, face contre terre. Le cadet le scalpa. Son frère le décapita. Le sang du monstre coula abondamment puis se coagula. Depuis ce temps-là, il occupe, sous la forme de champs de lave, la vallée entre le mont Taylor et la ville de Grants, au Nouveau-Mexique, comme tout voyageur peut le constater.

Femme Changeante accueillit les deux héros avec des transports de joie. Le bruit de leur étonnante victoire ayant aussitôt couru le pays, le Peuple, encore disséminé dans les profondeurs de celui-ci, se rassura. Il ne désigna plus, désormais, l'aîné que sous le nom de Tueur-de-monstres (Nayenizgani ou *Monster Slayer*) et son cadet sous celui de Scalpeur (Naidikisi ou Celui-qui-coupe-en-rond). Ultérieurement, les Navajos verront en eux les dieux de la guerre (*War Gods*). Leur bravoure et leur habileté au combat leur permirent par la suite de tuer Teelget, Tse'nahale, Tse'tahotsiltali et nombre de leurs semblables.

Au terme de cette hécatombe, dont le récit détaillé ferait frémir les plus courageux des hommes, les Héros Jumeaux se demandèrent si, vraiment, ils avaient purgé le pays de tous ses ennemis. Le Vent, qui sait tant de choses, leur répondit qu'il en restait encore, hélas ! Ceux-là d'une espèce différente. On les nommait Vieillesse, Froid, Pauvreté et Faim... L'aîné des jumeaux décida alors de les rencontrer. Malheureusement, tous lui démontrèrent leur nécessité en ce monde.

La Vieillesse « parce qu'il faut que les gens vieillissent pour laisser la place aux jeunes ». Le Froid opposa son rôle bienfaiteur à celui de la Chaleur qui assèche la terre et les rivières pour ruiner les humains. La Pauvreté, incarnée par un couple de vieillards décharnés aux vêtements en haillons, lui démontra qu'il ne fallait pas la supprimer, pas plus que la Faim qui prétendit révéler aux gens « les plaisirs de la table et ceux de la chasse ». Ces arguments, d'une logique évidente, apprirent aux Héros que les gens agissent par opposition à ces maux pour leur échapper. « Donc, pensa-t-il, puisque ces derniers stimulent les humains, ils doivent subsister, quoi qu'on pense, dans la future société qui peuplera la terre. » Dès lors, convaincu de la fin de sa courageuse et victorieuse croisade contre les monstres sans âme, l'aîné des Héros déposa ses armes et son armure[14]. Puis, il entonna son chant triomphal. Dès lors, le Soleil et sa douce épouse, Femme Changeante, purent penser à eux.

La maison sur les eaux

Ils se rencontrèrent au sommet de l'une des montagnes sacrées afin de débattre de leur condition respective. Le Soleil se plaignit de la fatigue de ses longues courses quotidiennes dans le ciel. De la nécessité de retourner chez lui, dans l'Est, chaque soir. Il demanda à son épouse de lui construire une maison dans l'Ouest, afin de s'y reposer. « Donnant donnant, lui répondit-elle. Je le veux bien à condition que tu m'en bâtisses une, dans l'Ouest également. J'irai vivre avec toi de ce côté-ci du monde. » Elle précisa : « Je souhaite une maison flottant sur les eaux, à l'écart du rivage afin d'éviter les importuns. Avec, tout autour, des pierres de grande beauté — des agates, des jais, des turquoises et de blancs coquillages ainsi que des haliotis. De plus, pour meubler ma solitude, donne-moi des animaux. »

Le Soleil acquiesça généreusement. Il peupla d'un riche troupeau la belle demeure de son épouse auprès de qui vinrent s'établir Femme-Coquille-blanche et les Héros Jumeaux. Mais, après quelques jours, ceux-là, sans doute en proie à quelque nostalgie, manifestèrent le désir de regagner la vallée de la San Juan, leur pays natal. Femme Changeante ne s'en offusqua nullement. Après leur départ, elle réfléchit au moyen d'avoir autour d'elle une compagnie. Pour cela, elle créa des hommes et des femmes auxquels elle promit de les autoriser à gagner l'Est à leur tour, s'ils en exprimaient le désir[15].

Le Peuple de la Surface

Loin d'être d'humeur casanière, Femme Changeante entreprit de longs voyages à travers le monde sur lequel elle régnait en sa qualité de radieuse déesse. L'un d'eux la conduisit chez Femme-Coquille-blanche, sa sœur, qui avait édifié sa demeure sur le bord même du Trou de l'Émergence, dans les monts San Juan. En ce lieu, dès son arrivée, les dieux organisèrent une cérémonie de grande importance.

Selon leur habitude, Dieu-qui-parle et Dieu-des-maisons officièrent magistralement avec le concours du Vent, leur indispensable collaborateur. Répétant le rite de création de Premier Homme et de Première Femme — leur spécialité ! —, ils favorisèrent la double naissance d'un garçon et d'une fille qu'hébergea Femme-Coquille-blanche. Ils y grandirent en quatre jours. Puis Dieu-qui-parle revint avec un autre garçon et une autre fille qui épousèrent les précédents. Les enfants de ces deux couples se marièrent à leur tour. Ainsi fut engendré le premier clan — le clan de la Maison-des-Sombres-Falaises, représentant d'un nouveau peuple, le Peuple de la Surface terrestre (*Earth Surface People*). L'ancêtre direct des premiers Navajos. Cette première communauté, dénuée de tout caractère sacré et uniquement composée d'humains, dut se résigner d'abord à une longue solitude qu'un jour les dieux décidèrent d'interrompre pour son plus grand profit.

Rencontres dans Dinehtah

Le premier clan s'interrogeait : cette terre était-elle vide d'habitants ? Treize ans durant, il s'y échina à survivre en scrutant jour et nuit les horizons dans l'espoir d'y déceler quelque signe d'une autre présence humaine. Treize ans d'une désespérance toujours plus angoissée. Soudain, une nuit, dans le lointain, lui apparut un feu mystérieux vers lequel le Vent, surgi au bon moment, lui conseilla de se diriger, dès le lendemain.

Plusieurs jours d'une marche harassante conduisirent la bande dans un canyon où campaient une douzaine de personnes de tout âge et des deux sexes : un second clan ! La chaleur de leur accueil et leur générosité suscitèrent une sympathie réciproque qui inclina les deux groupes à décider d'une vie commune. Durant les vingt et une années de cette union parfaite, un troisième puis un quatrième clan vinrent se joindre à la communauté. Quatorze ans plus tard, elle émigra vers Chaco Canyon où un cinquième clan la rejoignit. Une tribu véritable était née qui décida de s'installer plus au nord, dans la vallée de la San Juan où s'acheva son vagabondage. Elle y vécut durant six nouvelles années, d'une existence suffisamment aisée pour attirer à elle de nouveaux groupes et des solitaires en quête de stabilité : des Utes, des Apaches, quelques Zuñis et jusqu'à des transfuges venus à elle depuis la très lointaine maison océanique de Femme Changeante qui, fidèle à sa parole, leur avait permis de la quitter. Dans cet afflux de nouveaux membres, la tribu distingua surtout des Kisanis qui renouèrent ainsi, sans s'en douter vraiment, les liens d'autrefois. Leur excellence en matière de chasse, la perfection de leur travail sur les peaux de daim qu'ils savaient assembler en de confortables vêtements améliorèrent encore le bien-être général.

Un jour, le Peuple de la Surface se découvrit nombreux et puissant. Protégé par le Peuple sacré et ses dieux, vénérant particulièrement le Soleil et Femme Changeante auxquels il devait la vie et tant d'autres bienfaits, il occupait maintenant un domaine si abondamment peuplé que se posa à lui le problème de sa subsistance. Les produits de l'agriculture et de la chasse locale ne lui suffisant plus, ses chasseurs durent aller chercher au loin le gibier nécessaire. A chacun de leur retour, ils parlaient des contrées découvertes durant leurs randonnées et des gens rencontrés. Sur ce dernier sujet, ils ne tarissaient pas d'éloges sur les riches villages des Kisanis de la vallée du rio Grande — maintenant appelés « Pueblos » par les étranges visiteurs blancs vivant parmi eux. Cette nouvelle alluma tant de convoitise chez certains jeunes hommes turbulents du Peuple de la Surface qu'ils résolurent de s'organiser pour aller là-bas, au sud, grappiller quelques suppléments de subsistance... Rien ne put les retenir. Ni le respect dû aux Kisanis-Pueblos, si pacifiques et si savants en de multiples activités, ni le danger. Ils allèrent. Ainsi commencèrent, hélas ! les premiers raids de pillage, aux conséquences encore imprévisibles pour le futur destin du Peuple de la Surface.

Lorsque, malgré l'individualisme trop fortement marqué de certaines des bandes qui le composaient, il eut pris conscience de son unité, il se donna un nom : Dineh (ou Diné) qui signifiait tout simplement « le Peuple ». Il estima tout simple, également, de désigner sa terre sous l'appellation de « Dinehtah », c'est-à-dire « Chez le Peuple » — son beau et grand domaine où l'attendaient les siècles futurs.

Observons : Le mythe de la Création s'achève dans une réconfortante apothéose, tant pour le Peuple sacré, rescapé de sa fantastique odyssée dans les mondes intra-terrestres, que pour celui de la Surface enfin réuni en une puissante tribu. Le long récit des aventures proprement merveilleuses de l'un et de l'autre se clôt sur cette dernière victoire. L'histoire peut dès lors commencer qui ne concernera plus que les hommes, sous le regard des dieux et des êtres surnaturels, nés de leur imaginaire.

3. DINEHTAH — LES INCERTITUDES DE L'AUBE (?-1540)

Dans sa relation détaillée de la constitution progressive du Peuple de la Surface, de ses errances puis de sa prise de possession de sa « Terre promise », le mythe témoigne, relativement toutefois, de plus d'assurance quant aux coordonnées géographiques inhérentes à cette dernière que l'archéologie, toujours hésitante sur ce point. Les trop rares et pauvres vestiges sporadiquement découverts en certains secteurs, néo-mexicains surtout, du bassin de la rivière San Juan ne permirent à la science qu'une approche timide de la préhistoire des Navajos. C'est-à-dire de la période antérieure à l'arrivée des Espagnols, en 1540, aux abords de cette région. Bien que la carte physique moderne du Nouveau-Mexique révèle quelques sites aisément identifiables d'après le récit mythologique, la connaissance du lointain passé du Peuple demeure, en tout état de cause, plus que fragmentaire. En conséquence, il faut se satisfaire de bribes d'informations, de théories et d'hypothèses aventureuses, en l'attente de découvertes éventuelles significatives qui assoiraient cette connaissance sur des bases moins fragiles.

Néanmoins, les archéologues américains de la fin du XIXe siècle et du début du XXe — sans compter ceux toujours à l'ouvrage depuis — dirigèrent leurs pas vers cette contrée, inscrite dans le grand secteur des Quatre-Coins. Attirés, essentiellement, par sa richesse en vestiges des populations indigènes précolombiennes — les Anasazis, terme générique [16] —, ils en dressèrent un inventaire précis qui permit l'élaboration d'une classification, fondée sur l'évolution des techniques attestées par les résultats de leurs fouilles. Les étonnantes cités sous falaises de Mesa Verde (Colorado), par exemple ; le grand village semi-circulaire de Pueblo Bonito, dans Chaco Canyon (Nouveau-Mexique) ; le hameau perché de Tuzigoot et celui de Wupatki (Arizona) ; le solide bourg carré d'Aztec — et beaucoup d'autres [17] — suscitèrent des recherches méticuleuses et, nécessairement, passionnées. Si, grâce à elles, le passé des Anasazis et de leurs prédécesseurs dans le Sud-Ouest est bien connu, qu'en est-il de celui des Navajos ?

Il ne se révéla que de surcroît, dans les limites déjà indiquées. Dans le quadrillage serré des secteurs de fouilles, les archéologues découvrirent les traces ténues d'une culture différente de celle des Anasazis par son origine apparemment étrangère à ces lieux et son niveau nettement inférieur.

Des fragments d'une poterie grossière à fond conique et à l'engobe monochrome ; des restes squelettiques de huttes d'apparence provisoire, plantées soit au voisinage de vestiges de demeures de pierres sèches ou de pisé, soit isolées au fond de canyons plus hospitaliers que d'autres par leur hydrographie. Des traces, en un mot, d'une population issue d'une même famille mais éparpillée par petits groupes et qui, antérieurement vagabonde, se serait sédentarisée pour les besoins de pratiques agricoles indispensables à sa survie. Cela au sein d'une contrée depuis longtemps occupée par des communautés d'une culture déjà avancée dont elle avait adopté certains traits. Bref, un peuple de migrants, tardivement venu. Restait à savoir d'où, quand et comment ?

Ceux venus du froid

D'où ? Quand, par recoupements et comparaisons avec les caractéristiques culturelles des peuplades du Nord-Ouest canadien, il apparut que ces migrants provenaient de la région du lac Athapasqua (ou Athabasca), se posèrent, dès lors, les questions de la datation et des itinéraires de leur migration.

Apparemment fragmentée et échelonnée dans le temps, celle-ci prit des directions différentes, attestées par la dissémination de bandes fixées, depuis, en des zones distinctes. Avec pour point commun, l'une des langues athapasques[18]. L'important groupe originel du nord (les « Nordistes », pour les archéologues) est toujours représenté en Alaska (vallées de la Yukon et de la Tanana Rivers) et au Canada (tribus des Beavers, Carriers, Hares, Sarcees, Slaves, Dogribs et Chippewas). De ce groupe s'éloignèrent, à une époque difficile à préciser, des bandes qui longèrent la côte du Pacifique et dont les descendants actuels constituent les Athapasques... du Pacifique. D'autres prirent la direction du sud (les « Sudistes ») pour longer la barrière frontale des Rocheuses, aboutissant ainsi au Colorado (sud-est) puis au Nouveau-Mexique (nord-ouest). Soit dans le secteur des Quatre-Coins, déjà largement peuplé par les Anasazis — les Kisanis dont parle le mythe, probablement. Séduits par la prospérité de ces sédentaires dont les villages maçonnés coiffaient des mesas ou s'abritaient dans des grottes largement ouvertes dans les falaises — comme dans le canyon de Chelly —, les arrivants adoptèrent sans retard leur type d'agriculture et certains traits de leur artisanat. Tous progrès qui leur permirent de tirer le meilleur parti des canyons ouverts sur la vallée moyenne de la San

Juan — tels les canyons Gobernador et Largo, sites des vestiges les plus anciens attestant leur occupation — permanente ou intermittente — par les Navajos.

De bien minces et frêles vestiges, en vérité. Parmi eux, les spécialistes privilégièrent principalement les huttes — d'un type beaucoup plus particulier que ne l'étaient les fragments de poterie trouvés dans le même secteur —, identiques, par leur fond conique, à celles des tribus des Woodlands de l'Est. Ces abris, de plan légèrement ovale, tenaient leur forme conique d'une armature tripode, constituée par des branches, longues de 3,50 m environ, entrecroisées par leur extrémité fourchue (*Three forked sticks*). Cette charpente maîtresse, haute à son sommet de près de 2 m, supportait une paroi de perches aux interstices obstrués de pisé. A l'est, un petit couloir conduisait à une porte flanquée de deux montants verticaux. Le type même de l'habitat provisoire des chasseurs des grandes forêts du Nord, une filiation muette, toutefois, quant à l'époque de son édification.

Vers l'Histoire

La dendrochronologie, science de la datation par l'étude des anneaux des arbres, y répondit avec une indiscutable précision : Gobernador Canyon, par exemple, fut occupé entre 1491 et 1541. La vallée du rio Grande abritait alors des dizaines de villages prospères qui, contraints et forcés, allaient accueillir les conquistadores espagnols. Les Hopis perchaient sur les mesas du centre-nord de l'Arizona. Les Zuñis occupaient leur pueblo actuel et ses satellites. Partout ailleurs, seul le silence régnait sur les ruines des cités sous falaises et des villages ouverts des Anasazis disparus. Si précise que fût la datation des vestiges de Gobernador Canyon, relativement récents, trop pour satisfaire les archéologues autrement exigeants en matière d'investigation car désireux toujours de remonter aux origines les plus lointaines, elle ne permettait point de situer dans le temps l'arrivée des Athapasques dans le Sud-Ouest.

S'ils apprirent, enfin, du nouveau sur ce sujet-là, ils le durent à une science récente par laquelle s'illustra le linguiste Harry Hoijer[19] la glottochronologie[20]. Selon ce savant, les groupes apaches-navajos se séparèrent, entre 900 et 1300, des Athapasques du Nord-Ouest canadien. Voilà qui, précisant une lointaine antiquité, légitimait la théorie des arrivées successives des premiers. En authentifiant, du même coup, les épisodes du mythe relatifs à leurs errances et ceux de leurs contacts intermittents avec les Kisanis-Pueblos, leurs maîtres ès techniques diverses. Leur maçonnerie fut, à n'en pas douter, imitée par les Navajos, constructeurs de demeures et de tours « en dur ». Leur poterie, déjà si parfaite, leur vannerie et leur tissage furent effrontément copiés. Simultanément, les arrivants, bons observateurs et admirateurs des Kisanis — le mythe le prouve assez —, raffermirent leur organisation sociale en créant les clans, tout en s'inspirant de leur mythologie pour élaborer les premiers épisodes de la leur.

En corollaire direct de leur irruption dans un nouveau décor peuplé de gens autrement évolués qu'eux-mêmes, surgit la question de la nature des premiers contacts avec ces derniers. Furent-ils violents comme il serait aisé de le penser devant ces ruines de demeures isolées ou de villages nichés en des cavernes difficiles d'accès à flanc de falaise ? Ces traces d'incendie sur les murs de certains d'entre eux ? Ces squelettes entassés dans une fosse commune, chacun avec un crâne troué d'un coup de hache de pierre ? Ces momies aux membres coupés ? La théorie de l'Athapasque sauvage, destructeur des communautés agrariennes des Quatre-Coins, peut trouver là sa justification mais hasardeuse, hypothétique. Contre elle, l'on peut aussi évoquer la possibilité de violents conflits d'intérêts entre des groupes d'Anasazis. Quelle qu'ait été la nature des rapports entre sédentaires industrieux et nomades besogneux, tous furent logés à la même enseigne pour la longue sécheresse qui désola ce même secteur entre 1276 et 1299, selon la dendrochronologie. Au lendemain de ce cataclysme, à l'égal des Anasazis-Kisanis-Pueblos de ce Moyen Âge indien si éprouvant, le Navajo d'alors dut reconstruire sa vie ailleurs et assurer son avenir, laborieusement, en paix.

Installé dans Dinehtah, cultivant et chassant, il apprit au XVIe siècle la venue à sa porte d'inconnus harnachés de fer, montés sur d'étranges créatures hennissantes et munis d'armes encore plus prodigieuses que les flèches-éclairs des Héros Jumeaux. Il ne tarda pas à apprendre qu'ils ne venaient point apporter le bonheur aux peuples de ce monde. La rumeur provenant de la vallée du fleuve de l'Est, le rio Grande, l'informa que, là-bas, ces hommes nouveaux venaient de frapper les paisibles Kisanis. Mais il ignorait encore que la tragédie ainsi annoncée le concernerait, lui et les siens, dans les temps à venir. Les temps de l'Histoire.

PREMIÈRE PARTIE

Nuevo Mexico
1540-1846

« En réalité, il n'y a pas d'histoire des Indiens mais seulement une histoire des Espagnols dans leurs contacts avec les Indiens. »

EDWARD H. SPICER, Tucson, 1962

I.

Les siècles espagnols
1540-1821

1. PRÉLUDE (1540-1598)

Les illusions perdues (1540-1542)

En cette matinée du 20 octobre 1541, au village d'Alcanfor, province de Tiguex[1], en plein cœur du pays des Pueblos, le capitaine-général Don Francisco Vasquez de Coronado s'apprêtait à rédiger son rapport. A faire le point sur ses faits et gestes depuis son arrivée en ces lieux, voici vingt mois, à la tête de son armée. Un triste rapport sur un échec. Le sien. L'automne était là. L'hiver approchait. Il y pensa avec un léger frisson.

Il commandait maintenant à une troupe affamée, déguenillée, démoralisée. Un fantôme de troupe et qui s'auto-déchirait. Le soldat accusait publiquement son supérieur de s'attribuer, d'autorité, le moins mauvais de la maigre nourriture encore disponible. De se réserver les couvertures et les vêtements raflés chez les Indiens des villages alentour ou sur eux, parfois, sous la menace d'une arme. Une troupe indisciplinée, méprisant l'autorité et dont le comportement lui rappelait celui des grandes compagnies de pillards qui désolaient l'Espagne natale. Dans Alcanfor, vidé de ses habitants pour lui faire place, cette bande n'en finissait pas d'exhaler sa rancœur. Contre tout et tous. De nourrir, dans sa dangereuse oisiveté, sa déception de n'avoir trouvé dans cette *Tierra Nueva*, annoncée comme un Eldorado, ni les Sept merveilleuses Cités de Cibola, ni les fabuleux royaumes de Quivira — d'où elle venait de rentrer, fourbue. Ni or, ni argent, ni pierres précieuses. Rien que la faim, le désarroi, la nostalgie de la Nouvelle-Espagne et l'angoissante incertitude des lendemains. Une conquête ratée jusqu'à l'humiliation. Pourquoi, maintenant, ne rentrait-on pas ? Pourquoi prolonger inutilement le séjour en ce pays hostile ?

Instruit de ces récriminations et de cette impatience, soucieux des excès auxquels pouvait porter un aussi détestable moral, le capitaine-général s'accrochait encore, quant à lui, à l'espoir d'un retour possible à Quivira[2]. Pour aller au-delà (*un poco mas allas*) et poursuivre sa quête... Mais qui, dans cette atmosphère de mutinerie latente, lui obéirait ? Qui accepterait la répétition d'une telle folie ? Les mirages s'étaient dissipés... Il lui fallait, maintenant, confier au papier les circonstances de l'écroulement d'un rêve. Amère corvée. Qu'en penserait Sa Majesté Très Catholique le roi Charles V, empereur d'Autriche et de toutes les Espagnes ? Qu'écrire et en quels termes ?

Don Francisco fit taire son trouble intérieur pour concentrer sa pensée sur la rédaction du pensum dont dépendrait, à coup sûr, son propre avenir : « Le 30 octobre de cette année, j'écris à Votre Majesté depuis cette province de Tiguex [...] pour vous donner la relation complète de ce voyage... » Il raconta sa marche vers Quivira, sa rencontre avec des Indiens chasseurs de bisons — les « Quéréchos ». Il avoua sa déconvenue à l'arrivée dans le prétendu royaume des solitudes centrales de ce pays. Puis, il conclut : « J'ai fait l'impossible pour servir Votre Majesté et découvrir des terres partout où Dieu m'a protégé car j'ai servi et augmenté le royal patrimoine de Votre Majesté, comme votre loyal sujet et vassal [...]. »

Coronado pouvait, légitimement, se rendre cette justice. Il avait porté la bannière impériale jusqu'au cœur du continent américain du Nord, assurant ainsi à son souverain l'antériorité d'une découverte qu'aucune nation d'Europe ne lui disputerait de longtemps. Il venait de rencontrer des peuplades dont les noms résonneraient désormais à la cour de Madrid et à celle de Mexico ; les Zuñis, les Mokis (ou Hopis), les « Quéréchos » — vague appellation désignant les nomades (les vagabonds) des grandes steppes de l'intérieur. Et, surtout, les Pueblos[3], un peuple hautement évolué dont il avait, avec une rigueur inconsidérée, réprimé les révoltes dans le sang et les flammes. Un peuple trop fier pour supporter sans broncher les exactions de la soldatesque — les vols répétés de vivres, de vêtements, de couvertures, le rudoiement de ses femmes —, l'inhumaine conduite de l'occupant, en général. Ainsi, dès ce premier contact, la haine naquit chez l'Indien, désormais instruit de la nature profonde du Blanc : sa rapacité, la déconcertante versatilité de son code moral, sa violence, sa volonté délibérée d'assujettir les peuples tombant sous sa coupe. Tous éléments d'une lourde hypothèque qui ne cesserait de peser sur les relations entre les deux races.

L'hiver s'annonça neigeux sur les pays du rio Grande. Cruel aux

Indiens dépouillés, abattus de misère. Hostile à leurs tortionnaires désœuvrés, irrités et rageurs. Pour leur donner un spectacle capable de détourner, un moment, le cours de leurs pensées, une course de chevaux opposa, le 27 décembre 1541, le capitaine-général à l'un de ses capitaines, Don Rodrigo Maldonado. A pleine vitesse, la sangle de selle de Coronado se rompit. En tombant, sa tête fut fortement heurtée par l'un des sabots de la monture de son adversaire. De violentes douleurs le tinrent alité durant des semaines. Au printemps 1542, il se résolut enfin à reprendre la piste du retour en Nouvelle-Espagne. Il fallut le transporter en litière, conclusion navrante d'une première *entrada*[4] qui resta sans lendemain durant les quarante années suivantes.

Les illusions ressuscitées (1581-1594)

En 1581, le vice-roi Don Lorenzo Suarez de Mendoza autorisa le frère Agustin Rodriguez, évangélisateur hardi dès 1570 du peuple des Conchos dans la vallée du même nom, à marcher vers la *Tierra Nueva* de l'extrême nord, autrefois visitée par Coronado. Toutefois, son expédition et celles qui suivirent n'obéirent plus à une volonté politique ouvertement exprimée par Madrid ou Mexico. Toutes furent, à l'origine, des entreprises privées, ponctuelles, décidées et conduites à leurs risques et périls par leurs initiateurs poursuivant chacun un but précis : l'évangélisation, la richesse, la colonisation ou l'aventure pour elle-même. En cas de succès dans l'un ou l'autre de ces domaines, il demeurait possible pour la Couronne et pour l'Église de récupérer une bonne part du bénéfice acquis...

Des vies pour le Christ et pour le roi (1581-1582)

Le 6 juin 1581, les frères Agustin Rodriguez, Francisco Lopez et Juan de Santa Maria — tous bons connaisseurs, par expérience, des indigènes — quittèrent le lotissement minier de Santa Barbara à destination de la vallée du rio Grande supérieur, avec l'intention d'établir une première mission au pays de Tiguex. Le vieux capitaine Francisco Sanchez de Chamuscado et son lieutenant, Hernando Gallegos, les accompagnaient à la tête de 8 soldats et d'une vingtaine de serviteurs indiens christianisés. Ces derniers encadraient un troupeau de 90 chevaux et un autre de 600 bovins dont les rescapés, au terme du voyage, constitueraient l'embryon du cheptel de la mission. En somme, une très modeste expédition, nantie de moyens matériels réduits.

Après avoir remonté le rio Grande puis fait un crochet vers la lisière des plaines orientales, cette troupe établit son camp au sud de l'actuelle Santa Fe. Brusquement, après quelques jours de repos, le frère Juan de Santa Maria la quitta pour rentrer en Nouvelle-Espagne, sans donner de raisons bien nettes. Fatigue ? Nostalgie ? Inquiétude ? L'on ignora longtemps son sort, jusqu'à la nouvelle de son massacre par les indigènes de l'aval. En décembre, après un aller-retour à Zuñi, Rodriguez choisit le village de Puaray, sur le rio Grande, comme son lieu de résidence pour l'hiver et pour y préparer la construction de la mission. Chamuscado s'y sentit si mal à l'aise — cela tenait-il à l'attitude des habitants qui avaient connu Coronado et ses soldats ? — qu'à son retour il manifesta le désir de regagner Santa Barbara. Paralysé en cours de route, transporté par ses hommes sur une litière, il mourut peu avant d'y parvenir. Un messager fut aussitôt dépêché à Mexico où il débita, l'on ne sait pourquoi, une fable héroïque et séduisante : le capitaine avait conquis là-bas d'immenses territoires et découvert des traces de minerais précieux... De plus, les Indiens réclamaient la parole du Christ... Purs et pieux mensonges car, peu après le départ de Chamuscado, les Indiens de Puaray avaient assassiné les frères Rodriguez et Lopez demeurés seuls, selon leur désir. Bien évidemment, le messager l'ignorait.

L'eût-il su que ses paroles relatives aux prétendues trouvailles du défunt capitaine n'en auraient pas moins enflammé les esprits. Celui d'Antonio de Espejo, en particulier.

Les premiers Navajos ? (1583)

Espejo ? Au vrai, un ruffian titré, habile, intelligent, séduisant. Débarqué en Nouvelle-Espagne en 1571 comme « officier secret » de l'Inquisition et nanti comme tel de biens et d'honneurs dont une *encomienda*[5] qui fit de lui un despotique « baron » de l'élevage. Avec, en tête, dès qu'il eut vent de la rumeur ci-dessus évoquée, le rêve de devenir le Cortés de la *Tierra Nueva*, le conquérant de l'Eldorado annoncé. Il s'associa aux frères Luxan, deux hidalgos du même acabit que lui — l'un, Diego Perez, ex-spadassin, et l'autre, Gaspar, ex-chasseur d'esclaves. Grâce à la caution du brave père Bernaldino Beltran, un franciscain soucieux de s'informer du sort de ses frères de Puaray, Espejo obtint l'indispensable autorisation — sans révéler son but véritable au religieux.

Parti le 10 novembre 1582, il apprit la mort des deux missionnaires peu après son arrivée à Puaray. Puis il entreprit de longs vagabondages vers tous les horizons, à la manière de Coronado. Au cours de l'une de ses pérégrinations, à l'ouest de la vallée du rio Grande, il rencontra, au voisinage de Zuñi, un groupe d'Indiens montés qu'il qualifia de « Quéréchos ». Des gens pacifiques, au demeurant, et assez affables pour offrir... des galettes de maïs. Des cultivateurs ? Peut-être. A moins qu'ils n'aient tenu cette denrée des Pueblos avec lesquels ils commerçaient ? L'indécision demeura longtemps, chez les Espagnols. L'on sait, depuis, qu'il s'agissait d'Athapasques de l'Ouest, de Navajos précisément, rencontrés non loin de leur secteur de la San Juan, dans une période de transition culturelle entre le nomadisme et la sédentarité imposée par la pratique de l'agriculture apprise des Pueblos (voir le mythe). Cette rencontre marqua l'entrée des Navajos dans l'histoire du *Nuevo Mexico*, appellation apparue pour la première fois dans un rapport d'Espejo sur les débuts de son séjour en cette contrée.

La suite de celui-ci — qu'il faut résumer car le bonhomme nous entraînerait trop loin de notre sujet — fut de celles que l'on pouvait attendre. Au cours d'une nouvelle chevauchée, en 1583, quelques-uns de ses soldats ayant tenté de capturer des femmes pueblos pour les conduire en esclavage, les époux de celles-ci les attaquèrent — sans grand dommage, d'ailleurs. Espejo et ses lieutenants s'irritèrent, d'abord, de la hardiesse des assaillants. Leur colère redoubla à leur retour à Puaray, déserté par la majorité de ses habitants. Qui, dès lors, approvisionnerait les Espagnols en vivres ? Espejo, furieux, décida de se venger sur la trentaine de Pueblos encore présents. Diego Perez de Luxan, chroniqueur de l'expédition, raconta : « Nous les enfermâmes dans une *estufa*[6] [...]. Nous mîmes le feu aux maisons. Aux cris qu'ils poussèrent, nous conclûmes que quelques-uns furent brûlés vifs. Aussitôt, nous prîmes des prisonniers par deux à la fois et les alignâmes contre les arbres voisins. Nous les garrottâmes et les fusillâmes à plusieurs reprises, jusqu'à ce qu'ils fussent morts. Seize d'entre eux périrent ainsi. Sans compter les brûlés [...]. Ce fut un fait remarquable[7], compte tenu du si petit nombre de gens au milieu de tant d'ennemis[8]. »

Estimant avoir vengé l'affront reçu et, du même coup, le meurtre des deux missionnaires, Espejo rentra en Nouvelle-Espagne, après dix mois d'absence. Dans son rapport au roi Philippe II, fils et successeur de Charles Quint, il se proposa, sans trop de façons, comme gouverneur éventuel du *Nuevo Mexico,* « si sa découverte et sa colonisation sont à nouveau entreprises au service de Sa Majesté[9] ».

Sa Majesté y était si peu disposée qu'elle renouvela avec force l'interdiction de toute nouvelle expédition vers le nord. Pourtant, en 1585, elle leva cet interdit à la nouvelle du débarquement en Virginie de Sir Richard Grenville, une menace assez sérieuse pour que soit envisagée l'occupation effective du Nouveau-Mexique. Les candidatures affluèrent jusqu'en 1590, sans qu'aucune ne donnât pleine assurance de sérieux à Mexico. Parmi les refusés, Gaspar Castaño de Sosa n'était point homme à se laisser arrêter par le mauvais vouloir d'un petit vice-roi. Il le prouva en cette même année.

Véritable potentat sur la « frontière » du Nouveau-Léon où, à titre d'*encomendero*, il possédait mines et haciendas ; fondateur de plusieurs lotissements dont celui d'Amalden où il résidait (Monclova, aujourd'hui) ; marchand d'esclaves : autant de fonctions qui, pour n'être pas toutes recommandables, l'avaient néanmoins installé dans le fauteuil de lieutenant-gouverneur de sa province, par décision du vice-roi. Cette position lui parut assez forte pour braver ce dernier en organisant à ses frais une importante expédition vers le Nouveau-Mexique. Afin d'y fonder, en premier lieu, une colonie peuplée des 170 hommes, femmes et enfants qui l'accompagneraient. Pour, ensuite, conquérir le pays grâce aux mercenaires fortement armés d'une escorte nantie de deux petits canons de cuivre.

Parti en juillet 1590 de son hacienda d'Amalden, précédé de cavaliers chargés de ramener des esclaves indiens, de Sosa planta sa colonie près de Santo Domingo, à proximité du rio Grande. Là, au printemps 1591, vint le cueillir, au nom du vice-roi, un détachement de cavalerie qui le ramena, enchaîné, à Mexico. Au terme de son procès, ses juges l'envoyèrent en exil aux Philippines, pour dix ans. On dit qu'il y mourut dans une révolte de galériens.

Une fois de plus, la quatrième, le Nouveau-Mexique venait de trahir l'une des victimes de sa séduction. Malgré ce risque, deux aventuriers prirent à nouveau le dangereux chemin du Nord.

Francisco Leyva de Bonilla, capitaine, et Antonio Gutierez de Humana, chef d'une bande de ruffians de Santa Barbara — qui en regorgeait —, arrivèrent sur le rio Grande supérieur, à San Ildefonso, dans une disposition d'esprit dictée par leur ambition et leur appétit, plus que vorace. Explorer le pays, y découvrir puis exploiter les mystérieux gisements d'or et d'argent annoncés, gouverner l'indigène et le mettre au travail. Le mater, s'il rechigne. Un solide programme que la mauvaise fortune leur interdit de mener à son terme.

Lassés par une année de vaines recherches, ils se laissèrent convaincre par les Indiens de s'enfoncer dans le centre du continent, vers le « Royaume » de Quivira. La vieille malice qui avait failli perdre Coronado, voici un demi-siècle, mais de nouveau servie à bon escient et, de nouveau, efficace. Avec, en conclusion, l'échec. Dépités, les deux compères s'engagèrent alors en d'épuisantes errances sans but précis. Les esprits s'aigrirent. Les querelles s'allumèrent. Un soir, Humana larda de coups de poignard son associé (1594). Beaucoup plus tard, en 1601, l'on découvrit sur la rive d'un cours d'eau du Colorado des ossements de chevaux dans un amas d'armes et de cantines espagnoles rouillées. Assurément, pensa-t-on, les macabres vestiges de l'expédition Humana-Bonilla. Depuis ce temps-là, la rivière figura sur la carte de la région sous le nom d' « El Rio de Las Animas perdutas en purgatorio [10] ». Mais qui pouvait penser sincèrement que le purgatoire eût consenti à accueillir ce gibier voué, d'emblée, à Satan ?

La fin du prélude (1594-1598)

Quatre expéditions, quatre échecs. Existait-il donc, déjà, une fatalité du Nouveau-Mexique ? A l'heure où s'achevait le premier siècle espagnol des Amériques, partout victorieux en matière de conquête et de soumission des indigènes, seule la *Tierra Nueva* du Nord se révélait hantée par tous les maléfices. Une terre de déconvenues répétées, inexorables, pour les conquérants en armure ou en robe de bure. Des aventuriers en armes ruinés, des tentatives d'évangélisation et de colonisation avortées, des rêves de fortune évanouis : triste et affligeant bilan pour la superbe espagnole qui, après avoir réussi à s'approprier, ailleurs, des eldorados, se trouvait maintenant rabattue. Un dégât moral, certes. Du côté indien, le tableau est plus sombre encore. Pêle-mêle : des suppliciés par le feu, l'épée ou l'arquebuse ; des estropiés, amputés par les bourreaux ; des morts par centaines ; des esclaves de tout âge et des deux sexes ; des villages incendiés ; une économie de subsistance saccagée ; tout un développement culturel stoppé ; une population désespérée. Les vautours sont venus, repartis, revenus — chaque vol ajoutant ses malheurs aux précédents. Pourtant, trop brusquement saisis pour réagir, les Pueblos n'ont pas bougé. Au contraire de leurs frères de Nouvelle-Espagne, furieusement révoltés par populations entières d'une région à l'autre, d'une époque à l'autre, contre la barbarie de l'occupant.

Pourquoi le déchaînement de celle-ci ? A l'origine, le mythe sans cesse régénéré de l'Eldorado dont nul obstacle, surtout pas l'obstacle humain, ne put stopper la recherche. L'Indien dut plier ou casser. Cela à l'encontre des recommandations officielles, même si elles témoignèrent, selon les impératifs politiques du moment, de complaisances coupables. Les voix de paix clamèrent toujours dans le désert. Et y clameront longtemps encore, au Nouveau-Mexique en particulier. En raison même de son éloignement, leurs destinataires ne les entendront pas. A la fin du XVIᵉ siècle, cette province, il est vrai, demeurait la seule capable d'offrir encore quelque chance aux aventuriers espagnols de tout rang et de tout poil. Une terre de tous les possibles, aux dimensions du quart, ou presque, d'un continent. Une terre qui, depuis toujours, dans sa rudesse n'avait de trésors à proposer aux hommes qu'au prix de leur intense labeur de fourmis. Une terre d'éprouvantes vérités et non d'illusions. Où les seuls eldorados jusque-là découverts se réduisaient à des champs de maïs, de courges, de haricots, de coton et de tabac habilement irrigués, obstinément cultivés malgré les rigueurs, épisodiques mais implacables, des décrets du ciel avec leurs inexorables sécheresses, leurs tornades dévastatrices, leur dédain aveugle du sort des humains. Ce qu'en règle générale ne voulut pas admettre le conquérant. Pourtant, les chroniqueurs de ses premières expéditions se montrèrent souvent plus perspicaces que lui-même. En louant sincèrement, avec enthousiasme parfois, la vertu de l'indigène ; son acharnement au travail de sa terre, sa générosité naturelle, son intelligence capable de lui inspirer les techniques utiles à sa survie comme de le porter vers certaines formes d'expression artistique en matière de poterie, de vannerie, de joaillerie et d'attributs cérémoniels.

Contre cet homme-là, des forces militaires supérieurement équipées viennent de s'épuiser, victimes de l'immensité et de l'hostilité du pays mais aussi, et surtout, de la désespérante évanescence de leurs rêves. Un épuisement temporaire, il est vrai, mais qui sera tôt surmonté. L'Espagnol reviendra, l'Indien le sait. Tirant la leçon de ses expériences passées, de ses insuffisances et de ses revers mais encore attiré par ce pays, le conquérant aura à cœur de se l'approprier, grâce à sa vitalité retrouvée. Informé de la géographie de cette partie du continent, partiellement instruit de la nature des diverses populations rencontrées, il lui manque encore bien des pièces du puzzle. Qui sont, par exemple, ces énigmatiques « Quéréchos », rencontrés à l'ouest par Espejo ? Où et comment vivent-ils ? Quelles relations entretiennent-ils avec les Pueblos ?

A Don Juan de Oñate de répondre, peut-être, à ces questions.

2. LES PIONNIERS — DÉBOIRES ET TOURMENTS (1598-1609)

« Ce jour, 30 avril de l'an 1598, fête de l'Ascension de Notre Seigneur, je prends possession une fois, deux fois, trois fois, et en toutes occasions qui me seront données, de ces terres, dudit Rio Grande del Norte sans aucune exception, avec leurs prairies, leurs pâturages, leurs cols [...] et de toutes les autres terres, villages, villes, villas de quelque nature que ce soit, découverts en ce royaume et province du Nouveau-Mexique [...] ainsi que de toute sa population indienne [...]. J'assumerai toute juridiction, haute ou basse, au civil comme au criminel, depuis la base des montagnes jusqu'au sable et aux pierres des rivières et aux feuilles des arbres [11]. »

En ce jour solennel, Don Juan de Oñate, parvenu à la tête de son expédition sur le site de l'actuelle Ciudad Juarez [12], s'accapara la pleine et entière propriété du Nouveau-Mexique. Au nom de son souverain Philippe II et en son nom personnel.

259 soldats, ouvriers et aventuriers divers, encadrés par une trentaine d'officiers, s'apprêtent à franchir le rio Grande, leur Rubicon, sous l'autorité de leur capitaine-général (Don Juan en personne), secondé par un lieutenant-général (son propre fils, Don Cristobal). Cette troupe traîne avec elle 12 Franciscains, 140 familles de colons espagnols et de métis, entassées en 83 chariots. En queue, derrière la piétaille des serviteurs noirs et indiens, un troupeau de 6 500 bêtes — bovins, chevaux, juments, mulets et moutons.

Le poblador [13] vagabond

Lentement, lourdement, ce convoi étiré sur cinq à six kilomètres remonta la vallée du rio Grande, sur les traces des précédentes expéditions. A sa grande surprise, les premiers villages indiens traversés se révélèrent déserts de leurs habitants... Sauf l'un d'eux dont la population, toujours sur place, se concilia les arrivants en leur offrant du maïs, secours bienvenu en raison de la famine régnant parmi les voyageurs [14]. Au pays de Tiguex, le bout du chemin, l'accueil des Indiens eût été réconfortant si, dans l'une des maisons, les Espagnols n'avaient découvert, sous la couche de lait de chaux passée sur les murs, la présence d'une fresque, représentant « les détails du martyre de ces saints hommes — les frères Agustin Rodriguez, Juan de Santa Maria et Francisco Lopez. Les peintures nous révélèrent qu'ils furent lapidés et battus par les Indiens sauvages [15] ».

En juillet, Oñate fixa sa « capitale » en amont, près du confluent du rio Grande et du rio Chama. Elle reçut le nom de San Juan de los Caballeros, lieu de regroupement de l'armée et des colons. Dans l'intervalle, le capitaine-général visita les abords de son nouveau domaine ; Taos et Pecos, à l'est ; Jemez et sa région, à l'ouest. A son retour, il constata avec plaisir l'excellent travail des bons frères, ou plutôt celui de leurs 1 500 esclaves, constructeurs d'un canal d'irrigation et d'une église dédiée à saint Jean-Baptiste. Les chefs indigènes accoururent de tous les horizons pour prêter le serment d'allégeance au nouveau maître, qui s'en félicita. Superbe, il les exhorta à se conduire en loyaux sujets de Sa Majesté puis il les assura de son amour pour eux et de son vif désir de les conduire vers le Dieu des Blancs... Dans cette sainte perspective, il attribua ensuite aux religieux de sa suite leur paroisse respective. Au frère Francisco de Zamora revinrent les villages orientaux de Taos et de Picuris ainsi que ceux du nord de la vallée d'où il devrait entrer en relation avec les « Apaches de la Jicarilla » — « Ceux-qui-tressent-de-petits paniers ». A l'opposé, le secteur de Jemez échut au frère Alonso de Luego, chargé de nouer des rapports avec les « Apaches de l'Ouest » et les « Cocoyes des sierras », probablement un groupe sud des (futurs) Navajos.

La première mention du terme « Apache » — qui dans la langue des Zuñis signifiait « ennemi » — intervint lors de ces attributions sans que la distinction ne soit encore établie entre Apaches et Navajos. Par contre, elle fut nettement stipulée, sous la plume d'Oñate, en 1599, entre les premiers et les « Quéréchos » des plaines à bisons de l'est. Il y avait là un progrès dans la connaissance des peuplades nomades qui, à l'Orient comme à l'Occident, encadraient les Pueblos sédentaires. Toutefois, l'incertitude subsista longtemps chez les Espagnols, relativement à la situation et à l'étendue exactes des domaines des nomades occidentaux. De plus, quelles relations entretenaient-ils avec les Pueblos de leur voisinage ? Pas de doute, ceux de Zuñi voyaient en eux des ennemis. Mais qu'en était-il de leurs rapports avec ceux de Jemez et d'Acoma [16], ces derniers perchés sur leur mesa, haute de 150 à 200 m au-dessus de la plaine ? Ces questions se posèrent avec acuité à Oñate lorsqu'il tenta d'analyser les causes de la tragédie qui ensanglanta ce dernier lieu.

Villages martyrs (1599-1601)

En décembre 1598, par un temps froid et neigeux, le capitaine Juan de Zaldivar et une trentaine de soldats gravirent le rocher d'Acoma pour réclamer aux habitants des vivres et des couvertures. Ils s'y heurtèrent à un refus catégorique, sous le prétexte qu'Oñate étant passé par là dans les jours précédents ils n'avaient plus rien. Les Espagnols tentèrent-ils de s'emparer par la force des provisions désirées ? En un tournemain, ils furent assaillis par un millier d'Indiens [17] qui les massacrèrent presque jusqu'au dernier, y compris leur chef.

Seuls se tirèrent de l'hécatombe deux soldats qui en informèrent Oñate, à San Juan. Réunissant aussitôt un conseil de guerre, celui-ci chargea Vicente de Zaldivar, frère du défunt, d'aller châtier énergiquement les coupables. Trois jours durant, en janvier 1599, la bataille fit rage dans le village difficilement conquis puis incendié. Parmi ses décombres gisaient 500 hommes et 300 femmes et enfants, tandis que deux cavaliers espagnols perdirent la vie dans cet assaut. Zaldivar, sa mission remplie, ramena plusieurs centaines de prisonniers dans la « capitale » d'Oñate, où ils furent jugés et condamnés. Tout homme de plus de vingt-cinq ans eut un pied coupé et écopa de vingt-cinq ans d'esclavage, peine ramenée à vingt ans pour les mâles et les femelles — termes mêmes de la sentence — de douze à trente-cinq ans. Les garçons d'un âge inférieur furent confiés à Zaldivar « pour en disposer à son libre usage » et les fillettes au frère Martinez, commissaire apostolique, pour qu'il les répartisse entre des familles espagnoles, après avoir été baptisées.

Le nom d'Acoma s'ajouta désormais à la liste du martyrologue indien, ouverte par Coronado un demi-siècle auparavant. Ni Oñate ni ses officiers ne furent inquiétés pour ne décourager ni la troupe ni la colonie. Au contraire, ils récidivèrent au printemps 1601. Zaldivar, promu au rang d'exécuteur des hautes œuvres, s'en alla « punir » trois villages du sud de la vallée où il aligna des centaines de cadavres et d'où il ramena presque autant de prisonniers. Cette débordante activité répressive fut loin de conforter la colonie, en proie à une famine endémique, les Indiens qui auraient pu la nourrir étant ou massacrés sans raison ou capturés, et leurs chefs torturés pour leur faire avouer leurs cachettes de maïs. Les survivants se nourrissaient alors « de branches d'arbres, de boue, de charbon de bois et de cendres », écrivait le frère Francisco de San Miguel, à la date du 7 décembre 1601. Déjà, les désertions de colons se multipliaient, les plus solides préférant rentrer en Nouvelle-Espagne. Oñate, quant à lui, sillonnait le Sud-Ouest en des expéditions de recherche de métaux précieux — le vieux rêve — ou de découverte. Entre deux randonnées, il transféra sa capitale de San Juan à San Gabriel, sur la rive opposée du rio Grande, pour des raisons stratégiques, sans doute. Cette mesure ne stoppa nullement le dépérissement de la colonie qui ne comptait plus que 80 obstinés, à son retour du lointain golfe de Californie *(la Mar del Sur)*, en avril 1605.

A Madrid, Philippe III finit par s'alarmer de la multiplication des rapports dénonçant l'indifférence d'Oñate au sort de la colonie et ses exactions contre les Indiens. En conséquence, le souverain releva le coupable de son commandement, une sanction qui ne surprit point ce dernier, démissionnaire depuis avril 1607 — pour sauver l'honneur, semble-t-il. Toutefois, Oñate demeura sur place durant quelques semaines afin de transmettre ses pouvoirs à son successeur désigné, un riche *encomendero* de Jemez, Juan Martinez de Montoya. Les deux hommes durent collaborer pour s'opposer au nouveau danger brusquement surgi dans ce même secteur où, pour la première fois, les Navajos passaient aux actes.

Les Navajos entrent en scène (1606-1608)

Inquiets des crimes espagnols susceptibles de les atteindre un jour, irrités de la menace pesant sur leurs relations commerciales avec les Pueblos mais surtout attirés par les trésors matériels de la colonie et de ses satellites avancés vers leur territoire, les Navajos/Apaches de l'Ouest (la distinction n'est pas encore effective, d'où ce double vocable clarificateur) foncèrent, d'abord, sur les troupeaux de Montoya (avant et après 1606) puis contre San Gabriel (août 1608). C'était là un fait nouveau, la manifestation d'une agressivité à coup sûr encouragée par leur possession de quelques chevaux volés sur les pâturages des Pueblos en *encomiendas*. Ou troqués soit auprès des habitants des villages ayant hébergé des expéditions depuis 1580, soit auprès de soldats espagnols soucieux d'acquérir pour l'hiver des peaux de bison, de daim ou d'antilope.

Pillards par nécessité, d'abord, puis par le désir de s'approprier de nouvelles richesses, les Athapasques de l'Ouest et de l'Est en vinrent rapidement à faire cause commune avec certains villages pueblos, inquiets de la conversion au christianisme de nombre des leurs. Taos, Picuris et Pecos, par exemple, comprirent, d'emblée, le danger de l'action des franciscains qui détournaient de la religion ancestrale des localités entières. Jusqu'en 1605, ces missionnaires ne remportèrent que des succès limités puisque l'on estimait alors à 400 ou 500 le total des Indiens baptisés. Si, au regard de leurs aspirations, cette première « moisson d'âmes » passait pour décevante, elle paraissait néanmoins alarmante aux yeux des Pueblos orthodoxes. Leurs frères n'allaient-ils pas s'engager, un jour, dans la voix d'une collaboration politique et militaire avec l'Espagnol ?

Dans ce premier temps, seul ce dernier fut visé. L'on ignore comment il réagit. Peut-être y eut-il représailles de sa part ? Si oui, compte tenu de ses faibles forces, de l'inconnu et de l'isolement du territoire des assaillants, elles durent être assez timides. Pourtant, le danger subsista, en raison même des appâts offerts par la colonie blanche : le cheval, la vache, le mulet et le mouton, ce merveilleux animal, aussi précieux pour sa chair que pour sa laine, filée et tissée par les Pueblos avec autant d'habileté que le coton, leur culture déjà séculaire.

Sur ce fond d'inquiétude nouvelle, Oñate quitta la colonie à demi moribonde matériellement mais dotée, par ses soins, des structures politiques, administratives et religieuses appelées à survivre à son départ. A la tête de chacun des six districts délimités sur son ordre (*alcadias*), il avait nommé un *alcade mayor*, commandant militaire et juge à la fois. Chargé d'organiser les villages espagnols et indiens, cet officier reçu pour consigne de respecter l'autorité du chef indigène en ces derniers. Le pouvoir religieux s'incarnait, quant à lui, en la personne du Commissaire apostolique, responsable de l'action missionnaire. Enfin, Oñate ne manqua point d'attribuer des *encomiendas* à ses capitaines les plus méritants et aux notables espagnols les plus influents. Tous les rouages de la mécanique coloniale ainsi mis en place, il partit pour Mexico où il comparut devant l'*Audiencia* — tribunal et conseil administratif auprès du vice-roi. Ses juges passèrent au crible ses actions pour dresser contre lui une liste fort copieuse de chefs d'accusation : négligences répétées dans son gouvernement, cruautés dans la répression des insurrections indigènes, exactions de toute nature, etc. Au terme de son procès (1614), Oñate s'entendit destituer de son rang de gouverneur et condamner à quatre années d'exil... au terme desquelles, Sa Majesté, bon prince, lui accorda son pardon.

Après son départ de San Gabriel, la colonie — terme à coup sûr exagéré pour désigner quelques haciendas et lotissements frileux disséminés sur un étroit territoire — se reprit à espérer en des jours meilleurs. A l'égal de Philippe III qui, longtemps déçu par l'accumulation des échecs au Nouveau-Mexique, avait songé à l'abandonner, avant d'être rassuré par les triomphantes statistiques des baptêmes brandies par les missionnaires. 7 000, en une année à peine ! A quel miraculeux appel de la parole divine était donc due cette phénoménale progression ? Questions oiseuses... Puisque la voix du Seigneur rencontrait un tel écho auprès des Indiens, il fallait continuer l'œuvre entreprise, avec des hommes nouveaux aussi profondément pénétrés des exigences de la volonté royale que de la nécessité de servir la sainte Église.

Parce qu'il semblait satisfaire à cette double exigence, Don Pedro de Peralta, investi du titre de gouverneur (mars 1609), se mit en route en compagnie du frère Isidro Ordoñez nommé « Père président » des 7 franciscains de sa suite. Le glaive et la croix. Sous leur double autorité, l'expédition, forte de 150 Espagnols[18] et de 700 Indiens Tlaxcalans[19], s'engagea sur le *Camino Real* qui longeait le rio Grande vers son amont, vers San Gabriel. Une nouvelle croisade commençait. Qui, alors, se serait douté du sombre destin qui l'attendait dans le Nord lointain ?

3. LE SIÈCLE TERRIBLE (1609-1700)

Pourquoi ce qualificatif hugolien ? Avec la volonté raffermie de tenir le Nouveau-Mexique et d'y renforcer sa colonie, l'Espagne va, sous la pression des circonstances, y développer une politique de coercition génératrice de conflits sanglants avec différents groupes indigènes hostiles à ses lois. Des lois appliquées sans discernement par des gouverneurs au comportement d'irresponsables, sourds aux recommandations officielles et uniquement guidés par la poursuite de leur intérêt personnel. Ce faisant, de l'un à l'autre, ils susciteront un ressentiment grandissant à partir des ferments de la haine çà et là semés par Coronado et ses successeurs, Oñate compris. L'explosion sera, dès lors, dévastatrice pour une colonie déjà affaiblie plus par les querelles internes de ses maîtres que par l'incertitude de ses conditions d'existence. Ce XVIIᵉ siècle sera guerrier. Il s'achèvera par le rétablissement, tout provisoire, de la souveraineté espagnole sur des populations affaiblies, ruinées, désespérées. Mais, au-delà de la dévastation systématique du pays des Pueblos, d'autres forces, non touchées par le malheur, se lèveront pour conduire inexorablement à sa perte, au siècle suivant, cette partie-là de l'empire espagnol d'Amérique du Nord.

L'Espagnol s'installe (1609-1630)

Don Pedro de Peralta et le frère Isidro Ordoñez chevauchent de concert sur le *Camino Real*. Le premier incarne le pouvoir temporel. Il aura charge de réorganiser, d'administrer et de défendre la colonie blanche et ses « protégés » indiens — ceux baptisés, surtout. Le second représente le spirituel. A lui de conquérir les âmes. Deux pouvoirs distincts et qui devraient œuvrer dans un but commun. Malgré la fragilité des atouts légués par Oñate, il leur faudra imposer leurs lois concomitantes d'abord aux 30 ou 40 000 Pueblos peuplant le rio Arriba[20], à peine colonisé. Puis étendre, si possible, leur application aux errants des lisières : aux « Quéréchos » de l'Est, aux Apaches Jicarillas du Nord-Nord-Est et aux Navajos/Apaches de l'Ouest. A la condition de leur étroite collaboration, le gouverneur et le père-président devaient ainsi ouvrir, en toute sécurité, au futur peuplement espagnol un domaine prometteur. Tâche ardue, en vérité.

La découverte de San Gabriel, pauvre et dérisoire « capitale » au visage souffreteux, les déçut tant qu'ils décidèrent de l'abandonner pour un nouveau site au décor plus avenant et, partant, symbolique de la renaissance espérée. Peralta jeta son dévolu sur un lieu situé à la base des monts Sangre de Cristo [21] où, dès 1610, les Tlaxcalans commencèrent l'édification d'une *villa*. La demeure du gouverneur sortit de terre en priorité pour devenir son « palais », auquel fut adjoint un cantonnement pour les soldats. Puis, ces mêmes bâtisseurs construisirent un ensemble de maisons pour les colons. En quelques mois prit forme une agglomération placée sous le vocable de saint François d'Assise d'où son nom : « La Villa Real de la Santa Fe de San Francisco de Assisi » — Santa Fe (Sainte-Foi), pour tout dire. Malgré ce patronnage prestigieux, les religieux lui préférèrent un site éloigné, au sud, El Agua de Santo Domingo [22], dont le frère Ordoñez prétendit faire la Rome du Nouveau-Mexique... Chacun chez soi. Une fois installés, le gouverneur et le père-président s'employèrent à mettre en place leur propre système, à partir du schéma dessiné par Oñate, mais en l'étoffant.

Une mécanique de la coercition

Siège du gouvernement de la province, Santa Fe fut doté d'un conseil municipal (*cabildo*) de quatre conseillers et de deux magistrats, désignés par le gouverneur, dépositaire lui-même de la quasi-totalité des pouvoirs — les autres allant à un capitaine-général nommé par le vice-roi. L'un et l'autre ne devant de comptes qu'à Mexico disposent d'une grande latitude d'action qui fait du premier un véritable satrape. Comme il nomme le lieutenant-gouverneur et les *alcaldes mayors* placés à la tête de chacun des districts délimités par Oñate, ces gens n'ont, évidemment, rien à lui refuser. Pas plus que les citoyens-soldats, au nombre de 35 en 1610 — et leurs officiers, tous à la dévotion du maître. Dépourvus de solde, ils n'ont pour ressources que les profits de l'*encomienda* accordée par ce dernier et le tribut perçu sur l'Indien [23]. L'on conçoit aisément leur intérêt pour les futures chasses aux esclaves et leur rudesse dans la perception de l'impôt auprès des indigènes. Son Excellence fermera donc les yeux sur d'éventuelles exactions « pour le bon motif », elle-même n'ayant accepté sa nomination que dans la perspective d'un enrichissement rapide durant les trois ou quatre ans de son séjour. A d'autres, les scrupules.

Ceux-là n'étoufferont point trop, non plus, les religieux en charge des paroisses. Mais pour d'autres raisons. Indifférents à la fortune, du moins en apparence, ils rechercheront la gloire de l'Église par le succès de leur croisade évangélique et la mise en exploitation du territoire paroissial confié à chacun d'eux. Le prêtre-missionnaire y arrive avec sa petite escorte de soldats et de Tlaxcalans destinés à servir d'appeaux auprès des autochtones. Ils encadreront bientôt les travailleurs locaux « invités » à construire la maison du Seigneur dans le « village de mission » sélectionné par le père-président de Santo Domingo. Une fois l'église édifiée, le frère recrute ses premiers catéchumènes en leur enseignant les mots espagnols composant l'a.b.c. du vocabulaire catéchistique. Car il est rare qu'il fasse lui-même l'effort d'apprendre leur langue. Les plus doués d'entre eux joueront ensuite les catéchistes auprès de leurs concitoyens, parmi lesquels seront choisis les membres de la chorale. Tout ce petit monde-là, une fois formé, devra attirer, par son exemple, la foule des « fidèles » à la messe et aux vêpres dominicales. Afin d'éviter le remue-ménage durant les offices, un *fiscal* est désigné et investi de la responsabilité du maintien de l'ordre, baguette en main.

Tout en cherchant à faire de ses ouailles de bons chrétiens, gageure difficile à tenir car les mystères de la nouvelle religion leur échappent plus qu'il ne faudrait, le frère s'emploie à développer les ressources du village qui vit en autarcie. Dans la mesure où il dispose de quelque petit matériel aratoire — houe et charrue, par exemple —, il leur en enseigne l'usage. Si le convoi annuel venu du Mexique le dote d'outils, il révèle à ses protégés les arts de la forge, du travail du fer (jusqu'alors inconnu d'eux), de la bourrellerie-sellerie et de tout autre technique utile dans le moment. Il peuple progressivement, en fonction des arrivages de bétail, les pâturages de sa mission. Il ensemence des terres et plante des arbres fruitiers d'une essence nouvelle, etc. Un jour viendra, si tout va bien, où les produits des cultures, de l'élevage et de l'artisanat suffiront aux Indiens pour payer le tribut sur leur propre part. Ils serviront surtout à la mission pour expédier les surplus éventuels au Mexique où ils seront vendus avec un énorme bénéfice. Autrement dit, « l'Indien de mission », ainsi qu'on le désigna, ploie sous le joug, avec une rigueur et une peine égales à celles de son semblable au service d'un *encomendero*. Mêmes maîtres, même destin.

Et s'il regimbe ? S'il désobéit ? S'il s'absente des offices ou, pis, s'il s'enfuit pour échapper à sa servitude ? Tout est prévu en matière de châtiments pour l'exemple : le fouet sur le dos du récalcitrant attaché au poteau dressé sur la place de l'église ; le carcan de bois pour le cou, les pieds ou les mains ; la pénitence publique avec demande expresse du pardon au Seigneur. La mort, s'il y a récidive. La faute la plus grave demeure, toutefois, la persistance de la pratique de la religion ancestrale — l' « idolâtrie », dans toute son horreur. Alors, les soldats interviennent qui violent le secret des *kivas* pour y saccager et incendier les objets du culte. Il leur arrive parfois de conduire les chamanes au bûcher.

Une telle politique vise, à l'évidence, l'éradication absolue de la religion originelle, selon les procédés mis au point en Nouvelle-Espagne par les franciscains les plus fanatiques. Elle ne pourra que renforcer contre l'Église et ses représentants au Nouveau-Mexique un ressentiment d'ancienne origine en ces lieux. Aussi intense que celui suscité, simultanément, par le pouvoir laïque — gouverneur, administrateurs et soldats. Santa Fe et Santo Domingo actionnent de concert, trop vite et trop énergiquement, les commandes d'une mécanique de la coercition. Efficace, à n'en pas douter, quant à la satisfaction de leurs intérêts respectifs. Mais qui, peu après sa mise en place, s'engage dans un processus d'autodestruction, annoncé par le conflit naissant entre le petit César de Santa Fe et le sombre Savonarole de la Rome néo-mexicaine. Une affaire grotesque au demeurant. Née d'un conflit d'autorité et d'intérêts entre le glaive et la croix, conflit assez virulent dès son origine pour se poursuivre durant soixante-quinze ans ! Les successeurs respectifs de ses initiateurs épousant leur querelle avec une fougue bouffonne qui empestera les rapports entre les deux pouvoirs. Plus grave, elle facilitera les incursions des observateurs campés sur le pourtour de l'arène — les Athapasques et, parmi eux, au premier rang, les Navajos.

Si l'on ne considère que le premier acte du spectacle donné aux populations tant espagnole qu'indigène par la compagnie Peralta-Ordoñez, l'on y découvre une suite d'épisodes rocambolesques. Le premier excommunié par le second et contraint, selon la coutume, de faire amende honorable, pieds nus et cierge en main, devant l'église de Santa Fe. Le gouverneur, humilié, tirer un coup de pistolet sur le père-président, le manquer et blesser un religieux de son entourage, avant de s'enfuir. Dernier tableau : Peralta arrêté et emprisonné sur ordre de son rival. Ou le Golgotha du gouverneur, crucifié par l'homme de Dieu ! La bouffonnerie prit fin en 1614, par le rappel des deux antagonistes. Peralta, ruiné et promis à une fin misérable. Ordoñez jugé par l'Inquisition et renvoyé à Rome, sur la roche Tarpéienne.

Le second acte, avec le gouverneur Juan de Eulate en vedette, fut tout aussi brillant. Était-il vrai qu'afin de contrecarrer l'action évangélique des frères, il autorisa les Pueblos à pratiquer leurs rites ? Qu'il vendait à son profit, au Mexique, le bétail élevé par les Indiens de ses *encomiendas* ? Cela malgré la menace du châtiment brandie par la sainte communauté de Santo Domingo ?

Les « *Ennemis des grands champs cultivés* »

L'on en était là de cette affligeante situation lorsqu'une escouade de nouvelles « robes grises » arriva dans la petite ville (1621). Parmi les nouveaux venus, Geronimo Zarate de Salmeron prit la relève du prêtre chargé de la paroisse de Jemez, voisine de la contrée où nichaient les Navajos/Apaches de l'Ouest. S'il s'y montra assez convaincant pour décider « les Jemez » à construire deux missions l'année suivante, il ne put faire que ses ouailles, en révolte contre les *encomenderos,* ne détruisent l'une d'elles, en 1623. Sans oublier de porter leurs coups contre les villages pueblos christianisés, entre Jemez et le rio Grande. Trois ans durant, ces troubles contrarièrent toute reprise en main de ce secteur, conséquence du laxisme du gouvernement Eulate et des embarras dressés par ses soins sur le chemin des frères.

Salmeron, quant à lui, émit l'hypothèse d'un encouragement actif donné par les Navajos/Apaches de l'Ouest à leurs alliés Pueblos, ce qui n'avait rien de surprenant. Analysant ces faits dans un rapport de 1626, il désigna les Athapasques voisins sous l'appellation de « Apaches de Navaxu », sans préciser le sens du second de ces termes, entendu dans la bouche d'une de ses ouailles. La précision vint plus tard, en 1630, sous la plume du frère Alonso de Benavides, nommé « custode » (gardien) de la province du Nouveau-Mexique, élevé au rang de « Custodie de la conversion de Saint Paul ». Chargé de l'application du programme missionnaire, Benavides prêcha tant et plus en différents secteurs dont il étudia les caractères respectifs en accordant à leur population un intérêt particulier. Au terme de son enquête, il rédigea son célèbre *Mémorial* (publié en 1634) qui constituait un tableau parfait de la province : nombre de villages et importance de leur peuplement ; statistique des baptisés en chacun d'eux ; considération sur le comportement des habitants. Ainsi jugea-t-il les gens de Taos comme « très malfaisants et traîtres, les plus barbares de la province. Ils ont tenté, à deux reprises, d'assassiner leurs prêtres[24] ». Les Navajos/Apaches de l'Ouest ne furent pas mieux considérés, étant « les plus belliqueux de toute la nation apache ; ils peuvent rassembler 200 000 guerriers... ». Total fortement exagéré, fondé sur les rumeurs probablement répandues par les victimes de leurs raids. Pourtant, le frère, à l'écoute des Pueblos, apprit d'eux le sens du terme « Navaxu », employé par Salmeron. Orthographié indifféremment « Nabahu » ou « Nabaho », selon la prononciation espagnole, il signifiait les « grands champs cultivés ». Les « Apaches de Nabaho » étaient donc, en vérité, « les ennemis des grands champs cultivés », utile précision qui faisait des intéressés des planteurs de maïs, distincts des autres groupes apaches ignorants de cette activité. Sans s'en douter, Benavides portait ainsi les Navajos sur les fonts baptismaux mais en les flétrissant, il est vrai, d'une fâcheuse réputation, méritée par leurs assauts contre la propriété des sédentaires blancs ou indiens à leur portée. A cet égard, Benavides s'employa à rassurer son lecteur en rappelant que « Dieu a toujours donné la victoire aux soldats. Ils ont imposé leur crainte aux Indiens et celle de leurs arquebuses, de telle sorte que la simple nouvelle de leur arrivée dans les villages pousse leurs habitants à fuir [...]. Ils agissent avec sévérité, sinon les indigènes tenteraient de tuer les Espagnols ». Triste aveu quant au comportement de l'occupant dont le brave custode se garda bien d'exposer les méthodes. Sa curiosité l'aurait-elle poussé à connaître la destination des fuyards, il aurait alors découvert, non sans surprise, qu'ils rejoignaient des bandes navajos, alliées ou non, trop heureuses de les accueillir dans leur domaine avec leur bagage, quelques bêtes volées et de précieuses informations sur le dispositif adverse. Si, maintenant, quelque officier espagnol, plus hardi qu'un autre, tente de pénétrer dans leurs refuges pour les inciter à rentrer, en supposant qu'il les retrouve, il constate qu'il y est attendu par des guerriers en armes, bien disposés à lui barrer la route. Ou il escarmouche, et ce peut-être sa fin. Ou il se retire sans éclat. L'adversaire le juge à son comportement. Même si, de 1626 à 1629, le gouverneur Ossorio mena contre les Navajos des campagnes de représailles pour leurs raids sur des villages christianisés, le danger d'un conflit véritable n'y trouva que des prémices hésitants. Il n'en demeure pas moins qu'une hostilité réelle s'ébaucha en ces circonstances. Elle ne fera que s'affirmer progressivement dans les années suivantes.

Ruffians chamarrés (1640-1665)

Par volonté plus ou moins délibérée, chacun des gouverneurs se succédant sur le trône de Santa Fe marqua son passage de représailles d'une éphémère efficacité contre les pillards des lotissements de la province. En règle quasi générale, leurs expéditions de guerre contre les Apaches ou les Navajos obéirent moins à la nécessité de les châtier qu'à celle de se procurer des esclaves dont la colonie avait un besoin permanent, en fonction de son développement. Contre les 35 colons-soldats (ou citoyens-soldats) de 1610 — année de naissance de Santa Fe —, elle en abritait 120 en 1640, indice d'un peuplement considérablement accru. Ce qui représentait 150 familles environ qui disposaient d'un total de plusieurs centaines de serviteurs en majorité indiens — le gouverneur, son état-major, les *encomenderos* (*haciendados* et *rancheros*[25]) les soldats et jusqu'aux particuliers étant les premiers employeurs. Encore fallait-il que le maître de Santa Fe donnât l'exemple. A quoi il ne se déroba jamais.

Don Luis de Rosas, par exemple, qui régna de 1637 à 1641 s'acquit pour cette raison la gratitude de ses riches administrés. Son ambition : une fortune rapide par le travail indien sur ses domaines et par le commerce des esclaves, en particulier. Ses ennemis : les frères qui ne cessent de criailler contre ses trafics. A raison, d'ailleurs. Entre autres récriminations, ils l'accusent de livrer, discrètement, aux Navajos des chevaux volés par ses hommes de main sur les pâturages des missions. Ils ajoutent que ses campagnes indiennes comme celle contre les Utes, ennemis des précédents, ne sont que prétextes à ramener des captifs, ultérieurement vendus aux propriétaires de mines mexicaines. Bien entendu, Rosas réagit contre leur réquisitoire en ordonnant, ouvertement, aux habitants de Taos et de Jemez, qui n'avaient nul besoin de cet ordre, de désobéir aux prêtres. Dépassant la consigne, ils en tuèrent quelques-uns, ainsi que des laïques auxquels ils venaient de subtiliser une partie de leurs troupeaux dont ils remirent quelques bêtes aux soldats du gouverneur. En cadeau ? Pour ces motifs, et d'autres, la querelle entre le glaive et la croix atteignit un paroxysme tel que le Nouveau-Mexique se divisa en « Rosistes » et « Franciscains ». En 1640, ces derniers regroupèrent leurs frères à Santo Domingo où vinrent les épauler 73 soldats déserteurs du camp adverse qui s'en allèrent, par intermittence, rafler des troupeaux de Son Excellence...

Seize mois durant, cette étrange guerre féodale déroula ses navrants épisodes sous les yeux des Pueblos qu'elle atteignit directement : troupeaux décimés, cultures saccagées, villages pillés, famine, tribut autoritairement collecté, parfois par les deux camps. L'arrivée du successeur de Rosas, Juan Florès de Valdès, calma la partie. Arrêté, emprisonné, Rosas connut une fin sanglante dans sa prison où, l'on ne sait comment, sa maîtresse, la belle *señora* Ortiz, vint le rejoindre, une nuit. Qui permit alors à son époux de surgir au pied de la couche des amants et de venger son honneur sur-le-champ, en tuant le séducteur ? L'on se douta que de pieuses mains avaient ouvert les portes mais qui aurait osé l'affirmer ? Valdès ne s'embarrassa point de la vérité. Il licencia le *cabildo* pour le remplacer par un autre à la dévotion des religieux. Puis, il se tourna vers les Navajos. Surpris par la vigueur de son attaque, ceux-là subirent le choc : champs de maïs incendiés ; hommes, femmes et enfants capturés ; guerriers tués ou blessés (1641-1642). Au lendemain de ses victoires, la paix revenue, le gouverneur mourut de maladie pour laisser la place à Don Alonso Pacheco de Herrera (fin 1642).

L'arrivant ne s'en laissa pas conter. Soucieux de restaurer l'autorité de Santa Fe, il bouta dehors le *cabildo* fantoche mis en place par Santo Domingo. Il somma ensuite les religieux de lui livrer huit capitaines passés à leur côté du temps de Rosas. Jugés et condamnés, ils expirèrent de concert, en juillet 1643. Enfin, pour calmer l'agitation des Pueblos, il interdit leurs déplacements d'un village à l'autre sans autorisation, espérant ainsi déjouer toute tentative de complot. Une mesure maladroite en soi car nombre des Indiens visés passèrent aux Navajos ou aux Apaches. A la fin de son mandat (1644), le pays pueblo ne comptait plus que 43 villages encore habités, contre 90 en 1630 et de 110 à 150 en 1598, lors de l'arrivée d'Oñate, voici à peine un demi-siècle...

Cette nouvelle hémorragie, qui afflaiblissait d'autant la colonie en la privant d'une part considérable de la fiscalité prélevée sur les Indiens, n'alarma pas outre mesure les missionnaires. Au contraire, la reprise en main de leurs ouailles en fut facilitée grâce au bienveillant concours du nouveau gouverneur, Fernando de Argüello (1644-1647). Une main de fer au service de Dieu. D'entrée, il condamna à la corde une quarantaine de chamanes « idolâtres », peu après suivis dans leur trépas par 29 habitants de Jemez accusés d'alliance avec les Apaches. Par là, le glaive et la croix renouaient leur union, face au danger commun toujours latent, comme l'avait écrit Benavides. Comment ne l'aurait-il pas été face à tant de destructions en pays pueblo ? A tant d'excès commis par le soudard bestial ou le missionnaire fanatique ? En 1655, par exemple, le frère Salvador de Guerra, prêtre au village d'Oraibi, chez les Hopis, se laissa aller à son zèle en punissant à mort un malheureux accusé d'idolâtrie. Après l'avoir lui-même fouetté au sang, il le traîna dans l'église, l'aspergea de térébenthine et y mit le feu...

Cet acte, malgré son horreur, dut conforter l'anticléricalisme du gouverneur Bernard Lopez de Mendizabal, arrivé en 1659 à Santa Fe. Bien décidé à désespérer les religieux, il autorisa les Pueblos à pratiquer leurs danses « kachinas »[26], ce qui interdisait aux soldats leurs incursions dévastatrices dans les *kivas* des villages — ces petits temples du « paganisme » contre lequel se déchaînaient les frères. Puis, poussant son attaque, il encouragea les habitants de Taos à déserter le chantier de leur église alors en construction. Tandis qu'il illustrait ainsi à sa manière la vieille querelle entre le glaive et la croix, il menait sur un autre front sa guerre contre les Indiens des marches, Navajos et Apaches essentiellement. Sa vilenie dans ce domaine lui inspira des actions qui, loin d'intimider l'adversaire, ne firent que l'exacerber davantage. A Taos, à Jemez, il fit capturer de malheureux Apaches mourant de faim, venus là pour y troquer des peaux contre de la nourriture. Après quoi, il les envoya en esclavage aux mines mexicaines de Parral. Un même sort frappa des Navajos ramenés d'une expédition de « pacification » conduite par ses soldats et leurs auxiliaires — des Pueblos christianisés vendus aux Espagnols. Si, économiquement, ces deux affaires pouvaient paraître bonnes parce qu'elles brisaient le cours des échanges entre Pueblos et Athapasques et plaçaient, dès lors, les premiers sous la coupe des seuls commerçants blancs, elles ne tardèrent pas à se révéler désastreuses par leurs conséquences. Avec une vigueur surprenante, les Navajos fondirent sur les pâturages de la « frontière » de Jemez en une série de raids toujours bénéfiques à leurs propres troupeaux, les Apaches agissant de même, de leur côté. La colonie, prise en étau, se trouvait donc plus que jamais exposée à tous les dangers.

Don Diego Dionyso de Peñalosa Bricera y Bertugo, successeur de Mendizabal, eût été, assurément, capable de les affronter s'il n'avait préféré, à la « guerre indienne », la pratique moins dangereuse de la chasse et du commerce des esclaves — sa passion. Sous son règne, point de retentissantes expéditions de représailles ; point de campagnes « pacificatrices », plus coûteuses en réalité que bénéfiques. Mais un commerce continu, sur une grande échelle, de chair humaine, à condition que les cours, sur le marché, lui permettent un bon profit. Penalosa possédait, dit-on, tant d'esclaves qu'il libéra une centaine d'entre eux sous le prétexte d'une conjoncture économique trop défavorable dans le moment. Vendre une femme apache pour vingt-cinq pesos ? Quelle dérision quand ce prix-là couvrait à peine son entretien jusque-là... Quand le frère Alonso de Posada, père-président de la communauté de Santo Domingo et commissaire de l'Inquisition pour la province, osa lui remontrer ses pratiques délictueuses, contraires aux instructions royales, le gouverneur le fit jeter en prison. Puis il le libéra peu après, sous le double effet du remords et de l'inquiétude quant aux conséquences de son imprudence. Il se résolut à démissionner, afin d'échapper au châtiment redouté en fonction du rang de sa victime. Vaine décision car, convoqué à Mexico devant le Saint Office, il y fut condamné à une lourde amende et à faire amende honorable, dans les formes habituelles. En prélude à son renvoi en Espagne, tous frais payés. Il refit surface en Europe, quelque temps plus tard. A la cour de Londres, d'abord, où il tenta d'éblouir Charles II par un mirifique plan de prétendues mines d'or nichées au Nouveau-Mexique. Démarche sans succès. A Versailles, ensuite, où il exposa à Louis XIV un projet de conquête du Mexique à partir de la Louisiane. L'étonnant fut que de hauts personnages lui prêtèrent alors une oreille intéressée, mais sans plus, heureusement.

Aigrefin de haut vol, trafiquant éhonté, truqueur politique, contre-facteur [27], Peñalosa n'eut aucun rival dans la galerie des malfrats titrés qui se succédèrent à Santa Fe au XVIIe siècle. Il eut, tout au moins, le mérite de ne pas envenimer la querelle fratricide commencée sous Peralta et qui, semble-t-il, finissait alors par s'essouffler. Peut-être parce que les antagonistes prirent conscience de l'incertitude des lendemains, face aux forces adverses qui les guettaient, eux et leurs compatriotes quelque peu oubliés, vu la distance, sur les rives du rio Grande. A l'extérieur, les Navajos et les Apaches toujours vigilants, jamais lassés de raids de pillage. A l'intérieur, ceux des Pueblos irréductiblement attachés à « l'idolâtrie » et les autres, humiliés par la servitude. Des populations dont il fallait tout craindre...

Étapes vers une révolte (1665-1680)

Haineuses de l'Espagnol, sans concertation aucune, elles passèrent aux actes sous le règne du gouverneur Fernando de Villanueva, envoyé en 1665 pour recueillir l'héritage corrompu laissé par Peñalosa. Les Athapasques redoublèrent leurs raids. Les Mansos du secteur d'El Paso, depuis longtemps contaminés par les insurrections de leurs frères de la Nouvelle-Espagne septentrionale, se révoltèrent à leur tour (1667). Leurs voisins, les Pueblos de la vallée moyenne du rio Grande, les suivirent sur ce chemin de sang (1668). Ces explosions en chaîne intervinrent durant une période de grande famine due à une longue sécheresse et doublée d'une épidémie qui décima indifféremment bêtes et gens. Des villages entiers furent anéantis sans que, pour autant, les habitants encore valides dans les zones touchées par ces calamités soient exemptés du tribut. Quand, outre ces malheurs, une répression sans merci s'abattit sur les groupes révoltés, le fond de la désespérance fut atteint. Pour échapper à la mort, les rescapés durent s'enrôler comme auxiliaires sous la bannière espagnole et marcher contre leurs frères. Il n'était plus question, alors, de volontariat comme chez les populations christianisées du Nord. Pourtant, même si celles-ci avaient jusque-là collaboré avec l'occupant, en raison d'avantages matériels habilement proposés par ce dernier, nombre de leurs membres tournèrent casaque pour rejoindre le mouvement insurrectionnel avant qu'il ne soit écrasé. Malgré cela, le pire les atteignit lorsque les Navajos, attaqués en 1669 par les troupes du gouverneur Juan de Medrano y Mesia, fondirent sur leurs villages sans distinguer entre les « collaborateurs » et les autres — les « malgré-nous » de ce temps-là. Sous leurs coups, la localité de Senecu perdit ainsi la moitié de ses habitants (1675).

La décennie ouverte par cette agitation, sans commune mesure avec celle connue dans le passé, annonçait d'inquiétants lendemains. La revendication ouverte des Pueblos quant à leur liberté du culte, leurs

récriminations répétées contre l'enrégimentement par les missionnaires, toutes protestations aiguillonnées tant par l'inclémence des
conditions naturelles que par la pression grandissante des adversaires
de l'extérieur, suscitaient un climat éminemment explosif. Présents
sur le terrain, en contact quotidien avec une réalité dégradée, les
franciscains s'en affolaient, surtout après la mort suspecte de cinq des
leurs et de trois laïques à leur service. L'on parlait de sorcellerie. Le
prêtre de San Ildefonso, lui-même, s'estima ensorcelé, comme s'il
perdait le sens. Le gouverneur Juan Francisco de Trevino, arrivé sur
ces entrefaites, serait-il capable d'apaiser une province où régnait
l'insubordination ? Où la sécurité des colons était si menacée ? Où
déjà, peut-être, se préparait une insurrection générale des opprimés ?
Trevino se résolut à frapper, comme on l'attendait de lui. Il frappa.
Sans ménagement mais, hélas ! sans discernement.

Montant sur ses grands chevaux, et en grand arroi pour impressionner les campagnes, il partit pour une randonnée dans les villages
dissidents. Au vrai, une dragonnade : *kivas* pillées, masques et objets
rituels incendiés, trois chefs pendus, pour l'exemple. En outre, dans
un pays d'une extrême sensibilité sur la question de sa religion native,
et dont les chamanes prêchaient « au désert »[28] pour contourner
l'interdiction officielle, Trevino jugea efficace d'arrêter 47 « sorciers ». Ramenés, dans les fers, à Santa Fe, ils y furent publiquement
fouettés comme « idolâtres fieffés », selon les termes du jugement
(1675). Promis à l'esclavage, ils eussent été vendus si, dans les jours
suivants, une délégation de 70 Pueblos n'avaient fait irruption devant
Trevino, dans son palais, en exigeant la libération immédiate des
condamnés, sinon, leur dirent-ils, nos villages passeront aux
Apaches... Son Excellence céda. Ainsi fut rendu à la liberté un
nommé Popé, chamane du village de San Juan qui n'oublierait jamais
la cuisante flagellation ordonnée par le gouverneur.

Après ce camouflet qui l'inclina à laisser en paix les Pueblos,
Trevino se porta contre les Athapasques des lisières : les Apaches
faraons[29], particulièrement turbulents sur la façade orientale de la
colonie, et les Navajos, de nouveau lancés dans leurs raids de pillage,
à l'ouest. L'agitation des uns et des autres prouvait, d'évidence, qu'ils
s'engageaient alors dans une véritable guerre contre les Espagnols
dont les forces militaires, réduites à 170 hommes en tout et pour tout,
ne pouvaient les effrayer. Menacée ainsi sur des frontières opposées
et, davantage encore, par la présence, à l'intérieur, de quelque 6 000
guerriers pueblos immédiatement mobilisables, Santa Fe avait alors
de sérieux motifs d'inquiétude.

Dès sa prise de pouvoir, en 1679, Don Antonio de Otermin,
successeur de Trevino, s'empressa de rassurer ses compatriotes dont
certains envisageaient leur prompt retour au Mexique. Il leur

annonça la prochaine arrivée du convoi de ravitaillement venant du sud avec des renforts militaires et prépara ostensiblement une campagne estimée décisive contre les Navajos. La colonie espéra en cette promesse et ces préparatifs. L'été 1680 s'annonça par de fortes chaleurs. L'orage éclata en août. Ce fut un désastre.

La Grande Révolte et ses lendemains (1680-1692)

L'explosion, aisément prévisible, se produisit entre les 10 et 20 août, dix jours qui ébranlèrent le Nouveau-Mexique, en prélude à son abandon par les Espagnols, douze ans durant. Un bilan sinistre : 380 colons, 21 prêtres, 66 soldats et 347 Pueblos tués ; des haciendas et des ranchos incendiés ; des troupeaux volés ; des biens pillés. Le cyclone Popé — l'homme fouetté et humilié en 1675 à Santa Fe — s'abattit sur le rio Arriba avec toute la violence aveugle des peuples opprimés en révolte. Un événement capital dans l'histoire des Pueblos. Un souvenir ineffacé dans leur mémoire.

Minutieusement préparée, la coalition des villages du Nord réunit une troupe disparate de 2 000 à 2 500 guerriers qui, trois jours durant, déferlèrent, simultanément, sur les missions et les lotissements. Les prêtres tombèrent les premiers, comme s'ils avaient catalysé la haine populaire. Ce prologue sanglant achoppa toutefois sur la résistance de la garnison de Santa Fe, investie le 13. Réfugiée, avec une grande partie de la population, dans le palais des gouverneurs, elle repoussa deux violents assauts et tenta trois sorties particulièrement éprouvantes pour les assaillants qui, lors de la dernière, laissèrent 47 captifs aux mains des soldats. Otermin les fit pendre sur-le-champ. Puis il ordonna l'évacuation de la capitale, opération permise par un retrait général de l'adversaire. Le 21, avec un millier de réfugiés et une centaine de soldats, il s'engagea sur le *Camino Real* avec, pour objectif, El Paso d'où, espérait-il, pourrait s'opérer, un jour, la reconquête.

Maintenant libres, ses vainqueurs incendièrent les églises et détruisirent systématiquement tout ce qui évoquait la religion honnie. Popé exigea que les Indiens baptisés lavent leur corps et leurs vêtements pour effacer la souillure du baptême. De nouveau, les anciens dieux dansèrent sur les plazas des villages, à proximité des *kivas* restaurées.

Confirmé par le vice-roi de Mexico dans son titre et son autorité, Otermin ne put se mettre en marche qu'en novembre 1681, avec de faibles moyens. Il s'avança vers l'amont, précédé d'un détachement de cavaliers qui incendièrent quelques villages ex-révoltés, puis il rentra à El Paso, sans plus de résultat. L'année suivante, sur sa demande, il se retira en laissant son commandement au général

Jironzo Petriz de Cruzate. Des années s'écoulèrent. En 1689, s'estimant assez fort, ce dernier s'avança jusqu'au village de Zia, à l'ouest du rio Grande, presque à la latitude de Santa Fe. La résistance de ses habitants, épaulés par leurs alliés, le contraignit à l'assiéger. 600 de ses défenseurs tombèrent sous ses coups tandis que les survivants durent monter sur le bûcher... Rien là qu'une opération ponctuelle de plus, destinée à effrayer un adversaire que Mexico se promettait d'abattre, définitivement, le moment venu.

Diverses circonstances l'exigeaient. En premier lieu : reconquérir la province, y rétablir la présence espagnole, restaurer la foi catholique, assurer sa défense contre toute entreprise des Français. C'était là un élément politique nouveau et d'une extrême importance aux yeux de Madrid, alarmé au plus haut point de la prise de possession de la Louisiane par Cavelier de La Salle (1682). Sa malheureuse tentative d'établissement d'un poste sur la côte du Texas oriental, en 1684, n'avait fait que renforcer l'inquiétude. N'avait-on pas, dans un passé récent, annoncé l'approche de troupes françaises ? Pure imagination, certes, mais le dynamisme des « coureurs de bois », cantonnés sur l'Arkansas, et des Franco-Canadiens, de réputation aussi hardie, qui commençaient à s'installer dans l'Illinois ne légitimait-il pas la crainte de les retrouver quelque jour, à Santa Fe ? Où les Pueblos les accueilleraient chaleureusement, à titre d'ennemis de l'Espagne ? Il fallait agir rapidement pour prévenir un tel risque. Confier cette mission capitale à un chef au profil de conquistador — une réplique, corps et âme, de Cortés. Avec Don Diego de Vargas Zapata y Lujan Ponce de León — Vargas, pour couper court —, l'entreprise, à n'en pas douter, irait bon train.

Elle s'annonçait d'autant plus aisée que, maintenant, les vainqueurs de 1680 s'entre-déchiraient. Au centre de leurs querelles, Popé, à qui ses adversaires reprochaient son autoritarisme et sa soif de puissance. Pour ces reproches, ses partisans menaient la vie dure à leurs auteurs, les deux factions ayant recours aux services intéressés des Navajos et des Apaches, passant sans scrupules d'un camp à l'autre. Sans nourrir, cependant, la moindre hostilité à l'encontre des Pueblos... en général. Pour Vargas, une situation à exploiter quand, une fois sur place, il aurait percé l'aberrante complexité du jeu, génératrice d'une inextricable géographie politique, fort embarrassante pour un intrus. Pourtant, sûr de son fait, il entra dans cette partie comme un chien dans un jeu de quilles.

La reconquête et ses embarras (1692-1698)

Avec les titres de gouverneur et de capitaine-général, Vargas quitta El Paso, le 21 août 1692, à la tête de 60 soldats et de 100 auxiliaires indiens traînant deux canons de cuivre. A la mi-septembre, il trouva l'ex-capitale si mollement tenue par les Pueblos qu'il y entra, sans peine, après avoir reçu allégeance de plusieurs chefs indiens venus solliciter... sa protection. Il entoura son triomphe, obtenu à bon compte, d'une solennité destinée à annihiler les dernières réticences : défilé militaire avec bannières au vent et roulements de tambour, *Te deum* en plein air, croix plantée sur la *plaza*. Tout un cérémonial habilement conçu et clos par une apothéose : le baptême collectif de près d'un millier d'Indiens. Au lendemain de ces festivités qui marquèrent la reprise de possession de la province par Dieu et le roi, le gouverneur et ses gens regagnèrent El Paso au temps de Noël 1692 pour préparer la réinstallation d'une colonie au Nouveau-Mexique.

Le 4 octobre 1693, l'expédition organisée dans ce but prit le chemin du nord pour arriver devant Santa Fe, le 16 décembre. L'entrée dans la ville, toujours occupée par les Indiens, ne fut pas moins solennelle qu'en 1692. Pourtant, le charme n'opéra pas immédiatement sur la population indigène qui refusa de vider les lieux... Vargas n'insista pas et s'en alla camper hors la ville, en l'attente d'un changement d'attitude de la part des chefs. La neige, le froid, les privations endurées sur le *Camino Real*, auxquelles s'ajouta la disette dans ce camp de fortune, entraînèrent la perte de plusieurs vies humaines. Devant cette situation insupportable, le gouverneur et capitaine-général décida de forcer l'adversaire. L'affaire exigea deux jours de combat, maison par maison. Finalement contraints à la retraite, les défenseurs abandonnèrent la capitale, en laissant une soixantaine de captifs aux mains de leurs vainqueurs qui les pendirent sur-le-champ.

Commencée, contre toute attente, dans le sang, la reconquête de la province se poursuivit de même, village après village. Massacres, incendies, rafles de prisonniers jalonnèrent l'itinéraire de Vargas, durant des semaines — tout en chassant les survivants vers leurs lieux de refuge habituels : les mesas des Hopis à l'ouest, Dinehtah et les repaires éloignés des Apaches du Nord et de l'Est. Dans ce paysage d'après la bataille, la reconstruction exigea le retour à la servitude des populations rescapées. Missions, églises et bâtiments divers furent relevés, les haciendas et les ranchos remis en culture en toute hâte, afin d'assurer la subsistance des nouveaux colons. Ces efforts se heurtèrent, hélas ! aux rudes conditions climatiques de l'été 1695, marqué par une sécheresse impitoyable qui raréfia les vivres. Toute une année de misère suivit qui exaspéra les Pueblos, déjà irrités par le retour au régime imposé par l'occupant, après une si longue période de liberté. Les missionnaires, encore une fois, donnèrent l'alarme. Ils signalèrent à Vargas les refus répétés de leurs paroissiens de renouer avec les pratiques de la religion du Christ, leurs réticences au travail, les vols de bétail sur les pâturages de l'Église. Toute une sourde agitation contre laquelle ils estimèrent nécessaire une protection militaire. Incapable de répondre à leurs réclamations sur ce point, en raison de la faiblesse de ses effectifs, le gouverneur consentit néanmoins à envoyer de maigres détachements vers les secteurs les plus remuants — Taos et Jemez, en particulier.

Trop tard ! Les 3 et 4 juin 1696, les résistants se levèrent en un ultime sursaut qui coûta la vie à 5 prêtres et à une vingtaine de soldats. Des villages entiers prirent les armes contre l'Espagnol ; d'autres se vidèrent de leurs habitants, partis rejoindre leurs lointains alliés. Néanmoins, Vargas réagit assez rapidement pour juguler cette révolte, semblable à un feu de paille. Toutefois, bon connaisseur de l'adversaire toujours susceptible de raviver les cendres ici ou là, il souhaita demeurer sur place afin de parfaire sa victoire. En conséquence, il sollicita le renouvellement de son mandat de gouverneur, arrivé à terme à ce moment-là. Cette faveur — mais en était-ce bien une ? — lui fut refusée, aussi dut-il transmettre ses pouvoirs à son remplaçant, Don Pedro Rodriguez de Cubero.

Un politique plus qu'un militaire et qui, dès son arrivée, prêta une oreille complaisante aux ennemis de Vargas, désormais majoritaires dans le nouveau conseil municipal rapidement substitué au précédent. Cette digne assemblée prit tout aussitôt les mesures attendues d'elle par Cubero, à l'insu de Mexico et de Madrid : arrestation, emprisonnement et procès de l'ancien gouverneur. Avec, sur sa tête, un acte d'accusation des plus lourds : atrocités envers les Indiens, tyrannie contre les colons et les religieux (qui lui faisaient payer ainsi ses réticences à les protéger militairement à la veille de la flambée insurrectionnelle) et propriété d'esclaves (mais quel gouverneur, avant Vargas, n'en posséda point ?). Le verdict fut à l'avenant : forte amende, confiscation des biens, peine de prison illimitée ! Cubero frappait, décidément, très fort, en toute inconscience de son abus de pouvoir et du reproche d'ivrognerie qui pourrait se retourner contre lui... Effectivement, il eut à rendre compte de ce double méfait du jour où ses supérieurs en eurent connaissance. Vargas, libéré, fut réhabilité et réinstallé dans sa fonction. A temps pour s'engager dans une campagne contre les Apaches qui, alors, ravageaient la vallée au sud de la capitale. Pris de violents malaises au cours de ces opérations, il rendit l'âme le 8 avril 1704. Son inhumation dans la (future) cathédrale Saint-Francis, à Santa Fe, donna lieu à une émouvante cérémonie, dirigée par le clergé local qui, du temps du Cubero, avait quelque peu contribué à sa destitution...

Avec la disparition de l'homme qui venait de jouer, dramatiquement, le Cid du Nouveau-Mexique — artisan majeur d'une *recon-*

quista finalement triomphante —, s'acheva le siècle terrible qui, durant sa seconde moitié, surtout, accabla les Pueblos. Numériquement diminués[30], écartelés par une diaspora qui avait vidé des villages entiers, humiliés dans leur croyante, ils pensaient alors assister à la fin de leur propre monde. De quelque côté qu'ils se tournent, en cette fin du XVIIe siècle et à l'aube du suivant, ils se voyaient prisonniers — et pour combien de temps ? — dans leur propre pays. Soumis, sans échappatoire possible, à un système négateur de leurs droits les plus élémentaires et qui n'estimait plus avoir envers eux le moindre devoir. N'étaient-ils pas des vaincus ? Pour eux, désormais : l'obéissance, la soumission absolue, les ténèbres.

Paradoxalement, pour s'être tenus écartés du maelström si ravageur pour les malheureuses populations du rio Arriba, les Navajos sortent du siècle dans une condition matérielle et spirituelle plus brillante que jamais.

Pueblos vaincus, Navajos gagnants

Jusque-là, les représailles conduites par les gouverneurs les plus combatifs n'avaient que faiblement inquiété les Navajos, malgré leurs pertes, inévitables, en hommes et en captifs. Dinehtah surmonta toujours ces handicaps passagers en compensant leurs dommages par des raids répétés sur la colonie espagnole d'où, à son tour, elle ramena des prisonniers et du bétail. De plus, quand il apparut aux Navajos que certains villages pueblos avaient vendu leur âme à l'occupant, en adoptant sa religion et en servant militairement sous sa bannière, ils frappèrent dès lors ces faux frères, sans les ménager. De telle sorte qu'à la fin du siècle, quand les Pueblos, en général, connurent la géhenne de la reconquête et de la répression subséquente, jamais Dinehtah n'avait été aussi aisée. Pour les gens du rio Grande, le malheur ; pour les Navajos, une richesse inespérée, comme tombée du ciel.

Grâce aux fugitifs, elle vint à eux sous les formes les plus diverses : bétail, armes, outils, semences, etc. Mais le plus beau, le plus précieux de leurs apports vint de leurs amis de Jemez qui leur envoyèrent un véritable bataillon de leurs filles, afin de les écarter des soudards de Vargas. Avec, comme but final, l'espoir qu'elles trouveraient sans peine de jeunes maris navajos qui assureraient, par elles, la descendance des « Jemez ». Dans les semaines suivantes, cette frêle et charmante cohorte fonda son clan particulier — le « Clan de Jemez », encore dit « Clan du Coyote » — qui n'eut aucune peine à s'ouvrir aux prétendants. Les épousailles consommées, les enfants nés de ces unions de circonstance lui appartinrent de droit, en vertu de la matrilinéarité de la descendance, en vigueur chez les Navajos[31]. Ces épouses valaient de l'or. Elles filaient et tissaient la laine et le coton. Du tissu obtenu, elles fabriquaient des ceintures tressées polychromes et de belles *mantas*, ces robes droites de leur pays qu'adoptèrent aussitôt les femmes navajos. Elles façonnaient de leurs doigts agiles une vannerie et une poterie d'une facture parfaite. Ou des bijoux. Elles cuisaient au four-ruche en pisé, de type espagnol, d'exquis petits pains ronds de farine de maïs ou de blé.

De leur côté, les hommes ne se montrèrent pas moins serviables envers leurs hôtes navajos. Ils leur apprirent, entre autres nouveautés, le moulage de l'adobe en brique de construction — une technique qu'eux-mêmes tenaient des Espagnols — et la taille de la pierre sèche avec un outil de fer. Ils leur enseignèrent l'art de construire « en dur » des demeures sur le sommet des collines ou des mesas, à deux pas des *hogans* traditionnels à trois branches fourchues, plantés dans les vallées et les canyons les plus hospitaliers. Là où, grâce à l'irrigation, les Navajos bénéficièrent du produit d'arbres fruitiers jusqu'alors inconnus d'eux — les figuiers, les pêchers, les noyers, par exemple. Sans compter le perfectionnement des pratiques agricoles dont les Pueblos, enrichis de l'expérience espagnole, étaient depuis des siècles d'éminents spécialistes. Simultanément, grâce à leur grande faculté naturelle d'adaptation et d'assimilation des apports venus de l'extérieur de leur groupe, les Navajos empruntèrent aux Pueblos une large part de leur mythologie et de leurs cérémonies rituelles afférentes, modifiant seulement l'interprétation des personnages et leurs caractères respectifs. Mais, par-dessus tout, ils se montrèrent friands des deux quadrupèdes dont la possession en nombre leur vaudrait un jour gloire et fortune : le cheval et le mouton — le fameux *churro*, haut sur pattes et porteur d'une généreuse toison aux longues fibres laineuses.

A la fin du XVIIᵉ siècle, les Navajos en étaient encore certes à l'apprentissage de ces diverses techniques mais, déjà, leur mode de vie s'orientait vers une plus ferme appréhension d'une certaine modernité. Ils présentaient alors toutes les caractéristiques, matérielles autant que spirituelles, d'un peuple en transition vers une nouvelle identité dont il aurait à tirer profit pour affronter les lendemains.

4. NAVAJOS ET FIN DE RÈGNE (1700-1821)

Le nouveau siècle surprit ainsi les Navajos en pleine idylle avec leurs hôtes, les Pueblos rescapés des tueries de Vargas. Dans la relative sécurité de leur berceau originel — centré sur les canyons Gobernador, Blanco et Largo, ouverts sur la rive sud de la San Juan —, les premiers partageaient avec les seconds une existence laborieuse, fondée sur une sorte de spécialisation des tâches. Aux uns, le nomadisme saisonnier à la suite de leurs moutons errant d'un pâturage à l'autre. Aux autres, les transfuges du rio Grande, traditionnellement sédentaires, l'agriculture et le petit artisanat utilitaire. L'on pouvait juger de l'étroitesse des liens entre les deux communautés [32] à la seule vue de leur mode vestimentaire unique, les gens de Dinehtah ayant adopté, avec empressement, celle des Pueblos. Pour les hommes, le kilt de peau ou de coton avec, parfois, des leggins et une chemise. Pour les femmes, la *manta* de laine noire, agrafée sur l'épaule droite et découvrant l'épaule gauche. C'était là un signe supplémentaire mineur, certes, mais évident, de l'interpénétration des deux cultures, phénomène dont les Navajos tirèrent le plus grand parti durant une bonne moitié du siècle. Tout occupée de son bien-être, cette petite société à deux visages ne connut alors de guerre que pour sa défense contre les incursions espagnoles, toujours motivées par la volonté de répliquer aux raids de pillage des habitants de Dinehtah sacrifiant à la routine.

Don Francisco Cuervo y Valdez, régnant à Santa Fe depuis 1705, mit un point d'honneur à ne pas laisser impunies les incursions des Navajos sur les terres espagnoles et celles de leurs alliés pueblos. Mais c'était là de sa part une autre routine, participant d'une façon d'agir sanctionnée par le temps. Par contre, les Navajos s'avouaient plus inquiets de l'irruption, sur leur frontière nord, de nouveaux prédateurs, autrement agressifs, les Comanches et les Utes. Grands amateurs d'esclaves femmes et enfants pour leur propre usage, ils se révélaient de précieux collaborateurs des Espagnols qui les encourageaient discrètement dans cette activité. Étaient-ils les « fournisseurs » des quatre premiers enfants navajos baptisés par les missionnaires en 1705, événement mémorable pour ces derniers qui y virent l'annonce de leurs succès futurs chez les *barbaros*? La paix du moment, une fois passé les humeurs des deux camps, semblait inviter à nourrir cette illusion.

L'indécise « Pax Hispanica » (1720-1774)

A compter de 1720 environ, l'on s'observa sans se heurter. Ni raids ni représailles, mais une longue accalmie propice au développement de l'une et l'autre partie dans son domaine respectif. Déjà, en 1706, le gouverneur Cuervo avait donné une preuve de son désir de paix en fondant, sur la rive gauche du rio Grande, la « Villa de San Francisco de Alburquerque[33] », ainsi nommée en l'honneur du vice-roi, Francisco Fernandez de la Cuerva Enriquez, dixième duc d'Alburquerque. Or, ce dernier, très à cheval sur les principes, s'étant empressé de rappeler au fondateur l'obligation de baptiser du nom du souverain tout lotissement de quelque importance, l'endroit devint San Felipe de Albuquerque, appellation qui satisfit à la fois le roi Philippe V et son serviteur.

Du côté des Navajos, la paix incita quelques-unes de leurs bandes à tâter de la religion des Blancs, plus par souci de sécurité que par réelle attirance. Exposés, de par leur situation géographique à la porte occidentale de la « colonie », aux premiers coups des gouverneurs en cas de représailles, ils estimèrent probablement que mieux valait vivre chrétiens mais libres sur leur propre terre que captifs et « païens » en pays étranger. En conséquence, ces transfuges de la religion ancestrale marchandèrent leur conversion contre promesse des Espagnols de ne plus leur arracher d'esclaves. Rassurés, ils tolérèrent alors l'établissement de missions en deux de leurs villages, Encinal et Cebolleta (1744). De 400 à 500 Navajos s'y regroupèrent bientôt, dont une partie fut enrégimentée parmi la main-d'œuvre indispensable à la prospérité de cette nouvelle entreprise missionnaire. Hélas ! l'expérience ne dura pas, le nombre des baptêmes demeurant désespérément stagnant. En 1750, les frères plièrent bagage, laissant sur place une communauté christianisée que les orthodoxes de Dinehtah flétrirent désormais de l'appellation de « Dinehanaih » — les « Navajos ennemis ». Considérés par la suite comme des traîtres, ils allaient durant des décennies payer chèrement leur faux pas.

Bien qu'irritée par ce lâchage de nombre des siens, la grande majorité des Navajos se souciait davantage, dans le moment, de la répétition acharnée des raids uto-comanches dans le secteur nourricier de la moyenne San Juan, berceau du Peuple. Par mesure de sécurité, quelques clans s'en éloignèrent pour gagner l'ouest des monts Chuska. En 1740, le clan de Jemez, alors accru des progénitures venues au monde depuis la fin du siècle précédent, choisit de s'enfoncer dans les profondeurs sereines du canyon de Chelly où d'autres le rejoignirent ultérieurement. Tous y découvrirent, étonnés, les vestiges des constructions et des parcelles des Anasazis. Ils y remirent en culture certaines de ces dernières et retrouvèrent, ce faisant, les procédés d'une agriculture primitive qui les nourrit avec la même générosité. Sur les berges hospitalières des cours d'eau saisonniers, ils plantèrent des vergers tandis que leurs troupeaux trouvaient sans peine leur pâture aux alentours. Une vie nouvelle anima de la sorte les secteurs les plus fertiles des diverses branches du canyon appelé à devenir le sanctuaire du Peuple, le cœur longtemps vivant de Dinehtah.

Loin de ce paradis en gestation, la nouvelle génération des Pueblos [34] se répartissait entre ses villages reconstruits et les *encomiendas* qui subsistaient en nombre réduit depuis qu'une loi de Madrid avait interdit d'en accorder de nouvelles (1720). En règle générale, le système avait perdu de sa rigueur, non seulement pour cette raison mais aussi du fait de la brutalité de la reconquête qui avait dispersé une main-d'œuvre impossible à reconstituer pour certains des grands propriétaires terriens. En conséquence, nombre de villages disposaient-ils maintenant d'une autonomie mise à profit pour exploiter, à nouveau, leur propre territoire. Contraints de se procurer ailleurs les bras qui leur manquaient, *haciendados* et *rancheros* s'adressaient alors à divers fournisseurs plus ou moins attitrés. Ce n'était évidemment pas le cas de l'armée qui, pourtant, malgré l'interdiction frappant cette pratique, leur vendait discrètement des esclaves raflés sous le prétexte de représailles. Par contre, des commerçants spécialisés se faisaient un plaisir de fournir à leurs clients la main-d'œuvre servile capturée par leur « chasseurs » professionnels. Enfin, l'on pouvait toujours compter sur les Utes et les Comanches [35] pour alimenter le marché. Jamais, en réalité, même dans les périodes de paix, ce dernier ne connut de « rupture de stock » en la matière, l'accroissement de la population blanche de la province justifiant son développement. Là résidera, l'on s'en doute, la cause première des futurs troubles avec les Apaches et les Navajos.

Le Nouveau-Mexique espagnol du xviiie siècle tire ainsi avantage de l'esclavage indien pour soutenir son économie, essentiellement agricole et pastorale, deux activités directement dépendantes des effets du climat — pensons aux sécheresses catastrophiques — et du dynamisme tout relatif du colon, toujours chichement pourvu en instrument aratoires comme en bétail. Les vols qui affectent ce dernier lui sont une perte grave d'où les expéditions des soldats et de leurs auxiliaires pueblos en pays indien — chez les Navajos, surtout — tant pour tenter de récupérer des bêtes volées que pour ramener des captifs. Tout se tient.

Malgré ces accrocs, la « Pax Hispanica » régna sur la province durant des décennies sans, pour autant, s'accompagner d'un progrès économique ou culturel, ni pour le colon ni pour le Pueblo encore plus ou moins sous sa coupe. Si quelqu'un en profita au-delà de toute espérance, ce fut bien le Navajo qui, après avoir bénéficié de l'apport des fugitifs de la vallée du rio Grande, doubla son acquis de ses rapines dans la colonie. A ses risques et périls, certes, mais le jeu, à ses yeux, en valait la chandelle. Non seulement, il s'enrichit matériellement mais, bon observateur de son adversaire depuis près d'un siècle, il décela les tares du système espagnol, tant sur le plan politique qu'économique. Comme son frère l'Apache, il joua sur ces faiblesses, avec succès souvent. Il sait maintenant les dangers courus, surtout depuis que Vargas et ses successeurs ont restauré, avec de réelles chances d'efficacité, le plan de défense de la province.

Soldats, « harkis » et « janissaires »

Afin de consolider sa reconquête — qui, depuis 1693, s'était révélée plus cahotique que prévue —, Vargas s'empressa d'établir à Santa Fe un *presidio*, placé sous l'autorité d'un capitaine-général. Il y regroupa différents corps : des vétérans (*tropas veteranas*) comprenant des soldats de première classe (*Soldados distinguados*) ; des cavaliers répartis en troupes à gilet de cuir (*tropas de cuero*) et en troupes légères (*tropas ligeras*), formées en escadrons de 30 hommes. Chacun de ces derniers étant armé d'un mousquet, d'un pistolet et d'une lance. Si bien équipée fût-elle, cette force montée n'aurait attesté que d'une efficacité limitée — vu le terrain, le climat et la nature de l'adversaire — si des auxiliaires indiens ne l'avaient secondée. Solidement encadrés, fournis de fusils et chevaux, ces mercenaires indigènes se sont engagés pour défendre leur propre territoire contre les assaillants de tous horizons : Apaches, Navajos, Utes et Comanches. Excellents guerriers, ils concourent également au renseignement. L'on comprend, dès lors, la furie déployée contre eux, en particulier, par leurs adversaires indiens — leurs frères de race — qui ne sauraient les épargner ni en campagne ni à leur domicile. L'on connaît déjà le traitement infligé aux villages de Pueblos christianisés et collaborateurs par les Apaches et les Navajos.

A l'appui des réguliers et des supplétifs, la milice coloniale pourrait être d'un véritable secours si le colon lui-même montrait plus d'empressement à s'enrôler, entre dix-huit et cinquante ans. Contraint de fournir son cheval et son équipement, il renâcle parfois devant la dépense et la perte de temps, sans compensation financière aucune. Pourtant il participe, par devoir, à la défense commune dans le cas d'alerte sérieuse, aux côtés des *genizaros* (les « janissaires »). Ces Indiens nomades, capturés par l'armée lors d'escarmouches avec leur tribu respective (Utes, Comanches, Apaches, Wichitas et Pawnees), constituent au XVIIIe siècle une nouvelle catégorie sociale, de plus en plus nombreuse, parmi laquelle se recrutent les bergers, les *vaqueros* et les serviteurs qui pallient ainsi l'insuffisance de la main-d'œuvre pueblo en de nombreux domaines. Logés en des villages-garnisons situés aux points stratégiques des lisières, ils supportent immanquablement le premier choc de l'adversaire venu de l'extérieur et participent, le cas échéant, aux campagnes contre celui-ci, qui ne leur fait pas quartier.

Protégée par ces forces composites, la province pouvait alors s'estimer en sécurité, la paix se prolongeant avec les Navajos de l'Ouest. Il est vrai que, dans le même temps, ceux-ci avaient à se défendre sur un autre front, en raison des raids des Utes et des Comanches. Attirés par la richesse du Peuple, ces pillards vidaient des secteurs entiers de Dinehtah de leur population — promise à l'esclavage — et de leurs troupeaux. Devant ce danger, nombre de Pueblos, réfugiés là depuis des décennies, estimèrent plus sûr, dès 1764, de regagner leur pays d'origine. Sur leurs pas, parce qu'il fallait compenser les pertes en bétail subies par Dinehtah, des guerriers navajos reprirent, à leur tour, les chemins des haciendas du rio Grande et des pâturages pueblos de sa vallée. Ils s'attirèrent, par là, d'assez timides représailles, comme si Santa Fe hésitait à réveiller la guerre. Elle reprit, pourtant, à cause d'une malheureuse décision du gouverneur Don Pedro Fermin de Lara y Medinueta (1767-1778). Sans mesurer le danger, ce dernier crut bon d'accorder à quelques colons de ses amis des terres du secteur du rio Puerco, entre Albuquerque et le mont Taylor. Une frontière navajo rendue plus sensible encore par la présence des « Navajos ennemis ». Si le gouverneur tabla sur le dévouement de ces derniers pour la protection des-dits colons, son calcul se révéla désastreux pour dix d'entre eux, passés en 1774 de vie à trépas par le raid éclair de plusieurs bandes navajos. L'affaire entraîna des représailles espagnoles dont la violence s'apaisa après la reddition de deux des chefs indiens responsables du carnage.

La flèche noire du Navajo

Dinehtah abritait alors de 8 000 à 9 000 habitants, la majorité d'entre eux vivant dans le secteur ancestral de la moyenne San Juan. Comme les autres, émigrés à l'ouest de la barrière montagneuse des Chuska, ils partageaient leurs activités principales entre l'agriculture et l'élevage, auxquels, grâce aux Pueblos, s'ajoutait la pratique d'un artisanat encore rudimentaire. Les hommes s'étaient initiés au travail du métal pour tirer des boucles de ceinturon et des objets de fer espagnols des mors pour leurs chevaux. De leur côté, les femmes, propriétaires des moutons, témoignaient d'une habileté particulière dans le tissage des couvertures de laine qui leur vaudraient, un jour, une grande réputation. Cette prospérité grandissante, alléchante pour leurs ennemis, exigeait corrélativement une veille de tous les instants, une alerte constante qui requérait, à son tour, une « préparation militaire » poussée.

Organiser un raid[36] c'était sacrifier, en premier lieu, aux rites prescrits par le chamane. Se purifier dans la hutte à sudation — sorte de sauna largement répandu dans la totalité du monde indien depuis des siècles. C'était, ensuite, prier les peuples sacrés du Vent et du Soleil-Père ; se nourrir, frugalement, de mets particuliers ; dormir dans une position indiquée ; parler en employant un vocabulaire donné ; faire retraite. Ces obligations spirituelles remplies, c'était, enfin, s'équiper en guerrier : endosser la tunique de peau de daim pare-flèches, coiffer un « casque » du même cuir, passer à son avant-bras le large bouclier rond de peau tannée, peint de motifs magiques et orné de plumes d'aigle. Enfin, il fallait enduire les pointes de flèches du charbon de bois d'un arbre foudroyé — un transfert de foudre, en somme. Ainsi adoubés, spirituellement prêts à courir tout danger mais protégés par ces rites préparatoires, les volontaires alliés, en nombre variables selon le propos du raid, s'éloignaient vers leur objectif — les uns à cheval, s'ils en possédaient, les autres à pied.

Au début de 1780, sous le gouvernement de Juan Bautista Anza, Navajos et Apaches de Gila (du nom du rio arrosant leur territoire), ou Gileños, s'unirent pour des raids à long rayon d'action qui les menèrent parfois jusque dans la Sonora mexicaine. Le danger d'une telle alliance, fréquemment ravageuse dans la province même, dicta à Anza la nécessité de tout faire pour la rompre. Il lui fallut diplomatie, temps et patience. A la fin de l'hiver 1784-1785, il joua son va-tout en proposant à des Navajos de s'allier à lui contre... les Gileños. Un coup de poker qu'il appuya de l'étalage de sa force militaire lors de cette négociation et de la menace, ouvertement brandie, de solliciter le concours des Utes pour marcher contre eux. Ce double argument fut si déterminant qu'en juin suivant, 150 Navajos marchèrent à son côté contre leurs anciens alliés. La victoire acquise, Espagnols et Navajos renouèrent avec la paix, pour dix longues années. Elle ne fut brisée qu'à la fin du siècle, par la reprise de raids apaches-navajos tous azimuts auxquels mit un terme, par une trêve signée en 1800, le successeur d'Anza, Don Fernando Chacon.

Guerre ouverte

Chacun eût dû se satisfaire de ce succès et le consolider en évitant de froisser son ex-adversaire. Or, en 1801, les Navajos constatèrent l'intrusion, aux alentours de Cebolleta, de colons espagnols, encouragés à s'y installer par le gouverneur — une erreur répétée de celle de son prédécesseur Pedro Fermin de Lara, vingt ans plus tôt. Narbona, alors le plus écouté des jeunes chefs de clan navajos, et quelques autres de ses égaux rencontrèrent l'imprudent pour lui remontrer sa faute et le prier de rappeler les intrus. Au lieu de cela, Chacon récidiva en prenant toutes dispositions pour planter un poste militaire à Cebolleta même, afin de protéger ses compatriotes. Ce n'était, pour l'heure, qu'un projet mais qui inquiéta assez les Navajos, supputant déjà le rôle attribué à la future garnison lors d'une éventuelle campagne contre eux. Toutefois, ils ne réagirent pas, trop occupés dans le moment à guerroyer contre des voisins de l'Ouest. Santa Fe bénéficia ainsi de quatre années d'une paix incertaine qui lui permirent de porter attention aux nouvelles assez alarmantes, venues de divers horizons.

Du Texas et de la Louisiane française, en priorité. Madrid redoutait le pire du voisinage de cette dernière depuis qu'en 1800, par le traité de San Ildefonso, Bonaparte avait obtenu de Charles IV la rétrocession de la rive occidentale du Mississippi[37]. Les Français ne tenteraient-ils pas, dès lors, de s'approprier le Texas, comme le dessein leur en avait été si fréquemment prêté depuis le temps de Cavelier de La Salle ? Autre motif d'inquiétude pour l'Espagne : le comportement des États-Unis sur cette même frontière. A peine des aventuriers venaient-ils d'en être chassés après leur tentative d'invasion (1801) que Madrid apprit la vente de la Louisiane française à Washington, par Bonaparte (1803). Si le Texas tombait aux mains des États-Unis — l'Espagne étant trop faible, sur place, pour s'opposer à eux —, le Nouveau-Mexique ne tarderait pas à subir le même sort. Surtout qu'à la même heure, à Saint Louis, les capitaines américains Lewis et Clark préparaient une expédition (1804) qui constaterait l'absence totale de protection espagnole au nord de la province... Ici, du septentrion à l'occident, ses frontières ouvraient à tous les vents. La preuve ? Que venaient faire à Santa Fe, fin 1804, ces traitants français dont certains équipés par des négociants américains ? A l'époque même où la capitale devait parer à la guerre navajo, ouvertement déclarée en avril de cette année-là...

Un millier de guerriers surgis des profondeurs de Dinehtah et conduits par Narbona s'abattirent comme grêle, en août 1804, sur Cebolleta, puis ils s'avancèrent jusqu'au rio Grande. Partout, des morts hispanos et indiens. Le gouverneur Chacon dépêcha alors des renforts à l'ouest. Bientôt, les Navajos durent y affronter l'armée et ses alliés, parmi lesquels des Utes et des Apaches Jicarillas. Leurs contre-attaques se révélant d'une mortelle efficacité, les bandes navajos commencèrent à se disloquer. Certaines se retirèrent au-delà des monts Chuska où elles se réfugièrent dans le canyon de Chelly avec, à leur grande surprise, les Espagnols sur leurs talons.

Massacre dans le canyon (1805)

Le 17 janvier 1805, le détachement du lieutenant Antonio Narbona s'engagea dans le canyon del Muerto, apparemment désert. Après plusieurs heures d'une vaine recherche de l'ennemi, il allait ordonner la retraite lorsque retentit, amplifiée par l'écho, une voix féminine tombant de la paroi au pied de laquelle passaient les soldats. La femme, une Navajo, les insultait en espagnol. Inconsciente de son imprudence, elle leur révéla ainsi l'existence d'un abri ouvert sous le bord supérieur de la falaise. Des vieillards, des femmes et des enfants s'y cachaient. Certains des militaires tentèrent l'escalade et s'approchèrent de ce refuge. Parvenus sur un replat dominant celui-ci de quelques mètres, ils dirigèrent leur tir plongeant sur ces cibles. Atteints soit de plein fouet, soit par ricochet, des dizaines de Navajos tombèrent les uns sur les autres. Quand il fut avéré que cette masse humaine ne bougeait plus, des soldats prirent pied sous l'abri pour fracasser le crâne des morts à coups de crosse ou de pierre, tout en achevant les blessés[38]. Après cette tuerie qui fit 115 morts, le lieutenant Narbona ratissa systématiquement le canyon : *hogans* incendiés, cultures saccagées, femmes et enfants capturés, bétail volé.

Désarçonnés par cette tragédie, les Navajos sollicitèrent la paix auprès du nouveau gouverneur arrivé à la fin des hostilités, Don Joaquin del Real Alencaster. Sur leur demande expresse, il leur promit la restitution des prisonniers, en échange des captifs espagnols, et la cessation de l'activité des chasseurs d'esclaves. Ces conditions étant acceptées, un traité fut signé en mai.

Dans la sérénité retrouvée, la capitale s'ébahit, en 1807, du passage sous escorte militaire d'un officier américain, le lieutenant Zebulon Montgomery Pike. Capturé au Colorado[39] par le détachement du lieutenant Facundo Melgares, envoyé à sa recherche sur une mystérieuse information, il séjourna brièvement à Santa Fe avant son transfert à Chihuahua[40] (au nord du Mexique) d'où les autorités le renvoyèrent aux États-Unis. Mais la question subsistait : pourquoi un militaire américain s'était-il si volontairement exposé en s'avançant dans l'imprécise zone frontalière septentrionale du Nouveau-Mexique ? Par ignorance ? C'est ce qu'il plaida...

A cette première alarme, s'ajoutèrent les nouvelles venues d'Europe, du Mexique et du Texas. Toutes inquiétantes, au demeurant. Entrées en Espagne, les troupes napoléoniennes y avaient déposé le roi Ferdinand VII et réprimé, dans le sang, l'insurrection du Dos de Mayo (2 mai 1808). Ce que Santa Fe n'apprit qu'avec beaucoup de retard. Par contre, elle fut rapidement informée de l'agitation au Mexique où deux prêtres — Miguel Hidalgo (1810) et José Maria Morelos (1811) — acquis aux idées d'indépendance venaient de sonner, prématurément et pour leur malheur[41], le glas de l'empire espagnol d'Amérique centrale. Enfin, Santa Fe s'émut d'une nouvelle tentative d'invasion du Texas par des Américains qui avaient réussi à s'emparer de San Antonio, capitale de la province, avant d'en être chassés (1812-1813). Un exploit qui se répéta en 1819 lorsqu'un nommé James Long, venu lui aussi des États-Unis, se rendit maître de quelques localités texanes d'où il proclama le Texas « République libre et indépendante », avant d'être arrêté (1820).

Encore les Navajos !

Cette surprenante conjonction, en quelques années, de forces hostiles au trône madrilène comme à ses dépendances américaines annonçait-elle d'irréversibles changements ? A dire le vrai, personne n'en pouvait douter. Les Amériques espagnoles craquaient de toutes parts. Au Venezuela, dès 1813, avec Simon Bolivar qui le libérerait bientôt ; en Argentine, avec San Martin ; au Mexique où la cause de l'indépendance animait une guérilla soutenue par la population. Santa Fe, si isolée fût-elle dans le Nord lointain, ne pouvait plus demeurer étrangère à ces prémices. Le nouveau vent venu du Sud l'agitait de frissons encore légers, certes, et qu'elle réprimait devant l'urgence du règlement de son problème majeur du moment : les Navajos.

Depuis le retour à Mexico, en 1808, du gouverneur Alencaster, signataire d'une paix avec les précédents, quatre petits souverains s'étaient succédé à Santa Fe. Aucun des trois premiers n'avait freiné, comme il l'aurait dû, les convoitises des éleveurs hispanos[42] pour les pâturages navajos du secteur de Cebolleta. Aucun ne s'était opposé à la poursuite des raids des chasseurs d'esclaves. Déjà harcelées par les Comanches, nombre de bandes avaient préféré abandonner les zones les plus exposées de Dinehtah pour se réfugier soit dans les vallées des Chuska, soit au-delà, à l'Ouest. Derrière elles, et sans aucun titre de propriété, les rancheros prirent alors possession des pâturages estimés libres. Début 1819, s'avisant de ces usurpations, les Navajos revinrent par petites troupes rafler le bétail indûment présent sur leurs terres. L'ex-lieutenant Melgarès, alors hissé au rang de gouverneur, les menaça de représailles. Ils cédèrent, non par crainte mais en raison de la sécheresse estivale, particulièrement éprouvante cette année-là. Comme à l'accoutumée, une nouvelle trêve intervint, rompue par les Néo-Mexicains. De juillet à octobre 1821, leur milice se donna libre cours dans une série d'incursions en territoire navajo d'où elle ramena un lot considérable de captifs. Un succès hautement salué par Melgarès comme consolidant la paix...

Dans cette excellente disposition d'esprit, le même accueillit fort civilement dans sa capitale, le 16 novembre 1821, un marchand américain, William Becknell, venu du Missouri avec quelques compagnons et des mûles bâtées transportant diverses marchandises. Celui que l'histoire reconnaîtrait un jour comme le « Père du commerce de Santa Fe » retira de ce premier voyage un profit si avantageux qu'il revint, par deux fois, proposer ses articles aux Néo-Mexicains démunis de tout.

Les temps changeaient. Melgarès perdait la mémoire. Il ne lui souvenait plus d'avoir arrêté, voici longtemps il est vrai, un officier américain nommé Pike... De leur côté, les autorités du Texas n'avaient probablement jamais chassé les « flibustiers » venus des « States » quelques années auparavant puisque, maintenant, elles ouvraient les bras à un citoyen de ce pays, Moses Austin, désireux d'installer 300 familles américaines sur leur territoire. Elles le lui permirent à l'heure même (janvier 1821) où Madrid cédait à Washington la totalité de la Floride. Sous une forme ou une autre, la grande braderie, volontaire, des possessions espagnoles d'Amérique du Nord s'accélérait sans que le pouvoir madrilène n'en évalue les conséquences à terme. Et pourtant, déguisés en marchands, au Nouveau-Mexique, et en colons, au Texas, les loups s'introduisaient bel et bien dans la bergerie, où ils étaient invités...

A Mexico de s'en préoccuper, éventuellement, puisque le traité de Cordoba faisait de lui la capitale d'un État désormais indépendant (août 1821). Santa Fe n'apprit cette nouvelle que le 16 décembre. Il était grand temps de célébrer l'événement par des festivités officielles qui fourniraient aux Néo-Mexicains l'occasion de proclamer leur indéfectible attachement au nouveau régime — en oubliant qu'ils étaient espagnols, la veille encore.

Fiesta à Santa Fe (1822)

Dans cet exercice de retournement rapide des vestes, le gouvernement Melgarès fut sublime. Écoutons-le déclamer sa profession de foi devant la population rassemblée sur la *plaza,* face à son palais, le

6 janvier 1822 : « Habitants du Nouveau-Mexique ! L'occasion nous
est donnée de montrer l'héroïque patriotisme qui nous anime. Que le
monde entier sache nos sentiments de liberté et de gratitude !
Montrons aux tyrans que, bien que vivant aux latitudes extrêmes de
l'Amérique du Nord, nous aimons la Sainte Religion de nos pères.
Nous maintiendrons et protégerons l'union tant souhaitée entre les
Espagnols des deux hémisphères et nous soutiendrons l'indépendance
sacrée de l'Empire mexicain jusqu'à notre dernière goutte de sang[43] ! »
    L'auditoire apprécia. Les processions se mirent en marche. La
milice défila sous des applaudissements enthousiastes et sous le regard
quelque peu critique d'un spectateur américain présent dans la ville
pour les besoins de son commerce, Thomas James[44]. Rien ne lui
échappa de cette journée mémorable ni des suivantes, surtout pas le
spectacle des miliciens locaux : « La milice de Santa Fe en parade défie
toute description [...]. Je n'ai jamais vu pareilles bandes de va-nu-
pieds. Ils sont de toutes couleurs, portant toutes sortes d'armes et de
vêtements. Les uns sont nu-tête, les autres dos nu. Certains sont
coiffés de chapeaux sans bord. Quelques-uns ont des cottes sans
basques dont certaines sans manches[45]. La plupart sont armés d'arcs et
de flèches. Ils ont aussi quelques fusils datant de Cortés et des faucilles
fixées à l'extrémité de longs bâtons qui passent pour des lances. » La
fête nocturne réunit les personnalités dans la salle de bal du palais des
gouverneurs tandis que le peuple s'étourdissait de frénétiques
fandangos bien arrosés dans les auberges. Autre motif d'indignation
pour le scrupuleux observateur yankee : « Je n'aurais pas cru qu'une
société fût aussi dépravée et vicieuse que celle de Santa Fe, toutes
classes considérées. Aucun carnaval d'Italie ne dépassa jamais cette
célébration en matière de grossièreté, de vice et de licence [...]. J'en ai
assez vu durant cette bacchanale de cinq jours pour me convaincre que
les républicains du Nouveau-Mexique sont incapables de se gouverner
eux-mêmes ou qu'il est impossible à qui que ce soit de les gouverner.
Les Indiens montrent plus de modération que les Espagnols[46]. »
    Les Indiens ? Le traité de Cordoba vient d'accorder la citoyenneté
mexicaine aux seuls groupes christianisés, ce qui exclut les « tribus
sauvages » ou « *barbaros* », selon l'appellation du temps. Parmi ces
derniers, Apaches et Navajos campent au premier rang. Entre eux et le
nouveau régime, un lourd contentieux hérité qu'un simple changement de propriétaire ne saurait annuler. Ils sortent, tête haute et
toujours libres, de plus de deux siècles de gouvernement espagnol.
Aucun pouvoir politique, militaire ou religieux ne les a soumis.
Aucune force maligne n'a entamé leur volonté d'indépendance. Ils
attendent, pour les juger, les nouveaux maîtres du Sud-Ouest à leurs
actes.
    Et leurs actes ne tarderont pas...

II.

L'intermède mexicain
1822-1846

Les lampions de la fête éteints, l'an I du Nouveau-Mexique libre commença dans l'expectative, Santa Fe espérant de Mexico les instructions officielles relatives aux nouvelles données politiques et administratives. En attendant, l'on changea de drapeau, simplement, tout en continuant de respecter les lois et le système espagnols. Janvier et février s'écoulèrent ainsi dans un isolement total qui laissait la province et sa capitale face à leurs propres problèmes d'adaptation. Brusquement, en mars, survint une nouvelle qui alarma les plus sages.

Massacre à Jemez

A Jemez, les soldats du *presidio* venaient, au début du mois, de massacrer sans raison apparente des émissaires navajos en route vers Santa Fe afin d'y négocier avec le gouverneur Melgarès. Le détail de l'affaire révéla son horreur.

Dans un premier temps, le commandant du fortin vit venir à lui 16 chefs navajos qui lui demandèrent l'autorisation de passer pour poursuivre leur chemin. Jouant le généreux, il les invita à entrer pour fumer, selon la coutume. L'on s'assit en rond, chaque Indien encadré par deux soldats qui, au signal convenu avec leur officier, poignardèrent leur voisin. Le même sort fut réservé, dans les jours suivants, à 8 autres Navajos de passage au fort. Initiative personnelle du commandant ou, au contraire, ordre secret du gouverneur ? Personne ne se hasarda à élucider ce mystère... Ces 24 cadavres allaient peser lourd, très lourd sur les jours de la province durant autant d'années. La grande guerre des Navajos trouva là son prétexte.

Elle débuta peu après par une véritable tornade qui ravagea des villages et des ranchos hispanos tout en menaçant Santa Fe, elle-même. Thomas James raconte : « Ils tuèrent des gens de tout âge et de toute condition ; brûlèrent et détruisirent ce qu'ils ne purent emporter ; emmenèrent chevaux, moutons et bovins. Ils vinrent du sud directement vers Santa Fe, balayant tout devant eux et laissant partout une terre désolée [...]. Puis, ils disparurent avec leur butin. Pendant ce temps, le gouverneur Melgarès mobilisa la milice et les habitants, en préparation d'une expédition. L'on me demanda de m'y joindre mais je préférai être spectateur dans une pareille guerre [1]. » Et avec raison car, en avril, Melgarès et ses gens firent chou blanc et restèrent cois, en juillet, alors qu'une seconde vague navajo déferlait sur plusieurs localités où elle massacra 27 Néo-Mexicains. Santa Fe s'affola de nouveau tandis que le gouverneur annonçait une nouvelle expédition de représailles... terminée sur un échec qui l'obligea à solliciter la paix. A son retour dans sa capitale [2], il apprit son rappel, ordre de Mexico [3], et la proche arrivée de son successeur.

Il appartenait à ce dernier, le colonel Don Antonio Vizcarra, de mener la négociation avec les Navajos. Dans ce but, il se rendit à Paguate, près de Cebolleta, parfaitement conscient de sa position de solliciteur. Pourtant, il paya d'audace. D'entrée, il proposa un échange de captifs, à quoi ses interlocuteurs ne pouvaient que souscrire. Puis il exigea le retour dans leur village des Pueblos encore réfugiés dans Dinehtah. Enfin, il souligna son intention de protéger ceux des Navajos « prisonniers » qui ne souhaitaient pas rejoindre leur tribu — euphémisme un peu trop osé pour signifier son refus de libérer les esclaves navajos. Sur ce point, la partie adverse tiqua fortement. Alors, Vizcarra sortit son grand jeu de casuiste retors en déclarant : « Si [ces prisonniers] désirent recevoir le bénéfice de l'eau baptismale, les catholiques ne peuvent la leur refuser mais, au contraire, la leur offrir et les y exhorter de telle manière que le nombre des fervents adorateurs du vrai dieu des chrétiens soit multiplié [...] [4]. Il est, en conséquence, énergiquement proposé aux Navajos de se convertir à la religion catholique, de se grouper en des villages sur les lieux convenant à atteindre ce but afin que la foi du Christ soit propagée. » La négociation de paix se transformait ainsi, à coup d'éloquence, en un prêche apostolique dont les Navajos n'avaient que faire. La vieille politique de rassemblement autour d'une mission — c'est-à-dire la « réduction », dans la terminologie espagnole — ne les séduirait pas plus aujourd'hui qu'hier, comme ils l'avaient montré lors de l'établissement des religieux à Cebolleta, entre 1744 et 1750. Pourquoi donc Vizcarra nourrissait-il encore cette illusion, face à des adversaires qui attendaient de lui, exclusivement, la libération des leurs, baptisés ou non ? Comme il s'y refusa, la guérilla reprit. Le gouverneur n'en fut pas surpris. Au contraire, il l'attendait comme la justification de son mirifique plan de campagne contre les Navajos, un plan mis au point alors même qu'il discutait de paix avec eux... Non pas tant une guerre, à proprement parler, qu'une nouvelle tentative de les conduire vers le christianisme « par des moyens dignes de chrétiens », selon son mot. Une sainte croisade, en somme, qu'il prépara si méthodiquement que le succès n'en était point douteux, à ses yeux comme à ceux de son état-major puisque l'on se répartit, par avance, le futur butin en captifs et bétail. L'on vendait la peau de l'ours — le Navajo — avant de l'avoir tué.

Dans le printemps déjà chaud, Santa Fe vibrait de ces préparatifs guerriers tandis que Mexico vivait des événements politiques décisifs pour l'avenir de la nation. Secoué par d'incessantes tempêtes politiques, le trône d'Iturbide finit par s'effondrer sous lui le 19 mars 1823, jour de son abdication contrainte et forcée, orchestrée par ses opposants. Au premier rang de ceux-là se démenait comme diable un jeune officier nommé Santa Anna, spécialiste ès *pronunciamientos* républicains[5].

Loin de ces remous, Vizcarra entra en campagne en août 1823 pour une longue chevauchée qui le mena dans le canyon de Chelly, où il savait trouver l'adversaire, puis chez les Hopis. Trois mois plus tard, il se vanta d'avoir tué une cinquantaine de Navajos et exhiba une trentaine de leurs femmes et enfants captifs, aussitôt baptisés, afin d'associer le Christ à ce succès, si relatif qu'il eût été. Dinehtah n'y réagit que mollement, sa faiblesse dans le moment lui interdisant toute action d'envergure. Vizcarra parti, les chasseurs d'esclaves s'en donnèrent à cœur joie sans trouver devant eux de réelle opposition. Leurs retours triomphants à Santa Fe ajoutaient à l'allégresse générale provoquée par la nouvelle de la proclamation de la République mexicaine (1824).

Le nouveau régime s'inspirant du fédéralisme divisa le pays et ses provinces extérieures en dix-neuf États et quatre territoires dont le Nouveau-Mexique. Dans ce nouveau cadre administratif, ce dernier fut placé sous la double autorité d'un gouverneur (*jefe politico*) et d'un commandant principal, lui-même subordonné au commandant général de Chihuahua. Par ailleurs, aucun changement n'intervint dans le domaine législatif. La transition d'un régime à l'autre s'opéra donc en douceur.

Scalpeurs et Navajos

Concrètement, au niveau de sa vie quotidienne, Santa Fe se réjouit du libéralisme de Mexico qui ouvrit officiellement les frontières du Nouveau-Mexique aux caravanes des marchands américains et aux trappeurs venus des États-Unis. Si les seconds s'éloignaient assez vite vers l'ouest et jusqu'en Californie, les premiers séjournaient longuement dans la capitale avec un volume accru de marchandises transportées par des convois de chariots toujours plus nombreux. Malgré leurs copieux bénéfices sur place, ils ne tardèrent pas à s'engager sur la longue piste du Sud, jusqu'à Chihuahua qui devint bientôt leur but en raison de l'intérêt éveillé par leurs apports. Fluctuant, certes, d'une année à l'autre, ce courant d'échanges à long rayon d'action — outre qu'il démontrait la faisabilité d'une traversée relativement sûre des plaines centrales du continent depuis le Missouri — engraissait le trésor du Nouveau-Mexique en d'appréciables proportions, grâce aux taxes douanières perçues à l'entrée[6]. Santa Fe trouvait là une importante source de revenus employés au financement de ses activités gouvernementales, ce qui soulageait d'autant Mexico, toujours empêtré en d'incroyables problèmes de budget. Mais que le fleuve d'argent coulant de cette source perde de son débit annuel ou, pis, soit détourné de son cours normal, alors surgiraient de graves complications.

Si affairée fût-elle à ce florissant commerce, Santa Fe gardait un œil sur les lisières — à l'ouest, où les Navajos observaient un calme relatif ; au sud, où s'agitaient les bandes d'Apacheria, la terre des Apaches. De ce vaste secteur enjambant la frontière mexicaine surgissaient alors, presque en permanence, des raids dévastateurs pour les États de Sonora et de Chihuahua, mal protégés par les faibles effectifs des *presidios*. En conséquence, les autorités fédérales n'eurent d'autre recours que le recrutement de chasseurs de scalps dont l'activité s'inscrirait dans le cadre d'un « Plan de guerre » officiel (*Proyecto de guerra*). En 1835, le gouverneur de la Sonora le rendit public, proclamant *urbi et orbi* la nécessité de la destruction physique des *barbaros*. Dans cette perspective, un scalp masculin de plus de quatorze ans serait payé 100 pesos (25 au-dessous de cet âge) et un scalp féminin en vaudrait 50[7]. Ainsi alléchés, les volontaires entrèrent en campagne contre les Apaches, en priorité — les Navajos étant d'un accès plus lointain. Pourtant, des expéditions fortement organisées se mirent en marche vers ces derniers à partir du rio Grande supérieur. En février 1835, Narbona résolut de stopper énergiquement l'une d'elles, partie de Santa Fe le 8, sous le commandement d'une personnalité de cette ville, Blas de Hinojos. Ralliant 200 de ses guerriers, Narbona les répartit stratégiquement sur les versants d'un col des Chuska[8], passage obligé des chasseurs qui s'y engagèrent le 20. Très peu échappèrent à la mort sous la grêle de flèches qui les accueillit. Hinojos lui-même perdit la vie dans cette embuscade dont le succès lança, de nouveau, les bandes navajos sur leurs chemins de rapines. En août, seulement, les Néo-Mexicains demandèrent la paix, avec la ferme intention de la violer. Ce qui ne tarda pas puisqu'en octobre, peu après l'entrevue, Don José Chavez conduisit une

cinquantaine d'hommes de Cebolleta vers l'intérieur de Dinehtah —
où il rencontra sa mort, à l'égal de ses compagnons. Seul, son frère,
Manuel, survécut au massacre avec, dit-on, sept blessures de flèches
dans le corps. Dire que l'année suivante fut agitée de nouvelles
tentatives néo-mexicaines, suivies d'autant de ripostes navajos, serait
répéter un scénario désormais bien connu. Mieux vaut signaler, pour
mémoire, et parce qu'il en est temps, les importants changements et
événements survenus en 1836-1837 à différents niveaux de la nation
— de Mexico à Santa Fe, en passant par San Antonio, au Texas.

Les embarras de Sante Fe

Dans la métropole mexicaine, toujours en proie à des luttes
politiques qui font de la présidence un enjeu fort disputé, l'ambitieux
Santa Anna avait décroché, en 1833, le double titre de général-
président, du haut duquel il dut affronter la révolte des colons
américains du Texas. Il s'en alla, en personne, les massacrer à
l'Alamo, à San Antonio, le 6 mars 1836, avant d'être défait et capturé
lui-même à San Jacinto par les troupes de Sam Houston — victoire
qui donna au Texas son indépendance. Quoique amputée de cette
province, la République mexicaine n'en continua pas moins ses
chamailleries politiques qui amenèrent finalement au pouvoir les
conservateurs. Partisans de la centralisation (*Sistema central*), ils
ramenèrent les États au rang de départements placés, chacun, sous
l'autorité d'un gouverneur, détenteur de l'exécutif, le législatif allant
à une vague *junte* départementale, sans réelle personnalité.

Le Nouveau-Mexique n'accepta ni la nouvelle organisation départementale ni le nouveau gouverneur, Albino Perez, nommé par
Mexico, en 1835. Chargé de veiller à l'application des institutions
ainsi réformées, il hérita, de surcroît, du pénible devoir de renflouer
le Trésor néo-mexicain, aussi vide que celui de la nation car, depuis
des années, l'argent des douanes s'égarait mystérieusement avant
d'arriver dans les caisses du gouvernement provincial. Comme, de ce
fait, les rentrées fiscales se révélaient dérisoirement maigres par
comparaison au volume toujours croissant du « commerce de Santa
Fe », Perez recourut à l'augmentation des contributions directes.
Tout aussitôt, les marchands étrangers gémirent qu'on les pressurait
tandis que les artisans, les agriculteurs et les éleveurs locaux
(jusqu'alors exemptés d'impôts) crièrent qu'on les étranglait. Ce tollé
général suscita peu après une véritable insurrection contre le
malheureux représentant du *Sistema central*, contraint de s'enfuir en
août 1837, les gens du nord du département ayant pris les armes.
Arrêté, jugé, Perez fut exécuté. Le 10 août, les insurgés entrèrent
dans Santa Fe et installèrent dans le fauteuil du défunt un homme à

eux, José Gonzalèz, ce qui déplut aux riches propriétaires du secteur d'Albuquerque. Levant à leur tour une « Armée de la Libération », ils en confièrent le commandement à l'ex-gouverneur, Manuel Armijo, qui fanfaronna de la belle manière durant la marche de cette milice vers Santa Fe. Au moment d'engager le combat, le 12 septembre, il s'éclipsa mystérieusement. Il fallut alors tout le savoir-faire du commandant en titre de cette troupe pour emporter la place, vite abandonnée par ses défenseurs qui laissèrent 12 morts sur le terrain et un prisonnier... Gonzalèz lui-même, aussitôt passé par les armes.

La victoire acquise, Armijo réapparut... Pour s'asseoir dans le fauteuil de gouverneur et recevoir le grade de commandant général (1838). Il allait donner toute sa mesure dans les années suivantes, et quelle mesure !

Loin, dans Dinehtah...

Loin des remous de la capitale, les Navajos revenaient alors à la charge contre les Hopis, dans une vieille querelle autour d'un territoire convoité par chacune des tribus[9]. En 1836, les premiers, estimant avoir un droit exclusif à sa jouissance, le vidèrent totalement du bétail des seconds. Puis ils assaillirent sauvagement le village d'Oraibi, perché sur sa mesa, pour y massacrer une bonne moitié de sa population, l'autre ne devant son salut qu'à la fuite (1837).

Chasseurs et bourreaux d'un côté, les Navajos se retrouvèrent gibier, de l'autre. Toute la fin de l'année 1838 ne leur fut qu'un long calvaire, marqué des captures et des meurtres[10] opérés par les Néo-Mexicains auxquels Armijo laissait volontiers la bride sur le cou. Devant ces malheurs, Dinehtah renoua son alliance avec les Apaches de Gila, eux-mêmes férocement pourchassés par les chasseurs de scalps. Le résultat de leur union se révéla si dommageable pour la population et pour ses biens qu'Armijo résolut de réagir. Mais par la diplomatie plutôt que par l'action. Rencontrant à Jemez, en juillet 1839, Sandoval, le chef des « Navajos ennemis », il lui demanda de jouer le médiateur auprès de ses frères de race et, en cas d'échec, son intervention contre eux. En retour, après accord sur ces deux points, Armijo éleva son nouvel allié au rang de « chef de la nation navajo » — un titre pour le moins usurpé et hasardeux. Enfin, pour consacrer la nouvelle dignité de l'impétrant, il lui offrit un resplendissant uniforme, une épée et un lot de terres. Toutes faveurs qui peu après valurent à Sandoval la visite de plusieurs bandes navajos venues lui faire payer sa trahison. Sans se démonter, il organisa à son tour un raid de représailles, avec le concours de Néo-Mexicains qu'il conduisit dans les profondeurs de Dinehtah — sans grand succès semble-t-il.

Attaques et contre-attaques, raids et représailles occupèrent épisodiquement les six années suivantes, entrecoupées de vaines négociations, complaisamment organisées par Sandoval. Tous ces pourparlers butèrent toujours sur l'épineuse question de la libération des
captifs détenus par les deux camps. Puis Son Excellence Armijo se
lassa. Il est vrai qu'à partir de 1843, sa propre personne était l'objet
de graves accusations.

La débâcle et la fin (1843-1846)

Armijo était alors le héros d'un feuilleton rocambolesque ayant
pour toile de fond un Nouveau-Mexique en décomposition accélé-
rée. Il y jouait le fourbe, dans la grande tradition picaresque. Un rôle
auquel il s'était depuis longtemps accommodé. Doit-on, toutefois,
accorder créance aux dires concernant son enfance durant laquelle,
misérable petit berger, il aurait volé, de temps à autre, au riche
ranchero qui l'employait des moutons... pour les lui revendre
ensuite ? D'où lui venait donc la richesse qui fit de lui, un jour, un
propriétaire aisé ? Certes, le « commerce de Santa Fe » pouvait la
justifier mais l'on murmurait aussi que, parvenu à un poste important, il ne s'était point gêné pour empocher une part non négligeable
des taxes douanières. Quand, en 1827, il accéda au fauteuil de
gouverneur, pour un premier mandat, quelques-uns s'en étonnèrent
mais comme, à la différence des hauts fonctionnaires envoyés par
Mexico, il était un enfant du pays, l'on ne poussa pas plus avant les
interrogations sur ce point. Pourtant, l'opinion publique se pas-
sionna pour sa querelle avec des trappeurs américains, qualifiés par
lui de « contrebandiers yankees ». Histoire de mettre la main sur
leurs fourrures, estimées à 20 000 dollars, il les fit arrêter. Ce fut le
prélude à une série d'épisodes bouffons dont la conclusion tourna à
sa confusion, confusion telle qu'il dut quitter son poste (1828). Dix
ans durant, il rongea son frein, à l'affût de la moindre occasion de
remonter en selle. Nous savons déjà comment il y parvint.

En 1843, Mexico découvrit l'erreur de son choix, devant la
lourdeur du dossier Armijo, constitué par des enquêteurs officiels :
administration lamentable, incompétence, concussion, détournements, spéculation éhontée, corruption, etc. De quoi motiver le
rappel, urgent, du personnage (fin 1843) que remplaça le commandant général de Chihuahua, Mariano Martinez de Lejanza. Une fois
de plus, Armijo rentra en coulisse, le temps d'y méditer au moyen de
son retour « aux affaires ».

Durant ce temps, Martinez — galonné mexicain et donc, *a priori*,
rejeté par l'opinion publique — s'attela à une tâche éminemment
délicate : réparer les bévues de son prédécesseur, redresser l'effet de

ses indélicatesses, assainir l'administration, moraliser la justice, renflouer les finances. Vaste programme ! Sur le dernier de ces points, il décréta un emprunt forcé destiné à l'entretien de l'armée, avec promesse de remboursement grâce aux taxes perçues — et effectivement encaissées par l'administration, cette fois — sur l'entrée des marchandises américaines. Personne ne regimba. Jusqu'à ce qu'un malheureux décret du général-président de la République mexicaine, Santa Anna, daté du 7 août 1843, fermât les douanes de Ţaos — l'un des *checkpoints* des caravanes commerciales arrivant des États-Unis. La perte fut énorme, en une année où se présentaient deux cent trente chariots chargés de 450 000 dollars de marchandises. La bévue le fut davantage. Tellement qu'elle imposa de rapporter en hâte cette mesure, le 31 mars 1844. Néanmoins, Martinez, jugeant impossible sa mission, démissionna au début de 1845, laissant la place à un successeur qui, lui, n'hésita pas à plonger dans les fonds publics — indélicatesse dont il dut aller s'expliquer à Mexico. A qui se fier ? pensa alors le président Herrera, chef de l'État mexicain. Le Nouveau-Mexique n'abritait-il pas quelque dignitaire, bon connaisseur de sa situation ? Si, bien sûr : Armijo ! Qui, en novembre 1845, reprit possession de son titre de *gobernador,* avec la modestie rentrée de l'homme providentiel. Superbe, au demeurant. Et bien décidé à tenir le rôle avec éclat dans la difficile période qui s'annonçait. Effectivement, il y sera sublime. Mais abrégeons.

Le Nouveau-Mexique, aux yeux de Washington, est « l'homme malade » du Sud-Ouest — comme le Mexique, lui-même, de l'Amérique centrale. Un coup de pouce et les voilà à terre, l'un et l'autre. La guerre, déclarée au second le 12 mai 1846, pousse vers Santa Fe l' « Armée de l'Ouest », commandée par le brigadier-général Stephen Watts Kearny. A son approche, début août, la panique saisit les habitants. Mais Armijo est là qui jure de « sacrifier sa vie et ses intérêts à la défense de notre pays bien-aimé ». Le 12 août, deux émissaires américains se présentent à lui, discrètement. Pour négocier ? Parle-t-on argent ? Un accord est conclu : Armijo simulera une défense de la ville en disposant sa troupe dans un canyon, lieu de passage obligé de l'envahisseur, à 25 km de là. Il s'y rend en personne, le 16 août. Joue au stratège dans ces Thermopyles truqués. Ordonne, tempête et menace les indécis. Ranime les courages. Puis il regagne en hâte son palais, le temps d'y emballer argent, vaisselle et vivres pour en charger des chevaux et des mules qui vont courir la poste vers le Sud, par le *Camino Real,* sous escorte de dragons[11].

Le 18 août, vers 17 heures, sous la pluie, le brigadier-général Kearny fit son entrée sur la *plaza* de Santa Fe — sans que ses hommes n'aient eu à tirer un seul coup de feu. Jamais conquête ne fut plus paisible. A l'instant où le gouverneur provisoire, Juan Bautista Vigil y Alarid, l'accueillit sur le seuil du palais des ex-gouverneurs la pluie cessa. Un rayon de soleil se glissa entre les nuées, en voie de dissipation, pour éclairer la bannière à vingt-neuf étoiles qui montait au mât dressé sur l'édifice. Le *Nuevo Mexico* laissait place, désormais, au New Mexico Territory. Pour le plus grand malheur des Navajos, dans les vingt ans à venir.

DEUXIÈME PARTIE

Navajoland, U.S.A.

1846-1900

.

« Une vue d'ensemble de l'histoire des Indiens entre 1492 et ces dernières années montre que leurs sociétés furent victimes d'une chasse mortelle. Nombre d'entre elles disparurent à jamais. D'autres faillirent être emportées par de graves blessures dont elles se relevèrent pourtant grâce à leur étonnant pouvoir de régénération. »

JOHN COLLIER, *Indians of the Americas,*
New York, 1947

I.

Prélude
1846-1850

Tout est calme sur le rio Grande

Sous son visage raviné de vieille cité espagnole au plan informe, aux bâtiments publics d'adobe croulants çà et là faute d'entretien, Santa Fe cachait mal son appréhension des nouveaux venus. Certes, au soir de leur entrée, ses autorités avaient régalé le général américain et son état-major d'un somptueux dîner sous le toit du *señor* Vigil. Mais les habitants, à demi confiants, espéraient quelque assurance de la bouche même du vainqueur. Le lendemain, 19 août, ce dernier s'adressa à eux, réunis pour l'occasion sur la place devant le palais des gouverneurs : « Nous sommes venus, déclara Kearny, pour prendre possession du Nouveau-Mexique au nom du gouvernement des États-Unis, avec des intentions pacifiques [...]. Nous sommes là en amis, pour améliorer votre sort et vous intégrer aux États-Unis [...]. Dans notre gouvernement, tous les hommes sont égaux. Pour nous, les gens paisibles sont les plus estimables. Poursuivez vos occupations domestiques et vos affaires. Soyez pacifiques et respectueux des lois [...]. Vous n'êtes plus sujets mexicains ; vous voilà désormais citoyens américains [...]. Je suis votre gouverneur ; adressez-vous à moi pour votre protection[1]. »

A cette réconfortante allocution, le *señor* Vigil, ancien lieutenant-gouverneur du régime défunt, répondit par une parabole attristée : « Pour nous, le pouvoir de la République mexicaine est mort. Quelle qu'elle fût, elle était notre mère et quel enfant ne verserait de pleurs sur la tombe de ses parents ? » En ce temps-là, la nostalgie était encore ce qu'elle était. Kearny voulut l'atténuer en multipliant, dans les jours suivants, les manifestations de sa courtoise autorité. Il reçut allégeance des chefs des Pueblos et se montra fort aise de la reconnaissance dont le gratifièrent les représentants du clergé catholique. Puis, il s'entretint très librement avec des marchands américains des caravanes, membres ô combien émérites d'une

« Cinquième colonne » si active depuis vingt ans. Enfin, il répondit scrupuleusement aux invitations à dîner en de riches familles de la ville qu'il remercia par un grand bal tout enivré de fandangos dans les salles de son modeste palais.

Ces mondanités d'esprit politique furent entrecoupées d'une nouvelle déclaration publique de sa part. Le 22 août, il promit la protection de son gouvernement contre les Navajos, promesse hautement appréciée de son auditoire populaire auquel il précisa, de surcroît, que les États-Unis régneraient dorénavant sur les deux rives du rio Grande[2] — incluses, selon lui, dans le « Territoire du Nouveau-Mexique ». Cette dernière allégation, peu après connue à Washington, parut si hâtive et incongrue au président Polk qu'il s'empressa de la dénoncer, en décembre. En vertu de quel pouvoir, en effet, un simple général se substituait-il au Congrès fédéral pour annexer ainsi, de sa seule autorité, une contrée à peine conquise par les militaires ? Pour l'admettre au rang de Territoire et accorder à ses habitants la qualité de citoyens américains ?

Sans se douter de ce remous, dont il ne fut informé que beaucoup plus tard, Kearny s'affaira ensuite à l'organisation de sa conquête. Conformément à ses instructions en pareil cas, il mit en place un gouvernement civil dont il confia la direction à un Américain de grand renom dans le Sud-Ouest, Charles Bent[3]. Puis, le 22 septembre 1846, il promulgua une « loi organique » — dite aussi « Code Kearny » — qui instituait l'administration du (simili) Territoire. Cela sur fond de rumeur, celle annonçant la formation, vers le sud de la vallée du rio Grande, d'une armée mexicaine de reconquête. Vrai ou faux ? Pour en avoir le cœur net, le général décida d'une « visite » de l'aval du fleuve, avec 700 hommes sur ses talons. Un petit tour du propriétaire, sans plus.

A son retour à Santa Fe, il s'appliqua à tenir ses promesses de protecteur de son nouveau domaine contre les Navajos et les Utes, les uns et les autres redoutables prédateurs des lotissements et des ranchos de l'ouest du rio Grande. Sous ses ordres, on mit en place un dispositif de sécurité dans ce secteur. Le colonel Alexander Doniphan, des volontaires missouriens à Cebolleta tandis que le major Gilpin mena son détachement à Abiquiu. Une fois en ces lieux, la fatigue des soldats et leur manque de conviction interdirent toute action efficace de sorte que Kearny résolut de parlementer avec les Navajos. Doniphan vit alors surgir devant lui le chef des « Navajos ennemis » de Cebolleta, l'indispensable Antonio Sandoval — collaborateur attitré et empressé de l'occupant du moment — qui s'offrit à contacter les habitants de la mystérieuse Dinehtah, pour sonder leurs chefs sur la question de la guerre ou de la paix avec les Américains. Retour de cette mission, il prétendit les avoir tous rencontrés —

mensonge évident. Il les dit favorables à une entrevue avec le général mais chez eux, sur leur terrain, et non à Santa Fe dont la route leur avait ménagé, autrefois, tant de mortelles traîtrises.

A cette nouvelle, et malgré sa secrète irritation contre l'impudente exigence de ces « sauvages », Kearny s'estima entendu d'eux. De justesse car, à son insu, sa demande avait parmi eux suscité un vif débat entre d'une part le vieux Narbona, partisan de la négociation, soutenu par les chefs des nombreuses bandes qui le vénéraient, et d'autre part le fougueux Manuelito, hostile à une telle entrevue. Celui-ci rappela que jamais, dans le passé, ni les Espagnols ni les Mexicains avec qui l'on avait traité ne tinrent leurs promesses, en particulier celle de libérer leurs captifs navajos. A quoi bon, dès lors, discuter avec les « Nouveaux Hommes » (les Américains, dans la langue du Peuple) qui, probablement, ne valaient pas mieux que leurs prédécesseurs ? Pourtant, le principe d'une rencontre prévalut. L'on s'y prépara, en attendant. Tandis que Kearny, soucieux de ne plus tarder à gagner la lointaine Californie pour la conquérir à son tour, quitta Santa Fe, toutes bannières déployées (fin septembre 1846). Chemin faisant, il put, à bon droit, se rendre justice de l'heureux accomplissement, en quelques semaines, de la première partie de sa mission. Le Nouveau-Mexique venait, grâce à lui, d'entrer dans le giron des États-Unis. Sans heurts, ni avec les Hispanos ni avec les Pueblos. Tout était calme sur le rio Grande.

Restaient les Navajos...

Navajos : le premier rendez-vous

Les Navajos ? Socorro, où Kearny arriva le 2 octobre, témoignait encore de leurs récents méfaits : 7 hommes tués ; des femmes et des enfants capturés ; des chevaux, des mules et des moutons volés. Un beau motif de châtiment, exemplaire si possible... En conséquence, le général écrivit sur-le-champ à Doniphan : « J'ai invité les chefs navajos à venir à Santa Fe, ils ne sont pas venus. Au lieu de cela, ils continuent leurs raids. Il est donc indispensable d'envoyer contre eux une expédition. Le colonel Doniphan la conduira dans leur pays. Il libérera les prisonniers et ramènera les bêtes volées. Il exigera des Navajos un bon comportement et prendra des otages. » Sacré programme, en vérité ! Dicté par la candide ignorance de l'adversaire chez un chef fraîchement débarqué de l'Est avec le sentiment qu'il lui suffit d'ordonner pour être obéi et de paraître à la tête de ses dragons pour effrayer les Indiens... Assez inconscient, de surcroît, pour lâcher la bride aux Néo-Mexicains auxquels il donne « la permission de se venger et de faire la guerre aux Navajos, de constituer des groupes armés, de marcher vers leurs ennemis, de reprendre leurs biens, d'exercer des représailles ». Ainsi encouragés à tous les excès dont ils sont familiers depuis des lustres, les chasseurs d'esclaves du rio Grande se réjouissent et se mobilisent déjà. Avec, pour rabatteurs, leurs scalpeurs professionnels.

Tranquille, persuadé du bien-fondé de cette double décision, Kearny s'éloigna de Socorro après avoir transmis ses pouvoirs à Doniphan, chargé de régler en ses lieu et place l'épineuse question des Navajos.

Averti de l'ébullition suscitée par les instructions irraisonnées de son supérieur hiérarchique, Doniphan élabora un plan plus réfléchi, capable de faire face à toute éventualité — paix ou guerre. Il ordonna au major Gilpin, en poste à Abiquiu, et au lieutenant-colonel Jackson, cantonné à Cebolleta, de marcher vers l'endroit nommé Ojo del Oso (Bear Springs, pour les Américains de l'époque ; Fort Wingate, Nouveau-Mexique, aujourd'hui) où il les rejoindrait pour conduire leurs forces unies en pays navajo. Pour en châtier les occupants, comme le voulait Kearny, ou pour traiter avec eux ? Cela dépendrait de leur comportement, dès le contact établi. Afin de sonder l'adversaire potentiel, le jeune capitaine Mayne Reid[4] s'offrit pour précéder l'armée au point de regroupement choisi. Escorté de 30 soldats et guidé par l'inévitable Sandoval, l'officier, parvenu sur place, y découvrit 2 000 cavaliers navajos entourant le chef Narbona (de son nom indien : Hastin Naat'aani ou « L'homme-qui-parle-de-paix »). Frappé par ce spectacle prodigieux à ses yeux, Reid relata ultérieurement le déroulement de cette première rencontre historique au biographe de Doniphan, John T. Hughes :

« Ce fut la situation la plus critique que j'ai connue : trente hommes seulement au milieu du peuple proverbialement le plus sauvage et le plus traître du continent. Beaucoup n'avaient rien d'amical. Nous étions en leur pouvoir [...]. Nous avons participé à une danse jusqu'au lendemain. Mes hommes y prirent plaisir. L'on échangea des vêtements [...]. Le temps passa agréablement. Nous rencontrâmes alors Narbona qui, malade, dormit dans notre camp. C'était un squelette, perclus de rhumatismes — le seul mal, mais très répandu, en ce pays. Il semblait un homme d'humeur douce, aimable. Quoique ayant beaucoup guerroyé, il paraissait anxieux, avant sa mort, d'assurer la paix à son peuple, tant avec ses anciens ennemis qu'avec nous, les " Nouveaux Hommes ", comme les Navajos nous appelaient. [Lors du conseil, Manuelito et l'épouse de Narbona, seule femme autorisée à y assister, s'opposèrent à la paix avec les Mexicains[5]. La soirée fut néanmoins divertissante.] Cette expédition fut plaisante. Ces gens sont singuliers à plus d'un égard, et tout à fait différents des autres indigènes de ce pays. Leurs coutumes sont très proches de celles des Tartares. Ce sont des pasteurs dont les troupeaux sont la seule richesse[6]. Ils sont peu portés vers la chasse. Leurs armes de guerre sont le javelot et la lance, l'arc et le lasso qu'ils manient excellemment. L'on peut dire qu'ils vivent littéralement à cheval. Ils possèdent d'immenses troupeaux de chevaux et beaucoup de mules, produits habituels de leurs maraudes. La totalité du Nouveau-Mexique est sujette aux incursions dévastatrices de ces Lords de la montagne [...][7]. »

Moins retenu et nuancé fut le jugement du capitaine Emory sur les mêmes en qui il ne voulut voir, selon ses termes, que des « barbares retirés en des montagnes hautes et inaccessibles où les Néo-Mexicains n'ont jamais réussi à pénétrer », des « lâches » qui n'attaquent les villages qu'en nombre, des paresseux qui « dédaignent de cultiver le sol et même d'élever du bétail », des gens de peu contre lesquels, pourtant, « le gouverneur Armijo ne permit jamais aux habitants du Nouveau-Mexique de guerroyer ». (Ah, le brave homme !) Contre-vérités flagrantes, mensonges conscients, ignorance haineuse, aveuglement volontaire vont, dès lors, sous la plume d'autres témoins aussi faux brosser au noir le portrait des Navajos dans les années à venir. Pour l'heure, ces relations pèseront leur poids sur l'opinion des membres du 30e Congrès qui devra décider, en dernier ressort, de la paix ou de la guerre contre ce peuple. Gageons que, le moment venu, ils choisiront Emory contre Reid, le sentiment raciste contre l'honnête témoignage. En attendant, Reid rentra à Cebolleta d'où il informa Doniphan du rendez-vous accepté, pour novembre, à Ojo del Oso.

Les Navajos « touchent la plume »

Le 26 octobre, alors qu'une bande navajo tuait quelques bergers pour rafler 5 000 moutons au sud de Socorro, Doniphan quitta Santa Fe pour le lieu de la rencontre annoncée. Narbona, entouré de 500 cavaliers, l'y attendait. Le colonel ouvrit le conseil par une déclaration d'une parfaite clarté. En substance : « Le Nouveau-Mexique, Dinehtah incluse, appartient désormais aux États-Unis dont le devoir est de protéger ses habitants blancs et indiens. En conséquence, cessez vos querelles tribales et faites la paix avec les Néo-Mexicains, comme nous la voulons avec vous. Sinon, nous nous battrons. » La réponse vint, cinglante, de la part de Natzallith, un jeune chef aux oreilles ornées d'imposantes boucles qui lui valurent le surnom espagnol de Zarcillas Largas :

« Américains ! Votre motif de guerre contre nous est étrange. Durant des années, nous avons combattu les Néo-Mexicains, pillé leurs villages, tué ou capturé nombre d'entre eux. Notre cause était juste. Mais vous, vous venez à peine de commencer la guerre contre

eux. Vous êtes puissants [...]. Vous les avez conquis, ce que nous
tentons de faire depuis longtemps. Maintenant, vous nous reprochez
ce que vous avez fait vous-mêmes ! Nous ne comprenons pas
pourquoi vous nous chercheriez querelle pour les avoir combattus à
l'ouest alors que vous faites la même chose à l'est ? Telle est la
situation. Ceci est notre guerre. Nous avons davantage de raisons de
nous plaindre de vous qui intervenez dans notre guerre, que vous
n'en avez de nous quereller alors que nous poursuivons un combat
commencé bien avant votre venue. Si vous voulez être justes, laissez-
nous régler nous-mêmes nos propres divergences[8]. »

En lui-même impressionné par cette rigoureuse et inattaquable
logique mais soucieux de ne pas perdre la face, Doniphan haussa le
ton. Il ordonna à ses interlocuteurs de cesser leurs raids contre les
lotissements de la vallée et de ses alentours car, dit-il, « voler ou tuer
ses habitants, c'est voler ou tuer des Américains ». Puis, il leur
proposa de s'allier à lui contre le Mexique, et la province de
Chihuahua en particulier qu'il devait envahir selon les plans de l'état-
major. Enfin, il conclut : « Ainsi, la paix avec nous vous permettra de
commercer avec profit. » Cet argument, infiniment plus séduisant
aux oreilles de son auditoire indien que la perspective d'une
collaboration dans une aventure militaire à haut risque, décida 14 des
chefs navajos présents à signer le « traité Doniphan » (26 novembre
1846). Narbona, Zarcillas Largas, Manuelito, Caballeda Mucha (dit
aussi Ganado Mucho) et d'autres — tous riches d'importants
troupeaux de chevaux et de moutons — « touchèrent la plume »
(selon l'expression indienne alors consacrée). Point d'illusions toutefois : signer, à leurs yeux, c'était davantage protéger leurs bêtes
contre les raids néo-mexicains de représailles (justifiées ou alléguées)
que souscrire aux volontés des « Nouveaux Hommes ». En outre, ces
quatorze signatures n'engageaient nullement la totalité du peuple
Navajo. Parce que les chefs de nombreuses autres bandes s'étaient
volontairement absentés ce jour-là et, surtout, parce qu'en fonction
de l'organisation sociale traditionnelle des Navajos chaque bande
conservait, dans sa conduite politique, une totale liberté.

La bande, unie et souveraine

« Antérieurement à 1868, la bande semble avoir été l'unité sociale
de coopération effective[9]. » Donc, à l'époque, pas de « tribu », au
sens habituel du terme, mais une société fractionnée, étrangère à
toute unité et, *a fortiori*, à tout sentiment tribal.

Souveraine absolue sur son territoire précisément délimité, la
bande obéit à deux chefs (les « natanis ») : l'un pour la guerre, l'autre
pour la paix. Ce dernier, nommé à vie, est un bon connaisseur des

chants traditionnels et sait, par le détail, un cérémonial particulier au moins. S'il ne peut avoir d'autorité sur l'individu, car le Navajo est entièrement libre, il dirige, par contre, les travaux collectifs de la bande — en agriculture, par exemple — et lui imprime son comportement politique en des circonstances données. Ainsi, il la représente face aux autres bandes et aux étrangers avec qui il traite en son nom. En outre, doté de pouvoirs de justice, il résout les conflits individuels. Il a également pour mission de secourir les pauvres et les veuves. A son côté, le chef de guerre organise les entreprises purement militaires car, dans ce domaine, on lui reconnaît un pouvoir surnaturel fondé sur sa parfaite connaissance des rituels guerriers. Selon sa valeur propre, en matière de stratégie, au sens grec du terme, il peut influencer des bandes voisines. A cet égard, les grands chefs militaires des Navajos jusqu'en 1864 furent des gens hautement renommés auprès de la totalité de leur peuple. Pourtant, si grand que soit son prestige, il doit négocier l'engagement de chacun des membres du raid et se montrer convaincant dans cette palabre, en alignant les arguments capables de séduire les participants éventuels à l'expédition conçue par lui : objectif, distance, durée, nombre de parts du butin raflé, etc. Pas étonnant, car la prudence gouverne là comme ailleurs, que les raids ne réunissent en général qu'un nombre réduit de guerriers.

Ignorant de ce fractionnement politique extrême, les Espagnols puis les Mexicains de jadis rendirent toujours la « tribu » responsable des violations des accords passés. En conséquence, leurs représailles frappèrent parfois des bandes innocentes. En 1846, les Américains, nouveaux venus dans ce jeu, s'apprêtaient à répéter ces erreurs. Doniphan, le premier, tomba dans le piège d'un traité qu'il crut, de bonne foi, avoir signé avec tous les Navajos. Donc d'avoir assuré la paix avec eux. Un « succès » qu'il redoubla peu après en obtenant des mêmes signataires la cessation de leurs hostilités avec les Zuñis, leurs voisins. Il commença à s'interroger sur la solidité des engagements pris en constatant dans les semaines suivantes la reprise des combats entre les deux groupes. A l'heure où la nouvelle du traité d'Ojo del Oso soulevait à Santa Fe des protestations indignées. Quoi, n'allait-on pas châtier rudement ces « barbares » qui reviendraient à la charge aussitôt le départ des soldats ? Probablement informé de ces récriminations coléreuses, le Congrès fédéral ne ratifia pas l'accord de paix obtenu par Doniphan. Néanmoins, les Navajos respectèrent leur signature, pour un temps.

Kit Carson prend du galon

Un temps durant lequel Kearny et ses dragons progressant lentement sur la mesa de Valverde, au sud de Socorro, y rencontrèrent une quinzaine d'hommes conduits par Christopher « Kit » Carson. Que faisait là ce personnage déjà légendaire ? Le général apprit de lui la « conquête » anticipée de la Californie par les soins du capitaine John C. Frémont, auquel il avait donné un sérieux coup de main. La bannière étoilée flottait maintenant sur la baie de San Francisco et sur Los Angeles ! Cela était si vrai, ajouta Carson, qu'il allait de ce pas en informer le président Polk, à Washington. A cette stupéfiante nouvelle, Kearny se sentit dépouillé par avance de la gloire d'être le conquérant du paradis californien, après avoir été celui du Nouveau-Mexique. L'honneur d'une pareille victoire reviendrait donc à des aventuriers, tel ce Carson...

A ses yeux, en effet, Carson n'était que cela. Un coureur d'aventures auquel Frémont avait fait trop d'honneur en exaltant son rôle déterminant, à ses côtés, lors de ses expéditions dans les montagnes Rocheuses, en Oregon et en Californie entre 1843 et 1845. Un être grossier et sans scrupules. Un tueur d'Indiens. En cet instant, Kearny n'avait pas de mots assez forts pour flétrir, au-dedans de lui-même, l'homme devant lui, cet artisan vulgaire d'un succès militaire et politique dont la renommée allait s'emparer. Au vrai, Carson, à ce moment-là, ne méritait point pareil dédain, tant son _curriculum vitae_ pouvait victorieusement rivaliser avec celui d'un West Pointer distingué : trappeur au service de la firme Bent et Saint-Vrain (1831-1832) puis à son propre compte ; chasseur de bisons dans les Plaines ; escorteur armé des caravanes commerciales de Santa Fe ; traceur de pistes dans le Grand Ouest ; conquérant de la Californie et pour cela nommé lieutenant à titre particulier.

Kearny, ayant bu la coupe jusqu'à la lie, toisa l'arrivant du haut de ses étoiles. Il lui remontra qu'il était seul officiellement habilité à s'emparer de la province mexicaine du Pacifique et lui intima l'ordre de le guider à destination, un messager étant chargé, à sa place, de gagner Washington. Carson obtempéra. La colonne reprit son chemin. Pour, quelques jours plus tard, se trouver nez à nez avec un groupe d'Apaches Mimbreños conduits par leur chef, Mangus Colorado [10]. L'on parlementa, posément. L'Indien s'enquit de la destination de l'armée et proposa l'aide de son peuple dans la guerre contre les Mexicains, l'ennemi commun. Kearny, surpris, repoussa cette offre mais accepta, sous la pression de la nécessité, les mules proposées par l'Apache. L'on se sépara. Début décembre, la colonne américaine pénétra en Californie du Sud pour se heurter le 6 aux

« Californios » rangés en bataille aux portes du petit village de San Pasqual, à 80 km de San Diego. L'engagement faillit tourner au désastre pour Kearny, atteint de deux blessures, et ses dragons. Carson sauva la situation en allant, à ses risques et périls, chercher des renforts américains à San Diego. Finalement, Kearny entra dans Los Angeles pour mettre son terme à une aventure dont il s'attira toute la gloire... Plus méritée, dans le même temps, fut celle de Doniphan qui, parti de Socorro, bouscula les Mexicains à Brazito, près de Las Cruces (Nouveau-Mexique), pour poursuivre sa route vers Chihuahua et contribuer de la sorte à l'imminent effondrement des armées mexicaines.

Doniphan et Kearny, maintenant hors de la scène du Sud-Ouest, laissaient le Nouveau-Mexique en proie à la légitime appréhension du vaincu face à son vainqueur, en cette période de transition rapide d'un régime à l'autre. L'hiver épandait sa neige sur les monts Sangre de Cristo au pied desquels Santa Fe tentait de reprendre ses esprits.

Cet hiver-là, à Santa Fe (1846-1847)

Apparemment calme sous son gouvernement civil dominé par les Américains, la province suppute néanmoins les changements qui, à n'en pas douter, affecteront le politique, le social et l'économique. Inéluctablement, leurs incidences conjuguées susciteront, ou devraient susciter, une série d'initiatives. Celles, entre autres, relatives au « problème indien », toujours au centre d'un débat qui, si apaisé soit-il depuis quatre mois, n'en rebondira pas moins, et avec vigueur, le moment venu. Quelles en sont les données présentes en cette fin d'année 1846 ?

Les Pueblos, sédentaires et agriculteurs, sont paisibles. Ils s'avouent respectueux du nouveau régime, à une double condition : qu'il les protège efficacement contre les pillards de tous horizons et qu'il respecte leurs biens fonciers. Par contre, sur les lisières du bassin du rio Grande, dans les zones imprécises qui abritent les tribus dites « sauvages » — pour les différencier de celles dites « civilisées », selon l'ancienne et sommaire classification héritée et réactualisée —, l'incertitude subsiste quant au comportement des Navajos, des Utes, des Apaches, des Comanches et des Kiowas : l'inquiétante « ceinture rouge » du Nouveau-Mexique.

Navajos et Utes se détestent et leur antagonisme, toujours violent, menace la sécurité du secteur nord-ouest. Les premiers, provisoirement apaisés par le « traité Doniphan », sont à la merci de la soudaine impétuosité de certaines de leurs bandes qui, à tout moment, peuvent ruiner une aussi fragile paix. Les Apaches (Jicarillas, au nord et nord-est ; Mescaleros, au sud ; Mimbreños et Gilas, au sud-ouest) ne résisteront peut-être pas, non plus, à la tentation de l'action. Les Mimbreños et les Gilas, en particulier, pourraient, à bon droit, tenter de repousser les mineurs américains et mexicains de plus en plus nombreux sur les précieux gisements de Santa Rita, partie intégrante d'Apacheria. Plus à l'ouest, les groupes apaches de la vallée de la Gila (Arizona sud actuel) ne s'effaroucheront-ils pas des passages répétés des convois de voyageurs marchant vers la Californie, sur les pas de Kearny ? A l'est, enfin, sur la bordure des Grandes Plaines, leur domaine naturel, les Comanches souffriront-ils l'intrusion, toujours plus marquée, des marchands américains dans le réseau de leurs échanges commerciaux traditionnels avec les Pueblos orientaux — ceux des villages de Taos et de Picuris, surtout ?

Toutes ces questions se posent et s'imposent à l'observateur. Elles ne sont pas les seules car Santa Fe elle-même présente quelques singularités de caractère et de comportement qui devraient alerter ses nouveaux maîtres. Certes, le « Code Kearny », encore soutenu dans le souvenir par les déclarations si roboratives de son auteur lors de sa promulgation, promet de revigorer une administration d'un laxisme par trop préjudiciable, en principe, à la bonne marche des affaires. Encore ne faudrait-il point aller trop loin dans cette voie, car le raffermissement progressif des institutions et l'amorce d'autoritarisme dont il s'accompagne menaceraient de précieuses prérogatives en bien des domaines... Le rigorisme américain succédant trop brutalement à la « compréhension » mexicaine relèverait davantage de la douche écossaise que d'une politique judicieusement adaptée à une population consciente de sa « personnalité hispanique » profonde. Pourtant, des inquiétudes s'éveillent, à cet égard. Des soupçons se manifestent chez les riches Néo-Mexicains. Des susceptibilités se froissent. Les potentats locaux sentent que quelque chose va leur échapper qu'ils considèrent comme le fondement de leur autorité sans partage sur l'administration de la province comme sur la terre. D'où leur sourde irritation. Santa Fe observe, s'interroge et s'inquiète. Les esprits s'y laissent aller à une sorte de résistance larvée capable de susciter, un jour prochain, quelques actes de franche opposition.

Ne tergiversons plus : pour tout dire, leur préparation est déjà commencée.

La neige rouge de Taos (1847)

Santa Fe ne se reconnaît plus dans le visage neuf modelé pour elle par l'envahissante présence de quelque 3 000 soldats des États-Unis qui déambulent dans ses rues et sur sa *plaza* parmi une foule cosmopolite de trappeurs et de voyageurs de toutes races et nationalités. Espagnols, Mexicains, Néo-Mexicains, Indiens y côtoient les nouveaux venus dont certains se font remarquer par leurs extravagances. Au premier rang de ceux-là, les volontaires missouriens du colonel Sterling Price, successeur de Kearny au commandement du « Territoire ».

Une drôle d'engence ces Missouriens lourdement bottés qui se conduisent en conquérants de la capitale ! Pour la plupart, d'authentiques ruffians, rejetés, comme une lie, par la « frontière » du peuplement vers les immensités récemment offertes à leurs convoitises. Une horde d'aventuriers débraillés, gueulards, ivrognes et fanfarons. D'autres — une minorité — témoignent de quelque retenue dans leur comportement comme dans leur tenue, nonobstant leurs cartouchières, leur carabine Springfield et leur épée. Tous, séduits et grisés par l'atmosphère de cette ville exotique où des *señoritas,* aux yeux aussi noirs que la chevelure, fument le *cigarito* et dansent fougueusement le fandango. Où les boissons fortes, de la tequila au fameux « *Taos lightning* » — « l'Éclair de Taos » ou encore, la « Foudre de Taos » —, enflamment les têtes et le sang pour toutes sortes d'assauts. Le voyageur anglais George F. Ruxton[11] juge durement cette soldatesque et cette canaille : « La plus sale et la plus tapageuse des hordes jamais réunies. Ils vont par groupes dans les rues, braillant et jouant les matamores sans toutefois se bagarrer. Les Néo-Mexicains, drapés dans leur *serape,* les regardent de travers au passage. »

A l'occasion, l'on s'interpelle avec mépris, les *greasers* (« graisseux ») mexicains ne s'en laissant pas compter par les *gringos* américains ou *Yankees* — le racisme ne s'exprimant pas autrement alors, dans sa formulation la plus superficielle et la plus immédiate. En réalité, deux groupes s'observent et se mesurent : l'un, dynamique et souvent brutal, exècre l'autre, de manières moins rudes mais figé dans une sorte d'indolence naturelle. Pour l'Américain de cette nouvelle « frontière », aux scrupules légers et à la main lourde, ce groupe-là incarne la « dégénérescence » qui a conduit à sa fin le régime mexicain — conviction qui conforte chez le *Yankee* le sentiment d'être à la fois un libérateur et un bienfaiteur. Mais la fierté blessée du vaincu s'accommodera-t-elle longtemps de la morgue bravache et de l'insupportable arrogance de son vainqueur ?

Fin 1846, dans le « Territoire » occupé, une situation jusque-là de bons rapports, une lune de miel pâlit. Pas seulement du fait des énergumènes ci-dessus évoqués mais aussi, et surtout, des profiteurs et des aigrefins — des *carpetbaggers* avant la lettre — arrivés dans le sillage des fourgons de Kearny, du capitaine Cooke (chef du Bataillon mormon[12]) et du colonel Price. Contre leurs excès, certains des Néo-Mexicains entendent réagir pour défendre leur culture, leur

mode de vie et — pourquoi pas ? — reconquérir leur propre pays.
Une folle entreprise, au demeurant. Informées de ce complot par une
femme, les autorités américaines arrêtent 15 des conjurés tandis que
d'autres filent au Mexique. Néanmoins, leurs complices, non démas-
qués, passent à l'action à Taos où, dans la matinée du 19 janvier 1847,
ils criblent de flèches le gouverneur Charles Bent. En prélude au
massacre, en divers lieux, de 12 autres Américains et à la révolte
armée de 2 000 Púeblos.

Cernés par la troupe du colonel Price dans l'église de la mission
San Geronimo de Taos, 350 « rebelles » perdirent la vie. 6 des
meneurs furent pendus le jour du Vendredi saint (8 avril) et 25 autres
dans les jours suivants. Ainsi décapité, le mouvement insurrectionnel
s'essouffla puis expira. Dès lors, les autorités militaires de Santa Fe
eurent tout loisir de se tourner vers les Navajos, les seuls « vrais
ennemis ». Le 10 septembre 1847, le Major W. T. H. Walker quitta la
capitale à la tête de 140 hommes, ivres pour la plupart. Il parvint
néanmoins à les conduire à l'entrée orientale du canyon de Chelly
dans lequel il s'enfonça sur une dizaine de kilomètres. Une prouesse
inutile puisque les Navajos demeurèrent invisibles tout au long de
cette équipée qui ramena le détachement à Santa Fe, le 13 octobre.
Depuis un mois, à cette date, le Mexique, vaincu, avait cessé le
combat. Les pourparlers de paix, qui occupèrent tout l'automne et
une partie de l'hiver, aboutirent à la signature du traité de Guadalupe
Hidalgo, le 2 février 1848.

Cavalier navajo dans le canyon de Chelly (été 1988). *(Photo J.R. Masson)*

White House, vestiges d'une communauté des Anasazis (XIIᵉ-XIIIᵉ siècle) dans le canyon de Chelly. *(Photo J.-M. Rieupeyrout)*

Mummy Cave dans le canyon de Chelly : vestiges Anasazis (XIIᵉ-XIIIᵉ siècle). *(Photo J.R. Masson, 1988)*

Don Diego de Vargas, artisan majeur de la reconquête du Nouveau-Mexique, en 1692. Tableau exposé au musée du Nouveau-Mexique, Palais des Gouverneurs, Santa Fé. *(Photo Museum of New Mexico)*

Les Fondateurs espagnols d'Albuquerque (détail d'une fresque de style naïf figurant sur la façade d'une maison dans Old Town, Albuquerque). *(Photo J.R. Masson)*

Deux styles, deux cultures : à l'arrière-plan, des tipis des Indiens des plaines du Centre. Au premier plan : hogan navajo primitif, de type conique, avec son « vestibule ». Reconstitution pour la Foire mondiale de Saint-Louis, Missouri, 1904 (probablement). *(Photographe non identifié, photo Smithsonian Institution National Anthropological Archives, Washington, D.C.)*

La charpente dans un hogan, proche du canyon de Chelly. *(Photo J.R. Masson, 1988)*

Le brigadier général James H. Carleton, ▲
le regard fixé sur Bosque Redondo où
les Navajos captifs commencent d'ago-
niser (photo prise en 1864). *(Museum of
New Mexico)*

◄ Christopher « Kit » Carson, photo prise
à Boston, Massachusetts, le 25 mars
1868, peu avant sa mort. *(Photo
Museum of New Mexico)*

Fort Defiance fondé en 1851-1852 dans ▲▲
canyon Bonito (illustration datée de
1852). Premier site occupé par l'armée
U.S. *(Photo Museum of New Mexico)*

Canyon de Chelly : le fantastique décor de la campagne de Kit Carson contre les Navajos en 1863-1864. *(Photo J.R. Masson, 1988)*

Captifs navajos à Fort Sumner/Bosque Redondo, en 1866. La « Douce Carletonie » du brigadier général James H. Carleton... *(U.S. Army Signal Corps coll., Museum of New Mexico)*

Navajos à Fort Sumner, devant le bâtiment de l'intendance le jour de distribution des rations. *(Photo U.S. Army Signal Corps coll., Museum of New Mexico)*

En délégation à Washington, D.C.
● Au centre : Ganado Mucho *(Totsohnii Hastiin).*
● A gauche : Tiene-Su-Se.
● A droite : Mariano.

Costume et armement traditionnels : boutons d'argent sur pantalon et leggins, collier de turquoise, boucles d'oreille. *(Photos Charles M. Bell, Museum of New Mexico)*

1. CHANGEMENT DE PROPRIÉTAIRE — LA « CESSION MEXICAINE » (1848-1849)

Vaincu, exsangue, le Mexique dut passer sous les fourches Caudines de son exigeant vainqueur qui consentit à lui verser 15 millions de dollars à titre de compensation pour son abandon contraint de la Californie [13], du Nevada, de l'Utah, du Colorado et du Nouveau-Mexique grand format, c'est-à-dire le territoire étendu du rio Grande au rio Colorado, à l'ouest — y compris l'Arizona actuel encore inexistant. Une bonne, très bonne affaire qui accrut du tiers la superficie des « States » désormais installés officiellement sur le Pacifique, en vertu d'une « Cession » obtenue, en réalité, en mettant le couteau sur la gorge du vaincu, mais qui illustrait, avec quel éclat ! un succès majeur de la « Destinée manifeste » [14]. Tout aussitôt fut créée une Commission tripartite chargée de fixer la frontière entre les deux pays. Ses travaux, commencés en 1849, aboutirent à un tracé qui, longeant d'abord le 32e parallèle à partir du rio Grande, s'infléchissait ensuite pour suivre le cours de la Gila, jusqu'à son confluent avec le Colorado (en 1853, l'Achat Gadsden, également imposé au Mexique, engloba le secteur de la rive sud de la Gila pour donner son tracé actuel à la frontière mexicaine).

Avec la terre, les États-Unis acquirent également droit de contrôle sur ses occupants blancs et indiens — tous désormais sujets du gouvernement de Washington. Si les premiers en acceptent l'augure sans réticences autres que des révoltes sporadiques et éphémères — comme à Taos et dans sa région —, il est à présumer que les seconds, farouchement attachés à leur indépendance et à leur pleine liberté d'action, regimberont avec plus ou moins de détermination. Tout est à craindre des « noyaux durs » — Navajos et Apaches — qui figurent parmi la mosaïque des peuplades héritées. Soit, outre les deux précitées, les Pueblos, les Utes, les Hopis auxquels s'ajouteront, après l'Achat Gadsden, les Apaches Chiricahuas, les Papagos et une partie des Pimas. Autant de populations à inventorier par le détail ; à étudier dans leur répartition géographique, leur composition interne, leur mode de gouvernement, leur style de vie, leur culture, et leurs interrelations. Pour définir et modeler la politique apte à les ranger sous la bannière étoilée et à

respecter ses lois. Vaste programme, générateur d'un nouveau
« problème indien » dont la résolution ne sera rien moins qu'ardue.

Les éléments d'une solution ?

Trois des dispositions du traité de Guadalupe Hidalgo visaient à
les déceler dans un contexte géo-politique n'offrant, *a priori*, aucune
assurance solide et définitive en raison de la disparité des intérêts en
présence.

La première (article 8) proposait aux résidents blancs et indiens du
Nouveau-Mexique le choix entre les nationalités américaine et
mexicaine, dans un délai d'un an à partir de la ratification du traité,
prévue pour le 30 mai 1848. Passé ce délai, s'ils n'avaient pas choisi,
ils seraient considérés comme Américains. La seconde (article 9)
obligeait les États-Unis à respecter et protéger les droits et les biens
des occupants des territoires acquis. Ce qui impliquait, d'ores et déjà,
la reconnaissance *de facto* de la pleine propriété par les Pueblos de
leurs petits domaines alloués par le roi d'Espagne au XVIIᵉ siècle,
propriété confirmée par le Mexique en 1821. Le troisième (article 11)
concernait essentiellement les Apaches du Sud (Mescaleros) et du
Sud-Ouest (Mimbreños, Gilas, Tontos, Pinals, Coyoteros et, après
1853, Chiricahuas) auxquels les États-Unis devaient fermer leur
frontière afin d'interdire leurs raids de pillage au Mexique. Ces trois
articles devraient dorénavant orienter, pour une large part, la
politique indienne de Washington dans son nouveau domaine.

En raison de la distinction précédemment établie entre tribus
« civilisées » et tribus « sauvages » (*wild tribes*), la situation rencontrée sur place appelait une double exigence. D'une part, le maintien
d'une coexistence pacifique avec les Pueblos sédentaires relevant de la
première catégorie. A quoi ils consentaient volontiers pourvu que
leurs territoires soient protégés contre tout empiètement des futurs
colons américains, éternellement affamés de terre. D'autre part, la
recherche d'accords négociés avec les peuplades de la seconde
catégorie — les « sauvages » nomades ou semi-nomades du Sud, du
Sud-Ouest et de l'Ouest, des Apaches aux Navajos, entre autres. Afin
de les maintenir dans un état de paix sur leurs domaines ancestraux...
pourvu que ceux-là ne s'étendent pas sur la route des Blancs lorsqu'ils
se présenteraient pour gagner l'ouest du continent. Bien entendu, en
cas de résistance, armée ou non, de ces groupes l'on recourrait à la
force des armes au nom du « droit de conquête ». Washington a déjà
manifesté sa détermination à cet égard en envoyant les expéditions
Doniphan et Walker chez les Navajos, voici quelques mois.

Quelles que soient les dispositions du traité américano-mexicain (signé à l'insu des principaux intéressés, les indigènes des territoires concernés) et les supputations relatives à la définition *grosso modo* des attitudes politiques à observer dans l'immédiat, il est évident que bien des motifs de friction sont à redouter, à l'ouest surtout. Les Apaches, qui ont vu l'armée de Kearny puis le Bataillon mormon de Cooke traverser sans gêne leur territoire, commencent à s'alarmer des passages toujours plus massifs de chercheurs d'or en route, comme les précédents, vers la Californie. Des gens qui tuent leur petit gibier et se livrent à des déprédations parfois coûteuses en vies humaines. Les Navajos montent la garde sur la frontière orientale de Dinehtàh, secteur que leur contestent, déjà, les Néo-Mexicains hispanos et anglos (Anglo-Saxons). Mais le plus grave, en cette année 1848, réside dans les réclamations de ces derniers auprès des autorités militaires de Santa Fe qu'ils pressent d'agir radicalement contre ces « barbares ». Pour les exterminer ou, tout au moins, pour les réduire collectivement en esclavage. La haine raciste ne fait pas le détail.

Washington non plus qui, entendant cette clameur par représentants interposés, propose de parquer sur une réserve la... totalité des Indiens ! Toutefois, il faut patienter avant d'en arriver là. Car le nouveau pouvoir ne dispose encore sur place que d'effectifs militaires réduits, comme l'a révélé la « révolte de Taos ». De son côté, le Bureau des affaires indiennes (B.A.I. [15]) n'est, pour l'heure, qu'un instrument politique très insuffisant, très imparfait, dont il faut sans retard accroître l'efficacité. Si actif qu'il ait été, durant plus de vingt ans, à l'est du Mississippi, il ne saurait suffire pour affronter la tâche qui l'attend à l'ouest. Le B.A.I. et l'Armée : la tête et les jambes.

Le « Grand-Père » de tous les Indiens (1849)

Depuis sa création (11 mars 1824), l'Office des affaires indiennes (première appellation) relevait du département de la Guerre, par décision du ministre de celui-ci, John C. Calhoun. Nommé par ce dernier, Thomas L. McKenney en assura la direction jusqu'en 1830, conformément aux diverses fonctions incombant à cette nouvelle administration : verser aux tribus soumises les annuités fixées par les traités ; contrôler les dépenses ; gérer le « Fonds d'aide pour la civilisation des Indiens » ; régler les litiges entre eux et les Blancs. Sous Lewis Cass, successeur de McKenney en 1831, s'accusèrent les insuffisances administratives d'un office qui, dès lors, nécessitait un personnel plus nombreux sous l'autorité d'un commissaire aux Affaires indiennes (*Indian Commissioner*). Ce nouveau Bureau (appellation officielle) passa alors sous le contrôle du département de l'Intérieur, récemment créé, avec une organisation plus élaborée :

— A sa tête, le président des États-Unis (le « Grand-Père »), secondé par un secrétaire à l'Intérieur, conçoit la politique indienne dont il soumet les dispositions à l'appréciation du Congrès.

— Nommé par décret présidentiel, le commissaire aux Affaires indiennes veille à l'application des décisions gouvernementales. Il peut aussi les suggérer, en fonction des rapports de ses subordonnés sur le terrain. A savoir :

• les superintendants (au nombre de 5 en 1849) placés à la tête des zones indiennes — soit que les tribus résident déjà sur des réserves, soit qu'elles demeurent encore libres au voisinage des secteurs peuplés par les Blancs.

• les agents, en poste dans les diverses agences, chacune constituant une subdivision politico-administrative englobant ou une réserve ou le territoire d'une tribu encore insoumise. L'agent verse les annuités ; délivre les licences de négoce aux traitants blancs (*traders*) ainsi officiellement autorisés à commercer avec les Indiens sur la réserve ; veille à l'interdiction de vente d'alcool par les premiers aux seconds ; contrôle les œuvres d'éducation destinées aux Indiens et financées soit par le gouvernement (mais elles sont alors à l'état embryonnaire), soit par les missionnaires.

L'agent incarne, sur le terrain, le pouvoir de Washington. Il joue un rôle déterminant dans la vie quotidienne des Indiens et peut orienter leur destin. D'où la nécessité chez lui de solides qualités personnelles, à la fois humaines et professionnelles. En 1849, 9 agents seulement sont en exercice. Le gouvernement recrute. Ainsi, le président Zachary Taylor — Old Zac, le vainqueur du Mexique — nomme-t-il cette année-là un premier agent pour le Nouveau-Mexique, James S. Calhoun, sudiste comme lui puisque né en Géorgie.

2. NOTRE AGENT A SANTA FE (1849-1851)

Arrivé à Santa Fe le 22 juillet 1849, Calhoun doit, d'abord, signifier aux Indiens du Territoire que le gouvernement de Washington leur veut du bien, mais en retour de leur soumission absolue et du rigoureux respect de ses lois. Agent indien, c'est à lui de les persuader et de les conduire sur la bonne voie. Mais Calhoun n'est pas que cela. Une seconde mission lui incombe qui fait de lui un envoyé très spécial du Président auquel il doit ses grades successifs de capitaine puis de lieutenant-colonel des « Volontaires montés de Géorgie » (durant la guerre du Mexique) et sa nomination à Santa Fe. Quel est, au juste, son rôle d'agent secret ? A l'heure où, en haut lieu, se pose l'appartenance au Nord ou au Sud des territoires récemment acquis à Guadalupe Hidalgo, le Nouveau-Mexique présente un double intérêt. Géographique, comme voie de passage vers la riche Californie qui suscite déjà une formidable ruée vers l'or par la vallée de la Gila (*Gila Trail*). Politique, surtout, car le nouvel Eldorado du Pacifique sollicite alors son admission dans l'Union au titre d'État abolitionniste. Il importe donc de ranger le Nouveau-Mexique sous la bannière esclavagiste afin de respecter le délicat équilibre instauré par le « Compromis du Missouri » (1820) entre États partisans et adversaires de l'esclavage. Encore faut-il que le Nouveau-Mexique soit suffisamment peuplé pour accéder officiellement au rang de Territoire, en un premier temps, phase transitoire et obligatoire vers celui d'État.

Pour le moment, sa faible population lui interdit de prétendre au premier titre. Or, elle ne s'accroîtra qu'en fonction de la paix avec les Indiens, les Navajos et les Apaches en priorité. L'on est loin du compte car ceux-là ont tellement chevauché et razzié[16] que les fermiers hispanos et américains sont aux abois, et plus que jamais furieux de l'inefficacité des représailles si maladroitement menées par les militaires. Force est de reconnaître que l'initiative reste aux Indiens « sauvages ». Calhoun ne se cache pas la difficulté de la tâche. S'il la mène à bien — lui qui rêve d' « une paix durable », selon ses propres termes —, le Nouveau-Mexique penchera du côté souhaité, grâce à la multiplication des ranchos à « *peones* » et des ranchos à esclaves aux fondateurs enfin rassérénés. L'enjeu atteint à une portée nationale. Le « Vieux Zac » et les milieux sudistes ont les yeux fixés sur Calhoun qui, à son tour, place tous ses espoirs dans l'énergie et les capacités de commandement du lieutenant-colonel James (ou John) Macrae Washington, en poste à Santa Fe, à la tête du 9ᵉ département militaire.

Artisan actif de la déportation des Creeks, des Cherokees et des Séminoles — trois des célèbres Cinq Tribus civilisées[17] —, cet officier peut passer, à juste titre, pour un pur produit de l'ère jacksonienne, si néfaste aux Indiens de l'est du Mississippi. Se prévalant de son expérience face à l'homme rouge, il considère le Sud-Ouest comme son nouveau « champ de bataille ». A peine débarqué à Santa Fe, comme gouverneur civil et commandant militaire à la fois — fonctions alors conjointes en l'attente de la création officielle du Territoire —, l'impatience le gagne d'affronter les « sauvages » de ces contrées. Les Navajos, d'abord, coupables de récents raids sur des villages du rio Grande. Il s'y prépare donc, dans la hâte, en incorporant des volontaires civils à sa troupe de fantassins et d'artilleurs. L'agent Calhoun sera de la partie.

Septembre noir pour les Navajos (1849)

Le 16 août 1849, 175 hommes s'éloignent vers Jemez, à l'ouest, où ils rencontrent un jeune capitaine des milices locales, Henry Linn Dodge, et Sandoval, le chef des « Navajos ennemis », prêt, une fois encore, à porter un mauvais coup à son propre peuple. Le 29, à Badger Springs, dans la Tunicha Valley des monts Chuska, des Navajos surgissent aux yeux du colonel avec, à leur tête, le vieux, très vieux Narbona et un autre chef d'âge également vénérable, José Largo.

Ces deux hommes n'ignorent pas la raison de la venue des soldats. Pour amadouer leur commandant, ils lui rendent quelques chevaux, mules et moutons récemment volés. Ils en profitent, aussi, pour se plaindre du saccage par les soldats de leurs champs de maïs. Washington fait la sourde oreille mais leur ordonne de réunir, à bref délai, tous les chefs dans le canyon de Chelly, afin d'y négocier un traité. Le lendemain, nouvelle rencontre. Cette fois, plusieurs centaines de guerriers armés escortent Narbona. Qui renouvelle sa protestation de la veille et restitue, de nouveau, un important troupeau de moutons...

Washington l'en remercie puis lui rappelle l'obligation de cesser ses raids. Narbona nie d'abord toute participation de ses hommes dans les dernières chevauchées puis exprime au colonel sa déception de n'avoir pas reçu des Navajos réduits en esclavage contre les captifs blancs récemment libérés sur son ordre. Le colonel n'entend toujours pas mais réitère son ordre de réunion dans le canyon. Cela dit,

Calhoun prend la parole pour souligner aux oreilles des Najavos leur inéluctable et définitive dépendance de la juridiction américaine. Lyrique, il leur déclare en substance : « Voyez-y un gage de bonheur réel, de paix, de prospérité. Pensez que vous serez protégés contre vos ennemis blancs ou rouges. Considérez votre intérêt dans la reprise de votre commerce intertribal. Sachez enfin que le gouvernement n'est pas avare de cadeaux aux Indiens paisibles : du matériel agricole, des semences, des outils, des couvertures. Vous aurez tout cela si vous permettez à l'armée de construire des postes dans votre domaine et si vous acceptez le tracé d'une frontière avec vous. »

Narbona et José Largo agréèrent seulement le projet de rencontre dans Chelly. Ils s'y feraient représenter, précisèrent-ils, en raison des fatigues du voyage pour leur grand âge. L'entrevue allait prendre fin sur ces paroles lorsque, à la surprise générale, Sandoval s'avança entre les deux parties. Il se lança alors dans une longue, lourde et inutile paraphrase des propos du colonel et de l'agent. Soudain éclata un incident : un volontaire néo-mexicain ayant reconnu parmi les montures des Navajos un cheval récemment volé à des Blancs, Washington exigea sa restitution immédiate. Les Indiens admirent le vol mais ajoutèrent que c'était là une affaire classée, la bête ayant appartenu, depuis, à différents propriétaires. Néanmoins, le colonel ordonna sa saisie. Pris d'une brusque inquiétude, les Navajos reculèrent puis commencèrent à fuir. Au comble de l'irritation, Washington fit tirer sur eux au canon, à trois reprises, puis lança ses soldats aux trousses des fuyards sur lesquels ils ouvrirent le feu. 7 Indiens tombèrent dont le vieux Narbona, aussitôt scalpé par l'un des tireurs.

La grande guerre des Navajos trouva, ce jour-là, sa justification, pour des années.

Aucun d'eux ne se présenta au rendez-vous de Chelly, devant Washington et sa troupe. Furieux, le colonel ordonna le saccage des cultures et l'incendie des *hogans*. A quoi répondit Manuelito qui, à la tête de sa bande, fonça vers les ranchos à l'ouest du rio Grande. Or, le colonel voulait son traité. Il l'eut, grâce à Sandoval qui dénicha deux petits chefs — Mario Martinez et Capitone — volontiers empressés à satisfaire l'officier en signant un simili traité qui, en réalité, les engageait seuls, en les supposant respectueux de leurs engagements. A son retour à Santa Fe, l'irascible Washington s'en prévalut hautement dans son rapport tout en réclamant l'édification d'un fort chez les Navajos. Pour lesquels, de son côté, Calhoun souhaitait une réserve, en se fondant sur l'impressionnant bilan des rapines indiennes (voir p. 333). Pourquoi donc le Congrès ratifia-t-il ce « traité de Chelly » qui, outre sa nullité flagrante, ne résolvait rien de la question navajo ? Point de réponse à cette question, hormis celle des Navajos eux-mêmes désormais instruits, à leurs dépens, de la mortelle menace des Blancs sur Dinehtah qui lâcha contre eux ses escadrons débridés.

J. M. Washington ne retira point de son expédition et de son « traité » la gloire escomptée. Rétrogradé au simple commandement de Fort Marcy, à Santa Fe, il transmit ses pouvoirs à la tête du 9e département militaire au colonel John Munroe, arrivé dans la capitale en octobre 1849. Ce dernier, cumulant comme son prédécesseur les fonctions de colonel et de gouverneur civil, déclara alors nettement à Calhoun son intention de régenter, seul, la chose publique et de définir l'exacte nature des actions à mener contre les Navajos. La zizanie s'installa, dès lors, entre les deux hommes, comme le reflet lointain, dans l'Ouest, de l'acrimonie des militaires envers les représentants du département de l'Intérieur qui venaient de les déposséder du contrôle des Indiens.

Un pas vers les étoiles (1850)

L'année 1850 dota le Nouveau-Mexique d'un nouveau statut politique et de frontières qui stabilisèrent, relativement, sa position.

La mort subite du président Taylor (9 juillet) débloqua, en effet, une situation compliquée, sur le plan national, par la querelle de l'extension de l'esclavage dans les territoires acquis à Guadalupe Hidalgo, deux ans auparavant. Fin août, un nouveau compromis fut voté par le Congrès fédéral qui, sous l'impulsion du président Millard Fillmore, successeur de Taylor, réaffirma l'absolue nécessité du maintien de l'équilibre entre États ou Territoires anti et pro-esclavagistes. Ce « Compromis de 1850 » admit, d'une part, la Californie dans l'Union à titre de « *Free State* » (abolitionniste) et, d'autre part, laissa leur liberté de choix à l'Utah et au Nouveau-Mexique, auquel il accorda le statut de Territoire, en fonction de ses 61 547 habitants à cette date.

L'un des premiers points figurant à l'ordre du jour de son nouveau gouvernement civil[18] fut la fixation de sa frontière sud avec le Mexique, dans le secteur étendu entre El Paso et la rivière Gila[19]. Santa Fe réclamait celui-ci à cor et à cri, or le récent tracé de la frontière mexicaine le lui retirait. Certaines têtes chaudes exigeaient même la reprise, pour cette raison, de la guerre contre Mexico ! Par contre, les plus ardents dans cette querelle se réjouirent de l'abandon volontaire par le Texas, en novembre 1850, de la rive orientale du rio Grande qu'il occupait depuis 1836. Résolue d'un côté mais pendante de l'autre, la question des frontières agitait alors les esprits avec moins d'inquiétude, toutefois, que celle de la sécurité intérieure, face aux Navajos, surtout.

Le faux pas du colonel

Contre eux, le colonel Munroe fourbit un plan ravageur, selon son espérance. Pour lui, juguler ces « sauvages » exigeait de s'installer, d'abord, à leur porte, à Cebolleta précisément. Une tactique qui, dans le passé, avait coûté cher aux Espagnols comme aux Mexicains. Néanmoins, Munroe persista, suscitant dans l'heure la colère de son adversaire. Loin de s'en inquiéter, il lança alors contre ce dernier une expédition composite de militaires et de civils (janvier 1850) qui tua... le petit chef Chapitone, l'un des deux signataires du faux traité de Chelly ! La bande de ce dernier, épaulée par d'autres, prit rageusement le chemin du rio Grande, attaquant au passage les pueblos de Zuñi, Jemez et Acoma pour finir par ravager quelques lotissements blancs dans la vallée. A ce constat, Calhoun blêmit, voyant s'éloigner la paix si nécessaire à la concrétisation de ses projets secrets. Il n'en réclama pas moins, au commissaire des Affaires indiennes, les moyens de « punir les Navajos avant de les soumettre à proprement parler ». En fait, la « punition » tarda, moins par l'impossibilité d'organiser une nouvelle campagne qu'en raison de l'engagement personnel de Munroe dans une autre bataille, politique, celle-là.

Avec une surprenante fringale de pouvoir, le petit colonel militait pour la rapide accession du Nouveau-Mexique non point au rang de Territoire mais à celui d'État, un avenir que Calhoun lui-même n'envisageait pas de sitôt. Dans ce but, Munroe brusqua les événements en organisant, de sa seule volonté, les élections des députés à une Assemblée constituante chargée d'élaborer une Constitution. Cela fait, il changea d'avis, brusquement, et repoussa le texte voté avec ses auteurs. Il est vrai que, dans l'intervalle, Washington venait de créer le Territoire du Nouveau-Mexique, comme on l'a vu. Désarçonné, Munroe abandonna ses visées politiques pour retourner à ses plans de campagne contre les Navajos. Alors qu'il les mûrissait, compte tenu de ses malheureuses expériences précédentes, Calhoun fut informé de la présence, à l'ouest du pays navajo, d'une peuplade jusqu'alors à peu près inconnue des Américains, les Moguis ou Hopis[20]. Dans une série de lettres, il rapporta longuement les renseignements recueillis à leur sujet[21].

« Les Indiens de Jemez m'ont dit qu'il existait sept villages de Moquis. Autant que je sache, l'on peut les situer à 160 km environ à l'ouest de Zuñi, dans un très bon pays que traversera bientôt une route vers le Pacifique [...][22]. On les suppose résolument pacifiques, hostiles à toute guerre, très honnêtes et industrieux [...]. Ils vivent dans des *pueblos*, cultivent le sol en des superficies limitées, élèvent des chevaux, des mules, des moutons et des chèvres. Ils fabriquent divers articles [...]. Les sept villages des Moquis m'ont envoyé une délégation, le 6 octobre [1850]. Son but, comme il fut déclaré, était d'obtenir des assurances sur les vues et les intentions du gouvernement des États-Unis à leur sujet. Les Moquis se plaignent amèrement des déprédations des Navajos. Cette délégation se composait du cacique de tous les villages et d'un chef du plus grand d'entre eux, accompagnés de deux autres qui n'étaient pas des personnalités. D'après tout ce que j'ai pu apprendre du cacique, j'en conclus que chacun des sept villages constitue une république indépendante ; ils sont confédérés pour leur protection mutuelle [...]. »

A l'automne, Munroe se mit en route. Pour Dinehtah, en premier lieu, où, par le bon vouloir de ses occupants, il récupéra 7 000 moutons, 150 mules et chevaux, des bovins et une cinquantaine de captifs néo-mexicains. Il ramena le tout à bonne destination, pour s'attirer la reconnaissance générale de la population. Une « victoire », en somme, en attendant que les pillards navajos fussent « soumis, à proprement parler », comme l'écrivait Calhoun quelques mois plus tôt. De nouveau, ce dernier — pas encore gouverneur en titre — prit la plume pour réclamer des réserves, toujours des réserves. Pour les Navajos, les Utes, les Comanches et les Apaches. Tous bouclés, parqués, surveillés. Son rêve... A chaque groupe, sa prison, pour le plus grand bonheur du Territoire...

Cet hiver-là, à Santa Fe (1850-1851)

Le tournant du demi-siècle. Le moment venu d'un premier bilan, quatre ans après l'atterrissage de l'Aigle américain sur la vieille terre espagnole du Sud-Ouest, dont il s'est rendu maître, politiquement s'entend. Une terre immense qu'il ne connaît qu'imparfaitement dans sa géographie physique, seulement survolée des Plaines centrales du continent au rivage du Pacifique. Un espace dans lequel il a inscrit, sur une carte presque muette, un Territoire et un État qui, ni l'un ni l'autre, ne lui ont encore révélé l'exacte composition de leur population indigène dont le traité de Guadalupe Hidalgo l'autorise, en principe, à contrôler le destin. Afin de les assujettir à sa loi. La tâche est ardue, délicate, exigeante d'efforts sans commune mesure avec ceux déployés à l'est du Mississippi. Moins en raison des contraintes inhérentes au cadre physique — éminemment hostile — que du caractère même des peuplades à vaincre ou à convaincre. Toutes ont une riche expérience des rapports avec les Blancs dont, finalement, elles ont ruiné la conquête, à des degrés divers. En 1850, ces populations restent à reconquérir.

Les Pueblos du rio Grande ont opté ouvertement pour les États-Unis dès 1846, plus par nécessité que de gaieté de cœur. Flexibles, en apparence, et soucieux par-dessus tout de préserver leur héritage foncier, ils ont mis au service des nouveaux conquérants des compagnies d'auxiliaires pour lutter contre les pillards navajos. Comme ils l'avaient fait avec les Espagnols et les Mexicains. Quand ils ont découvert la menace, sur leurs arrières, du colon yankee, ils se sont retournés contre lui, en 1847. Un coup d'audace sans égal dans leur histoire depuis la révolte antiespagnole de 1680. Mais un coup pour rien. Tout est joué pour eux, désormais.

Au contraire des autres groupes dont la pugnacité n'a pas été entamée par les premiers contacts avec les soldats bleus. Sur la lisière des Plaines, les Comanches disposent encore d'une totale liberté d'action dans Comancheria, leur domaine presque sans limites acquis aux dépens des Apaches Jicarillas et Lipans. Les Utes, établis au nord de la rivière San Juan, ne se privent pas de razzier les Pueblos et de se frotter aux Navajos. Ces derniers, d'une part, veillent sur Dinehtah avec une vigilance active et, d'autre part, cavalcadent à leur gré au-delà de sa frontière orientale pour détrousser sans vergogne et les villages indiens et les lotissements blancs. Dans le Sud-Ouest, les Apaches tâtent à coups d'épingle le dispositif mis en place par les militaires et les civils, tout en se montrant déterminés à défendre Apacheria. Plus loin, à l'ouest, à la porte de la Californie, les Pimas et les Yumas accrochent les importuns. A y regarder de près, la « *tierra de guerra* » est toujours en ébullition. Tout le Sud-Ouest indien, de la périphérie proche ou lointaine du bassin du rio Grande, est sur le qui-vive pour préparer la défense de ses lendemains. Contre les États-Unis, comme il le fit contre l'Espagnol et le Mexicain.

Les États-Unis ? Une politique qui se met en place en s'associant, par le jeu démocratique, les représentants de la population blanche et une armée qui espère le renforcement de sa puissance et cherche encore les voies de sa stratégie, face aux « tribus sauvages ». A sa tête se sont déjà succédé des chefs d'une valeur contestée : l'honnête et sincère Doniphan, l'incapable Walker, le prétentieux Washington, l'arrogant et stupide Munroe. Simple début d'une longue série de galonnés parachutés avec leurs illusions de « West Pointers » dans une région dont les composants naturels — lieux et aborigènes — défient toute expérience classique. Un pays de chausse-trapes multipliées, nécessiteux de moyens logistiques autrement étendus et organisés. Où, pour l'heure, les bulletins de victoire des officiers s'estiment en nombre de têtes de bétail ramenés de leurs incursions dans les zones hostiles. Pourtant, ne nous y trompons pas, les mêmes chefs collectent, chemin faisant, de précieuses informations utiles à leurs successeurs, préparant ainsi les actions futures, espérées déterminantes.

Celles contre les Navajos occuperont, près de quinze ans durant, le devant de la scène.

II.
Sentiers de guerre
1851-1862

1. CHRONIQUE DES ANNÉES DE PLOMB

1851

Le printemps du gouverneur

Jour de fête à Santa Fe, le 3 mars 1851 : James S. Calhoun est installé dans sa fonction de premier gouverneur du nouveau Territoire. La maladie ne l'empêche pas de faire bonne figure devant les personnalités présentes, au premier rang desquelles l'on remarque le colonel John Munroe et les membres du gouvernement territorial.

Une semaine plus tard, à Cebolleta, Sandoval revient, une fois encore, de la chasse aux esclaves navajos. Le révérend Hiram Reed, missionnaire baptiste présent en ce lieu, s'étonne : « Un chef navajo célèbre, à demi soumis, nommé Sandoval, qui habite dans le voisinage, est venu en ville aujourd'hui pour y vendre quelques captifs de sa propre nation qu'il a faits récemment. Il a vendu un jeune homme de dix-huit ans pour 30 dollars » (lettre du 11 mars)[1]. De son côté, le gouverneur Calhoun confirme : « Sandoval, notre ami navajo de Cebolleta, est rentré d'une visite chez ses frères navajos avec 18 captifs, beaucoup de bétail et plusieurs scalps » (lettre du 31 mars au commissaire des Affaires indiennes, Luke Lea[1]). Ces précisions peignent, mieux que tout, le personnage auquel va l'estime du gouverneur. D'ailleurs, tout adversaire, blanc ou indien, des Navajos trouve grâce à ses yeux. Ainsi, Manuel Chavez, membre d'une riche famille hispano, vient d'être autorisé par lui à lever une milice de 600 volontaires qui exigent de garder pour eux les captifs et le bétail ramenés. Calhoun, fondant de reconnaissance émue pour ces braves, a signé d'une main légère l'ordre d'appel sous le drapeau, avec promesse de fournir armes et munitions. Si le colonel Munroe ne s'y oppose pas. Simultanément, il rédige, le 19 mars, une vibrante proclamation destinée aux Pueblos :

« Aux Caciques, Gouverneurs[2] et Principaux de tous les villages : Les Indiens sauvages qui, chaque année, tuent et pillent la population du Nouveau-Mexique doivent être exterminés ou châtiés de telle manière qu'ils ne puissent venir dans ou à proximité de votre village. Dans ce but, je vous invite à vous abstenir de toute relation amicale avec les Navajos. Au cas où ils oseraient s'approcher, vous êtes autorisés à vous battre contre eux, à prendre leurs bêtes ou tout autre bien en leur possession et à les répartir entre vous selon vos lois et coutumes. »

L'Assemblée territoriale ayant unanimement approuvé l'ensemble de ces dispositions, les volontaires de Chavez et leurs auxiliaires pueblos partent, en juin, pour Dinehtah. D'où, après avoir perdu 8 des leurs, ils rentrent en débandade avec, sur leurs talons, des bandes ennemies qui ravagent le gros village de Laguna Pueblo et divers ranchos. Consternation à Santa Fe où Munroe cède son commandement au colonel Sumner qui arrive avec son régiment, en juillet.

L'été du colonel

Edwin Vose Sumner porte son sobriquet évocateur, « Tête-de-Taureau » (*Bull Head*). Au propre, parce que son crâne résista à la balle d'un fusil. Au figuré, parce qu'il a du caractère, comme l'on va voir. Droit sorti du rang et non de West Point, il s'est frotté au grand guerrier Black Hawk, chef des Sauks et des Foxes révoltés en 1832. Il a combattu les Mexicains. Fort de trente-trois années de bons et loyaux services, il entre à Santa Fe comme dans « le cloaque du vice et de l'extravagance[3] », selon ses propres termes. Un franc-parler qui lui permet, quelques semaines plus tard, de dépeindre plus précisément la société locale : « Les Néo-Mexicains sont dans un état d'avilissement profond, incapables de se gouverner eux-mêmes. Il n'existe en eux aucune qualité qui puisse les rendre un tant soit peu dignes de respect. Ils ont davantage de sang indien qu'espagnol et, à plusieurs égards, ils sont au-dessous des Pueblos qui, eux, sont honnêtes et laborieux [...]. Leur gouvernement civil est incapable de se maintenir sans le secours d'une force militaire ; en fait, sans être virtuellement un gouvernement militaire. »

Le jugement est rude, empreint du mépris profond du soldat pour le civil sang-mêlé. Mais, lui, Sumner, est arrivé pour remettre de l'ordre en ce milieu corrompu. Et l'ordre, c'est la paix — paix civile et paix indienne. A cet effet, le secrétaire à la Guerre, C. M. Conrad, l'a pourvu d'instructions sans ambiguïté, d'esprit réellement révolutionnaire par rapport à l'état précédent de la chose militaire : réorganisation générale du système défensif du Territoire par l'installation de garnisons au voisinage des Indiens ; faire sentir à ceux-ci

« le poids de nos armes » ; négocier des traités, de concert avec le superintendant des Affaires indiennes « que vous autoriserez à vous accompagner dans vos expéditions en pays indien ». Tout cela est très clair. L'Armée doit, seule, gouverner la situation, ce qui implique de renoncer au concours des volontaires des milices et autres auxiliaires. Au gouverneur de comprendre cela, en évitant de nouveaux appels aux armes. A la population d'abandonner ses rodomontades martiales et désastreuses pour la paix. Sumner prend, bien évidemment, le risque de heurter le premier et la seconde. Tant pis. L'intérêt supérieur du pays commande. En conséquence, dans un premier temps, les garnisons urbaines de Santa Fe, Albuquerque, Doña Ana, El Paso et Cebolleta sont envoyées dans la nature, loin du « cloaque », pour y construire plusieurs forts stratégiquement situés (voir carte p. 141). Lui-même prendra ses quartiers à Fort Union[4] qui deviendra le Q.G. des futures opérations à long rayon d'action, selon les nécessités.

La première de celles-ci vise les Navajos avec, pour objectif, le canyon de Chelly, leur sanctuaire. Partie le 17 août 1851 de Santo Domingo, la troupe gagne Laguna puis Zuñi dont les habitants se joignent à elle. Elle fait halte, ensuite, dans un beau vallon en territoire ennemi. Un endroit sacré pour les Navajos qui le nomment Tse-hoot-sooi (« la-prairie-entre-les-rochers »). Il porte aussi le nom espagnol de Canyon Bonito. D'un coup d'œil expert, le colonel a jugé des qualités du lieu. Y laissant son infanterie et quelque artillerie sous le commandement du major Electus Backus, il poursuit sa route vers le nord-ouest avec ses cavaliers. Le 28, il entre dans Chelly où des milliers de Navajos juchés sur les hautes falaises des parois l'accueillent par un tir nourri et des jets de pierre. Impossible d'escalader ces murailles abruptes, autant d'inexpugnables positions ! Sumner se rabat sur la tactique la moins coûteuse mais, aussi, la plus ignoble, déjà utilisée par son collègue J. M. Washington : l'incendie des *hogans*, le saccage des vergers et des cultures. Après quoi, il retraite dans la nuit vers Canyon Bonito où il décide la construction d'un poste permanent qu'avec un à-propos volontiers provocateur il baptise Fort Defiance[5].

L'audace est grande, en effet, de s'installer sur le sol même du domaine ennemi où une quinzaine de bâtiments bas de mottes d'herbe et de bois encadreront un terrain de parade. Un fort ouvert à tous les vents pour héberger de l'infanterie, de l'artillerie et de la cavalerie. Le pari, à vrai dire, est risqué en raison de l'isolement de ces lieux ; de la fragilité des lignes de communication avec Albuquerque et la vallée du rio Grande, à 200 km à l'est ; de l'incertitude de son ravitaillement en période troublée. Mais Sumner prend le pari, en décidant de s'incruster. Psychologiquement, l'effet peut être considé-

rable auprès des Navajos qu'il recommande au major Backus,
nommé sur-le-champ commandant du poste, de « traiter avec la
plus grande rigueur jusqu'à ce qu'ils témoignent d'un désir de paix
et s'engagent eux-mêmes à s'abstenir de toute déprédation sur les
Néo-Mexicains ». Facile à dire...

La paix de Noël

Ces derniers sont d'autant plus déçus par le piètre résultat de la
campagne du colonel qu'en son absence des pillards navajos se sont
avancés jusqu'à 28 km de Santa Fe ! Un défi contre un autre. Jamais
le danger n'avait été aussi grand. Le gouverneur Calhoun, assailli de
demandes d'autorisation de lever des milices, cède à la pression,
convaincu de leur efficacité bien supérieure, estime-t-il, à celle de
maigres compagnies régulières. Par leur importance numérique, leur
pugnacité et leur motivation. Le 1er octobre, il en écrit au secrétaire
de l'Intérieur : « C'est folie que de croire que deux régiments
montés peuvent préserver la paix en ce Territoire. » Inévitablement,
Sumner s'indigne des autorisations dispensées, si contraires à sa
conception de la défense, et refuse les armées réclamées par ces
civils qui lui répugnent tant. Et sur lesquels, par sa lettre du 20
novembre, il éclaire son supérieur à Washington en des termes peu
amènes : « C'est une guerre de prédateurs qui dure depuis deux
siècles entre les Néo-Mexicains et les Indiens. Ils se volent récipro-
quement femmes, enfants et bétail. Ils se battent, en fait, comme
deux nations indiennes. Ils contrarient mes plans et, en particulier,
ceux que je forme à partir de Fort Defiance [...], un poste très
important qui harcèle tant les Navajos qu'ils seront soulagés de faire
la paix. Ils constateront que ce fort peut aussi bien protéger que
punir[6]. »

Sumner a donc perçu, fort nettement, la cause réelle des troubles
depuis le temps des Espagnols. Sans illusion, il pressent aussi que
cette cause subsistera après lui mais, lui présent, il fera tout pour en
limiter les désastreuses conséquences. En fait, raisonne-t-il, et là
réside le paradoxe, il lui faut protéger l'Indien contre les chasseurs
d'esclaves — et pour lui, les Néo-Mexicains ne sont que cela — ou
le punir, s'il le mérite. Ce serait assurément le cas pour Zarcillas
Largas qui, avec sa bande, vient d'attaquer un convoi de chariots
cheminant vers Fort Defiance si, son coup fait, le vieux madré
n'avait envoyé à Santa Fe une délégation pour y solliciter... la paix.

Le colonel saisit au vol l'occasion. L'on négocie. Il parle net : ou
les Navajos respectent cette paix souhaitée et obtenue par eux, ou,
sinon, les soldats détruiront leurs récoltes, une nouvelle fois.
Calhoun, de son côté, distribue aux délégués indiens force cadeaux.

Ce succès, si inopiné, vaut bien une messe en ce jour de Noël 1851.
Paix sur la terre... Pour combien de temps ?

1852

Surprise ! Des Navajos viennent visiter Fort Defiance, maintenant
achevé. Ils en repartent avec quelques houes, des bêtes et du tissu
— humbles gages, mais trop rares, de l'ère de bons sentiments qui
semble s'esquisser. De son côté, une délégation de chefs, et non des
moindres (Zarcillas Largas, Miguel, Baron, Black Eagle, Armijo),
rend trois captifs néo-mexicains au nouvel agent des Affaires
indiennes, John Greiner. Sensible à ce geste, ce dernier ne fait pas
moins remarquer à ses auteurs que bien des Blancs ont disparu, avec
leurs bêtes, depuis des mois... Les chefs ne bronchent pas puis,
soudain, Armijo prend la parole : « Plus de deux cents de nos enfants
ont été emmenés par des Néo-Mexicains. Nous ignorons où. En
comparaison, les Blancs en ont perdu peu. Nous avons toujours tenté
de les reprendre. Nous avons rendu des captifs onze fois contre une
fois de votre part. Mon peuple pleure ses enfants perdus. Est-ce là la
justice américaine qui ne donne rien en retour[7] ? »

La vieille plainte des Navajos depuis plus d'un siècle, suscitée par
un contentieux qui, hélas, se prolonge sous le règne des « Nouveaux
Hommes ». L'agent Greiner déplore sincèrement cette réalité. Il en
écrit à Calhoun. Ces Navajos, lui expose-t-il en substance, sont
pleinement fondés de se plaindre à cet égard. De plus, ce sont des
gens laborieux, experts à tisser de belles couvertures, excellents
éleveurs de moutons et de chevaux qui, malheureusement, sont les
proies des Néo-Mexicains besogneux des lotissements du rio
Grande. Que ceux-là ne se plaignent pas des représailles indiennes,
largement méritées en fin de compte. Comment Zarcillas Largas, par
exemple, eût-il pu ne pas réagir devant la destruction des *hogans* de
ses neveux, eux-mêmes capturés avec toute leur famille et leur bétail
dont les gardiens furent massacrés par les voleurs blancs ?

Bons sentiments et juste paix

Ces témoignages sur la valeur humaine de l' « ennemi » et
l'injustice du traitement qui le frappe donnent à penser à Calhoun.
Pourquoi ne pas tenter de comprendre l'Indien plutôt que de
l'accabler sans cesse ? Quand, en février, il nomme Spruce M. Baird
au rang d'agent spécial pour les Navajos, en poste à Jemez, il fait
indéniablement un geste dans ce sens. En effet, présent sur le terrain,

Baird pourrait, d'une part, stopper le commerce clandestin des trafiquants blancs nichés dans ce village ouvert sur Dinehtah et, d'autre part, lever les restrictions sur les échanges utiles aux Navajos, de plus en plus portés vers l'agriculture. Sumner l'a compris qui, en mai, ordonne, à leur intention, la livraison de 500 moutons, de semences et de petit matériel aratoire. Une libéralité, généreuse malgré sa modestie, et qui eût réjoui le gouverneur s'il avait été encore de ce monde.

Atteint du scorbut, Calhoun a passé un très mauvais hiver 1851-1852. Conscient de sa fin prochaine, il se fit fabriquer son cercueil, envoya sa démission et décida d'aller mourir dans sa famille, dans l'Est. Toutes dispositions prises, il chargea sa boîte sur un chariot, parmi ses bagages. Ses deux filles et leurs maris respectifs l'accompagnaient. Il se joignit alors à un convoi de marchands rentrant aux « States ». Durant la traversée des plaines du Kansas, la mort lui fit signe de s'arrêter. Il lui obéit. Elle l'emporta.

Derrière lui, il laisse un Territoire paisible, dans l'été. Pourtant, l'excellent John Greiner, maintenant superintendant par décision de Calhoun à la veille de son départ, se ronge d'inquiétude devant le manque de crédits pour acquérir le matériel agricole si nécessaire aux Navajos. En outre, il peste contre les trafiquants aux activités si néfastes à ces derniers. L'arrivée en septembre du nouveau gouverneur William Carr Lane, ne semble promettre aucune amélioration de la situation — la politique est sa passion, hélas ![8] En réalité, rien ne va plus à Santa Fe où les caisses sont vides. Lane se voit ligoté. Baird, à Jemez, racle ses fonds de tiroir pour offrir aux Navajos un nouveau lot de houes, assorti de haches et de couteaux. A Fort Defiance, tout est calme sous le commandement du capitaine Henry Lane Kendrick.

La neige de l'hiver tombe sur un pays en paix, une paix de bon aloi, apparemment. Durera-t-elle ? Question sempiternelle, déjà, parce que liée à l'arrivée de tout nouveau chef, gouverneur civil ou commandant militaire, dans ce Territoire en permanence surchauffé.

1853

Au printemps, des bandes de jeunes Navajos s'en vont caracoler parmi les troupeaux de fermiers blancs et en ramènent quelques bêtes. La routine ? Certes mais, surtout, un avertissement en forme de représailles, modérées, après une série de petites expéditions fort discrètes menées par des Blancs en mal d'esclaves indiens. Au total, une affaire de peu de conséquences. Sauf pour le gouverneur Lane qui en fait son cheval de bataille... électorale. Repris par le démon de la politique, il vise, cette fois, un siège de délégué du Territoire au Congrès fédéral. Cette cavalcade printanière des Navajos lui est donc un excellent prétexte pour broder sur le thème rebattu, mais éminemment populaire, de la nécessaire défense des vaillantes populations, etc. Mieux, pour prouver la solidité de sa détermination, il invoque une autre affaire, plus grave celle-là, qui coûta la vie à un fermier hispano tandis que ses deux fils et ses bergers étaient capturés. Lane, reprenant à son compte la rumeur qui accuse de ces méfaits des membres de la bande du chef Black Eagle, réclame les captifs et les meurtriers. Les premiers sont rendus ; les seconds restent à l'écart. Lane s'impatiente, tempête, menace et exige satisfactions dans les huit jours. Passé ce délai, une grande expédition militaire ira ravager Dinehtah... si le colonel Sumner y consent.

Sumner refuse net et se justifie. En substance : « Pourquoi rendre responsables 10 à 12 000 Navajos de la faute de quelques-uns d'entre eux ? Pensez au coût d'une pareille campagne qui ne pourrait se solder, au mieux, que par la destruction des récoltes indispensables aux Indiens pour vivre et se tenir en paix. » Le superintendant Greiner renchérit : « Que peut un dragon monté qui pèse 125 livres tout équipé contre un Navajo véloce, armé d'un arc et qui connaît admirablement le pays ? Et comment 1 000 soldats viendraient-ils à bout de 92 000 Indiens du Territoire si les choses s'envenimaient [9] ? » Cette argumentation si raisonnable — trop pour lui — n'ébranla nullement l'imbécile qui, estimant que ses futurs électeurs le jugeraient aux actes, décréta la levée immédiate de 500 volontaires. Cette fois, Sumner, montant sur ses grands chevaux, se fâcha tout rouge et menaça d'opposer ses soldats à cette troupe si jamais elle se constituait. Lane rengaina puis baissa pavillon. Le colonel, rasséréné, remit de l'ordre dans la maison en renouvelant ses instructions au capitaine Kendrick, à Fort Defiance : soyez fermes envers les Navajos ; intimidez-les par la menace, s'il le faut. Kendrick partit alors en tournée d'inspection dans Dinehtah et n'y rencontra, en juin, que des gens paisiblement affairés à leurs moissons. L'été s'annonçait calme. D'autant plus qu'en juillet, Lane démissionna de sa fonction pour se vouer à sa seule campagne électorale. Le ciel s'éclaircit sur Santa Fe où, le 9 août, arriva son successeur, David Meriwether.

Un bon connaisseur du pays (d'où le gouverneur espagnol Facundo Melgarès l'avait chassé, en 1819) et de ses habitants indiens (avec lesquels il avait commercé, en 1849). Nommé gouverneur par le président Franklin Pierce, il y rentre, maintenant, par la grande porte ; avec, en tête, quelques idées relatives à une possible solution du « problème navajo ».

L'une de ses idées se trouve précisément confortée par le rapport du capitaine Kendrick, retour de sa randonnée indienne. Celui-ci a constaté, en effet, que les bandes navajos les plus dynamiques — les plus agressives, aussi — habitent le secteur oriental de Dinehtah. Au voisinage des haciendas hispanos et des ranches anglos les plus avancés à l'ouest, leurs cibles trop fréquemment recherchées et atteintes. Par contre, cette situation expose ces mêmes bandes aux représailles plus ou moins dommageables de leurs victimes. Cette constatation inspire à Meriwether l'idée d'établir entre les deux camps, sur cette « frontière » si sensible, un secteur neutralisé, une sorte de zone tampon inviolable, si les antagonistes s'y engagent. Utopie ? Peut-être, mais l'expérience mérite qu'on la tente, sans illusions toutefois, le nouveau gouverneur étant pour cela trop averti de la pugnacité des antagonistes. Il sait aussi que les Blancs pousseront toujours plus vers les terres navajos et que pour cette raison, un jour ou l'autre, ce secteur deviendra un enjeu entre les deux races. Mais puisqu'il faut, dès à présent, y éliminer tout motif de troubles, négocions avec des chefs hautement représentatifs de la majorité des bandes. Un seul homme, aux yeux de Meriwether, peut préparer cette négociation avec des chances de succès : Henry Linn Dodge, le nouvel agent des Affaires indiennes, nommé en remplacement de Baird.

Fils et frère de sénateurs — l'un du Wisconsin (le père, Henry) et l'autre du Missouri (le frère, Augustus Caesar) —, Henry Linn, quant à lui, est l'aventurier de la famille. Le « Westerner » par excellence dont les randonnées lui ont acquis une parfaite connaissance du pays à l'ouest du Mississippi et de ses habitants indigènes qui le connaissent sous le cordial surnom de Red Sleeves (Manches-rouges). Le Nouveau-Mexique, en particulier, lui est familier depuis le temps des caravanes de chariots vers Santa Fe. En 1849, il accompagna le colonel Washington dans les monts Chuska, comme nous l'avons noté. Il commerça ensuite avec les Indiens à Cebolleta. Récemment encore, il chevaucha avec le capitaine Kendrick chez les Navajos, avant que le gouverneur ne le charge de rameuter leurs chefs pour la négociation envisagée.

Navajos sur la plaza

Le 31 août, à son réveil, Santa Fe n'en croit pas ses yeux : une centaine de Navajos sont là, campés sur la *plaza*, face au palais des gouverneurs ! Paisibles, corrects, point si « sauvages » ni si « barbares » qu'on le disait jusque-là. Il est vrai qu'ils ont été dûment chapitrés et demeurent rigoureusement surveillés par leurs chefs : le vénérable Zarcillas Largas, l'ardent Manuelito, le riche Ganado Mucho, l'avisé Armijo et d'autres de tout premier rang.

La palabre s'engage dès le lendemain avec Meriwether et Dodge. Il s'agit de confirmer et de consolider l'état de paix. Rien de plus conforme aux vœux des Navajos, présentement fiers de leur cheptel (250 000 moutons et 60 000 chevaux), de leurs cultures de blé et de maïs, de leurs florissants vergers blottis dans le canyon de Chelly. Dodge a vu tout cela et sait le prix qu'y attachent ses interlocuteurs, aussi la négociation se déroule-t-elle dans un climat de compréhension et de bonne volonté réciproques. Meriwether, conquis par la sagesse de la délégation indienne, rend hommage à sa « remarquable sobriété et à son bon comportement, en général ». Il souligne que « dans l'ensemble, les Navajos vivent à un niveau de prospérité et de confort inconnu des autres Indiens sauvages de cette partie de l'Union ». Le 3 septembre, en conclusion de cette heureuse entrevue, il remet des médailles aux différents chefs et élève Zarcillas Largas à la dignité de chef de la « nation des Navajos ».

Toutefois, la plus belle victoire du gouverneur en cette circonstance fut obtenue auprès de l'Assemblée territoriale qui jeta l'interdit sur le secteur ouest, entre les pays navajo et blanc. Meriwether tenait sa « zone-tampon », au grand dam des éleveurs anglos et hispanos bien décidés à faire appel au Congrès de cette décision. Malgré leurs intrigues, l'année s'acheva dans une paix d'autant plus confortable pour le Nouveau-Mexique que l'Achat Gadsden, signé à Mexico le 30 décembre, précisait le tracé définitif de sa frontière sud, comme déjà dit.

1854

Sur plainte en appel des éleveurs auprès de la Cour fédérale de justice du district de Santa Fe, celle-ci a demandé au Congrès des États-Unis si les plaignants bénéficiaient du droit de pâture pour leurs troupeaux dans le secteur du pays navajo neutralisé par l'Assemblée territoriale. La réponse est nette : il n'existe pas de terres indiennes au Nouveau-Mexique ! Tel est le point de vue gouvernemental, à l'évidence influencé par le lobby néo-mexicain de la capitale fédérale. Un monument d'aveugle bêtise qui confond les représentants sur place du pouvoir. Ils savent, eux, que les Indiens existent. Là est tout le problème. Aussi tentent-ils d'infléchir cette aberrante décision. Le gouverneur s'en alarme auprès du commissaire aux Affaires indiennes. L'agent Dodge implore le Congrès de protéger les terres tribales pour maintenir la paix. Le nouveau superintendant, William S. Messervy, successeur de J. Greiner, joint aux leurs ses supplications. Le plus inquiet est assurément le

capitaine Hendrick qui, tout autour de Fort Defiance, a sous les yeux
le spectacle fort alarmant des troupeaux des Blancs au beau milieu
des pâturages traditionnels des Navajos... Jusqu'à quand ceux-là
garderont-ils leur sang-froid ?

Curieusement, leur délégation venue à Santa Fe, sous la conduite
de Dodge, à la fin du printemps, reste muette sur ce point. Pas la
moindre récrimination. Elle sollicite seulement auprès du superintendant une nouvelle aide matérielle en semences et en outils
agricoles. Bien que dépourvu de crédits à cet effet, Messervy parvient
à lui fournir un petit nombre de bêches et de houes, modeste
dotation qu'augmentent, de leur côté, Meriwether et Dodge en
payant de leur poche. D'évidence, les Navajos veulent éviter toute
querelle sur le chapitre des empiètements sur leur domaine afin de
poursuivre en paix leur développement agricole. Malheureusement
pour eux, comme pour leurs frères, les législateurs de Washington
ont une conception particulière de l'usage de la terre indienne.

Un pas vers la réserve ?

La loi de financement des traités indiens (*Indian Appropriation
Act*, 31 juillet 1854) accorde au superintendant des Affaires indiennes
du Nouveau-Mexique un crédit de 30 000 dollars destiné à couvrir les
frais découlant des traités signés avec les Navajos, les Utes et les
Apaches. Une bonne mesure en soi mais assortie d'instructions
relatives à la délimitation de « la future résidence des Indiens » ci-
dessus nommée. Autrement dit, une réserve pour chaque groupe,
selon les vœux du défunt Calhoun. Une fois délimitées ces « rési-
dences », le président des États-Unis fera procéder à leurs décou-
pages respectifs en lots de 20 à 60 acres (8 à 14 hectares) attribués aux
Indiens en fonction de leur situation — le célibataire de plus de vingt
et un ans recevant trois fois moins de terre qu'un chef de famille [10].

Là encore, les responsables locaux des Affaires indiennes ont tout
lieu de s'inquiéter des conséquences de cette loi, capable de heurter
profondément le sentiment tribal fondé sur la propriété collective du
sol. Ils n'osent point imaginer les effets de la parcellisation de celui-
ci. Imagine-t-on le Navajo ou l'Apache confinés sur un tel mouchoir
de poche ? Pour y vivre, prétend-on, de son labeur d'agriculteur,
activité dont — sauf quelques bandes navajos — il ignore tout ou
presque de la pratique ? Santa Fe, en l'occurrence, estime que la loi va
trop vite, qu'il faut préalablement éduquer l'Indien afin de l'adapter
aux données de la civilisation. Affaire de gouvernement, qui deman-
dera du temps et bien des efforts financiers. Mieux vaut donc pour
l'instant repousser l'application de la loi dans le moment même où les
Navajos s'apprêtent à bénéficier de leurs belles moissons communes

en cet été 1854. Elles sont le fruit d'une paix toujours précaire, menacée par le moindre incident. Tel celui qui éclate, en octobre, à Fort Defiance où un jeune Navajo tue un soldat puis s'enfuit. L'agent Dodge réagit aussitôt et part à la recherche du meurtrier à la tête d'un petit escadron. En vain. Finalement, le chef Armijo et les siens font justice eux-mêmes, après avoir capturé, jugé et exécuté le coupable. L'affaire est donc réglée, à la satisfaction des deux parties. Même le nouveau commandant du 9ᵉ Département militaire — le général John Garland, successeur du colonel E. V. Sumner — apprécie hautement ce gage donné à la paix par les Indiens eux-mêmes.

Les Navajos se demandent si, en retour, il saura les protéger contre les Néo-Mexicains, plus que jamais friands de leurs bons pâturages, et des Utes [11] qui, alliés aux Apaches Jicarillas, s'agitent sur leur frontière nord [12].

1855

Dans le froid vif de janvier, au cœur des monts Sacramento (Nouveau-Mexique S.E.), les Mescaleros ont attaqué une colonne de cavalerie et tué son capitaine. En février, au nord, les Utes Capotes ont invité les Jicarillas (leurs amis) et les Navajos (leurs ennemis) à un conseil aux allures de complot contre les Blancs. Ces Utes ont l'intrigue dans le sang. Ils s'irritent du respect des Navajos pour leur paix, signée à Santa Fe. Ils s'étonnent de leur refus des chevaux et moutons offert pour leur alliance — c'est-à-dire leur trahison. Car les Navajos gardent la tête froide et pensent à leurs champs et leurs vergers bien-aimés. Ils ne cessent d'assaillir l'agent Dodge de réclamations de semences et de petit matériel agricole.

Dans le même temps, le gouverneur Meriwether souhaite négocier avec eux, comme avec les Apaches et les Utes [13], la délimitation des réserves prévues par la loi de financement des traités indiens, votée l'année précédente. Discutable à ses yeux sur le point de la parcellisation de ces futurs territoires, cette loi satisfait le vœu de l'agent Dodge d'une nette séparation entre le domaine public et les secteurs indiens, gage de sécurité pour les occupants de ces derniers. A condition, souligne-t-on, que l'armée défende l'intégrité des réserves contre tout envahisseur, blanc ou rouge, et que le gouvernement favorise matériellement le développement économique des tribus. L'exemple des Navajos, paisiblement attachés à la mise en valeur de leur sol dans les zones les plus fertiles de leur domaine, est assez probant pour qu'ils soient sérieusement aidés comme il l'écrit au commissaire des Affaires indiennes, George Manipenny : « Une politique libérale et éclairée envers cette tribu durant quelques années stabiliserait sa destinée en tant que communauté agricole, pastorale et artisanale. Que des résultats puissent être rapidement atteints par eux, personne n'en doute parmi ceux qui connaissent leurs habitudes laborieuses, leur tempérance et leur ingéniosité [...][14]. » Une ingéniosité qui se manifeste présentement dans le domaine artisanal, grâce à la remarquable habileté des 18 forgerons à l'œuvre parmi leur peuple et qui poussent activement celui-ci vers l'âge des métaux.

A quelle date les Navajos entrèrent-ils dans l'âge du fer, du cuivre et de l'argent qu'ils excelleraient, un jour, à travailler ? Rien n'est précis sur ce point de chronologie, en raison de l'origine exclusivement orale des informations recueillies à la fin du siècle dernier auprès des vieillards de la tribu.

Ils dirent qu'en 1852, peut-être, un chaman désireux d'apprendre le travail du fer rendit visite à un Mexicain nommé Nakai Tsosi — un expert dans le métier, hôte d'un hameau voisin du mont Taylor. Son apprentissage terminé, l'homme regagna son *hogan*. Ses voisins le surnommèrent dès lors Atsine Sani (le « Vieux Forgeron » ou « *Old Smith* ») et les Mexicains, « *Herrero Delgadito* » (« Herrero-le-forgeron »). Fut-il réellement le premier, alors, à mouler des lames de couteaux, des mors et des boucles de brides à partir de vieux fers à chevaux ou de tout autre morceau de métal ? Atsine Sani transmit son savoir à ses quatre fils, tout en tirant profit de ses visites à Fort Defiance où Henry L. Dodge venait d'installer en 1853 deux précieux artisans : George Carter, un forgeron américain, et Juan Anea, un orfèvre mexicain, qui, l'un et l'autre, enseignèrent leur art aux premiers artisans de la tribu. Par la suite, le nombre de ces derniers s'accrut et leurs progrès en cette technique s'accélérèrent en des circonstances étroitement liées, comme on le verra, à l'histoire tourmentée du Peuple[15].

Où en est celle-ci, alors que Dodge plaide si ardemment la cause de ses protégés ? A dire vrai, elle connaît une éclipse car les Utes Muaches et les Apaches Mescaleros mobilisent alors l'attention générale. Les premiers parce que, comme prévu, ils se déchaînent contre les *rancherias* de Dinehtah, au sud de la rivière San Juan, et les ranchos néo-mexicains. Ils tuent, pillent, volent femmes, enfants et bétail malgré les soldats du général Garland qui les ont accrochés sans emporter de réelle décision. Pourtant, en mai, les Mescaleros doivent s'incliner devant lui et accepter de traiter. Le temps était donc venu de négocier avec les Navajos que l'on rencontrera chez eux, puisqu'ils en sont ainsi convenus : à Laguna Negra (ou Black Lake), précisément, non loin de Washington Pass.

Coup fourré à Black Lake

A leur arrivée, le gouverneur Meriwether et le général Garland sont accueillis par 2 000 Navajos aussi superbement vêtus que montés, un spectacle proprement prodigieux, parfaitement accordé au pittoresque sauvage du site. Le premier doit y défendre un projet particulièrement délicat : l'abandon par ses interlocuteurs d'une partie de leur domaine ancestral et la fixation d'une frontière destinée à les protéger contre les intrusions des Utes, des Jicarillas, des Comanches et des Néo-Mexicains. Ce qui équivaudrait à inscrire une véritable réserve dans les limites si imprécises, quant à elles, de Dinehtah. Une proposition qui couronne les efforts du défunt Calhoun, relayés par les décisions des législateurs de 1854 — le premier comme les seconds s'étant montrés soucieux de délimiter la « future résidence des Indiens ». Il est évident que leurs motifs ne sont pas aussi purs que ceux de l'agent Dodge qui, au contraire de la coercition visée par les politiciens, a toujours plaidé pour un libre épanouissement des Navajos à l'abri d'une frontière inviolable. Malheureusement, cette discordance d'intentions s'abolira dans le résultat final de la négociation.

Meriwether ouvre celle-ci, le 16 juillet, par l'exposé du projet officiel. Stupeur du côté indien car le coup est rude. Si rude que, le 17, Zarcillas Largas ne revient pas mais fait remettre, par son représentant, au gouverneur sa médaille de « chef supérieur de la nation des Navajos » et sa canne d'office, façon pueblo. Son geste fait craindre, un instant, la rupture des pourparlers. L'effervescence agite le camp indien mais dérive, fort heureusement, vers l'élection d'un remplaçant du démissionnaire. Manuelito, sorti vainqueur du scrutin, se déclare, d'abord, très honoré par ce résultat puis se lance dans une véhémente diatribe contre le projet du gouverneur. Pourtant, par un retournement aux raisons encore mystérieuses, il l'accepte le lendemain, imité par la majorité des chefs présents.

Le traité de Laguna Negra est signé le 18 juillet. Voici les Navajos enfermés de leur plein gré sur une réserve. La première dans le Sud-Ouest. Pourquoi cet accord si facilement consenti par des gens désormais privés de près de la moitié de leur ancien domaine ? Ont-ils bien compris que, sur les 18 000 km² restants, 350 seulement sont cultivables ? Qu'ils ont abandonné une partie de leurs meilleurs pâturages orientaux aux éleveurs néo-mexicains ?

Certes, Meriwether leur a promis, en contrepartie, la protection militaire des États-Unis contre leurs ennemis de tous bords. Il les a également assurés du versement annuel de 10 000 dollars. Dodge, ayant là la concrétisation de ses vues, les a poussés à accepter au nom de leur paix à préserver et de leur essor économique à poursuivre — toutes raisons susceptibles d'expliquer leur accord. Mais qu'auraient-ils pensé, et leur agent avec eux, s'ils avaient eu connaissance de la lettre du gouverneur au commissaire Manipenny (27 juillet) ? La désolante duplicité de Meriwether s'y révèle en pleine lumière : « Les nécessités de ces Indiens n'exigent pas le versement d'une grosse somme annuelle leur permettant de vivre à l'aise et d'améliorer leur sort. Ils peuvent être maintenant considérés comme bénéficiant d'un état prospère. Ils ont tant planté cette saison qu'ils pourront se nourrir abondamment l'année prochaine. Après quoi, j'espère qu'ils auront des surplus, utiles à Fort Defiance qui, actuellement, doit être ravitaillé depuis 160 km, à grands frais, par le gouvernement [16]. »

L'affaire est excellente, en somme : les annuités promises sont dérisoires (un dollar par tête et par an !) et l'armée sera, éventuellement, nourrie par les Indiens qu'à tout moment elle pourra « châtier » s'ils lèvent le petit doigt. Le gouverneur peut donc, à bon droit, se féliciter de son succès sur un peuple qui, après avoir été tant redouté, suscite jusqu'à l'admiration de son secrétaire, W.H.H. Davies. Pour lui, à n'en pas douter, ces gens sont « d'une intelligence supérieure à celle des autres tribus nord-américaines. C'est une race pacifique et laborieuse [...]. Tout le monde travaille [...]. Ils sont d'un comportement doux et tuent très rarement mais ils conçoivent le vol comme l'une des plus nobles vertus humaines. Personne n'est considéré comme parfait s'il ne sait pas voler avec adresse [17] ».

Or, ces gens si vertueux, si admirés, épisodiquement, par les *Yankees* venus de l'Est — qui, à les observer, abandonnent bien de leurs préjugés — terminent l'année 1855 dans une amertume croissante. Car, du traité de juillet, ils n'ont encore rien vu : ni argent, ni semences, ni outillage agricole. Dodge lui-même, en son for intérieur, n'est pas loin de considérer Laguna Negra comme une immense duperie. D'autant plus cruelle pour les Navajos, « ses » Navajos, que les éleveurs néo-mexicains poussent alors leurs troupeaux au-delà la frontière établie. Sur la réserve... Ce qui ne présage rien de bon.

Le froid très vif d'un hiver précoce tombe sur Dinehtah...

1856

L'année a mal commencé pour Manuelito. D'une part, il a dû repousser les attaques simultanées des Utes, des Jicarillas et des Kiowas, alliés des seconds. Depuis des mois, ceux-là forcent l'entrée de Dinehtah par le nord. Les Comanches se sont mis de la partie en fonçant sur les *hogans* de Manuelito, lui-même blessé dans l'escarmouche. D'autre part, un grave soupçon pèse sur certains membres de sa bande, accusés d'avoir poussé, en mars, jusque dans la vallée du rio Puerco de l'Est, c'est-à-dire hors de la limite orientale de la réserve. Là, ils auraient tué trois bergers et volé plusieurs milliers de moutons au *señor* Antonio José Otero. 11 000 exactement, selon sa plainte déposée devant les autorités de Santa Fe. D'autres éleveurs se disent également victimes de vols importants.

Le capitaine Kendrick et l'agent Dodge s'étonnent des chiffres avancés et décident d'enquêter. Ce faisant, ils évaluent à 4 000 moutons environ le montant des rapines constatées. Majoration ici ; minoration, là. Qui dit vrai ? Les statistiques contraires en matière de vols de bétail relèvent en effet, depuis longtemps, du petit jeu politique entre les autorités et les citoyens. Mais il a son importance car il s'agit de fixer le seuil à partir duquel l'on doit punir les voleurs — pratique récusée en bloc par les Néo-Mexicains, bien entendu. Au cours de leurs investigations, les deux enquêteurs ont fait une surprenante découverte : les voleurs (et meurtriers des bergers d'Otero) sont des fils de *ricos*, de riches propriétaires navajos. Rien d'étonnant, dès lors, que le chef Armijo refuse de les livrer et consente seulement, à titre d'apaisement, à rendre 1 400 des moutons et 30 des chevaux dérobés. Dodge n'est pas rassuré pour autant. Il sait que les Navajos du secteur occidental, voisin de l'Utah, disposent maintenant de beaux et bons fusils offerts par... les Mormons, qui ont des comptes à régler avec Washington. Le gouvernement n'admet qu'avec réticence leur religion mais il réprouve catégoriquement leur politique expansionniste selon l'axe Salt Lake City [18] — Californie qu'ils jalonnent, nonobstant le désert, de lotissements admirablement situés. A vrai dire, ils travaillent par là à l'édification d'un État nommé Deseret par leur prophète, Brigham Young. Parce que Washington tente de s'y opposer en multipliant les obstacles de tout ordre, les Mormons mènent auprès des tribus une campagne séditieuse qui leur fait considérer les Navajos comme des alliés objectifs. N'ont-ils pas mille raisons d'entrer dans leur jeu antiaméricain ? — dont celle, entre autres, d'être assujettis.

Ces raisons, bien réelles et concrètes, alourdissent progressivement le climat entre eux et Santa Fe où, de nouveau, la rumeur les charge de tous les péchés. Il est vrai que Manuelito y met du sien. En juin, par exemple, il a conduit ses moutons sur les bons pâturages des militaires, à Camp Ewell, près de Fort Defiance. Provocation ? Non. Simple compensation pour les vertes pâtures perdues à l'est. Le capitaine Kendrick lui a remontré, fermement, son impudence. Mais l'effronté n'aurait pas renoncé si des troupes de renfort n'étaient parvenues au poste, à point nommé pour éviter le pire. Car, à ce moment-là, le pire peut n'être pas loin, au constat des empiètements successifs des éleveurs blancs qui, depuis 1846, ont pénétré, par troupeaux interposés, de 160 km en territoire navajo. Et ils avancent toujours, peu à peu... Est-ce là tout l'effet de la protection militaire promise à Laguna Negra ? Sceptiques, les Navajos... Ah ! s'ils savaient que le Congrès n'a pas ratifié ce traité ! Ils comprendraient le non-versement de la première annuité. Ils comprendraient aussi, et surtout, le sans-gêne des éleveurs, libres, comme avant, de pousser leurs bêtes vers l'ouest. Avec la bénédiction tacite de Washington.

Pourquoi le gouvernement joue-t-il ce jeu truqué ? L'on peut à cet égard avancer une hypothèse. Le Territoire se peuple lentement. Si, en 1850, il comptait 61 547 habitants, il en abritera 93 516 en 1860. L'accroissement de cette population affecte deux grands secteurs : la vallée nord du rio Grande [19] et l'axe Albuquerque - Laguna, à l'ouest de ce dernier. La voie des grands pâturages occidentaux qui butent contre les monts Chuska, dans Dinehtah. Si, dans cette zone, le Congrès choisit de laisser faire, c'est parce qu'il estime contraire à l'expansion du peuplement l'établissement d'une réserve dont la limite serait un obstacle à celui-ci. Le squatter, l'occupant illégal du sol, n'est-il pas, après tout, le fer de lance de la « frontière » en marche ? Le meilleur agent de pénétration, à ses risques et périls, des zones prétendument interdites, sur le papier ? Il est, dans le même temps, en train de conquérir le Kansas où, d'ailleurs, le sang va bientôt couler dans la grande querelle Nord-Sud, à titre de prélimi-naires. Et ne faut-il pas lui laisser le champ libre — fût-ce aux dépens des Indiens — pour que, bientôt, il fasse basculer le Territoire dans le camp esclavagiste comme, voici dix ans, devait s'y employer Calhoun ? Voilà bien un jeu de fine politique qui dépasse les pauvres Navajos, en l'occurrence. Son évocation relèverait-elle seulement de la supputation que l'opinion publique elle-même, au Nouveau-Mexique, la justifierait un tant soit peu ? Dans les éditoriaux, par exemple, de James L. Collins, l'éditeur (type « Destinée manifeste ») de la *Weekly Gazette* de Santa Fe qui rabâche, en substance et sans grande finesse : il faut repousser à l'ouest les Navajos pour laisser place aux troupeaux de nos compatriotes. Là-bas, d'ailleurs, les pâturages indiens sont bien meilleurs qu'ici...

Qui, jamais, dans le passé, parvint à étouffer l'avide, la féroce clameur des envahisseurs venus d'Europe et réclamant, morceau après morceau, le pays des premiers Américains ? Personne, depuis qu'en 1540 Coronado, le conquistador, fit irruption en Arizona et qu'en 1607 le capitaine John Smith débarqua en Virginie. En cette fin de l'année 1856, parce qu'ils voient Hispanos et Anglos — les descendants de ces premiers « colonisateurs » — s'installer en deçà du seuil de leur domaine, la peur commence à saisir les Navajos. Ils ont aussi d'autres raisons d'être inquiets et qui découlent des pillages commis à leur détriment par leurs frères de race. En novembre, au sud de Zuñi, les Apaches des monts Mogollon et des Coyoteros leur volent du bétail. Le capitaine Kendrick les poursuit en vain. Sans le secours de Dodge que l'on n'a pas revu depuis le 19 novembre, date de son départ en solitaire, selon son habitude, pour la chasse. Où est-il ? Avec les semaines l'inquiétude grandit à son sujet. Même Mangus Colorado, le chef des Apaches Mimbreños, se voit contraint d'abandonner ses recherches. L'année s'achève dans l'angoisse, aussi mal qu'elle avait commencé.

1857

Henry L. Dodge, parti le 19 novembre dernier, a été assassiné le lendemain par deux Apaches — l'un, un Coyotero et l'autre, un Mimbreño. Sans raison apparente, selon José Mangas[20] qui a vu le second des assassins, un homme de son peuple, hélas ! La triste nouvelle a couru la réserve navajo, au début de l'année. Tout d'abord, l'on refusa de la croire puis il fallut se rendre à l'évidence. Comme pour le meurtre de 8 membres du Peuple, froidement tués par des Utes en maraude dans les monts Chuska. Cette fois, personne ne fut surpris car les Utes sont capables de tout. Pourtant, ils ont un agent et un sous-agent, en poste à Abiquiu (Nouveau-Mexique), pour les « conseiller »... Le premier a nom... Kit Carson et le second, Albert W. Pheiffer. Celui-ci est peu connu, l'on ignore d'où il vient et ce qui lui a valu cette fonction. Par contre, son supérieur hiérarchique commence à l'être un peu trop.

Kit Carson, le « Nestor des Rocheuses »

Depuis sa nomination à ce poste d'agent (1853), Carson semble n'avoir pas eu le temps de réfléchir sérieusement aux obligations de sa fonction. Il préfère se faire lire, car il est totalement analphabète, les articles élogieux épisodiquement consacrés à sa personne par les fabricants précoces du mythe de « l'Ouest sauvage » — tel le lieutenant George D. Brewerton qui sévit dans une publication à bon marché, *The Harper's New Monthly Magazine*. Sur quoi donc se basent ses thuriféraires patentés pour lui tresser des lauriers, toujours verts de nos jours ?

Sur peu de chose, en vérité, en dehors de son rôle, « héroïque » bien sûr, dans les derniers combats de la conquête de la Californie, par Kearny. De retour à Taos, il y retrouva son épouse, Maria

Josefa, miraculeusement rescapée de la révolte qui coûta la vie au gouverneur Charles Bent (janvier 1847). Carson entra alors dans une période vide d'actions glorieuses pour renouer avec une existence banale, dominée par le besoin d'argent. D'abord agriculteur et éleveur puis conducteur de troupeaux, une tâche harassante sur les grands chemins. Pour mener des mules à Fort Laramie, sur la piste de l'Oregon, ou des moutons (6 000 à 7 000) vers la Californie. Deux prouesses remarquables en elles-mêmes mais d'un prosaïsme déroutant pour un homme déjà catapulté vers les sommets du mythe. Fort heureusement, le lieutenant-colonel Cooke le remit en selle, en qualité de guide de son expédition punitive contre les Jicarillas, au printemps 1854. En cette circonstance, Carson fit connaissance avec deux officiers appelés à s'illustrer avec lui, plus tard : les majors Brooks et Carleton, dont on reparlera. Rentré dans ses foyers, Carson se fit un plaisir de relater, par le menu, son rôle dans cette campagne aux oreilles d'un médecin militaire cantonné près de Taos, De Witt C. Peters. Publié en 1858, à New York, sous le titre ronflant de *The Life and Adventures of Kit Carson, The Nestor of the Rocky Mountains, From Facts Narrated by Himself*, l'ouvrage plut énormément au héros lui-même qui, toutefois, estima que l'auteur « était allé un peu trop loin », selon son propre jugement, dans l'héroïsme qu'il lui prêtait.

En cette année 1857, les Navajos subissent les assauts alternés, d'un mois à l'autre, des Utes du Sud, des Comanches, des Kiowas et des Pueblos de l'Ouest — des voisins mécontents, ceux-là. A cette désolation répétée s'ajoute la ruine des cultures, grillées par la chaleur estivale. Ce n'est pas tout : les éleveurs blancs refusent d'obéir à l'ordre du capitaine Kendrick d'avoir à retirer leurs bêtes des pâturages navajos. N'ont-ils pas pour eux l'opinion publique, chauffée par les éditoriaux racistes de Collins, l'éditeur-journaliste de Santa Fe ? Et puis, ce n'est pas le nouveau commandant de Fort Defiance, le major Thomas Harbaugh Brooks, qui les inquiétera. Un dangereux excité qui, à peine arrivé, impose ses vues politiques en matière indienne au gouverneur récemment placé à la tête du Territoire, Abraham Rencher.

L'étonnant est que, dans ce contexte accablant, les Navajos gardent leur calme.

1858

Les événements se précipitent, comme dans une tragédie aux actes nettement marqués, après un prologue assez bref réduit à quelques interrogations. Pourquoi, en janvier, une quarantaine de Utes, surgis du nord, s'enfoncent-ils, sans raison autre que leur propension à détruire, dans le canyon de Chelly pour y tuer un chef navajo malencontreusement placé sur leur chemin ? Pourquoi reviennent-ils, en mars, accompagnés, cette fois, de chasseurs néo-mexicains d'esclaves qui, ultérieurement, vendront leurs captifs... au sous-agent Pheiffer, « conseiller » de ces mêmes Utes ? Pourquoi, se demande Manuelito, les militaires s'arrogent-ils le droit de mener leurs bêtes sur les bons pâturages navajos proches de Camp Ewell, à 20 km au nord de Fort Defiance ? Là, précisément, où lui, Manuelito, a un besoin absolu de conduire ses moutons car, ailleurs, l'herbe manque à cause de la rareté des pluies printanières. Hélas ! c'est bien le dernier endroit où le major Brooks tolérerait sa présence. Pourtant, son troupeau bêlant y prend ses aises... Ainsi, tous les éléments du drame sont en place. Son prologue terminé, observons son développement et son aboutissement.

Des moutons et des soldats

Zarcillas Largas, le vieux sage, pressent le danger de la provocation de Manuelito car c'en est une, il faut le reconnaître, malgré le bien-fondé de sa décision. Il tente de le raisonner. Vainement. Manuelito s'obstine dans sa bravade, tout en se payant, avec quelque cynisme, le plaisir de juger de la tête du major lorsqu'il lui restitue une bonne centaine de bêtes volées. Brooks n'apprécie pas. Inflexible, hautain, méprisant, il s'est mis en tête d'obtenir, de force si nécessaire, le retrait du troupeau de l'adversaire, ah mais ! Parce que, dans son stupide entêtement, il en fait une question d'honneur, il ordonne à ses soldats de tirer sur les objets du délit. 60 moutons tombent. Insatisfait de cette pauvre « victoire », il annexe ensuite au domaine militaire un second pâturage navajo qu'il fait occuper par ses soldats transformés en bergers. Qui, des deux fanfarons, cédera le premier dans cette escalade qui pourrait se révéler dangereuse ? Quand, une nuit, une volée de flèches, tirées par d'invisibles archers, s'abat sur les gardiens en uniforme, le major fulmine et menace : au premier motif plus sérieux, moins léger, les Navajos auront la guerre !

Le 12 juillet, le motif souhaité survient, inopinément.

Le meurtre de Jim le Noir

Juillet, mois fatal aux Navajos dans le passé. De nouveau, il les plonge dans les tourments. Jim, le serviteur noir de Brooks à Fort Defiance, aurait certes pu se trouver ailleurs que près des cuisines du poste lorsqu'un Navajo qui, lui aussi, rôdait par là le blessa

gravement d'une flèche dans le dos. Pourquoi ? La réponse est toute
bête, absolument étrangère au contexte de haine grandissante entre le
major et Manuelito. Parce que l'Indien, mis en colère quelques
heures auparavant par le refus d'obéissance de l'une de ses épouses,
remâchait son ressentiment en cherchant un exutoire. Le hasard lui
fit rencontrer le malheureux Jim. Il décocha sa flèche. C'est tout. Du
moins, est-ce l'explication donnée de son geste homicide, résultat
d'un orage conjugal, découlant en l'occurrence de la pratique de la
polygamie.

Sans avoir été une règle dans le passé navajo, celle-ci fut
fréquemment pratiquée dans les zones d'élevage en raison de la
nécessité d'avoir plusieurs gardiennes de troupeaux de moutons dont
l'importance témoignait de la richesse de la famille, ou biologique ou
étendue. La résidence dans ces zones-là étant obligatoirement
matrilocale, chaque épouse occupait avec ses enfants un *hogan*
distinct. En vertu, d'une part, de cette obligation et, d'autre part, de
la descendance matrilinéaire, la femme possédait des biens personnels. La notion de communauté n'existait que pour le bois, l'eau, les
zones de salines, les pâturages, les cultures et le troupeau. Toutefois,
dans celui-ci, chaque membre de la famille possédait des bêtes
portant sa marque personnelle. A charge pour lui de fournir la
viande, la laine et les agneaux — toutes fournitures destinées à
l'entretien de la famille[21].

Le meurtrier de Jim le Noir appartenant à une riche famille, l'on
peut raisonnablement supputer les motifs de discorde entre lui-même
et l'une ou l'autre de ses épouses. Il disparut, son forfait accompli. Sa
victime expira le 15 juillet. Le major Brooks tenait son motif et, avec
lui, tous les « casseurs de Navajos » fatigués de fourbir leurs armes en
vain, depuis des mois.

Les trompettes guerrières

Formaliste, méthodique, Brooks engage le processus guerrier par
un ultimatum (réglementaire) à Zarcillas Largas et non à Manuelito,
pourtant chef de la « nation des Navajos ». Notons le détail. Puis, il
échafaude un plan de campagne assuré, à ses yeux, d'une imparable
efficacité, entendu qu'on ne lésinera pas sur les moyens. Des effectifs
solides. En tout premier lieu, des réguliers. A cet effet, le général
Garland dépêche à Fort Defiance une compagnie de « fusiliers
montés » et une autre de fantassins (50ᵉ d'Infanterie) commandés par
le lieutenant-colonel Dixon S. Miles, bien connu pour son hostilité
envers les Indiens. Ces troupes seront épaulées par des auxiliaires
expérimentés — des Utes et des Néo-Mexicains. Parmi ces derniers,
rien de mieux dans le moment que les « Espions de Lucero »

(*Lucero's Spies*), des traqueurs-scalpeurs professionnels constitués en une sorte de commando qui « travaille » gratuitement contre une part respectable du butin — esclaves, bien entendu, et bétail « récupéré ». A peine arrivé à Fort Defiance, Miles envoie Sandoval, le « collabo » affairiste qui flaire une proche curée, vers les chefs navajos pour leur rappeler la date d'expiration de l'ultimatum.

Ponctuellement, au matin du 8 septembre, des Navajos se présentent au poste avec le cadavre d'un homme criblé de balles, celui du meurtrier de Jim le Noir, assurent-ils en précisant qu'il s'est âprement défendu avant d'être abattu. Miles, sceptique, ordonne au chirurgien militaire une autopsie... qui révèle la supercherie : le mort est un Mexicain de dix-huit ans, récemment tué, et non celui de l'assassin âgé d'une quarantaine d'années, selon ceux qui le connaissaient. Le major Brooks, furieux, rompt le conseil tenu avec les chefs navajos (en compagnie de leur nouvel agent, Samuel M. Yost) et leur déclare ouvertement la guerre. Connue à Santa Fe, cette nouvelle y fait des heureux dont le gazetier raciste, Collins, et le successeur du général Garland, rappelé dans l'Est : un simple colonel au nom français, alors âgé de soixante-deux ans, Benjamin Eulalie de Bonneville, un vieux cheval de retour dans l'Ouest.

Fils d'un réfugié politique chassé de France par le 1er Empire, il obtint sa naturalisation américaine et entra à West Point (1813). Expédié, à sa sortie, sur la « frontière » du Mississippi, il y prit un tel goût de l'aventure qu'il sollicita un congé de deux ans afin de se consacrer au commerce des fourrures dans les Rocheuses. Son activité dans ce domaine (1830-1836)[22] se solda, au vrai, par un fiasco retentissant qui ne l'empêcha point, toutefois, de mener à bien la mission secrète dont l'avait chargé le président Jackson : relever les positions britanniques dans le Grand Ouest lointain, dans l'ancien Oregon[23], en particulier. A cet effet, il releva des cartes de la région qu'en réalité il « emprunta » à des découvreurs-cartographes présents bien avant lui en ces lieux. Un tricheur, Bonneville ? Assurément, mais l'homme était si séduisant d'allure et de propos qu'il abusa l'écrivain Washington Irving, auteur d'un ouvrage consacré à sa gloire (*Adventures of Captain Bonneville*). Ultérieurement, les historiens américains Bancroft et Chittenden, quant à eux, le ramenèrent à ses véritables dimensions : un mythomane vaniteux et jouisseur, très porté sur les femmes indiennes et grand amateur de... scalps mâles. Au total, un authentique « *history-made man* », toujours à l'affût de la renommée[24], à la manière d'un Custer avant la lettre. Une analogie que justifiera bientôt son rôle dans la future guerre contre les Navajos.

Car, remis en selle comme commandant du 9e département militaire, il compte bien s'y illustrer. Avec, sous ses ordres, deux culottes de peau de la meilleure espèce (Brooks et Miles) et, à sa dévotion, le journaliste Collins qui, dans les colonnes de sa gazette, embouchera les trompettes de la renommée du valeureux Bonneville. Tous fins prêts. Pas de quartier, comme le proclame Miles, bouillant d'une irrefrénable impatience guerrière : « [...] Les Navajos sont coupables sur toute la ligne [...]. Ils ont eu tout le temps pour réparer l'insulte faite à notre drapeau et leurs nombreux outrages contre nos concitoyens. Notre devoir demeure : les contraindre à l'obéissance, aux lois de notre pays ! » En foi de quoi : « A huit heures, demain, la colonne désignée par l'Ordre n° 2 sera prête à marcher avec douze jours de rations pour combattre ces Indiens où qu'ils seront rencontrés [25]. » Les dés sont jetés.

« Détruire cette tribu de trublions »

Pas si facile ! Trois expéditions se succèdent. Tout un étalage de forces durement altérées par la chaleur, le relief, la rocaille, la fatigue du désert. De combat, point. Seulement des escarmouches, genre tir au lapin. Au rapport :

— *1re expédition (8 au 16 septembre)* :
• Commandement et troupes : lieutenant-colonel Miles avec de l'infanterie, des fusiliers montés, la brigade des « Espions de Lucero », des guides zuñis et des « Navajos ennemis » de Sandoval.
• Secteur atteint : le canyon de Chelly.
• Bilan : 6 Navajos tués et 7 capturés. 2 soldats morts et d'autres blessés. Maïs et vergers indiens saccagés. 6 000 moutons et 6 chevaux ramenés.
— *2e expédition (29 septembre au 3 octobre)* :
• Commandement et troupes identiques mais ces dernières sont augmentées de Zuñis et de Pueblos auxiliaires.
• Secteur atteint : vallée des monts Chuska.
• Bilan : 10 Navajos tués. Maïs, cultures diverses et *hogans* détruits. 5 000 moutons et 79 chevaux ramenés.
— *3e expédition (2 au 10 octobre)* :
• Objectif de Bonneville : « Détruire et chasser du pays le moindre vestige de cette tribu de trublions. » Pour cela, pousser les Navajos vers le sud-ouest.
• Commandement et troupes : Miles (1re colonne avec les mêmes troupes) et le major Backus (2e colonne : infanterie et cavalerie).
• Secteur atteint : entrée occidentale du canyon de Chelly puis progression vers l'ouest, vers la Black Mesa et le pays des Hopis.
• Bilan : 4 Navajos tués, 4 autres blessés. 350 de leurs bêtes massacrées.

Conclusion : un fiasco, quant au bilan proprement militaire obtenu par une armée supérieurement équipée, face à des groupes très mobiles, toujours évanescents et qui jamais ne s'exposent, tout en attirant leur adversaire au plus profond du désert. David contre Goliath. Ce dernier usant, faute d'emporter la décision, de la vieille tactique de la terre brûlée, sait qu'il fera crier les ventres. Comme le froid de novembre commence à glacer les cœurs, David, hélas, doit traiter et sollicite une trêve à cet effet.

Le châtiment

Surprise pour les solliciteurs (Zarcillas Largas, Barboncito, Herrero et des chefs secondaires) : Miles et l'agent Yost acceptent ! Le 20 novembre, à Fort Defiance, ils accordent un armistice de trente jours, aux conditions suivantes : rendre tout le bétail volé, capturer et livrer le véritable meurtrier de Jim le Noir, échanger des captifs, désigner un nouveau « chef supérieur de la nation des Navajos » — Manuelito portant aux yeux des militaires, qui le destituent ainsi, la responsabilité de cette guerre. Des conditions, somme toute, acceptables. Trop pour Bonneville et Collins, qui les remettent, brusquement, en question.

S'interdisant de considérer l'échec de leurs armes, ils attendaient de cette négociation un châtiment plus sévère envers un peuple pour eux collectivement coupable. Cet armistice leur déplaisant, ils substituent donc à ces conditions leurs propres exigences, autrement draconiennes, formulées en six articles soigneusement pesés. A savoir :

— Nouveau tracé, à l'est, d'une frontière en retrait sur celle négociée par le gouverneur Meriwether, en 1855. Donc, une nouvelle amputation du domaine navajo...

— Restitution de tous les captifs blancs ! Mais aucune allusion au retour, en sens inverse, des esclaves navajos.

— Indemnisation par les « trublions » des pertes subies par les Néo-Mexicains et les Pueblos depuis le 15 août 1858.

— Droit pour les Américains de construire, à leur convenance, des forts chez les Navajos ; d'envoyer chez eux des expéditions.

— Reconnaissance pleine et entière par ces Indiens de leur responsabilité dans les meurtres et les vols commis par leurs bandes.

— Ces « vaincus » (ils ne sont que cela, pour Bonneville, car ils ont demandé l'armistice) viendront à Albuquerque afin de signer, sans rechigner, le traité proposé.

Aussitôt connues de l'agent Yost, ces propositions iniques, vu les circonstances, lui dictent un commentaire aussi alarmé qu'indigné, dans le journal *New Mexican* (rival de celui de Collins) du 21 décembre : « Ces stipulations ne peuvent être approuvées par aucun esprit éclairé car elles s'opposent à la politique de protection prônée par le gouvernement. Les approuver ferait des Navajos, ce peuple laborieux voué à l'agriculture, un peuple de voleurs et de pillards, en raison de la privation des secteurs qu'ils cultivent et où paissent leurs 250 000 moutons et leurs 60 000 chevaux. Ils seraient contraints de violer cet accord imposé pour devenir des pensionnés du gouvernement et des voleurs. » Hélas ! bien que les chefs principaux des Navajos aient refusé catégoriquement de se rendre à Albuquerque, de petits chefs, amadoués par Bonneville et Collins venus à Fort Defiance, ont signé et tout accepté... Sans s'inquiéter de savoir où leur peuple trouverait les 14 000 dollars d'indemnité à verser aux victimes de ses raids. Sans se rendre compte qu'ils abandonnaient à ceux-là, les éleveurs blancs, les dernières bonnes terres du secteur oriental du domaine des ancêtres. Le mal est fait. Bonneville et Collins, indifférents aux instructions gouvernementales (toutes de principe, disons-le), ont bien servi leurs riches amis.

Leur « victoire » de papier n'aura guère d'avenir si, un jour, Manuelito, écarté par eux de la négociation, réussit à galvaniser le petit noyau dur de chefs qui, dès lors, se regroupent à ses côtés. Mais il y faudra le temps.

1859

Parce qu'il faut préserver la paix à peine revenue, nombre des chefs non signataires (Zarcillas Largas, Ganado Mucho, Agua Chiquito, Juanico) s'efforcent de satisfaire quelques-unes des exigences des Blancs. Entre janvier et mars, ils ramènent à Fort Defiance de petits lots de bêtes volées et des captifs néo-mexicains qui, à la surprise indignée des militaires, choisissent de demeurer « indiens ». Une seule bonne nouvelle, durant ce trimestre : la mort naturelle de Sandoval, chef des « Navajos ennemis »... Dinehtah a, quant à elle, d'autres raisons de douleur véritable : les raids des Utes, sempiternels et tragiques.

L'archer mort, au bras coupé

Au début de notre siècle, Louisa Wade Wetherill et son mari John, *traders* chez les Navajos, recueillirent le récit du vieil Indien surnommé Wolfkiller (Tueur-de-loups), témoin d'un raid des Utes survenu dans son adolescence. Inspiré par la vue de la très âgée Not-

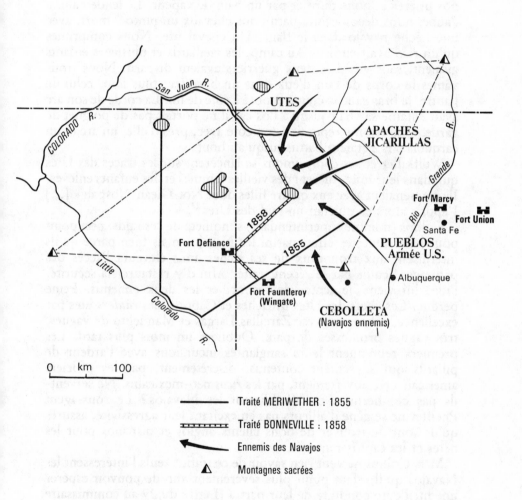

Carte 3
Le recul de la frontière orientale (1855-1858)

San Juan R.

COLORADO R.

UTES

APACHES
JICARILLAS

Rio Grande R.

Fort Marcy

Fort Union

1858

Santa Fe

Fort Defiance

1855

PUEBLOS
Armée U.S.

Little Colorado R.

Albuquerque

Fort Fauntleroy
(Wingate)

CEBOLLETA
(Navajos ennemis)

0   km   100

——————— Traité MERIWETHER : 1855

┅┅┅┅┅┅ Traité BONNEVILLE : 1858

◄——— Ennemis des Navajos

▲ Montagnes sacrées

Glean-Nospah, héroïne de l'affaire, présente au comptoir des Wetherill alors qu'il s'y trouvait lui-même, il raconta le drame.

Il dit qu'un jour, avant leur départ pour Zuñi, ses compagnons adultes et lui avaient confié la garde du camp à deux solides guerriers chargés de veiller sur les vieillards, les femmes, les jeunes filles (dont Not-Glean-Nospah) et les enfants. « A notre retour, poursuivit-il, nous campâmes à faible distance de nos *hogans* car il nous fallait dire nos prières et nous purifier par un bain de vapeur. Le lendemain, à l'aube, nous découvrîmes parmi nos chevaux un pinto [26] mort, avec une flèche navajo dans le flanc. Un cheval ute. Nous comprîmes qu'un raid avait eu lieu. Au camp, les vieillards et plusieurs enfants gisaient, sans vie. Les deux guerriers avaient disparu. Nous trouvâmes le corps de l'un d'eux dans un bosquet ; plus loin, celui de l'autre, le bras gauche coupé et posé à côté de lui. La corde de son arc avait entamé sa chair jusqu'à l'os car il ne portait pas de poignet de garde. Une femme reposait à son côté avec, près d'elle, un arc et un carquois. Ils s'étaient battus jusqu'au bout. »

Wolfkiller et ses compagnons se lancèrent sur les traces des Utes qui, dans leur fuite, tuèrent des vieilles femmes et des enfants enlevés. Ils emmenaient avec eux quatre filles dont Not-Glean-Nospah « [...] J'appris alors ce qu'était un raid des Utes [27]. »

Collins (nommé superintendant) s'inquiète de ces raids, non point pour leurs funestes effets parmi les Navajos mais bien parce qu'ils interdisent aux troupeaux de ses riches amis éleveurs l'accès des pâturages acquis par le récent traité. Afin d'y restaurer la sécurité, l'idée lui vient de tenter de réconcilier les deux ennemis. Peine perdue. Les chefs des Utes Muaches et Capotes, les *raiders* utes par excellence, échangent avec Zarcillas Largas et Manuelito de vagues, très vagues promesses de paix. Oubliées un mois plus tard. Les premiers reprennent leurs sanglantes incursions avec l'ardeur de pillards qui se sentent soutenus, discrètement, par les officiers américains et, ouvertement, par les *ricos* néo-mexicains. Ne servent-ils pas ces derniers en affaiblissant les Navajos ? Le sous-agent Pheiffer ne se gêne d'ailleurs pas en excitant leur agressivité, assurés qu'ils sont de trouver de bons clients anglos et hispanos pour les bêtes et les captifs ramenés.

Mais Collins ne veut rien savoir de ce trafic ; seuls l'intéressent les Navajos qu'il « faut punir plus sévèrement afin de pouvoir espérer une meilleure conduite de leur part » (Lettre du 29 au commissaire des Affaires indiennes). Certes, reconnaît-il, les Néo-Mexicains ont tendance à majorer leurs pertes mais est-ce une raison pour demeurer inactif face à ces mêmes Navajos d'où vient tout le mal ? Bonneville, le commandant militaire, n'objecte point à cet argument. Une nouvelle expédition s'impose. Que l'on envoie des troupes à l'agent temporaire Alexander Baker qui les attend impatiemment à Fort Defiance... Elles y arrivent en juin, sous l'autorité du major John S. Simonson, un vétéran de la campagne du Mexique.

Des galonnés de bon aloi

Loin d'être pour autant un foudre de guerre, Simonson croit en la vertu du dialogue. Hélas ! les trois conseils qu'il tient avec les chefs navajos dans les semaines suivantes se révèlent négatifs. Zarcillas Largas et ses alliés manifestent nettement leur hostilité à un nouveau « traité » — encore un — qui leur enjoint de restituer bêtes et captifs détenus par eux depuis un an. Ils en ont assez de devoir encore et toujours livrer leurs prisonniers sans recevoir en retour la monnaie de leur pièce. Devant leur refus de « toucher la plume », Simonson et Baker décident d'une « démonstration de la puissance de l'armée des États-Unis ». A cet effet, ils enverront parader, au cœur du pays indien, deux détachements solidement armés afin d'impressionner sa population. Ce projet manque à l'évidence d'inspiration.

Néanmoins, ce 18 juillet, le major Oliver Lathrop Shepard et le capitaine John Walker (accompagnés de l'agent Baker) quittent Fort Defiance à la tête de leur troupe respective. Le premier s'en va rôder autour des mesas des Hopis et le second contourne le canyon de Chelly pour remonter vers la vallée de la San Juan. A leur retour, Walker et Baker tirent le bilan de leur randonnée. Ils ont moins impressionné les Navajos qu'ils ne l'ont été eux-mêmes par ceux-ci — forts d'une population de 15 000 membres, au moins, et riches d'abondants troupeaux. L'agent s'étonne : est-ce là tout l'effet des multiples campagnes antérieures ? Les Navajos sont intacts et bien-portants. Il recommande, en conséquence : « Si l'on veut les ruiner, il faut agir d'une manière décisive tant que l'armée est là. » Curieuse et surprenante recommandation sous la plume d'un fonctionnaire chargé de protéger et d'aider ses administrés... Paradoxalement, Walker, le traîneur de sabre, estime qu' « une guerre atteindrait les moins coupables et ferait d'une nation qui a déjà accompli des progrès considérables une race de mendiants, de vagabonds et de voleurs ». L'agent Yost, l'an passé, pensait de même. Quant au major Simonson, son rapport à son supérieur hiérarchique, l'adjudant-général J. D. William, souligne que les Navajos continuent de se conduire pacifiquement, malgré leur refus de verser l'indemnité de dédommagement « pour les biens prétendus volés » aux Blancs ; qu'ils rendent du bétail ! Il ajoute : si, parmi eux, les voleurs continuent leurs déprédations, c'est parce qu'ils n'ont rien à perdre, or une guerre entraînerait de grandes souffrances pour les innocents et ceux qui se dévouent à préserver la paix. Il remarque : les chiffres avancés pour évaluer les vols commis par les Navajos sont probablement excessifs ; mieux, ces derniers n'ont commis aucun meurtre depuis décembre dernier. Il constate les inconvénients de la valse « des agents qui sont changés avant que les Navajos les connaissent ; depuis la mort de M. Dodge, aucun agent ne manifeste d'intérêt pour eux ». Il conclut : « Leur conduite présente ne justifie aucune guerre contre eux. »

Contre cette opinion, émise par un officier d'une honnêteté aussi singulière que sa clairvoyance, le superintendant Collins revient à la charge, par un homme de paille interposé : le nouvel agent pour les Navajos, Silas F. Kendrick[28]. Ce pantin convoque les chefs à Laguna Negra, les 18 et 25 septembre, pour leur rappeler, sans ménagement, d'avoir à verser les 14 000 dollars d'indemnités dans les trente jours, sinon... Simonson, irrité par cet ukase, intervient alors — l'imprudent ! — pour évoquer une réalité connue de tous dans le territoire, et depuis des années : la culpabilité partagée des Néo-Mexicains et de leurs alliés pueblos dans les assauts contre les personnes et les biens des Navajos. Trop franc, trop courageux, le major ! Qui paie son intervention de son limogeage, sur ordre de Bonneville. Shepard, son collègue d'un grade égal, le remplace. Un fou qui va mettre le feu aux poudres.

1860

La guerre pour Jim le Noir, voici deux ans, sera-t-elle suivie de celle de Shepard-le-Fou ? Tout est à redouter de cet homme, en raison de ses éclats personnels, à Fort Defiance. Début janvier, il fait fouetter un guerrier de la bande de Ganado Mucho venu, en toute innocence, lui rapporter deux fusils américains trouvés par lui. Or, Shepard n'a voulu voir en cet « individu » qu'un voleur de chevaux. D'où ce châtiment. Cette fois, l'agent Kendrick noircit un peu trop la situation car il existe aussi, en face, des partisans de la paix. Preuve en est le charitable avertissement transmis à Shepard par Juanico, frère de Ganado Mucho, qui lui révèle le projet d'attaque de Manuelito sur l'un des pâturages utilisés pour leurs chevaux par les militaires[29]. Prenant au sérieux cette information, le major dépêche en toute hâte 30 hommes sur les lieux. Ils y arrivent à point nommé pour subir l'attaque annoncée.

Manuelito furioso

Le 17 janvier, Manuelito lance 200 de ses guerriers sur ledit pâturage. Ils affolent les bêtes et brûlent les stocks de fourrage malgré la riposte des soldats, assez énergique pour chasser les assaillants. Les Indiens, lors de leur fuite, tuent 3 militaires rencontrés à faible distance. Le 18, une corvée venue du fort perd un homme dans une escarmouche éclair. Le 19, l'escorte du chariot de l'intendant parvient à repousser une attaque navajo sur la piste d'Albuquerque. Après ses trois petits tours, plus ou moins ravageurs, Manuelito disparaît. Comme s'il s'estimait maintenant soulagé d'une rancœur trop longtemps rentrée. Peut-être aussi ne veut-il pas pousser plus loin ses entreprises dans la crainte d'une guerre véritable dont son peuple n'a vraiment pas besoin dans le moment.

Il sait en effet que nombre de chefs la redoutent. Agua Chiquito, le premier, qui, souhaitant jouer les médiateurs, se présente à Fort Defiance pour s'entretenir avec l'agent Kendrick. En place de qui, il tombe sur le major Shepard qui le fait chasser à coups de fusil par les sentinelles. Dans les semaines suivantes, aucun Indien ne s'y hasarde car la ganache galonnée clame à tous les vents l'imminence de la guerre. Or, elle lui échappe en raison de sa brusque mutation. Kendrick, démissionnaire, a déjà quitté les lieux où, en quelques mois, la situation s'est dangereusement dégradée.

Durant ce temps, Manuelito, toujours emporté par sa furia guerrière, contrairement à ce que l'on aurait pu croire, agit au loin. De Camp Ewell, attaqué le 8 février, aux ranchos blancs du secteur du rio Grande, le pays résonne du bruit de sa bataille. Pas un convoi militaire ne lui échappe, tant est surprenante sa mobilité. Pourtant, sa vengeance n'a pas encore atteint sa phase la plus ardente.

Curieusement, le successeur de Bonneville à la tête du 9e département militaire, le colonel Thomas Turner Fauntleroy, ne réagit pas. Peut-être attend-il l'apaisement de la tornade ? Exaspéré par son laxisme, le gazetier-superintendant Collins le voue alors aux gémonies dans ses éditoriaux couleur rouge sang. A quoi bon, hurle-t-il, commander à 1 800 soldats si c'est pour les boucler prudemment dans leurs cantonnements à l'heure du péril ? S'il le faut, le Territoire prendra en main sa propre défense, menace Collins qui se sait soutenu par le gouverneur Abraham Rencher et l'Assemblée territoriale. Dans cette perspective, cette dernière n'hésite pas à voter la levée en masse de volontaires qui iront à l'ennemi avec les Utes de Carson et de Pheiffer.

Fauntleroy, jusqu'alors imperturbable, s'émeut enfin, et, comprenant le danger, signifie à Collins son refus de délivrer les armes nécessaires. Une décision qui consomme la rupture définitive entre les deux pouvoirs, le militaire et le civil, mais qui, dans les circonstances présentes, a le mérite de calmer un tant soit peu les excités de Santa Fe. Provisoirement, car leur irritation resurgit à la nouvelle d'une décision, à vrai dire surprenante, du colonel qui déleste Fort Defiance d'un important détachement chargé d'édifier un second poste en pays navajo. A l'est, à Bear Springs (ex-Ojo del Oso) précisément, où, fin 1846, Doniphan avait tenu conseil avec les représentants de l'ennemi. Le 22 avril, cette troupe se met en marche tandis que, dans les profondeurs de Dinehtah, s'opère sous l'autorité de Manuelito un inquiétant regroupement de bandes.

Tempête sur Fort Defiance

Dans le silence de la nuit du 29 au 30 avril, 1 000 guerriers navajos cernent le fort sur trois de ses côtés, à l'insu des sentinelles. Leur assaut doit saisir dans leur sommeil les 138 hommes de la garnison. Une heure avant le lever du soleil, au signal de Manuelito secondé par Barboncito, les assaillants déferlent, vague après vague, entre les bâtiments. Réveillés en sursaut, les soldats organisent une défense si dangereusement bousculée qu'elle semble inutile. Pourtant, les lieutenants Whipple et Dickinson réussissent à rallier leurs hommes pour une contre-attaque dont la vigueur contraint l'adversaire à se retirer. La place est sauvée. Au jour levé, ses défenseurs nettoient les collines voisines de la présence des derniers Navajos.

Au lendemain de cette attaque surprise, les deux pouvoirs s'affrontent en un débat ronflant. Le colonel Fauntleroy, alléguant la vulnérabilité de Fort Defiance, plaide pour son abandon au profit du poste qu'il construit à Bear Springs. Collins, quant à lui, exige des représailles immédiates. Informé de ces points de vue, le secrétaire à la Guerre fait connaître son opposition à l'évacuation de Fort Defiance et son intention d'organiser une campagne d'hiver. Un délai insupportable pour Collins, témoin de l'impatience de ses volontaires et de celle des Utes, dont la meute montre ses crocs en tirant sur sa corde qui finit par casser.

Troupes en marche

Fin mai, les Utes, libres d'agir, foncent sur Dinehtah où, de semaine en semaine, ils accumulent les ravages : cultures détruites, *hogans* incendiés, hommes et femmes massacrés, enfants capturés. L'armée ne bouge pas. Au contraire de Manuelito qui, plus furieux que jamais, frappe par des raids éclairs ou des embuscades mortelles. Telle celle qui anéantit la quasi-totalité d'un peloton de rapaces néo-mexicains, avec leurs alliés indiens. L'armée, cette fois, s'alarme. Le nouveau Fort Fauntleroy [30], maintenant achevé, se peuple de troupes supplémentaires dont la vue réjouit Collins. Enfin, il tient « sa » guerre !

Appuyé par le gouverneur Rencher, il convoque, en août, à Santa Fe, le ban et l'arrière-ban des représentants du clan martial du Territoire. Qui, dans l'enthousiasme, lui accordent la levée de nouvelles milices, armées grâce au généreux concours financier des gros commerçants et des riches propriétaires terriens. Tous se préparent à une grande chasse à courre du Navajo, parfaitement légale, avec pour rabatteurs l'Armée et ses supplétifs indiens. Car Fauntleroy ne peut plus temporiser et confie le commandement en chef de l'expédition en préparation au colonel Edward Sprigg Canby.

Sorti de West Point en 1813 (l'année même où Bonneville y entrait), il a combattu les Séminoles de Floride (1832-1842) et les Mexicains (1846-1847). Contre les Navajos, il commandera les troupes régulières et leurs auxiliaires — quelques 800 miliciens blancs et 500 Indiens (Utes, Zuñis et Pueblos). Cette partie-là de ses effectifs ne sera pas la plus aisée à manier, il le sait, en raison de son indépendance de comportement sur le terrain. D'où la nécessité de son solide encadrement dans le dispositif général de la campagne pour laquelle Canby échafaude un plan des plus rigoureux. Trois colonnes convergeront, à partir de leur cantonnement présent, vers Fort Defiance, pour s'y regrouper : la sienne partira de Fort Garland (ex-Fort Massachusetts, Colorado sud-ouest) ; celle de son beau-frère, le major Henry H. Sibley, d'Albuquerque et la troisième (capitaine Lafayette Melaws) de Fort Craig [31]. Puis, de Fort Defiance, l'expédition au grand complet gagnera l'entrée occidentale du canyon de Chelly. Elle s'y engagera, à la recherche de l'ennemi qu'elle forcera dans ses refuges, s'il le faut. Ces dispositions arrêtées et les équipements soigneusement vérifiés, les guides indiens, d'une part, et les redoutables « Espions de Lucero », d'autre part (ceux-là avec leurs couteaux finement affûtés pour les scalps futurs), prennent la tête de la première colonne qui, bannières et fanions au vent, se met en marche le 10 octobre, suivie, le 12, par la seconde. L'espoir d'un succès rapide et retentissant anime les rangs.

Pourquoi faut-il que la réalité altère cette espérance dès le début ? Sibley, par exemple, constate avec surprise le piteux état de sa cavalerie au terme du premier jour de marche dans ce pays sans eau et au relief rébarbatif. Pourtant, le 15 octobre, il rallie Canby à l'entrée ouest du canyon de Chelly. Tandis que le colonel progresse vers le nord-ouest, le major s'engage, comme prévu, dans cet inquiétant défilé... d'où il ressort presque aussitôt qu'entré. Pas question de « forcer les Navajos » dans leurs refuges, véritables coupe-gorge.

Mieux vaut, estime-t-il, aller rôder dans le désert. Il y rafle 2 000 moutons et 200 chevaux soustraits, sans risques, à la bande de Delgadito. Un score inespéré, à vrai dire, alors que Canby et Melaws rentrent bredouilles. Par contre, les Néo-Mexicains exhibent une centaine de captifs qui, au retour, leur vaudront une petite fortune à se partager. Ils disent, en outre, avoir tué deux chefs : Martinez et le patriarche Zarcillas Largas dont le corps, criblé de flèches, fut démembré par les Zuñis. Les Utes, quant à eux, ramènent des milliers de bêtes, un « exploit » qui porte à 8 000 le total général du bétail kidnappé (ovins, bovins et chevaux). En regard de cette triomphale razzia, le nombre des guerriers navajos abattus (34) paraît fort décevant.

Canby s'en explique en soulignant, dans son rapport, le détestable et lâche comportement des Navajos qui, écrit-il, « préfèrent abandonner famille et moutons plutôt que de combattre en nombre inférieur ». Traduisons : plutôt que de jouer les cartons de tir... Par contre, il mentionne à plaisir les hectares et les hectares de cultures ravagées, ainsi que les dizaines de *hogans* incendiés. Faible consolation, au demeurant. La question demeure : comment mettre à genoux ce peuple insaisissable ? Canby réfléchit quant à la tactique à employer dans l'avenir. Moins de lourds effectifs en campagne. Des patrouilles légères de Néo-Mexicains et de Utes pour fouiller le territoire ennemi dans ses moindres recoins. Des postes d'infanterie aux points stratégiques pour pister, harceler le Navajo en l'écartant de ses sources de subsistance. Pour le démoraliser. Cette dernière finalité mérite intérêt puisqu'en décembre[32] de petites délégations de chefs navajos, péniblement sorties des solitudes enneigées de leur pays, viennent solliciter la paix à Fort Defiance. Qu'ils reviennent en janvier ! D'ici là, l'hiver et la faim auront sûrement affaibli leurs rangs. Canby pense, alors, qu'il y a là une idée à creuser. Quelqu'un, plus tard, n'y manquera pas.

1861

Les « belaganas » — les Blancs[33] — sont tombés sur la tête, le 9 janvier exactement. Quand les canons sudistes de la Caroline du Sud tirent sur le navire *Star of the West* venu ravitailler la garnison nordiste de Fort Sumter, dans la baie de Charleston. Le début du bal. Bientôt, tout le pays va danser — une danse de mort. Interminable. Déjà, en ces premiers jours de l'année, le Mississippi, la Floride et l'Alabama font cavaliers seuls. Tout comme les Néo-Mexicains installés au sud du Territoire, dans le secteur frontalier acquis par l'Achat Gadsden (1853). Voilà qu'ils se déclarent « arizoniens », habitants d'un Arizona plus virtuel que réel. Réduit, en fait, à quelques localités naissantes, prétendues américaines. Mais Tucson, à part les soldats de l'Oncle Sam, est en majorité peuplée de Mexicains. Tubac est à l'abandon. Seules existent de faibles communautés de mineurs d'or et d'argent dont les Apaches s'occuperont sous peu. Certes, des forts[34], dûment nantis de garnisons, jalonnent cet « Arizona » mais ils ne justifient pas que Washington reconnaisse ce dernier. Passons.

La paix de l'hiver

Indifférents, et pour cause, à ces remous lointains et qui ne les concernent pas — dans l'immédiat, du moins —, les Navajos subissent un rude hiver qui ajoute ses misères aux pertes et dégâts de la récente campagne des militaires. Il leur faut une trêve, au moins, et la paix, au mieux. Tel est le but espéré par Manuelito, Ganado Mucho, Armijo, Delgadito, Barboncito, Zarcillas Largas fils et Herrero — l'élite des chefs, riches parmi les riches — lorsque, le 22 janvier, ils se présentent à Fort Defiance afin de rencontrer Canby.

Ni hauteur ni dédain, chez ce dernier. Point de mépris pour ces guerriers qu'il sait valeureux et dont la démarche n'est dictée que par le souci de préserver leur peuple d'un sort plus funeste encore. Ils écoutent respectueusement le colonel qui leur expose les conditions de la paix : les Navajos vivant en deçà de la frontière de 1858 en bénéficieront mais pas ceux qui persistent à vivre au-delà, à l'est de son tracé. Des voleurs et des pillards se cachent parmi eux, peut-être à leur insu. Il serait néfaste de les accueillir si, toutefois, ils cherchaient refuge à l'ouest. Rien à redire à cela, estiment les chefs qui, au contraire, proposent de dénicher ces fauteurs de troubles et de les livrer. Canby en accepte l'augure et fixe au 5 février la signature d'un traité de paix en bonne et due forme.

Finalement signé le 15, en raison de l'absence des chefs précités le 5, le « traité Canby » se résume à des conditions, somme toute, acceptables. Les Navajos reconnaissent l'autorité des États-Unis, tout en souscrivant aux engagements suivants : paix avec les Moquis (ou Hopis), les Zuñis et les Néo-Mexicains ; respect de la frontière de 1858 ; lutte contre les voleurs, à l'intérieur de leur propre peuple. En accordant ces conditions, le colonel sait fort bien qu'il décevra les gros éleveurs hispanos et anglos toujours désireux d'accaparer de nouveaux pâturages navajos, mais il se refuse toujours à faire leur jeu. Un jeu qu'ils pratiquent fréquemment, discrètement, par hommes de main interposés, comme le prouve l'incident suivant :

A peine le traité signé, une patrouille ramène à Fort Fauntleroy un groupe de 31 Néo-Mexicains encadrant 6 femmes et enfants navajos récemment capturés par eux. Ils avouent avoir attaqué la *rancheria* de Ganado Mucho où ils ont tué un homme, des femmes et des enfants. Une agression qu'ils justifient, sans vergogne, par leur qualité de seuls véritables « pacificateurs du Territoire » (*sic*), territoire dans lequel ils revendiquent une pleine et entière liberté d'action. Cela dit, ils exigent leur libération immédiate ! Canby, quoique médusé par ces déclarations, se voit contraint de les remettre aux autorités civiles compétentes — sans nourrir trop d'illusions quant à leur fermeté à l'égard des groupes de « chasseurs » qui, tel celui-ci, infestent le secteur des pâturages proches du pays navajo. Effectivement, la bande arrêtée en janvier par ses hommes reprit librement en mars ses raids dans Dinehtah et à ses abords.

Il est vrai qu'en ce début d'année, Santa Fe a d'autres chats à fouetter, d'autres sujets de préoccupation beaucoup plus graves qui tiennent au grand remuement de l'Histoire en marche dans le pays, comme dans le Territoire lui-même.

La « *Maison divisée* [35] »

Les « Arizoniens » de Mesilla (au nord d'El Paso, sur le rio Grande) déclenchent le tapage en pressant les habitants de leur imaginaire « Territoire de l'Arizona » à se déclarer pour la « Confédération des États d'Amérique », proclamée le 8 février à Montgomery (Alabama). Puis, d'enthousiasme, ils votent la Sécession (16 mars). Les voilà sudistes. Comme les Tucsoniens qui les imitent le 23, le même jour que le Texas. Pour tous ces gens, le vent du Sud est un bon vent. Il emporte dans son tourbillon le colonel Fauntleroy [36] et le major Sibley (beau-frère de Canby). Ce dernier — dents longues et idées courtes — file à Richmond (Virginie) pour y rencontrer le président de la Confédération, Jefferson Davis, afin de lui exposer un plan mirifique : la conquête par ses armées du Nouveau-Mexique, de la Californie et du Colorado [37] — fournisseurs de l'or et de l'argent dont le Trésor sudiste a tant besoin, déjà. Ébloui, Davis élève, sur-le-champ, Sibley au grade de brigadier-général et l'envoie au Texas y recruter sa troupe.

Sourd à l'appel des sirènes du Sud, Canby, nordiste convaincu, hérite alors du commandement du 9e département militaire, au titre d'officier le plus ancien dans le grade le plus élevé, en remplacement du colonel William W. Loring passé, lui aussi, à la Confédération. D'emblée, le nouveau major-général éprouve le poids de ses responsabilités. Avec des effectifs réduits de moitié par les désertions vers le camp sudiste, il lui faut maintenir la paix indienne dans le Territoire et interdire l'invasion de celui-ci par le nouvel ennemi en uniforme gris. La première de ces tâches s'avère difficile puisque, oubliant un traité qu'ils estiment caduc, Utes et Navajos, libres de tout frein, se rendent des « visites » réciproques tandis que les « chasseurs » néo-mexicains poursuivent leurs rafles d'esclaves dans Dinehtah. En ce qui concerne sa seconde mission, Canby n'est pas plus à l'aise. Il lui faut resserrer son dispositif de défense en abandonnant Fort Defiance, dont la position trop avancée à l'ouest fut toujours une source de difficultés, au profit de forts plus commodes d'accès : Lyon, Fillmore, Thorn, Stanton et Craig. Enfin, les troupes régu-lières étant insuffisantes, Canby fait appel à des volontaires, le Territoire ayant opté pour l'Union en sa majorité. Ces supplétifs ont pour chef Kit Carson, devenu lieutenant-colonel... Au total, à la veille de l'été, une situation confuse, pour le moins. D'une confusion encore accrue dans les semaines suivantes par la nouvelle de la prise, le 1er juillet, d'El Paso et de Fort Bliss, son voisin, par 250 fusiliers montés, rangés sous la bannière du Sud. Avec, à leur tête, un redoutable personnage, engoncé dans son uniforme tout neuf de lieutenant-colonel (ce grade se porte beaucoup, alors), John Robert Baylor. Ce bravache à tête d'aventurier met ensuite la main sur Mesilla et Fort Fillmore puis se proclame, tout de go, gouverneur du (faux) « Territoire de l'Arizona » (1er août). Au terme d'un mois de succès, remportés sans risques réels car il agit en pays ami, le matamore vise alors les forts Thorn, Stanton et Craig, tenus par les nordistes. Canby lui abandonne volontiers les deux premiers pour concentrer le maximum de ses forces dans Fort Craig, véritable verrou de la vallée du rio Grande. Pourra-t-il y résister à l'armée de son beau-frère, Sibley, qui, inéluctablement, se montrera un jour ?

Massacre en septembre

Septembre fige ainsi le Territoire dans une expectative tendue qui, pourtant, ne paraît point troubler les jours de Fort Lyon situé, il est vrai, à l'écart de la route d'une éventuelle invasion qui ne pourrait venir que du Texas, ou de l'Arizona (!) au sud. Indiens et soldats, oubliant leurs démêlés des mois précédents, y nouent de pacifiques relations pour les besoins d'un petit commerce épisodique et, surtout, lors des courses de chevaux, extrêmement populaires dans les deux camps.

Celle du 22 septembre, la plus grande et la plus attendue des compétitions hippiques de la « saison », rameute sur une prairie voisine de Fort Lyon des centaines de Navajos, venus là par familles entières qui ont campé durant la nuit précédente. Dès le matin, en un prélude déjà fiévreux, leurs cavaliers affrontent, course après course, ceux de la garnison. L'épreuve-reine, le clou de la journée, se disputera à midi entre, d'une part, Manuelito[38] — qui montera un cheval propriété de son ami Pistol Bullet — et, d'autre part, le lieutenant Ortiz — qui chevauchera le pur-sang du chirurgien-militaire Kavanaugh.

Chacun des deux adversaires tient à honneur de l'emporter, indépendamment des gros paris engagés : couvertures, bijoux et bétail navajos contre vêtements, bimbeloterie et dollars américains. Ce véritable tournoi, d'allure et d'esprit médiévaux, opposera donc les champions de deux races habituées, jusqu'alors, à en découdre armes au poing.

Dès le départ, Manuelito, éprouvant de grandes difficultés à contrôler sa monture, doit s'arrêter alors que son rival vole vers la victoire. Il constate avec stupeur des entailles au couteau sur les rênes de son cheval. Celles-ci changées, il propose de revenir au départ pour une course à chances égales. Trop tard, disent les juges — tous des militaires — qui proclament vainqueur le lieutenant Ortiz. Ses compagnons, d'ailleurs, le portent en triomphe jusqu'au fort parmi les acclamations des soldats et les protestations des Navajos qui, indignés, suivent ce défilé. Brusquement, le portail du poste se referme à leur nez. Des centaines d'entre eux tentent de forcer le passage. L'un d'eux s'enhardit à escalader le même portail quand une sentinelle l'abat d'un coup de feu qui annonce une salve nourrie des soldats sur la masse indienne. Affolée, elle fuit en panique : « Hommes, femmes et enfants coururent en toutes directions ; ils furent abattus puis passés à la pointe de la baïonnette. Pendant ce temps, le colonel avait ordonné à l'officier de jour de mettre l'artillerie en batterie. Le sergent commandant les obusiers prétendit ne pas avoir compris cet ordre mais, menacé par ses chefs, il dut s'exécuter [...][39]. » 15 Navajos, femmes et enfants surtout, tombèrent pour ne plus se relever, 40 autres furent blessés.

Cette tuerie, aux causes mal élucidées (y eut-il, comme on le prétendit peu après, préméditation de la part de certains officiers ?), provoqua la reprise des raids navajos qui ravagèrent les lotissements blancs jusqu'à la fin de l'année. L'armée, resserrée en ses forts, ne répliqua point — son état-major ayant les yeux fixés sur le sud du rio Grande d'où, à tout instant, pourraient surgir les Confédérés. Début décembre, en effet, Canby est informé de l'arrivée à El Paso de son beau-frère, Sibley, à la tête de quatre régiments montés du Texas et d'une batterie d'artillerie[40]. Le sort du Territoire va donc se jouer, très bientôt.

1862

Les 20 et 21 février, les forces de Sibley — commandées par ses lieutenants car il est trop ivre pour cela, le 21 — l'emportent à Valverde (au nord de Fort Craig) sur celles de Canby qui doit s'enfermer dans cette dernière place. Puis, dégrisé, le vainqueur marche vers Albuquerque et Sante Fe où il entre sans coup férir. Poursuivant sa progression vers Fort Union, à l'est, il bouscule les fédéraux à Glorietta Pass mais un brusque retour de ceux-ci sur ses arrières le prive de ses chariots de ravitaillement. Contraint, de ce fait, à une retraite hâtive, Sibley use ses dernières forces sur la route d'El Paso où expire son armée, affamée et exténuée. Dans un ultime soubresaut, il tente de conserver Tucson et Fort Yuma en y expédiant un détachement qui se retire prudemment devant l'arrivée d'une forte colonne de volontaires californiens, commandée par le colonel Carleton. C'en est fait de l'aventure sudiste au Nouveau-Mexique. Le Territoire reste à l'Union, avec ses groupes indiens qui ignorent encore le traitement qui les attend au lendemain de cette victoire. Pour l'heure, les Navajos, réjouis par l'évacuation de Fort Lyon [41], où nombre des leurs venaient de tomber, font payer avec une relative modération aux Néo-Mexicains leurs « chasses » aux esclaves. Une activité indifférente aux tracas de la guerre civile et toujours aussi lucrative pour ses participants. Ce dont le Dr Louis Kenon, de Santa Fe, témoigne en toute franchise :

« Je pense, écrit-il, que les Navajos ont été le peuple le plus maltraité du continent et que l'initiative des hostilités a toujours appartenu aux Néo-Mexicains du rio Grande. Si vous demandez à ces derniers les raisons de leur guerre, ils ne vous répondront que ceci : les Navajos ont beaucoup de moutons, de chevaux et d'enfants [...]. Je crois que l'on a sous-estimé le nombre de captifs navajos. Ils sont entre 5 000 et 6 000. Je ne connais pas une famille qui ne soit capable d'acheter un esclave navajo pour 150 dollars. De nombreuses familles en possèdent 4 ou 5. Avant la guerre de Sécession, ils valaient de 75 à 100 dollars. Maintenant, ils sont à 400 [42]. »

La témérité de langage de ce brave docteur, à dire vrai exceptionnelle en ces temps et lieux, donne à mieux comprendre la persistance acharnée des rafles en terre navajo, l'indifférence dédaigneuse de leurs organisateurs aux traités avec les Indiens et aux interdits de l'autorité militaire ainsi que la complicité plus ou moins tacite du pouvoir civil. A cet égard, du moins, Sante Fe reste encore profondément marquée par une pratique héritée de ses siècles espagnols, pratique d'essence colonialiste et raciste. Que survienne un chef militaire partageant cet état d'esprit, et s'estimant de surcroît le héraut de la civilisation des Blancs contre la « sauvagerie » de l'homme rouge, et rien ni personne ne pourra préserver ce dernier de l'anéantissement. Or, cet homme, ce croisé d'une cause désuète qui continue, contre toute évolution, de distinguer entre les êtres humains les « supérieurs » des « inférieurs », ce chevalier à la triste figure vient de faire irruption glaive en main, dans le Territoire. Sa vue, seule, donne le frisson.

Le colonel vient de l'Ouest

Le destin de James Henry Carleton — natif du Maine (1814) puis élève de l'École de Cavalerie de Pennsylvanie — fut toujours dominé par le goût de l'uniforme, des armes et de la gloire afférente. Sous-lieutenant de dragons (1839), il explora les Rocheuses l'année suivante avec le colonel Kearny. Désormais séduit par l'Ouest, il y commanda à diverses garnisons auxquelles il s'efforça d'inculquer son adoration quasi mystique pour le sacro-saint règlement. Mars l'en récompensa en soutenant sa conduite sur le champ de bataille de Buena Vista, durant la guerre contre le Mexique (1847). Là, il glana des galons de major, qui, en 1852-1853, firent de lui l'un des officiers les plus actifs contre les Apaches et les Navajos du Nouveau-Mexique. Par quel aveuglement l'expédia-t-on en Californie, en 1858, alors qu'entre le Nord et le Sud le torchon commençait à brûler ? La gloire allait-elle l'y oublier à l'heure où elle se moissonne-rait dans les combats ? Il le redouta, lors de l'ouverture du conflit. Mais comme il était, sans doute, en réserve de l'Union, elle lui fit, en 1861, un signe prometteur, en l'envoyant avec le grade de brigadier-général au secours de Canby menacé sur le rio Grande. Enflammé par la perspective de reconquérir là-bas l'occasion et le temps perdus, il se mit en marche vers Fort Yuma, à la tête de 1 800 volontaires californiens, nordistes convaincus. L'on a vu comment la seule nouvelle de sa présence en cette place détourna les sudistes de Sibley de s'y frotter.

A Tucson, chez les « Arizoniens » hostiles à l'Union, ce fut bien autre chose. Son séjour y pétrifia de frayeur la population. En effet, le 8 juin, Carleton y proclama son autorité dans un texte d'une alarmante rigueur : « Considérant la situation chaotique de l'Arizona d'aujourd'hui, sans fonctionnaires de la loi, sans autorités civiles, sans sécurité pour les personnes et les biens, le soussigné a pour devoir de représenter l'autorité des États-Unis auprès de la popula-tion [...]. » Suit la liste des dispositions draconiennes édictées par le satrape : obligation pour tous les habitants de jurer allégeance aux États-Unis ; interdiction de toute parole et de tout acte subversifs ;

taxation des commerces et des saloons, de leurs tenanciers et de leurs joueurs ; arrestation des chefs politiques ! La ville fut soulagée lorsqu'elle vit s'éloigner vers l'est le redoutable *gauleiter*. Il campa avec le gros de sa troupe à Apache Pass, une semaine après l'attaque de son avant-garde par les Apaches de Cochise et de Mangus Colorado et entra, en septembre, à Santa Fe. Il y reçut alors le commandement du Territoire, en remplacement de Canby, rappelé dans l'Est [43].

Le César du rio Grande

Dans la capitale où, depuis deux siècles, s'étaient succédé les plus fieffés truands chamarrés des régimes espagnol, puis mexicain, s'ouvrit, dès lors, « l'ère Carleton » qui ne devait point démériter par rapport au passé. Avant même d'avoir soumis les Mescaleros, contre lesquels Carson [44] et lui menèrent campagne, il envoya une délégation d'officiers vers une région autrefois parcourue par lui, dans la vallée du rio Pecos, à l'est de Santa Fe. Avec pour mission d'y choisir le site d'un futur fort qui honorerait la mémoire du colonel E. V. Sumner et aurait une double fonction : stopper les raids des Comanches et des Kiowas vers le nord du Mexique ; surveiller la réserve où les Mescaleros, ses proies du moment, ne tarderaient pas à entrer.

A leur arrivée sur place, les officiers y découvrirent un petit bois rond contourné par un méandre de la Pecos, d'où son nom de Bosque Redondo sur les anciennes cartes. Ils promenèrent ensuite leurs regards sur la plaine alentour, une désolation. A partir du bosquet, ils délimitèrent un quadrilatère de 7 km sur 8 enclosant quelques maigres pâturages cernés par le *mesquite,* cette végétation arbustive sporadique du désert. Les inconvénients de l'endroit ne leur échappèrent pas : l'alcalinité excessive des eaux de la rivière ; le risque d'inondation de sa vallée ; l'éloignement de Fort Union, unique centre de ravitaillement dans la contrée en nourriture pour les hommes et en fourrage pour les chevaux ; l'absence de bois de construction. Toutes conditions absolument contre-indiquées pour l'établissement d'une réserve et dûment consignées dans le rapport de la Commission au ministère de la Guerre, qui les ignora. Mais autorisa Carleton à bâtir Fort Sumner où, selon ses vœux, les Mescaleros puis les Navajos trouveraient leur commune prison.

Car aucun doute pour Carleton : Bosque Redondo hébergerait les rescapés de son plan d'extermination par les armes des Indiens « hostiles » du Nouveau-Mexique. Une fois bouclés, ils devraient, de gré ou de force, adopter une nouvelle identité façonnée par le double impératif de la « civilisation » et du christianisme. Parce que Dieu sauve toujours les vaincus. Soit, pour ceux-là, l'occasion inespérée d'une régénération totale, au terme d'une campagne — une croisade ! — strictement conforme aux méticuleuses et rigoureuses instructions de son commandant en chef.

Le credo carletonien

L'homme est, tout entier, dans celles-ci :

— Au colonel J.R. West, chargé de soumettre les Mescaleros (octobre 1862) : « Les hommes devront être tués où qu'ils soient rencontrés ; les femmes et les enfants seront capturés [...]. »

— Au général Henry W. Halleck (fin 1862) : « Tous mes efforts depuis mon arrivée ont tendu à repousser les Indiens afin que les habitants du Territoire puissent sortir de la vallée du rio Grande et posséder non seulement les terres arables d'autres secteurs du pays mais trouver aussi les veines et les dépôts de métaux précieux qu'il recèle éventuellement [45]. »

— Au colonel Riggs, à la veille de l'ouverture de la campagne contre les Navajos (août 1863) : « Un Indien est un animal plus vigilant et circonspect qu'un daim [...]. »

— Au général Lorenzo Thomas, commandant de l'Armée (septembre 1863) : « [...] Les Navajos seront peu à peu poussés sur une réserve [...]. Là, on éduquera les enfants dans les vérités du christianisme [...] ; bientôt, ces Indiens acquerront de nouvelles habitudes, de nouvelles façons de vivre [...] ; ainsi, ils deviendront progressivement un peuple heureux [...] [46]. »

Chez Carleton, la conviction profonde du bien-fondé de ses vues relatives au futur destin de l'homme rouge, le sentiment aigu de la connaissance des voies nécessaires à son « amélioration » et son inébranlable confiance dans les méthodes qu'il s'apprête à pratiquer s'expriment toujours avec une ingénuité glaçante. Il existe en lui, *a priori*, un composé sinistre de conquistador et de moine inquisitorial du XVIe siècle — si tant est que les Espagnols aient jamais poussé aussi loin la recherche d'une « solution finale » à la question indienne. Carleton sera un paroxysme dans la trop riche galerie des sabreurs d'Indiens galonnés qui, à partir des années 1860, dans les Plaines ou ailleurs, déshonoreront la fonction militaire. A ce titre, il s'apprête à prendre une avance considérable sur Chivington, (massacreur des Cheyennes du Sud à Sand Creek, Colorado, 29 novembre 1864) et sur Custer, bourreau des mêmes sur la Washita (Oklahoma, 27 novembre 1868). Seul, dans toute l'histoire des « guerres » indiennes de la fin du siècle dernier, il conçut méthodiquement, froidement, leur destruction physique puis morale. Un Himmler avant la lettre.

Un Eldorado dans le Grand Ouest ?

Malgré l'apparence, le discours carletonien aux fallacieuses antiennes — « civilisation », « christianisme » — cache mal un prosaïsme déconcertant, inspiré par la conviction, chez son auteur, de l'existence de métaux précieux dans le sous-sol des domaines encore indiens. Le vieux mythe de l'Eldorado de Cibola qui, au XVIe siècle, perdit Coronado. En mai 1863, il écrit au général Halleck : « Des preuves existent qu'une région aussi riche en minerais, sinon davantage, que la Californie, s'étend du rio Grande vers le nordouest jusqu'à Washoe[47]. » Sur quels indices se fonde Carleton ?

A l'origine, peut-être, son intérêt pour les métaux rares d'origine céleste. En 1858, alors qu'il allait prendre son commandement en Californie, il fit transporter de Tucson à San Francisco une météorite de 300 kilos[48], découverte en Arizona. Ensuite et surtout, ses relations, dès 1862, avec l'un des aventuriers du Grand Ouest, Joseph Reddeford Walker. Trappeur et explorateur durant quarante ans d'errances, des Rocheuses au Pacifique, Walker nourrissait pour l'or et l'argent un penchant inversement proportionnel à celui qu'il portait aux Indiens. Devenu prospecteur, ce ruffian des immensités intéressa Carleton du jour qu'il lui révéla sa découverte d'un gisement argentifère, près du site de la future localité de Prescott (Arizona)[49]. Le colonel l'autorisa à l'exploiter contre une part de ses revenus. Dès lors, Carleton se voulut l'ange gardien des mineurs dans les secteurs de prospection. A ce propos, il écrit benoîtement à son associé Walker : « Si je peux aider les autres à trouver la fortune, cela ne me donnera pas autant de bonheur que si je la trouvai pour moi-même, il est vrai, mais presque autant. Ma chance a toujours voulu que je ne me sois jamais trouvé au bon endroit au moment voulu par la fortune[50]. »

Comment mésestimer l'influence de cette obsession de l'or et de l'argent sur le comportement d'un chef à qui Washington a donné tout pouvoir pour expulser, ou supprimer, les propriétaires indigènes d'un sol recelant, selon lui, de fabuleux trésors ? D'autres détenteurs de l'autorité, peut-être entraînés par la foi de Carleton sur ce point, renchérissent. Le gouverneur Henry Cornelly (ou Connelly), par exemple, pense que « les Navajos occupent les districts les plus riches en bons pâturages et infestent une région minière s'étendant sur plus de 300 kilomètres [...] ». En conséquence, ajoute-t-il devant l'Assemblée territoriale qui l'écoute en décembre 1863 : « L'intérêt public demande que cet état de choses cesse d'exister. » La cause est entendue : les Navajos sont, à la fois, des accapareurs de « bons pâturages » (il leur en reste encore quelques-uns — mais c'est encore trop) et des receleurs de métaux précieux. D'où leur condamnation préalable, sans appel, sur ces motifs qui dépassent, et de loin, leurs tares congénitales de « sauvages » et de « païens ». Un cumul assurément regrettable pour eux... Carleton aura donc les coudées franches dans le jeu de massacre en préparation sous les louanges anticipées des Néo-Mexicains unanimes. Que leur promet-il ? La lune, ou presque : un pactole de métaux précieux ; une Californie, un Colorado et un Nevada réunis ; la pleine propriété de bonnes pâtures pour leurs troupeaux : la libre chasse à l'esclave « de guerre » (donc sans frais de battue pour les civils) et une paix définitivement soulagée d'une lancinante menace. A lui de préparer son foudre, tel Zeus olympien.

Il s'y emploie activement. Bosque Redondo, la nasse, est en voie d'aménagement tout comme Fort Wingate (Fort Wingate I, à 7 km au sud de la ville actuelle de Grants) qui abritera le Q.G. des futures opérations. Cette dernière construction intrigue et inquiète les Navajos qui s'étaient aisément passés d'un poste sur leur domaine ou à sa porte. Afin de découvrir la raison de sa construction, Barboncito et Delgadito, à la tête d'une délégation de 16 chefs, se présentent, en décembre, devant Carleton. Ils l'assurent de leur désir de paix, l'informent de leurs difficultés d'existence en ces mois de frimas, soulignent à ses yeux la cruauté des très nombreuses captures de femmes et d'enfants par les Néo-Mexicains. Carleton les écoute puis répond : « Vous ne pourrez avoir de paix si vous ne donnez d'autres garanties que votre parole quant au maintien de cette paix. Rentrez chez vous et dites que l'armée, c'est-à-dire nous-mêmes, n'a aucune confiance en vous. » Rompez !

Quelle autre réponse espérer d'un butor paranoïaque garant, aux yeux des siens, de tant d'intérêts confondus ?

Il neige, une fois encore, sur Dinehtah. Approche le temps des loups.

III.

La descente au tombeau
1863-1868

1. CHRONIQUE DE LA LONGUE NUIT

1863

Au début de l'année, les Apaches encaissent de rudes coups. Les Mimbreños pleurent la mort du grand Mangus Colorado, traîtreusement capturé puis assassiné par les sbires du major général Joseph R. West, en janvier. En février, les Mescaleros, vaincus au terme d'une campagne de cinq mois, prennent le chemin de Bosque Redondo, comme prévu. Carleton, conforté par ce double succès, vise maintenant les Navajos contre lesquels il prévoit deux campagnes, l'une en été, l'autre en hiver. Carson sera de la fête en sa qualité de commandant du 1er régiment de Volontaires du Nouveau-Mexique. Des réguliers l'épauleront qui seront les seuls véritables militaires de l'entreprise car les uniformes, les armes, les munitions et les chevaux sont en quantité insuffisante pour les précédents. Il n'importe, leur mission consistant surtout à ravager les cultures des Navajos afin d'agiter à leurs yeux le spectre de la future famine hivernale. Le coup de grâce sera porté à ce moment-là.

Ultimatum!

Devant ce remue-ménage guerrier, dont ils sont informés, les chefs navajos décident d'une ultime démarche, au nom de la paix, auprès de Carleton. Peine perdue. Barboncito et Delgadito le rencontrent le 14 avril à Fort Wingate où il est en tournée d'inspection. Il n'a, pour eux, qu'un mot : « Conduisez les vôtres à Bosque Redondo ! » Net refus de ses interlocuteurs. Au retour, l'intraitable satrape écrit à son supérieur à Washington : « La seule paix possible avec les Navajos doit reposer sur la base de leur déplacement vers cette réserve. Comme les Pueblos, ils deviendront agriculteurs. L'alternative est : ou la soumission complète ou la destruction de tous les hommes. » Que deviendront les Navajos, une fois prisonniers à Fort Sumner ? Carleton a réponse à tout : « Les vieux y mourront bientôt, emportant avec eux toutes les tendances au meurtre et au vol. Les jeunes, dépourvus de celles-ci, leur succéderont. Ainsi, peu à peu, les Navajos deviendront un peuple heureux et satisfait. Leurs guerres appartiendront au passé. » Comme cela est simple ! Pourquoi les intéressés, si désireux de la paix, se refusent-ils donc à marcher vers ce radieux avenir ?

Parce qu'ils n'y croient pas, harcelés qu'ils sont, depuis le printemps, par les vieux ennemis, les Utes et les Néo-Mexicains qui rivalisent pour leur arracher le plus lourd butin en captifs, chevaux et moutons. Kit Carson ne voit là, au reste, qu'un bénéfique prélude à sa future intervention. D'ailleurs, dit-il, « les prisonniers navajos [des Utes] seront mieux loin de Bosque Redondo. Leurs maîtres les vendront à des familles blanches qui prendront soin d'eux. Le gouvernement n'aura plus à s'en occuper ». Carleton, toutefois, s'irrite de ce point de vue. Il trouve intempestif le zèle de ces auxiliaires blancs ou indiens et leur enjoint de livrer à Santa Fe tous leurs captifs « sans exception ». Moins par respect de la récente « Proclamation d'Émancipation » du président Lincoln (1er janvier 1863), interdisant l'esclavage, que par souci de canaliser l'énergie des chasseurs vers les buts qu'il poursuit lui-même, conformément à son plan.

La phase préliminaire de celui-ci se déroule admirablement. Il en est heureux. Un renfort de 300 soldats parvient à Fort Wingate tandis que Carson emploie ses volontaires à la reconstruction de Fort Defiance afin de le ré-occuper sous son nouveau nom de Fort Canby. En juin, tous ces préparatifs terminés, Carleton lance aux Navajos un ultimatum : présentez-vous, avant le 20 juillet, à l'un ou l'autre de ces postes sinon, passé cette date, « tout Navajo rencontré sera considéré comme hostile et traité comme tel. La porte, maintenant ouverte, sera fermée ». Exécution !

Aucun Navajo ne l'ayant franchie, la porte se ferme, d'un côté, tandis que, de l'autre, de faibles détachements aux ordres de Carson se glissent hors de l'enceinte des postes pour aller ratisser les environs. Ils en profitent pour saccager les cultures aux environs de Fort Canby (ex-Defiance). Pendant ce temps, Carleton, toujours saisi d'une fièvre épistolaire, livre au colonel Riggs son sentiment de chasseur-traqueur expert : « L'Indien est un animal plus vigilant et circonspect que le daim. Il n'autorise aucune bévue et ne laisse jamais ses poursuivants lui tomber dessus quand il est averti de leur approche [...]. » Et d'exposer, par la suite, les avantages et mérites de la tactique des unités légères, héritée de Canby mais qu'il n'est pas loin de reprendre à son compte.

Emboîtons le pas, sur ce sujet, à la Compagnie B, commandée par le capitaine Eben Everett qui, sanctionné pour ivresse en juillet, retrouva tous ses esprits pour tenir son journal de route, durant la période du 4 au 28 août. Il vient de quitter Fort Canby avec 61 hommes et 25 mules chargées de 30 jours de ration[1].

Guérilla sous le soleil

— *5 août* : « Nous arrivâmes dans des cultures indiennes importantes, surtout du maïs, du blé très beau, des melons, des citrouilles et des haricots. Nous y lâchâmes nos chevaux qui se régalèrent. »

— *6 août* : « Le capitaine Pheiffer[2] et sa compagnie nous ont rejoints au camp avec 5 prisonniers et 100 moutons. »

— *10 août* : « A 15 heures, des Utes du détachement du colonel Carson sont arrivés avec 25 ou 30 chevaux qu'ils dirent avoir pris aux Navajos après une escarmouche. Ils tuèrent un Navajo et s'emparèrent de toutes les bêtes mais le colonel Carson leur enleva 8 chevaux et 1 000 moutons. Leur chef Kuniatche protesta car il désirait pour lui la totalité de sa prise ; il rentra chez lui en colère.

— *11 août* : « Nous avons tué des chevaux, des chèvres et des moutons. »

— *13 août* : « Journée au camp. Le colonel Carson et le reste de son détachement nous y ont rejoints. Un de nos hommes a gravé sur la paroi rocheuse du canyon où nous campons l'inscription : « IST REGT. N.M. VOLS. AUGUST 13, 1863 » en lettres hautes de dix centimètres[3]. De nombreux Moquis (Hopis) sont dans le camp. Ils commercent de vieux vêtements et ramassent tout ce que nous jetons. Ils sont tous vêtus de la manière la plus primitive c'est-à-dire d'une bande-culotte (*breech-clout*) des plus étroites. Quelques-uns portent un bout de couverture ou de peau sur leurs épaules mais depuis qu'ils ont commercé avec les soldats, la plupart portent une chemise, un article hautement apprécié d'eux. Certains ont un pantalon [...]. »

— *15 août* : « Vers une heure du matin, nous avons entendu des cris terrifiants et des coups de feu. Inutile de dire qu'il s'agissait d'Indiens essayant d'affoler nos chevaux. Une vingtaine de coups de feu furent échangés puis cris et détonations cessèrent. Les hommes se recouchent, fusil à portée de la main, puis se relèvent en raison d'une seconde édition qui dura peut-être cinq minutes durant lesquelles une centaine de coups de feu furent échangés ; les Indiens se retirèrent en poussant un grand cri [...]. »

— *18 août* : « Départ du camp à 8 heures. Après une marche de

six kilomètres, la Compagnie B en tête [...], des Indiens furent
aperçus qui fuyaient dans les collines [...]. La cavalerie se porta
immédiatement en tête et engagea la poursuite. Elle rentra bredouille
une heure plus tard, n'ayant aperçu que 2 Indiens. Environ une
demi-heure après son retour, un soldat apporta la triste nouvelle de
l'assassinat du major Joseph Cummings par les Indiens. Nous avions
de la peine à y croire. Un groupe incluant le chirurgien partit aussitôt
et trouva le corps du major à 6 kilomètres du camp. Abandonnant
l'escadron lancé à la poursuite des Indiens, le major s'était engagé
seul dans un canyon étroit où un Indien l'abattit.

» Durant l'absence du groupe de recherche, un major et un
capitaine arrivèrent à notre camp. Ils avaient poursuivi 4 Indiens et
pris leurs chevaux mais pas de scalps. »

Dans l'après-midi de ce même jour, deux officiers et leur escorte
sont arrivés de Fort Defiance avec de nombreuses lettres des
journaux et « les glorieuses nouvelles de la prise de Vicksburg[4], ainsi
que celles de combats sur le Potomac et les environs ».

— *20 août* (en route vers le canyon de Chelly) : « Nous détrui-
sons du très beau maïs et des champs de citrouilles. »

— *21 août* (les destructions se poursuivent) : « C'était une pitié
que de détruire du si beau maïs et du bon fourrage qui faisaient grand
besoin à Fort Defiance, à moins de 80 km d'ici. »

— *28 août* : « Un détachement nous rejoint avec le scalp d'un
Indien qu'il a tué[5]. »

Carleton payait-il les scalps ? Rien n'autorise à l'écrire. Par contre,
il offrait un dollar par mouton ramené et 20 par cheval. L'effet
hautement stimulant de ces primes explique l'intérêt des soldats et de
leurs auxiliaires pour la capture de ce bétail, bien moins risquée que
celle de ses propriétaires. Dès lors, l'on comprend mieux la colère du
chef des Utes, dépossédé par Carson de 8 chevaux et de 1 000 ovins
totalisant 1 160 dollars, au cours de la Bourse carletonienne. Une
fortune d'un accès relativement aisé car l'adversaire, pour sauver sa
vie, s'enfuit en abandonnant ses bêtes. Canby s'en plaignait, nous
l'avons vu. Carleton, au contraire, s'en réjouit car il voit là une
atteinte à « l'intendance des Indiens » — comme dira dix ans plus
tard le fameux général Sheridan à propos du massacre systématique
des bisons dans les Grandes Plaines du Centre et du Nord. Bison ici,
mouton là : même « combat » pour le soldat, le *raider* blanc ou
indien et le chasseur professionnel. Tous collaborateurs efficaces et
fers de lance d'un pouvoir qui, du haut en bas de la hiérarchie met en
place, ici et là, le dispositif militaire destiné à régler, un jour,
« l'irritante question indienne » (Sheridan *dixit*) à l'ouest du Mississippi. Déjà, à Mankato (Minnesota), 38 Sioux, condamnés comme
meneurs de la sanglante révolte de leur peuple, ont été pendus,

collectivement, le 26 décembre 1862. Car, partout, l'Indien s'émeut des violations répétées des traités signés, tel celui de 1859 qui lui garantissait la propriété totale des territoires occidentaux. Les Arapahos, les Kiowas, les Cheyennes du Sud — hôtes des Grandes Plaines — prennent dès lors les sentiers de guerre. Le Colorado oriental tremble pour ses communautés de pionniers, ses fermes, ses lignes de diligences, cibles directes de l'homme rouge en colère.

Dans ce contexte agité, Washington a les yeux fixés sur le Sud-Ouest moins pour y observer la progression, encore très lente, de la « frontière » du peuplement que pour s'assurer que ses troupes font place nette dans les secteurs où elle se dessine. En conséquence, le rôle dévolu à Carleton dans le « balayage » de l'immense territoire du Nouveau-Mexique revêt dans le moment une importance capitale. Or, sa campagne d'été est loin de le satisfaire, pour deux raisons. D'une part, les Navajos et les Apaches, trop mollement harcelés à l'Ouest, chez eux, foncent de plus belle vers le rio Grande où leurs razzias de bétail compensent avantageusement leurs pertes du fait de Carson et de ses hommes. D'autre part, le bilan de ces derniers se monte à... 51 captures d'« hostiles ». Une misère ! Un résultat d'autant plus dérisoire que les seuls Navajos qui se rendent sont des « Navajos ennemis », les collaborateurs de toujours, autrefois aux ordres de leur chef maintenant défunt, Sandoval. Mais Carleton ne fait pas le distinguo : tous coupables, dans ce cas comme en d'autres ! Atteint personnellement dans son orgueil par ce piètre bilan, il camoufle sa découverte sous d'impitoyables et rageuses instructions à ses officiers : « Il faut, désormais, tuer à vue tout homme ou le capturer ! Dites aux Navajos : allez à Bosque Redondo, sans quoi nous vous poursuivrons et vous détruirons ! Pas de paix possible en dehors de cela. Cette guerre durera jusqu'à ce que vous cessiez d'exister ou acceptiez de partir. Plus rien à ajouter. »

Carleton s'époumonne, rage, tempête et menace. En vain. Contrairement à Manuelito qui, calmement, méthodiquement, organise l'exode interne des vieillards, des femmes et des enfants vers des refuges secrets, dans le désert occidental de la réserve. Avec l'espoir que celui-ci sera pour Carleton ce que furent les plaines russes enneigées pour Napoléon Ier. Même s'il n'a jamais entendu parler de ce dernier, la tactique projetée est identique. Attirer et perdre l'ennemi dans un piège immense et implacable. Pourtant, côté Navajos, l'inquiétude grandit et les cœurs se serrent. L'on s'interroge. Les opinions divergent sur cette mesure de sauvegarde.

Se rendre, fuir ou se battre ?

Wolfkiller, le précieux conteur habitué du *trading-post* de John et Louisa Wetherill (p. 140) se souvient de ce temps-là. Un jour, dit-il en substance, des enfants ramenant leurs moutons aperçurent un signal de fumée. Le lendemain, il se répéta à quatre reprises. Les vieillards y reconnurent une convocation à un conseil. Manuelito était présent. Quelques anciens déclarèrent : « Mes enfants, l'esprit de la guerre essaie de pénétrer notre pays. Des Navajos ont fait un nouveau raid et notre chef de bande nous a dit de quitter notre terre pour suivre les soldats, loin vers l'est[6]. Les soldats assurent qu'ils prendront soin de nous. »

Les vieillards du clan de l'Eau répondirent : « Il est normal que les fauteurs de troubles s'en aillent. Mais les autres ont encore les canyons de notre pays. Après la moisson, nous quitterons nos camps et nous nous éparpillerons dans les gorges [...]. » Alors, Manuelito, le chef de guerre, prit la parole. « Battons-nous ! Nous sommes assez forts pour affronter autant de soldats qu'ils nous enverront. » Les vieux remarquèrent : « Nous ne pouvons nous battre non seulement parce que nos corps sont faibles mais parce que nous n'avons pas de fusils. » Manuelito répliqua : « Nous combattons dans notre pays et nous n'avons pas besoin de fusils. Nous connaissons les ruisseaux et les réservoirs dans les rochers. Nous pouvons voler aux soldats vivres et chevaux. A quoi leur serviront les fusils, sans eau, ni ravitaillement[7] ? » Les Navajos plantèrent du maïs et eurent d'abondantes récoltes. Puis, ils gagnèrent les canyons.

Derrière eux, Carson poursuit son œuvre destructrice au détriment de leur bétail et de leurs cultures. Delgadito et Barboncito, à bout d'inquiétude, jugent le moment venu de négocier leur reddition mais, comme leur tourmenteur n'a que Bosque Redondo à leur proposer, Barboncito refuse net, une fois encore. Alors, Carleton adoucit le ton. Il invite Delgadito à faire le voyage, afin de se rendre compte par lui-même de l'état des lieux et des conditions d'hébergement. Invitation acceptée. A Bosque Redondo, le chef navajo et les membres les plus influents de sa bande sont séduits par les chaudes couvertures et la qualité des rations... Heureux de l'effet produit, Carleton, l'inventif organisateur de cette visite touristique, pousse son avantage sur un ton mielleux : Delgadito souhaite-t-il, maintenant, retourner vers les siens pour les inviter à venir partager le bonheur promis sur la rive du Pecos, près du petit bois rond ? Qu'à cela ne tienne. Son peuple sera le bienvenu ici. Rassuré, flatté, Delgadito bien décidé à plaider cette cause, rentre à la maison.

Qu'y trouve-t-il ? Une terre écorchée, meurtrie, humiliée par

Carson qui a multiplié les ruines — et s'en vante. Début décembre, le « Lanceur-de-lasso » (comme le surnomment les Navajos) clame qu'il a détruit plus de 2 millions de livres de grains. Attila n'eût pas fait mieux. Pas un arbre fruitier, saisi par l'hiver, qu'il n'ait coupé. Pas un champ, endormi sous la neige, qu'il n'ait retourné. Affamés, transis, pourchassés, les Navajos fuient d'un refuge à l'autre, loin de l'épouvante, quand ils le peuvent. C'est grand pitié au domaine du Peuple dont les fils parmi les plus déterminés s'en vont néanmoins par troupes rapides glaner quelque subsistance dans les ranches lointains du secteur des Blancs, à l'est. Pour Carson, le moment approche de l'estocade finale. Il réunit à cet effet un important troupeau de mules destinées à transporter les équipements, rations et munitions, des compagnies qui marcheront vers le canyon de Chelly, le sanctuaire encore inviolé de l'adversaire. Tout est fin prêt lorsque, subitement, le 13 décembre, Barboncito et ses hommes surgissent et dispersent les bêtes. Paralysé, décontenancé par ce coup d'audace, Carson se voit contraint de repousser son offensive jusqu'à complète reconstitution de son parc muletier. Or, Carleton, impatient de l'hallali, ne veut pas attendre : les hommes marcheront sac au dos, chargés comme des baudets, malgré la neige. Exécution !

1864

Une chanson de soldats, sur un air irlandais, monte dans l'air glacé de janvier. L'une de ces chansons de circonstance qui donnent à une troupe du cœur au ventre : « Venez, les braves, et formez vos rangs / Kit Carson attend pour marcher à l'ennemi / Ce soir, nous marchons vers Moqui (le pays des Hopis) par-delà les hautes collines enneigées, Afin de rencontrer et d'écraser l'adversaire / Le sauvage et audacieux Johnny Navajo, Johnny Navajo. Ô Johnny Navajo ![8] »

Aux accents martiaux de ce pauvre *Chant du départ*, les colonnes Carson (400 hommes) et Pheiffer (100 hommes) quittent Fort Canby (ex-Defiance) le 6 janvier. En direction du canyon de Chelly, afin de le purger de ses occupants. A cette époque-là, Chelly, appellation générique, désigne l'ensemble du système dont les canyons ne recevront de nom particulier que vingt ans plus tard. Nous parlerons néanmoins du canyon del Muerto où Pheiffer doit entrer par l'est et Carson par l'ouest. En tenaille.

L'agonie de Johnny Navajo

Dinehtah frissonne dans son linceul de neige, creusé en son centre par les longs, sinueux et profonds ravins de Chelly aux nombreuses ramifications. Une géographie proprement fantastique, mal connue des Blancs. L'hostilité naturelle des lieux s'accroît de la terrible étreinte de l'hiver blanc et silencieux. Là, dans ce formidable et mystérieux labyrinthe, s'abrite un adversaire peut-être encore déterminé à se battre. Quelle est sa puissance ? Quels pièges réserve-t-il aux profanateurs angoissés de son sanctuaire ancestral ?

Au terme de cinq longues journées d'une marche ralentie par la neige, Carson et Pheiffer atteignent leur objectif respectif. Ils se disposent alors à jouer les Thésée à la recherche du Minotaure navajo, embusqué, tapis dans ce dédale à l'aspect d'un immense sépulcre glacé. Par endroits, la neige s'accumule sur 60 cm d'un terrain accidenté, parsemé de chausse-trapes. Le cours d'eau, fil d'Ariane gelé, serpente au pied des murailles gigantesques, parfois dressées jusqu'à 150 ou 200 m. Quelle troupe n'hésiterait pas à s'avancer, au cœur de l'hiver, dans ce décor d'une majestueuse mais hallucinante beauté ? Pourtant, la colonne Pheiffer doit le traverser d'est en ouest, afin de rejoindre celle de Carson qui longera le bord aérien de la falaise sud.

Le 11 janvier, Pheiffer scinde sa troupe en une avant-garde, sous son commandement, et une arrière-garde comprenant les mules bâtées transportant les vivres. Le 12, il ordonne la marche. Dès ce jour, les Navajos, que l'on croyait au fond du canyon del Muerto, apparaissent par groupes stratégiquement postés sur le bord supérieur de ses murailles. Depuis ce promontoire inaccessible, ils arrosent les soldats de pierres et de rochers qui roulent vers eux en de tonnantes avalanches. L'envahisseur s'affole et mesure son impuissance, paralysé par la neige, le froid, la glace et l'inquiétude. Une poignée de soldats réussit, malgré cela, à accéder à une grotte où s'abritent des femmes et des enfants aussitôt capturés. Le lendemain, 3 jeunes Indiens sont tués et 6 autres faits prisonniers. Le 14, enfin, Pheiffer, dont la troupe est dans une piteuse condition, arrive au point du rendez-vous convenu avec Carson et ne l'y trouve pas. Où est-il ? Le « Lanceur-de-lasso », parvenu en ce lieu avec quarante-huit heures d'avance, semble s'être irrité de devoir attendre. Aussi bien, par pure curiosité, il s'était joint, le lendemain, au détachement du capitaine Carey, chargé de longer la falaise méridionale du canyon del Muerto. Rien d'étonnant à ce que Pheiffer ait été victime du lapin ainsi posé... Néanmoins, il opéra sa jonction avec les colonnes Carson-Carey.

Est-ce pour atténuer le ressentiment de Pheiffer que Carson en rajouta sur les mérites de celui-ci ? Il fit adjoindre, au bas du rapport de son subordonné, une mention particulière lui attribuant exclusivement le mérite d'avoir « accompli une entreprise jamais aussi heureuse en temps de guerre, celle d'avoir traversé d'est en ouest le canyon de Chelly, sans perdre un seul homme ». L'exploit, il est vrai, valait d'être souligné. Bien plus louable sur le plan sportif que par son bilan guerrier, limité à l'assassinat de 3 Navajos et à la capture de quelques autres, aussi affamés et démunis que la soixantaine de leurs frères qui se présentèrent au camp, le lendemain, en se déclarant prêts à suivre Carson vers Bosque Redondo. Leur « vainqueur » se fit alors diplomate et leur dit : « Que les vôtres vous imitent. Ils ont dix jours pour se rendre à Fort Defiance. Les soldats leur laisseront la paix durant ce temps-là. » Partie gagnée ? Presque, pense Carson, qui compte désormais sur la faim, le froid et la peur pour faire le reste. Ce premier lot de captifs volontaires autorise, en effet, l'espoir d'une « victoire » proche. Il en est si convaincu qu'il quitte le camp, le 15, pour rentrer au fort, après avoir recommandé à Pheiffer et à Carey d'opérer le plus de destructions possibles le lendemain puis de prendre le chemin du retour.

Ce jour terrible du 16 janvier, marqué par les ravages des soldats, termine la campagne d'hiver dans Chelly — une entreprise aux résultats militaires disproportionnés (23 Navajos tués, 35 prisonniers de guerre et 200 captifs par reddition) avec les efforts consentis. En ce même jour, à Washington, le président Lincoln signe un décret reconnaissant Bosque Redondo comme réserve, mais pour les Apaches exclusivement. Non pour les Navajos dont il n'est point question dans ce texte officiel. Voilà qui compliquera la tâche de Carleton dans un proche avenir. Car la question se pose de savoir quelle administration prendra en compte ce supplément de captifs sur cette réserve ? L'Armée ou le Bureau des affaires indiennes ? Ce dernier, déjà empêtré dans une difficile situation financière, se souciera peu, vraisemblablement, de ce surcroît de charges. L'Armée, de son côté, n'assumera que celles découlant du décret présidentiel et relatives à l'entretien des seuls Apaches. Il faudra, en conséquence, que Carleton imagine une solution au problème qu'il a lui-même posé. Aura-t-il les épaules assez larges pour supporter le poids de sa politique envers les Navajos ? D'où viendront les accommodements indispensables ? Ainsi, avant même son début, l'expérience de Bosque Redondo, initiative avant tout personnelle d'un homme qui court au-devant de l'Histoire, s'alourdit d'une menaçante hypothèque.

A Fort Defiance, dans les jours qui suivent le retour des troupes, l'on n'en a point conscience. Des dizaines puis des centaines de

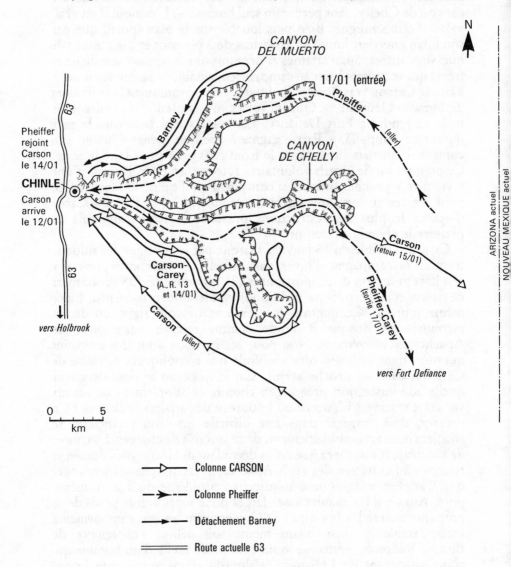

Carte 4
Campagne de Kit Carson dans le Canyon de Chelly (12-17/01/1864)

N

CANYON DEL MUERTO

11/01 (entrée)

Pheiffer

Barney

(aller)

63

CANYON DE CHELLY

Pheiffer
rejoint
Carson
le 14/01

CHINLE

Carson
arrive
le 12/01

63

Carson
(retour 15/01)

Carson-
Carey
(A., R. 13
et 14/01)

Pheiffer-Carey
(sortie 17/01)

vers Holbrook

Carson
(aller)

vers Fort Defiance

0   5
km

ARIZONA actuel

NOUVEAU MEXIQUE actuel

▷—— Colonne CARSON

▶·—·—· Colonne Pheiffer

▶—— Détachement Barney

═══ Route actuelle 63

Navajos s'y présentent volontairement. Le Peuple s'effondre. Le 1er février, le chef Delgadito — « l'appât » lancé par Carleton au milieu des siens — y ramène 700 hommes, femmes et enfants. Le 15, 1 200 Indiens affamés viennent camper aux alentours des abris de fortune. Le 21, Herrero Grande et 300 de ses alliés les rejoignent. Mais ni Manuelito, ni Ganado Mucho, ni Armijo ne sont là. N'importe : le moment est venu d'organiser le transfert de cette population vers la réserve du rio Pecos, à 500 km à l'est.

La « Longue Marche »

Carleton triomphe, modestement, dans une lettre au commandant de l'Armée à Washington : « Je crois que ce sera la dernière guerre navajo. Les efforts persistants déjà accomplis et ceux qui seront poursuivis ne peuvent manquer de concerner la totalité de la tribu d'ici la fin de l'année » (7 février 1864). Avec cette indéfectible assurance que nous lui connaissons, il se voit déjà vainqueur sur toute la ligne. A moins que cette superbe, destinée à éblouir son supérieur, ne cherche à dissimuler sa panique devant les difficultés d'ores et déjà prévisibles... Le major Henry Wallen, commandant de Fort Sumner, en sait quelque chose lui sur qui, fin février, s'abat un déluge de notes et d'instructions comminatoires signées de Carleton saisi, comme à l'accoutumée, par son délire épistolaire : gagnez de la terre arable ; prolongez pour cela, par une rigole de dérivation, le canal principal creusé à partir de la rivière Pecos par les Mescaleros (ils sont alors 425 sur la réserve, depuis leur reddition de l'automne 1863) ; ensemencez ; dressez l'inventaire du pain, de la viande et du sel nécessaires et prévoyez une avance de stock de cinquante jours ; collaborez activement avec le capitaine Calloway que je vous envoie pour superviser les travaux supplémentaires, etc.

Tout à ses soucis d'organisateur de la plus grande déportation d'Indiens du second demi-siècle américain, Carleton s'inquiète peu, par contre, des conditions de vie de « ses » prisonniers dans les camps-réceptacles de l'Ouest. Fort Defiance/Canby, le premier d'entre eux, est bondé de 2 000 à 3 000 Navajos qui, début mars, n'ont pour toute protection contre les intempéries que leurs minces couvertures. Les plus énergiques ont creusé de leurs mains des tannières à demi-enterrées et coiffées d'un toit de terre soutenu par des perches. Un retour vers la *pit-house* du VIIIe siècle, mais moins confortable qu'alors ! La misère et le désespoir y règnent souverainement, avec la mort par le froid ou par la dysenterie. En effet, les rations distribuées comprennent, outre le café et le bacon parcimonieux, de la farine de blé que les femmes navajos ne savent pas préparer, faute d'instructions sur ce point. Les Navajos la mangent donc crue, à pleine bouche, ou la mêlent à des cendres pour confectionner d'indigestes *tortillas*. Ou bien ils la jettent dans un pot à bouillir, pêle-mêle avec le café et le bacon. Cette nourriture, que refuseraient les chiens, provoque de douloureuses crampes d'estomac et une dysenterie souvent mortelle. De Defiance à Wingate, autre point de ralliement contrôlé, tout un peuple, autrefois puissant et laborieux, agonise de la sorte dans ces antichambres de l'enfer auquel il est promis.

Mais l'enfer est loin. Le 4 mars 1864, sous l'œil des soldats en armes, s'ordonne le premier convoi à destination de Bosque Redondo. 2 400 Indiens le composent, suivis de 30 chariots de ravitaillement et de matériel, d'un troupeau de 473 chevaux et d'un autre de 300 chèvres et moutons. Des vieillards, des femmes et des enfants sont juchés sur les chariots qui dominent de leur bâche claire la longue colonne trébuchant et peinant dans la neige. Passé Wingate, l'on traverse les champs de lave figée, au nord desquels se profile la silhouette du mont Taylor, la plus vénérée des quatre montagnes sacrées du mythe navajo. Les morsures du froid, la faim, la fatigue, la maladie assaillent de concert la horde misérable étendue sur plusieurs kilomètres et qui progresse à raison de 15 à 20 km quotidiens. La « Longue Marche », ainsi que plus tard les Navajos rescapés nommeront ce calvaire, suit une direction inverse à celle, voici alors vingt-cinq ans, du « Chemin des Larmes » (1838) qui conduisit les Cherokees déportés de leur Géorgie natale vers le Territoire indien (le futur Oklahoma). Étrange symétrie de la douleur dans le destin de l'homme rouge... La piste continue par le plat pays qui conduit à la vallée du rio Grande que l'on franchit au gué d'Isleta, au sud d'Albuquerque. Un village de Pueblos, les « Ennemis de la Rivière » pour les Navajos et qui se réjouissent au spectacle de leurs adversaires enfin domptés... Puis, l'on se traîne vers le nord où, à mi-chemin de Santa Fe, l'on oblique vers l'est. Un jour, sur la plaine basse, marquée des constructions de Fort Sumner, la réserve est en vue. Une vue désolante, épargnée à 197 de ceux partis de Defiance voici un mois. Malades, exténués, ils ont été ou abandonnés au bord du chemin ou abattus au fusil par les soldats de l'escorte afin d' « alléger leurs souffrances[9] ».

A Santa Fe, dans le même temps, la presse chante la louange de Carleton, tout en faisant miroiter aux yeux des agriculteurs du Territoire d'encourageantes perspectives économiques. Ainsi, le *New Mexican* du 5 mars annonce sur le ton du triomphe : « Nous informons nos amis et les cultivateurs en premier lieu d'avoir à semer tout le blé et le maïs disponibles. Un marché facile, à des tarifs avantageux, va bientôt s'ouvrir à portée de leur main [...]. » Comme pour apporter la note officielle à l'euphorie générale, le gouverneur

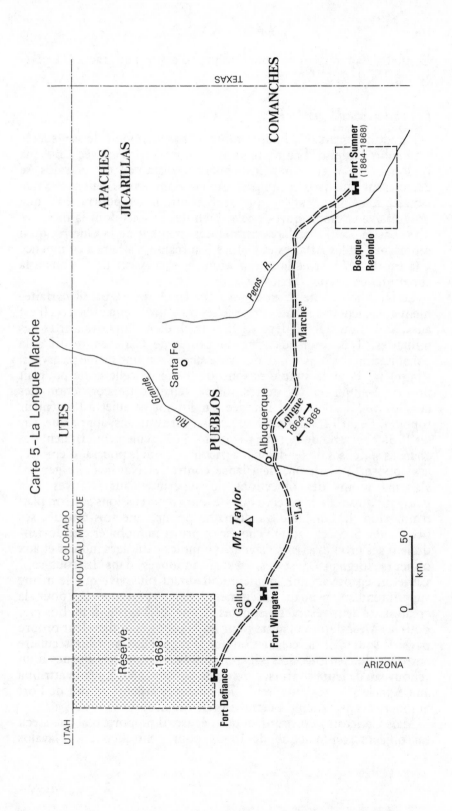

Carte 5 - La Longue Marche

Connelly s'apprête à proclamer un jour d'actions de grâces *(Thanks-giving Day)*...

Les embarras du général

Paradoxalement, Carleton semble ne pas se réjouir de son succès trop subit car les difficultés matérielles posées par l'arrivée à Bosque Redondo de vagues numériquement croissantes de Navajos se découvrent à lui dans une impressionnante ampleur. Il sait mieux que jamais, à ce moment-là, que leur solution ne pourra être que progressive et empirique. A cela, bien des raisons dont la moindre n'est pas le conflit déclaré entre le département de la Guerre, qu'il représente, et les Affaires indiennes. En réalité, l'affaire a commencé à la fin de 1863, avec la nomination du successeur de Collins à la superintendance du Territoire.

Le Dr Michael Steck, ex-agent pour les Apaches, paraît parfaitement conscient des réalités matérielles du « problème indien ». Il est aussi animé du sincère désir de tirer les Indiens hors des griffes des militaires. Dès qu'il eut vent du projet de Carleton relatif à la cohabitation des Navajos et des Mescaleros, sur une même réserve, il s'inquiéta. Pour la simple raison que le sol de celle-ci ne pourrait nourrir les uns et les autres. Steck tenait cette conviction des conclusions de l'étude demandée par lui sur ce sujet à l'ingénieur topographe du Territoire. Ce spécialiste lui avait ainsi appris que, sur les 10 360 hectares de Bosque Redondo, 1 600 seulement offraient des chances sérieuses de rendement agricole. Ce qui le poussa, d'emblée, à s'opposer à Carleton, déjà lancé contre les Navajos. Le général s'alarma moins des objections du superintendant relatives à la pauvreté du sol de la réserve que de leurs répercussions sur son plan d'annexion de Dinehtah au domaine public, une fois évacués ses occupants. Si Steck faisait échouer ce projet immobilier que deviendraient ses promesses aux éleveurs visant les pâturages indiens et aux mineurs lorgnant déjà les trésors annoncés dans le sous-sol ? Carleton éprouvait une inquiétude d'autant plus vive que le même superintendant plaidait ardemment, dans ses rapports, pour la création de deux réserves distinctes : l'une, déjà existante au Bosque, pour les Mescaleros et l'autre pour les Navajos mais dans leur propre pays. Il soutenait sa réclamation par le rappel de l'hostilité séculaire entre les deux tribus. Les séparer éliminerait donc les risques d'un renouveau de leurs conflits. Lorsqu'en janvier 1864, Lincoln attribua aux Apaches Mescaleros, seuls, les quelques arpents voisins de Fort Sumner, avait-il entendu cette voix de la raison ?

Mais Carleton y est sourd, et pour cause. Il supporte mal que Steck lui objecte son manque de fonds pour l'entretien des Navajos regroupés là-bas. Le superintendant a beau jeu, se sachant soutenu à Washington par le commissaire aux Affaires indiennes, William P. Dole. Celui-ci, en effet, a prié J. P. Usher, secrétaire à l'Intérieur, de ne pas financer cette installation sur les crédits de son ministère. Aux militaires de se débrouiller. A eux de sortir Carleton de ce mauvais pas, d'autant plus mauvais qu'avant l'été il aura sur les bras de 6 000 à 8 000 Navajos à nourrir, vêtir et loger... Comment et avec quelles finances ?

L'Arcadie selon Carleton

Carleton adresse d'abord à son supérieur, l'adjudant-général Thomas, une supplique bien tournée sur le sujet des vêtements et de la subsistance de « ses » Navajos : « Nous pouvons les nourrir à meilleur compte que les combattre. » Washington devrait être sensible à cet argument. Au major Wallen, commandant de Fort Sumner, il ordonne de récupérer les tentes réformées par l'Armée afin de loger, partiellement du moins, les futurs prisonniers. Puis, dépassant cette prosaïque solution, il se fait visionnaire et envisage avec lyrisme l'édification d'une ville « sur un site bien choisi, près du canal d'irrigation de sorte que, lorsque l'on y aura planté des arbres, j'imagine qu'il n'existera pas au monde de ville indienne comparable en beauté à celle-ci ». Une Arcadie sur les rives désolées du Pecos ! L'on y vivra des produits de l'agriculture et de l'élevage. Procurez-vous donc, recommande-t-il à Wallen, des charrues, des bêches, des houes, des haches, des bouilloires, des poêles, des couteaux de boucherie et des alènes pour travailler le cuir fourni par les peaux du bétail abattu. L'on en tirera des sacs de parflèche (cuir brut) et des mocassins. Au capitaine Calloway, spécialiste de l'irrigation à Fort Sumner, il enjoint de prolonger et d'élargir le canal d'amenée des eaux du Pecos.

Avec une foi de pionnier, Carleton rêve sa colonie du désert sous le coup de la hâte et de la nécessité, certes, mais aussi avec une imagination beaucoup plus fertile que ne le sera jamais son domaine arcadien. Elle lui inspire, sur le papier, les structures matérielles d'un petit univers navajo-apache dans lequel la civilisation aplanira les antagonismes aussi bien intertribaux qu'entre Blancs et Indiens. Sur le terrain, toutefois, tout n'est pas si simple car les réalités sont pressantes. Le 25 mars, les soldats du fort sont mis à la portion congrue. En avril, les Navajos ne peuvent recevoir qu'une livre par tête et par jour de nourriture : viande fraîche ou conserves ou farine de blé (mais on ne leur a toujours pas appris à la préparer). A défaut de ces denrées, ils perçoivent une demi-livre de haricots ou de pois ou de riz ou de fruits secs. La question du ravitaillement se pose en termes dramatiques, déjà. Celle de l'équipement matériel ne l'est pas moins. Carleton expédie alors ses envoyés vers les quatre horizons, à la recherche de secours.

Collins, son allié fidèle, va quémander à Washington l'octroi de 2 millions de livres de farine dont les livraisons, par lots de 500 000 livres, devraient s'échelonner de mai à novembre. Par ailleurs, les émissaires du général font le siège des intendants des postes de l'Ouest pour leur demander farine, bétail ou matériel. Compatissant, le district militaire du Colorado voisin promet un demi-million de livres de farine et 2 000 têtes de bovins, en octobre. Mais d'ici là, la moisson permettra-t-elle de faire la soudure ? On l'estime, si tout va bien, à 85 000 boisseaux. L'on espère, surtout, que le Congrès votera les 100 000 dollars de subvention exceptionnelle demandés par le secrétaire à l'Intérieur qui, hostile, en mars, à tout financement de l'entreprise Carleton, s'y est finalement résolu parce que, après tout, les Affaires indiennes dépendent de son ministère. En juillet, c'est chose faite. Le général respire. Allons, tout peut s'arranger...

Pourquoi pas ? Sur place, depuis le printemps, Navajos et Apaches ont collaboré sous la direction de Calloway pour prolonger de 10 km le canal d'irrigation principal. Ils ont ajouté à celui-ci 25 km de canaux secondaires. De plus, les Navajos ont arraché à la main, sans outils autres que des pierres taillées pour couper les racines et des leviers de bois pour soulever les souches, 120 hectares du *mesquite* tapissant le sol de la réserve. Autant de terre arable gagnée, aussitôt divisée en parcelles de 4 à 10 ha ensemencées de melons, de citrouilles et de haricots. Qui se plaindrait de tels résultats, obtenus à force de volonté et à partir du néant par un peuple hier encore accablé de tous les vices de la Création ? Tout cela ne suffit pas, pourtant. L'Arcadie carletonienne, la « *Sweet Carletonia* » raillée par certains journaux du Territoire et d'ailleurs — qui commencent à déchanter — n'est qu'illusion. En juillet 1864, 5 000 Navajos et 460 Mescaleros s'y pressent sur une maigre superficie de sol nourricier. La majorité des premiers s'abrite sous de mauvaises tentes ou en des maisons-fosses. Les plus favorisés ont bâti quelques *hogans* de style traditionnel dont l'apparition a fait reculer la réalisation du projet de « ville » navajo. Le bois manque, surtout après l'abattage du *bosque* par les soldats construisant les bâtiments d'adobe du fort. La faim torture fréquemment les estomacs ; la dysenterie épuise les corps ; les pluies, la chaleur, la grêle, l'eau alcaline de la rivière sont autant de plaies accablant, simultanément, une population qui trouve néanmoins un réconfort moral dans la présence de ses chefs. Herrero Grande, les deux Delgadito (Chiquito et Grande), Ganado Blanco (fils de Ganado Mucho), Narbona fils, El Barbon, Judahore, Largo et Hombre sont là. Mais Manuelito, Barboncito et Ganado Mucho errent toujours, clandestinement, dans la partie encore libre de Dinehtah, la grande terre tant regrettée. L'on pense à elle et à eux...

Ces « rebelles » ne sont pas seuls, là-bas. Le superintendant Steck l'assure contre Carleton et Connelly, convaincus d'avoir capturé la majorité des Navajos. Steck dit le contraire. La preuve en est que, de temps à autre, la nouvelle se répand dans le Territoire de raids indiens sur les ranches et les fermes du rio Grande pour y arracher de précieuses subsistances. Au-delà les mesas des Hopis, loin dans l'Ouest, des Néo-Mexicains en vadrouille de « représailles » n'ont-ils pas récemment rencontré près de 2 000 cavaliers navajos fortement armés ? Les Hopis eux-mêmes prétendent, et ils savent de quoi ils parlent, que la puissance guerrière de la « tribu » n'est qu'à peine entamée. Qui sont, alors, les prisonniers de Carleton à Bosque Redondo ? Les plus pauvres, affirme Steck. Ceux qui se sont rendus pour échapper à Carson, à Pheiffer, au froid, à la faim. La faim, voilà précisément où Steck veut en venir dans ses critiques des initiatives du général. Depuis l'ouverture de la réserve, elle est un mal endémique que le gouvernement seul peut guérir mais à grands frais. Ces captifs coûteront cher, très cher. 50 000 dollars par mois, au moins, selon le calcul du superintendant, en mai. 1 168 000 dollars pour une année, annonce le *New Mexican* qui double presque la mise tout en pestant contre la reprise des raids des Navajos libres et en réclamant pour cette tribu une réserve lointaine, dans l'ouest de son propre domaine.

L'argument même de Steck, que l'on pourrait croire l'inspirateur de cette campagne anticarletonienne. Il est vrai qu'au constat des déboires accumulés par le César du Nouveau-Mexique, les esprits s'échauffent, les yeux se décillent. De plus, il joue de malchance sur sa « ferme » de Bosque Redondo. Le maïs tant nécessaire est rongé, sur pied, par un ver dévastateur et, en octobre, des vents ravageurs couchent la moitié du blé parvenu à maturité. Les Navajos sont alors 8 000, en raison des arrivées de l'été, dont celle de Barboncito avec sa bande, capturés dans le canyon de Chelly. Ces entrées ont compensé largement les évasions de petits groupes désespérés jouant leur va-tout pour un retour vers une incertaine liberté.

Parce qu'il y a trop de monde à Bosque Redondo, en cet automne 1864, Carleton paie la rançon de son succès d'un affrontement quasi quotidien à des difficultés grandissantes. Contre la rogne et la grogne qui s'installent sur la réserve, il multiplie les mesures susceptibles de résoudre l'oppressant problème de la nourriture et de l'entretien du peuple des déportés. Ses ordres dans ce sens au commandant de Fort Sumner reflètent ses hantises : agrandissez les secteurs cultivés ; plantez des arbres pour le combustible ; accumulez du bois pour l'hiver ; semez du blé, du maïs et toute plante nourricière. À ces préoccupations d'ordre économique s'ajoutent alors celles suscitées par les mauvais rapports entre Navajos et Mescaleros enfermés au Bosque.

En réalité, aucune surprise à cela. Dès le lendemain de l'arrivée sur la réserve des premiers groupes de Navajos, les Mescaleros regardèrent d'un mauvais œil ces nouveaux venus auxquels l'on attribua des zones mises en culture par eux-mêmes. Il faut dire que, sous la conduite de leur agent, Lorenzo Labadie, les Mescaleros avaient beaucoup travaillé, certains d'entre eux tout au moins car la majorité demeurait rebelle à l'agriculture. Le canal d'irrigation était leur œuvre, tout comme les champs étendus sur ses rives. Or, voici que, sur ordre du major Wallen et contre les protestations de Labadie, ils s'en trouvaient dépossédés au profit de leurs ennemis séculaires. D'où l'animosité naissante, vite accrue par les effets de la querelle opposant le major et l'agent. Quand, en avril 1864, une quarantaine de Mescaleros filèrent une nuit pour ne plus reparaître, le premier soupçonna le second de quelque complicité en cette évasion. Carleton, informé, vit en Labadie l'œil de Steck sur la réserve — ce qui était vrai. D'où le climat détestable régnant, dès lors, entre le général et le superintendant.

De quelque côté qu'il se tourne, Carleton n'aperçoit que sombres nuages à l'horizon de 1865, autant de lourdes menaces sur son « expérience » agraire au Nouveau-Mexique. Un secours lui est néanmoins promis en équipements qui lui parviendra par un convoi de chariots parti de Fort Leavenworth le 1er octobre. A bord, des marchandises acquises avec les 100 000 dollars attribués par le Congrès en juillet dernier. Cette providence arrivera-t-elle avant le plein hiver ? Tandis qu'elle chemine lentement vers Bosque Redondo, s'achève l'année 1864, si douloureuse et si longue pour les Navajos contraints de vivre sur les quelques arpents d'un enfer particulier où les guettent la faim, la maladie et la mort. Pour combien de saisons ?

1865

Grâce à l'arrivée du convoi de secours à Bosque Redondo, le 1er janvier, l'année nouvelle eût pu débuter sous des auspices prometteurs, la misère des Navajos se trouvant relativement — mais provisoirement — soulagée par son apport en couvertures, chaussures, outils et accessoires divers. Hélas, cet événement, car c'en était un au regard de la déplorable condition des captifs, envenima les rapports entre les civils et les militaires.

L'affaire fut déclenchée par ces derniers contre le superintendant Steck et l'agent des Mescaleros, Lorenzo Labadie. Soit un nouvel épisode de la dispute opposant l'Armée aux Affaires indiennes. Steck, d'abord. Arrivé sur la réserve avec les chariots qu'il avait réceptionnés à Fort Union, il eut tout loisir de la visiter quatre jours durant et de se faire une opinion qu'il formula tout crûment dans une lettre à son supérieur de Washington : « Je suis plus que jamais convaincu du futur échec de la réserve de Fort Sumner pour un grand nombre d'Indiens [...]. Les Navajos y vivent maintenant par petits groupes. Tous sont mécontents et ne peuvent être maintenus sur place que par la force [...]. » Alors qu'il écrivait cela, Carleton, de son côté, déclenchait contre lui une action destinée à le discréditer ainsi que son administration. Cette opération, prévue depuis quelques jours, débuta par un contrôle du contenu du convoi. Deux capitaines désignés par le brigadier-général en furent chargés. Leurs conclusions se révélèrent accablantes. Ils soulignèrent, en premier, l'inutilité de certains outils, ceux destinés à la forge en particulier. En second, et ce fut plus grave, ils s'étonnèrent du coût élevé des couvertures achetées aux marchands de l'Est par les Affaires indiennes : pourquoi, dirent-ils, les payer 18,50 dollars la paire alors que l'Intendance militaire les vendait 5,85 dollars à qualité égale ? Et pourquoi la cargaison totale ne représentait-elle que 30 à 40 000 dollars sur les 100 000 attribués par le Congrès ? Ces désagréables et perfides constatations, formulées sans ambages, contraignirent Steck, directement visé, à répliquer. Pour cela, il employa des arguments fort plausibles. En accusant les capitaines-inspecteurs de n'avoir contrôlé que la moitié de la cargaison et en précisant le prix plus élevé des couvertures dans l'Est. Rien ne dit qu'il réussit à convaincre ses opposants.

Le cas de Labadie posa moins d'énigmes. Pris en flagrant délit de détournement de matériel et de bétail appartenant au gouvernement, il fut traduit devant une cour martiale, en mars, qui l'expulsa de la réserve [10]. Steck ne se démonta pas et le pria de s'installer en un point proche de celle-ci. Seuls, les Mescaleros s'inquiétèrent de l'éloignement de leur défenseur, mesure qu'ils jugèrent maladroite et qui accrut leur ressentiment.

Manuelito, mort ou vif ?

Débarrassé d'un gêneur d'autant plus réprouvé qu'il renseignait Steck sur les agissements des militaires ; satisfait d'avoir éveillé en haut lieu la suspicion envers le superintendant et les Affaires indiennes, Carleton put alors revenir à sa « politique indienne » de haut vol. En tout premier lieu, il chercha à contraindre Manuelito, encore libre dans les solitudes occidentales du domaine navajo, à une reddition dont l'effet psychologique ruinerait la résistance des autres « maquisards » de Dinehtah.

Parmi ceux-là comptait Hoskinini, l'un des leaders les plus écoutés. Victorieux de Carson, qui l'avait vainement poursuivi durant sa double campagne de l'automne et de l'hiver précédents, il se cachait toujours dans le nord-ouest de la terre ancestrale où il avait réussi à regrouper les bêtes échappées au massacre ou à la capture par les soldats. Là, entouré de sa bande et de nombreux rescapés, Hoskinini menait une existence de vigilante liberté qui devait durer quatre années. A l'égal d'autres « rebelles » dont le sort relativement privilégié était assez connu à Bosque Redondo pour y ranimer l'espoir et encourager les tentatives d'évasion.

Tant pour interdire ces fuites, si néfastes à la réputation de « sa » réserve, que pour pouvoir se glorifier d'une victoire totale sur les Navajos, Carleton « voulait » Manuelito, le chef prestigieux. Dans ce but, il dépêcha vers lui des émissaires de son peuple, extraits de la réserve, pour la circonstance. Ils le rencontrèrent au voisinage de Zuñi. Manuelito les ayant conduits dans ses repaires de l'Ouest, ils y découvrirent une centaine d'hommes, de femmes et d'enfants parfaitement heureux de leur liberté. Comme si la guerre ne les avait pas troublés. Comme si Hwelte [11] n'existait pas. Le chef leur déclara en substance : « Je ne franchirai pas le cours des trois rivières sacrées, le Colorado, la San Juan et le rio Grande car la loi des Ancêtres l'interdit ; donc, je n'irai pas à Bosque Redondo. » A la nouvelle de ce refus si catégorique, Carleton ne se contient plus de rage et ordonne au commandant de Fort Wingate : « Il faut tout faire pour prendre Manuelito. Enchaînez-le, faites-le garder précautionneusement. Ce serait un bien pour ceux qu'il contrôle. Il faut ou le capturer ou le tuer tout de suite. Il préférera sa capture mais abattez-le s'il tente de s'enfuir. » Puis, toute haine débridée, il lance contre ce « gibier » tant recherché les Utes qui, ayant découvert son camp, l'attaquent à deux reprises mais en vain. L'intraitable insoumis galopera librement encore durant des mois, comme l'incarnation de la liberté dont rêvent les captifs parqués au voisinage empesté de Fort Sumner.

La « Douce Carletonia »

Bosque Redondo travaille dans la douleur. Sur les 2 400 ha en culture au long du canal d'irrigation, les Navajos s'acharnent quotidiennement à planter et à semer du blé, du maïs, des haricots, des courges, des pois. Ils creusent à la charrue (ils en possèdent maintenant une trentaine) les sillons dont ils espèrent la vie. Le nouveau commandant du fort, le brigadier-général Marcellus M. Crocker, partage cet espoir avec un optimisme débordant. Selon ses prévisions, la moisson devrait rapporter... 9 millions de livres de grain. C'est beaucoup mais est-ce si déraisonnable, vu les circonstances, de fixer si haut l'espoir ?

Que n'espère-t-on pas lorsque le blé charançonné et le bacon avarié du gouvernement (qui les interdit à ses soldats) constituent la seule nourriture ? Ces rations posent, d'ailleurs, un gros problème de distribution, en raison des fraudes diverses. Les tickets d'alimentation de carton bouilli ont été imités. Retirés de la circulation, ils sont remplacés par des jetons de métal, aussitôt contrefaits à leur tour. Car les forgerons navajos travaillent bien :

Atsine (ou Atsini) Sani, le forgeron-pionnier, est là — les Néo-Mexicains l'appellent toujours Herrero Delgadito (p. 128). Depuis 1855, année de sa découverte de l'art du forgeron de Fort Defiance, il a acquis une véritable maîtrise. A Bosque Redondo, les outils de forge apportés par le convoi du 1er janvier lui ont été remis et, dans la petite pièce réservée à son activité, le voici transformé en maître d'apprentissage. Aux jeunes Navajos attirés par le métier, il enseigne à façonner des fers à cheval, des mors, des boucles de harnais, des houes et des hachettes — tout un matériel utile aux siens. Sous sa direction, ils travaillent également le cuivre et le laiton qu'ils moulent en bracelets. Ils façonnent, avec l'argent des petits articles obtenus auprès des soldats et des quelques Blancs de Fort Sumner, les premiers bijoux apparus sur la réserve, tels des boutons.

Atsini Sani et ses émules sont-ils les contrefacteurs discrets des jetons et plaquettes de métal nécessaires à l'obtention des rations ? Cela est peu probable en raison de la surveillance exercée sur leur forge. Mais qui sont donc les fabricants experts de 3 000 faux jetons dénombrés sur la réserve par l'intendance, en mars 1865 ? Mystère...

Comment lutter contre une fraude qui concerne le tiers des 9 022 rationnaires inscrits à cette date sur les registres de l'Intendance du fort ? La question intéresse les autorités supérieures. L'inspecteur général adjoint de l'Armée y va de son plan qui passe, d'abord, par une restructuration du corps social navajo : il faut, dit-il, doter chaque bande (car les bandes se sont rapidement reconstituées dès le lendemain de l'arrivée sur la réserve) d'un chef assisté de 6 sous-chefs. Ce petit état-major indigène, responsable de l'ordre et de la discipline de son propre groupe, serait lui-même supervisé par un militaire, comptable de l'effectif quotidien de celui-ci, donc des rationnaires. C'est lui qui remettrait aux chefs des familles composant chaque bande des disques de métal frappés d'un nouveau motif impossible à imiter. Chaque disque représentant six jours de rations.

Carleton agrée ce plan auquel il ajoute, de sa propre invention, une rigoureuse méthode de distribution des vivres capable, estime-t-il, de décourager toute fraude. C'est alors que s'édifie l'infâme « corral navajo », une enceinte d'adobes délimitant un espace étroit. Une porte pour l'entrée, une autre pour la sortie. Chaque porteur de jeton pénètre à son tour dans ce lieu où lui sont remises ses rations personnelles ainsi que celles de ses parents malades ou empêchés. Il est difficile de savoir dans quelle mesure ce procédé se révéla efficace. Il présenta, en tout cas, l'avantage d'un contrôle précis du nombre mensuel de rationnaires : 9 022 en mars, 8 850 en avril, 8 324 en mai [12], 7 658 en juin. Pourquoi ce total diminue-t-il ?

L'on s'en inquiète sérieusement, au fort. A cause, d'abord, des évasions. Ainsi, dans la nuit du 14 juin, Barboncito et Ganado Blanco ont filé avec une partie de leurs bandes respectives, chevaux et moutons inclus. Bien évidemment, Carleton a lâché sur leurs traces ses pisteurs. En vain. Outre ces fuites et les décès par malnutrition, la maladie creuse les rangs des prisonniers : la dysenterie, la gonococcé-mie, la syphilis — surtout — dont le capitaine Hillary, médecin-major du poste, souligne les ravages dans son rapport annuel 1865-1866 : « Vous pouvez constater, écrit-il, la large prépondérance de la syphilis sur tous les autres maux. Il en sera toujours ainsi tant que de nombreux soldats seront là car les femmes indiennes n'ont pas la moindre notion de ce qu'est la vertu. Elles sont achetées, vendues par leur mari comme du bétail [...]. Je me permets de vous recommander de tenter d'écarter les femmes du fort, le plus loin possible [13]. »

Maladie, décès, évasions répétées expliquent assurément la baisse de l'effectif des rationnaires. A quoi il faut ajouter les disparitions temporaires d'hommes et de femmes. Les premiers vont se louer comme gardiens de troupeaux dans les ranches du voisinage. Les secondes vont quêter quelques vivres dans les localités de la région. Certains et certaines reviennent, d'autres pas. Ces derniers ou dernières, capturés et aussitôt asservis soit par les Néo-Mexicains à l'affût aux abords de Bosque Redondo, soit par les Comanches qui n'hésitent pas à les tuer, au nom de l'antagonisme séculaire entre les deux peuples.

Soldats, Comanches et Comancheros

Bien que ne disposant que de maigres troupeaux de chevaux et de moutons, les captifs offrent des proies faciles aux Comanches des Plaines occidentales [14]. Par exemple, au printemps de 1865, une vingtaine de Navajos errant dans le Llano Estacado (le vaste désert de l'ouest du Texas) sont attaqués et abattus. A partir de cette époque, les raids comanches se multiplient et s'enfoncent parfois dans l'intérieur de la réserve. Wolfkiller (p. 140), encore enfant, fut témoin de l'une de ces incursions : « Je cherchais une fleur dans les buissons quand j'entendis un bruit dans le camp. Je courus dans cette direction et, de loin, je vis le combat. J'entendis le clairon du fort Sumner et j'aperçus les soldats accourant à la rescousse. Ils s'unirent aux Navajos pour poursuivre les Comanches. [Un esclave mexicain des Navajos qui prit part à cette poursuite puis à l'engagement suivant ramena trois scalps ennemis [15].] »

Cette agitation des Comanches s'inscrivait alors dans le réveil quasi général des Indiens des Plaines, sensible dès 1864. Les premiers s'illustrèrent notamment à Adobe Walls (Texas N.O.) où, le 25 novembre, en compagnie de Kiowas et d'Arapahos, ils résistèrent victorieusement à l'attaque des 400 hommes de Kit Carson venu les punir, croyait-il, de leurs déprédations au long des pistes de communications. Toutefois, l'agressivité des Comanches contre Bosque Redondo s'explique pour des raisons spécifiques de la situation créée dans le secteur oriental du Nouveau-Mexique.

Outre les multiples inconvénients de la réserve de Bosque Redondo signalés avant même son établissement par la Commission militaire envoyée sur place, en 1862, le choix du site même était d'une insigne maladresse en ce sens qu'il installerait des Navajos, quoique captifs, au contact direct de leurs ennemis traditionnels, les Comanches et les Kiowas. D'abord irrités, puis alléchés par ce voisinage explosif, ceux-là ne décoléraient pas de trouver Fort Sumner planté sur la piste de leurs raids vers le Mexique. Carleton l'avait voulu ainsi pour stopper, précisément, leurs expéditions de rapines.

Dernière provocation de sa part, l'autorisation accordée à certains traitants blancs, dûment munis d'une licence officielle, de pratiquer leur activité dans cette zone frontalière depuis toujours lieu d'échanges entre les Pueblos sédentaires du Nouveau-Mexique et les nomades des Plaines. Or, inévitablement, apparurent les *traders* illégaux, trafiquants d'armes et d'alcool que leurs relations suivies avec les Comanches firent surnommer, génériquement, les Comancheros. Un ramassis de truands néo-mexicains, mexicains et autres, grands acheteurs du bétail volé par ces mêmes Comanches au Texas ou au Mexique. Jamais réellement inquiétés par les autorités, les Comancheros servaient, à leur manière, l'économie du Sud-Ouest [16]. Mais, à partir de 1865, la multiplication des patrouilles battant toujours plus étroitement les environs de Fort Sumner leur devint une gêne. Aussi incitèrent-ils alors les Comanches, leurs fournisseurs attitrés, à « visiter » Bosque Redondo pour y voler du bétail — manière pour ces derniers de régler leur lourd contentieux avec les militaires tout en réglant leur compte aux Navajos.

Entre tous les malheurs de ces derniers, durant leur première année de captivité, aucun ne les atteint plus cruellement que l'échec de la moisson. La récolte du grain, attaqué par une larve dévastatrice comme en 1864, se monte à peine à un demi-million de livres, contre les 9 espérés. L'on doit reconduire le régime des rations, sous le contrôle abhorré des militaires, et se glisser à nouveau par les portes étroites du « corral navajo ». Pour y recevoir une nourriture avariée, contre laquelle pestent les Navajos et les Mescaleros. Ceci au moment même où une délégation du Congrès de Washington visite la réserve...

Les informations alarmantes relatives à la condition des Navajos à Bosque Redondo ; les échos des querelles intestines des autorités gouvernant la réserve et ceux des décisions de Carleton contraires aux prescriptions humanitaires les plus élémentaires ont éveillé l'attention de certains responsables politiques dans la capitale fédérale. En juin 1865, le sénateur Charles Sumner dénonce vigoureusement l'esclavage des Indiens au Nouveau-Mexique et accuse nommément Carleton et le gouverneur Connelly de le couvrir de leur autorité. Sur quoi, le président Andrew Johnson ordonne au Congrès de désigner une commission d'enquête, chargée d'étudier les moyens d'abolir dans le Territoire le péonage et l'esclavage, ces deux maux de la société néo-mexicaine.

Le péonage y maintient en servitude pour dettes les membres les plus défavorisés de la population, les gagne-petit, métis pour la plupart. Bien que la loi territoriale leur garantisse un salaire mensuel de 5 dollars, aucun d'eux ne peut vivre sans s'endetter. D'où la pérennité de leur condition d'un niveau toutefois supérieur à celui des esclaves, ces parias condamnés à servir le Blanc, du gouverneur au simple fonctionnaire civil. A l'heure où Washington s'émeut, enfin, de la survivance au Nouveau-Mexique de cette « institution particulière », bien plus affligeante pour ses victimes que ne le fut celle des Noirs du Sud qu'une guerre venait de libérer, des milliers d'Indiens souffrent d'un esclavage inhumain dans un territoire dont la loi organique interdit pourtant la pratique.

Les trois membres du « Comité mixte spécial » *(Joint Special Committee)*, représentant les deux Chambres, arrivent en juillet au Nouveau-Mexique où ils visitent, rapidement, Bosque Redondo — l'endroit n'étant point de ceux où l'on s'attarde. Pourtant, cela leur suffit pour évaluer l'étendue du mal. Le sénateur James R. Doolittle, chef de cette délégation, consigne dans son rapport les observations et opinions des visiteurs sur la cause véritable des trop fréquentes et trop fameuses « guerres navajos », néfastes à la paix et au développement du Territoire. Pour ces messieurs, les responsables sont les chasseurs d'esclaves dont les exactions, encouragées par les autorités locales, entraînaient, inévitablement, de justes représailles de la part des Navajos, parents des captifs. Afin de s'éviter le reproche de partialité, Doolittle suggère au département de l'Intérieur d'envoyer sur place son propre enquêteur. La situation s'améliorera-t-elle, un jour, à Bosque Redondo ? Et quand ?

Dans l'immédiat, la désolation continue d'y régner, marquée d'événements divers. Un violent raid comanche vole un gros troupeau navajo. Barboncito et Ganado Blanco, les évadés de juin, rentrent après avoir été harcelés durant leur fuite par les pisteurs. En cette circonstance, l'on apprend l'ordre de Carleton au commandant de Fort Sumner : tirer sur tout Navajo rencontré sans sauf-conduit, à l'écart de la réserve. Autre nouvelle : la nomination d'un nouvel agent, Theodore H. Dodd. Malgré leur importance respective, ces informations agitent moins les esprits que l'annonce de la soudaine arrivée, au Bosque, de Ganado Mucho, jusqu'alors rebelle.

Ciel lourd sur la Carletonie

Un véritable coup de théâtre que cette reddition de l'un des résistants les plus acharnés mais, de sa part, une décision longuement mûrie pour un motif éminemment honorable. Désireux de soulager la misère de son peuple, sur la lointaine réserve du Pecos, Ganado Mucho résolut de le secourir en y conduisant, personnellement, une part de ses troupeaux jusque-là préservés. En conséquence, il se présenta, au début de l'automne, à Fort Wingate avec sa famille, sa bande au grand complet et un important lot de bêtes. Pour tous, il demanda la protection d'une escorte militaire, tout au long du chemin.

Celle-ci s'éloigna, en avant-garde, avec les femmes et les enfants, laissant derrière elle le chef et ses hommes à la conduite du troupeau beaucoup plus lent. En cours de route, des soldats tentèrent, d'abord, de violer l'une des filles de Ganado Mucho. Ensuite, un groupe de rôdeurs blancs — des Néo-Mexicains — attaqua le petit convoi et parvint à kidnapper les sœurs de la victime. Courageusement, leur mère, faussant compagnie aux militaires, se lança à la poursuite des ravisseurs avant d'être rattrapée et conduite à destination. Ces lamentables événements furent rapportés à Ganado Mucho lors de son arrivée à Fort Sumner. Il exigea alors du commandant l'envoi de patrouilles à la recherche de ses filles qui ne furent jamais retrouvées.

Tout comme les 365 Apaches Mescaleros qui, dans la nuit du 3 novembre, filent en bloc hors de la réserve, suivant en cela l'exemple donné l'année précédente par une quarantaine des leurs. Où vont les fuyards de cette grande évasion ? Vers les refuges offerts par les immensités : au Texas, où ils s'organisent pour chasser le bison ; à l'est du rio Grande, où ils retrouvent leur domaine ancestral ; chez les Comanches qui, pour la circonstance, oublient leur animosité contre leur tribu. Ces évadés ne se doutent pas, sinon ils s'en réjouiraient davantage, que leur fuite massive va abaisser de plusieurs points la cote déjà déclinante de Carleton, leur ancien gardien.

Tout commence à crouler, peu à peu, dans la « Carletonie » empestée des rives du Pecos. A Santa Fe même, partisans et adversaires du général se querellent (il n'est pas encore tout à fait temps d'en parler). Sur ce fond de tumulte arrive discrètement l'envoyé spécial des Affaires indiennes, Julius K. Graves, venu vérifier les assertions du rapport du sénateur Doolittle. Ce qu'il y entend l'éclaire moins que la somme, accablante pour les autorités, des témoignages recueillis à Fort Sumner de la bouche des leaders navajos eux-mêmes (31 décembre). Une longue litanie de plaintes et de réclamations, sans haine ni violence de langage mais vibrante de l'impérieux, du viscéral désir de regagner leur terre ancestrale. Graves les écoute et prend des notes. Dans son rapport, dès son retour à Washington, passent les échos de ce chant triste. Sans y dénoncer ouvertement la culpabilité de Carleton — mais qui l'ignore en haut lieu ? —, il place le gouvernement devant l'alternative suivante : qui, des civils ou des militaires, devra, dans un très proche avenir, continuer de gouverner Bosque Redondo ? Pour régler cette question, Graves suggère : pourquoi ne pas ramener les Navajos chez eux, sur une réserve inscrite dans leur domaine ? La proposition même du superintendant Michael Steck [17], voici deux ans... Quel gâchis, depuis !

A la veille de l'année nouvelle, 5 925 rationnaires campent encore aux abords de Fort Sumner, contre 9 022 en mars dernier. L'intendant militaire ne s'étonne plus de rien. Au contraire du trésorier de l'Intérieur qui, à Washington, s'alarme du coût élevé de l'entretien de la réserve et de ses occupants. Comment peut-il se faire qu'en dix-sept mois — du 1er mars 1864 au 1er octobre 1865, pour ne considérer que cette période — la dépense s'élève, très précisément, à 1 114 981 dollars ? Peut-on accepter de jeter encore tant d'argent dans ce tonneau des Danaïdes ?

1866

Dès janvier, Carleton ne doute plus ni de sa proche éviction du commandement du Territoire, ni de la condamnation de son

« expérience » de Bosque Redondo. Santa Fe et Washington œuvrent de concert à ce double but mais pour des raisons différentes. Si la capitale fédérale s'alarme d'un fiasco préjudiciable à sa trésorerie comme aux intérêts politiques de l'administration du président Andrew Johnson, alors à la Maison-Blanche, la capitale territoriale du Nouveau-Mexique avance des considérations particulières toutes de circonstance, et conformes à l'esprit d'une contrée où l'exercice du pouvoir se colora parfois d'un exotisme impénétrable à l'observateur étranger. Son Assemblée — si prompte autrefois à hisser Carleton, à peine arrivé sur le pavois — a connu, à l'automne dernier, de profonds déchirements à son propos. Anti et pro-carletoniens s'y sont affrontés en des joutes attisées par les deux journaux locaux adverses, la *Gazette* (pour) et le *New Mexican* (contre). Or, maintenant, ces factions crient haro sur le général avec une belle unanimité. Comme il ne leur appartient pas de le déposer, elles s'abritent derrière l'opinion publique pour l'accuser d'avoir failli à sa mission de protecteur du Territoire contre les Indiens en général. L'argument, certes fallacieux, produit son effet car, du fait des Apaches, essentiellement, certaines régions de l'immense Nouveau-Mexique connaissent une situation rien moins que troublée. Dans le Sud-Ouest, l'ancien et éphémère « Arizona » tremble et gémit par les Chiricahuas de Cochise. Dans le secteur occupé par les Mimbreños — toujours acharnés à venger le meurtre de leur chef Mangus Colorado —, Victorio, son successeur illustre, vient de refuser de conduire son peuple à Bosque Redondo, comme l'y invitait un envoyé spécial de Carleton. Ce dernier se trouve maintenant confronté à un « problème apache », autrement plus grave que le « problème navajo » réduit, quant à lui, à des questions économiques.

A cette double adversité s'ajoute celle des ennemis du général, à Santa Fe. Ils ne lui pardonnent pas d'avoir osé accuser leurs chasseurs d'esclaves d'être la cause, par leurs rafles répétées, des interventions des Navajos. De plus, ils lui reprochent d'exercer sa tyrannie sur le Territoire en y maintenant une sorte de loi martiale que ne justifie plus la fin de la guerre de Sécession. Bref, Carleton n'est plus en odeur de sainteté dans une capitale qui estime, présentement, l'avoir assez vu. Elle réclame « un officier plus capable ». Capable de faire en sorte par ses initiatives de démontrer l'absolue nécessité de la présence des militaires, gage de soutien de l'économie du Nouveau-Mexique.

Car il y a danger. Les bévues de Carleton à Bosque Redondo et les recommandations des enquêteurs venus les constater ont incité le Congrès fédéral à envisager le transfert de la responsabilité du gouvernement des réserves du département de la Guerre à celui de l'Intérieur. Sur ce point, le général et ses opposants politiques se rejoignent pour juger catastrophiques les effets de ce transfert éventuel. Dans une lettre à son supérieur à Washington, Carleton s'en inquiète et souligne que, l'Armée dépossédée de ses attributions dans ce domaine, personne, jamais, ne parviendrait à « fixer les Navajos » comme il l'écrit. Peut-être, y a-t-il là quelque vérité. Pourtant, la capitale fédérale dédaigne cet argument pour mieux considérer celui de Santa Fe, avant tout désireuse de se débarrasser du général. Une mesure favorable, à coup sûr, aux intérêts financiers du gouvernement qui n'envisage pas de répéter, sur les futures réserves de l'Ouest, l'hémorragie de Bosque Redondo. De plus, son éviction apaiserait la passion grondante de certains cercles humanitaires qu'il choque profondément.

Pour tout dire, le sort du satrape du Nouveau-Mexique est déjà décidé en haut lieu. Un coup de pouce peut suffire, dès lors, à précipiter l'homme au bas de la roche Tarpéienne sur laquelle il est juché. Telle est la mission du nouveau superintendant des Affaires indiennes, A. Baldwin Norton (successeur du Dr. Steck), qui arrive à Fort Sumner en juillet. Pour y conjuguer ses efforts avec ceux de l'agent Dodd dans la partie, espérée décisive, contre Carleton et, au-delà, contre le département de la Guerre.

Manuelito arrive, Carleton s'en va

Norton arrive dans une période de grand désarroi. Non seulement la dysenterie creuse les rangs des captifs mais le fils cadet de Ganado Mucho (qui a déjà perdu ses filles, rappelons-le) et 2 bergers viennent de tomber sous les coups des Comanches, repartis avec 200 chevaux (dont le lecteur connaît, maintenant, la destination). A ces malheurs s'ajoute le constat, non moins affligeant, d'une maigre récolte de maïs — 201 420 livres contre 423 682 en 1865. Partout, sur la réserve désolée, monte la même, l'unique prière : rentrer chez nous, fuir cet enfer. Quand, le 25 juillet, l'on y apprend la nouvelle de la proche reddition de Manuelito, les bornes de l'affliction générale sont atteintes. Pourquoi, pourquoi le dernier grand résistant, ultime incarnation de l'âme vivante encore du Peuple, en est-il arrivé là ? Plus tard, Wolfkiller, l'intarissable conteur, fournit une réponse.

Depuis le printemps 1866, les insoumis de Dinehtah s'aventurent précautionneusement hors des canyons où l'hiver les a reclus. Ils ensemencent leurs champs. Les dieux leur annoncent une bonne récolte. Jusqu'au jour où les signaux de fumée, montant de loin en loin des falaises hautes, témoignent d'un danger imminent. Les scouts accourent et déclarent : « Nous sommes perdus ! Ils ont lancé des Utes sur nos traces. Ils ravagent le maïs et tuent les vieux

incapables de marcher. Ils ont déjà emmené beaucoup de gens ! »
Alors, l'on redescend dans les canyons écartés. A la nuit, les
guetteurs gravissent les murailles rocheuses pour déchiffrer, depuis
leur sommet, le langage des feux, ces signaux codés : « Ils voient
soudain quatre feux puis la nuit puis quatre nouveaux feux répétés
quatre fois. Après quoi, ils redescendent pour éveiller les gens et leur
dire : " C'est la fin. Il y a quatre feux. Nous sommes cernés. " »
Wolfkiller poursuit : « Au matin, mon grand-père et trois autres
vieillards s'en vont négocier la reddition de notre bande avec les
soldats qu'ils ramènent à notre camp. Ceux-là disent aux gens de
prendre avec eux ce qu'ils veulent et de gagner leur bivouac. Le
lendemain, l'on part sous escorte vers la limite de notre terre,
jusqu'au fort [Fort Canby, probablement]. D'autres groupes de
Navajos y arrivent. Les uns, paisiblement. Les autres, traités comme
des moutons, avec leur charge sur le dos, car ils ont voulu se battre ;
l'on a pris leurs moutons et leurs chevaux [...]. Quelques jours plus
tard, Manuelito et 23 guerriers arrivent à leur tour, encadrés par des
soldats. Les vieillards lui parlent car ils voient qu'il a encore en lui
l'esprit de la guerre. Il ne veut rien entendre et refuse de manger [18]. »
C'était le 1er septembre 1866.

Un mois plus tard, après une longue marche — la dernière — aussi
épuisante que les précédentes, deux ans auparavant, les captifs
entrent sur la réserve de Bosque Redondo. Loin du regard du
brigadier-général Carleton muté, à la date du 19 septembre, en
Louisiane, à la tête du 4e régiment de Cavalerie. Une sortie sans
gloire, saluée en ces termes par le journal *New Mexican :* « Notre
territoire est donc soulagé de la présence de Carleton, cet homme qui
a si longuement régné en maître parmi nous. [Durant cinq ans] il n'a
rien fait qui puisse lui valoir ni les remerciements ou la gratitude de
notre peuple, ni la confiance du département de la Guerre [19]. » Dure
condamnation qui oubliait un peu vite les hourras montant, en 1864,
vers l'organisateur de la « Longue Marche » des Navajos...

Le 31 décembre, le général Ulysses S. Grant ordonne à l'Armée
d'aider l'agent Dodd [20], en attendant la prise en charge, pleine et
entière, de Bosque Redondo par le département de l'Intérieur.

1867

Dès leur arrivée, le superintendant et l'agent se trouvent
confrontés à une situation des plus critiques, aggravée par l'insuffisance de crédits votés par le Congrès. Les 100 000 dollars accordés ne
représentent, en effet, que le quart du nécessaire. De plus, l'hiver

1866-1867 a emporté bien des gens qui, selon Wolfkiller, « n'avaient jamais pu s'habituer à la nourriture des Blancs ». Au printemps 1867, ajoute notre narrateur, « l'on nous a donné un champ à quelques kilomètres du fort. Seul, Manuelito refusait de s'incliner devant le conquérant. Jour après jour, il demeurait assis et taillait des flèches. » Que faire d'autre lorsque, trois mois plus tard, la chaleur excessive de l'été craquelle la terre, assèche le Pecos et anéantit tout espoir de récolte ?

Norton, désemparé, cherche une issue à cette nouvelle manifestation de l'adversité. Le 15 juillet, il convoque au fort tous les chefs navajos afin de solliciter leur avis. Il n'entend que plaintes et récriminations, résumées par l'un d'eux, Herrero Grande, en une ferme et digne déclaration, empreinte d'une noble émotion : « Nous voulons les troupeaux qui étaient les nôtres avant de venir ici où nous avons faim, parfois. Nous savons que c'était là un ancien territoire des Comanches qui viennent chaque jour et volent notre bétail. Quand je vois mes jeunes hommes partir en corvée de bois, j'ai peur qu'ils ne reviennent pas [...]. Nous ne cessons de penser à notre pays. Nous croyons que si le gouvernement nous y ramenait nous serions les mêmes hommes qu'ici. Malgré le froid et la chaleur, nous avons travaillé et nous travaillerons encore mais, pauvres comme nous sommes, nous préférerions rentrer chez nous [...]. Je pense que nous sommes tous égaux dans le monde, sur la terre et dans les cieux. Nous sommes tous nés de la même mère. Nous voulons être renvoyés dans notre pays. Même si nous y mourons de faim, nous ne nous plaindrons pas[21]. »

Norton écoute, encore une fois, la triste complainte de l'exil et de la nostalgie. Informé qu'à la date du 1er septembre, les Navajos passeront officiellement sous son contrôle et celui de l'agent Dodd, il s'inquiète, à juste titre, de la réaction de l'Armée, sur place, et du département de la Guerre, en haut lieu. Il est vrai que, dans le même temps, ce dernier doit faire face à une situation de plus en plus dégradée dans les Plaines où l'agitation indienne, quasi générale, nécessite de se battre simultanément sur plusieurs fronts. Au nord, sur la piste Bozeman (*Bozeman Trail*)[22], les Sioux de Red Cloud continuent de harceler les forts Smith, Kearny et Reno, malgré leur cuisante défaite, sous le feu des nouvelles carabines à répétition Springfield, à la bataille dite *Wagon Box Fight* (juillet). Dans la partie occidentale du Kansas, le major-général W. S. Hancock mène contre les Cheyennes, les Kiowas et les Arapahos une incertaine campagne à laquelle participe le lieutenant-colonel George Armstrong Custer.

Inquiet de ces tensions qui, d'ores et déjà, freinent la marche vers l'Ouest de la « civilisation », le gouvernement fédéral envisage alors une révision radicale de sa politique indienne en substituant, si possible, aux coups de boutoir ponctuellement assenés par l'Armée une « Politique de paix » visant à négocier avec les tribus trop agitées ou menaçant d'entrer dans une phase de violence. Le schéma en est simple : contre leur acceptation d'une réserve précisément délimitée, elles recevront des aides financières et matérielles destinées, en principe, à assurer leur subsistance et leur développement. Tel sera le propos de la Commission de la paix qui, sous la présidence du commissaire aux Affaires indiennes (Nathaniel G. Taylor) ira visiter, dès l'automne 1867, les tribus concernées. Tâche délicate car, en réalité, il lui faudra convaincre l'Indien de renoncer à sa liberté. Pour les Navajos, l'affaire est déjà entendue. Pourtant, si leur situation l'exige, la Commission les visitera, mais en dernier lieu.

Des prémices d'espoir ?

En cet été 1867, malgré la perte de leur récolte du fait du climat, les captifs de Bosque Redondo témoignent encore d'une vigoureuse capacité de réaction contre l'hostilité des hommes. Celle des soldats, d'abord, qui, fin août, perdirent 5 des leurs dans une escarmouche avec eux, pour s'être opposés au transfert des vestiges misérables de leurs troupeaux sur un pâturage mieux abrité des Comanches, au sud de la réserve. Contre ces derniers, ensuite, qui furent victorieusement repoussés, en septembre, lors d'un de leurs raids, particulièrement puissant cependant. Comme si, retrouvant au fond d'eux-mêmes un reliquat de forces intactes, les Navajos se réveillaient d'une longue agonie à l'heure où, ailleurs, s'amorçait, peut-être, une nouvelle orientation de leur destin. En effet, durant l'affaire avec les Comanches, Manuelito et d'autres chefs écoutaient, à Santa Fe, le superintendant Norton leur exposer les modalités pratiques de sa prise de contrôle de la réserve. La tutelle de l'Intérieur serait-elle moins rigide que celle de l'Armée ?

Comme prévu, celle-ci regimbe contre sa dépossession du gouvernement des Navajos et multiplie embarras et mesures dilatoires. Ainsi, est-il vraiment indispensable, comme vient de l'ordonner le département de la Guerre, d'enquêter une fois encore sur la situation exacte des captifs ? Il sait pertinemment que cet inventaire ne lui apprendra rien de plus que les conclusions du sénateur Doolittle, en 1865. En effet, son enquêteur, le lieutenant McDonald, ne peut que les confirmer, tout en recommandant le rapide abandon de Bosque Redondo pour une réserve à situer en fonction des besoins vitaux des Navajos. Mais où, exactement ?

En fait, la question est déjà réglée, ou presque, dans le dos des militaires. Alors que leur illustre représentant dans la Commission de la paix, le général William T. Sherman[23], souhaitait transférer les captifs dans le Territoire indien (le futur Oklahoma)[24], l'Intérieur et les Affaires indiennes avaient proposé, à son insu, dès octobre, de les laisser au Nouveau-Mexique. Sur leur ancien domaine ? Pourquoi pas ? Ô dérision...

1868

En ce début d'année, Washington n'est qu'un chaos politique dans lequel le président Johnson se débat contre les attaques des radicaux du Congrès. Vilipendé pour sa mansuétude envers le Sud vaincu, accusé de trahison de la loi sur l'exercice du pouvoir (*Tenure of Office Act*, 3 mars 1867)[25], l'occupant de la Maison-Blanche joue son fauteuil. Mis en accusation (*impeached*), acquitté par la Haute Cour, il peut, l'orage passé, poursuivre sa politique de réorganisation de l'édifice national. La tâche est délicate car elle exige l'apaisement de l'adversité entre Nord et Sud avec, au centre du problème, la question des Noirs, toujours d'actualité.

Dans ce contexte politique particulièrement chargé, Johnson prit le temps de recevoir l'agent Dodd, accompagné de Barboncito. Avec une réelle éloquence, ce dernier dépeignit aux oreilles du « Grand-Père » la situation de son peuple sur les rives désolées du Pecos. Il conclut en exprimant le souhait unanime des siens : retourner dans leur pays, quelles que soient les conditions et les embarras d'une réinstallation difficile.

Johnson écouta attentivement ce plaidoyer mais il réserva sa réponse que d'importants visiteurs apportèrent, en mai, à Fort Sumner.

Jours historiques à Fort Sumner

Le 28 mai[26], des chariots militaires escortés d'un escadron de cavalerie y déposèrent le général Sherman et le colonel Samuel F. Tappan, membres de la Commission de la paix qui avait sillonné les Plaines durant l'été et l'automne précédents[27]. Ils présidèrent le conseil qui se réunit dans l'après-midi même, en présence de Manuelito, Barboncito, Largo, Delgadito, Herrero Grande, Torivio et Armijo — les représentants des 7 156 captifs recensés à la date du 23 mai. Entre les deux parties, deux interprètes : Jésus Alviso, pour traduire le navajo en espagnol, et James Sutherland l'espagnol en anglais. Résumons ici, en substance, l'essentiel jour après jour[28].

— *28 mai : un dialogue de sourds ?*
Sherman : « Le général Carleton vous a conduits ici pour faire de vous des agriculteurs. Dans ce but, le gouvernement vous a donné de

l'argent et a construit ce fort pour vous protéger, jusqu'à ce que vous puissiez vous protéger vous-mêmes. Vous avez fait du bon travail en creusant des canaux d'irrigation mais vous n'avez ni fermes ni troupeaux[29] et vous êtes aussi pauvres qu'avant [...]. »

Barboncito : « Nous avons perdu beaucoup des nôtres en venant ici ; beaucoup sont morts[30] ainsi que de nombreuses bêtes. Cette terre ne produit rien, ce sol n'est pas fait pour nous. Ma bouche est sèche et ma tête pleine de douleur de voir autour de moi ceux si riches autrefois devenus si pauvres aujourd'hui. J'ai de la peine à voir comment je vis ici. J'ai honte d'aller chez l'intendant pour ma nourriture. Il semble que quoi que nous fassions ici entraîne la mort. Travailler aux canaux nous rend malades et nous mourons ; d'autres meurent la houe à la main. Ils entrent à mi-corps dans la rivière puis disparaissent soudain. Certains ont été mis en pièces par la foudre. Ici, une morsure de serpent à sonnette nous tue mais dans mon pays un serpent à sonnette nous avertit avant de nous frapper et de mordre ; nous avons le temps de nous écarter de lui. L'hiver, nombreux sont les morts de froid et les malades car il leur faut transporter le bois sur leur dos[31]. Avant de devenir malade et vieux, je désire revoir le lieu de ma naissance. Je vous parle comme à un esprit. Je souhaite que vous me disiez quand vous nous ramènerez chez nous. »

Sherman : « Nous voulons être justes envers vous. Depuis des années, nous avons réuni des Indiens dans le Territoire indien, au sud de l'Arkansas. Ils vont bien maintenant. Nous invitons quelques-uns d'entre vous à visiter le pays des Cherokees[32] pour juger si une réserve là-bas leur plairait. Si vous refusez, nous discuterons l'autre proposition de revenir chez vous. Si vous l'acceptez, nous y tracerons une frontière au-delà de laquelle vous ne pourrez aller que pour commercer. Vous ne devrez pas chercher querelle aux Utes, vos plus proches voisins et ils ne devront pas vous quereller non plus. »

Barboncito : « Je prie Dieu que vous ne me demandiez pas d'aller dans un pays autre que le mien, cela pourrait être un autre Bosque Redondo. »

Sherman : « Nous vous proposons de vous envoyer sur l'Arkansas supérieur. Demain à 10 heures, je veux que toute la tribu s'assemble derrière l'hôpital[33]. »

> Fin du conseil de ce jour. Les Navajos n'en savent pas plus sur leur sort futur. D'évidence, Sherman ignore presque tout de leur passé, de leur situation matérielle exacte et n'a aucune destination précise à leur proposer, en dehors du Territoire indien — un vague projet déjà agité en haut lieu.

29 mai : un pas vers Dinehtah

9 délégués entourent Barboncito : 5 déjà présents la veille (Torivio n'est pas revenu) et quatre nouveaux : Chiquito, Muerto de Hombre, Hombro, Narbono (ou Narbona). Sherman rappelle ses propositions et poursuit :

Sherman : « Nous voulons savoir où vous souhaitez aller. Si vous désirez des écoles, des charpentiers, des forgerons. Si toute la nation navajo s'estimera liée par les engagements pris par vous, les dix hommes devant moi. »

(Accord unanime.)

Barboncito : « Quand les Navajos rentreront dans leur pays, je veux les fixer en différents endroits, car ils seront plus laborieux s'ils sont séparés. Je ne sais pas si les « Cebolletas »[34] veulent rentrer avec nous. »

Sherman : « S'ils le désirent, ils pourront vivre avec les Néo-Mexicains, dans ce territoire, mais ils perdront alors tous les avantages du traité. »

Barboncito : « S'ils restent avec les Néo-Mexicains, je ne peux être tenu pour responsable de leur conduite. Quant à une réserve avec une ligne frontière, je ne pense pas qu'il soit bien de nous confiner dans un certain secteur car nous voulons en sortir librement pour la chasse et le commerce. »

Sherman : « Vous le pourrez et vous pourrez aussi aller dans les villes voisines pour le commerce mais vos fermes et habitations doivent être en deçà de cette ligne car, au-delà, vous n'aurez aucun droit sur la terre. »

Barboncito : « Je l'entends bien ainsi. Je veux parler maintenant de nos enfants prisonniers des Néo-Mexicains. »

Sherman : « Au sujet de ces enfants détenus comme péones, sachez qu'une loi du Congrès l'interdit. S'il y en a chez les Néo-Mexicains, vous pouvez vous plaindre devant les juges des cours civiles. Cette question ne nous regarde pas. »

Tappan : « Combien y a-t-il aujourd'hui de Navajos chez les Néo-Mexicains ? »

Réponse[35] *:* « Plus de la moitié de la tribu. »

Tappan : « Combien ont été rendus en cinq ans ? »

Réponse : « Impossible à dire. »

Sherman : « Nous ferons notre possible pour que vos enfants vous soient rendus. Notre gouvernement est décidé à mettre un terme à l'esclavage des Navajos. Demain, nous nous rencontrerons à 9 heures pour étudier le contenu du texte à signer. »

Barboncito a-t-il réussi à convaincre ses interlocuteurs ? Il a tout lieu de le penser au terme de ce dialogue, somme toute, constructif. La décision finale est-elle pour demain ?

— 30 mai : l'espoir se confirme
L' « état de situation » (*Status Report*) remis ce jour par l'agent Dodd au général Sherman ne peut que l'incliner à une solution conforme aux vœux des Navajos. Dodd y souligne leur aptitude aux travaux agricoles, hélas combattus par l'alcalinité excessive du sol. Il y évoque leurs peines pour transporter sur la réserve, depuis 150 km parfois, le bois de construction pour les maisons d'adobe de Fort Sumner. Un labeur d'esclave, proprement dit, et doublé de la nécessité d'arracher les racines de *mesquite* dans un rayon de 15 à 20 km. Malgré cela, le combustible leur a manqué durant l'hiver et ils ont souffert du froid. Pour ces raisons-là, et pour bien d'autres, « Gopher » Dodd souhaite qu'ils soient ramenés sur leur domaine ancestral. Il faudrait, écrit-il, les y installer « assez près les uns des autres pour faciliter leur surveillance par l'agent et le poste militaire voisins. Car n'oublions pas qu'un tiers d'entre eux se compose de paresseux et de voleurs à ne pas perdre de vue. Pourtant, les Navajos sont, sans nul doute, dans ce pays, la tribu la plus capable de progrès rapides en agriculture (ainsi que dans la fabrication des couvertures et de nombreux articles). Néanmoins, ils sont encore sauvages et extrêmement superstitieux ».

Ainsi préparée, la réunion de ce jour se limite à préciser les modalités de la signature du futur traité. Sherman en ayant lu le texte, les chefs acceptent les limites de la réserve projetée et le choix de Fort Defiance comme site de leur agence. Ganado Mucho prend, ensuite, la parole :
Ganado Mucho : « Je ne pense pas que quelqu'un ait à redire sur les paroles des commissaires [...]. Personne ne nous a parlé ainsi jusqu'alors et quand nous serons rentrés dans notre pays, nous vous enverrons nos chaleureux remerciements [...]. Nous avons attendu longtemps ces bonnes paroles [...]. Je ne cesserai pas de parler avant d'avoir transmis ces bonnes nouvelles à toute la tribu. »

Rendez-vous pris pour le lundi 1er juin à 9 heures, afin de signer le traité, l'un des derniers entre le gouvernement fédéral et les Indiens des États-Unis[36].

— 1er juin : la délivrance
Au bas des treize articles du traité de Fort Sumner, outre les noms des deux commissaires, 29 croix représentent les signatures des Navajos : celles de 12 chefs (les 10 précités plus Ganado Mucho et Narbono Segundo) et celles des 17 membres du conseil tribal.

Les principaux articles ainsi acceptés sont les suivants [37] :
- 1. Promesse de paix réciproque entre les deux parties.
- 2. Délimitation d'une réserve de 14 000 km^2 (ou 3 500 000 acres soit le dixième environ de l'ancien pays navajo).
- 6. Éducation : « Afin d'assurer la civilisation des Indiens concernés par ce traité, la nécessité de l'éducation est reconnue, particulièrement pour ceux qui seront installés dans lesdites zones agricoles de cette réserve. Par suite [les Navajos] s'engagent eux-mêmes à contraindre (*to compel*) leurs enfants, garçons et filles entre cinq et seize ans, à fréquenter l'école. L'agent devra y veiller. Les États-Unis acceptent qu'une école soit construite pour 30 enfants, entre les âges ci-dessus, qui seront invités ou obligés de la fréquenter. Un maître compétent dans les notions élémentaires d'éducation anglaise sera nommé [...]. Les dispositions de cet article seront valables durant au moins dix ans [38] (...). »
- 7. Les bénéficiaires d'un lot de terre (64 ha par chef de famille, 32 ha pour toute personne de plus de dix-huit ans non chef de famille) recevront des semences et des outils d'une valeur totale inférieure à 100 dollars, durant la première année. L'année suivante, s'ils poursuivent cette activité, ils en recevront pour 25 dollars.
- 8. En place d'annuités, au 1er septembre de chaque année et durant dix ans, les États-Unis accorderont à chaque Indien des vêtements, des denrées ou du petit matériel d'une valeur totale inférieure à 5 dollars. L'on encouragera chaque Navajo à fabriquer lui-même ses vêtements, ses couvertures, etc.
- 9. Considérant les avantages ci-dessus consentis, les tribus signataires s'engagent à renoncer à l'occupation de tout territoire hors de leur réserve. Elles gardent le droit de chasse sur les terres non occupées contiguës à celle-ci, tant qu'il y aura assez de gibier pour justifier cette chasse. Les Indiens ne gêneront pas la construction du chemin de fer transcontinental. Ils s'engagent à n'attaquer personne ; à ne plus capturer ni femmes ni enfants dans les localités (néo-mexicaines) ; à ne tuer ni scalper aucun homme ; à ne s'opposer à aucune construction future (routes, pistes, stations postales, gares de chemin de fer, ouvrages d'utilité publique, forts ou routes militaires)...
- 12. La tribu recevra la somme de 150 000 dollars — soit 50 000 pour couvrir les frais de son retour, 30 000 pour l'achat de 1 500 chèvres et moutons et le reste pour acquérir 500 bovins ainsi qu'un million de livres de maïs « à entreposer au poste militaire pour les indigents durant l'hiver prochain ».

Ratifié par le Sénat des États-Unis le 25 juillet, ce traité fut signé le 12 août par le président Johnson.

Pour des raisons différentes, les deux parties s'estiment satisfaites. Les commissaires pensent avoir résolu le « problème navajo », au terme d'une incessante guérilla militaire et politique. De leur côté, les captifs se réjouissent de la concrétisation de leur vœu le plus cher : le retour dans leur domaine qui, si amputé soit-il, demeure inscrit dans les limites de la terre ancestrale. Pourtant, le traité en question recèle bien des approximations, des imprécisions, des lacunes. Autant de carences qui apparaîtront à leur heure, sous les pressions des circonstances à venir. Autant de conflits futurs dont la nature, la forme, les épisodes et leurs dénouements respectifs illustreront le prochain grand chapitre de l'histoire des Navajos. Mais qui, parmi ces derniers, s'en inquiète alors, dans l'allégresse du départ ?

Le 18 juin, la première colonne laisse derrière elle l'infernal Bosque Redondo qu'elle abandonne, sans regrets, à sa solitude — tout comme les tristes bâtiments de l'austère Fort Sumner. Le 6 juillet, elle franchit le rio Grande au-delà duquel, sous l'horizon du Nord-Ouest, se profile l'imposante silhouette du mont Taylor, la plus sacrée d'entre les quatre montagnes de l'ancienne Dinehtah. Ici commence la terre des Ancêtres dont la vue tire des larmes aux vieillards et des exclamations de joie à tout le peuple enfin libéré. Plus tard, Manuelito, courbé sous les années, évoqua ces instants : « Lorsque, depuis Albuquerque, nous aperçûmes le sommet de la montagne, nous nous demandâmes si c'était réellement la nôtre. Nous avions l'impression de parler à la terre que nous aimions tant [...]. » L'on marchait depuis des jours dans la quête constante d'une nourriture composée de rats et de lapins du désert débusqués puis tués par les chasseurs de la troupe misérable. Le ravitaillement du gouvernement manquait (mais où passèrent donc les 50 000 dollars promis par l'article 12 « pour couvrir les frais de retour » ?). L'on espérait en obtenir dès l'arrivée à Fort Wingate (le second du nom) où seraient également précisées les limites de la nouvelle réserve.

Le 2 août, enfin, l'arrivée des derniers traînards conclut une longue phase de l'histoire du Peuple, jamais aussi tragique que dans ses premiers rapports avec les nouveaux maîtres américains du Territoire.

DINEHTAH : UNE SAGA TRISTE (1846-1868)		
	Commandants militaires	Principaux faits
1846	Kearny Doniphan	• Expédition Reed (visite amicale). • Traité Doniphan à Bear Springs (non ratifié).
1846/47	Price	• Meurtre du gouverneur Bent à Taos et représailles.
1847	Walker	• Expédition Walker (sans résultat).
1847/48	Newby	Raids navajos (sur Zuñi, Jemez, Santo Domingo, et ranches).
1848		• Expédition Newby ; traité (non ratifié) (traité avec le Mexique : Guadalupe Hidalgo).
1848/49	Washington	• Raids navajos sur ranches néo-mexicains.
1849	Washington (Calhoun, 1er gouverneur et 1er agent)	• Expédition Washington ; mort du chef Narbona. • Traité (ratifié) ; raids navajos sur le rio Grande (le Bureau des affaires indiennes passe sous contrôle de l'Intérieur).
1850	Beall Munroe	• Expédition contre les Navajos ; mort du chef Capitone. • Fureur navajo sur Acoma, Jemez, Zuñi — Expédition de Néo-Mexicains — Création du Territoire du Nouveau-Mexique.
1851	Sumner	• Expéditions néo-mexicaines — Expédition Sumner. • Raids navajos ; construction de Fort Defiance. • Départ et mort de Calhoun.
1852		• Chefs navajos en délégation à Santa Fe — Paix navajo.
1853		• Raids de chasseurs d'esclaves néo-mexicains ; raids navajos ; Henry L. Dodge, agent des Navajos ; conseil à Santa Fe (Achat Gadsden : nouvelle frontière avec le Mexique).
1854	Sumner	• Troupeaux néo-mexicains sur pâturages navajos. • 2e délégation navajo à Santa Fe, avec H. L. Dodge. • Incident à Fort Defiance (un Navajo tue un soldat).
1855	Garland	• Raids utes et apaches jicarillas sur ranches néo-mexicains ; traité avec les Navajos à

	Commandants militaires	Principaux faits
		Laguna Negra (non ratifié) ; on délimite la 1re réserve.
1856		• Raids utes-comanches-kiowas contre les Navajos. • Les ranchers américains réclament des terres navajos. • Assassinat de H. L. Dodge.
1857		• Carson, agent des Utes ; raids utes, pueblos et comanches contre les Navajos ; sécheresse, pas de moissons.
1858	Bonneville	• Incident à Fort Defiance (un Navajo tue un Noir). • Raids utes et néo-mexicains contre les Navajos. • Trois campagnes du colonel Miles contre Dinehtah. • Armistice ; traité Bonneville ; Manuelito veut la guerre.
1859		• Expéditions du major Simonson ; conseils à Fort Defiance et Laguna Negra ; début de la « guerre de Manuelito ».
1860	Fauntleroy	• Attaque navajo contre Fort Defiance (repoussée). • Construction de Fort Fauntleroy. • Offensive militaire du colonel Canby ; mort du chef Zarcillas largas.
1861	Début de la guerre de Sécession Canby	• Traité de Fort Fauntleroy entre Canby et Manuelito. • Utes et Néo-Mexicains contre les Navajos. • Massacre de Navajos après la course de Fort Wingate (ex-Fort Fauntleroy) ; chasseurs d'esclaves contre les Navajos.
1862	Carleton	• Raids néo-mexicains dans Dinehtah. • Arrivée de Carleton et de ses volontaires californiens. • Des chefs navajos demandent la paix à Carleton.

	Commandants militaires	Principaux faits
1863		• Les plans du général sont prêts ; début de la construction de Fort Sumner. • Navajos vaincus et affamés ; un tiers d'entre eux en esclavage. • Barboncito et Delgadito demandent la paix. • Ultimatum de Carleton. • Début de la campagne de Carson dans Dinehtah.
1864		• Poursuite de la campagne de Carson ; redditions des Navajos. • Début de la « Longue Marche » vers Bosque Redondo.
1864/68		• Captivité à Bosque Redondo/Fort Sumner. (Carleton destitué en 1866.)
1868		• Traité de Fort Sumner ; retour vers Dinehtah.

IV.

Résurrection
(1868-1900)

1. AUBE MAUSSADE (1868-1870)

A deux pas de la réserve, encore interdite en l'attente de la fixation de sa frontière orientale, Fort Wingate n'est qu'une sorte de purgatoire, un centre de transit inconfortable où 7 000 Navajos environ vivent sous des tentes et des abris de fortune disséminés aux alentours. Le ravitaillement, problématique et parcimonieux ; l'étroite surveillance des soldats ; la déception suscitée par l'absence des moutons, des bovins et du grain promis par le traité de juin, mais non encore livrés, font que le spectre de Bosque Redondo tarde à s'éloigner. Pourtant, un sentiment neuf anime cette population. Celui d'appartenir à un même groupe, rescapé d'une longue et rude épreuve qui a soudé les bandes en une tribu unique. Comme si la « nation navajo », longtemps une entité diffuse, venait de se révéler progressivement, au sens photographique du terme. Malgré la tristesse de cette première aube à la porte de la terre ancestrale, retrouvera-t-elle l'énergie nécessaire pour reconstruire à sa convenance, selon ses lois d'antan, le monde qui fut sien ? Pour l'heure, il y a lieu d'en douter au spectacle du nouveau camp de concentration étendu autour du fort. Son transfert ultérieur à Fort Defiance (ex-Fort Canby), sur la terre natale, ne change pas grand-chose à cette pénible situation dans laquelle le Peuple s'afflige encore du décès de son agent si dévoué, Theodore « Gopher » Dodd.

L'année 1869 s'ouvre sous le commandement du capitaine T. C. Bennett, surnommé Big Belly (Gros Ventre) par les Navajos. Tourmenté par les exigences de sa tâche, écrasé par le poids de ses responsabilités, il s'efforce tant bien que mal de parer au plus pressé. C'est-à-dire nourrir et vêtir une population figée, encore traumatisée, que la rigueur hivernale réduit à un état d'extrême nécessité.

Campée sous des abris de fortune dans le proche Canyon Bonito, elle
doit se satisfaire des bêtes réceptionnées par les soldats — de
misérables et maigres vaches, épuisées par le long et rude trajet
commencé au Texas occidental ou au Kansas[1]. Parfois arrivent des
convois de chariots chargés du maïs et du blé provenant des Plaines
centrales. Parfois, aussi, certains de ces véhicules s'égarent, mystérieusement, en cours de route... Au fort, Bennett répartit ce
ravitaillement en utilisant la vieille méthode du « corral navajo » en
usage à Fort Sumner. Chaque chef de famille, dûment muni d'un
ticket, pénètre dans son enceinte pour y recevoir une livre quotidienne de bœuf ou de céréales, jusqu'au prochain « *Ration Day* ».

Au printemps, le nombre de rationnaires diminue, sans que
Bennett s'interroge trop sur la raison de ces disparitions. Il sait
pertinemment que les plus impatients de ses pupilles ont filé vers la
réserve pour s'y réinstaller, dans leur ancien secteur. Officiellement,
ils en ont le droit, à condition de respecter les nouvelles limites de
Navajoland. Au capitaine d'y veiller. Mais comment empêcher
Ganado Mucho et les siens de rejoindre leur vallée, située à deux pas
de la « frontière » sud[2] ? Comment interdire à d'autres groupes de
fugitifs de sauter la ligne pour gagner les lointains confins occidentaux de Monument Valley, de Navajo Mountain et des mesas hopis ?
Tous lieux de refuge où, en 1863-1864, lors de sa grande « chasse »,
Carson n'osa pas s'aventurer. Où de 3 000 à 4 000 mille insoumis —
jeunes, ardents et indomptés pour la plupart — accueillent chaleureusement leurs parents et alliés pour leur permettre de se refaire une
santé. Bennett sait tout cela, en même temps qu'il ne veut rien savoir.
Il se contente de distribuer le peu de semences reçues, tout en priant
le ciel pour une bonne moisson. Car les grains supplémentaires et les
moutons promis n'arrivent toujours pas. Les résistants ci-dessus
évoqués ne l'ignorent pas et s'inquiètent de la misère persistante de
leur peuple. Le capitaine, quant à lui, redoute leur colère. Et ne cesse
de pester contre les arrivages, par chariots entiers, de... jaquettes à col
de velours, de hauts-de-forme de soie et de bottines de femmes !
C'est là, pense-t-il, avec raison, le résultat trop flagrant des marchés
de complaisance passés par certains administrateurs des Affaires
indiennes avec des fournisseurs amis. Pendant ce temps, nombre de
jeunes Navajos encore libres reprennent le chemin des lotissements
mormons du sud de l'Utah. D'autres foncent vers les ranches
américains du nord-ouest du Nouveau-Mexique. Tous à la recherche
du ravitaillement indispensable aux néo-captifs de Fort Defiance.
Bennett l'avait prévu.

Tout recommencerait donc ?

Oui, répondent Manuelito, Barboncito et Ganado Mucho qui
redoutent de ne pouvoir, malgré leur autorité, retenir plus longtemps

leurs guerriers réveillés. Cette inquiétude s'accroît de l'affligeant constat d'une récolte quasiment ruinée, dans un premier temps, par un gel tardif puis par une soudaine attaque des sauterelles. Bennett écrit : « Je crois que les Navajos sont le peuple le plus douloureux, le plus abattu et le plus découragé qui se puisse imaginer. »

Néanmoins, malgré la sévérité des décrets célestes, malgré l'indifférence des autorités — les Affaires indiennes, en l'occurrence —, l'automne 1869 apporte comme un miracle : l'arrivée des moutons — des *churros*, ces descendants de la race magnifique autrefois importée par les Espagnols dans la vallée supérieure du rio Grande. Le capitaine de Fort Defiance les compte et les recompte. Comment se fait-il que, sur les 24 000 bêtes parties du rancho de Las Cuevas, au Nouveau-Mexique, seules 15 000 lui sont parvenues ? Les mystères du Territoire, en ce temps-là, sont impénétrables... Il faut « faire avec ». En conséquence, chaque homme, femme ou enfant — représentant une famille — entre dans le corral et en sort avec deux moutons, humble promesse d'un avenir meilleur. Bennett note avec soin les touchantes manifestations de la joie des bénéficiaires car, enfin, *Waashingdon*[3] a pensé à eux...

Une nouvelle « politique indienne » ?

En effet, en cette fin d'année 1869, Washington pense à eux et aux autres, car la question indienne revient à l'ordre du jour. Déjà, en mars 1865, le Congrès avait décidé la création d'un comité d'enquête sur la condition faite aux Indiens, sur leur traitement par les militaires et les responsables civils. Cet organisme s'acquitta de sa tâche avec franchise, courage et lucidité. Il dénonça aussi bien les agissements frauduleux de certains agents des Affaires indiennes que la funeste inexpérience d'une catégorie d'officiers en poste sur la « frontière ». En outre, il n'hésita pas à condamner publiquement les moins scrupuleux des colons blancs vivant sur celle-ci et globalement reconnus comme des fauteurs de troubles en pays indien. Au total, un véritable réquisitoire contre le « système indien » gouvernemental dont il suggérait une réforme profonde.

Cette recommandation conduisit le même Congrès à nommer, le 20 juin 1867, une « Commission de la paix » (*Peace Commission*) que nous avons déjà rencontrée à Fort Sumner, face aux Navajos captifs. Au terme de son périple sur les autres réserves, elle proposa de sensibles modifications de structure dudit « système ». Tenant compte de celles-ci, le Congrès autorisa (10 avril 1869) le président Grant « à créer un Conseil de commissaires composé de 10 membres au maximum, choisis par lui parmi des hommes connus pour leur intelligence et leur philanthropie, et acceptant de servir bénévolement. Sous sa direction, et de pair avec le secrétaire à l'Intérieur, ils contrôleraient l'attribution des fonds alloués, par cette loi ». Organisé par un décret présidentiel du 3 juin 1869, ce « Conseil des commissaires aux Affaires indiennes » (*Board of Indian Commissioners*) inspira au Président les principes directeurs d'une « politique de paix » (*Peace Policy*) envers les Indiens.

Son principe fondamental confiait aux dénominations chrétiennes — protestantes, surtout — intéressées par la conversion des Indiens le soin de désigner leurs candidats respectifs aux fonctions d'agents sur les réserves. Après approbation par le Président et confirmation par le Congrès de ces nominations, les élus rejoindraient aussitôt leur poste, sur la réserve affectée à leur propre église. Ainsi, les presbytériens du *Presbyterian Home Mission Board* se virent attribuer les Navajos.

Une nouvelle génération d'administrateurs — au vrai, des missionnaires laïques — allait donc régner sur les tribus soumises. Ces « Incorruptibles » se voyaient chargés de gommer l'image de leurs prédécesseurs indélicats et de faire pièce aux militaires, artisans trop maladroits, et trop énergiques surtout, d'une acculturation dévoyée des Indiens. La *Peace Policy* se proposait donc de rectifier les errements du passé par des méthodes plus « humaines », accordées au credo du vainqueur, celui-ci animé du souci de « civiliser » l'homme rouge. Ce qui impliquait la destruction radicale des structures traditionnelles de la société indienne — politiques, sociales, religieuses ou économiques. Chose d'autant plus aisée, estimait-on, que la réserve constituait un champ clos, cadre idéal pour contrôler, éduquer et façonner le « nouvel Indien » en l'assujettissant aux lois de ses maîtres. Soit une réédition à peine modernisée de l'ancienne politique espagnole de « réduction » des groupes indigènes auprès de la mission.

L'agent fut investi d'un pouvoir et de responsabilités considérables qui lui donnèrent le pas sur le militaire, désormais cantonné dans le rôle ingrat de garde-chiourme sur la réserve ou de rabatteur vers celle-ci des tribus encore insoumises. Mais le traîneur de sabre accepterait-il sans broncher une fonction aussi dénuée de prestige ? Les promoteurs de cette nouvelle politique ne soupçonnèrent probablement pas alors la virulence des futurs conflits opposant l'agent, ce fonctionnaire sans éclat, au galonné dispensateur des foudres de Mars. Pourtant, soit qu'il en eût la prescience, soit par un reste d'esprit de corps, Grant, lui-même, hésita à brusquer le changement dans la hiérarchie d'un système à l'efficacité si largement confirmée jusque-là. Par ailleurs, doutant encore du savoir-faire des associations humanitaires et des philanthropes d'obédience religieuse, il continua d'attribuer à des officiers la fonction d'agents.

Provisoirement, du moins, car la loi du 15 juillet 1870 restitua ce rôle aux seuls civils. C'est ainsi que, guidés par la bannière étoilée flottant sur les réserves progressivement multipliées dans la moitié occidentale du continent, s'avancèrent les artisans de la nouvelle politique fédérale, chargés d'apporter à des peuplades encore dans les ténèbres les lumineux cadeaux de la civilisation...

2. DES ROIS MAGES SOUS LES ÉTOILES
(1870-1900)

Auréolé, *a priori*, d'une grande pureté d'intentions, l'agent des Affaires indiennes ouvre la marche, en tant que représentant d'une administration souveraine désireuse de rompre, radicalement, avec les pratiques et l'esprit de ses envoyés antérieurs. Il apporte avec lui des dossiers gonflés de promesses, de projets, avec leurs financements respectifs. Suit l'éducateur, ou l'éducatrice, missionnaire ou laïque, qui brandit une lourde Bible, encore alourdie par les préceptes du code moral américain. Puis vient le marchand (*trader*), son tiroir-caisse sur le dos et, en tête, quelques idées pour le remplir aussi copieusement que son chariot d'où il tirera bientôt, comme d'une boîte magique, les séductions matérielles qui assureront richesse, bonheur et confort à leurs acquéreurs. A chaque personnage, son rôle et son histoire dans la suite des jours sur la réserve. Ces « Rois mages » nouvelle manière n'y arriveront pas simultanément. Le plus important, dans l'immédiat, est l'agent, l'homme clé qui devancera les deux autres car Washington voit en lui l'organisateur fondamental du futur monde indien qui, un jour ou l'autre, devra s'intégrer dans la grande, l'envahissante société ambiante.

L'agent, homme-orchestre du pouvoir

Ni sa personne ni ses fonctions ne sont totalement inconnues du lecteur qui a pu apprécier la qualité du dévouement et des services rendus aux Navajos par des hommes aussi exceptionnels qu'Henry Linn Dodge et Theodore Dodd. Vingt ans plus tard, à quelles obligations leurs successeurs doivent-ils répondre en fonction du nouveau credo gouvernemental de la « Politique de paix » ?

L'agent fin de siècle croule, littéralement, sous le labeur. A la fois juge, politicien, administrateur et économiste, il édicte, de surcroît, le règlement intérieur de la réserve. Il estime les besoins financiers et matériels nécessaires à la satisfaction des exigences quotidiennes, fixe le nombre des rationnaires, tient les comptes, rédige les rapports destinés aux différents services gouvernementaux, arbitre les litiges, négocie avec les leaders de la tribu et les militaires du poste voisin, veille au maintien de la paix comme au bon développement du programme économique (s'il en existe un particulier à la réserve) et surveille la scolarité des jeunes Indiens. Quel type d'homme peut accepter une telle fonction, si exigeante par la multiplicité de ses tâches, si délicate et épineuse quant aux responsabilités et si rude eu égard aux conditions d'existence en un pays perdu ? Felix S. Cohen répond : « Cela ne suffit pas qu'il soit honnête. Il doit aussi être capable physiquement, moralement et mentalement. Les hommes de cette trempe sont assez rares. Ceux à bas prix ne sont pas toujours les plus économiques. Un mauvais article est cher à n'importe quel prix. Payer un agent 1 200 ou 1 500 dollars et attendre de lui qu'il fournisse un travail de 3 000 à 4 000 dollars n'est pas réaliser une économie. Dans de très nombreux cas, il fut prouvé que c'était la pire espèce de gaspillage [4]. »

Parmi la quinzaine d'agents qui, de 1869 à 1900, se succédèrent chez les Navajos, certains se dévouèrent à leur tâche avec un zèle plus que louable et se firent d'ardents défenseurs de leurs administrés tandis que d'autres agirent en fonctionnaires indifférents après que leur foi eut été refroidie par les mille sujétions de la fonction. Tous, pourtant, à l'origine, avaient franchi victorieusement les épreuves d'une rigoureuse sélection, en regard des critères spécifiques à leur dénomination religieuse — qu'ils fussent agents, éducateurs ou missionnaires. Dans cette dernière catégorie, pasteurs et prêtres se répartirent les tribus du Sud-Ouest. En Arizona, les catholiques s'approprièrent les Apaches White Mountain, les Yumas et les Papagos. Les Luthériens s'installèrent chez les Apaches de la réserve de San Carlos tandis qu'au Nouveau-Mexique ils prêchaient chez les Apaches Mescaleros et les Zuñis. Les presbytériens, quant à eux, s'attribuèrent les Hopis, les Mohaves, les Pimas et les Navajos. Cette géographie religieuse n'étant pas si rigide qu'elle interdise la cohabitation de plusieurs dénominations sur la même réserve et cela, parfois, dans un esprit de concurrence ouverte auprès des fidèles.

Témoin du prosélytisme des uns et des autres, tout aussi isolés que lui dans le petit univers clos de la réserve, l'agent veille à tout. Il est temps, maintenant, de le voir à l'œuvre.

Thomas V. Keam, le squaw man *(1870-1872)*

A l'entrée orientale de la réserve des Hopis, en Arizona, Keam's Canyon perpétue le nom d'un agent des Navajos qui, sa tâche remplie, se reconvertit dans le commerce pour fonder en ce lieu le premier *trading post* (comptoir commercial) desservant ces deux tribus. Par quel détour de sa destinée, ce fils des Cornouailles

anglaises, né en 1846, échoua-t-il en cet endroit perdu pour y
accéder, par la suite, à une notoriété certaine ?

Après la mort de Theodore N. Dodd, le capitaine Bennett,
commandant de Fort Defiance, assura temporairement la fonction
d'agent des Navajos. Nommé peu après à Fort Wingate, il vit deux
civils lui succéder à la tête de l'agence, établie dans le canyon alors
nommé Peach Orchard Springs. Le second de ces agents, James
A. Miller, s'y installa avec son secrétaire, Thomas Varker Keam,
récemment démobilisé du 1er régiment de Volontaires de Cavalerie
du Nouveau-Mexique. Ce jeune Anglais, ex-aspirant de marine, avait
autrefois mis sac à terre à San Francisco (1865) pour bourlinguer à sa
guise dans le Sud-Ouest où, chemin faisant, il apprit l'espagnol et de
solides notions de navajo. Ces connaissances, les secondes surtout,
l'indiquèrent à l'agent Miller qui l'engagea à l'heure où lui-même
allait devoir s'occuper des rescapés de Bosque Redondo. Dans sa
nouvelle fonction, acceptée avec d'autant plus d'empressement qu'il
portait un vif intérêt à ces derniers, Keam rencontra l'homme dont il
serait un jour la victime, William Frederick Milton Arny. Presbytérien bigot, parfait « vomisseur de bible », selon Keam, Arny avait été
investi, en 1870, de la fonction d'agent spécial pour les tribus du
Nouveau-Mexique. Depuis, il campait le type même d'agent gouvernemental rêvé pour les réserves par les théoriciens de la « Politique
de paix » et les membres du « Comité des commissaires indiens ».
Rien d'étonnant à ce qu'il prît en grippe le jeune secrétaire, époux
d'une femme navajo, ce qui faisait de lui un *squaw man*, catégorie
sociale alors fort décriée. L'on accusait, en effet, ces Blancs d'avoir
épousé des Indiennes à seule fin de s'approprier la parcelle de terre
revenue à chacune de ces dernières après un traité. Une accusation si
fondée en de nombreux cas qu'il fut décrété obligatoire pour le
squaw man d'être adopté par la tribu, après accord du commissaire
aux Affaires indiennes. Ce qui ne lui donnait pas, pour autant, de
titre de propriété sur la terre de sa femme. En 1888, une nouvelle loi
renforça la législation antérieure en interdisant à tout Blanc époux
d'une Indienne « tout droit à toute propriété tribale, comme à tout
privilège ou intérêt » appartenant en propre à la tribu du conjoint.

Keam que sa fonction, garante de sa bonne foi, suffisait à
distinguer des aigrefins, aurait dû échapper à la vindicte teintée de
racisme du sourcilleux presbytérien, qu'était Arny. Or, celle-ci ne fit
que s'accuser au lendemain de la promotion du secrétaire au poste
d'agent des Navajos, en raison de la mort de Miller, tué par les Utes
dans une embuscade. Keam savait par avance les rigoureuses
exigences de la fonction, compliquées et accrues par les travers du
moment : la rude sécheresse de l'été 1870, le manque quasi total des
rations du gouvernement et la reprise des raids des jeunes guerriers

navajos sur les lotissements et les ranches de l'Est. Il avait alors deux collaborateurs : l'interprète Jésus Alviso et un garçon de quinze ans nommé Henry « Chee » Dodge[5]. Keam prit à cœur la défense des intérêts des Navajos. En réclamant, d'abord, pour eux, une extension de leur réserve vers des secteurs capables de les nourrir mieux. En sollicitant, ensuite, l'aide des chefs reconnus — Barboncito, Ganado Mucho et Manuelito — contre les auteurs des raids qui menaçaient la paix. Cette seconde démarche rencontra les vœux de Washington qui, dans le même temps, autorisa le capitaine Bennett à nommer trois responsables officiels parmi les personnalités incontestées de la tribu.

Cette réorganisation de la hiérarchie tribale porta Barboncito au rang de « chef supérieur » avec, sous son autorité, deux « sous-chefs » : l'un (Ganado Mucho) pour le secteur occidental et l'autre (Manuelito) pour le secteur oriental, le plus exposé et le plus délicat. A son tour, le trio veilla à la désignation de leaders au niveau de chaque communauté de *hogans*.

Tout bien considéré, cette restructuration empruntait son schéma à la fois au modèle des Blancs et à une certaine tendance de la tradition du Peuple. Déjà, Bosque Redondo, nous l'avons noté, avait favorisé une prise de conscience unitaire. Washington, maintenant, souhaitait la concrétiser en accordant à des chefs reconnus la qualité de relais du pouvoir fédéral, via l'agent. Dans le but probable d'assujettir plus étroitement la tribu à ses volontés. L'une des premières manifestations de celles-ci fut la constitution, en avril 1872, d'un corps de police navajo commandé par Manuelito et composé de 130 hommes payés par le gouvernement fédéral de 5 à 7 dollars par mois. Durant sa brève existence[6], cette formation parvint à stopper les raids et à faire restituer à des colons mormons du voisinage des bêtes volées[7].

Auparavant, à la mort de Barboncito, emporté par la maladie le 16 mars 1871, Ganado Mucho avait hérité du titre de chef supérieur. Keam, alors, s'était réjoui de la continuité de l'autorité, incarnée par ce vieillard à la longue histoire et hautement respecté. Il se félicitait, maintenant, des succès de la police indienne dont il décrivit par le détail l'activité positive dans son rapport au Congrès. Hélas ! il n'eut que le tort de solliciter, par la même occasion, les crédits nécessaires à la solde des policiers en question. Ces Messieurs de Washington apprécièrent si peu l'impertinence qu'ils... renvoyèrent Keam vers d'autres activités... L'on soupçonna Arny, son rival, d'avoir un peu pesé sur cette décision, pour les raisons que l'on sait. Un nouvel agent s'installa à Fort Defiance, le temps d'y accueillir une centaine de femmes navajos libérées de leur esclavage par les Néo-Mexicains, puis il se hâta de démissionner. Pour le plus grand bonheur d'Arny qui lui succéda.

W.F.M. Arny dit « Tarentule » (1873-1875)

Missionnaire de choc, il rêva de conduire les Navajos sur le chemin du ciel pourvu qu'ils écoutent la voix du dieu dont il était l'intermédiaire agréé. A quoi, il s'employa dès le lendemain de son accession au poste d'agent (1873)[8] : plus d'alcool, repos obligatoire le dimanche ; interdiction de tout commerce avec les Mormons — ces « âmes perdues » —, plus de relations entre femmes indiennes et soldats. En place de cela : le respect absolu des commandements de l'Église — presbytérienne, surtout —, un travail assidu pour élever les moutons et tisser les couvertures ; la pratique quotidienne et constante d'une morale sévère. A ce prix, Navajoland, dont il estimait avoir charge, deviendrait une cité de Dieu et ses habitants des civilisés modèles. Malheureusement, ces derniers comprenant mal, sans doute, les saintes ambitions nourries pour eux par leur « bienfaiteur », le flétrirent bientôt du surnom évocateur de « Tarentule », cette araignée dévoreuse des insectes à sa portée.

A la vérité, Arny présentait un double visage : d'un côté, le réformateur trop zélé qui s'accaparait volontiers le rôle d'un Savonarole du désert ; de l'autre, l'administrateur avisé qui révéla à ses ouailles les débouchés utiles à la commercialisation de la laine de leurs moutons et des belles couvertures si habilement tissées par les femmes. Ayant trouvé des marchés extérieurs, il constata bientôt l'impossibilité de satisfaire une demande grandissante malgré l'intense activité des tisseuses navajos. Dès lors, il importa sur la réserve des métiers mécaniques dans lesquels ces dernières virent une injure à la tradition du tissage manuel héritée de la Femme Araignée (*Spider Woman*), leur sainte patronne dans le panthéon des dieux et déesses du Peuple. Ne leur avait-elle pas donné le métier de bois ? Ne leur avait-elle pas enseigné l'art de s'en servir ? En conséquence, elles refusèrent ces mécaniques, ce dont Arny dut prendre son parti, sans réduire pour autant ses activités commerciales.

Elles l'auraient enrichi à coup sûr si la réserve ne s'était lassée de ses diktats d'autocrate sentencieux, cause des ressentiments à son endroit. Ceux des militaires, accusés par lui d'encourager la prostitution des femmes et des filles navajos. Ceux de ses propres employés de l'agence, dont il s'avisa de régenter jusqu'à la vie privée, au point qu'ils désertèrent un jour, en bloc, leur poste de travail à titre de protestation. Ceux, surtout, des Navajos victimes de son autoritarisme et qui réclamèrent son rappel par une pétition adressée à Washington. Malgré cette hostilité, Arny demeura inébranlable et inébranlé. Jusqu'à ce jour d'avril 1875 où, passant à l'action, un groupe d'Indiens le contraignit à décamper sur-le-champ. Sa brutale fin de règne amena sur place son successeur, un fonctionnaire qui jugea bon de s'éclipser quelques semaines plus tard. Keam, libre désormais de ses mouvements, s'associa avec son frère — un *squaw man* comme lui — pour ouvrir un comptoir commercial dans le canyon qui, depuis, porte son nom.

La nation des Navajos comptait à cette époque-là 11 768 membres, confinés sur un territoire de 14 000 km² trop exigu et, surtout, trop naturellement déshérité pour satisfaire leurs besoins vitaux. La question de son extension se posait en termes si urgents que certaines familles vivaient déjà hors de la réserve, à l'est de sa frontière orientale — sur une portion de l'ancien domaine originel du Peuple, certes, mais également convoitée par les Blancs, en raison de la présence de la San Juan. De nouveaux heurts y étaient prévisibles, comme en d'autres lieux. Aux agents de détourner les orages en formation dans cette région en obtenant de Washington une indispensable extension de la réserve. Une démarche délicate pour laquelle le véritable successeur d'Arny n'était assurément pas le plus qualifié.

Galen Eastman, trop pâle... (1876-1883)

Il arriva au mauvais moment. D'une part, l'été 1876 étendit sur la réserve d'épaisses nuées de sauterelles qui ravagèrent les cultures. D'autre part, une double menace se dessinait, au sud et au nord, sur l'intégrité du territoire des Navajos. Persuadé que le rapport population/superficie jouait en faveur de la tribu, le Congrès faisait la sourde oreille à ses revendications d'extension de son domaine[9]. Aigris, irrités par cette indifférence, les chefs du Peuple s'alarmaient simultanément de la proche arrivée du chemin de fer dans la zone de leurs bons pâturages du Sud et des réclamations des colons américains sur la portion la plus fertile, parce que bien arrosée, de la vallée de la rivière San Juan, au nord. Cette conjonction d'inquiétudes suscitait sur la réserve une atmosphère sous haute tension, génératrice d'un vif débat susceptible d'y réveiller une hostilité ouverte.

Venant de Pueblo, au Colorado, où elle était arrivée le 1er mars 1876, la voie ferrée de la Compagnie Atchison, Topeka et Santa Fe (A.T.S.F.) pénétrait au Nouveau-Mexique par le col Raton. Puis, contournant Santa Fe par le sud pour atteindre Albuquerque, elle devait filer vers l'ouest et traverser le secteur de Fort Wingate. Conformément à la loi sur les chemins de fer (*Railroad Act*, 1862), la Compagnie y recevrait là, comme ailleurs, des lots de terre alternés de chaque côté du futur remblai. Sur « L'Échiquier » (*Checkerboard*) ainsi dessiné dans une zone de pâturages relativement généreux, la loi dite du « Bien de famille » (*Homestead Act*, 1862) autorisait la

Compagnie à attribuer aux colons blancs des parcelles de 64 ha d'une terre déjà occupée çà et là, depuis 1869, par des familles navajos irrespectueuses de la limite sud de la réserve. L'A.T.S.F. réclamant leur éviction immédiate, les chefs de la tribu recherchèrent une solution à ce problème.

Ils crurent l'avoir trouvée en demandant, à titre de compensation, la portion du secteur de la San Juan, hors réserve, où vivaient déjà nombre des leurs, comme on l'a vu[10]. Au vrai, et au regard du traité de 1868, des squatters dont les fermiers et éleveurs blancs, de plus en plus présents en ces mêmes lieux, exigeaient le départ. Washington, cette fois, porta intérêt à cette situation en dépêchant sur place un enquêteur officiel, le lieutenant MacCanley. Fort honnêtement, sans aucun des *a priori* animant nombre de ses collègues, celui-ci conclut son rapport par un hommage aux Navajos rencontrés dans ce secteur : « En aval de la San Juan, écrivit-il, les Navajos sont de laborieux cultivateurs dont le maïs est la production principale. Cette culture occupe le fond d'une cuvette au long du fleuve, cela sans irrigation, l'eau provenant seulement du haut niveau de celui-ci [...][11]. » Ces cultivateurs-éleveurs sont si farouchement attachés à leur sol qu'ils supportent avec stoïcisme les assauts des Utes, eux-mêmes réduits alors à une condition d'extrême pauvreté après leur éviction de leur domaine des monts San Juan (Colorado S.O.), envahi par les prospecteurs et les fermiers américains. En mars 1878, ces malheureux se jettent sur les pâturages navajos pour y rafler plus de 400 moutons et 50 chevaux, réduisant ainsi leurs propriétaires au désespoir.

La conjonction de ces menaces sur leur terre et son peuple poussa dès lors Manuelito et Ganado Mucho à prendre en main, une fois encore, la destinée de la tribu, avec plus d'énergie que n'en manifestait le pâle Galen Eastman, leur agent. De nouveau, ils se rendirent dans la capitale fédérale pour y exposer leurs inquiétudes au président Grant. Il les écouta et fit un geste, malheureusement bien éloigné de celui qu'ils espéraient. Laissant de côté la question de la San Juan, la plus importante dans l'instant, Grant, par un décret du 29 octobre 1878, octroya à la tribu un bout de terre supplémentaire (3 645 km²) étendu à l'opposé, sur la lisière occidentale de la réserve... Un lopin que son aridité extrême rendait impropre à la culture comme à l'élevage. Un pauvre « cadeau » présidentiel, néanmoins accepté par les Navajos, faute de mieux. Mais qui détermina Manuelito et Ganado Mucho à se faire entendre de nouveau pour obtenir satisfaction. Une consigne respectée par leurs successeurs[12].

Retour de Washington les mains presque vides, les deux chefs retrouvent sur la réserve en alarme la déplorable situation qui avait motivé leur démarche. A la famine, souveraine, s'ajoute le danger récemment suscité par les raids de jeunes Navajos intraitables contre les ranches néo-mexicains de l'Est. Ils en ramènent des bêtes et du grain, indispensables à la survie des leurs. Mais, si louables que soient leur dévouement et leur courage, ils jouent avec le feu. Par leur faute, le Peuple en son entier risque des représailles. De plus, leur action met en mauvaise posture leurs responsables, les deux chefs déjà cités, qui peuvent être accusés de manquer à leur parole et de ne pas respecter le traité de 1868. Accusations infamantes, intolérables. Il faut agir contre les coupables. Mais Manuelito et Ganado Mucho poussent plus loin leur réflexion : pourquoi la tribu est-elle devenue la proie de tant d'embarras conjugués, la cible de tant d'adversaires qui mettent en péril son existence même ? A cela, une seule explication : les forces mauvaises, alors déchaînées et liguées, émanent du rôle nocif des... sorciers — ces « loups humains » qui ne se manifestent jamais tant que dans les périodes noires, pour accuser encore la noirceur de leurs desseins. En conséquence, il faut les débusquer et les tuer.

40 suspects, figurant sur une liste noire établie par les deux chefs, furent discrètement arrêtés, hâtivement jugés et aussitôt exécutés. Informées de ce massacre, les autorités américaines se bornèrent à de simples remontrances, en sourdine, à leurs auteurs après avoir appris la soudaine cessation des raids. Cette tragédie interne, pleinement conforme aux croyances du Peuple maintenant rassuré — provisoirement, au moins —, n'occulta pour autant aucun des graves problèmes posés à la tribu. Celui, entre autres, de la vallée de la San Juan, toujours plus peuplée d'Hispanos et d'Américains, demeurait latent, avec tous ses risques, celui d'un affrontement violent ne pouvant être exclu. Washington s'en inquiéta au point d'envoyer sur place l'agent Eastman, avec mission d'exiger des Navajos leur retour sur la réserve. Contre toute attente, ils lui obéirent dans l'espoir d'une mesure présidentielle qui prendrait en compte, enfin, leurs réclamations. Elle vint, en effet, en janvier 1880. Signé du successeur de Grant, Rutherford Birchard Hayes, un décret leur accorda, d'une part, 4 800 km² supplémentaires au sud et au sud-est de la réserve et, d'autre part, une avancée de 25 km de la limite orientale de celle-ci. Mais rien quant à la rive nord de la San Juan, point essentiel de la contestation et objet majeur de la convoitise de la tribu. Leur déception surmontée, ses anciens occupants résolurent de s'y réinstaller, quelles que soient les conséquences de leur témérité (1881)[13]. Comment allaient-ils y cohabiter avec les 1 200 fermiers et éleveurs blancs présents sur des pâturages abritant quelque 5 000 moutons et 2 000 bovins ?

L'agent Eastman, quant à lui, enregistra le fait, sans rechercher aucun *modus vivendi* susceptible d'un agrément par l'une et l'autre communauté. Ce nouveau glissement des Navajos de la réserve vers la vallée ne le surprit point. Toutefois, contraint de faire respecter la loi, il sollicita l'intervention des militaires (1882). Sans heurts ni violences, ceux-ci persuadèrent les Indiens d'avoir à rentrer dans leur domaine légal. Une fois encore, ils s'exécutèrent, sans barguigner. Deux nouvelles les attendaient dans Navajoland : l'une, la démission d'Eastman, ne les chagrina point ; l'autre, l'octroi par un décret du président Chester Alan Arthur (16 décembre 1882) de 9 600 km² supplémentaires, à l'ouest de la réserve, ne les enthousiasma guère. D'autant moins que cette nouvelle zone incluait les Hopis qui ne les portaient pas dans leur cœur. En outre, cette attribution stipulait qu'au voisinage de ces derniers, dans un vaste secteur quadrangulaire encadrant leurs mesas, pourraient vivre « d'autres Indiens que le secrétaire à l'Intérieur jugerait aptes à s'y installer ». Le caractère parfaitement nébuleux et ambigu de cette formulation échappa, sur le moment, aux Navajos. Arguant de la présence, depuis quelques années, de 300 d'entre eux dans ce même secteur, ils s'estimèrent tout naturellement désignés par l'expression « d'autres Indiens ». Sans se douter, alors, que leurs relations avec les Hopis prendraient bientôt l'envergure d'une véritable « guerre de Cent Ans », littéralement parlant (p. 289).

En 1883, compte tenu des extensions acquises depuis cinq ans, la réserve s'étendait sur 32 000 km² (soit plus du double de la superficie de 1868) et abritait de 15 000 à 16 000 Navajos (deux fois plus que le total des rescapés de Bosque Redondo, quinze ans auparavant) qui, cette année-là virent arriver un nouvel agent.

Denis M. Riordan, le bien-aimé (1883-1885)

L'arrivant prit rapidement la mesure de sa fonction en découvrant l'existence de deux secteurs extrêmement sensibles quant aux rapports des Navajos avec leurs occupants respectifs — les Hopis, à l'ouest, et les Blancs, à l'est — et la fragilité de l'économie de la réserve. Pour d'évidentes raisons, ce dernier aspect mobilisa son attention en priorité.

Partiellement fondée sur une agriculture sporadique pratiquée selon une technique primitive par manque de matériel et de semences, l'économie des Navajos endurait depuis plus de dix ans des conditions climatiques particulièrement hostiles, cause première de ses douloureuses insuffisances. L'année 1870 fut si désastreuse en matière de récoltes que les « mauvais Navajos » — ainsi que les désignait le commissaire aux Affaires indiennes dans son rapport annuel — furent contraints d'aller piller les fermes et les ranches blancs de l'Est, vieille coutume. Quant aux « bons », la mort vint les saisir à domicile. En 1873, la nourriture manqua durant six mois. Trois ans plus tard, les sauterelles détruisirent le blé puis, de 1879 à 1881, une sécheresse continue ruina toutes les cultures. Enfin, pour couronner cette lamentable décennie, un gel précoce grilla, en 1882, des récoltes jusqu'alors prometteuses, pour une fois. Fort heureusement, l'élevage du mouton et les emplois salariés compensaient une partie de ces pertes, pour un certain nombre de familles.

Les femmes troquaient laine et couvertures aux traitants installés dans leurs comptoirs, sur la réserve. Par ailleurs, le chemin de fer offrait des emplois, mais provisoires, aux hommes, mari ou fils aîné. La ligne venait de dépasser Fort Wingate et donnait naissance alors au dépôt de Gallup, centre d'un district riche en mines de charbon où l'on embauchait. Ces diverses sources de revenus ne concernaient toutefois qu'une minorité, la majorité demeurant plongée dans une misère dont l'agent Riordan témoigna dans son rapport de 1883 : « Il faudrait avoir le génie de la description, celui d'un Scott ou d'un Dickens, pour décrire les conditions catastrophiques de cette agence [...]. Aucune aide n'est accordée aux Indiens indigents et démunis. L'agent est contraint de les voir souffrir sous ses yeux ou de leur fournir l'indispensable à ses propres frais. Connaissant l'échec du gouvernement à remplir ses engagements envers eux, je dus pendant un temps faire de mon mieux pour les ravitailler. Je dépensai ainsi 800 dollars qui ne me furent pas remboursés et il me fallut stopper la dépense. Les États-Unis n'ont jamais rempli les conditions du traité et l'on peut raisonnablement avancer qu'elles ne le seront jamais [...]. Le travail ici demandé à un agent est tel qu'il lui interdit de remplir convenablement sa mission. La réserve s'étend sur 30 000 km² environ de la terre la plus pauvre, la région ne présentant en sa totalité que du rocher ou presque. Un cultivateur de l'Illinois ou du Kansas rirait bien s'il entendait dire que quelque chose peut y pousser. Et cependant 17 000 Indiens s'emploient à y vivre sans l'aide du gouvernement. S'ils n'étaient pas les meilleurs Indiens de ce continent, ils n'y parviendraient pas [14]. »

Courageux dénonciateur des carences gouvernementales, Riordan s'attacha vite à ce peuple stoïque face aux coups de l'adversité. Il souhaita également lui faciliter le passage vers un mode de vie que les Blancs voulaient différent pour les Indiens et à l'image du leur. Deux priorités guidèrent, dès lors, son action dans ce but : liquider le lourd contentieux de l'esclavage légué par le passé ; améliorer les conditions d'existence sur la réserve par une initiation aux techniques nouvelles.

La question des esclaves demeurait fort complexe, les deux camps en détenant toujours malgré les lois en vigueur. Du côté des Blancs, le système du péonage subsistait en raison de l'attitude de nombre de propriétaires néo-mexicains qui s'étaient bien gardés d'informer de leur liberté les femmes et enfants navajos encore sous leur coupe. Certes, en 1872, une centaine de ces derniers avaient été rendus ; à cette nouvelle d'autres s'étaient évadés. Mais il en restait, malgré les plaintes des Navajos auprès du commissaire aux Affaires indiennes. De leur côté, les Blancs retournaient l'accusation contre la tribu. Riordan tenta alors de persuader aux uns et aux autres d'échanger leurs captifs. A quoi consentirent quelques chefs navajos qui, à leur grande surprise, virent revenir à eux les esclaves blancs récemment libérés... Le problème demeurait donc entier dans ce domaine. Par contre, l'agent obtint des résultats plus heureux dans ses efforts d'amélioration des ressources de la réserve. Après avoir conseillé une exploitation plus rationnelle de la forêt, il finança, à ses frais, la réparation d'une scierie qui rapporta bientôt à la tribu un revenu de 500 dollars, somme non négligeable à l'époque. Par ailleurs, il dirigea le creusement de canaux d'irrigation et parvint à obtenir un lot d'instruments aratoires qui allégèrent la peine des agriculteurs, tout en accroissant leurs chances de bons rendements si le climat y consentait. A cet égard, sa préoccupation majeure concerna le nécessaire agrandissement de la réserve vers l'est pour permettre à la fois le développement de l'élevage du mouton — ce dévoreur d'espace — et l'accès aux agriculteurs du secteur jusqu'alors tant contesté de la rive sud de la San Juan. Hélas, une fois encore, le puissant lobby washingtonien des fermiers et éleveurs blancs ruina les efforts de Riordan. En décembre 1883, les militaires intervinrent dans la partie inférieure du canyon Gallego d'où, sans tapage, ils chassèrent les occupants navajos en vertu de la récente acquisition de ce territoire par une compagnie d'élevage à capitaux britanniques, *The New-Mexico Land and Cattle Company*[15]. Pourtant, sans crier gare, les Navajos revinrent s'y établir en 1884. Devant leurs allées et venues si néfastes aux intérêts de ses amis anglais, le président Arthur trouva la solution à ce problème, en décrétant, le 17 mai 1884, le retour de ce secteur... au domaine public, en oubliant simplement qu'il avait été accordé à la tribu en 1880 ! Toutefois, il offrait à celle-ci, en compensation, 10 000 km² de désert incluant la majestueuse Monument Valley[16] au nord-ouest. Cette fois, les Navajos de la San Juan et de ses canyons méridionaux refusèrent de vider les lieux. Rien n'était donc réglé. Au successeur de Riordan d'aviser.

Car, en effet, Riordan, alarmé par le mauvais état de santé des siens qui ne s'étaient jamais vraiment habitués à la dure existence à Fort Defiance, s'en allait. Démissionnaire. Sa décision choqua si fortement Manuelito et Ganado Mucho qu'ils lui proposèrent 1 000 dollars pour qu'il demeure parmi eux. Bien que touché par cette marque d'estime, il maintint sa décision. Le vieux Ganado Mucho lui décerna alors, dans un langage imagé, le plus émouvant hommage dont agent eût jamais rêvé : « Avant sa venue, nous marchions à tâtons au fond d'un canyon où jamais ne pénétrait le soleil. Nous ne pouvions voir rien d'autre que les parois du roc nu. Monsieur Riordan prit la tête de notre marche et nous montra de magnifiques vallées avec de l'eau et de l'herbe en abondance. Il nous enseigna la pratique des idées nouvelles. Il nous apprit à construire des maisons, à creuser des canaux et à nous perfectionner de plusieurs façons[17]. »

Bowman, Parsons et les autres (1885-1893)

Aucun des successeurs de Riordan ne s'attira un tel dithyrambe. John Bowman moins que tout autre. Jamais les Navajos ne l'apprécièrent depuis qu'il imposa la présence d'un policier dans l'école ouverte à l'agence. Comme son prédécesseur, il se heurta à la question des esclaves détenus par la tribu et réclamés par les Néo-Mexicains. Afin de satisfaire ces derniers, il ordonna à Manuelito de rendre ceux de son entourage mais ce fut pour s'attirer cette réponse catégorique : « Je n'ai aucun contrôle sur eux, d'aucune sorte. Ils ne sont pas esclaves mais membres de ma famille, libres d'aller où ils veulent, de faire ce qu'ils veulent. » Cela était exact, en raison du statut particulier dont avait toujours bénéficié l'esclave en certaines tribus. L'histoire de l'Ouest offrit en permanence nombre de témoignages du même ordre, autour desquels l'on disserta toujours vainement afin de percer les raisons de l'étrange attachement du captif à son maître. Il semble qu'après une période d'assujettissement particulièrement pénible au début de sa captivité, l'esclave s'intégrait de lui-même, assez aisément, dans la petite société tribale dont il avait appris à partager les travaux et les jours. Son dévouement à l'intérêt commun lui valait alors d'accéder à une totale liberté puisqu'il avait gagné l'estime du groupe.

Bowman ne put que constater le fait et le signala au commissaire des Affaires indiennes dans une lettre du 15 mai 1884 : « [Les esclaves des Navajos] ne veulent pas être libérés et je ne vois pas comment nous serions capables d'y parvenir[18]. » En raison de cette situation, décidément impossible à régler du côté navajo, les captifs des Néo-Mexicains le demeurèrent à vie, avec leurs enfants. Ce qui expliqua, alors, les réticences des Navajos à envoyer leurs enfants dans des internats éloignés lorsque le gouvernement se mit en demeure d'appliquer sur la réserve son plan d'éducation.

Vaincu sur ce sujet-là, Bowman hérita à son tour du délicat problème posé par les Navajos de la San Juan, un véritable « serpent de mer » depuis 1868-1870. Il se rendit sur place, observa scrupuleusement la situation et rédigea un rapport qui minimisa la gravité de celle-ci. Malheureusement, l'incendie fortuit d'un ranch américain du voisinage (1885) le prit à contrepied, la masse des fermiers blancs criant, déjà, à la « révolte indienne », vieil argument invoqué depuis un siècle en pareil cas — de l'Est à l'Ouest —, chaque fois que les « civilisés » de la frontière lorgnaient les terres indiennes. Inévitablement les Néo-Mexicains exigèrent de Santa Fe l'envoi de troupes dans le secteur. Toutefois, à Washington, le commissaire aux Affaires indiennes, dûment informé, garda la tête froide. Il se borna sagement à ordonner au colonel William Parsons d'enquêter sur le fait. Aussi consciencieux qu'impartial, cet officier conclut son rapport en soulignant l'impérieuse nécessité de restituer aux Navajos les zones mises par eux en culture et dont le décret présidentiel de mai 1884 les avait injustement privés. Il fit mieux encore, face à l'opinion publique néo-mexicaine, en justifiant sa conclusion dans un article publié par le *Daily New Mexican* du 20 avril 1886 : « Les Indiens que j'ai rencontrés ici, écrivit-il, sont d'excellents citoyens, soucieux du respect de la loi et désireux de vivre en paix. J'admire, en général, l'homme de la frontière mais je dois reconnaître que, dans la situation présente, les colons indiens sont, de loin, de meilleurs citoyens, plus dynamiques et plus disciplinés que les Blancs qui les harcèlent[19]. » Renchérissant sur ces louanges, le commissaire Watkins recommanda la remise officielle aux Navajos du secteur disputé, un vœu auquel souscrivit le président Cleveland en signant le décret du 24 avril 1886. Naturellement, il mécontenta ce faisant les occupants blancs qui, dans les mois suivants, usèrent de la plus indigne tactique pour forcer la main présidentielle à revenir sur sa signature. Rien n'y fit. Les plus acharnés de ces combattants d'arrière-garde — trois familles particulièrement coriaces — durent être évacuées *manu militari* par la troupe, à laquelle s'était joint l'agent Patterson, successeur de Bowman[20].

Cette petite victoire des Navajos couronna dix années de lutte obstinée contre le Goliath américain. La tribu s'en rasséréna comme d'un témoignage de son unité et de son énergie. Elle pouvait se rendre justice, très légitimement, d'avoir parcouru un long chemin depuis 1868, sans sous-estimer le rôle majeur des agents qui, peu ou prou, l'avaient guidée — malgré les insuffisances de certains. Les uns l'avaient aidée par conviction profonde ; les autres par devoir, sans plus. Néanmoins, tous remplirent leur mission, quels que soient les travers de leur caractère. Cela malgré des difficultés de tout ordre — politiques, administratives, morales et matérielles, surtout. Face à eux, les Navajos les jugèrent à leurs actes en leur faveur. Ils apprécièrent l'homme capable de traduire humainement les directives d'un pouvoir fédéral trop inspiré par les principes rigides mûris et éclos dans la lointaine serre washingtonienne. Ce fut le mérite de

Riordan et de quelques autres, à cette époque, d'avoir ignoré les rodomontades de politiciens enivrés de leur propre éloquence. Tel le secrétaire à l'Intérieur Colombus Delano qui clamait, en 1872 : « Dans nos relations avec les Indiens, il faut toujours nous dire que nous constituons le camp le plus puissant [...]. Nous réclamons le droit de contrôler le sol qu'ils occupent. Nous osons dire que notre devoir est de les contraindre, si cela est nécessaire, à adopter et pratiquer nos us et coutumes[21]. » Tel, encore, le commissaire aux Affaires indiennes, Edward P. Smith (1873-1875), qui recommandait de « cesser [le plus tôt possible] de considérer les Indiens autrement que comme des sujets du gouvernement. Car ils ne sont strictement que cela. Le vote, dans ce but, d'une législation radicale est nécessaire[22] ».

Effectivement, elle s'élabora progressivement dans les années suivantes, moins au nom de la « Politique de paix » de Grant — maintenant dépassée — qu'à celui de principes toujours plus « radicaux », parfaitement résumés par le sénateur Pendleton, de l'Ohio, dans l'une de ses interventions : « Les Indiens doivent changer de vie ou mourir [donc] nous devons changer notre politique. Nous devons leur inculquer jusqu'au degré le plus élevé le sentiment de la demeure, de la famille et de la propriété. Ce sont là les racines mêmes de la civilisation » (1881). Ce à quoi s'employait, depuis dix ans à cette date, les premiers éducateurs envoyés chez les Navajos mais avec des méthodes qui, les eût-il connues, auraient, espérons-le, choqué le brave sénateur.

L'éducateur, missionnaire du nouveau savoir

Au contraire de l'agent qui, avec de modestes moyens matériels, tente de construire pour la tribu un avenir meilleur, le pédagogue doit détruire, d'abord, le « système des valeurs indiennes » (*system of Indian values*) pour leur substituer celles de la civilisation anglo-saxonne, seule dispensatrice de bonheur... Il faut pour cela remodeler, « radicalement », les esprits de la jeune génération afin de lui inculquer les concepts de la société dominante. Dès 1871, *The Presbyterian Home Mission Board* (Conseil des missions presbytériennes intérieures) s'attela à cette tâche délicate en dépêchant à Fort Defiance, où elle arriva à l'automne, sa première représentante, Miss Charity Gaston.

Les premières classes

A l'entrée des Canyon Bonito, Fort Defiance présentait alors
l'aspect d'une localité informe, vaguement centrée sur les bâtiments
de l'armée, où commandait le brave capitaine Bennett, et sur ceux de
l'agence dirigée par Thomas V. Keam. Alentour s'éparpillaient des
tentes, des cabanes, des abris de terre et de bois qui hébergeaient une
maigre et pauvre population. Dans la perspective de la venue d'une
institutrice, le capitaine et l'agent y avaient ajouté une petite
construction d'adobe pompeusement baptisée « École ».

A la veille de son ouverture, l'on pouvait nourrir quelques
légitimes inquiétudes relatives à sa fréquentation, en premier lieu. Sur
une réserve à la population clairsemée et semi-nomade, en fonction
des errances saisonnières de ses moutons, comment la clause
d'obligation scolaire stipulée par l'article 3 du traité de Fort Sumner
pourrait-elle être respectée ? Il était prévisible que les élèves ne
viendraient ni assidûment ni massivement au maître d'école, à moins
d'un changement profond des habitudes de vie de leurs parents. Ce
particularisme local s'annonçait donc gênant pour le suivi des études.
Mais quelles études ? Le gouvernement n'avait alors aucune politique
spécifique en matière d'éducation des jeunes Indiens. Ne disposant
d'aucun pédagogue réellement qualifié, il confia aux missions le soin
d'en trouver, tout en leur laissant le libre choix des programmes
d'éducation. Autant dire que, quel que soit le dogme dont se
réclamait chacun de ces organismes, le christianisme allait entrer dans
les réserves. Cette question réglée en haut lieu, le Congrès se
contenta d'allouer un budget global de 140 000 dollars pour la
construction des écoles — une misère. Rien d'étonnant, par conséquent, à la vue du très modeste bâtiment de Fort Defiance où Miss
Charity Gaston se disposait à officier.

Dès les premiers jours, elle se désola de constater des vides,
beaucoup de vides, parmi les 23 places offertes. Quelques parents y
hasardaient leurs enfants puis s'installaient au fond de la pièce,
attendant patiemment le repas de midi inclus dans la prestation
scolaire, selon le système en vigueur. Ils revinrent ponctuellement,
jamais les mêmes, de sorte que selon les jours, l'effectif variait de 3 à
10 élèves auxquels l'interprète navajo traduisait les propos de
l'institutrice, celle-ci surprise de la disparition de son auditoire, une
fois le déjeuner avalé... Compatissant, le capitaine Bennett voulut
bien lui fournir l'explication suivante : « Mademoiselle, vos jeunes
élèves sont, en réalité, les enfants les plus malingres des familles qui
vous les envoient. Ils ne viennent vous voir que pour la nourriture. »
Après quelques mois de cette épreuve, Miss Charity sentit faiblir en

elle l'enthousiasme de son apostolat pédago-évangélique, alors qu'à l'inverse sa flamme grandissait pour le médecin militaire qui la courtisait à ses heures. Une fois mariés, ils allèrent fonder leur propre mission chez les Pueblos de Laguna à mi-chemin d'Albuquerque. *Happy end* pour Miss Gaston.

Le conseil presbytérien, quant à lui, n'abandonna pas Fort Defiance où, dix ans durant, une majorité de femmes se succédèrent en chaire. En 1879, l'effectif de leurs élèves se stabilisa autour d'une moyenne de 11, un total encore insuffisant. A cela, une double explication : la difficulté d'accès à la localité par manque de routes et les travaux saisonniers retenant les enfants auprès de leur famille. L'on envisagea, dès lors, la construction d'un internat pour lequel la générosité du Congrès se limita à l'allocation d'un crédit de... 875 dollars (1880). Néanmoins, le capitaine Bennett parvint à ouvrir le chantier, grâce au concours bénévole des Navajos. Les travaux en étaient bien avancés lorsque se présenta le superviseur de l'entreprise, le digne J. D. Perkins, représentant du conseil presbytérien. Ayant décrété que l'établissement devrait abriter 60 pensionnaires environ, il recommanda de ne pas lésiner sur la qualité de la construction.

Manuelito voyait d'un bon œil s'élever celle-ci. Enchanté par la perspective du savoir promis aux enfants de son peuple, il confia un jour au jeune « Chee » Dodge, interprète patenté des pédagogues en poste à Fort Defiance : « Mon petit-fils, les Blancs possèdent beaucoup de choses qui nous sont nécessaires mais que nous ne pouvons obtenir. Comme s'ils habitaient un canyon herbeux avec leurs chariots, leurs charrues et une abondante nourriture. Nous autres, Navajos, nous perchons sur la mesa aride. Nous les entendons parler mais sans les comprendre. Mon petit, l'éducation est une échelle : commande aux mains de s'en saisir[23]. »

Écoles-casernes

L'on ne sait quel fut le sentiment du vieux chef à la vue du bâtiment achevé : une petite construction d'adobe au toit plat reposant sur d'épaisses parois percées d'une porte étroite et d'une fenêtre unique aux volets de fer clos à la nuit. A la vérité, une sorte de trou à rats, décrit en ces termes par le major John G. Bourke, de passage en ces lieux : « Un bunker misérable, crasseux et sombre, sentant le moisi et abritant 18 bat-flanc. » Dès son ouverture, et malgré l'invite pressante des autorités, la fréquentation laissa à désirer, les internes marquant peu de goût pour le régime imposé. Cheveux obligatoirement coupés à leur arrivée afin d'éviter les poux, pauvrement vêtus d'habits de calicot taillés par l'institutrice, nourris de force à la fourchette parce qu'ils détestaient la nourriture américaine, ils subissaient là un enseignement sans réel intérêt à leurs yeux et à ceux de leurs parents. Aussi filaient-ils discrètement à la première occasion comme le constata, en 1884, l'agent Bowman : « Ils viennent, restent un ou deux jours, obtiennent quelques vêtements puis s'enfuient vers les *hogans*. Peu d'entre eux sont assidus. L'école fait peu de bien. »

C'était exactement l'opinion de Manuelito qui déchanta avec d'autant plus d'amertume que, l'année précédente, son fils venait de mourir de tuberculose à la *Carlisle Indian School* (Pennsylvanie) où il était entré en 1882. Ouvert en 1879, par un ex-lieutenant de cavalerie, Richard Henry Pratt[24], cet internat accueillait des garçons et des filles provenant des tribus soumises et entrées sur des réserves. Lavés, désinfectés, peignés, cheveux courts, fichés, classés, enrégimentés sous un uniforme aussi strict que la discipline militaire régissant leur existence quotidienne, ces enfants — de troupe pourrait-on dire — recevaient une formation théorique et pratique qui les retenait, à dessein, de longues années éloignés de leur tribu. Ainsi coupés de leurs racines, remodelés selon « les voies de l'homme blanc », ces adolescents devaient incarner à leur sortie le « nouvel Indien » dont rêvaient éperdument les politiciens et les philanthropes penchés sur le destin de l'homme rouge. Celui du fils de Manuelito, stoppé par la mort, annonça 5 autres décès d'élèves navajos du même établissement. Dès lors, la tribu éprouva le plus vif ressentiment contre le système éducatif des Blancs, l'agent Bowman lui donnant sur place une mauvaise image de celui-ci en plantant un policier indien à la porte de l'internat local afin d'interdire les évasions. En 1885, 33 internes étaient inscrits à Fort Defiance, témoignant par là d'une fréquentation légèrement améliorée mais encore loin de répondre aux espérances des missionnaires. Dans son rapport annuel, l'agent avança à cela une explication : « Habituellement, les filles se marient dès l'âge de dix ou douze ans, après qu'elles ont gardé les moutons. Les garçons, également, se marient très jeunes et deviennent chefs de famille avant dix-huit ans. Jusque-là, ils ont gardé les chevaux. Cela ne laisse aux uns et aux autres que peu de temps pour s'éduquer. D'ailleurs, il semble impossible d'éveiller leur intérêt dans ce but. J'ai travaillé dur pour construire l'école, ici. J'ai discuté, amadoué, prié, suborné et menacé, rien n'y fait. Je crois qu'il faudrait utiliser des moyens arbitraires pour contraindre à la fréquentation. »

Kidnapping légal

Or, ces « moyens arbitraires » étaient alors officiellement recommandés par l'un des articles des « Règlements » édictés sur ce point, en 1884, par le Bureau des affaires indiennes. L'on y lisait : « L'on attend des agents qu'ils remplissent les internats d'élèves indiens par la persuasion, d'abord. Si elle ne suffit pas, en supprimant les rations ou les annuités ou par tout autre moyen capable de conduire au but poursuivi[25]. » A cette époque, le Sud-Ouest abritait 5 internats de réserve, outre celui de Fort Defiance. Devant les réticences des tribus à y envoyer leurs enfants, les agents reçurent l'ordre de « ramasser » ces derniers partout où ils le pourraient.

La méthode fut largement appliquée à partir du vote par le Congrès, en 1887, de la loi d'éducation obligatoire pour les Indiens (*Compulsory Indian Education Law*). Dès lors, de nouveaux internats furent construits, dont 8 chez les Navajos, grâce aux fonds attribués par le Bureau qui en partageait l'administration avec les dénominations religieuses — presbytériens, catholiques, méthodistes, entre autres. C'est alors que l'agent pratiqua à sa manière le ramassage scolaire en embarquant dans sa carriole, à l'insu des parents parfois, les filles et garçons rencontrés pour les expédier en de lointains internats-prisons, pour trois à cinq ans de séjour. Outre les mauvais traitements qui leur y étaient réservés pour peu qu'ils se montrent indociles, l'une des premières mesures prises par la direction de chaque établissement visait à interdire l'emploi de la langue maternelle, conformément aux instructions du commissaire John D. C. Atkins (1887) : « Instruire les Indiens dans leur langue maternelle est non seulement inutile pour eux mais préjudiciable également à la cause de l'éducation et de la civilisation. [Cet enseignement] ne sera plus permis en aucune des écoles contrôlées par le gouvernement [...]. L'on considère que l'enseignement de toute langue maternelle indienne par les missionnaires dans les écoles de réserve peut dresser l'élève et ses parents contre l'anglais [...], or, cette dernière langue assez bonne pour un Blanc ou un Noir doit l'être aussi pour l'homme rouge. Apprendre à un jeune Indien son propre dialecte barbare lui porte nettement préjudice. Il est évident que civiliser les Indiens de ce pays en un autre langage que celui de notre propre monde est impraticable sinon impossible[26]. »

A ce sujet, une vieille Indienne rencontrée par Vine Deloria Junior, écrivain sioux, lui confia ses souvenirs d'école : « Quand nous entrâmes à l'école de la mission, nous fûmes soumis à une règle nous interdisant l'usage de notre langue, sous peine de recevoir des coups de baguette. Ainsi, le nouveau venu devait rester muet jusqu'à ce qu'il soit capable de s'exprimer en anglais. Tous les garçons reçurent un nom anglais car nos noms indiens étaient bien trop difficiles à prononcer pour nos maîtres qui de plus les considéraient comme des noms païens [...]. De la sorte Tae-Noo-ga-wa-zhe fut rebaptisé Philip Sheridan tandis que Wapah-dae devint Ulysses S. Grant[27]. »

Tout ne fut pas uniformément négatif dans cette éducation que l'on eut trop tendance, par la suite, à critiquer pour, finalement, la rejeter en bloc. Mais il est vrai que, dans le moment, l'opinion publique indienne s'alarma des méthodes employées, des premiers résultats acquis et n'accueillit pas favorablement les jeunes, retour de ces internats où elle les accusait d'avoir « perdu leur âme indienne ». Les rafles d'élèves, surtout, la heurtèrent profondément, suscitant çà et là, à la base, de violentes protestations. Telle celle dont fut victime, en 1892, l'agent Dana Shipley dans l'accomplissement de cette corvée imposée.

Tension à Round Rock (1892)

Au début de l'automne de cette même année, Shipley se présenta au comptoir commercial de Charlie Hubbell, à Round Rock, au nord du canyon de Chelly. Il avait pour mission d'embarquer dans sa carriole des élèves destinés à l'internat du secteur. Il y rencontra Black Horse et quelques membres de sa bande qui s'interposèrent. L'agent argumenta et s'échauffa à proportion de ses antagonistes. Devant leur attitude hostile, il menaça d'appeler la police indienne. « Chee » Dodge, présent à ce moment-là, tenta de calmer la querelle mais en vain. Il y eut des coups. Shipley n'eut que le temps de se réfugier dans le bâtiment autour duquel les partisans de Black Horse montèrent la garde deux jours durant. Sans intention de le molester davantage, avouèrent-ils plus tard, après l'arrivée des soldats qui libérèrent le captif.

Simple épreuve de force entre deux hommes, cet incident ne freina nullement ni le développement des internats ni leur recrutement. Deux ans après, celui de Fort Defiance — considérablement amélioré et agrandi — abritait 206 élèves. Un progrès notoire qui eût réjoui Manuelito et Ganado Mucho s'ils avaient encore été de ce monde.

La génération des vieux lutteurs s'éteignait alors que la culture de la société dominante pénétrait toujours davantage la réserve. Externats et internats s'y multipliaient, nantis d'une administration distincte à partir de 1897, année durant laquelle le Congrès supprima les subventions aux écoles confessionnelles. Loin de se décourager, les missionnaires maintinrent leur présence par leurs églises, assorties d'écoles de mission. En 1898, ils virent s'installer les Franciscains à Saint-Michaels — où ils sont toujours — alors que, presque simultanément, les presbytériens ouvrirent une nouvelle mission à Ganado — dont le nom perpétuait le souvenir du grand Ganado Mucho. A deux pas de l'important comptoir commercial de leur riche bienfaiteur, John Lorenzo Hubbell, illustrissime héros de la pacifique épopée des *traders* établis chez les Navajos depuis 1871.

Le marchand, l'homme-miracle

Cheville ouvrière d'une politique de prise en main et de civilisation de l'Indien, l'agent fut chargé de lui révéler puis de lui inculquer le rudiment de ce concept. Il s'y dévoua avec plus ou moins de bonheur, en fonction de ses qualités personnelles et du degré de sa conviction. Il représenta toujours un système gouvernemental qui lui demanda moins de se faire aimer que d'être d'une efficacité maximale dans sa fonction, si temporaire fût-elle. De son côté, l'éducateur, bardé de principes philosophiques, incarna un autre système non moins exigeant qui, par d'autres voies, poursuivait la même finalité que celui dictant l'action de l'agent.

Le marchand *(trader),* quant à lui, n'était pas de leur monde. Il s'appartenait pleinement comme représentant de la libre entreprise à l'américaine, étrangère aux injonctions d'une quelconque institution, d'un quelconque pouvoir. Totalement libre et indépendant. Conscient de sa solitude en son affaire. Tendu vers la réussite matérielle, son unique et exigeant credo, il n'a d'autre principe d'action que de répondre aux vœux de sa clientèle, gage de son profit. John Lorenzo Hubbell, avec qui nous lierons plus complète connaissance dans un instant, philosopha volontiers sur la profession.

« Le premier devoir du commerçant est, selon moi, de se soucier du bien-être matériel de ses voisins ; de les inciter à produire ce qui convient le mieux à leurs inclinations naturelles et à leurs talents ; de les traiter honnêtement et de les incliner à agir de même avec autrui [...] ; de trouver un marché pour leurs produits et de veiller avec vigilance qu'ils perfectionnent sans cesse ceux-ci ; de leur indiquer ce qui vaudra le meilleur prix. Cela ne signifie point pour autant que le marchand doive négliger la recherche d'un juste profit pour lui-même car le tort qu'il subirait se reporterait sans cela sur les Indiens eux-mêmes. »

Le commerçant arriva sur les premières réserves à la manière des anciens colporteurs blancs autrefois aventurés parmi les tribus — encore libres — pour y pratiquer le troc. Toutefois, dans le Sud-Ouest, une longue tradition commerciale jouait en sa faveur.

Elle avait pris racine dans les échanges intertribaux de la période archaïque, d'une part, puis, d'autre part, dans les foires de Taos et d'Abiquiu, au Nouveau-Mexique, ou de Chihuahua (Mexique), contemporaines des Espagnols. Un jour, l'Indien avait ainsi découvert des produits étrangers dont la fascination l'attira désormais hors de son territoire, d'où le succès de ces « rendez-vous » annuels dans lesquels le marchand blanc prit une importance grandissante tout au long de la période hispano-mexicaine. L'Anglo, à son tour, y était apparu par le biais du « commerce de Santa Fe », à partir des années 1820. Plus tard, avec les troubles qui, deux décennies durant, suivirent l'installation des Américains dans le Territoire, ces échanges connurent une longue morte saison. L'immobilisation contrainte des Navajos à Bosque Redondo leur donna néanmoins un début d'existence, sévèrement surveillée par le rigoureux Carleton. C'est à Fort Sumner pourtant que se réveilla l'intérêt des captifs pour les nouveautés matérielles en provenance du monde des Blancs, moins du fait des *traders* autorisés à y exercer leur négoce que de celui de l'armée. Elle leur révéla des denrées comme la farine de blé, le sucre et le café ; des tissus tels le calicot et le velours ; des instruments aratoires (houe, bêche, charrue) et des outils (marteaux, haches, pinces, pointes).

Ces commodités alors obtenues créèrent des besoins, une fois rejointe la réserve natale. Le gouvernement y pourvut alors, temporairement, chichement, avant que n'apparaisse le *trader*. Nanti d'une licence officielle délivrée par Washington, il installa d'abord son chariot — véritable capharnaüm ambulant — dans un lieu facile d'accès, monta sa tente et reçut ses premiers clients derrière ses planches posées sur deux barils. Avec eux, il pratiqua le troc, en toute honnêteté car il se savait épié, soupesé et jugé. Un jour, avec le temps et la confiance de sa clientèle acquise, un bâtiment de bois ou de pierres sèches remplaça ce trop fragile campement. Un « trading post » naquit, modeste d'abord puis de plus en plus conséquent, en raison de l'accroissement du chiffre d'affaires de son propriétaire. Pourtant, quels que fussent sa nécessité et son avantage pour les clients accourus des secteurs environnants, cet établissement n'aurait point subsisté si l'homme qui le gouvernait n'avait attesté par son comportement des qualités indispensables à son enracinement dans le pays : droiture, esprit de tolérance, dévouement.

Le souvenir et l'action de certains de ces aventuriers à la bonne enseigne méritent d'être évoqués, tant leur rôle marqua profondément la vie navajo dès la fin du siècle dernier.

Après avoir perdu sa fonction d'agent des Navajos, du fait des intrigues menées contre lui par Arny (« Tarentule »), Thomas Varker Keam et son frère William ouvrirent, rappelons-le, un comptoir commercial dans le canyon qui, depuis, porte leur nom (1875). L'amitié des Navajos — dont ils étaient « parents » en raison de leurs épouses indiennes — leur assura un prompt succès. Au terme de quelques années, les *Keam Brothers* servaient quelque 2 000 Indiens tant Hopis que Navajos, leur poste étant situé à la lisière du secteur conjointement occupé par ces deux tribus depuis le décret de 1882. *Keam's Canyon Trading Post* comprenait alors une quinzaine de bâtiments abritant une intense activité. En 1884, Thomas, son véritable directeur, souhaitant participer à l'œuvre d'éducation en faveur des Indiens, offrit au secrétaire à l'Intérieur d'héberger une « École professionnelle indienne ». Cinq ans plus tard, après avoir vendu son premier établissement au gouvernement, il édifia un nouveau comptoir, plus modeste par ses dimensions, au débouché du canyon, à 2 km à l'ouest (aujourd'hui *Keam's Canyon Shopping Center*, bien connu des touristes). Parmi les illustres visiteurs qu'il y accueillit comptèrent le général Nelson A. Miles, l'écrivain Lew Wallace (auteur de *Ben-Hur*), le président Theodore Roosevelt, le peintre E. A. Burbank et l'ethnologue James Mooney, du *Bureau of American Ethnology*. En 1898, Keam acquit sa dernière licence qui le conduisit à la fin de sa carrière (1903) lorsqu'il vendit ses installations à son concurrent direct, John Lorenzo Hubbell. Il regagna alors son Angleterre natale où il mourut le 30 novembre 1904.

Don Lorenzo, le « Czar de l'Arizona nord » (1874-1930)

Honorablement installé par la postérité dans l'histoire de cet État, John Lorenzo Hubbell fut plus modestement connu des Blancs sous le nom de Don Lorenzo et des Navajos sous le double surnom de Old Mexican ou de Double Glasses (en raison de ses lorgnons). Sa vie durant, il grimpa allégrement tous les échelons de la réussite sociale (commerçant, shérif d'Apache County, membre de la législature puis du Sénat d'Arizona) sauf le dernier, qui l'eût hissé au fauteuil de sénateur à Washington, si les électeurs l'avaient mieux entendu.

Son père, James Lawrence Hubbell, un *Yankee* presbytérien du Connecticut, s'était fixé au Nouveau-Mexique au lendemain de sa démobilisation, après la guerre contre Mexico. Il y avait épousé une riche héritière, Julianita Gutierrez, descendante d'une vieille famille de Tolède, autrefois passée en Nouvelle-Espagne. Juan Lorenzo naquit de cette union, sur le domaine maternel de Pajarito, près d'Albuquerque (1853). Baptisé catholique, éduqué en privé jusqu'à l'âge de douze ans, il entra à la *Farley Presbyterian School* de Santa Fe d'où il sortit cinq ans plus tard pour s'en aller vagabonder à cheval dans le territoire, du pays des Païutes (Utah) à celui des Hopis (futur Arizona). Soucieux de se fixer, il occupa quelque temps la fonction de secrétaire-interprète-guide à Fort Wingate où il se familiarisa avec les Navajos et le commerce local. Puis, ayant repéré, à l'ouest, la vallée d'un *arroyo* aux rives ombragées de peupliers (Pueblo Colorado Wash), et arrosant une zone bien pourvue en herbe, il décida d'y édifier, à son compte, un premier comptoir.

Après des débuts prometteurs dans le négoce indien, il s'enhardit à

acquérir un lot de 64 ha de terres *(Homestead)* sur lequel il construisit deux bâtiments, riverains du cours d'eau (1876). Lorsqu'en
1880 la réserve s'étendit de ce côté-là, en vertu du décret présidentiel
déjà noté, une loi du Congrès l'autorisa à demeurer sur place, à la
grande satisfaction des Indiens et, en particulier, du chef Ganado
Mucho (en navajo : Totsohnii Hastiin ou l'Homme-du-Clan-de-la-
Grande-Eau) dont c'était le territoire. C'est alors qu'Hubbell honora
ce dernier, devenu son ami, en baptisant l'endroit de son nom (ce qui
évitait la confusion avec la localité de Pueblo, au Colorado).

Le succès aidant, l'entreprenant jeune homme adjoignit à son
comptoir originel un long bâtiment de pierre (1883) qui devint le
centre d'un ensemble de constructions annexes aux fonctions respectives dignes d'un domaine féodal. La ferme et ses dépendances
régnaient sur des cultures de maïs, de courges, de haricots, de
pommes de terre et d'abricotiers. De vastes enclos enfermaient
chevaux, mules, vaches, ovins et volaille à proximité de la grange. La
boulangerie nécessitait l'emploi permanent d'un boulanger qui en
vint à retirer de son four jusqu'à 400 pains par semaine. Le forgeron
entretenait les chariots et le matériel agricole, tout en ferrant les bêtes
de trait qui amenaient jusque-là les marchandises, depuis Albuquerque ou Flagstaff. L'instituteur, rétribué par le maître des lieux,
enseignait, dans sa classe bien aménagée, le rudiment aux enfants des
employés. Enfin, un atelier hébergeait des femmes navajos qui,
dûment salariées, tiraient de leurs métiers à tisser les couvertures et
les tapis vendus par Hubbell soit aux clients de passage soit aux
représentants des grands commerçants de gros des villes de l'Ouest.

Le cœur vivant de cette ruche éminemment laborieuse s'abritait
dans la grande pièce du bâtiment central, un lieu surnommé « l'antre
du taureau » *(The Bull Penn)*. Meublé sur trois de ses côtés d'un
solide comptoir de bois volontairement surélevé pour décourager les
voleurs, cet endroit regorgeait de stupéfiantes merveilles, dignes de la
caverne d'Ali Baba. Au-dessus des produits rangés sur les rayons
muraux ou sur le comptoir lui-même, des peaux tannées, des lassos,
des brides et des harnais pendaient des poutres. En cet endroit, le
nécessaire et le superflu cohabitaient dans une enivrante diversité,
génératrice de toutes les convoitises : le café Arbuckle, célèbre dans
tout l'Ouest ; des sacs de farine et de sucre ; des caissettes de tabac
Bull Durham ; des étalages bariolés de boîtes de conserve superbement décorées de fleurs — et qui, contrairement à ce que croyaient
les Indiens, au début, ne contenaient pas de fleurs mais de grosses et
savoureuses pêches de Californie ou de lait condensé. A côté
s'entassaient des coupons de calicot et de velours ; des pantalons de
grosse toile bleue inusable à rivets de cuivre, sortis des fabriques de
Mr. Lévi Strauss ; des couvertures Pendleton[28]. Puis des pelles, des

haches pour tailler les troncs des *hogans*, du petit outillage (pinces, cisailles, poinçons et tenailles pour façonner les bijoux d'argent), des bottes de cow-boy, des selles texanes enfourchant chacune leur chevalet, etc. Mille trésors réunis en cet emporium du désert pour des clients indiens éblouis par les richesses des Blancs...

Hubbell achète et vend. Il paie de 5 à 10 *cents* la peau de mouton, de 20 à 50 celle de chèvre. Il acquiert la couverture présentée par la tisseuse navajo ou la laine, payée à la livre, de la dernière tonte. En retour, il donne des jetons de métal frappés à sa marque mais qui, un jour, seront remplacés par des dollars d'argent. Contre quoi, le client ou la cliente se procure le nécessaire : du sucre et du café (dont le goût est venu aux prisonniers de Fort Sumner) ; des boîtes de conserve qui, une fois vides, serviront de récipients ; quelques mètres de tissu — car les épouses des employés du poste militaire ont révélé aux Indiennes la fabuleuse machine à coudre et l'art de s'en servir ; une couverture de camelote à usage personnel car il est rare, alors, que le Navajo porte celle tissée par sa femme — un bien trop précieux pour cela et qu'Hubbell achète avec d'autant plus d'empressement que le marché extérieur réclame ce produit, s'il est de qualité.

A la période classique des « couvertures de chef » (couverture personnelle ou pour la selle, utilisant la *bayetta*) succéda, après 1875, celle des couleurs artificielles à l'aniline et du filé à quatre fils fabriqué à Germantown (Pennsylvanie), produits qui apparurent, vers 1880, dans les comptoirs commerciaux. Une large palette de teintes nouvelles (pourpre, incarnat, vert clair, orange, jaune) fut alors offerte à la femme navajo dont l'inspiration se laissa emporter vers une véritable frénésie de couleurs. Elle maria si hardiment celles-ci que la dominante rouge vif de ses couvertures leur valut l'appellation expressive d' « éblouisseurs » *(eye dazzlers)*.

Pour séduisante qu'elle ait été au premier regard, cette production, facilitée par le filé Germantown d'un emploi commode par sa solidité, manifesta bientôt une inquiétante baisse de qualité. La belle abstraction des motifs décoratifs intérieurs fit place à des stylisations de maisons, d'animaux, de locomotives et de bannières étoilées — ces deux derniers sujets reflétant l'influence de la société dominante —, mais d'un dessin puéril et de couleurs criardes. Le marché donna alors des signes d'effondrement tels qu'une contre-offensive s'imposait de la part des commerçants auprès de leurs ouvrières. Pour cela, ils guidèrent leur inspiration vers une qualité répondant aux goûts de la clientèle extérieure. Hubbell, par exemple, demanda à son ami le peintre E. A. Burbank qui, longuement, résida sous son toit à Ganado, toute une série de motifs peints à l'huile qu'il présenta à ses employées navajos. Elles se mirent à l'ouvrage en brodant sur ces motifs au gré de leur conception personnelle. Le résultat final fut, dans l'ensemble, si heureux que la qualité revint dans une production maintenant destinée à un marché de plus en plus étendu.

L'artisan à coup sûr le plus émérite de cette large diffusion de l'artisanat indien fut le dynamique fondateur des hôtels et buffets des gares du *Santa Fe Railroad,* Frederick Henry Harvey dit Fred Harvey[29]. Avec un sens aigu des affaires et de la publicité, il construisit près de la gare d'Albuquerque *The Indian Building* qui abrita des métiers à tisser. Des femmes navajos y travaillaient durant l'arrêt des trains, à titre de démonstration pour les voyageurs, aussitôt tentés par les belles couvertures et les beaux tapis exposés.

Le commerce des tissages navajos expédiés dans l'Est en 1899 représenta un total de 50 000 dollars, une somme qui décupla en 1913 pour atteindre 750 000 dollars en 1923. A cette dernière date, 5 500 tisseuses étaient à l'ouvrage sur la réserve, auxquelles Hubbell dut une large part de sa prospérité. En 1902, son empire englobait 24 comptoirs, des ranches, 2 entrepôts. Ses lignes de diligence sillonnaient la région tandis que ses centres de distribution absorbaient — outre les couvertures, les tapis et la joaillerie navajos — la volumineuse production de laine de la tribu (un million de livres en 1886, le double en 1890[30]). L'Amérique découvrit alors l'artisanat navajo dans sa séduisante diversité et son admirable qualité.

Hubbell ne fut probablement ni un philanthrope ni un exploiteur. Simplement un homme engagé, à son heure, dans une aventure particulière, exigeante, d'une envergure personnelle certaine en raison de la multiplicité des fonctions réservées au marchand et qu'il définit en ces termes : « Dans ce pays, le *trader* est tout à la fois commerçant, père, confesseur, juge de paix, cour d'appel, chaman en chef. En fait, il est le czar du domaine sur lequel il règne. » Il aurait pu ajouter, en toute vérité : diplomate, ambassadeur, écrivain public, ingénieur polyvalent, conseiller intime. Toutes fonctions qui, dans son secteur, réunissent en sa propre personne celles de l'agent des Affaires indiennes, de l'éducateur et du missionnaire.

John Lorenzo Hubbell quitta ce monde en 1930, en léguant sa couronne à son fils Roman, disparu en 1957. L'épouse de ce dernier administra le comptoir jusqu'en 1967, date à laquelle il était déjà classé Site historique national. Administré, depuis, par le Service des parcs nationaux et exploité par l'Association des parcs et monuments du Sud-Ouest, *Hubbell's Trading Post* est toujours en activité, à Ganado, pour les Navajos et les touristes. Le souvenir du « czar » y est entretenu avec une sorte de dévotion qui tend à reléguer dans l'oubli celui de nombre de ses collègues dont les entreprises plus modestes, souvent fragiles, participèrent néanmoins de la grande aventure des *traders* en pays indien. Celle des frères Richard et John Wetherill, les découvreurs des vestiges de la brillante culture des Anasazis[31], vaut d'être contée, au moins dans ses grandes lignes.

Les Wetherill, traders-*archéologues (1898-1920)*

Richard et John cumulèrent, un temps, ces deux fonctions pour confier ensuite la première à leur épouse respective, eux-mêmes étant trop sollicités par la seconde dans laquelle ils s'étaient acquis une grande renommée. Dès lors, Marietta et Louisa mirent leur forte personnalité, leur esprit d'initiative et leur courage au service de leur « commerce indien » qui ne fut jamais à Hubbell que ce que l'épicerie de quartier est, de nos jours, à l'hypermarché.

Richard et Marietta s'installèrent en 1898, avec leur bébé de deux mois, dans une humble bâtisse de pierre et d'adobe construite dans les ruines de Pueblo Bonito, au centre de Chaco Canyon (Nouveau-Mexique). En ce haut lieu de la culture des Anasazis, deux archéologues amateurs, Talbot et Fred Hyde, menaient, depuis 1891, des fouilles qui, outre Richard, employaient une centaine de Navajos du secteur. Pour nourrir et équiper cette main-d'œuvre, Richard proposa à ses commanditaires l'ouverture d'un comptoir dont les revenus iraient à leurs travaux. D'emblée, son épouse se dévoua à ce négoce par lequel elle échangeait des denrées et des articles divers contre les moutons, les chèvres, les chevaux, la laine et la joaillerie des Navajos dont, ce faisant, elle découvrit la mentalité, les mœurs et apprit le langage. Le succès aidant, le couple acquit des couvertures dont le marché s'élargissait alors. Afin d'obtenir une laine de grande qualité, Richard croisa des *churros* avec des moutons anglais importés du Canada. Avec les années, il put fournir ainsi aux tisseuses navajos le produit recherché. L'emploi, par les mêmes, de teintures naturelles, la liberté laissée à leur inspiration dans l'invention et la coloration des motifs décoratifs aboutirent à la confection de tapis de haute tenue. Par ailleurs, dans le domaine de la joaillerie, Richard fournit aux artisans navajos le petit outillage nécessaire ainsi que les dollars mexicains — le matériau — dont la teneur en argent était alors supérieure à celle des pièces américaines.

Grâce aux profits retirés du commerce de ces deux produits, il put racheter à ses associés leur part sur le comptoir, maintenant enrichi de bâtiments annexes. Malheureusement, Washington ayant accusé l'équipe de contrevenir à la loi protégeant le patrimoine national, les fouilles durent être abandonnées dans Chaco Canyon (1902). Dès lors, le couple Wetherill connut une période d'adversité, tragiquement conclue par l'assassinat de Richard, tombé sous les balles d'un Navajo fortement endetté envers lui (1910).

Il laissait cinq enfants à la charge de Marietta qui, incapable de se faire payer par de trop nombreux débiteurs indiens, dut fermer boutique pour aller finir ses jours, assez misérablement, à Albuquerque (juillet 1954).

A cette date, et depuis dix ans, John et Louisa Wetherill n'étaient plus. Mariés en 1896, ils demeurèrent quatre ans sur le ranch paternel, au nord de Mesa Verde. Une succession de mauvaises récoltes les ayant contraints à rechercher ailleurs les moyens de vivre, ils s'adressèrent aux frères Hyde, les associés de Richard. Ceux-là leur confièrent la gérance d'un petit comptoir annexe, à Ojo Alamo, non loin de Chaco Canyon, dans un secteur peuplé de nombreuses familles navajos établies hors de la réserve. Elles furent, tout naturellement, les premières clientes de Louisa, responsable du négoce en raison des longues absences de son époux, engagé comme guide des expéditions de recherche et d'étude des sites Anasazis des Quatre-Coins. Son enthousiasme, son dynamisme et sa curiosité pour la vie indienne annonçaient déjà en elle la femme exceptionnelle qu'elle devait devenir.

Réceptionner les marchandises et denrées livrées depuis Albuquerque et Farmington par de lents chariots sillonnant en toute saison ces solitudes désertiques ; traiter avec les Navajos ; assurer quotidiennement la bonne marche d'une affaire avant tout fondée sur de bons rapports avec les Indiens : tout, pour Louisa, ne fut qu'expérience et source d'un intérêt si constant et si sincère qu'elle apprit leur langue en les écoutant au fil des jours. Elle découvrit aussi leur misère et leurs besoins les plus criants que sa générosité innée aida à satisfaire sans autre contrepartie que leur sympathie toujours plus affirmée. Peu à peu admise dans les *hogans*, elle y prêta l'oreille aux récits des conteurs qui évoquaient soit l'histoire tourmentée de la tribu, soit les légendes venues du fond des temps navajos, soit encore l'aveu des croyances secrètes de cette population à la vie spirituelle si déterminante dans le quotidien de l'individu ou du groupe.

En 1902, par suite de l'interdiction de la poursuite des fouilles dans Chaco Canyon, John acquit la pleine propriété du comptoir d'Ojo Alamo. Quatre ans plus tard, après une série de déboires dus à la persistance de la sécheresse qui ruinait ses clients, le couple abandonna l'endroit pour aller s'installer aux portes de Monument Valley, sur la rive d'Oljato Wash [32]. Ils y trouvèrent, temporairement, le nouveau décor de leur vie. Lui, poursuivant ses expéditions commanditées vers de lointains canyons dont il découvrit les trésors archéologiques [33]. Elle, rivée à son comptoir où elle perfectionnait sa connaissance du Peuple. Elle apprit alors du vieux Hoskinini, chef du clan navajo du secteur, l'épopée clandestine des résistants échappés à Carson et à ses soldats en 1863-1864. Elle écouta les récits de Wolfkiller, « le ramasseur de plantes médicinales ». Elle prêta l'oreille aux plaintes des uns confrontés aux difficultés quotidiennes, aux confidences des autres, aux mille voix montant du désert — celles du petit monde gravitant autour du magasin de « la Femme Svelte » (Asthon Sosi), comme la surnommèrent les Navajos. Tout cela constituerait plus tard la matière vivante de ses souvenirs et, par eux, une part précieuse de la mémoire collective des gens d'Oljato.

Ils lui livraient leur laine, leurs peaux de chèvres, leurs couvertures, leurs tapis, leur joaillerie. Si leurs gains demeuraient inférieurs à leurs dépenses en sucre, café, velours, calicot, etc., Louisa leur consentait un crédit garanti par le dépôt (*pawn*) de leurs seules véritables richesses — leurs bijoux — durant quatre-vingt-dix jours, durée légale de l'opération. Le poste prospéra. Le couple put enfin édifier, à proximité, sa propre habitation. En 1909, John découvrit une merveille naturelle, l'admirable Rainbow Bridge dont l'arche s'abrite dans l'angle sud-est de l'Utah [34]. Dès lors, il guida vers ce lieu des touristes fortunés et illustres, parfois, tel le président Theodore Roosevelt que les Wetherill hébergèrent, en août 1913, dans leur nouvelle demeure de Kayenta. Leur hôte évoqua ultérieurement cette halte en soulignant la chaleur de leur accueil et le confort de leur intérieur. Il y nota « le goût excellent de l'ornementation navajo ». Il fut séduit par la personnalité de Louisa « non seulement versée dans l'archéologie des ruines [mais également dans celle] plus étrange et plus intéressante de l'âme et de l'esprit indiens. Elle connaît le langage et la mentalité des Navajos. Ils lui font une confiance si grande qu'ils lui parlent sans retenue de leurs préoccupations personnelles [35]. »

Après la Première Guerre mondiale, des légions de visiteurs défilèrent à Kayenta, porte d'entrée du secteur des merveilles naturelles. Les Navajos virent alors venir à eux les premières automobiles cahotant sur les mauvaises pistes de leur réserve. Les Wetherill, convaincus qu'il y avait là une nouvelle source de revenus, vendirent leur comptoir. Louisa tint table d'hôtes dans leur demeure. L'on n'y parlait plus guère de couvertures, de tapis et de joaillerie navajos sinon pour vanter leur beauté. Les temps austères d'Ojo Alamo et d'Oljato semblaient maintenant très éloignés. Les Wetherill évoluaient avec l'époque [36] tandis que de jeunes hommes, aussi entreprenants qu'eux-mêmes autrefois, se lançaient dans la carrière du commerce. Ainsi d'un nommé Harry Goulding qui planta son poste à l'entrée de Monument Valley (1924-1925) [37]. Des années durant, tout en exerçant son commerce, il s'efforça d'attirer l'attention des touristes sur l'exceptionnelle beauté de la contrée. En 1939, John Ford, séduit par les photos exhibées à ses yeux par Goulding, y tourna *Stagecoach* comme le savent, depuis, des millions de spectateurs dans le monde. Jamais site naturel n'avait encore bénéficié d'une telle publicité.

Ouvertement affairiste chez Goulding ; sincèrement humanitaire, par affinités profondes, chez Keam et Louisa Wetherill ; délibérément impérialiste chez Hubbell qui, un œil sur les affaires, visa toujours de l'autre le sommet de l'échelle sociale, la conception du métier chez ces marchands obéit, en fait, à leur personnalité profonde, dans la limite des obligations de tout ordre imposées par la nature particulière de leur clientèle. Nombre d'entre eux contribuèrent effectivement à l'amélioration et à l'évolution d'un artisanat original, profondément représentatif du sens artistique des Navajos. Leurs produits les plus achevés conquéraient alors un vaste marché étendu depuis à la totalité du continent et hors de ses frontières. Ce faisant, les *traders* permirent de gommer l'image par trop dépréciative de l'Indien, façonnée par la propagande plus ou moins officielle et par le sentiment raciste alors largement répandu. Plus concrètement, grâce à ces commerçants disséminés sur la réserve[38], la civilisation se révéla au monde indien sous un jour somme toute plus avenant, plus humain et d'emblée acceptable sans réticences. Par là elle y fut plus favorablement accueillie que les directives conjuguées, et souvent revêches, de l'agent, de l'éducateur et du missionnaire — ces régents d'un système aliénant à des degrés divers. Et qui, en cette fin du siècle, gouvernaient en toute souveraineté la vie indienne.

Les Navajos purent en juger une nouvelle fois autour de la question, toujours pendante, de la terre.

Au nord-ouest du territoire des Hopis, dans un étroit secteur hors réserve occupé par des familles navajos, des colons mormons venus, en 1875, de Salt Lake City (Utah) avaient fondé une communauté, Tuba City. Au fil des années, l'accroissement respectif des deux groupes suscita une suite de querelles autour de la propriété du sol, dans ce comté. En 1897, les autorités de celui-ci, faisant droit aux plaintes des Mormons, ordonnèrent l'éviction des Navajos, *manu militari* si nécessaire. C'était, le lecteur l'aura peut-être noté, la répétition, quinze ans après, de la situation créée à l'opposé, dans la vallée de la San Juan. Le shérif chargé de cette opération n'y alla pas de main morte, ainsi que le consigna dans son rapport le commissaire aux Affaires indiennes, William A. Jones :

« Le 16 janvier 1897, le shérif accompagné d'une patrouille en armes visita chacune des 16 familles navajos. Il exigea d'elles le versement, sur-le-champ, de 5 dollars par tranche de 100 moutons de leur troupeau respectif, sinon elles devraient déguerpir dans l'heure. Démunis d'argent, les Navajos prièrent le shérif de leur accorder le temps nécessaire pour réunir cette somme ou pour prouver leurs droits. Vaine demande : les Indiens durent quitter les lieux. Leurs *hogans* et leurs enclos une fois incendiés, ils furent rassemblés avec

Narbona Primero, sous-chef des Navajos de l'Ouest. Photo prise en décembre 1874 lors de la visite à Washington d'une délégation de Navajos. *(Photo Charles M. Bell, Museum of New Mexico)*

Le chef navajo Manuelito en 1886, durant la captivité de son peuple à Bosque Redondo. *(Photo Museum of New Mexico)*

Manuelito et son épouse Juana (juin 1881). Le haut-de-forme appartient, probablement, au photographe... (Photo Ben Wittick, Museum of New Mexico)

No 43

Anselina, jeune femme navajo (années 1880), et ses bijoux : ceinture à *conchas*, colliers à *naja* (croissant d'argent soit simple, soit double) ou de turquoise et de corail ; bracelets. *(Photo attribuée à M. Franck Randall, Smithsonian Institution Anthropological Archives, Washington, D.C.)*

Jeune Navajo devant son abri d'été. ►
(Photo Ben Wittick, vers 1890, Museum of New Mexico)

Peinture de sable : « Mountain people. The Yeis coming to ceremony » *(F.J. Newcomb)* – les déesses Long-Corps ou Yeis. *(Photo J.R. Masson)*

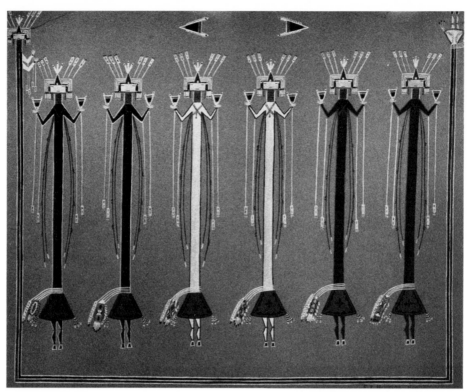

Les assistants du « chanteur » dessinent la « peinture de sable » pour une *Blessing Way*, Ganado, Arizona, vers 1945. *(Photo Museum of New Mexico)*

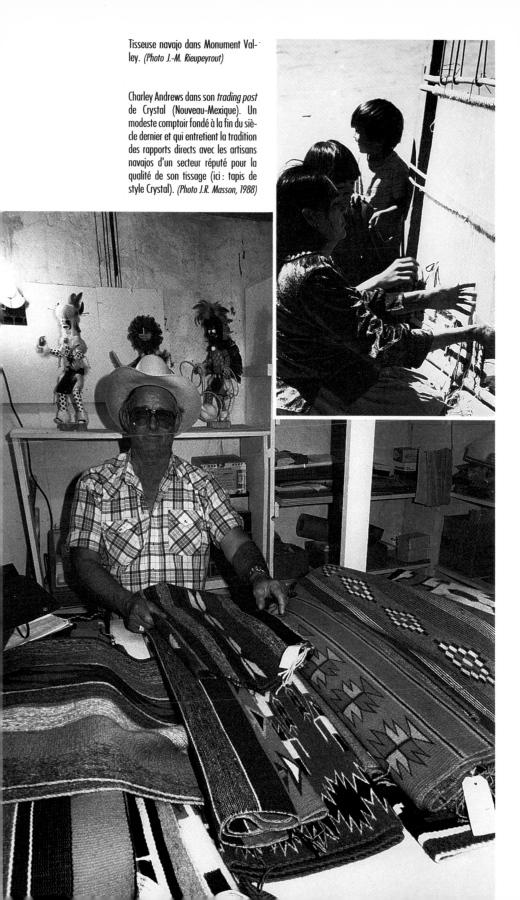

Tisseuse navajo dans Monument Valley. *(Photo J.-M. Rieupeyrout)*

Charley Andrews dans son *trading post* de Crystal (Nouveau-Mexique). Un modeste comptoir fondé à la fin du siècle dernier et qui entretient la tradition des rapports directs avec les artisans navajos d'un secteur réputé pour la qualité de son tissage (ici : tapis de style Crystal). *(Photo J.R. Masson, 1988)*

Ware house at Ganado Trading Post

Wittick
Photo

Le sceau navajo. *(Photo J.R. Masson)*

◄ L'entrepôt du comptoir commercial de John Lorenzo Hubbell *(Hubbell's Trading Post)* à Ganado, Arizona, vers 1890. *(Photo Ben Wittick, Museum of New Mexico)*

▲ Le comptoir commercial de John et Louisa Wetherhill à Kayenta, Arizona, en 1920. *(Photo Museum of New Mexico)*

La « fenêtre dans le rocher » qui donne son nom à Window Rock, capitale de la Nation navajo. *(Photo J.R. Masson, 1988)*

Famille navajo à bord d'un pick-up truck sur la route de Gallup, Nouveau-Mexique. *(Photo J.R. Masson, 1988)* ►

Du hogan traditionnel au pavillon moderne... Une adaptation difficile mais préparée par un stage pour les futurs occupants (lotissement financé par le Conseil tribal, avec la participation du Bureau des Affaires indiennes, près de la localité de Navajo, siège de la scierie de la NFPI). *(Photo J.R. Masson, 1988)*

Strip mining près de Window Rock : un ► Navajo aux commandes d'une puissante excavatrice de la Pittsburg and Midway Coal Mining Co. *(Photo J.R. Masson, 1979)*

leurs bêtes puis poussés vers la rivière Little Colorado. Il neigeait. Le froid était vif. Durant cette marche, des brebis mirent bas. Les hommes de la patrouille tiraient par intermittence au fusil et au revolver afin d'effrayer les femmes, les enfants et les bêtes. En arrivant à la rivière, profonde à cet endroit-là, la patrouille y poussa les moutons qui durent nager. Presque tous les agneaux se jetèrent à l'eau puis gelèrent à mort sur l'autre rive [39]. »

Washington résolut ce conflit par une série de mesures favorables aux Navajos qui héritèrent, en 1900 et 1901, de deux portions supplémentaires de territoire à l'ouest, dans la région riveraine du Little Colorado. Navajoland s'étendait maintenant sur 48 000 km² dont les 20 500 habitants bénéficiaient d'un niveau de vie à peu près égal à celui de 1846, à la veille de la venue des Américains. Riches de 150 000 chevaux, de 250 000 chèvres et de 1 000 000 de moutons, ils tiraient de la vente de la laine de ces derniers d'appréciables revenus qui s'ajoutaient à ceux du commerce de leurs couvertures, tapis et joaillerie. Soit environ 500 000 dollars annuels pour l'ensemble de ces productions. Un résultat qui illustrait, d'évidence, l'aptitude des Navajos à s'adapter aux temps nouveaux, sans abandonner leurs traditions. Le Peuple poursuivait sa marche, courageusement, mais vers quel avenir ?...

4. LES SORCIÈRES DE WASHINGTON
(1872-1900)

... Celui mijoté, pour lui comme pour toutes les autres tribus désormais soumises, par les trois sorcières de Washington : le Président, le Congrès et le Bureau des affaires Indiennes (dépendant du département de l'Intérieur). Depuis trente ans, à la fin du siècle dernier, elles concoctaient dans le chaudron fédéral la mixture législative d'où sortirait, façonné sur mesures, le « nouvel Indien » conforme à leurs vœux respectifs. Quels que soient sa spécificité tribale et son héritage. Elles œuvraient à l'événement d'une nouvelle société indienne issue de décisions officielles en forme d'ukases et visant à liquider effectivement, étape par étape, la personnalité tribale. Deux lois majeures (1871 et 1887) y concoururent sans faillir.

La première s'attacha à ruiner le concept de « nation indienne » au nom duquel les grandes tribus avaient jusqu'alors négocié avec Washington. Le 3 mars 1871, le Congrès décréta qu'à l'avenir « aucune nation ou tribu indienne [...] ne sera reconnue ou admise comme nation, tribu ou pouvoir indépendant avec qui les États-Unis pourraient signer un traité [...] ». L'on préparait déjà l'anéantissement politique et moral du peuple rouge dont, estimait-on alors, les dernières forces militaires ne constituaient plus un obstacle réel[40]. La seconde de ces lois — *The General Allotment Act* ou *Dawes Act* (8 février 1887) — parcellisait la propriété tribale en la répartissant par lots entre les membres de la tribu. Chaque chef de famille recevrait, dès lors, 64 ha de pâturages et 32 de terre cultivable. Les célibataires de plus de dix-huit ans et les orphelins au-dessous de cet âge n'auraient droit, quant à eux, qu'à la moitié de chacune de ces superficies. En outre, ladite loi stipulait qu'au terme de vingt-cinq années chaque lot reviendrait en pleine propriété à son bénéficiaire avec, en prime, la citoyenneté américaine. Ainsi, la liquidation radicale du bloc foncier tribal était en marche, annonçant dans un proche avenir celle des réserves. Comment, d'ailleurs, n'aurait-on pas souhaité une telle issue alors qu'en cette même année 1887 les 220 000 ou 230 000 Indiens des États-Unis occupaient encore 62 millions d'hectares du territoire national ? Cela en une époque où l'avance de la « frontière » du peuplement blanc s'accentuait en certains secteurs occidentaux... D'où la nécessité de rogner au maximum la terre indienne. Un résultat triomphalement atteint, grâce à cette politique, en 1900, lorsque l'on constata la réduction du domaine de l'homme rouge à... 32 millions d'hectares[41]. Les 30 millions alors subtilisés furent hypocritement classés comme « terres en surplus », ouvertes à la colonisation par divers systèmes dont le plus spectaculaire, celui des « courses » (*runs*), donna naissance à l'Oklahoma, admis dans l'Union en 1907. Somme toute, le législateur avait pris, sur le terrain, le relais de l'Armée, sans risques et aux moindres frais.

Dépouillé de la majorité de son domaine et sans préparation aucune pour l'aider à tirer parti du peu qui lui restait ; contraint d'accepter la relégation de ses enfants en des internats-prisons plus ou moins éloignés, dans le propos de les couper de leur famille et de leur héritage culturel ; enrégimenté lui-même dans les cohortes chrétiennes d'un dieu étranger exclusif de toute autre croyance sous peine de sanctions ; écrasé par l'arbitraire d'une administration fédérale omniprésente régissant souverainement le déroulement de ses travaux et de ses jours ; muselé par elle dans l'expression de ses pensées et de ses aspirations ; avili et quasiment néantisé dans son identité propre, l'Indien fut le grand perdant des premières trente années de la paix des réserves. Cela au nom d'une philosophie dont Francis Paul Prucha souligna précisément l'esprit et les aboutissants recherchés : « Les dernières décennies du XIXe siècle et les premières du XXe furent témoins d'un renouveau du protestantisme en tant qu'élément du caractère national [...]. L'américanisation de tous les éléments étrangers devint la priorité des priorités. La politique indienne formulée dans les années 1880-1900 relevait de cette conception du monde. N'ayant pu protéger l'Indien contre la ruée de la population blanche, le gouvernement fédéral décida de multiplier ses efforts pour faire des Indiens d'Amérique des Américains indiens, pour détruire les communautés tribales et absorber les Indiens en tant qu'individus dans le courant dominant de la société américaine [...][42]. » La suite (1900-1934) sera tout occupée par l'élaboration puis la mise en place des voies et moyens propres à la concrétisation de ce propos. A moins que...

Et les Navajos ?

Loin de désespérer, comme on l'a vu, ils échappent au cataclysme fédéral qui ravage les terres de leurs frères de race. Ceux-là perdent-ils de leur espace vital ? Eux en gagnent, en invoquant l'aridité de leur sol tout autant que son exiguïté en fonction du double accroissement de leur population et de leur cheptel ovin. L'allotissement les sert plus qu'il ne les bride, hors de la limite orientale de la réserve,

surtout. Dans le secteur de l' « Échiquier » (*Checkerboard Area*), au
Nouveau-Mexique, ils sont maintenant propriétaires potentiels de
4 000 parcelles de 64 ha chacune. A quoi s'ajoutent 640 « biens de
famille » (*homestead*), obtenus au titre de la loi de 1862, destinée à
nantir les colons d'une petite propriété. Les voici, enfin, légalement
installés dans ce secteur si disputé de la vallée de la San Juan.

Une simple esquisse du tableau de Navajoland en 1900 révèle les
données suivantes : les zones irriguées s'étendent au sud de cette
rivière ; le canyon de Chelly abrite de riches vergers et diverses
cultures (maïs, légumes, etc.). Malheureusement, de 1899 à 1902, il
faut avoir recours aux rations alimentaires, à cause des caprices du
climat. Par ailleurs, la production de laine tourne autour de
450 000 kg, celle des peaux s'établit à 95/100 kg. Aux revenus de leur
commercialisation s'ajoutent les 50 000 dollars provenant de la vente
des couvertures et tapis. La joaillerie fournit également un rapport
appréciable. Tous ces produits sont absorbés par les 9 comptoirs de
la réserve et la trentaine hors celle-ci. Dans le domaine de l'éducation, l'internat de Fort Defiance abrite près de 220 élèves. D'autres
fréquentent l'établissement de Keam's Canyon. Hors réserve, les
Navajos envoient leurs enfants à Albuquerque, Santa Fe, Fort Lewis
et Grand Junction (Colorado). Carlisle (Pennsylvanie) fait toujours
le plein. Enfin, malgré le décret qui les priva des subventions
gouvernementales, les missionnaires de l'Église épiscopalienne du
Bon Berger sont présents à Fort Defiance et les franciscains à Saint
Michaels.

Le XXe siècle s'ouvre pour le Peuple sous des auspices encoura-
geants, dans l'ensemble. Confrontés à la modernité des temps
nouveaux mais solidement fidèles à leur héritage, les gens de
Navajoland semblent prêts pour de futures expériences. Elles ne les
épargneront pas.

V.

Entracte :
Quand les dieux dansent
dans Navajoland

Traversant les temps de l'histoire, le mythe de la Création s'enrichit de maints autres brodant sur ses données premières et nourris, comme lui, par un imaginaire aussi inventif que vigoureux. La somme des aventures merveilleuses ainsi progressivement élaborées — et autorisées par des prodiges sans cesse répétés dans leur diversité — déroule ses épisodes dans des légendes qui, à leur tour, ont inspiré des rites mettant en scène dieux, héros et êtres surnaturels. Par ces mimodrames rigoureusement codifiés, dont l'efficacité du pouvoir curatif ne peut découler que du scrupuleux respect des règles, les Navajos ont toujours recherché — et continuent de rechercher — le retour au bien-être physique ou moral. Le soulagement et le réconfort qui permettent au malade de retrouver l'harmonie un instant perdue avec le monde. Chants, danses et prières ordonnés selon un cérémonial précis, spécifique de telle ou telle situation, constituent comme des points d'ancrage dans une existence de changements perpétuels, souvent générateurs de déceptions et d'angoisse.

Les Navajos sollicitent de la sorte, dans les circonstances qui le nécessitent, le secours de leurs divinités. Et celles-ci, parfois personnifiées, répondent sans faute à leur appel en des cérémonies mi-privées, mi-publiques au rituel fixé depuis des siècles. Un rituel longtemps hermétique aux non-Navajos, en raison de son recours à une foule de symboles dont, seule, la connaissance de la mythologie du Peuple autorisa la pénétration. Ce fut là le mérite des ethnologues américains engagés, à la fin du siècle dernier, dans l'exploration de ce monde secret. Pionnier dans cette aventure, Washington Matthews, chirurgien militaire passionné et intrigué par le spectacle proprement fantastique du Yebichai, en relata le déroulement avec une précision qui oblige, depuis, à le consulter[1]. Du long rapport qu'il rédigea à l'intention du Bureau d'ethnologie, à Washington[2], nous proposons ci-dessous un résumé.

1. YEBICHAI

Ou Yeibichei, cérémonie également connue sous l'appellation de *Night Chant* ou de *Mountain Chant*.

Le mythe originel

Il était une fois, dans les monts Carrizo, une famille dont les deux fils se désespéraient de leurs pauvres chasses au lapin et au rat des bois. Quittant alors son habitat, elle alla se fixer sur la rive de l'un des affluents de la rivière San Juan. Sans plus de succès pour les chasseurs, hélas ! Le père, soucieux de voir ses enfants plus heureux, leur ordonna de construire une hutte à sudation pour s'y purifier. Ce qui leur valut, dès le lendemain, de rapporter un abondant gibier — des daims, des rats mais, hélas ! points de cerfs. De nouveau, l'auteur de leurs jours intervint et leur indiqua où en trouver, à la condition expresse de ne pas aller vers le sud. Ce que, précisément, fit l'aîné, inconscient des dangers sans nombre qui l'y attendaient.

Le plus cruel fut sa capture puis sa soumission en esclavage par les Utes chez qui il souffrit le martyre. Soudain, un être surnaturel, le Yae-bi-chai, lui apparut qui favorisa son évasion et le guida sans faillir à travers mille périls. L'aîné les déjoua en usant des prodiges enseignés par les dieux et déesses rencontrés. Parmi ces dernières, la Femme Éclair lui offrit l'hospitalité. Chez elle, il se lava et orna son corps de peintures traditionnelles à base de plantes. De son côté, la Femme Papillon lui donna des mocassins blancs et un collier de fourrure de castor assorti d'un sifflet. Tout en lui recommandant de fixer à ses bras des bâtonnets emplumés, semblant de petites ailes. Ainsi paré et équipé, il prit congé de ses bienfaitrices.

En chemin, il apprit une danse vraiment stupéfiante, au cours de laquelle les dieux introduisaient dans leur gorge une flèche emplumée. Poursuivant son voyage, il parvint chez les déesses Long-Corps, coiffées d'une couronne de plumes si hautes qu'elles touchaient le ciel. Ces bonnes personnes lui demandèrent de les représenter par un dessin exécuté avec du sable teint. Ce qu'il fit, avant de les quitter à leur tour et de rentrer chez lui, enfin. Il s'y sentit si incommodé par l'odeur de renfermé qu'il alla voir le chaman. Celui-ci lui suggéra d'organiser une grande danse dans les cinq jours suivants, délai suffisant pour construire un *hogan* cérémoniel et pour permettre aux jeunes hommes d'aller cueillir les plantes nécessaires pour fabriquer une infusion particulière, à lui destinée.

Le cinquième jour, tous préparatifs terminés, des courriers superbement ornés s'éloignèrent en divers directions afin d'inviter les voisins à la cérémonie prévue. Celle-ci s'ouvrit au jour indiqué, en présence d'une très nombreuse assistance de curieux et de différents groupes de danseurs. Au terme de ces festivités, le jeune Navajo errant fut guéri de son trouble.

Observons : Le mythe reprend, pour la circonstance, le thème de l'errance du Peuple. Il explique, de surcroît, l'origine de la cérémonie et ses différentes figures, y compris les « peintures de sable ».

Un théâtre, sa mise en scène et ses personnages (1884)

— L'époque : « En hiver, quand le tonnerre se tait et que les serpents à sonnette hibernent. »

— Le lieu : un endroit retiré, seulement accessible par de mauvaises pistes. Au centre d'un large espace se dresse le *hogan* sacré, de plan carré et plus vaste que le *hogan* habituel. Les quatre troncs de pin qui soutiennent sa charpente lui valent l'appellation de « La Maison-quatre-jambes ».

— Personnages :

• Le chanteur (*singer*) est le personnage principal, l'officiant responsable du bon déroulement de la cérémonie. Dix à vingt ans d'apprentissage ont fait de lui à la fois un prêtre, un médecin, un psychanalyste, un herboriste et un magicien. Il a en mémoire des centaines de chants et de légendes qu'il transmet à ses assistants parmi lesquels il désignera, un jour, son successeur.

• Le (ou la) patient(e) atteint(e) d'un mal physique ou moral (angoisse, mauvais rêves, crainte des fantômes, etc.). Son affection est, en général, d'origine psychosomatique d'où le recours à cette cérémonie qui devrait lui permettre de retrouver la sérénité, dans l'harmonie avec son entourage et avec le monde.

• Les musiciens-chanteurs et les danseurs. Ces derniers se comptent par douzaines, également répartis en divinités mâles (force, détermination) et femelles (gentillesse, douceur). Ils sont conduits par le dieu-parlant (*Talking God* ou Hast'se Yalti, aussi appelé Yebichai ou « Grand-père de tous les dieux »).

• La foule des invités qui campent autour ou à quelque distance du *hogan* sacré. Tous sont nourris par la famille du (ou de la) patient(e), d'où une dépense considérable en moutons, pain et café. Mais devoir oblige.

Un yebichai était alors une grande affaire, un événement d'importance non seulement par son rituel mais aussi sur le plan social.

Les actes du drame

Neuf jours durant, la cérémonie va mobiliser les personnages ci-dessus, les responsables principaux occupant, seuls, le *hogan* sacré. Le traitement proprement dit commencera le sixième jour et se prolongera jusqu'au neuvième. La dernière nuit sera consacrée à un spectacle public des plus extraordinaires.

— *Les quatre premiers jours :* quotidiennement, les hommes et femmes qui le souhaitent pénètrent dans le *hogan* sacré où ils s'assoient autour d'un feu de bois. Ils boivent alors une infusion émétique chaude de plantes mélangées puis ils vomissent sur le sable épandu devant eux à cet effet. Ensuite, feu et sable sont portés à l'extérieur.

— *Cinquième jour :* les assistants du chanteur exécutent la première peinture de sable.

— *Sixième jour :* les courriers, chargés d'aller inviter chanteurs et danseurs, se préparent. Toilette à l'eau mousseuse de racines de yucca, inhalation d'une poudre végétale et peintures rituelles sur différentes parties de leurs corps, avec le concours de leurs assistants : du noir (nuages de tempête) jusqu'à mi-jambes et sur les avant-bras, eux-mêmes également striés de zigzags figurant les éclairs ; des points blancs sur le corps ; du blanc sur une moitié du visage. Puis, ils reçoivent leurs ornements et attributs : de petites ailes de duvet d'aigle dans leur chevelure ; des touffes de plumes à leur bras (des ailes) ; des colliers de corail, de coquillages et de fourrures de castor — tous munis de sifflets ; un sachet de peau empli de pollen de maïs ; un éventail. Ainsi peints, ornés et équipés, les courriers s'éloignent, tôt le matin, l'un vers le nord et l'autre vers le sud. Après leur départ, douze des aides du chanteur exécutent la seconde peinture de sable, d'une composition plus élaborée que la précédente. Le retour, en début d'après-midi, du courrier du sud, marque le début du traitement de la malade (vue par W. Matthews).

Celle-ci pénètre dans le *hogan* sacré, en compagnie d'une autre femme. Elle porte un panier empli de pollen de maïs dont elle saupoudre la peinture de sable. Elle s'assoit, ensuite, sur l'image du dieu de l'Est, face à la porte, les pieds devant. Sa compagne prend place sur l'image de l'épi de maïs, au sud-est. Le chanteur leur offre une infusion puis les invite à une fumigation au-dessus des charbons ardents aspergés par lui d'une mixture parfumée. Il applique ensuite ses paumes mouillées sur la peinture de sable. Ce dernier s'y colle. Il les passe sur les pieds de la malade puis il répète ce geste en allant des différentes parties du corps des dieux représentés par la peinture aux parties correspondantes de celui de la patiente, en les massant fortement chaque fois. La patiente est censée absorber ainsi le pouvoir des divinités de sable. Cette première phase du traitement terminée, les deux femmes sortent. Les spectateurs s'approchent alors de la peinture à demi-effacée et y prélèvent du sable coloré qu'ils enfouissent dans leur propre sachet-médecine. Il ne reste plus qu'à effacer complètement l'œuvre d'art, maintenant « vidée » de sa puissance. Le courrier du Nord arrive à ce moment-là.

— *Septième jour :* exécution de la troisième peinture de sable, entre 6 heures et 12 heures. Même traitement que la veille.

— *Huitième jour :* exécution de la quatrième et dernière peinture. Poursuite du traitement, le matin, tandis qu'à l'extérieur l'on assemble un énorme bûcher de genévrier et de cèdre bien secs. Celui-ci se dresse au centre d'un enclos circulaire (le corral) de 30 m de diamètre environ, délimité par une couronne de branchages haute de 2,50 m. Cet enclos sacré, ouvert à l'est, demeure interdit à tous jusqu'à la nuit. Pendant ces travaux, la foule est arrivée de toutes parts, à cheval ou en chariots. Au soir, des centaines d'hommes, de femmes et enfants se trouvent réunis sous leurs abris de fortune devant lesquels s'allument les petits foyers d'un frugal repas. La dernière nuit va commencer.

La dernière nuit

Sorti, au coucher du soleil, du *hogan*-médecine, le chanteur va se planter à l'est du bûcher. A ce signal, la foule envahit le corral et s'installe sur son pourtour, près des petits feux allumés de place en place pour lutter contre le froid de la nuit. A leur tour, à 20 heures précises, entrent les musiciens-chanteurs qui vont s'asseoir près de ces sources de chaleur. La patiente vient y prendre place, assise sur une couverture jambes allongées. Le chœur entonne un premier chant. L'on allume le bûcher dont la gerbe de flammes monte en rugissant vers le ciel tout en dégageant une chaleur intense. Tout est en place pour les différents tableaux d'un fantastique spectacle.

— *L'éventail enflammé* (1er tableau) : une douzaine de danseurs, chaussés de mocassins et seulement « vêtus » d'une bande-culotte sur leur corps nul plâtré de blanc, fait irruption dans le corral : « Ils entrent en bondissant, hurlant et geignant comme des loups. Ils se meuvent lentement autour du feu en se contorsionnant. Chacun agite un éventail de plumes provenant de l'empennage d'un aigle et fixé à un manche. Tournant par deux fois autour du bûcher, ils tentent d'enflammer cet éventail mais la chaleur les repousse. Il leur faut alors remplacer les plumes brûlées par d'autres[3]. » Ainsi s'achève la première danse.

— La « *Danse des grandes flèches* » (2e tableau) : Conduit par le chanteur, le chœur entre à nouveau dans le corral en chantant une complainte. Après plusieurs évolutions autour du bûcher — celui-ci sans cesse alimenté en combustible — il va s'asseoir à l'ouest. Surgissent ensuite deux jeunes hommes parés comme les courriers et qui brandissent de grandes flèches à l'embout emplumé. Ils dansent en sautillant, d'abord. Puis, ils vont se placer derrière la patiente. Là, après avoir poussé un cri déchirant, chacun d'eux renverse sa tête en arrière, pose sur ses lèvres la pointe d'une flèche et la fait glisser dans sa gorge avec force contorsion[4]. Après ce tour, l'un et l'autre touchent de leurs flèches la patiente, afin de chasser son mal. Après quoi, ils sortent, accompagnés du chœur (ce tableau dura deux heures environ).

— La « *Danse de l'arc* » : un intermède, parmi d'autres. 8 danseurs tournent autour du feu, leur arc pointé vers lui. Puis, ils s'agenouillent face à face, en formant deux demi-cercles. chacun d'eux tient sa tête droite tandis que son vis-à-vis place son arc sur sa tête où il repose sans la toucher — la lueur du foyer rendant invisible sa corde. Ils se lèvent ensuite et dansent à plusieurs reprises, nuques et dos raides.

— La « *Danse du feu* » (1929)[5] : l'aube approche. Il fait très froid. 14 danseurs, la tête et le corps blancs, se précipitent dans le cercle de lumière, chacun portant un fagot de fragments d'écorce de cèdre. Ils encerclent le feu en poussant des cris inhumains, s'en approchant, s'en écartant puis revenant en se lançant des défis à qui arriverait au plus près. Finalement, leur chef rampe sur le sol en poussant devant lui son fagot jusqu'à ce qu'il s'enflamme. Puis, il se retire, se relève et pousse un grand cri tout en jetant son fagot enflammé par-dessus la clôture du corral, à l'est. Il répète ce geste en toutes directions avec d'autres brandons qui décrivent en l'air des arcs de lumière. Dès lors, la danse monte vers un paroxysme : hurlant tels des démons, les danseurs courent au plus près du feu, chacun se flagellant avec un tison enflammé et flagellant alternativement l'homme devant lui. Se retournant, il agit de même avec celui derrière lui. Ils semblent se laver mutuellement avec des flammes, en sautant si près du bûcher que leurs pieds paraissent fouler des charbons ardents. Tous quittent la scène lorsque leur fagot respectif est consumé.

Alors réapparaît le chanteur suivi de ses assistants. Ils chantent en aspergeant d'eau les cendres du bûcher. Le corral est détruit. Le jour se lève.

— *Dans la beauté du jour (1937)*[6] : « Alors, le soleil sort de l'horizon [...]. La jeune femme, debout, remercie les Forces mâles, les Forces femelles, les Quatre Éléments et les Forces inconnues car ils l'ont rétablie dans l'ordre de la vie. Ils l'ont remise en équilibre dans la vie [...]. De ses yeux en amande, elle fixe le soleil levant qui monte dans le ciel limpide, en beauté. » En beauté, comme le proclame le beau « Chant de nuit » du Yeibichai[7].

« Maison faite d'aurore (*House made of dawn*) / Maison faite de lumière du soir / Maison faite de nuages sombres / Maison faite de pluie mâle / Maison faite de sombre brouillard / Maison faite de pluie femelle / Maison faite du pollen / Maison faite de sauterelles / Le nuage sombre est à la porte / Sa piste est de nuage sombre / Les zigzags des éclairs se tiennent / Bien haut au-dessus de lui / Divinité mâle / Je vous fais une offrande / Je vous offre à fumer / Guérir mes pieds pour moi [...], mes jambes, mon corps, mon esprit, ma voix pour moi / Que je puisse marcher heureux [...] avec d'abondants nuages sombres, d'abondantes averses, d'abondantes plantes [...] / Que tout soit en beauté derrière moi, au-dessous de moi, autour de moi / Tout cela finit en beauté. »

Est-ce bien sûr, de nos jours ? La beauté était-elle toujours là, dans le yebichai auquel assista, le 26 décembre 1981, au sud de Ganado, le journaliste Dan Deschinny du *Navajo Times* ? Résumons son article[8] :

Mais où sont les yebichais d'antan ? (1981)

Dans un *hogan* de grandes dimensions, faiblement éclairé et surchauffé par le feu allumé dans un baril de pétrole, s'entassait une assistance qui étouffait presque les deux patients, le frère et la sœur, assis sur le sol. Parmi cette assemblée, agglutinée comme sardines en boîte, des hommes ivres et des chiqueurs de tabac cherchant désespérément où cracher. Des jurons, des exclamations, des appels au calme durant les préparatifs du chaman et de son assistant. La bousculade provoquée par les arrivées successives de groupes de danseurs et de danseuses, de chanteurs et de chanteuses. Pendant ce temps, à l'extérieur, s'amassait la foule des spectateurs venus de partout et qui se pressaient autour de vingt à trente feux allumés pour lutter contre le froid de la nuit.

Le chaman ouvrit la cérémonie par un chant très lent, soutenu par le chœur de l'assistance debout, comprimée contre les parois pour laisser évoluer les danseurs, les *Yeis*, au corps peint d'argile blanche. A leur tête, le meneur de jeu au visage masqué, attentif à suivre le rythme scandé par un musicien agitant une gourde. A un moment donné, 6 de ces danseurs sortirent du *hogan* pour se joindre aux danseurs de l'extérieur. Puis tous les *Yeis* les imitèrent pour former une longue procession chantante, dansante et hullulante admirée par la foule « dans la nuit froide et venteuse de l'hiver ». Et ce fut tout. Un simple spectacle, sous le prétexte d'une guérison. La magie d'antan, comme les neiges, s'en était allée...

Quoique altérée par les contingences du présent — qui a contraint à abréger nombre de cérémonies et à limiter les dépenses afférentes — la tradition subsiste néanmoins. La *Blessing Way,* autre cérémonie curative, l'illustre encore de nos jours avec quelque fidélité aux rites originels. Ce qui ne semble pas le cas de l'*Enemy Way,* ramenée actuellement à la seule mais très populaire *Squaw Dance.*

2. *SQUAW DANCE* ET *BLESSING WAY*

Blessing Way

Traductions diverses : Voix de la Grâce, Voie de la Bénédiction, Voie du Bon Espoir — selon C. Kluckhohn qui la définit « non comme un rite curatif mais un rite protecteur, prophylactique : une précaution[9] ». La *Blessing Way*, selon cet auteur, met en accord les Navajos avec le Peuple sacré de sa mythologie, en particulier avec Femme Changeante, de sorte que ce rite procure santé, prospérité, bien-être général. Une future mère, un conscrit, un nouveau leader du gouvernement tribal, de jeunes époux peuvent en tirer profit, au prix d'un cérémonial très simple : quelques chants à la nuit, un bain rituel de mousse de yucca, des prières le lendemain matin : « Ces chants et ces prières concernent principalement le mythe de la Création et, dans celui-ci, ses épisodes relatifs à la mise en place du soleil, de la lune, des montagnes sacrées et de la végétation : le contrôle des pluies mâles et femelles [...] et tout phénomène considéré comme porteur de grâce et de bonheur[10]. »

Durant la dernière guerre mondiale, des Navajos mobilisés eurent droit à ce rite qui fut répété à leur retour, afin de les purifier de leurs contacts avec le monde de la mort. L'un de ces vétérans, originaire de Ramah, déclara sur ce point : « Mon grand-père organisa la cérémonie. Il dit qu'elle était nécessaire parce que nous avions vu beaucoup de morts allemands. Non seulement nous les avions vus mais nous les avions piétinés et respirés. Il craignait que nous ne devenions fous si nous ne profitions pas d'une cérémonie[11]. »

Enemy Way / Squaw Dance

A l'origine, une cérémonie curative de trois jours et d'autant de nuits, destinée à chasser « l'ennemi », en l'occurrence le peuple du passé tourmente une personne. La malade s'estimant abandonnée, en proie à des souvenirs nostalgiques lui ôtant le goût de vivre le présent, il fallait lui redonner le sens des autres, de la société. Cela par une suite de rites qui, sous la conduite du chaman, se déroulaient au domicile de la patiente, d'abord, puis en différents lieux, chaque jour et chaque nuit. Pour la familiariser, de nouveau, avec le monde environnant. La cérémonie prenait place, alors, dans le grand cercle délimité par des selles posées à terre. Lors de la dernière soirée, les jeunes filles dansaient en présence de la patiente, elle-même pouvant participer à la réjouissance commune. Cette « danse des filles » (*squaw dance*) permettait à celles-ci d'inviter leurs cavaliers en lui touchant le bras droit[12] et de ne le lâcher que contre paiement.

La *squaw dance* subsiste de nos jours où, chaque week-end, en été, elle attire, de place en place sur la réserve, une assistance trop fréquemment irrespectueuse des us et coutumes de la bonne société. Beuveries, rixes et troubles divers mobilisent la police navajo afin de calmer la « fièvre du samedi soir ». Néanmoins, le rite veut qu'une danseuse-leader soit désignée, sorte de reine d'un soir, richement parée de joaillerie d'argent, de turquoise, de jais et de corail. Aucun cavalier ne peut lui refuser une danse, sinon le chaperon de la belle le houspillerait de la belle manière. Car toute danseuse traîne dans ses jupes mère, grand-mère et tante qui font tapisserie, lorgnant les cavaliers possibles pour leur enfant et lui disant parfois : « Va chercher celui-là, sa mère possède deux mille moutons. »

TROISIÈME PARTIE

La nouvelle
« *Longue Marche* »
1900-1990

I.

1900-1920

Compte tenu de leur réconfortante situation matérielle et de l'intérêt particulier que semblait leur témoigner « Teddy » Roosevelt, les Navajos prirent le « tournant du siècle » (*the turn of the century*) avec d'autant plus de douceur qu'en 1901, 1905 et 1907, le commissaire aux Affaires indiennes, Francis E. Leupp, leur obtint successivement 12 225 km² de terres supplémentaires, au total. La dernière de ces extensions, la plus considérable avec ses 12 000 km², comportait deux secteurs, l'un en Arizona et l'autre au Nouveau-Mexique. Celui-là suscita les véhémentes protestations des éleveurs blancs, inquiets de voir les Navajos sur un territoire qu'ils considéraient comme leur, exclusivement. En conséquence, via leur lobby au Congrès, ils déterminèrent le président William Howard Taft, entré à la Maison-Blanche en 1909, à l'annulation pure et simple du décret de son prédécesseur et, *ipso facto*, au retour dans le domaine public du secteur néo-mexicain (1911). Avec obligation à ses occupants navajos de déménager. Ce n'était là que la phase initiale, dans le Sud-Ouest, d'une offensive anti-indienne qui se développa plus amplement avec l'entrée dans l'Union, à titre d'États, de l'Arizona et du Nouveau-Mexique (1912). Sans retard, la nouvelle législature mise en place à Santa Fe lâcha la bride à ses vieux démons antinavajos en exigeant, d'abord, du Congrès, l'annulation radicale de toutes les extensions territoriales accordées à la tribu depuis... 1868 ! Puis, en le priant de permettre aux fermiers et éleveurs anglos d'occuper des lots de « terres en surplus » — ces résidus de la politique d'allotissement — sur la lisière orientale de la réserve. Bien qu'irraisonnée, cette double revendication trouva néanmoins deux supporters dévoués, deux anti-Indiens féroces : le sénateur Albert B. Fall et le nouveau commissaire aux Affaires indiennes, Edgar B. Meritt. Toutefois, le président Wilson (élu en 1913) ne s'en laissa pas conter. Il prit, au contraire, deux mesures favorables aux Navajos. La première étendit à l'est leur réserve qui engloba ainsi la contrée visée par les Blancs. La seconde les installa, par petits groupes, dans Chaco Canyon (Nouveau-Mexique). A Santa Fe, ce double camouflet aiguisa l'agressivité des politiciens locaux qui n'eurent de cesse, toujours par lobby interposé, d'obtenir du Congrès l'abrogation de la pratique des décrets présidentiels en matière d'extension de réserve pour lui substituer l'obligation d'une loi. A quoi cette Assemblée déféra en 1919. Enhardis par ce succès, les mêmes se promirent d'aller plus loin sous le successeur de Wilson, Warren G. Harding, élu en 1912. Dès lors, et malgré leur combat parmi les troupes de l'Oncle Sam durant la Première Guerre mondiale, les Indiens, en général, et les Navajos en particulier, surent à quoi s'en tenir. Les années 1920 leur seraient pénibles... Nul doute que leurs adversaires n'y eussent remporté de nouvelles victoires si un petit homme décidé à faire respecter les droits des Premiers Américains ne s'était dressé devant eux.

II.

1920-1945

En cette fin d'après-midi neigeux de novembre 1920, la diligence en provenance d'Embudo déposa sur la place de Taos, au Nouveau-Mexique, John et Lucy Collier suivis de leurs trois garçonnets et de leurs cinq roquets qui déboulèrent de la patache dans un concert de jappements. L'arrivée de cette famille dans cette localité hispano-américaine située au nord de Santa Fe ne constituait nullement un événement en soi. John, un petit monsieur au visage sec derrière des lunettes cerclées de fer, et son épouse Lucy répondaient simplement à l'aimable invitation d'une amie, la très fortunée Mabel Dodge, femme de lettres et militante progressiste dont John avait fréquenté le salon new-yorkais. Un milieu d'intellectuels radicaux — journalistes, artistes, écrivains — connus de lui depuis 1912, alors qu'il était lui-même éducateur social. Il se dévouait, en ce temps-là, à favoriser l'intégration des immigrés dans la société américaine, sans qu'ils n'abandonnent rien de leurs coutumes, de leurs traditions et de leur religion. Il plaidait à leur profit pour une justice sociale qui, à ses yeux, devait résulter, dans leur cas, d'une vie communautaire « alliant les attributs des cultures ethniques pré-industrielles aux exigences de la civilisation capitaliste [1] ». En fonction de ce credo, il rêvait d'une démocratie dans laquelle les valeurs humaines fonda-mentales seraient régénérées pour le bonheur de la communauté, gardienne de ces valeurs et défenseur actif de l'idéal du groupe. Soit une forme de société dont les Pueblos, dans leur village proche de Taos, lui révélèrent le modèle, du jour qu'il assista à leurs danses cérémonielles de Noël 1920.

La ferveur des participants unis dans la célébration d'un culte alliant adroitement les apports du christianisme et leurs croyances ancestrales ; l'organisation sociale de leur communauté, fondée sur la satisfaction de ses besoins matériels autant que spirituels ; « le respect et la passion des Indiens pour la terre et sa source de vie » — selon ses propres mots — lui donnèrent à penser que ce peuple concrétisait et illustrait son rêve. « Il en conclut », ajoute son biographe, « que sa culture offrait un modèle pour la rédemption de la société américaine [...]. Il se convainquit de la nécessité de préserver la culture indienne pour le profit de l'humanité entière [...] ». Cette conviction, étayée par les enseignements de plusieurs séjours en pays pueblo, devait l'engager, un quart de siècle durant, en des combats politiques dont les victoires profitent encore au peuple rouge, en sa totalité.

1. L'HOMME QUI CROYAIT AUX INDIENS
(1920-1933)

Au lendemain de la Première Guerre mondiale, les conditions de vie sur les réserves, en général, souffraient de perturbations entraînées par le conflit. Nombre d'employés du Bureau des affaires indiennes ne rejoignirent pas leur poste après leur démobilisation ; les bâtiments des agences n'étaient plus entretenus en raison de la réduction des crédits ; l'aide fédérale se révélait insuffisante dans les domaines de la santé et de l'éducation. Ces carences et ces négligences fragilisaient sensiblement la société indienne, cible de divers assauts menés, dès 1920, contre sa propriété[2] et sa religion[3]. Les uns conduits par des groupes d'intérêt visant à s'approprier tout ou partie de la terre indienne ; les autres par des révérends soucieux d'éradiquer le « paganisme », comme au beau temps des missionnaires espagnols du passé. Tous trouvèrent sur leur chemin l'infatigable et ardent John Collier, résolu à dénoncer et à ruiner leurs menées.

Outre les Pueblos sauvés par lui de l'amputation de leurs petits domaines, les Navajos lui durent alors une fière chandelle. Quand, en 1921, la *Midwest Refining Company* découvrit du pétrole dans le secteur d'Aneth (Utah), l'ex-sénateur Fall (devenu secrétaire à l'Intérieur) décréta que la tribu ne pouvait prétendre à des royalties, ledit secteur lui ayant été attribué par décret présidentiel. Comme, à ses yeux, cette extension et les autres n'étaient que des « terres temporairement retranchées du domaine public » rien n'interdisait aux prospecteurs d'y pénétrer. Et d'invoquer, à l'appui de son argumentation, la loi de location générale (*General Leasing Act*, 1920) qui autorisait toute exploitation de ressources minérales dans le domaine public. Ce plaidoyer, en lui-même fort spécieux, ouvrit un long débat autour de deux questions implicitement posées par Fall : pouvait-on considérer une réserve créée par un décret du Président (*Executive Order Reservation*) comme relevant encore du domaine public ? Si oui, les Navajos, entre autres, perdaient toutes les extensions à eux attribuées. Sinon, et c'était la seconde question, outre leurs droits de surface sur leur réserve, les Indiens étaient-ils également propriétaires des droits sur le sous-sol ? Ces arguties nourrirent une querelle seulement terminée en 1927 par la loi sur le pétrole indien (*Indian Oil Act*) qui accorda aux tribus la totalité des royalties provenant de l'exploitation, éventuelle, de leur sous-sol.

Dans l'intervalle, les Navajos — qui venaient de constituer un Conseil des affaires (*Business Council*)[4] chargé de négocier les baux et contrats avec les compagnies exploitantes — s'étaient vus écartés de la citoyenneté américaine (accordée au peuple rouge en 1924) par décision des législatures d'Arizona et du Nouveau-Mexique. Comme tous les Indiens peuplant ces États.

Vaincu sur ce terrain, Collier se retourna vers sa cible favorite, le Bureau des affaires indiennes. Pour lui reprocher ses coupables négligences en divers domaines. La santé (mortalité infantile élevée sur les réserves ; 60 000 Indiens menacés par le trachome ; six fois plus de tuberculeux chez eux que dans la société blanche) ; la politique scolaire (des internats indiens hors réserves surpeuplés) et, surtout, la politique foncière (l'allotissement, toujours légal, risquant de dépouiller l'homme rouge de la totalité de son domaine restant, d'ici à vingt-cinq ans). Afin d'étayer ses accusations, Collier décida son collègue Frear à l'accompagner dans une randonnée automobile à travers les réserves les plus touchées par ces maux. A leur retour, au terme de 7 000 km de cette « chevauchée fantastique », les deux voyageurs soumirent leurs observations au commissaire aux Affaires indiennes. Celui-ci, ébranlé, ordonna alors une enquête approfondie sur la condition indienne, en général. Confiée à Lewis Meriam, directeur de l'Institut gouvernemental de recherches, celle-ci fut publiée en 1928 sous le titre *The Meriam Report*, dont la teneur devait inspirer une nouvelle législation indienne quasiment révolutionnaire, au lendemain de l'accession à la Maison-Blanche d'un nouveau président, Franklin Delano Roosevelt, élu en novembre 1932.

2. UN « NEW DEAL » INDIEN (1933-1945)

Informé des efforts de John Collier pour la défense du peuple rouge, Roosevelt le nomma commissaire aux Affaires indiennes, le 21 avril 1933. *The right man in the right place.* L'heureux promu passait désormais de l'autre côté de la barrière pour y occuper une fonction dont il avait jusqu'alors si impitoyablement critiqué les titulaires successifs. Mais, bon connaisseur des chemins à emprunter pour éviter les erreurs et les insuffisances du passé, il se réjouit de pouvoir servir pleinement, dans le domaine qui lui revenait, l'ample credo rooseveltien inspiré par les urgentes nécessités du moment. Gérer la crise au plan national, relancer l'économie du pays par la mise en place d'un *New Deal* — une « Nouvelle Donne » qui concernerait également le monde indien. Avec toutes les cartes en main, Collier engagea sa partie.

« Réindianiser » l'Indien ? Premiers essais (1933-1934)

Une déclaration d'intention de politique générale, d'abord : « [Que] les Indiens soient encouragés à développer leur propre existence selon leurs propres modèles, non comme des minorités souffrant d'une ségrégation mais comme de nobles éléments de notre vie en commun. » Ensuite, un programme d'action concrète afin de parer au plus pressé sur les réserves touchées par la crise : *The Indian Emergency Conservation Work* (Entreprise d'urgence pour la protection des ressources naturelles indiennes). Sur les 33 réserves concernées, 72 camps regroupèrent des travailleurs indiens qui, pour 30 dollars mensuels, construisirent des routes, des ponts, des réservoirs et des puits tout en entretenant la forêt pour prévenir les incendies. Durant ces chantiers, poursuivis jusqu'en 1942, les participants reçurent une solide formation technique relative à l'emploi des mécaniques modernes et à l'aménagement des sols. Ce dont bénéficièrent largement les Navajos, entre autres, dans les camps établis en Arizona et au Nouveau-Mexique.

Une fois lancées ces entreprises, Collier se consacra à la poursuite des objectifs prioritaires de son programme politique : abrogation de la loi d'allotissement « afin — selon ses propres paroles — d'entreprendre une politique d'utilisation collective et corporative des terres indiennes » ; accroissement des crédits fédéraux ; accession des tribus à l'autogouvernement. La première étape vers la « réindianisation » souhaitée fut un projet de loi (bill) qui reprenait l'ensemble de ces propositions : le *Wheeler-Howard Bill*[5]. Ses auteurs entendaient, d'une part, « réaffirmer le droit pour les sociétés indiennes de contrôler leur existence et leurs biens en créant un système de gouvernement tribal sous la conduite fédérale ». D'autre part, ce *bill* interdisait tout allotissement futur et la vente à des non-Indiens de terres tribales communes. Enfin, il préconisait la restauration de la propriété de la tribu dans les secteurs non allotis — les fameuses « terres en surplus » dont les Blancs avaient fait leurs choux gras, jusqu'alors. Toutes ces propositions visaient la loi Dawes, coupable d'avoir retiré aux Indiens, à cette date (février 1934), 80 % de leur domaine sur l'ensemble du territoire aux États-Unis.

Préalablement à son examen par le Congrès, ce *bill* fut soumis à l'appréciation de chaque tribu, étant entendu qu'il ne deviendrait loi que par approbation des trois cinquièmes de sa population, au moins. En conséquence, Collier, en personne, et ses collaborateurs tinrent sur les réserves une série de réunions d'information. Cette démarche pédagogique leur révéla de vives oppositions contre certaines clauses qui remettaient en question les intérêts acquis par des Indiens et des éleveurs blancs déjà allotis. En conclusion, sur 70 tribus consultées, 12 repoussèrent le *bill* dans son état initial. Remanié, modifié — altéré sur de nombreux points, assoupli sur d'autres —, il ne désarma pas pour autant ses opposants dont la bonne foi pouvait, dès lors, être mise en doute. Roosevelt trancha en signant, le 18 juin 1934, *The Indian Reorganization Act* (Loi de réorganisation indienne) que l'on désigna communément par son sigle : I.R.A.

« Bolcheviks » et nazis (1935-1940)

Acte législatif fondamental dans la politique indienne de l'administration rooseveltienne, l'I.R.A. devait dépasser largement son temps pour conduire le peuple rouge vers un horizon sous lequel il vit encore aujourd'hui. Tordant le cou à la funeste loi d'allotissement, il renforçait la souveraineté indienne sur la partie restante du domaine des tribus, tout en leur permettant de l'accroître par de nouvelles acquisitions à titre individuel ou collectif. En outre, il préservait les ressources des divers groupes, encourageait leurs entreprises, mettait en place d'indispensables services de santé et d'éducation et invitait les Indiens à se donner leur propre gouvernement qui, éventuellement, adopterait une constitution. Tels étaient les principes, libre à chaque tribu de les accepter ou non par consultation de ses membres. Avait-on jamais, auparavant, sollicité l'avis de l'homme rouge avant de lui imposer une loi ? La seule existence de l'I.R.A. et la manière de le proposer à ses bénéficiaires potentiels constituaient comme une révolution dans les relations indo-washingtoniennes.

Hélas, les résultats des votes tribaux déçurent profondément les géniteurs de l'I.R.A. : 129 750 Indiens l'approuvèrent, 86 365 le rejetèrent — parmi lesquels les Navajos dont le « non », franc et massif, pesa lourd dans la balance. Pour Collier, un semi-échec qui fit de lui la cible d'adversaires acharnés à détruire son œuvre.

La première salve du tir de barrage contre elle fut tirée par *The American Indian Federation,* un groupuscule fondé au Nouveau-Mexique par des Indiens — dont des Navajos — déjà propriétaires de terres alloties. Guère désireux de les voir revenir à la propriété tribale, comme ils le croyaient, ils clamèrent que Collier lui-même n'était qu'un infâme bolchevik et l'I.R.A. un vecteur du communisme. Puis, emportés par leur propre haine, ils s'allièrent à des groupes de nazis américains dont la bible politique avait pour titre « Le communisme sans masque » d'un nommé Goebbels. Entre autres sornettes sur la question, il y assurait les Indiens, reconnus par lui comme d'origine aryenne, du soutien du régime hitlérien [6] contre leurs oppresseurs... Pris sous les feux croisés de cette propagande étrangère — alors écoutée avec complaisance par certaines oreilles américaines — et de ses ennemis de l'intérieur, Collier fut convoqué, en novembre 1938, devant le douteux « Comité de la Chambre des représentants pour les activités antiaméricaines [7] ». Il dut s'y défendre, pied à pied, de l'accusation de communisme portée contre son administration, épreuve dont il se tira la tête haute.

Derrière tout ce battage haineux orchestré par les adversaires les plus résolus de l'I.R.A., eux-mêmes soutenus par un ramassis de groupes hostiles à la politique de Roosevelt, s'élevaient les voix des partisans de l'assimilation rapide de l'Indien dans la société blanche. Les sénateurs de l'Ouest, poussés par le lobby des éleveurs qui lorgnaient bien évidemment les terres indiennes, reprenaient en chœur le vieux refrain, déjà entendu à la fin du siècle dernier : le bonheur de l'homme rouge réside dans son intégration parmi la population de ce pays et non dans son retour vers un « état primitif par la création de gouvernements communaux qui décourageraient la propriété individuelle et celle des héritages ». Contre cette régression, il fallait abroger l'I.R.A. et ruiner son principal responsable, Collier, accusé d'avoir créé « une nation dans la nation » — crime impardonnable au regard des principes fondamentaux de la République fédérale. En 1940, les hérauts du front uni contre ce dernier et sa loi déposèrent devant le Congrès un projet de loi visant ce double but. L'intervention immédiate de Collier permit de stopper le processus à une époque où, sur la réserve, s'apaisait l'agitation suscitée depuis 1933 par les premiers échos de l'élaboration de l'I.R.A. et, surtout, par la nécessaire réduction du cheptel navajo, condition *sine qua non* du sauvetage des pâturages déjà ruinés par l'érosion et donc incapables de nourrir des troupeaux pléthoriques.

Navajos en colère (1933-1940)

Au zénith de la Grande Dépression, éprouvée sur les réserves avec une acuité particulière, Collier rendit visite aux Navajos afin de leur exposer les éléments majeurs de la nouvelle politique indienne élaborée par l'administration Roosevelt. En juillet 1933, à Fort Wingate, il s'adressa d'abord aux étudiants puis aux personnalités tribales. Après avoir brossé, aux yeux de ces dernières, un sombre tableau des conséquences de l'érosion sur leurs pâturages, il en vint à leur proposer l'unique et draconien remède capable de limiter les ravages annoncés : l'amputation de moitié de leur cheptel. Son auditoire crut alors que le ciel lui tombait sur la tête ! La réserve s'émut et, sans délai, organisa la résistance à ce funeste projet.

L'âme de celle-ci fut un missionnaire de choc, présent en ces lieux, Jacob C. Morgan, représentant de l'Église chrétienne réformée, premier vice-président de *The American Indian Federation* aux penchants pro-nazis. Ennemi juré de Collier et de l'I.R.A. Il persuada aux Navajos qu'adopter ce projet entraînerait le massacre total de leurs troupeaux. Bien évidemment, Collier réagit par une lettre au Conseil tribal, dans laquelle il précisait que les deux questions n'étaient nullement liées. Il y soulignait aussi que le rejet de l'I.R.A. priverait la tribu du million de dollars inscrit à son profit dans l'exercice 1936 du budget du Bureau des affaires indiennes. Peine perdue. Les Navajos repoussèrent l'I.R.A., élirent Morgan à la présidence de leur Conseil puis, sous l'impulsion de ce dernier, réclamèrent l'abrogation de cette loi et... le rappel de Collier dont, à l'évidence, ils oubliaient les bienfaits.

L'avant-guerre fut ainsi vécue par la tribu dans un climat conflictuel permanent qui freina son développement économique. Elle n'accepta d'y mettre un terme qu'au reçu d'une lettre du Président Roosevelt (1940) déclarant, en substance : Veuillez considérer avec sérieux la gravité de l'érosion de vos pâturages et acceptez, quoi qu'il vous en coûte, les indispensables sacrifices pour sauver vos troupeaux restants ; cessez, avant tout, de considérer le gouvernement fédéral comme votre ennemi pour, au contraire, collaborer avec lui dans votre propre intérêt. La leçon fut entendue. Comme pour se faire pardonner leur attitude longtemps hostile mais aussi parce que, malgré les épreuves infligées par les gouvernements du passé, il existait chez le peuple indien un réel attachement aux valeurs de la démocratie, le Conseil tribal navajo réagit dignement aux menaces pesant sur celle-ci, à l'heure où, en Europe, s'ouvrait la Seconde Guerre mondiale. Il vota, à l'unanimité, la résolution suivante : « Les Indiens navajos se tiennent prêts, comme en 1918, à aider et défendre notre gouvernement et ses institutions dans tout conflit subversif ou armé. Ils témoignent de leur loyauté envers un système qui reconnaît les droits des minorités et a fait d'eux le plus grand peuple de notre race[8]. » Pearl Harbor (7 décembre 1941) galvanisa les énergies sur la réserve où des centaines de volontaires se portèrent vers les bureaux de recrutement. Dès lors, les Navajos entrèrent dans une guerre qu'ils estimaient aussi la leur. Ils allaient s'y illustrer d'une façon toute particulière.

Navajos en guerre (1941-1945)

« Si nous n'avions pas eu les Navajos, jamais les Marines n'auraient pris Iwo Jima », déclara le major Howard Conner, officier des transmissions de la 5e division de ce corps d'élite. Il précisa : « Durant les premières quarante-huit heures, tandis que nous débarquions et consolidions nos positions sur le rivage, j'avais six groupes radio (Navajos) en fonctionnement 24 heures sur 24. Dans cet intervalle, ils expédièrent et reçurent plus de huit cents messages sans une erreur[9]. » Le 23 février 1945, la bannière étoilée flotta sur le mont Suribachi, au centre de l'île. Les *Code Talkers* navajos (Les « parleurs-en-code ») avaient, au même titre que les G.I.'s blancs, bien mérité de l'Oncle Sam et du monde libre.

Trois ans auparavant, le général Clayton B. Vogel, commandant la base de Camp Eliot, près de San Diego (Californie), avait été étonné par la démonstration de jeunes recrues navajos employant un code établi d'après leur propre langue. Devant cette expérience éminemment concluante, il demanda et obtint l'autorisation d'organiser un programme visant à développer et à systématiser ce code, afin d'interdire aux Japonais de déchiffrer aussi aisément qu'ils l'avaient fait jusqu'alors les messages codés des forces américaines dans le Pacifique.

En avril 1942, un premier groupe de *Code Talkers* — 29 Navajos sélectionnés sur la réserve — se mit à l'œuvre à Camp Eliot. Quels mots de leur langue fallait-il employer pour décrire des situations militaires complexes ? Des mots brefs, facilement mémorisables et logiquement associés aux termes à signifier. Un avion d'observation devint un « hibou » ; un sous-marin, un « poisson de fer » (Besh-lo) ; une grenade, une « pomme de terre » ; une bombe, un « œuf ».

Un Japonais captant l'énumération suivante : « Mouton, fourmi, glace, cochon, fourmi, noix » ne se doutait point qu'il entendait le nom « Saipan [10] ». Soit, en navajo, Dibeh (mouton), Wol-la-chee (fourmi), Tkin (glace), Bi-sodih (cochon), Wol-la-chee (fourmi), Nesh-chee (noix). En 1945, 411 termes avaient été ainsi inventés qui déroutèrent totalement les services secrets ennemis. Le corps des *Code Talkers* comptaient alors des centaines de Navajos dont le rôle sur les différents fronts du Pacifique se révéla infiniment précieux comme le relata le journal *San Diego Union :* « Durant des années, où que débarquent les Marines, les Japonais prirent plein les oreilles d'étranges gargouillements alternant avec d'autres sonorités semblables à l'appel d'un moine tibétain ou au bruit d'une bouteille d'eau bouillante que l'on vide. Agglutinés sur leurs émetteurs dans les barges de débarquement secouées par la mer, dans les trous de renard sur les plages ou au plus profond de la jungle, les Marines navajos transmirent et reçurent des informations, des messages, des ordres vitaux. Les Japonais grinçaient des dents puis se faisaient hara-kiri. »

Sur les 3 500 Navajos disséminés en Asie, en Afrique et en Europe, 400 tombèrent sur les différents fronts, tandis qu'au pays des centaines des leurs furent employés dans les industries de guerre, les chemins de fer et l'agriculture. Les salaires touchés par ceux-là améliorèrent sensiblement alors les conditions de vie de leurs familles. Pour les autres, la grande majorité, la suppression des crédits pour le *New Deal* indien entraîna l'arrêt des programmes afférents. La détresse s'installa qui fit obligation aux plus démunis de recourir au troc avec le *trader* local, dispensateur de conserves et d'articles de première nécessité contre des moutons, des couvertures, des tapis et des pièces de joaillerie. La fin des hostilités ne soulagea en rien une misère dont, à leur retour, les soldats démobilisés purent constater l'ampleur.

Pour des garçons maintenant plus instruits du monde des Blancs et qui rentraient avec des idées neuves sur ce que, désormais, devrait être la vie sur leur terre natale — plus d'argent, de confort, de commodités diverses — le choc fut des plus rudes. Des services de santé déficients ; des écoles fermées, d'autres partiellement abandonnées ; un revenu général en baisse en raison, d'une part, du licenciement des ouvriers et employés des activités de guerre et, d'autre part, de la cessation des versements aux familles des militaires de la part prélevée sur leur solde (*dependency allotment*) : au total, une situation génératrice d'un légitime désespoir. Comment les vétérans, les anciens combattants confrontés à ces multiples embarras pourraient-ils concrétiser leurs projets pour l'après-guerre ? Poursuivre leurs études, exercer à leur propre compte le métier appris à l'armée, s'installer, acquérir du bétail ?

Collier, de son côté, constata l'étendue d'une détresse indienne qui ruinait partiellement son œuvre, victime des rudes contingences de l'heure : un budget réduit en d'effrayantes proportions ; le personnel de l'administration des Affaires indiennes numériquement diminué ; les programmes techniques stoppés. Tout un élan brisé avec, en outre, la reprise des assauts contre l'I.R.A. de la part d'adversaires qui, eux, ne désarmaient point. En mars 1944, il dut, une nouvelle fois, justifier sa politique devant le Comité des affaires indiennes du Sénat. Il la résuma en ces termes : « Nous avons tenté de stimuler l'Indien individuel et le groupe indien ; de doter l'un et l'autre du savoir et des capacités susceptibles de les aider, de leur permettre d'aller avec succès vers le monde blanc tout en conservant le leur et en progressant là où ils vivaient. C'est le sens de l'I.R.A. et de toutes les mesures majeures que nous avons élaborées [...]. Les Indiens sont plus eux-mêmes aujourd'hui qu'ils ne le furent de longtemps et certainement plus assimilés que jamais [11]. »

Partagé entre la conviction, très légitime, d'avoir beaucoup fait pour le peuple rouge et le sentiment que, dans les circonstances présentes, sa fonction de commissaire ne pouvait plus servir ses projets pour parachever son œuvre, il présenta sa démission au président Roosevelt qui l'accepta, en janvier 1945, non sans lui rendre un hommage appuyé. Du fond de sa retraite, éminemment active, il allait observer le développement d'une politique indienne désormais confiée à des gens qui avaient toujours plus ou moins combattu ses vues.

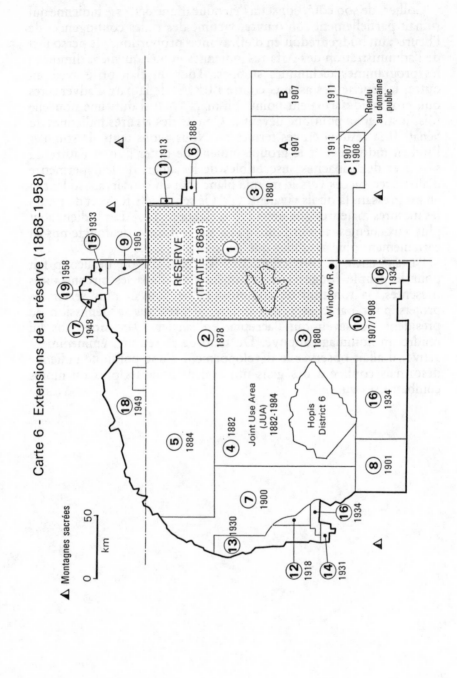

Carte 6 - Extensions de la réserve (1868-1958)

△ Montagnes sacrées

0   50
    km

RÉSERVE
(TRAITÉ 1868)

① 1
② 1878
③ 1880
④ 1882
⑤ 1884
⑥ 1886
⑦ 1900
⑧ 1901
⑨ 1905
⑩ 1907/1908
⑪ 1913
⑫ 1918
⑬ 1930
⑭ 1931
⑮ 1933
⑯ 1934
⑰ 1948
⑱ 1949
⑲ 1958

A 1907
B 1907
C 1907 1908

1911

Rendu au domaine public

Window R. ●

Joint Use Area (JUA) 1882-1984

Hopis District 6

III.

1945-1990

1. LES VOIX DU CAPITOLE

Après le départ de John Collier, les adversaires de sa politique relevèrent la tête avec, dans celle-ci, un projet lancinant, suggéré par un article publié en 1940 par le commissaire adjoint aux Affaires indiennes, Joseph C. McCaskill. Son titre explicitait parfaitement sa teneur : « La cessation du contrôle monopolistique des Indiens par le Bureau des affaires indiennes. » Autrement dit, la liquidation (*termination*) de toute aide gouvernementale aux tribus, la fin du financement des programmes d'assistance en leur faveur, la résiliation des obligations morales et matérielles découlant de la relation privilégiée jusqu'alors entretenue entre le peuple rouge et Washington.

Ce projet, soutenu avec empressement par les partisans, toujours actifs, de l'assimilation rapide de l'Indien à la société dominante, suscita un processus législatif qui trouva son plein effet au retour de la paix. Sa première phase fut illustrée par l'adoption d'une loi créant une Commission des recours indiens (*Indian Claims Commission Act*, 13 août 1944). Sur présentation d'un dossier de doléances, les tribus, victimes de diverses spoliations territoriales dans le passé, pourraient prétendre à un dédommagement financier, sur avis favorable de ladite Commission. Jusqu'en 1978, celle-ci accorda, en effet, quelque 800 millions de dollars aux groupes indiens reconnus bénéficiaires de la loi. Les Navajos, pour leur part, encaissèrent ainsi une somme considérable pour les 48 000 km^2 perdus de leur territoire ancestral. En réalité, il y avait là comme un marché de dupes, le prix de l'acre étant payé au tarif de l'époque du traité, soit quelques dizaines de *cents*, aucune indexation n'intervenant. En outre, la lecture ultérieure des comptes rendus des délibérations de la Commission révéla une finalité très éloignée du *mea culpa* initialement invoqué car il s'agissait bel et bien de « considérer le règlement des doléances indiennes comme un pas nécessaire pour préparer les tribus à la gestion de leurs propres affaires[1]. » De contrition, de générosité, point. Au contraire : un pas décisif vers la liquidation de l'aide fédérale.

Puis, le Sénat et la Chambre des représentants passèrent aux actes en votant la « Résolution commune 108 » (*House Concurrent Resolution 108*, 1er août 1953) qui officialisait la mise en pratique de la *termination*. Deux tribus furent choisies, à titre d'expérience. L'une, les Alabamas-Coushattas du Texas oriental, l'adopta sans dommage car la grande majorité de ses 394 membres étaient déjà assimilés. L'autre, les Menominees du Wisconsin, la refusa, ayant trop à y perdre, et engagea contre le gouvernement un long procès conclu seulement en 1973. Sur intervention du président Nixon qui obtint l'abrogation de la loi pour cette tribu et la restauration de son statut particulier. Dans l'intervalle, les défenseurs des Indiens s'agitèrent sans repos. Parmi eux, le *Washington Post* qui, dans son numéro du 12 avril 1954, écrivait : « Le gouvernement ne doit pas supprimer l'aide et la protection spéciales accordées aux tribus sur les réserves avant qu'elles ne soient prêtes à gérer leurs propres affaires. Quelques-uns des textes de loi actuellement considérés méprisent les vœux des Indiens et ne tiennent aucun compte de l'ignorance et de l'impréparation des membres de quelques tribus à vivre en compétition avec les autres Américains. » De son côté, John Collier, toujours attentif aux manœuvres des politiques anti-indiens, fulminait : « Quel est le point commun à ces lois ? Ôter la garantie fédérale sur la terre indienne et inscrire celle-ci sur la liste des impôts locaux ; considérer les traités passés comme des chiffons de papier. Bref, renouer avec un siècle de déshonneur[2]. » Ces pressions incitèrent le gouvernement à suspendre une expérience dont la crainte paralysait alors les tribus si totalement qu'elles en étaient venues à considérer comme suspecte toute décision officielle, même en leur faveur.

Après l'administration Eisenhower, qui avait laissé faire, les présidents Kennedy (1961-1963), Johnson (1963-1969) et Nixon (1969-1974) multiplièrent les déclarations de bonnes intentions afin de ruiner cette prévention. De l'un à l'autre, se succédèrent des mesures indéniablement favorables aux Indiens. La plus déterminante fut celle prise sous Nixon, signataire d'un document de grande résonance : « Une nouvelle politique d'autodétermination sans liquidation » (*New Policy of Self-Determination Without Termination* ; 8 juillet 1970).

Une « nouvelle ère » pour les Indiens ? (1970-1975)

Dans un préambule d'une grande fermeté de ton, le Président condamnait la politique passée : « [...] L'histoire de l'Indien en Amérique est bien davantage que la somme des agressions fréquentes, des accords rompus, du remords intermittent et de l'échec permanent de l'homme blanc. C'est également la somme de l'endurance, des efforts pour survivre, de l'aptitude à s'adapter et à créer face à des obstacles écrasants [...]. Le temps est venu de rompre définitivement avec le passé et de créer les conditions pour une ère nouvelle dans laquelle l'avenir de l'Indien sera déterminé par des lois et des décisions indiennes [...]. » Suivent les propositions devant conduire à ce but : I) Abolir la trop fameuse « Résolution commune 108 ». 2) Élaborer une législation « qui donnerait à une tribu ou à un groupe de tribus ou à toute autre communauté indienne la capacité de contrôler ou de gérer les programmes financés par le gouvernement ». 3) Développer une politique relative à l'éducation, à l'économie et à la santé.

Cela s'appelait déjà l'autodétermination, finalement votée en 1975 (*Self-Determination Act*). La nouvelle loi autorisait les tribus à contracter directement avec les ministères intéressés (Intérieur, Éducation, Santé) sur tous les points concernant la politique sociale, financière et économique définie par les Conseils tribaux. Au terme d'un siècle d'ardents combats dans le champ législatif s'exprimait de la sorte une volonté de « réindianiser » l'Indien, enfin reconnu comme pleinement capable d'exercer ses prérogatives d'homme et de citoyen dans le cadre restauré de sa société.

2. LES TRAVAUX ET LES JOURS
DE NAVAJOLAND

Comment les Navajos s'accommoderaient-ils de cette victoire alors que, depuis trente ans, sur leur réserve comme sur d'autres, soufflaient les vents changeants de l'époque ?

Si, avant 1975, en haut lieu, les graves politiciens qui débattaient du futur destin de l'homme rouge avaient connu la réalité de son existence quotidienne, leurs propos eussent incliné vers plus de raison et leurs décisions vers plus de justice et de compréhension. Comment auraient-ils pu concevoir la suppression de l'aide financière à des peuples affrontés à d'éprouvantes difficultés matérielles et morales dont les seuls Navajos offraient un exemple aussi frappant que navrant ?

Sept ans de malheur (1946-1953)

Forte de près de 58 000 membres, sur un sol estimé capable d'en nourrir 35 000 seulement, la tribu vécut l'immédiate après-guerre dans une condition de famine endémique qui fit obligation à nombre des siens d'aller vivre ailleurs. En 1947, par exemple, les Mohaves et les Chemehuevis de la basse vallée du Colorado offrirent 350 km² de leur maigre réserve respective à ces transfuges de la faim, contraints d'abandonner (provisoirement ?) leur domaine natal.

Des pâturages érodés, épuisés pour un cheptel numériquement réduit pour avoir apaisé la faim de ses propriétaires ; des hôpitaux sous-équipés[3] pour une population annuellement accrue d'un millier de naissances mais décimée par la tuberculose ; des écoles capables d'accueillir seulement 5 000 à 5 500 enfants environ sur les 22 000 scolarisables tandis que mille autres fréquentaient les rares internats hors réserve ; un chômage effrayant face aux 800 emplois à plein temps offerts sur cette dernière pour un salaire mensuel de 82 dollars : la misère indienne pouvait-elle avoir plus sombre visage ? Pour tenter d'atténuer le chômage, le gouvernement ouvrit alors des bureaux d'embauche à Denver (Colorado), Salt Lake City (Utah) et Los Angeles (Californie). Mais — soit que le déplacement leur ait été impossible, soit que seuls les travaux saisonniers aient absorbé une faible partie de la main-d'œuvre disponible — peu de Navajos tirèrent profit de cette création. La majorité des familles continuèrent de recourir aux ressources traditionnelles, agriculture et élevage, elles-mêmes ramenées au strict niveau d'activités de subsistance. Par ailleurs, compte tenu de l'urgence d'un remède à la déplorable situation de l'école — souci majeur de la tribu — un Programme spécial pour l'éducation (*Navajo Special Education Program*) fut élaboré par Washington où se rendit, en 1946, une délégation tribale chargée d'alerter les comités *ad hoc* du Congrès. Elle obtint, deux ans plus tard, l'ouverture d'un nouvel internat — *Intermountain Indian School*, à Brigham (Utah) — qui accueillit ses premiers élèves navajos en 1949-1950, parmi d'autres. Néanmoins, en 1953, 14 000 garçons et filles demeuraient encore écartés de tout enseignement.

Dans cette débâcle, le seul motif d'espérance provint des découvertes successives, en 1946, de petits gisements uranifères sur le territoire même de la réserve — à Shiprock (Nouveau-Mexique), Monument Valley (Utah) et Tuba City (Arizona). Au lendemain du vote de la loi sur l'énergie atomique (*Atomic Energy Act*), le gouvernement se lança dans l'exploitation frénétique de cette ressource, sans le moindre souci de sécurité pour les mineurs navajos et l'environnement. Les premières royalties (66 000 dollars) tombèrent en 1950 dans la caisse tribale qui s'enrichit simultanément des 42 000 dollars provenant du pétrole extrait des 51 puits alors en activité sur la réserve. Ces revenus, fort modestes pour l'heure, ne soulagèrent que très faiblement une misère telle que le Congrès s'empressa de voter une loi de circonstance. Cette loi d'aide à long terme aux Navajos et aux Hopis (19 avril 1950) débloqua 22 millions de dollars pour le financement de divers programmes d'urgence, mis en chantier en 1953 : irrigation et aménagement des sols ; construction de routes, d'hôpitaux, de logements, de stations radio et de lignes téléphoniques. Paradoxe : l'ouverture de ces travaux, éminemment positifs, coïncida avec la plus destructrice des décisions gouvernementales prise par l'administration Eisenhower, la funeste « Résolution commune 108 ». Triste exemple d'inadéquation d'une politique aux rudes réalités de la base. Autre coïncidence, celle-là favorable aux Navajos : la découverte, par les ingénieurs de *Utah Mining and Construction Company* (devenue, depuis, *Utah International Inc.*) de 4 importantes veines de charbon, presque à fleur de terre, au sud de la San Juan et de Fruitland (Nouveau-Mexique).

Charbon, pétrole, uranium : la terre des Ancêtres révélait progressivement des trésors prometteurs de revenus. Ils allaient aider, modestement d'abord, au « décollage » économique de la tribu. Pour elle s'annonçait un avenir bien différent du sombre présent et, d'ores et déjà, concrétisé par l'intrusion sur son domaine d'une technologie moderne qui, à n'en pas douter, heurterait le mode de vie traditionnel là où elle s'établirait. Les moutons feraient-ils bon ménage avec les derricks, les pelleteuses géantes et les monstrueux véhicules ? La Terre-Mère (*Mother Earth*) ne souffrirait-elle pas des blessures promises ? Parvenue à ce nouveau carrefour, comment et à quel prix la tribu s'adapterait-elle aux nouveaux temps ?

De la richesse et de sa rançon (1957-1980)

La terre navajo, sol et sous-sol. Sol : un vieux visage parcheminé dont la sévère beauté ne s'éclaire sporadiquement que du vert sourire des cultures, dans les secteurs irrigués, et des forêts haut perchées sur les montagnes de l'Est. Sous-sol : de charbonneuses entrailles mises au jour par le *strip mining*[4] en de longues plaies ouvertes dans le flanc de la Terre-Mère. Des puits de mines d'où jaillit le sang impur piégé dans les poches à pétrole. D'autres, aussi, d'où l'on extrait un inquiétant minerai uranifère duquel, faute de précautions, peut sourdre la mort. Des richesses, pourtant, et dont l'exploitation contraignit, dès l'origine, la tribu à passer sous les fourches Caudines de voraces compagnies anglos. Baux signés, trop hâtivement parfois. Royalties malhabilement négociées puis renégociées difficilement, toujours. Conflits juridiques. Procès. Jugement, appel, sentence. Sur place, dans les zones noires de *Mother Earth* violée, éventrée, un environnement menacé, des personnes déplacées, un voile nuageux empesté, des maladies, des morts. La lourde rançon de la civilisation avec ses exigences, ses contingences, ses sacrifices obligés, ses déboires ruineux d'illusions. En vingt ans (1960-1980), Navajoland en découvrit la puissante emprise, à la fois prometteuse et irritante avec l'espoir qu'un jour, ces richesses passeraient entre ses seules mains pour conduire le Peuple vers l'autosuffisance. Un avenir meilleur ? Peut-être... Vers lui, en ces années-là, la tribu estima faire ses premiers pas.

A 20 km au nord de Fort Defiance, dans un majestueux décor de hautes et longues falaises de grès rouge rayonnant à l'écart d'un énorme monolithe de même nature, la localité ouvrière de Navajo, la bien-nommée, s'étale au voisinage de l'importante scierie qui, dès 1962, lui donna naissance. Quatre ans auparavant, le Conseil tribal avait voté à l'unanimité la création d'une entreprise responsable de l'exploitation des forêts de la réserve : *Navajo Forest Products Industry* (N.F.P.I.) qui choisit pour emblème une lune cornue (*Horned Moon*). Grâce à un investissement initial de 7,5 millions de dollars, provenant en grande partie des royalties rapportées par le pétrole, la tribu créa, par là, une entreprise devenue un prototype d'entreprise tribale.

Administrée par un comité de Navajos et de non-Indiens, tous spécialistes du bois, elle employa bientôt plus de 600 ouvriers qui la virent grandir et se perfectionner afin de diversifier ses productions de bois de charpente, de parquet et d'aggloméré. En 1969, N.F.P.I. battit son record de ventes auprès de lointains clients, de l'Ohio à la Californie. Entre 1962 et 1976, elle contribua pour 52 millions de dollars à l'économie navajo — un succès qui enrichit la localité d'un hôpital, d'un collège et d'une piscine olympique flambant neufs. Depuis ce temps-là, les fluctuations du marché altérèrent parfois ses revenus, sans que pour autant cessât la noria de ses lourds camions jaunes entre les forêts des monts Chuska-Lukachukai et la scierie qui fait toujours l'orgueil de la tribu. Au même titre que le complexe agricole inauguré au sud de Farmington.

Le 10 avril 1976, sur le vaste plateau étendu sur la rive sud de la San Juan, 6 000 Navajos en habits de fête entouraient une tribune d'honneur où trônaient des personnalités : le secrétaire à l'Intérieur, venu spécialement de Washington ; les sénateurs des États du Sud-Ouest ; le président et le vice-président du Conseil tribal. A leur côté figurait un *medicine man* chargé de bénir la terre invitée à refleurir grâce à l'eau du canal voisin juste achevé. L'arrivée de celle-ci dans cette artère vitale méritait bien la présente solennité qui couronnait plus de dix ans de démarches et de travaux.

A l'origine, une loi du Congrès (1962) autorisant la construction d'un réseau d'irrigation (canaux, tunnels, siphons) à partir de Navajo Dam qui barre le cours de la San Juan, à 50 km de là. Ce projet (*Navajo Indian Irrigation Project*) permettrait de mettre en culture un secteur de 450 km^2, divisé en onze unités ou « blocs ». A cet effet, le Conseil tribal avait créé, en 1967, l'organisme responsable de la future entreprise : *Navajo Agricultural Products Industry* (N.A.P.I.). La lourdeur des investissements consentis par le gouvernement fédéral (100 millions de dollars) et, pour une moindre part, par la tribu (15 millions plus divers prêts) était motivée par la nécessité d'organiser la culture et l'élevage indispensables aux Navajos, tout en formant la main-d'œuvre qualifiée pour cette double tâche. A partir du Bloc I (120 km^2) inauguré ce jour-là, l'on procéderait par étapes dans les dix ans à venir. A la tribu de démontrer son savoir-faire quant à l'exploitation de cette nouvelle ressource, dans la limite de son attribution annuelle d'eau (508 000 *acre-feet* [5]) en provenance du barrage cité.

Cela n'alla **pas** sans difficultés dès le début, la majorité des grains semés en 1976 ayant dû être remplacée après avoir été emportée par la mauvaise humeur du climat. De plus, l'on constata que les semences s'adaptaient mal à ce dernier. En 1981, trois autres secteurs furent mis en culture. Le maïs connut alors son année record tandis que les rendements en alfa, luzerne, orge, pommes de terre, carottes et haricots atteignaient un résultat dans l'ensemble satisfaisant. 200 Navajos, dont 70 % embauchés par N.A.P.I., travaillaient à cette exploitation qui, en 1982, remplissait les fonctions d'entreprise agricole et de centre de formation du personnel, tant pour l'agriculture et l'élevage que pour l'administration. Malheureusement, des gelées précoces, d'une part, de mauvaises ventes, d'autre part, affectèrent les résultats financiers de N.A.P.I., simultanément accablée de lourdes dettes. En conséquence, la tribu dut tirer son entreprise de cette ornière en empruntant, auprès d'une banque d'Arizona, 40 millions de dollars, avec la caution partielle du Bureau des affaires indiennes (1983). L'on était loin, alors, du bel optimisme des origines mais l'on faisait aussi, par là, l'apprentissage de l'économie moderne dont les impératifs se manifestaient également avec âpreté dans les domaines de l'exploitation des ressources du sous-sol.

Pétrole : des moutons et des derricks

En 1978, dans le secteur d'Aneth (angle S.E. de l'Utah), riche à ce moment-là de plus de 200 puits de pétrole, le vent de la protestation poussa parmi les derricks une foule d'habitants de ces lieux. Des habitants en colère — comme d'autres, ailleurs sur la réserve — et qui, aiguillonnés par les mouvements activistes indiens [6], occupèrent pacifiquement la principale station de pompage de la Texaco, empêchant ainsi toute opération dans ce petit royaume de l'or noir. Cette manifestation, de grande envergure, fut motivée par l'exaspération des résidents victimes depuis trente ans de l'invasion des pétroliers dont l'activité, toujours plus importante, avait réduit leurs pâturages et donc leurs troupeaux, bouleversant ainsi leur mode de vie. Treize jours durant, les représentants des manifestants et le président du Conseil tribal en personne négocièrent avec ceux de la Compagnie. Finalement, cette dernière souscrivit à la majorité des revendications présentées : protection de l'environnement, amélioration des rapports entre les employés blancs et les Navajos, préférence d'emploi aux Indiens. Par contre, la Compagnie demeura sourde à la question des royalties.

Question capitale. Entre 1955 et 1975, la tribu avait encaissé plus de 300 millions de dollars en royalties, location de terrain et bonus. Aurait-elle dû bénéficier de rentrées supérieures ? Probablement car, durant ces vingt ans marqués par le choc pétrolier de 1973, les producteurs de pétrole autres que les Indiens avaient encaissé des revenus en augmentation. Même au lendemain de la constitution de l'O.P.E.P. par les Arabes du golfe Persique, aucune renégociation avantageuse des royalties sur le pétrole indien n'était intervenue. En conséquence, le total ci-dessus ne représentait qu'une faible partie des profits des compagnies installées dans Navajoland, profits accrus dans la suite par l'augmentation du prix du baril.

Malgré cette perte et les fluctuations de la production[7], le pétrole constitua pour la tribu la première de ses sources de revenus, devant ceux provenant de l'extraction du charbon et de l'uranium. Quel usage en fit-elle alors ? La question demeura longtemps débattue, avec d'autant plus de vivacité que la production pétrolière s'annonçait en baisse. En réalité, le Conseil tribal consacra la majorité des royalties au financement de ses services et au règlement de ses frais d'administration. Par là, il s'attira les reproches de ceux qui, au contraire, plaidaient pour un investissement de cet argent en des entreprises productives, utiles à tous. Ils citaient en exemple la communauté navajo d'Aneth, représentée par son agent, *Utah Division of Indian Affairs*, et qui, vers la fin des années 70, avait créé une société, *Utah Navajo Development Corporation*, aux initiatives particulièrement dynamiques. Une manufacture de vêtements, une imprimerie commerciale, un musée, une clinique et une fabrique de petit matériel agricole figuraient, en 1981-1982, parmi ses créations les plus positives. C'était là un exemple représentatif du nouvel état d'esprit suscité dans une communauté entreprenante par la volonté de s'autodéterminer, volonté longtemps bridée, par ailleurs, du fait de la difficulté des rapports entretenus avec les puissances financières régissant l'exploitation du sous-sol de la tribu. Ces Molochs du dollar, déjà si voraces quant à l'or noir, ne se montrant pas plus accommodants dans les domaines voisins — ceux du charbon et de l'uranium.

Charbon : gazification, pollution, manifestations

Par son impact direct sur le sol éventré à faible profondeur pour atteindre les veines de charbon (*strip mining*). Par la transformation de celui-ci en électricité (centrales thermiques) ou en gaz combustible (centrales de gazification), l'exploitation charbonnière répartie entre le Nouveau-Mexique (bassin de la San Juan et l' « Échiquier »[8] = 25 % du charbon américain) et l'Arizona (gisement de Black Mesa, dans la zone alors commune aux Navajos et aux Hopis) offrit aux écologistes indiens et américains leurs premiers champs de bataille.

Les débuts de l'exploitation par les quatre compagnies présentes en ces secteurs s'échelonnèrent entre 1961 et 1976. Toutes pratiquèrent, et pratiquent encore, le *strip mining* qui leur permit d'extraire, en 1957 et 1975, 13 millions de tonnes de charbon. Pour cette dernière année, les Navajos encaissèrent un revenu de près de 3 millions de dollars. Cette somme provenant, d'une part, de la location de la terre tribale (à titre d'exemple : de 1957 à 1962, un dollar l'acre et 2 dollars pour la période 1962-1967) et, d'autre part, des royalties fixées par les baux signés (de 10 à 20 *cents* par tonne, en 1957, date de la signature du premier bail). Par la suite, la question des royalties posa périodiquement de délicats problèmes entre la tribu et les compagnies qui s'en tinrent, longtemps, aux pourcentages primitifs alors qu'augmentaient et le prix du charbon et leurs profits. Ainsi, par exemple, *Utah International* — propriétaire de Navajo Mine (la plus grande mine à ciel ouvert du monde) au sud de la San Juan — réalisa plus de 100 millions de dollars de profits en 1975 sur lesquels elle réserva aux Navajos 910 000 dollars seulement, au lieu des 4 millions et demi qu'ils auraient dû encaisser si les royalties avaient été réajustées en fonction des normes fixées par le Bureau des affaires indiennes.

Devant une telle perte, répétée des précédentes, la tribu songea à une compensation par l'institution d'une taxe sur les compagnies. Sa commission des taxes élabora en ce sens une législation adoptée, en 1978, par son Conseil tribal, aussitôt assigné en justice par la partie adverse... qui fut déboutée. En effet, la Cour fédérale du district d'Arizona décréta l'immunité de la tribu contre toute poursuite, en vertu du droit qui lui avait été reconnu de lever des taxes, droit que seul le Congrès pouvait lui retirer. Interjetant appel, les compagnies se heurtèrent à la Cour suprême qui confirma ce droit à toutes les tribus (1981).

Sur ce fond de litiges financiers, qui suscitèrent par la suite des renégociations dont les Navajos tirèrent profit, éclata au grand jour une série de conflits provoqués par le *strip mining*, bête noire des écologistes indiens. La première manifestation d'importance tourna autour du cas de Black Mesa dont le gisement intéressait à la fois les Navajos et les Hopis (Arizona). Pour les premiers, la mesa est la Montagne femelle sacrée qui a pour voisine la Montagne mâle. Pour les seconds, elle est un cimetière. Or, ici, de monstrueuses machines souillent, blessent et violent la Terre-Mère. D'où la levée de 175 Navajos qui s'en prennent à la *Peabody Coal Company* (mars 1970). Palabres véhémentes, accusations, entrevues : l'accusée s'engage à restaurer le site après son exploitation. Engagement non tenu, une fois la tempête apaisée... Pour la raison que l'on ignorait alors la méthode nécessaire à une telle restauration, indispensable après les dégâts considérables occasionnés par le *strip mining*.

Quand, au lendemain du choc pétrolier, Washington se tourna vers le charbon afin d'en doubler la production, l'accroissement inéluctable de ces ravages sur l'environnement incita l'administration du président Carter à s'en préoccuper. Elle obtint du Congrès le vote rapide d'une loi sur le contrôle du *strip mining* et la restauration des sites (*Strip Mining Control and Rehabilitation Act*, 3 août 1977) qui renforçait les mesures de protection du cadre physique. Les agences gouvernementales (tel le département de l'Agriculture et des Forêts), les universités (dans leurs sections scientifiques), les compagnies (comme la *Pittsburgh Midway McKinley Mine*) unirent leurs efforts dans la recherche du procédé de fixation d'une végétation spécifique du désert sur les tranchées fraîchement comblées.

Ces tentatives de restauration des sites, après la fin de leur exploitation, et les assurances données par les compagnies ou les représentants du gouvernement quant aux mesures antipollution appliquées dans les centrales thermiques comme dans les unités de gazification n'apaisèrent pas pour autant la population des secteurs directement concernés. En 1982-1983, celle de l' « Échiquier », déjà touchée à cette date par la présence de 5 mines importantes et de 3 centrales thermiques, entra en effervescence à la nouvelle d'un projet de grande envergure qui ajouterait encore à la destruction de leur cadre de vie. Ce projet envisageait, d'une part, l'extraction par *strip mining* de plus d'un milliard de tonnes de charbon et, d'autre part, l'édification d'une nouvelle centrale thermique capable de produire 2 000 MW. Une entreprise gigantesque dont le Bureau d'aménagement des sols (*Bureau of Land Management*) vanta les avantages auprès des habitants du secteur invités à des réunions d'information : des centaines d'emplois pour une exploitation déroulée sur les quarante années à venir et qui rapporterait quelque 750 millions de dollars à la région. Un pactole ! Mais qui exigeait le déplacement préalable de 123 familles navajos à reloger.

En janvier 1983, à Farmington, les intéressés et leurs voisins prirent la parole, à l'invitation des ingénieurs et fonctionnaires venus les informer, par le truchement d'un interprète. Leurs propos exprimèrent une énergique réprobation du projet : « La Terre-Mère sera encore une fois blessée. Qui voudrait de l'eau d'un puits avec toutes sortes de poussières noires ? » « Nous, Navajos, nous voulons vivre seuls. Qu'on nous laisse tranquilles ! La santé des gens sera altérée par la pollution. » « Je suis contre le projet à 100 %. Ils vont étendre un voile de fumée tel que nous ne nous verrons plus les uns les autres. » Une vieille femme résuma en termes émouvants les griefs communs : « C'est l'endroit auquel nous appartenons, même quand nous étions prisonniers à Fort Sumner [...]. Vous nous demandez la chose la plus précieuse, notre mère. Personne, aucun être humain au monde ne vendrait sa propre mère. Si nous traversions les mers pour aller retourner les tombes de vos ancêtres afin de les rapporter ici, que penseriez-vous ? Qu'avez-vous à répondre[9] ? »

Comme l'on s'en doute, ni la véhémence de l'indignation ni les raisons invoquées pour justifier celle-ci n'infléchirent, en quoi que ce soit, la détermination des responsables du projet. Depuis un quart de siècle, à cette date, ils étaient rompus à ce genre de joute oratoire qui les opposait à des pauvres gens luttant désespérément contre l'énorme machinerie qui éventrait leur terre et polluait leur air. Le pot de terre contre le pot de fer. Pourtant, dans un passé récent, les mouvements écologistes épaulant les plaignants réussirent à se faire entendre lorsqu'ils s'attaquèrent à la pollution atmosphérique. Sur ce point, ils livrèrent leur premier combat contre le gigantesque complexe thermique des Quatre-Coins dont les cinq unités de production avaient été mises en service en deux temps : 1963-1964 et 1969-1970. Ici, à l'ouest de Farmington, *Four Corners Power Plant* pratiquait la gazification du charbon, tout comme *San Juan Generating Station* située à faible distance, sur la rive nord de la San Juan.

En 1966, des photos prises au-dessus du Sud-Ouest par les caméras du vaisseau spatial *Gemini* révélèrent la présence d'un voile grisâtre, long de 250 km, sur le désert de la région. Bien que la centrale des Quatre-Coins ne disposât alors que de trois unités en service, sa responsabilité ne fit aucun doute. Dès lors, les premiers mouvements écologistes se mobilisèrent pour engager un long conflit contre la compagnie qui l'exploitait. Sous leur pression et celle de l'opinion publique, celle-ci dut prendre les mesures nécessaires à limiter les émissions du sulfure de dioxyde révélé par les analyses. Dix ans durant se succédèrent des réunions entre responsables et « écolos » — les uns comme les autres brandissant force études sur les résultats obtenus et les efforts restant à fournir afin de les améliorer. Avec, à l'appui, les coûts d'installation des filtres nécessaires. En 1980, enfin, l'on posa la première pierre d'un système réputé capable d'éliminer 99,8 % des particules nocives et 60 % du sulfure de dioxyde. Sans omettre de signaler son prix de revient : 80 millions de dollars.

Uranium, la mort en ce désert

Le coût des dégâts consécutifs à l'exploitation de l'uranium se solda, quant à lui, en vies humaines...

La découverte, en 1946, de modestes gisements uranifères dans le secteur de l' « Échiquier », au voisinage de Shiprock, annonça l'entrée de la réserve dans la catégorie élue des producteurs d'un minerai alors très recherché. La tribu signa son premier bail d'exploitation avec la *Kerr-McGee Company* à laquelle se joignirent ultérieurement, au fur et à mesure des découvertes de nouveaux gisements, la *United Nuclear-Homestake Company* et *Exxon Com-*

pany. Celles-ci signèrent également avec Laguna Pueblo, propriétaire de la plus grande mine d'uranium à ciel ouvert, et la tribu des Utes Mountain (Colorado S.W.). Dans les années 1950-1960, époque du boom sur l'uranium, quelque 300 mineurs navajos trouvèrent de l'emploi dans les mines dont la production, entre 1946 et 1965, s'éleva jusqu'à 6 millions de tonnes de minerai. Consécutivement au traitement de celui-ci, d'importantes accumulations de déchets furent alors constituées qui, par la suite, révélèrent leur danger, ajouté à celui du travail des mineurs de fond.

Mal ventilées, pourvues de détecteurs de radiations inadaptés — l'on était alors dans la phase « pionnier » de cette exploitation — les galeries offraient des conditions de travail particulièrement pénibles à un personnel sans préparation aucune. Non avertis quant aux précautions élémentaires à prendre, les mineurs buvaient l'eau suintant par les interstices des parois et dormaient, chez eux, dans leurs vêtements de travail. Loin de se douter, alors, qu'ils jouaient leur vie pour un dollar et demi de l'heure, dans les premiers temps de cette activité. En 1962, 6 d'entre eux approchant la quarantaine moururent à l'hôpital de Shiprock...

Ces décès étaient-ils prévisibles ? Sur ce point plus que délicat, le *Navajo Times* du 17 août 1983 (vingt ans plus tard !) se permit quelques étonnantes et tristes révélations, concluant à une sorte de conspiration du silence autour des risques courus par les malheureux esclaves envoyés à fond de mine. Silence des responsables gouvernementaux qui prièrent les compagnies de se taire « afin d'obtenir des exemples de radiations » ! Silence des médecins chargés, sur place, de l'observation des mineurs mais qui se gardèrent d'avertir des risques courus le Conseil tribal et le Service de santé indien. Silence du Congrès qui, bien qu'informé dès 1959, ne prit aucune mesure. Donc, des morts à passer aux profits et pertes. Comme ceux, au nombre de 16, enregistrés entre février 1965 et mars 1979 à l'hôpital précité où ils étaient traités pour un cancer du poumon, attribuable selon la *Kerr-McGee Cº*, à l'usage du tabac par les victimes... Or, 14 d'entre elles ne fumaient pas et les 2 autres très peu. Par contre, 13 des premiers comptaient plus de dix ans de fond. Poursuivie en justice par les familles, la Compagnie s'en tira sans mal, le bénéfice de la loi d'indemnisation aux victimes de radiations (*Radiation Exposure Act*) ayant été dénié aux plaignantes, malgré l'intervention en leur faveur de plusieurs sénateurs.

Sur ces entrefaites, toujours en 1979, intervint une nouvelle alerte déclenchée par la découverte d'éléments radioactifs dans une quinzaine de points d'eau situés dans le secteur d'exploitation et de traitement du minerai uranifère. Cette fois, les avertissements aux autorités se multiplièrent. D'abord, par une lettre du 30 mars adressée au Conseil tribal par la directrice du Service indien de la zone navajo (*Navajo Area Indian Service*) pour lui signaler le dépassement des normes établies et lui enjoindre de « déterminer les mesures nécessaires pour protéger la santé tout en informant la population des effets de ces différentes formes de radiations ». Ensuite, par un rapport du 26 avril[10] qui précisait : « L'impact des activités extractives est devenu un vrai problème. La qualité de l'eau est mise en cause [...]. A Monument Valley, à Rough Rock et Martinez Camp, le système de distribution d'eau indique une concentration excessive de sélénium, d'arsenic et de déchets d'uranium [...]. » Cette information à l'usage des responsables de Washington et de la tribu coïncida, sans aucun rapport de cause à effet, avec une protestation d'envergure (28, 29 et 30 avril) organisée par divers mouvements indiens contre l'exploitation des gisements d'uranium dans le secteur de Grants (Nouveau-Mexique).

Pour couronner cette agitation, la fatalité voulut qu'éclatât, en juillet, l'incident dramatique qui allait faire de 1979 l'année de tous les malheurs pour les Navajos. A Churck Rock, à faible distance au nord-est de Gallup, dans le périmètre de l'usine de traitement d'uranium de la *United Nuclear Corporation* (UNC), se produisit une importante fuite dans un barrage retenant, sur 7 ha, de l'eau radioactive (arsenic, sélénium, molybdène, plomb, radium). 360 millions de litres de cette eau et 1 100 tonnes de déchets tout aussi dangereux se déversèrent dans le Rio Puerco de l'Ouest, en crue ce jour-là en raison des orages. Défaut de construction ? Négligences d'entretien ? Probablement les deux à la fois. La contamination du cours d'eau à son aval provoqua la mort de plusieurs bêtes qui, d'ordinaire, s'y désaltéraient. Leurs propriétaires, ainsi que la totalité des familles navajos vivant sur ses rives, durent interrompre leurs cultures, ne plus consommer de légumes, interdire les pâturages voisins à leurs troupeaux et les transporter sur d'autres. D'où des frais élevés qui obligèrent nombre de ces gens à engager leurs biens. Il y eut pis : ces derniers se virent refuser leurs bovins par les bouchers ; eux-mêmes furent considérés comme contaminés par « l'eau uranium » — comme l'on disait alors dans le pays — et mis en quarantaine ; les *medicine men* les abandonnèrent. 185 de ces familles portèrent plainte contre la Compagnie qui, sur ordre de l'État du Nouveau-Mexique, dut stopper son activité... durant trois mois, au terme desquels elle reprit à 50 %... En 1983, la justice n'avait pas encore terminé l'instruction de l'affaire. Dans l'intervalle intervinrent 3 nouveaux décès de mineurs (1981), ce qui porta alors à 50 le total des victimes de l'uranium, selon l'ancien secrétaire à l'Intérieur, Stewart L. Udall, qui présidait en 1982 un comité de sénateurs soutenant les Navajos de Church Rock[11].

3. S'AUTODÉTERMINER ? COMMENT ?
(1972-1982)

Années d'éveil sur le plan économique par la soudaine révélation de l'importance des trésors du sous-sol de la réserve, les années 1960-1980 furent, pour les Navajos, une période d'apprentissage de la délicate gestion de ceux-ci face aux compagnies exploitantes. Tout en leur imposant de nouvelles attitudes politiques, cette pratique leur révéla bien des aspects, jusqu'alors insoupçonnés par eux, de la puissante société dominante. Ils y gagnèrent progressivement une assurance qui leur permit d'accompagner leurs combats, dans le domaine économico-financier, de la revendication auprès de Washington d'une reconnaissance de leur personnalité propre. Lasse d'être considérée et traitée comme une colonie américaine en fonction d'un « Système indien » maintenant obsolète, la nation navajo réclama l'abandon du paternalisme aliénant au profit de l'autodétermination, pleine et entière, proclamée en 1970 par Nixon mais dont tardait encore la concrétisation. Afin de hâter celle-ci, la tribu souhaita informer qui de droit de sa situation dans le moment pour mieux légitimer ses aspirations quant à son avenir. Tel fut le propos des auditions publiques organisées, sous l'égide de la Commission fédérale des droits civiques, à Phoenix et à Albuquerque en 1972 puis à Window Rock, l'année suivante.

Décoloniser, d'abord...

Trois jours durant, dans la capitale navajo, des témoins cités et des volontaires s'exprimèrent sur différents sujets : l'autodétermination, l'éducation, la santé, le développement économique. Leurs déclarations furent consignées dans un rapport publié en septembre 1975 et intitulé *The Navajo Nation; An American Colony*[12]. En tête de ses 144 pages, une « Lettre de transmission » destinée au président des États-Unis, à celui du Sénat et au porte-parole de la Chambre des représentants. Extraits de cette lettre : « [Ce rapport] expose comment la plus grande réserve indienne du pays est handicapée dans sa recherche d'un développement économique par une infinité de problèmes suscités d'abord par son statut légal, par les déficiences et la structure administrative fédérales, par un financement inadéquat du système d'aide à la Santé [...]. Nous espérons que ce rapport, avec ses constatations et recommandations, suscitera une prompte réponse. Nous croyons que cette partie négligée du peuple américain a trop longuement souffert des fardeaux inhérents à sa déplorable condition de plus pauvre parmi les plus pauvres d'Amérique. » Suivent les signatures des cinq membres de la Commission. Les sujets développés lors des auditions quotidiennes peuvent ainsi se résumer :

— *Le statut légal de la tribu* (comme des autres) découle du pouvoir absolu accordé par la loi au secrétaire à l'Intérieur et au commissaire des Affaires indiennes. En fonction de ce pouvoir ils peuvent opposer leur veto aux contrats passés par elle. De son côté, le Bureau doit approuver toute décision de celle-ci, approbation trop souvent retardée, voire refusée, car la loi ne mentionne nullement l'existence de gouvernements tribaux. C'est, du moins, le prétexte fréquemment invoqué. En réalité, souligne l'un des signataires du rapport : « Le Bureau est une institution coloniale du XIXe siècle qui, par sa structure, est complètement en désaccord avec les exigences de la nouvelle politique d'autodétermination. »

— *Le développement économique* s'est jusqu'ici effectué dans son contexte néo-colonial. Les richesses de la réserve intéressent les compagnies exploitantes qui n'ont pas toujours respecté leurs engagements sur les royalties et l'emploi. Enfin « le gouvernement fédéral préfère administrer une économie de soutien et d'assistance plutôt que de développement économique ».

— *La tribu* s'est efforcée de réduire le chômage durant ces trois dernières années (1971 = 60 % ; 1974 = 40 %). Or, bien des investisseurs ne respectent pas l'obligation d'employer de la main-d'œuvre indienne. Le Bureau le sait mais n'y remédie pas. En somme : « Le Bureau a créé et entretient une machinerie très élaborée qui intervient dans presque tous les domaines de la vie navajo mais qui se montre totalement incapable, ou hostile, de défendre les droits des Navajos. »

— *L'éducation* souffre de l'existence de trois systèmes d'écoles publiques sur la réserve mais sans aucune coordination quant au niveau des enseignants, à leur traitement, aux programmes. Il n'existe aucune autorité supérieure pour administrer les millions de dollars dépensés par le gouvernement fédéral. De plus, quel que soit le système, les enfants navajos vivent dans un environnement contrôlé, dominé par les non-Indiens. Les rares Indiens n'y ont aucune autorité et, dans les conseils, les parents d'élèves indiens n'ont aucun pouvoir. Dans certains établissements, l'on réprimande les maîtres et élèves qui parlent navajo. Enfin, le système des transports scolaires est parfaitement déficient (véhicules en mauvais état, mauvaises routes pour de longs parcours).

— *Ces déficiences* se retrouvent dans le domaine de la santé :

laboratoires mal équipés, personnel insuffisant — comme le budget et le nombre de lits.

Si critiquer, se plaindre et crier à la pauvreté pouvait apparaître de bonne guerre dans un contexte politique fédéral qui encourageait la libre expression des opinions et des vœux — preuve manifeste de l'affirmation de la personnalité indienne en voie de complet remodelage, grâce à John Collier et à ses œuvres —, construire, créer par soi-même, s'affirmer en un mot, sembla aux Navajos de cette époque le corollaire positif de la « décolonisation » réclamée. Nul autre domaine ne convenait mieux à la manifestation de ce nouvel état d'esprit et de cette ambition que celui de l'économie dans lequel la tribu — et d'autres — avait à défendre de grands intérêts. Du concret. Avec, en main, de bonnes cartes — ses ressources naturelles tant convoitées. L'autodétermination tombait à pic. Aux Indiens de jouer. Les Navajos, parce qu'ils étaient les plus richement nantis et les plus expérimentés en matière de négociations avec le gouvernement et les compagnies, ouvrirent la partie avec une magistrale assurance.

Créer par soi-même, ensuite...

En septembre 1975, peu de temps après le vote de la loi d'autodétermination, Peter MacDonald, président du Conseil tribal, prit l'initiative de la fondation du Conseil des tribus propriétaires de ressources énergétiques — *Council of Energy Resource Tribes* ou C.E.R.T. Vingt-cinq tribus de l'Ouest et du Sud-Ouest se regroupèrent sous sa houlette : Sioux, Blackfeet, Chippewas, Cheyennes et d'autres du Montana auxquels se joignirent des Pueblos, les Apaches Jicarillas, les Hopis et les Utes. A cette date, ces tribus détenaient 50 % des réserves connues d'uranium, 15 % du charbon, 33 % du lignite, 4 % du gaz naturel et 3 % du pétrole des États-Unis.

Le C.E.R.T. se proposait alors « d'assister les tribus dans le développement de leurs ressources énergétiques en concevant les projets susceptibles de servir de base à la création d'une économie tribale stable pour leur réserve respective ; en les aidant dans la protection de leur environnement naturel et social comme dans la création des services administratifs de leurs ressources, dans le cadre de leur propre gouvernement ». En d'autres termes, les tribus fondatrices s'inspiraient de l'exemple arabe illustré par l'O.P.E.P., à la même époque. L'esprit du C.E.R.T. dicta à ses responsables une attitude de plus grande fermeté à l'égard des instances gouvernementales qui, jusqu'alors, avaient tendance à sous-estimer la capacité du peuple rouge à prendre en main sa propre destinée. Ainsi, lorsqu'en avril 1979, l'Association nationale des présidents de conseils tribaux

(*National Tribal Chairmen's Association*) tint ses assises à Denver pour faire le point sur les grands sujets de l'heure, son président, Wendell Chino, des Apaches Mescaleros, déclara sans détour : « Ils lorgnent notre charbon, nos réserves de pétrole et de gaz naturel, nos forêts et nos droits sur l'eau. Si nous avons eu jamais à nous tenir sur nos gardes, c'est bien aujourd'hui. Ce sont les Indiens seuls qui doivent décider de l'emploi ou non de leurs ressources. Le temps de l'abandon indien — sous les effets du vol, de la fourberie et de l'escroquerie — est terminé. Nous pouvons exiger les meilleurs prix et les meilleures places pour notre peuple. » Paroles auxquelles fit écho, en 1981, le président MacDonald soulignant l'âpreté du combat engagé par les Indiens dans ce domaine : « Autrefois, nous avions à faire avec la cavalerie, les tuniques bleues, les longs couteaux. Aujourd'hui, il existe toujours une cavalerie à la fois judiciaire, législative et industrielle. La bataille se déroule à l'intérieur mais elle est aussi sanglante. » Et d'évoquer les remous suscités par la création du C.E.R.T., accusé de vouloir exploiter à son seul bénéfice les richesses du sous-sol américain. Cela en tirant profit d'une législation privilégiée qui, par décision de la Cour suprême, venait d'accorder aux autorités tribales le droit de taxer les activités commerciales sur les terres indiennes.

En 1982, 37 tribus composaient le C.E.R.T. qui avait, d'ores et déjà, selon son président, « pris du poids dans l'économie nationale, [raison pour laquelle] l'on est obligé de nous considérer autrement, les tribus ayant été reconnues comme des productrices nationales, contribuant à l'économie de la nation et, par conséquent, ayant droit aux bénéfices de cette économie ». L'année suivante, le Conseil ferma son bureau de Washington « afin d'équilibrer son budget et de conformer son organisation à ses différentes sources de financement ». Il décida également de s'orienter davantage vers une assistance technique aux tribus plutôt que d'assurer un rôle de conseiller-contrôleur de l'ensemble [13].

Cette prise de conscience affirmée par la création du C.E.R.T. n'était qu'une nouvelle et remarquable illustration de l'état d'esprit combatif animant les tribus depuis une vingtaine d'années. L'autodétermination ne fit que l'encourager en lui donnant les moyens légaux d'une revendication appuyée de sa dignité. Ne plus subir mais, au contraire, agir afin d'être soi-même dans le cadre politico-socio-économique offert par la nouvelle législation indienne. Régler elle-même, dans la mesure de ses capacités, ses propres problèmes dans sa propre demeure. Ou, à tout le moins, être présente avec voix prépondérante dans la recherche de leur règlement — comme le cas se présentait dans le domaine de l'éducation.

« L'éducation, base de l'autodétermination »

Depuis le temps où Miss Charity Gaston débarqua à Fort Defiance pour y ouvrir la première classe (1871), sous les yeux ravis de Manuelito qui voyait dans l'éducation « l'échelle » permettant l'accès aux trésors des Blancs, les Navajos s'étaient posés bien des questions sur le système scolaire imposé à leurs enfants. Pourtant, et malgré les imperfections de celui-ci, jamais ils n'avaient douté de la nécessité de l'éducation. Après que le *New Deal* indien, élaboré par John Collier, eut accordé à cette dernière une nécessaire priorité — qui ne satisfit point malheureusement toutes les exigences —, la Seconde Guerre mondiale souligna le caractère impératif de l'enseignement aux yeux de nombreuses tribus. Parce qu'elle était la plus importante par sa population infantile estimée, rappelons-le, de 20 000 à 22 000 membres en 1946 sur lesquels de 12 000 à 14 000 se trouvaient écartés de l'école[14], la nation navajo s'enquit, dès cette date, des moyens nécessaires à les y intégrer. Comme déjà dit, ses délégués à Washington demandèrent alors de nouvelles constructions afin d'accueillir les garçons et les filles piétinant encore au pied de l'échelle du savoir. Au *Navajo Special Education Program*, élaboré à cette époque, succéda, en 1953, un projet plus complet, plus ambitieux — *The Emergency Navajo Program* (Programme d'urgence pour les Navajos) —, qui prévoyait assez d'établissements neufs pour recevoir 13 000 élèves. Dès lors, se posa la question du meilleur système à adopter. Choisirait-on celui des écoles de communauté (*community schools*) tel qu'il fonctionnait, à titre expérimental il est vrai, à Rough Rock (Arizona) ? La formule appliquée en cet établissement innovait hardiment, dans le contexte navajo, en ce que la communauté elle-même élaborait son propre programme. Malgré cet avantage, qui éliminait bien des problèmes de rapports entre parents et enseignants, et de milieu pour les enfants, le Bureau des affaires indiennes, invoquant le coût élevé de cette formule, se rabattit sur le programme dit « villes bordières » (*bordertowns*) pour lequel des internats bâtis en ces localités pourraient héberger un supplément d'élèves. Hélas ! en 1959, ces établissements n'accueillaient encore que 3 200 élèves environ. L'on était loin du compte annoncé six ans auparavant. Pour s'en approcher, un nouvel effort particulier aboutit à l'ouverture d'internats et d'externats (*day schools*) sur la réserve, de sorte que la scolarisation des jeunes Navajos s'améliora dans les années suivantes.

Ce progrès sur le plan de la statistique souleva simultanément une double question : celle des structures administratives des établissements existants et celle de la participation des Navajos eux-mêmes à l'élaboration et à l'enseignement des programmes destinés à leurs enfants. Dès lors, l'on considéra de plus près l'expérience de Rough Rock, expérience unique en elle-même, parfait exemple d'autodétermination avant l'heure, en une époque où Washington venait de renoncer à la funeste politique de liquidation (*Termination Policy*). En 1966, Rough Rock avait perfectionné son organisation sous l'impulsion du *Tribal Education Committee*. Les résidents locaux composaient, d'une part, le conseil d'établissement et, d'autre part, assuraient son fonctionnement en se partageant les tâches matérielles. Pour les Navajos, maîtres de l'entreprise, c'est là l' « École navajo » (Diné bi' olta) dont la popularité attestait le plein engagement de la communauté dans un domaine où s'exprimaient ses aspirations. Sa réussite incita le Bureau des affaires indiennes, autrefois si réticent, à passer contrat avec la tribu, officialisant ainsi la première « *contract school* » désormais nommée *Rough Rock Demonstration School*.

L'importance de cette initiative pionnière inspira à ses fondateurs le projet d'un collège non seulement ouvert aux étudiants d'un niveau plus élevé mais également aux adultes. Les uns et les autres pouvant s'y initier à la connaissance de la culture navajo — histoire, langue, arts — afin de perpétuer les valeurs traditionnelles. Ainsi fut fondé, en 1968, *Navajo Community College* (N.C.C.) qui, dès l'année suivante, accueillit 322 étudiants provisoirement logés dans un internat du Bureau à Many Farms. Administré par un Conseil de 10 régents incluant un « chanteur » chargé d'enseigner les rites cérémoniels, N.C.C. s'installa, en avril 1972, à Tsaile (Arizona) dans les bâtiments neufs de son université. A cette date, 1 500 élèves environ sortaient annuellement des collèges avec un diplôme en poche (contre 75, vingt ans plus tôt) et la tribu consacrait aux bourses d'études plus de 10 millions de dollars prélevés sur les royalties du pétrole. Simultanément, elle élabora alors un programme de formation de maîtres-assistants bilingues pour les classes élémentaires des divers types d'écoles coexistant sur la réserve : les écoles publiques (Bilagaana Yazhi bi' olta = écoles des enfants blancs), celles du Bureau des affaires indiennes (Washington bi'olta = écoles du gouvernement fédéral), celles des missions (Eé'nesshoo dii bi' olta = écoles des longues jaquettes) et les établissements sous contrat (*Community Controlled Schools* ou *Contract Schools*). Dans ces dernières, au nombre de 4 depuis 1973, le Conseil d'établissement définit sa politique et sa procédure tout en demeurant une entité distincte, responsable devant la communauté.

Les années 1960-1980 virent ainsi les Navajos prendre en main, progressivement, une partie du système éducatif sur la réserve. La création, en 1971, de la Division de l'éducation navajo — devenue, deux ans plus tard, *The Navajo Office of Education* — confirma leur désir d'accroître leur responsabilité dans ce domaine crucial. Un désir fortement souligné par le conseiller tribal Howard Gorman, administrateur du Collège navajo, devant les membres de l'Association pour l'éducation navajo, en janvier 1973 : « [...] Les gens et les écoles qui n'encouragent pas le contrôle navajo doivent disparaître comme neige au soleil. Rien ni personne ne peut l'empêcher. [...] L'on dit souvent que les écoles sont faites pour apprendre la voie du Blanc et que la voie navajo (*Navajo Way*) doit être acquise à la maison. Non ! L'on ne peut tolérer ce genre d'excuse. L'instruction est la route par laquelle un peuple transporte sa culture. Si nos écoles n'enseignent pas cette dernière, elle mourra. C'est simple et tragique. [...] Il faut un enseignement bilingue. S'il n'existe pas aujourd'hui, c'est parce que nous ne contrôlons pas notre enseignement, or nous avons des maîtres qualifiés [...]. » En conclusion de ce plaidoyer, aux accents parfois rageurs, l'ardent avocat s'éleva vers un sommet dont le lyrisme accusa encore la clairvoyante détermination de son propos : « Soyons très clair : je parle du contrôle par les Navajos et non de l'isolement ou de la ségrégation des Navajos. Ce serait folie de tenter cela en éliminant tout ce qui est anglo [...]. Dans les histoires traditionnelles des Navajos, nous ne formons qu'un seul peuple au sein duquel il doit y avoir respect, coopération, compréhension et amour réciproques. Nos cœurs doivent être pleins d'amour et de foi. L'humanité doit apprendre à vivre ensemble [...]. Ainsi armés de savoir et de fierté pour notre culture et notre héritage, nous tendons une main amicale à ceux d'autres races et religions. Ensemble nous marchons. Ensemble nous allons vers des lendemains plus brillants[15]. »

« *Une ère d'incertitude* » *(1979-1983)*

Derrière la manifestation d'une ferme volonté de prendre en main la conduite de son destin ; derrière les déclarations énergiques des leaders se réclamant *urbi et orbi* de l'autodétermination pour revendiquer le plein exercice de la souveraineté de la tribu, la réserve connaissait en 1978-1979 une situation économique déplorable. Sur ses 64 750 km², elle abritait alors une population totale de 142 661 habitants parmi lesquels 82 196 étaient âgés de moins de vingt ans[16], d'où l'intérêt permanent porté aux questions de l'éducation et de l'emploi. Dans ce dernier secteur, le pourcentage de chômeurs précédemment cité (30 %) représentait 15 869 personnes, sur un réservoir de main-d'œuvre de 51 166 habitants âgés de plus de seize ans. Parmi les employeurs principaux figuraient, dans l'ordre : le Bureau des affaires indiennes, le gouvernement tribal, les centres de formation professionnelle, les mines, les services publics, les

exploitations agricole (N.A.P.I.) et forestière (N.F.P.I.). Ces différentes activités se révélant insuffisantes pour fournir les emplois
nécessaires, il fallait avoir recours aux villes bordières dans la mesure
de leur capacité d'absorption d'une main-d'œuvre presque sans
formation. Ces mêmes villes bordières qui, fournissant services et
marchandises, attiraient à elles la majorité des revenus gagnés sur la
réserve, autre handicap pour cette dernière.

La faiblesse du revenu annuel par tête — 735 dollars en 1970
(contre 3 700 aux U.S.A.) et 2 200 dollars en 1980 (contre 8 520) —
exigeait le recours à l'assistance gouvernementale votée en 1921 afin
d'aider les nécessiteux. Jusqu'en 1945, elle fut attribuée soit en
nature, soit en bons d'achat pour le comptoir commercial local. Puis,
à partir de cette date, elle ne cessa d'augmenter en des proportions
représentatives d'un malaise économique accru avec les années. Si, en
1947, 50 000 dollars y suffisaient pour l'année, en 1968 la dépense
atteignait 300 000 dollars qui allèrent surtout aux personnes âgées et
aux invalides. Brusquement, un an plus tard, elle passa à 200 000
dollars par mois puis, en août 1972, à près de 2 millions mensuels —
soit plus de 900 % d'augmentation en trois ans ! Par la suite, vers la
fin des années 70, elle s'équilibra autour d'un million, en raison de la
mise en œuvre de divers programmes, donc d'emplois plus nombreux. Par ailleurs, les statistiques relatives à la situation de la santé
sur la réserve dénonçaient la permanence de criantes insuffisances :
elle n'abritait, en avril 1979, que 92 médecins pour 100 000 habitants
(contre 163 aux U.S.A.) et la moitié moins de lits d'hôpitaux que
dans le reste de la nation. La tuberculose y était quinze fois plus
élevée ; la mortalité infantile atteignait un taux de 8 % (contre 2 %
aux U.S.A.) ; l'espérance de vie ne dépassait pas quarante-quatre ans
(contre soixante-sept aux U.S.A.) et l'alcoolisme y était trente-neuf
fois supérieur. Enfin, il manquait, à la même date, 12 000 maisons.
Sur les 27 675 demeures alors construites, 92 % ne bénéficiaient pas
de l'électricité, 82 % ne disposaient d'aucune plomberie et 80 % ne
recevaient pas l'eau [17].

Compte tenu de ces données, quelle politique de développement
pour la tribu ? Celle-ci se donna pour but de rechercher les moyens
d'une économie viable et dynamique pour satisfaire les besoins d'une
population en accroissement constant. Sans oublier, toutefois, le
caractère précaire de ses ressources naturelles dont l'épuisement ne
devrait intervenir, estimait-on alors, que dans trente ou quarante ans.
Quels moyens ? Avant tout, diversifier l'économie par le développement de l'exploitation des richesses naturelles, la création d'une base
industrielle navajo fondée sur des industries découlant de la précédente activité, l'extension d'un secteur commercial dans les centres
urbains, la formation de la main-d'œuvre et, enfin, par le développe-

ment de la fiscalité. Au total, un plan d'action aussi prometteur que rassurant mais tout théorique et que le début des années 1980 devait dangereusement menacer.

Pour les Navajos, 1981 fut « l'année à oublier » en raison de la réduction, par l'administration Reagan, des crédits fédéraux accordés aux Indiens. Pour sa part, la tribu perdit, de ce fait, le quart de ses ressources et le bénéfice de deux importants programmes : l'un concernant le développement économique et l'autre la formation professionnelle — soit, pour le gouvernement de Washington, une dépense de 30 millions de dollars. Où était donc l'économie puisqu'il lui faudrait consacrer la même somme environ aux allocations de chômage et secours divers dus aux 15 000 chômeurs supplémentaires qui firent grimper la statistique du chômage pour cette année-là à 49,7 % ! Le président du Conseil tribal, Peter MacDonald, ne put que déplorer l'imprévoyance de Washington quant à l'impact sur le peuple indien d'une telle politique financière : « Lorsqu'ils disent qu'il faut réduire de 10 à 12 %, ils ne comprennent pas que cela équivaut sur les réserves à une réduction supérieure à 50 % car elles dépendent grandement de ces crédits. » Il ajouta, compte tenu des études préliminaires sur les effets de cette baisse de revenu : « Tout ce que nous avons gagné depuis vingt ans dans notre lutte contre la pauvreté et la maladie est en danger. Il y a de plus en plus de chômeurs et de gens assistés auxquels nous n'avons pas la possibilité de donner du travail afin de répondre à leurs nécessités. »

Le bilan 1981 apparut si désastreux que, par une proclamation présidentielle publiée fin décembre, MacDonald désigna les 1er, 2 et 3 janvier 1982 « comme jours spéciaux de prière solennelle dans la totalité de la nation navajo [...] pour le succès de la délégation auprès du Congrès[18] [...]. Assemblons-nous pour demander au Grand Esprit l'endurance et la sagesse en ce temps d'épreuve [...]. » En écho à cet aveu d'une sincère et profonde inquiétude, l'éditorialiste du *Navajo Times* du 6 janvier écrivit : « [...] Au vrai, il eût été meilleur pour nous de mourir à Fort Sumner, en 1868. Aux yeux du gouvernement des États-Unis, nous sommes une nation vaincue [...]. Mais le lecteur doit savoir que la nation navajo évolue et se développe à partir d'un passé désolé. Nous sommes un peuple fier et qui sait s'adapter. Nous pouvons nous adapter à une ère d'incertitude et adopter la voie de la survivance (...). » Cette abnégation raisonnée devant le malheur, assortie d'une courageuse détermination à le surmonter durent plaire aux dieux qui, peu après, firent bénéficier les Navajos d'un véritable miracle, propre à leur redonner confiance en eux, une fois encore.

Le mea culpa de l'Oncle Sam

Comme la pluie longtemps désirée sur le désert, le Trésor fédéral déversa, en février 1982, dans les caisses tribales, une manne de 22 millions de dollars. Pour remercier les Navajos d'avoir abandonné les poursuites qu'ils avaient engagées contre Washington en... 1951. Jusqu'à cette date, la tribu avait constaté que l'Oncle Sam l'avait flouée sur trois points majeurs : en utilisant indûment, entre 1920 et 1940, 8 millions de dollars lui appartenant ; en ne révisant par les royalties sur le pétrole, depuis 1926 ; en ne respectant pas l'article 8 du traité de 1868 promettant à chaque Navajo un versement annuel de 5 dollars durant dix ans. Ce qui n'aurait coûté que 600 000 dollars au gouvernement [19]. Bien entendu, les avocats de la tribu ne purent que transiger sur ces différents points mais avec assez d'habileté pour renflouer en partie les fonds tribaux en une période de vaches maigres. Humour et détermination : l'un d'eux précisa qu'il continuerait d'explorer les archives « pour voir s'il n'y aurait pas quelques autres réclamations à présenter »...

Ragaillardi par cette manne inopinée, le président MacDonald qui, quatre mois auparavant, implorait les dieux d'aider la tribu à sortir de l'ornière, prit sa plume, en avril 1982, pour dresser un bilan de la décennie écoulée, sous le titre De rapides progrès. Après le froid, le chaud. Avec des accents fortement inspirés, toutefois, par une perspective électorale, les 71 324 électeurs devant se rendre aux urnes le 2 novembre de cette même année... Intelligent, dynamique, élégant, l'homme, servi par d'indéniables dons charismatiques, possédait, avec une belle éloquence, quelque facilité d'écriture :

« Aujourd'hui, la société navajo est une société de transition. Si l'on regarde en arrière, dans le cours de l'Histoire, il est évident que nous avons parcouru une longue route en très peu de temps. Le plus important, ce fut le changement d'attitude et de philosophie [...] dans les dix ans passés. Le gouvernement fédéral ne nous dicte plus nos décisions politiques ni nos procédures. Nous contrôlons notre futur et nous sommes chargés de la responsabilité du bien-être de notre peuple et de notre propre destin dans le cours de l'Histoire du monde. L'autodétermination est devenue une réalité. »

Passant en revue les acquis de la tribu, l'auteur souligna d'abord le raffermissement de l'unité du Peuple dans lequel « les divisions entre la vieille garde et la nouvelle disparurent ». Puis, il inventoria complaisamment les biens proprement navajos : la terre, l'eau, d'abondantes ressources naturelles qui sont « nos pierres angulaires, les fondations de notre économie, comme notre tradition et notre culture sont les fondations de notre société ». Sans omettre de signaler la renégociation des baux avec les compagnies exploitant les sources d'énergie « afin de nous garantir une part équitable de profits et de royalties [20] », il en arriva à une rassurante conclusion : « En un peu plus d'un siècle, notre population est passée de 8 000 à 160 000 membres. En un peu plus d'une décennie, nous sommes passés d'une situation de dépendance du gouvernement fédéral à celle de nation souveraine s'autodéterminant — en charge de notre croissance sociale et économique comme de l'avenir de notre nation [21]. »

Cette séduisante rhétorique passa-t-elle au-dessus des têtes des électeurs, sensibles seulement au discours terre à terre développé par Peterson Zah, l'adversaire de MacDonald ? Toujours est-il que ce dernier fut vaincu par les urnes, après un règne ininterrompu de onze ans. Il digéra sa défaite avec une amertume rentrée mais sans abandonner de sa dignité durant la période transitoire qui le séparait encore du triomphe de son vainqueur. Début décembre 1982, il prit un dernier décret instituant le 16 de ce même mois comme jour du centième anniversaire de la fameuse querelle entre Hopis et Navajos autour d'un bout de terre arizonienne (*Land Dispute Centennial*).

« *Un nouveau commencement* » ? (1983)

Le 11 janvier 1983, Window Rock, la capitale navajo, faillit étouffer de la présence de 15 000 habitants de la réserve venus assister à l'inauguration de leur nouveau président, Peterson Zah, accompagné de son vice-président, Ed. T. Begay. Zah, qui avait fait campagne sur le thème : « Il est temps de changer » (air connu), prit la parole en premier, après avoir prêté serment dans une mise en scène d'allure washingtonienne. Balourd et, d'évidence, sans inspiration particulière, il s'exclama d'abord que sa victoire « était celle du Peuple ». Il souligna qu'elle marquait « l'aube d'une nouvelle ère dans l'histoire du peuple navajo » ; que, désormais, ce dernier pourrait dire au gouvernement tribal « ce qu'il faudrait faire et comment ». Il y aurait donc concertation directe avec la base (suivez mon regard...). L'on nagerait en pleine démocratie, presque populaire. Après ce préambule à peine démagogique, il mit l'accent sur la nécessité « d'établir de nouvelles relations avec nos voisins, les Hopis, afin de mettre un terme à une querelle centenaire ». (Son vieil ami, Ivan Sidney, président du Conseil tribal Hopi étant son invité ce jour-là, l'on pouvait considérer celle-ci comme d'ores et déjà réglée.) Il insista ensuite sur « une meilleure utilisation des millions de dollars versés à la tribu par le gouvernement fédéral mais qui ont été jusqu'alors consacrés au seul traitement des symptômes de nos maux chroniques dans le domaine de l'économie, ce qui a enlevé du travail au peuple [22] » (suivez encore mon regard). Enfin, il promit un effort dans « l'exploitation de nos ressources naturelles, avec tout le respect dû à la Terre-Mère, mais en renégociant les contrats avec les compagnies car la nation navajo ne tolérera plus les locations [de terrain] actuelles avec des royalties aussi irréalistes ».

Ce judicieux étalage d'arguments à résonance éminemment populaire fut complété par le nouveau vice-président, Ed. T. Begay, qui joua, d'entrée, la note grave : notre taux de chômage est très élevé ; nos entreprises tribales sont dans une triste condition financière, « notre gouvernement tribal, malgré tous [ses] revenus, ne peut satisfaire ses besoins. D'ailleurs, personne ne connaît précisément aujourd'hui notre véritable situation financière » (suivez, toujours, mon regard !). En un deuxième mouvement, plus allègre et plus réconfortant, l'orateur chatouilla fort habilement la fibre populaire en étalant d'excellentes intentions. Encourager l'enseignement de notre langue et de notre culture ; financer plus largement les bourses pour les étudiants de l'enseignement technique ; faire en sorte, sur le plan économique, que les dollars restent sur la réserve afin de les utiliser à la création d'entreprises navajos ; contrôler l'érosion de notre sol afin d'en tirer un meilleur usage ; veiller au respect des droits civiques de notre peuple. Enfin, un rappel historique pour réveiller la fierté générale : « Nous, en tant que peuple navajo, nous sommes allés loin depuis la Longue Marche [de 1864]. Nous avons fait de réels progrès. Cependant, il nous faut aller plus loin [...]. »

Malgré sa détermination, le tandem Zah-Begay, quant à lui, termina sa course quatre ans plus tard, le bon peuple qui l'avait si chaleureusement applaudi en ce jour de liesse le remercia pour rappeler... MacDonald (1986). Ce dernier bénéficia alors du seul succès réel acquis par ses prédécesseurs : le règlement, apparemment définitif, de la longue et douloureuse *Land Dispute* qui, son siècle durant, avait empoisonné les relations entre Hopis et Navajos.

4. HOPIS/NAVAJOS :
UNE GUERRE DE CENT ANS (1882-1982)

Durant tout un siècle, les puissants Navajos et les frêles Hopis s'affrontèrent en une vive querelle de voisinage, génératrice d'une longue succession de batailles juridiques épisodiquement illustrées par des empoignades sur un terrain également revendiqué par les deux parties. Soit un véritable feuilleton avec le nécessaire de rebondissements à point nommé, notamment entre 1964 et 1972.

Il trouva son origine dans un décret signé le 16 décembre 1882 par le président Chester Alan Arthur et instituant une réserve pour les Hopis. Une intention louable, certes, mais trahie par la formulation ambiguë de la phrase finale de ce texte : « Il est ordonné par le présent que la portion du Territoire de l'Arizona comprise entre les frontières suivantes [suivent les coordonnées en longitude, latitude et degrés, soit 10 000 km² environ] sera interdite au lotissement et à la vente afin d'être mise de côté pour l'usage et l'occupation des Moquis (ou Hopis) et de tels autres Indiens que le secrétaire à l'Intérieur jugera capables de s'y installer. » Version originale : « [...] for the use and the occupancy of the Moqui and such others Indians as the secretary of the Interior may see fit to settle thereon. »

Mais qui seraient les « autres Indiens » en question ? L'expression allait jouer le rôle de détonateur. Car si le décret permettait aux Hopis « l'usage et l'occupation » du secteur désigné, il ne stipulait nullement leur propriété de celui-ci. Au contraire des 300 Navajos anciennement installés dans ses limites et qui, dès lors, prétendirent être « les autres Indiens » évoqués par le décret présidentiel. Tous les éléments d'un âpre conflit se trouvaient réunis. Son imbroglio, par la suite, fait obligation de le ramener, ici, à ses données essentielles et à ses conséquences. A partir, surtout, de 1920, date à laquelle la querelle révéla sa véritable dimension humaine.

Calendrier d'un débat (1920-1960)

— *1920 :* « La population navajo a tellement empiété sur les Hopis (au nombre de 3 000 environ) que ces derniers en sont réduits à vivre sur moins de 1 550 km². Le Navajo est agressif. Le Hopi ne l'est pas. En conséquence, le second est privé d'eau, de terre et de pâturages. [Si rien n'est fait], il sera bientôt à la charge du gouvernement. » (Robert Q. L. Daniel, superintendant des Hopis.)

— *1924* : « L'on pense que l'expression (employée dans le décret de 1882) avait pour but de permettre aux Navajos vivant dans ce secteur depuis des années d'y rester. » (Charles H. Burke, commissaire aux Affaires indiennes.)

— *1931* : le secrétaire à l'Intérieur propose « de mettre de côté et de clôturer pour l'usage exclusif des Hopis un secteur raisonnable et de qualité ».

— *1936* : division de la réserve navajo en dix-neuf districts parmi lesquels le District 6 (2 000 km²) est attribué aux Hopis.

— *1943* : les Hopis reçoivent 600 km² supplémentaires dans un secteur que devront évacuer une centaine de familles navajos pour être relogées hors de ses limites.

— *1951* : le secteur hopi abrite un total de 3 200 personnes, soit moitié moins que le secteur navajo qui le cerne.

— *1958* : les Hopis étouffent car, à cette date, ils sont entourés par 8 800 Navajos. Combien seront ces derniers dans un proche avenir ? Les Hopis portent plainte.

— *1960* : une cour fédérale reconnaît les droits exclusifs des Hopis sur le sol et le sous-sol du District 6. Hors de celui-ci, Hopis et Navajos détiendront, désormais, « des droits entiers, égaux et communs sur la surface et le sous-sol » du vaste secteur initialement délimité en 1882. Ainsi se trouve créée une « Zone d'utilisation commune » ou « Zone des terres communes » (*Joint Use Area* ou J.U.A.). Une lice tout indiquée pour le grand tournoi prêt à s'engager.

Le grand tournoi (1960-1983)

Le ton monte d'une année à l'autre. Les Navajos font paître leurs moutons en des secteurs qu'ils estiment abandonnés. Les Hopis capturent, contre rançon, les bêtes des premiers.

— *1972* : 140 moutons navajos saisis par les Hopis, avec leur gardienne, une fillette. Les mêmes abattent un bâtiment agricole navajo, indûment planté chez eux. Échauffourée entre bergers : 3 Hopis blessés. Les Navajos patrouillent en armes autour de la J.U.A. Est-ce la guerre ? Les Hopis se plaignent de la présence de 120 000 moutons navajos dans la J.U.A. dont la terre est si pauvre qu'elle ne peut en nourrir que le dixième.

— *1974* : partage de la J.U.A. en deux parties égales par une loi du Congrès (*Navajo-Hopi Settlement Act*). 10 000 Navajos devront déménager.

— *1976-1977* : réduction obligatoire des troupeaux navajos de la

J.U.A., en prévision du transfert de leurs propriétaires. Pour ces
derniers commence un temps de misère.

• Un président déclare : « Ce sont de pauvres bergers. C'est la
seule vie qu'ils connaissent et comprennent. Des milliers de personnes vont être déracinées. Après la Longue Marche (de 1864) nous
savons combien il est mauvais de déplacer des gens. » (Peter
MacDonald, du Conseil tribal navajo.)

• Des Navajos se lamentent : « [...] A cause de cela, je ne peux ni
manger, ni boire, ni dormir. Nous ignorons ce que nous allons
devenir. Je pense toujours à ma terre natale. C'est là où est enterré
mon cordon ombilical et c'est chez moi[23] ! » — « Nous dépendons
du mouton pour notre viande, notre nourriture, notre revenu. C'est
notre banque, notre orgueil, l'instrument de notre survie. » — « La
pauvreté vient de nous frapper. Nous revenons au temps de la
Longue Marche[24]. »

— *1976-1977* : afin de concrétiser la partition de l'ex-J.U.A., une
clôture de barbelés est plantée sur 500 kilomètres. Création d'une
Commission de relogement (*Relocation Commission*) qui étudiera les
modalités du transfert de 377 familles navajos dans la banlieue de
Flagstaff, promue première ville d'accueil. Chaque famille recevra
62 000 dollars pour y acquérir une maison.

— *1981* : panique chez les relogés, plongés dans un milieu urbain
des plus hostiles. La famille étendue est disloquée, les vieillards sont
désespérés ; les enfants sont désorientés à l'école. La majorité de ces
gens ignorent l'anglais. Il leur faut régler des factures d'eau, de gaz et
d'électricité. Beaucoup se laissent séduire par des commerçants-
vautours qui leur font signer des traites impossibles à payer. D'où
des hypothèques sur la maison ou, pour un tiers des relogés, la vente
obligatoire de celle-ci. Retour sur la réserve, chez des parents
hospitaliers. Une débâcle ! La Commission de relogement fait ses
comptes et constate la perte sèche de 5 millions de dollars de l'argent
fédéral. Preuve de l'échec complet de la première phase de son plan.

— *1981* : prise de possession officielle par les autorités des deux
camps de leur secteur respectif, de part et d'autre des barbelés. Mise
en fourrière de bétail navajo demeurant encore chez les Hopis. La
réserve navajo s'embrase. Manifestations à Flagstaff, Phoenix et
Keam's Canyon où la police s'interpose, face aux vétérans de la
Seconde Guerre mondiale, dont les *Code Talkers*, mobilisés pour la
circonstance. Washington suspend les saisies de bétail.

— *1982* : Peter MacDonald, battu aux élections, cède son fauteuil
à Peterson Zah mais assure l'intérim. Durant cette courte période, il
organise la célébration du « Centenaire de la dispute sur la terre »
(*Land Dispute Centennial*) : prières en commun pour l'abrogation
de la loi de relogement ; débats publics et, au crépuscule, défilé aux

chandelles le long du « mur » des barbelés (étrange préfiguration indienne d'une pratique ultérieurement répétée devant un autre mur, en Europe, celui-là).

— *1983 :* les relations amicales entre le nouveau président navajo et son homologue hopi, Ivan Sidney, conduisent à un accord sur le choix d'un secteur capable d'accueillir les Navajos encore présents chez les Hopis. La longue querelle semble réglée, enfin.

Quelques mois plus tard, les deux présidents se présentèrent ensemble devant Ronald Reagan, de passage à Albuquerque (Nouveau-Mexique). Ils sollicitèrent de lui l'aide financière indispensable à l'aménagement de leur secteur respectif de l'ancienne zone commune. L'hôte de la Maison-Blanche fut tout sourires : « Tenez-moi au courant de vos progrès, leur dit-il en fin d'audience. Je souhaite que vos deux tribus s'accordent pour faire face aux problèmes du monde présent. » Une vague bénédiction. Une poignée de main devant les caméras. La guerre de Cent Ans était, cette fois, officiellement terminée. Une autre, moins longue, d'une nature différente et circonscrite à la seule nation navajo allait s'ouvrir, au lendemain du retour de Peter MacDonald à sa tête, après son nouveau succès aux élections de 1986. Avec pour objectif de détruire ce dernier.

Tempête à Window Rock (1988-1990)

En 1988, le Sénat adopta un *bill* proposant la suppression de la Commission de relogement pour la remplacer par un simple commissaire nommé pour cinq ans par le président des États-Unis. Ce texte stipulait également le dessaisissement du Bureau des affaires indiennes du programme en question. La tribu navajo s'en montra satisfaite et MacDonald, quant à lui, souhaita que le Congrès transmute en loi un *bill* si nécessaire au soulagement d'une si épineuse et si douloureuse situation.

Dans le même temps, une agitation insolite se manifestait sur la scène politique intérieure, à Window Rock. Le 2 août 1988, 15 conseillers tribaux quittèrent ostensiblement la séance de leur Conseil. Pour protester, dirent-ils, contre l'attitude du vice-président de la tribu, alors au fauteuil, qui leur refusait un débat sur leur propre motion. Celle-ci réclamant, d'une part, des éclaircissements sur le projet de réorganisation du gouvernement tribal qui venait de leur être soumis et, d'autre part, le déblocage d'un crédit de plusieurs millions de dollars au profit des chapitres, crédit disponible selon le contrôleur financier. Cet éclat mit en lumière le durcissement de l'opposition à MacDonald, opposition exacerbée par le constat d'une situation financière plus qu'alarmante dont elle le rendait responsable. En effet, en 1987, pour la première fois depuis dix ans, les dépenses excédaient si dangereusement les revenus que les réserves tribales descendirent au-dessous du seuil de sécurité. D'où l'impérieuse nécessité d'économies que l'administration en place espérait réaliser par une réduction de 40 % du budget total de fonctionnement pour l'année fiscale 1988. Soit une mesure draconienne qui entraînerait immédiatement le licenciement de 150 employés, au bas mot, et ajouterait aux maux endémiques de la société navajo dont le chômage, la pauvreté et l'alcoolisme. Contre ce plan d'austérité s'élevèrent nombre de contestataires, déjà choqués par les dépenses somptuaires de MacDonald depuis sa réélection.

Les mêmes trouvèrent alors une tribune d'où exposer publiquement leurs griefs contre lui. Dans son édition dominicale du 7 août 1988, l'*Albuquerque Journal* publia un long article où s'étalaient, avec force précisions, les errements financiers dudit président. Parmi les plus notoires : la coûteuse rénovation de son bureau à Window Rock (600 000 dollars !) ; un emprunt de 100 millions pour financer des projets tribaux jugés douteux (44 conseillers pour, 28 contre et 14 absents) ; l'achat par la tribu, malgré une forte opposition, d'un ranch hors réserve, Big Boquillas Ranch, près de Selingman, Arizona, acheté 26 500 000 dollars par des amis de MacDonald qui le revendit à la tribu pour... 33 400 000 dollars ![25] ; la location d'un jet (19 000 dollars) pour se rendre à Miami où il assista au match de son équipe favorite[26] ; des engagements onéreux de conseillers privés ; des contrats discutables avec des firmes prestataires de services ; des vacances personnelles à Hawaii et à Las Vegas ; l'achat d'une B.M.W., etc. Au total, une avalanche.

Ces débauches financières furent-elles dictées à leur auteur par l'espoir de divers et importants succès dans le développement économique de la réserve ? De nouveaux supermarchés s'y construisaient (mais pour une clientèle toujours plus que besogneuse, comme l'on peut en juger aujourd'hui). Des sociétés tant commerciales qu'industrielles y projetaient l'installation d'entreprises créatrices d'emplois. MacDonald, lui-même, se faisait fort d'offrir annuellement 1 000 postes de travail, tandis que son jeune collaborateur, directeur du Bureau de développement économique, déclarait dans l'*Albuquerque Journal* du 7 août 1988 : « Trop de gens sous-estiment le potentiel de la tribu. La nation navajo est pleinement capable d'orchestrer son propre futur social et économique. »

Brusquement, début 1989, le petit vent de contestation, né six mois auparavant dans l'enceinte du Conseil tribal, s'enfla en une tempête issue, cette fois, de Washington. Le Comité sénatorial spécial d'enquêtes sur les affaires indiennes (*Special Committee on Investigations of the Senate Select Indian Affairs Committee*) constatait alors que les fraudes et les abus étaient monnaie courante dans l'application des programmes destinés aux tribus. Ces révélations mirent l'accent, entre autres cas, sur le « cas MacDonald » : contributions illégalement perçues pour sa campagne électorale de 1986 ; utilisation de crédits tribaux en dehors de toute décision du Conseil tribal ; ententes illicites, etc. Le coup de grâce vint de l'audition des bandes magnétiques dans lesquelles le président se réjouissait de son propre profit, fort coquet on l'a vu, dans l'achat du fameux Big Boquillas Ranch. Toutes accusations auxquelles ses opposants ajoutèrent les soupçons de pots-de-vin sur la conclusion d'accords passés avec une chaîne de magasins ayant curieusement proliféré sur la réserve, en dix ans.

Ainsi placé dans l'œil du cyclone, MacDonald dut abandonner sa fonction présidentielle, le 15 février 1989 (49 voix pour sa chute, 17 contre). Avec, toutefois, l'assurance que son traitement (55 000 dollars annuels) lui serait encore versé. Dès lors, ses partisans s'échauffèrent à un point tel que, le 20 juillet de cette même année, ils envahirent le quartier gouvernemental de Window Rock. La police navajo les y accueillit. La poudre parla. 2 manifestants tombèrent. 10 autres furent blessés. *Bad day at Window Rock*... L'instruction des « affaires » reprochées à l'ex-président — un véritable « MacDonald-gate » d'un stupéfiant embrouillamini puisque quelque trois cents chefs d'accusation pèsent sur sa tête ! — se poursuivait en juillet 1990. *Guilty or not guilty ?* Le feuilleton continue sur le plan judiciaire. Mais ceci est une autre histoire...

Elle n'entache en rien la dignité du Peuple lui-même. Issu d'un long passé qui exigea de lui courage, persévérance et confiance en son avenir, face à une adversité multiforme, il poursuit sa route vers celui-ci dans ce Cinquième Monde qui est aussi le nôtre.

5. LE LONG CHEMIN DES SIÈCLES
(1598-1990)

Depuis la fin du XVIᵉ siècle, les Navajos avaient traversé les temps espagnol et mexicain avec une réputation de farouches résistants à l'envahisseur blanc. Dernier venu aux portes de leur domaine ancestral, l'Américain éprouva, d'abord, le poids de leur hostilité avant de les réduire au respect de sa loi en usant pour cela du moyen le plus radical mais aussi le plus déloyal, la destruction systématique de leurs sources de subsistance. Jusqu'à cette conclusion tragique de leur épopée (1863-1864) — conclusion sans gloire pour leur vainqueur —, l'Histoire avait déjà décerné au Peuple, les anciens Dineh, un brevet de courage et d'intelligente appréhension des situations auxquelles elle l'avait rudement confronté.

L'échec hispano-mexicain (1598-1846)

De Don Juan de Oñate, premier colonisateur espagnol parvenu à son contact, en 1598, pour ne voir de lui qu'un groupe d'indéfinissables « Quéréchos » (les « Vagabonds »), au frère Zarate de Salmeron qui, en 1626, les identifia plus précisément comme des « Apaches de Nabaho » (les « Ennemis des grands champs cultivés »), les Dineh prirent rapidement figure de marginaux, à la fois géographiquement et socialement. Des semi-nomades se consacrant, saisonnièrement, à une agriculture sporadique en une contrée encore inconnue, à l'ouest du rio Grande. Autrement dit, des « sauvages », donc des « païens », poussant leur hostilité jusqu'à refuser la mission fondée pour eux par les franciscains au village de Santa Clara, parmi les Pueblos déjà christianisés.

Pourtant, un demi-siècle plus tard, ces *barbaros* se révélèrent assez humains pour accueillir généreusement d'autres Pueblos fuyant les soldats de Don Diego de Vargas, acharnés à reconquérir (1692-1696) leur pays d'où une sanglante révolte indienne les avait chassés (1680). Ces fugitifs amenaient avec eux des moutons, des bovins, des chevaux, des outils et des équipements espagnols. Avec la parfaite connaissance du tissage de la laine des ovins et des méthodes agricoles de l'occupant européen. Toute une richesse utile à leurs hôtes de Dinehtah qui s'éveillèrent alors au monde extérieur. Pour ne

plus cesser d'être fascinés par lui. Bientôt, ces derniers allèrent se
procurer eux-mêmes ces biens si précieux, en allant « visiter »
ranchos et haciendas de la vallée du rio Grande et de ses abords. Sans
oublier d'égratigner, au passage, les Pueblos trop dévoués aux
maîtres blancs. Pillards, les Navajos ? Certes. Mais pour le soutien et
l'enrichissement des leurs.

De ce fait, tout le XVIIIᵉ siècle résonna de leurs affrontements avec
les soldats espagnols et avec leurs alliés indiens, les Pueblos
christianisés. Représailles et chasses aux esclaves réciproques. Dans
ce petit jeu dangereux, les Navajos préfèrent toujours ramener un
cent de moutons — les fameux *churros* à la bonne laine — qu'un
moine tonsuré et racorni. Des décennies durant, la victoire sauta d'un
camp à l'autre, avec ses pertes et profits, ces derniers s'estimant pour
les Navajos en chevaux et moutons, signes extérieurs de richesse
donc de respectabilité. Parfois, au contraire, l'Espagnol se révéla plus
cruel que son adversaire, comme lors du massacre du canyon del
Muerto (1805). Poursuivie jusqu'en 1821, année de l'indépendance
du Mexique, cette rude et longue partie chassa Madrid de la scène du
Sud-Ouest, au terme de plus de deux siècles d'une présence toujours
inquiète. Pas un pouce de terre navajo ne lui fut cédé. Pas une
mission catholique tolérée. Pas l'ombre d'une administration militaire ou religieuse. Tous les schémas politiques et sociaux de la
conquête du Nouveau Monde, si positive depuis le temps de Cortés,
furent ici obstinément, violemment bafoués, niés, rejetés par les
Athapasques de Dinehtah et d'Apacheria, frères associés.

Les Mexicains, quant à eux, n'eurent ni le temps ni, surtout, les
moyens d'humilier les uns et les autres. S'ils guerroyèrent contre les
Navajos, ce fut timidement durant les trois premières années de leur
présence à Santa Fe. Contraints de signer avec eux une trêve de dix
ans, ils favorisèrent, sans le vouloir, durant ce délai, le « décollage »
économique de la tribu en des proportions enviables. Et enviées,
d'ailleurs, par les va-t-en-guerre du rio Grande qui lancèrent dans
Die-nehtah leurs tueurs, les chasseurs d'esclaves et de scalps. Des
scalps contre des pesos. Le sinistre *Proyecto de guerra*, concocté par
les gouverneurs de Sonora et de Chihuahua, saigne à blanc Apacheria
et, épisodiquement, les Navajos chez qui réagissent Manuelito et
Ganado Mucho, les Roland furieux à la tête du Peuple. L'arrivée des
Américains ne leur fait point baisser leur garde. Au contraire.

La « victoire » américaine (1846-1868)

Organisateurs frénétiques de grandes expéditions « punitives » —
car les raids navajos continuent —, les nouveaux venus crurent tout
régler en signant de simili traités avec des bandes qu'ils prirent pour

représentatives. Erreur ! D'autres poursuivaient le combat, dans le même temps. Pas une année de paix entre 1846 et 1864. Vingt ans d'escarmouches, de raids, de représailles pour le Peuple, finalement incapable de s'opposer à l'édification, à sa porte, d'un poste américain au nom provocateur, Fort Defiance. Avec, dans ses murs, un galonné autoritaire et tonitruant, jusqu'à la bévue. Santa Fe, où commande un général fou, Carleton, veut en finir avec les Navajos. Elle pousse contre eux un faux colonel, Carson, aussi faux que sa légende. Et qui joue Attila dans le canyon de Chelly (1863-1864). Tandis que Carleton-Ponce Pilate s'apprête à crucifier les vaincus par le froid, la faim, la misère, le désespoir. Pour eux, le Golgotha de Fort Sumner/Bosque Redondo. Déportation (la Longue Marche), concentration et la suite. Déjà 2 321 morts en 1865, un an après le début de leur captivité. Puis, des saisons en enfer pour un peuple brisé.

Drôle de victoire. Drôle de vainqueur, si empêtré dans son « triomphe » qu'au terme de quatre années, il se voit contraint d'offrir réparation au vaincu. En le ramenant chez lui, avec mille promesses par traité (1868). Une libération ? Soit. Mais le mal est fait. Bosque Redondo garde les morts. La terre ancestrale, réduite à une peau de chagrin, accueille les survivants. Cette première réserve a des allures de prison. Les Navajos n'auront de cesse, désormais, d'en reculer les murs. Patience...

Et sa suite...

Il faut revivre, aux crochets de Washington, d'abord. Se refaire, comme après une partie perdue. S'adapter pour naître à nouveau, en acceptant du Blanc ce qui peut servir le Peuple, exclusivement. Sans abandonner l'identité originelle, tirer de l'agent, de l'éducateur, du missionnaire et du marchand les éléments d'une nouvelle culture. Flirter, grâce aux meilleurs d'entre eux, avec la civilisation mais sans plus. Obtenir d'elle quelques faveurs, comme desserrer l'étreinte de frontières trop étroites pour une population sans cesse accrue. Et grappiller, de-ci, de-là, par le secours de providentiels décrets présidentiels, des secteurs supplémentaires. Pour arriver, au bout du siècle, à récupérer une bonne partie du domaine des ancêtres[27].

C'était alors le temps des politiques lointains. Washington légiférait souverainement. Contre le peuple rouge plutôt que pour lui. Ses réserves morcelées par la Loi d'allotissement (1887), sa terre volée officiellement par les hordes des pionniers, l'Indien mourait à petit feu. Victime d'une « désindianisation » systématiquement menée, aliénante et destructrice de son âme. En 1900, sur les 250 000 survivants peuplant alors les États-Unis près du dixième étaient des Navajos. Après avoir longtemps souffert de lois scélérates, ils tirèrent enfin profit du *New Deal* indien, proposé par l'extraordinaire John Collier, l'homme lige de Franklin D. Roosevelt (1933-1945). Initiateur d'un courant irréversible, malgré les entraves suscitées par ses adversaires, qui devait conduire à l'autodétermination des tribus, Collier s'attira néanmoins la vindicte des Navajos. Pour avoir voulu les sauver, malgré eux, de la ruine en réduisant leurs troupeaux. Ils furent longs à admettre le bien-fondé de cette exigence qui, de nos jours encore, permet à nombre d'entre eux de vivre de leurs moutons. Tout en bénéficiant, au plan tribal, des revenus conjugués de l'exploitation des ressources de leur sous-sol. Charbon, pétrole, gaz naturel, uranium. Les valeurs nouvelles de la société industrielle dont le Peuple, toujours prompt à s'adapter, suit aujourd'hui les règles, en s'efforçant de préserver ses traditions.

Dans les solitudes désertiques du secteur d'Aneth, les pompes extraient des pétrodollars. A deux pas, un vieux couple pousse, chaque soir, ses moutons dans le corral proche de son *hogan*. A Ganado, à Crystal, à Teec Nos Pos, les fées navajos tissent leurs merveilleux tapis sur le métier enseigné par la Femme Araignée. Dans Monument Valley, les « chevauchées fantastiques » sont aujourd'hui celles des Land Rover bondées de touristes. Étonnés, ébahis par les splendeurs naturelles de Navajoland — du lac Powell au canyon de Chelly —, ces derniers poussent parfois jusqu'au pied des impressionnantes falaises ocre où nichent les vestiges des petites cités antiques des Anasazis — « Ceux-qui-ont-disparu ». Mais, ailleurs, dans les forêts d'altitude des monts Chuska-Lukachukai, les tronçonneuses mordent les troncs des fiers ponderosas que débitera la scierie de Navajo. Ailleurs encore, des pelleteuses géantes arrachent, par poignées de quatre-vingts tonnes chacune, le charbon nourri par la Terre-Mère. A Tsaile, les étudiants de l'université Navajo s'initient à l'informatique. A Window Rock, à Shiprock, à Tuba City et à Chinle, comme dans les communautés perdues dans le désert, les classes regorgent d'enfants au regard vif en des visages épanouis sous une noire chevelure. Quelque part, dans un coin reculé de la réserve, un yebichai nouveau style réunit des danseurs évoluant au rythme des gourdes et des tambours. Un *singer* psalmodie pour une patiente assise sur une « peinture de sable ». Un joaillier monte une « pierre de turquoise » sur une conche d'argent. Miss Navajo Nation parade à cheval lors de la foire annuelle. Les *Code Talkers* des fronts du Pacifique retrouvent leurs vingt ans en défilant au pas dans les cérémonials *in* et *off* réserve.

L'Ancien et le Nouveau. L'étonnant kaléidoscope de la vie indienne d'aujourd'hui dans Navajoland. Un petit monde toujours à la croisée des chemins, sous le regard du Soleil-Père qui poursuit assidûment sa course céleste, en illuminant de sa splendeur les quatre montagnes sacrées. Qui content encore, pour que nul ne l'oublie, le mythe merveilleux de la Création.

Appendice

VISAGES DU MONDE NAVAJO — HIER ET AUJOURD'HUI

Alcool

L'une des dix causes majeures de décès pour les Indiens. Selon le *Public Health Service* (1979), cinq types d'accidents lui sont dus : coups et blessures (47 %), tentatives de suicide (35 %), accidents d'automobiles (26 %), enfants battus (20 %), usage d'armes (13 %). En 1981-1982, le Comité judiciaire de la tribu des Navajos envisagea la question de la légalisation de la vente d'alcool sur la réserve, jusqu'alors soumise à la prohibition. Partisans et adversaires s'affrontèrent sur ce point, dans le cadre de la concertation engagée par le Comité. Antérieurement à ce débat, quelques chapitres se prononcèrent pour le maintien de la prohibition alors que certains responsables tribaux penchaient pour la légalisation, également plaidée par d'anciens officiers de la police navajo. Pour ces derniers, la vente d'alcool sur la réserve réduirait le nombre d'accidents de la route sur les itinéraires vers les villes bordières, surtout durant les nuits de week-end. A l'appui de leur souhait, ces mêmes policiers invoquaient les statistiques montrant qu'en 1981, la route 666 (entre Gallup et Farmington) avait connu un triste record avec 64 morts dont 90 % dus, directement ou non, à l'alcool (rapport du département des routes du Nouveau-Mexique). Autre argument : la légalisation résoudrait probablement le problème de la contrebande (*Navajo Times*, 6 janvier 1982).

Au début de 1982, les auditions devant le Comité portèrent sur le sujet de la légalisation. Les débats, si nourris qu'il fallut les prolonger d'un jour, mirent en lumière des positions plus nettement tranchées qu'auparavant. Les représentants de la division de la sécurité publique et ceux de l'amélioration des services de santé se déclarèrent pour. Pour eux, la vente légale d'alcool sur la réserve produirait l'argent nécessaire au traitement et à la réhabilitation des alcooliques. Par contre, les délégués des chapitres et les policiers en activité s'y opposèrent fermement. Dans ce concert, le maire et le chef de la police de Farmington plaidèrent la légalisation sous un contrôle très strict, tout en exhibant des statistiques prouvant qu'en leur ville les délits imputables à l'alcoolisme avaient baissé grâce à l'existence d'un organisme traitant de la désintoxication. Les conclusions soulignè-rent alors la nécessité, d'une part, de contrôler la distribution de l'alcool, légalisée ou non et, d'autre part, de coordonner les plans des autorités concernées : police, justice et services de réhabilitation (*Navajo Times*, 20 janvier 1982).

Alphabet navajo

L'histoire de son élaboration, relativement récente, peut se résu-mer ainsi. Dès leur arrivée sur la réserve, en 1898, les franciscains apprirent rapidement la langue navajo pour communiquer avec leurs premiers fidèles. Perfectionnant ensuite leurs connaissances en la matière, ils éditèrent, en 1910, un *Ethnological Dictionary of the Navajo Language*. Puis, ils apprirent à lire à leurs prosélytes. Ce à quoi s'employèrent, de leur côté, les missionnaires protestants qui, à la même époque, se satisfirent d'une connaissance partielle du navajo pour traduire leurs prières, leurs cantiques et des extraits des Evangiles. Afin d'enseigner leur langue à leurs ouailles.

En dehors des gens d'église, certains linguistes et anthropologues s'affairèrent à créer leur propre alphabet. Ce fut le cas de Gladys A. Reichard qui, s'intéressant à la littérature orale dans les diverses cérémonies navajos, rédigea dans cette langue ses rapports d'études. L'un de ses étudiants, un Navajo (Adolphe D. Bitanny) collabora avec un linguiste-phonéticien pour élaborer le premier alphabet semi-standard (1937). Toutefois, le premier dictionnaire bilingue anglo-navajo fut l'œuvre de deux linguistes, Robert W. Young et William Morgan Sr (un Navajo), qui publièrent *The Navajo Language* (1943), plusieurs fois réédité jusqu'en 1980 (édition revue et enrichie), en raison de son caractère fondamental (*Navajo Times*, 20 avril 1983). (Voir aussi : *Langue navajo*.)

Argent

Le goût manifesté pour ce métal par les Navajos de la dernière partie du siècle dernier — après leur captivité à Bosque Redondo — et l'habileté dont témoignèrent leurs premiers orfèvres engendrèrent une joaillerie spécifique à la tribu et qui fit l'admiration des Blancs. Artisan-joaillier d'occasion, mais avant tout agriculteur-éleveur, l'artiste navajo offrit à son peuple un riche assortiment de pièces argentées et de bijoux ostensiblement portés par les hommes et les femmes comme des signes extérieurs de richesse. Loin de se démentir, cette pratique se peut constater de nos jours lors des fêtes sur la réserve et des parades hors de celle-ci. Des milliers de dollars défilent ainsi sous les yeux des touristes blancs aussi admiratifs qu'ébahis.

Si les grandes boucles d'argent ont disparu des oreilles des hommes subsistent, chez ceux-ci, les colliers, les ceintures *conchas*, les gardes de poignet et, plus rarement, les boutons d'argent sur la couture du pantalon, la bande des chapeaux et les brides des chevaux. Les femmes se satisfont de multiples colliers, bracelets, anneaux et bagues. Chez les uns comme chez les autres, la turquoise règne souverainement sur le moindre bijou. Colliers, gardes de poignet et ceintures *conchas* attirent surtout l'attention. Le collier d'argent alterne, entre ses perles, des corolles en trompette de la fleur de courge (*squash-blossom*) qui s'épanouissent au-dessus d'un pendentif en fer à cheval simple ou double, le « naja » — du mot navajo « najahe » signifiant croissant. Ce pendentif peut être enrichi de turquoises délicatement serties dans son argent. La ceinture de cuir, quant à elle, disparaît sous de grands disques d'argent, ovales en général (7 × 12 cm), les *conchas* (ou coquilles), qui, à l'origine, étaient forgés et non moulés. Une turquoise orne le centre de chacune des six à douze *conchas* fixées à la ceinture. En 1900, cette dernière représentait la valeur de 80 à 100 moutons. Les cours de l'argent connaissant de sensibles fluctuations[1], une telle ceinture valait 5 200 dollars en décembre 1979 et... 18 000 dollars en août 1980. Enfin, la garde de poignet (ou « ketoh »), originellement en cuir afin de protéger la chair de la corde de l'arc, n'est plus aujourd'hui qu'un simple ornement de prix qui se présente comme un bracelet d'argent large de 8 à 9 centimètres, plaqué d'une énorme turquoise.

L'activité des orfèvres-joailliers navajos, si étroitement dépendante des cours de l'argent et de la turquoise, et la haute qualité de leurs produits développèrent un marché hors réserve dont Gallup demeure aujourd'hui le centre le plus important. Inévitablement, des contrefaçons y apparurent durant les périodes d'augmentation du prix de l'argent. Le nickel argenté (totalement dépourvu d'argent) et l'argent allemand (à faible pourcentage) en furent les preuves, aisément détectables en versant une ou deux gouttes d'acide sur le « bijou » qui, attaqué, commence à verdir en émettant une odeur particulière. Sur ce marché du faux s'illustrèrent avant-guerre les Japonais : une loi obligeant les produits indiens à être estampillés « Indian made »,

ils nommèrent une de leurs villes « Reservation » et estampillèrent les
faux produits qui en sortaient de la marque « Reservation made »... Il
fallait y penser[2] ! (Voir aussi : *Turquoise.*)

Berceau

Immuable dans sa forme, le berceau portatif fixé au dos maternel
avec sa précieuse cargaison remonte aux premiers siècles de notre ère.
Les *Basket Makers* (Vanniers —; 200 à 700) utilisaient le berceau
souple ou flexible, au dorsal confortablement rembourré. A leur
suite, les Pueblos (700 à 1 600) le durcirent en vertu de la croyance,
ou de la mode, exigeant la déformation crânienne. Les Navajos
l'adoptèrent en optant pour le confort et leur mythologie lui attribua
une origine divine puisque, dans le monde antique de l'Indien, rien
n'échappait aux dieux.

Les *Yeis* donnèrent à chacun des Héros Jumeaux un magnifique
berceau dont l'armature était constituée par les propres pendants
d'oreille de leur père, le Soleil. Sur son sommet s'arrondissait un arc-
en-ciel, figuré par l'arc de bois de frêne sous lequel la tête du bébé
reposait sur un oreiller lui-même fait d'un mirage. Les couvertures,
quant à elles, étaient tissées d'aube, de ténèbres, de la lumière jaune
du soir et de la couleur lilas de la terre au crépuscule. Des éclairs
zigzaguants servirent au laçage.

Dans le *hogan* familial, à l'instant précis de la délivrance de la jeune
mère, le chanteur entonne le Chant de l'Aube qui annonce la venue
au monde du bébé. Deux heures plus tard, deux boucles ornées d'une
petite turquoise sont fixées dans les lobes percés de ses oreilles.
Quatre semaines après, le père se met en devoir de fabriquer le
berceau qui, une fois terminé, pourra recevoir son hôte emmailloté
de douces couvertures. Bien calé, dos à plat, épaules alignées, le bébé
jouit dans « sa maison loin de la maison » d'une sécurité et d'un
confort certains, « comme un petit arbre qui va pousser droit vers le
ciel[3] ».

Chapitre

« Branche locale d'un club, d'une fraternité ou de toute autre
organisation. » (*American Heritage Dictionary*). Le chapitre navajo
(*chapter*) relève de la dernière partie de cette définition : un petit
gouvernement local avec son président, son vice-président et son
secrétaire-trésorier élus par la population d'un secteur géographique
également dénommé « chapitre ».

La réserve est ainsi divisée en cent chapitres de superficie variable,
comme autant d'arrondissements. Leurs responsables respectifs

tiennent à dates régulières dans la Maison du chapitre (*Chapter House*), sise dans la localité « chef-lieu », des réunions publiques au cours desquelles sont débattues les questions concernant la communauté. Le chapitre élit son député au Conseil tribal, à charge pour l'élu de lui rendre compte des décisions votées à ce niveau. Relais politico-administratif du gouvernement tribal, le chapitre œuvre en liaison avec le Service de santé fédéral et le Bureau des affaires indiennes. Il dispose de son propre budget de fonctionnement, alimenté par les versements de ce dernier, du Trésor tribal et, exceptionnellement, par la contribution de sa population pour des activités sociales spécifiques. Il reçoit également une part des revenus de la tribu, au prorata du nombre de ses habitants. Sa maison abrite différents services sociaux : culture, sport, santé, enseignement ménager, bains-douches, etc.

Conçus en 1922, les chapitres eurent pour propos initial le développement des ressources agricoles de leur secteur d'où leur nom originel de « *Farm Clubs* » ou « *Farm Chapters* ». En 1927, John Hunter, superintendant de la circonscription Leupp, introduisit le système chez les Navajos, selon une organisation proche de celle d'aujourd'hui. En chaque chapitre, les membres les plus éduqués de la population reçurent alors des fonctions de responsabilité. Sans que, pour autant, ils aient acquis une audience véritable auprès du Peuple qui reconnaissait plus volontiers l'autorité des chefs de famille ou de clan. Cet antagonisme tacite entre pouvoir officiel et pouvoir réel affaiblit le système durant ses premières années d'existence. Il ne trouva de vigueur qu'à l'occasion de la querelle autour de la réduction des troupeaux, dans les années 1930. Les chapitres furent alors des foyers d'opposition dont la conjonction embrasa la totalité de la réserve. Cette situation subsista vingt ans durant, bloquant tout le système des chapitres. En conséquence, le gouvernement fédéral leur retira progressivement son soutien financier pour finir par le supprimer en général.

En 1957, avec l'arrivée sur la réserve des compagnies d'exploitation de l'énergie, les chapitres reçurent, de nouveau, une aide financière mais modeste, destinée à la rénovation de leur maison. Redevenus vivants et utiles, ils bénéficièrent, ensuite, d'un plan de fonctionnement élaboré par le Comité des conseillers du gouvernement tribal (1980). Ainsi officiellement réorganisé, le système fut coiffé, l'année suivante, d'une Division de développement des chapitres, chargée d'étudier les projets relatifs à chacun d'eux.

Cheptel

En fonction des successives réductions du cheptel navajo depuis 1934, celui-ci comptait 620 000 moutons en 1940, 460 000 en 1950, 367 000 en 1966. A quoi s'ajoutaient, cette année-là, 136 000 chèvres, 30 000 bovins et 21 200 chevaux.

Ces 555 000 têtes de bétail tiraient leur maigre nourriture de pâturages en constante dégradation depuis 1937. Une étude de 1960 révéla que 2 200 km² étaient surpâturés (*overgrazed*) et 2 700 km² complètement perdus.

Afin d'éviter la ruine totale de son domaine pastoral, l'administration tribale divisa la réserve en 19 districts de pâturage (*grazing districts*), chacun sous le contrôle d'un comité (*grazing committee*) qui délivrait des permis (*grazing permits*) en fonction des capacités nourricières de son propre district. Peu à peu, ce contrôle passa aux mains des communautés locales, peu regardantes sur ce dernier point. Ni le Conseil tribal ni le Bureau des affaires indiennes ne purent, ou ne voulurent, imposer de règles strictes ou de pénalités. La conséquence de ce laxisme fut, à partir de 1955 environ, une augmentation notoire du volume des troupeaux, justifiée par les nécessités économiques, le mouton demeurant, comme toujours, l'ultime recours nourricier. Dans les années 70, sur les dix mille permis délivrés, la moitié concernait des troupeaux de 50 bêtes maximum. Contraintes de se satisfaire d'une superficie encore réduite, outre une érosion toujours plus marquée par la pratique du *strip mining*, les forages pétroliers, la naissance de localités nouvelles dans les secteurs concernés par ces activités, le développement de certaines communautés d'ancienne origine, la construction de routes et de lignes électriques. Autant de facteurs afférents aux nouveaux temps dont l'exigeante emprise menace dangereusement l'antique tradition pastorale du Peuple.

Clan

Les Navajos s'identifient par clans. Nombre des noms de ceux-ci désignent des lieux, des noms d'autres tribus ou un trait caractéristique d'une personne. Exemples :
- A'Shiihi / Clan du sel / *Salt Clan.*
- Dibeixzhini / Peuple-du-mouton-noir / *Black Sheep People.*
- Hooghan Xani' / Peuple-des-nombreux-hogans / *Many Hogans People.*
- Nat'oh dine'é / Peuple-du-tabac / *Tobacco People.*
- Tle'ogi / Le Peuple-de-Zia / *Zia People.*

• Tadichii'nii / Le Peuple-de-l'eau-amère / *Bitter Water People*.
Quand un Navajo se présente en public, il doit décliner, successivement, ses relations avec ses clans maternel et paternel puis avec celui des grands-parents de sa mère et de son père.
Exemple : « J'appartiens au clan Tl'ogi. Mon père est du clan To'ahani. » (J'appartiens au clan du Peuple-de-Zia. Mon père est du clan du Peuple-près-de-l'eau) ou : « Le clan de ma mère est To'baazhni'azï et le clan de mon père est Tachii'nii. Le clan des grands-parents de ma mère est Tódichii'nii. Le clan des grands-parents de mon père est Bit'ahnii[4]. »

Conseil tribal

Élus pour quatre ans au suffrage universel par la population des 18 districts de la réserve, les 89 membres du Conseil tribal siègent à Window Rock (Arizona) depuis qu'en 1936, John Collier, alors commissaire aux Affaires indiennes, fit de ce site la capitale de la nation navajo. Bien des difficultés présidèrent à la naissance puis à l'organisation de ce gouvernement indien qui légifère aujourd'hui en fonction de la politique d'autodétermination promulguée par le Congrès en 1975. Toutefois, si ses pouvoirs s'en sont trouvés notoirement accrus, il n'est pas totalement maître, comme le prouvent ses récriminations depuis 1982, de ses décisions relatives à certains projets d'importance. Ceux-ci doivent, en effet, être approuvés par le Bureau des affaires indiennes, peu pressé, à l'habitude, de les examiner et délayant sa réponse par de multiples canaux administratifs. Il est vrai que la concrétisation des vœux de la tribu sur ces projets-là nécessiterait la participation financière de l'État fédéral. Un point toujours très sensible aux yeux de l'administration washingtonienne ad hoc.

Couverture de chef (Chief blanket)

Parmi les différents styles de couvertures, la « couverture de chef » occupa, dès 1850 environ, un rang de choix. Elle dut son nom à la qualité exceptionnelle de son tissage qui la réserva à l'usage des chefs des tribus clientes des Navajos. Les spécialistes de son histoire distinguent trois étapes dans l'évolution de sa fabrication.
A l'origine, sa décoration se réduisait à une simple alternance de lignes longitudinales d'épaisseur variable, blanches et noires. Vers 1860, de longs rectangles apparurent entre celles-ci dont la sévérité des teintes s'éclaira de l'emploi de fils rouges prélevés sur les tissus de serge anglaise, la fameuse *bayetta* déjà utilisée dans les couvertures

d'esclaves (*slave blanket*). Dix ans plus tard, la décoration aboutit à un style plus élaboré. En son centre, un motif en losange rompit l'uniformité de la large bande médiane polychrome (rouge, bleu indigo, noir, blanc) tandis que des triangles de couleurs identiques ornaient les angles et le pourtour de la couverture. La *bayetta blanket* (autre appellation de la *chief blanket*) atteignit alors un haut degré de perfection jusqu'en 1875 environ, époque à laquelle avec la disparition de l'emploi du fil de *bayetta*, s'acheva la période classique de ce type de couverture (Voir aussi : *Tissage*).

Droits sur l'eau (Water Rights)

L'éternel cheval de bataille entre les Indiens et les non-Indiens dans le Sud-Ouest aux terres constamment assoiffées en raison du climat. Une loi de 1906 (*Winter's Doctrine*) stipule que, puisque les Indiens ont des terres, ils ont des droits sur l'eau « nécessaire pour répondre à leurs besoins ». Or, au début d'avril 1983, la Cour suprême des États-Unis décréta que 5 tribus de la vallée de la Colorado River ne pouvaient obtenir d'eau supplémentaire en se fondant sur cette doctrine. De nos jours, la polémique demeure. Non seulement entre tribus — comme dans le cas des Utes du Colorado sud-ouest et des Navajos du Nouveau-Mexique nord-ouest qui se disputent l'eau des rivières Las Animas et La Plata — mais entre Blancs et Indiens, surtout. Sur cette question vitale, les uns et les autres ne cessent de s'affronter devant les cours de justice des États concernés. Mais celles-ci, élues par des non-Indiens, témoignent-elles toujours de l'impartialité nécessaire ? Les Indiens en doutent parfois.

Chez les Navajos, l'eau pose chaque été un problème particulier aux secteurs occidentaux de la réserve, les plus touchés par la sécheresse, selon les années. Le bétail peut y mourir de soif, soit en raison du manque d'entretien des éoliennes de certains puits, soit à cause du retard des camions-citernes qui n'assurent pas toujours leur service, fort onéreux pour la tribu, avec la régularité voulue (*Navajo Times*, 20 juillet 1983).

Fantômes

Quand, en 1909, le vieux chef Hoskinini, ami de John et Louisa Wetherill, commerçants à Oljato, quitta cette terre, sa famille et ses amis réservèrent à sa dépouille mortelle les rites indispensables à son voyage vers l'autre monde. Afin qu'il y connaisse la paix et que son fantôme (le chindi) ne vienne pas troubler et tourmenter les vivants. Car les Navajos redoutent tout ce qui tient à la mort et les

FAMILLE ET LIENS*

Famille	Liens extérieurs à la famille
Biologique	*La communauté*
• Père, mère et enfants non mariés.	• Deux familles étendues (ou plus) ou une ou plusieurs familles étendues, alliées à une ou plusieurs familles biologiques.
• Descendance matrilinéaire et résidence matrilocale.	• L'une ou l'autre de ces familles est le noyau de la communauté qui porte le nom du chef de cette famille-là.
	• Plus ce chef ou sa femme sont riches, plus la communauté est nombreuse et géographiquement étendue.
Étendue	*Le clan*
• Grands-parents avec leurs enfants célibataires, leurs filles mariées avec leurs époux et leurs enfants célibataires.	• Il établit une parenté en dehors des liens du sang et de la communauté d'habitats.
	• Un Navajo appartient au clan maternel mais il est « né pour » le clan paternel dont les membres sont, aussi, des parents qu'il appelle « pères », « frères », « sœurs ».
• En outre (éventuellement) le père de la femme la plus âgée; sa sœur veuve ou sans enfants ou une nièce sans enfant.	• Le mariage est basé sur le clan mais il est exogame (mariage avec un membre d'un autre clan).
Tous vivent à portée de voix	*Les clans unis*
	• Tout clan est lié à plusieurs autres (de un à six).

* D'après C. Kluckhohn et D. Leighton, *op. cit.*

fantômes, en particulier, ces « sorciers de l'au-delà ». Il n'est, dans leur croyance, guère de morts qui n'en produisent pour venger une négligence ou une offense. Clyde Kluckhohn précise la nature possible de celle-ci : si le corps n'a pas été bien enterré, avec tous les biens souhaités par le défunt ; si un animal n'a pas été sacrifié sur sa tombe ou si celle-ci a été dérangée. Dans ce dernier cas, le fantôme y revient ou revient dans sa dernière demeure.

Un fantôme apparaît toujours la nuit d'où la crainte de celle-ci chez un Navajo isolé. L'apparition peut prendre forme humaine ou animale (hibou, souris, coyote) ou encore se manifester par des boules de feu, des tourbillons de vent, des objets noirs — le fantôme lui-même étant de couleur noire ou foncée. Alors il peut assaillir un passant solitaire, le dévêtir et l'asperger de boue. *Horresco referens...*

Forêt navajo

Elle s'étend sur deux secteurs : le Plateau Defiance, propice au pin ponderosa, et la chaîne montagneuse des Chuska-Lukachukai où le précédent est largement représenté aux côtés du pin Douglas, du sapin glauque, de l'épicéa et de l'épinette bleue. L'exploitation de ces zones forestières débuta en 1880 avec une scierie mobile fournie par le Service indien. La première scierie fixe apparut en 1888. Toutefois, le véritable essor de cette activité fut dû à la création, sur le plan national, du *Civilian Conservation Corps* (C.C.C.) dans le cadre des programmes anticrise du *New Deal* rooseveltien (1934). Durant la Seconde Guerre mondiale, et dès son lendemain, le développement de la production des bois débités inclina le Bureau des affaires indiennes et le Conseil tribal à créer un organisme d'administration et d'exploitation des ressources forestières. Ainsi naquit *The Navajo Forest Products Industry* (N.F.P.I., 1958) dont l'importante scierie siège à Navajo, à 20 kilomètres au nord de Fort Defiance.

En 1979, le directeur des services forestiers de la tribu, Gerald Henry, poussa un cri d'alarme devant les atteintes portées contre la forêt navajo : « Un temps viendra », déclara-t-il alors, « où il faudra envisager la fermeture de la scierie de Navajo, dans les vingt ans à venir [...] » (*Independent*, Gallup, 6 août 1979). Pourquoi ? La population augmentant sans cesse, les gens veulent de la terre pour leurs maisons et davantage encore pour leurs pâturages. Ils coupent les arbres sans laisser à la forêt le temps de se régénérer. De plus, les moutons et les chèvres broutent annuellement des milliers de jeunes arbres. Enfin, l'eau ravine les sols car on a surexploité la forêt sans replanter. Autre raison d'inquiétude : l'abattage sauvage pour obtenir des troncs ou des perches pour les *hogans*.

Guerres et médailles

Les Indiens, en général, ont servi loyalement les États-Unis durant les deux guerres mondiales, puis en Corée et au Viêt-nam.

— *Première Guerre mondiale :* plus de 8 000 (dont 6 000 volontaires) dans l'Armée et la Marine.

— *Seconde Guerre mondiale :* 25 000 Indiens (hommes et femmes) dans l'Armée dont 3 600 Navajos volontaires qui servirent en Afrique, en Europe et en Asie. Sur ce dernier théâtre d'opérations, les *Code Talkers* navajos furent les plus célèbres. D'Iwo Jima à Salerne, les Indiens méritèrent : 71 médailles de l'Aviation, 57 *Silvers Stars,* 47 *Bronze Stars,* 34 *Distinguished Flying Crosses* et 2 *Congressional Medals of Honor.*

— *Corée :* 104 Indiens enrôlés dont des Navajos.

— *Viêt-nam :* 41 500 Indiens enrôlés dont plus de 3 000 Navajos sur lesquels 1 000 se battirent effectivement. Le premier Indien tué au Viêt-nam était un Navajo nommé Alvin Chester, caporal des Marines.

En reconnaissance de leurs services rendus à la nation, les Vétérans navajos furent décorés de la première médaille de bronze autorisée pour une tribu, alors que, dans le passé, la médaille était la même pour les Indiens et les Blancs. Elle porte le grand sceau de la nation navajo, couronné, entre autres motifs symboliques, par l'aigle navajo, symbole de la force. La première présentation de cette médaille *(Navajo National Military)* eut lieu à l'occasion de la Semaine des Vétérans navajos (18-22 octobre 1982), lors de cérémonies dans les localités les plus importantes de la réserve.

Le cimetière national navajo s'étend à quelques kilomètres de Window Rock *(Navajo Times,* 14 octobre et 29 décembre 1982).

Hogan

Habitation traditionnelle des Navajos, encore largement présente sur la réserve malgré l'apparition de demeures modernes, le *hogan* (la « maison ») épouse un plan hexagonal ou octogonal. Une porte, toujours orientée à l'est, s'ouvre dans ses parois de rondins, équarris ou non, plantés verticalement ou posés horizontalement les uns sur les autres. Ceux-ci supportent une charpente de poutres entrecroisées, coiffées d'un dôme de terre percé à son sommet d'un trou à fumée. Il existe également des *hogans* de pierre mais au toit identique. De pierre ou de bois, certaines de ces habitations furent dotées de fenêtres à une époque relativement récente.

D'un diamètre maximal de sept à huit mètres, chaud en hiver et frais en été, le *hogan* abrite la famille biologique ou nucléaire (père, mère et enfants non mariés). Autrefois, chaque membre y occupait une place assignée par la tradition, moins rigide de nos jours où l'intérieur s'est enrichi de quelque mobilier : lits, table, chaises (éventuellement) et poêle central. À l'extérieur, sur l'aire délimitée par l'habitation principale et un ou deux autres *hogans* familiaux, utilisés comme chambres pour les adolescents ou comme resserres, se rencontrent le sauna, petit *hogan* à trois fourches coiffé de terre mais sans trou à fumée, un enclos à moutons, un four, un abri de branchages contre le soleil ou une haie coupe-vent. Avec l'inévitable épave de voiture ou de quelque mécanique. Chaque famille possède au moins deux groupes de *hogans* permanents : l'un dans le secteur des pâturages d'été, l'autre dans celui des pâturages d'hiver. Ces demeures se multiplient en fonction de l'importance du bloc familial qui constitue alors une famille étendue (voir : Familles et liens).

Un *hogan* est béni avant d'être habité en épandant du pollen de maïs aux quatre horizons ou par une cérémonie particulière. Un défunt peut y être enterré. Dans ce cas, l'entrée en est condamnée pour avertir le passant de s'en écarter. S'il est inhumé à l'extérieur, le *hogan* est alors abandonné puis incendié (*Navajo Times*, 9 juin 1982).

La demande de troncs pour la construction des *hogans* demeure si importante qu'afin de protéger la forêt, le département forestier de Fort Defiance a dû fixer un quota et exiger l'obtention d'un permis, pour les seuls Navajos. A charge pour le bénéficiaire d'abattre l'arbre, préalablement marqué par cette administration, et de l'emporter dans un délai de trente jours (*Navajo Times*, 25 juin 1983. Le même article précise qu'en mai de cette année-là 48 742 troncs de pins ponderosa et Douglas avaient été abattus pour ce seul usage).

Langue navajo (pratique de la)

Au début des années 80, les autorités tribales responsables de l'éducation poussèrent un véritable cri d'alarme au constat du déclin continu de la connaissance et de l'usage de leur langue par les Navajos, les jeunes en particulier. Une enquête révéla alors qu'au niveau du collège, 22 % seulement des élèves étaient en mesure de la parler couramment. La majorité d'entre eux provenaient des zones rurales où de nombreuses familles parlent encore le navajo tandis que les secteurs urbanisés le délaissent pour l'anglais. En règle quasi générale, les parents estimaient indispensable la connaissance de la langue dominante, moyen à leurs yeux de faciliter à leurs enfants l'insertion dans une société qui leur est de plus en plus ouverte. L'on en était venu à une situation paradoxale : les grands-parents demeurant incompris de leurs petits-enfants, et inversement.

Les causes de cet état de choses tenaient à plusieurs facteurs découlant eux-mêmes de la politique d'acculturation menée par le gouvernement fédéral dès la fin du siècle dernier. Il fut interdit aux élèves indiens d'employer leur langue, sous peine de sanctions. A cet égard, les écoles de missions se mirent à l'unisson de celles du gouvernement. Plusieurs générations subirent cette politique, poursuivie jusqu'à une date récente. Toutefois, dès 1934, sous l'influence de *The Indian Reorganisation Act*, l'agence navajo administratrice de la réserve, à défaut de l'existence d'un Conseil tribal, réagit en créant un enseignement de la langue maternelle. Elle édita des textes en navajo pour les écoles, un dictionnaire grammatical et des traductions de travaux littéraires, historiques ou scientifiques[5]. Elle encouragea la publication d'un journal mensuel en navajo. Ces efforts, apparemment louables, découlaient, en réalité, du constat que, sachant lire leur propre langue, les jeunes Navajos apprenaient plus aisément l'anglais — toujours à l'ordre du jour jusqu'au constat déjà mentionné.

Depuis, les programmes scolaires, sur la réserve, comprennent des cours de rattrapage ou d'enseignement de la langue maternelle — condition primordiale de la survie de la culture du Peuple. Dans cet esprit, le journal *Navajo Times* publia des articles bilingues, heureuse initiative saluée par le courrier des lecteurs. Par ailleurs, le Navajo aime parler : « Le Navajo met un point d'honneur à faire des phrases. Comme chez les anciens Grecs, tel Démosthène, une personne n'est pas reconnue verbalement compétente à moins qu'elle ne prononce un speech sans hésitation ni faute [...]. Un Navajo dit tout d'une traite ce qu'il a à dire. On le laisse parler sans l'interrompre[6]. »

« *Loup humain* » (Wolfman)

Dans le monde navajo d'antan, l'accumulation et la persistance des maux frappant la terre du Peuple et le Peuple lui-même sous diverses formes (calamités naturelles, échec des moissons, risque de guerre, etc.) ne pouvaient être imputables qu'aux sorciers, les « loups humains ».

Homme ou femme, le *Wolfman* est un être malfaisant qui peut revêtir l'aspect d'un loup ou d'un coyote. Il s'acharne alors sur sa victime. Soit en lui soufflant au visage du « Poison de cadavre » (chair humaine pulvérisée) ou des cendres provenant d'un *hogan* incendié pour avoir abrité un défunt. Soit en lui jetant un sort par le moyen d'un objet lui appartenant. Soit encore en employant un narcotique. L'ensorcelé présente alors un visage émacié, tout en éprouvant un profond malaise.

Seule une cérémonie curative — un chant (ou *sing*) — peut le guérir en confondant simultanément le sorcier, jusqu'à entraîner sa mort (selon son degré de culpabilité), et les effets de ses maléfices. C'était là, à l'origine du moins, le double but de la *Squaw Dance* (ou « Ndaa »), élément majeur du cycle des rites dits *Enemy Way*, le premier de ces termes désignant le peuple du passé revenu pour tourmenter une personne. Dans sa conception primitive, la *Squaw Dance* visait à chasser les influences mauvaises pesant encore sur les guerriers retour d'un raid qui les avait exposés au risque de mort et au cours duquel ils avaient côtoyé des étrangers (p. 245). Suivait alors l'indispensable rituel de purification, conduit durant quatre jours et quatre nuits par un *medicine man* (ou chaman, ou « chanteur ») dans un *hogan* construit à cet effet. Puis, ce rite, parce qu'il participait du même esprit et relevait de la même nécessité, en vint à s'appliquer également au traitement d'un ensorcelé ou de toute personne s'estimant l'être. Dans ce cas, il appelait un cérémonial spécifique.

Au matin succédant à une première nuit consacrée à des interventions répétées du « chanteur », un petit groupe de cavaliers galopait vers le *hogan* de la victime. A sa tête, sur le cheval le plus rapide, un guerrier brandissait une perche portant à l'une de ses extrémités un sachet enfermant un objet propriété du supposé sorcier — donc le symbole même du mal. Parvenu à destination, cet escadron s'y heurtait à un autre, défenseur de la victime, dans un simulacre de combat terminé par sa défaite. Ainsi repoussé, le mal retournait vers son auteur, le sorcier. Dès lors découvert, celui-ci devait avouer sa culpabilité et, parfois, la payer de sa vie[7].

Missions

Une femme navajo se souvient de son séjour dans l'école de la mission entre 1918 et 1926 : « Une fois, dans la classe de 6ᵉ degré, nous avions un homme blanc qui nous portait la nourriture à la salle à manger. Il frappait les garçons avec une ceinture et lorsque nous travaillions à la cuisine le cuisinier nous frappait aussi. Un jour, je reçus un coup très mauvais parce que j'épluchais trop gros les pommes de terre. Je saignai du nez. L'homme blanc arriva et frappa un garçon qui se leva pour se défendre. L'homme le mit à terre, s'assit sur son ventre et continua à le frapper au visage. L'une des cuisinières se précipita en pleurant mais ne put arrêter l'homme [...]. Nous fûmes réprimandés parce que nous parlions navajo. J'ai dû, pour cela, manger debout. Parfois, l'on nous obligeait à monter sur un tabouret pendant que les autres déjeunaient. Après le souper, au lieu de jouer, nous allions au coin. Si vous aviez eu des mauvais points, la pire des punitions était celle du dimanche après-midi : il fallait demeurer debout au soleil, de une heure à cinq heures[8]. »

Contre ces excès et la politique des missions en matière d'éducation s'éleva John Collier, dès la mise en application du *New Deal* indien (1934). Diverses mesures limitèrent l'activité des missionnaires dans le domaine scolaire : interdiction de l'assistance obligatoire des élèves aux services religieux, reconnaissance de la liberté de conscience et de religion pour les Indiens, réduction des exercices religieux dans les écoles. Autant d'atteintes au travail des missionnaires sur les réserves, autant de motifs de vives protestations tant de la part des Blancs que des Indiens... Plus récemment, en 1982, la réserve navajo abritait 17 dénominations différentes occupant un total de 197 sites, dûment loués auprès du Conseil tribal par des religieux qui, à l'exception de 3 à cette date, ont oublié de verser le montant de leur loyer depuis dix ans...

Au hit-parade des laborieuses dénominations présentes dans Navajoland en 1982, dans l'ordre : les Mormons (30 sites occupés), l'Église catholique et les baptistes (*ex-aequo* avec 21 sites chacune), la *Christian Reformed Church* (19), *The Assembly of God* (18), *The Church of Nazarene* (14), *The Full Gospel* (10). Suivent : *Pentecostal, Episcopal, Seventh Day Adventist, Church of Christ, Evangelical Luthern, United Methodist, Brethen, Berean* et diverses autres, sans appellation. Mais Dieu ne reconnaît-il pas toujours les siens ? (*Navajo Times,* 17 mars 1982.)

Des moutons et des hommes

Durant des siècles, le mouton attira les convoitises des Navajos qui, tel Jason, allèrent, à leurs risques et périls, conquérir sa Toison d'or sur les pâturages des Blancs — Espagnols, Mexicains puis Américains. Dès lors, nantis de cette richesse, la garde et l'entretien de leur troupeau, si modeste soit-il, rythma le déroulement de leurs jours, entre le *hogan*, le corral et les pâturages.

La terre appartenant à tous, chaque famille y délimitait autrefois, selon la coutume, le territoire nécessaire à ses moutons, ses brebis, ses chèvres, ses béliers. Si, pour une raison ou une autre, elle l'abandonnait, quiconque pouvait le récupérer derrière elle, sans qu'il y ait conflit. Dans les limites ainsi définies, les enfants gardaient le troupeau familial, propriété de leur mère, exclusivement. Si la famille était riche, propriétaire de plusieurs centaines de bêtes, elle employait des bergers.

Avant l'aube, le berger ouvre le corral : « [...] Je chante une chanson. Elle n'en est qu'à la moitié quand le troupeau est à demi sorti. Elle se termine lorsqu'il est entièrement dehors [...][9]. » Après une matinée de libre errance sur le pâturage, la chaleur s'accroissant, les bêtes cessent de paître pour fourrer chacune leur tête sous le ventre de leur voisine[10]. Dès lors, le troupeau devient une masse immobile et soudée. Qui ne consent à se mouvoir qu'au soleil déclinant, vers 16 ou 17 heures, pour paître de nouveau, avant que le crépuscule ne la ramène au corral.

Brouteur, ravageur, le mouton arrache l'herbe avec sa racine, on le sait. Encore faut-il qu'il y ait de l'herbe. L'insuffisance des précipitations, due à l'aridité du climat, ne permit jamais qu'une mince couverture végétale, inévitablement entamée par les violentes trombes d'eau des orages estivaux ou grillée par les sécheresses. L'on a vu quelle hostilité anima les Navajos lorsqu'il fut proposé de réduire leurs troupeaux afin de les sauver d'une inéluctable extinction, en fonction de l'érosion de leurs pâtures. A l'époque où se posa cette question, vers 1926-1927, une enquête officielle révéla que 24 % de la population ne possédaient pas de moutons, 42 % disposaient de 100 à 1 200 bêtes et 2 % seulement dépassaient ce dernier total. La politique élaborée puis appliquée par le Bureau des affaires indiennes sous John Collier, à partir de juillet 1933, aboutit à de successives réductions, contre un dédommagement substantiel des propriétaires. Il fallut, néanmoins, utiliser parfois la manière forte. A l'automne 1934, l'on vit des policiers navajos abattre par balles des milliers de bêtes. Collier fut alors considéré comme le démon en personne, un sentiment qui évolua, depuis, devant les menaces pesant sur la terre navajo. Tant du fait du climat que de la prolifération des plantes empoisonneuses. Depuis la dernière guerre, le tiers des pâturages a été ainsi perdu.

Nom évolutif

Le nom d'un Navajo était, jusqu'à une époque récente, un véritable casse-tête pour le Blanc désireux de connaître avec exactitude l'individu désigné. Qui étaient Harry, John, Ben, Bill et Charlie ? Des personnes différentes ? Non. Souvent le même qui, au gré de sa fantaisie ou des circonstances, avait successivement adopté ces prénoms. Le mystère de ces substitutions embarrassa longtemps les autorités, surtout dans la mise à jour de la liste des rationnaires, par exemple. Puis les ethnologues arrivèrent à la rescousse.

Ils découvrirent l'existence pour un même individu de deux sortes de noms : l'un dit « nom de guerre » ou « secret », porteur d'un pouvoir et qui ne devait être utilisé qu'à bon escient, afin de conserver celui-ci. L'autre plus usuel, variable, destiné au monde extérieur et donc sujet à modifications. En règle générale, le nom n'était attribué que par nécessité de désigner l'individu sortant du groupe familial qui, jusque-là, s'en passait aisément. Les étrangers à ce groupe s'inspiraient alors soit d'un détail physique caractéristique du personnage, soit de sa fonction, de ses habitudes ou d'un événement de son existence. Ainsi de Zarcillas Largas (« Grands-Pendants-d'Oreille »), et de Ganado Mucho (« Celui-qui-possède-beaucoup-de-chevaux »). Ou, encore, des noms de joailliers navajos célèbres résultant de la traduction anglaise de leur patronyme indien : *Smith-Who-Walks-Around*) (« Le forgeron-qui-marche-par-là »), *Long Mustache* (« Grande-Moustache »), *Big-Lipped-Mexican* (« Mexicain-grosses-lèvres »). Dans ce cas, ce fut fréquemment le commerçant blanc du secteur qui attribua le surnom tandis que, de son côté, le ranchero hispano désignait le même individu sous un surnom espagnol. Par ailleurs, l'école hâta ce processus par nécessité d'un nom plus aisé à prononcer et à retenir. Ainsi l'élève Tae-noo-ga-wa-zhe devint Philip Sheridan et son camarade Wapah-dae, Ulysses S. Grant[11]. Encore que chaque maître ou maîtresse pouvait modifier le nom à sa convenance d'où, sur les registres, une cascade d'appellations pour le même garçon ou la même fille. Il n'était pas rare donc de rencontrer un Navajo affublé de sept à huit noms.

Peinture de sable (Sandpainting)

Encore appelée « peinture sèche » (*drypainting*). Moins une œuvre d'art que l'expression graphique d'une prière dans un style imposé par les rites. Chaque rite appelle sa propre peinture — quatre, comme on l'a vu, dans la cérémonie du Yebichai, telle qu'elle était pratiquée autrefois. Au *medicine man* et à la famille du malade, le choix des représentations appropriées à la maladie — la peinture remplissant, avant tout, une fonction curative.

Sur une couche de sable fin d'une grande pureté, épaisse de six centimètres environ, les exécutants dessinent le motif à partir du centre et de gauche à droite. Ils font glisser entre leurs doigts les matières colorées aux cinq couleurs traditionnelles : le noir (charbon de bois) ; le blanc, le rouge et le jaune (grès) ; le « bleu » étant, en fait, un gris qui, dans la pénombre du *hogan* et au voisinage des autres teintes, paraît bleu. Les motifs — il en existerait plus de cinq cents ! — sont de dimensions variables. En une heure, deux à trois « peintres » peuvent exécuter un tableau de trente à soixante centimètres de diamètre mais il faut une quinzaine d'heures à une douzaine d'artistes pour une peinture de six mètres environ.

Dans un cadre limité par un arc-en-ciel — figuration fréquemment utilisée — ouvert seulement à l'est par où peuvent entrer les puissances bénéfiques, sont représentés des dieux (*yeis*), des personnages mythologiques, des plantes sacrées, des astres, des animaux des montagnes, la pluie, l'éclair, les flèches sacrées. Tout un ensemble de symboles et d'abstractions qui se lisent à partir des histoires du Peuple sacré dont la représentation et la « mise en scène » obéissent à de rigoureuses prescriptions. Aucune invention possible, en dehors de quelques variantes admises par la tradition. Les huit divinités sont figurées, par exemple, avec des corps longiformes, torse nu et kilt (telles les déesses Long-Corps du mythe originel du Yebichai). Féminines, elles ont une tête angulaire (carrée, rectangulaire ou triangulaire) ; masculines, une tête ronde.

« Certaines de ces peintures ne se font plus car les cérémonies elles-mêmes ne sont plus pratiquées par les Navajos modernes », (*Albuquerque Journal*, 1980). Par contre, depuis un demi-siècle, tout un commerce en utilise les motifs, ainsi que d'autres sans rapport avec la philosophie religieuse du passé. En dehors des reproductions d'une grande fidélité, dues à de véritables artistes (de 900 à 3 000 dollars), pullulent les miniatures montées sur une plaque d'aggloméré et vendues à bas prix (4 à 50 dollars) aux touristes qui y voient un souvenir de leur passage dans le Sud-Ouest. Fabriquée par les seuls Navajos, 90 % de cette production provient du secteur Gallup-Shiprock (Nouveau-Mexique), (*Navajo Times*, 8 septembre 1982).

Peyote (ou peyotl)

En 1982, la *Native American Church* (N.A.C.) qui regroupe tous les adeptes du culte du peyote comptait 500 000 membres environ aux États-Unis. 65 % de Navajos en sont membres (*Navajo Times*, 10 février 1982). En juillet 1983, elle tint à Shiprock (Nouveau-Mexique) son 34ᵉ congrès annuel qui réunit, pour une session de deux jours, des délégués venus des États-Unis, du Mexique et du Canada. La section navajo de la N.A.C. fut officiellement déclarée le 22 septembre 1976, avec siège social à Teec Nos Pos (réserve navajo, Arizona). Le texte de cette déclaration précise en son article II : « L'association poursuit des buts religieux : favoriser et encourager la croyance en le Dieu Tout-Puissant dans plusieurs tribus d'Arizona et des États-Unis qui adorent le Père éternel ; développer la moralité, la sobriété, le goût du travail, la charité et la bonne conduite ; cultiver le respect de soi-même et la fraternité entre les membres, avec le droit d'utiliser le peyote comme sacrement dans la conduite des devoirs et services du culte », (*Navajo Times*, 4 août 1977).

Le peyote (*Lophophora Williamsii*) n'est qu'une sorte de rejeton de la famille nombreuse des cactées et qui se trouve dans la zone aride du nord du Mexique. Long comme une carotte, sa tête, seule, émerge du sol, couronnée de boutons. Délicatement nettoyés et coupés en morceaux, ils se mâchent ou bien leur racine sert à préparer une infusion. Ces boutons renferment divers alcaloïdes : de la mescaline (mais le peyote diffère du mescal), des stimulants voisins de la strichnine, des sédatifs aux effets de morphine. Pourtant, le peyote n'est pas un stupéfiant, n'appelle nul besoin, n'engendre aucune séquelle, ne crée aucune accoutumance. Les scientifiques sont formels. Le très vigilant Bureau fédéral des narcotiques ne le condamne point.

Une cérémonie peyote se tient dans un *hogan* ordinaire, sans décoration particulière. Les pratiquants du culte s'assoient autour du croissant de sable dessiné devant un foyer central où se consume du bois de cèdre saupoudré de plantes odoriférantes. Le chef du peyote préside, tenant en main la « baguette de vie ». De temps à autre, chacun des fidèles présents, muni d'un éventail de plumes d'aigle, rabat vers lui-même la fumée réputée purificatrice. Un tambour rythme doucement la prière chantée d'abord par l'officiant puis reprise en chœur par l'assistance. Tous mâchent lentement les boutons du petit cactus dont ils avalent le jus amer. Des visions dansent au fond des yeux enivrés d'hallucinations colorées, estimées délicieuses. Des sons jusqu'alors inouïs leur correspondent. Commencé à la tombée du jour, le «voyage » durera jusqu'aux premiers rayons du soleil. Alors, les fidèles avaleront quelque nourriture puis s'endormiront lourdement. Heureux, paisibles, avec « l'impression d'être bénis », dans un monde moins gris, à la réalité moins sévère.

Pin pignon

Pinus cambroides edulis — le pin pignon — forme, tous les trois ans, des cônes riches de graines (ou pignes) qui constituèrent, de tous temps, une nourriture appréciée des peuples indigènes des zones forestières. Outre cette qualité, les pignes fournissaient une résine utilisée pour étanchéifier des vanneries ou un pigment noir employé comme teinture pour la laine. Largement répandu au Mexique nord et dans l'ouest des États-Unis, le pin pignon fut la providence des Indiens et il le demeure pour les Navajos, entre autres.

Le volume des graines recueillies varie, bien évidemment, d'une campagne de ramassage à l'autre. Certains connaisseurs prétendent qu'il y a une très bonne récolte tous les sept ans. La réserve navajo se distingua en 1982, année exceptionnelle, par une récolte de près d'un million de livres anglaises (454 g environ) représentant un rapport net de 8 à 12 millions de dollars, contre 3 en année normale. Il est vrai que le pin pignon y est présent partout, objet de la sollicitude d'une foule de ramasseurs. En un après-midi, une famille peut récolter de 10 à 15 livres, vendues, après séchage à l'air sec, aux magasins de la réserve.

Police navajo

Le policier navajo est devenu, par son uniforme et son équipement, la copie conforme de son collègue américain. Talkie-walkie, menottes et revolver à la ceinture. Badges sur les manches. Voiture à gyrophare tous azimuts, souple comme un félin, dûment frappée sur ses portes avant de l'imposant insigne de la fonction. Plus de 200 policiers et plus de 100 employés civils constituent aujourd'hui l'effectif de *The Navajo Division of Public Safety Police Services*, basée à Window Rock. Depuis 1972, ce corps, jusqu'alors exclusivement masculin, s'est enrichi d'une dizaine de femmes flics.

Jusqu'à la veille de la captivité de Bosque Redondo (1864-1868), la société navajo réglait ses comptes elle-même avec ses éléments les plus turbulents. Ses règles et ses tabous suffisaient à maintenir un ordre interne qui, lorsqu'il était troublé, envoyait le fautif devant ses pairs. Le clan, tout entier engagé par sa faute, faisait alors justice lui-même. L'histoire fournit maints exemples d'un coupable exécuté par les siens ou livré aux autorités militaires américaines dans le cas du meurtre d'un soldat. Plus fréquemment, et sans que l'extérieur en soit informé, les fauteurs de troubles pouvaient être emprisonnés, bannis ou punis de mort. La femme adultère, quant à elle, subissait l'incision de ses narines. Après 1868, quand la tribu passa sous le contrôle du Bureau des affaires indiennes, ces pratiques furent interdites. Par ailleurs, la délinquance et la criminalité s'accroissant sur la réserve — entre Indiens, d'une part, et Indiens et Blancs, d'autre part —, la nécessité d'une force de police se fit jour. Créée en 1872, elle réunit 130 hommes sous l'autorité du vieux chef Manuelito. Pour 5 à 7 dollars par mois, ces premiers défenseurs de l'ordre et de la loi se lancèrent aux trousses des voleurs. Avec une conscience professionnelle peut-être défaillante parfois puisqu'en 1874, le gouvernement dissout cette police indienne afin de prendre sa relève. Des Navajos n'en furent pas moins admis à épauler cette nouvelle force, à titres d'interprètes. Même si certains s'attirèrent le reproche de partialité au détriment de leur efficacité.

À la veille de la Seconde Guerre mondiale, la situation dans la zone de « L'Échiquier » au Nouveau-Mexique exigea une tout autre attitude. Les contacts quotidiens avec la société blanche, les tentations suscitées par l'argent, la protection trop évidente des délinquants navajos par les leurs et l'augmentation du peuplement y déterminèrent la création d'une escouade de six policiers indiens, *The Navajo Police System* (1936). La première force moderne, appelée à soutenir celle du Bureau des affaires indiennes. Cela jusqu'en 1959, quand le Conseil tribal, aux pouvoirs alors nettement affirmés, demanda la création d'un département de policiers essentiellement navajo. Ce qui lui fut accordé. Restait à définir son champ d'action. *The Navajo Tribal Code* y pourvut en 1962. En 1979, enfin, le même conseil décréta la création de la Division navajo des services policiers pour la sécurité publique, fort occupée, dès cette date, par la répression d'une criminalité accrue en d'effrayantes proportions par l'alcool. (Conseil au lecteur : faire connaissance avec le policier navajo des polars indiens de Tony Hillerman.)

Prêt sur gages (pawn)

L'installation du marchand sur la réserve, dès la fin du siècle dernier, avec, dans son comptoir, les denrées et articles divers pas toujours accessibles à la population indienne du secteur par manque d'argent liquide suscita la pratique du prêt sur gages qui fit du *trading post* un véritable mont-de-piété local. Contre le dépôt d'une pièce d'orfèvrerie, reconnue de qualité et estimée à sa juste valeur par le prêteur, l'Indien recevait une somme qui lui permettrait de vivre jusqu'à sa prochaine rentrée d'argent, due à la vente de la laine de ses moutons ou de son bétail. Le « râtelier de prêt sur gage » (*pawn rack*) s'enrichissait ainsi, temporairement, d'une bijouterie de valeur, retirée à intervalles saisonniers réguliers.

Depuis une trentaine d'années, cette pratique s'est généralisée en fonction de la multiplicité des convoitises offertes à une population besogneuse qui a adopté les habitudes des Blancs. Afin d'acquérir, par exemple, un poste de télévision, une voiture, un *pick-up truck* ou tout autre bien dispendieux, elle engage le meilleur de son orfèvrerie pour des emprunts atteignant, parfois, des milliers de dollars. Ces transactions sont régies par une rigoureuse législation fédérale qui stipule : le prêt accordé après examen du bijou déposé supporte un intérêt de 4 % durant le premier mois et de 4 % par la suite. Au terme d'un dépôt de quatre-vingt-dix jours, le prêteur informe l'emprunteur qu'il lui reste un mois pour racheter l'objet ou pour payer les intérêts dus. Si cette condition n'est pas remplie, le gage devient « mort » (*dead pawn*) et le prêteur peut le vendre. En général, 90 % des emprunteurs reviennent chercher leur dépôt dans le délai imposé de trois ou quatre mois. Néanmoins, les villes bordières de la réserve navajo, telle Gallup, abritent de nombreuses *pawn shops* qui regorgent d'une orfèvrerie indienne de grande qualité en raison de son ancienneté. Elle ne manque pas d'éveiller chez le touriste de passage une convoitise souvent disproportionnée avec sa bourse, vu le prix exigé.

RÉSERVE NAVAJO (ÉVOLUTION 1868-1987)

Année	Extensions (acres)	Population	Divers 1987
1868	3 500 000	7 à 8 000	Répartition sur trois États (population respective) :
			• Arizona : 97 780 ; N. Mexique : 70 507.
1875		11 768	• Utah : 4 731.
1878	+ 911 257		Répartition par âges :
1880	+ 1 200 000	15 500	• − 16 ans : 44 925 ; 16-25 ans : 128 093.
1882	+ 2 400 000		• + 65 ans : 10 427.
1884	+ 2 500 000		Main-d'œuvre de + 16 ans et autres :
1900	+ 1 575 369		• Étudiants 20 625. Autres : 7 714 (incapables).
1901	+ 500 000		• Employés 16-65 ans : 50 465 (dont 27 %
1905	+ 56 953	28 300 ?	gagnent 7 000 $ et plus).
			• Sans emploi : 49 289 (49 %).
1908	+ 300 000		
1918	+ 94 000		Localités majeures sur la réserve :
1933	+ 500 000		• N. Mexique : Shiprock, Crownpoint.
1934	+ 1 000 000	45 000	• Arizona : Window Rock, Fort Defiance,
1945		57 722	Chinle, Tuba City.
1955		78 000	Villes bordières (border towns, hors réserve) :
1970		119 070	• N. Mexique : Gallup, Farmington.
1979	64 750 km² (sup. totale)	159 124	• Arizona : Holbrook, Flagstaff, Page.
1987		173 018	

Sceau tribal

Par décision du Conseil tribal, en date du 18 janvier 1952, la tribu navajo fut dotée d'un sceau officiel. Œuvre de l'un de ses artistes, il regroupe dans un espace circulaire restreint les symboles empruntés à la mythologie du Peuple.

Sa couronne extérieure de 48 pointes de flèche représente les 48 états (1952), protecteurs de la tribu. A l'intérieur de ce cercle fléché, trois autres cercles concentriques de couleur différente (bleu, jaune, rouge) s'ouvrent en haut du sceau, ce point étant considéré comme l'Est. Sous l'inscription demi-circulaire *Great Seal of the Navajo Tribe* figurent plusieurs motifs éclairés par les rayons du soleil et diversement colorés : les quatre montagnes sacrées représentent chacune une divinité féminine (à l'est blanc : Femme-Coquille-blanche ; au sud bleu : Femme Turquoise ; à l'ouest jaune : Femme Haliotis ; dans le Nord noir : Femme Jais). Ces sommets encadrent un cheval, une vache et un mouton au pâturage. Enfin, en bas, deux tiges de maïs vert, aux épis coiffés d'une touffe de pollen, entre-croisent leur base.

A l'occasion du Centenaire du traité de Fort Sumner (1868), la tribu fut reconnue comme la Nation navajo, appellation pleinement accordée à l'esprit nationaliste qui l'animait alors et lui vaut, depuis, un drapeau, un sceau et une histoire écrite.

Sorcellerie (voir : « *Loup humain* »)

Tabou de la belle-mère

Un parmi d'autres, fort nombreux, qui régissaient en partie la vie du groupe comme celle de l'individu. Celui-ci, le plus pittoresque à coup sûr, trouva son origine dans l'anecdote suivante :

Un jour, un jeune Navajo acheta une fille à sa mère en donnant à cette dernière de belles perles marines. Alléchée et désireuse d'un nouveau cadeau, la belle-mère importuna tant et tant le jeune ménage que l'époux, excédé, s'en alla pour ne plus reparaître. Un second prétendant se présenta qui, pour quelques perles de plus offertes à la maman, obtint à son tour la main de la fille. Immanquablement, la belle-mère piailla pour de nouvelles et avantageuses libéralités au point que le Conseil des Anciens, ému de la vie infernale faite aux époux, décida d'en délibérer. Dans leur infinie sagesse, ces vénérables décrétèrent qu'une belle-mère ne devrait plus regarder en face son gendre, au risque pour lui de la mort et pour elle de la cécité. Ce qui advint, hélas, lorsque la vieille, furieuse de cet interdit, se précipita dans le *hogan* du jeune couple, en hurlant : « Personne ne pourra jamais me séparer de ma fille ! » (Air connu, jusque dans nos sociétés...)

Tapis (temps de travail)

Selon le journal *Navajo Times* (1979), le décompte du temps nécessaire aux diverses opérations exigées pour la fabrication d'un tapis de 1,50 × 1,60 m s'établit ainsi : élever le mouton, le tondre, laver sa laine (10 h), la carder (40 h), la filer (90 h), la laver de nouveau (8 h) ; ramasser les plantes tinctoriales (4 h), teindre les torons par petits lots (40 h) ; construire le métier (16 h), dresser la trame verticale (12 h), tisser le tapis (160 h, à raison de 6 h par jour). Au total : 388 h de travail. Avant 1979, un tel tapis était vendu 500 dollars, soit un gain horaire de 1,30 dollar pour la tisseuse. (Voir aussi : *Tissage*).

Tissage

Les spécialistes américains de l'histoire du tissage navajo y distinguent six périodes à partir de 1700, date à laquelle le Peuple, ayant appris cette technique des Pueblos, produisait déjà des couvertures : classique primitif (*Early Classical*) 1700-1850 (c'est le temps des « couvertures d'épaules » pour les hommes et des « couvertures de chef » utilisées comme robes). Classique tardif (*Late Classical*) 1850-1863 (l'âge d'or se situant précisément en 1860). Période transitoire (*Transition Period*) 1868-1890 (les Navajos rentrent de Fort Sumner). Période du tapis (*Rug Period*) 1890-1920 (développement du tissage et de l'emploi des teintures commerciales). Période de renaissance (*Revival Period*) 1920-1940 (retour aux teintures végétales et élevage d'une meilleure race de moutons). Période du style régional (*Regional Style Period*) à compter de 1940.

Cette dernière période, qui se continue de nos jours, a vu se différencier volontairement les styles et les motifs d'un secteur à l'autre. Selon les connaisseurs, la réserve et ses environs immédiats abritent de 12 à 13 secteurs désignés du nom de la localité occupant approximativement leur centre respectif. Ce sont : Shiprock-Red Rocks, Lukachukai, Teec Nos Pos, Red Mesa, Two Gray Hills, Crystal, Gallup, Chinle, Wide Ruins, Ganado, Keams Canyon, Coal Mine et West Reservation. De l'un à l'autre, la qualité demeurant égale (uniformité et finesse de l'armure, pureté de la laine, rigueur du tissage), la nature des motifs décoratifs (d'une géométrie souvent complexe) et l'harmonieux emploi des couleurs guident le goût de l'amateur éclairé qui, sa bourse aidant, est également un acheteur empressé. Car les couvertures et les tapis navajos bénéficient depuis des lustres d'un engouement égal à celui suscité par la joaillerie. Mais quel touriste argenté, débarqué dans une ville bordière, se montre assez informé pour distinguer le tapis fabriqué avec des torons préfabriqués ? Cette question fut au cœur des débats lors du Ceremonial intertribal de Gallup en 1983, année où l'on constata que 10 % seulement des tapis présentés au concours de la meilleure tisseuse avaient employé le toron *hand made*. Un gain de temps et d'argent appréciable pour la femme navajo, jusqu'alors payée à un tarif dérisoire par rapport à l'effort demandé. Sans que la qualité du produit n'en souffre trop.

Tribu navajo : en être ou pas ?

La longue histoire des Navajos révèle le rôle des bandes indépendantes, d'importance numérique aussi variée que la superficie de leur territoire respectif. Ni unité politique ni sentiment d'appartenir à un même peuple — à l'inverse de la conception des Blancs, longtemps ignorants de cette fragmentation. En foi de quoi Espagnols, Mexicains puis Américains se laissèrent fréquemment abuser, on l'a vu, lors de la signature des traités. La dure épreuve subie par le Peuple durant les quatre années de sa captivité à Bosque Redondo éveilla en lui le sentiment, encore très confus, d'une communauté de destin. Même si, sur cette réserve de malheur, les bandes se regroupèrent dans l'espace offert, elles ne purent s'ignorer. Par là, Bosque Redondo assura la fonction d'un *melting pot*, certes infernal, mais qui, à long terme, eut des conséquences dans l'élaboration d'une conscience commune. Avec l'intrusion des représentants du monde extérieur dans le territoire du Peuple, les clivages commencèrent à s'effacer, le sentiment collectif à se renforcer. Il devint de plus en plus évident aux Navajos qu'entre les quatre montagnes sacrées, ils vivaient sur une même terre, dans un même monde dont leur mythologie exposait la formation et le peuplement. Qu'ils relevaient tous, par conséquent, d'une même culture à défendre contre celle qu'on voulait leur imposer.

Ce n'étaient point là, cependant, des éléments assez forts pour souder le Peuple en une seule et durable entité. Certaines des innovations proposées par les autorités blanches, durant la première moitié de notre siècle, allèrent à l'encontre de cette conception. La création des chapitres (1923) puis celle des districts autorisèrent la résurgence d'un factionnalisme qui incitait ces subdivisions administratives à se replier sur elles-mêmes. Il fallut la Loi de réorganisation indienne (I.R.A., 1934) pour que se cristallise, plus nettement que jamais, la notion unitaire, concrétisée par la création, en 1938, du premier véritable Conseil tribal. Avec pour finalité ultime l'autogouvernement proposé, précisément, par l'I.R.A. — un but aujourd'hui atteint.

Être membre de la tribu, c'est bénéficier d'avantages divers : droit à l'éducation, à un lot de terres pour l'habiter ou exercer une activité professionnelle, à l'aide aux personnes âgées, aux soins de santé, au travail, à des prêts de développement commercial ou du cheptel.

Or, au début de la présente décennie, le Conseil tribal s'inquiéta de nombreuses demandes de radiation de la communauté. La perte de la nationalité navajo entraîne, bien évidemment, l'annulation des avantages ci-dessus pour les parents et leurs enfants qui passent, dès lors, sous la juridiction et le régime fiscal de l'État sur le territoire duquel s'étend la réserve. Ce sont là, l'on s'en doute, de sérieux éléments de réflexion. Si, maintenant, le transfuge sollicite sa réintégration, il lui faudra de la patience, une majorité de voix au Conseil tribal et l'accord du Bureau des affaires indiennes...

Turquoise

Phosphate hydraté d'alumine renfermant un pourcentage variable de phosphate de cuivre déposé par l'eau dans les crevasses rocheuses. Plus le cuivre abonde, plus le bleu est profond. Le vert provient de la présence du fer. Ces deux teintes fondamentalement pures figurent dans une palette élargie à des teintes composites : bleu céleste, bleu clair, vert-bleu, vert pomme ou bleu verdâtre.

On connaît l'origine française du mot désignant la « pierre de Turquie », appellation générique d'un minerai précieux longtemps fourni par la Perse (région de Nishapur) et par l'Inde. Au Nouveau Monde, les Aztèques la connurent, de pair avec la turquoise mexicaine, et les Anasazis — qui peuplèrent, jusqu'à la fin du XIIIe siècle, le sud-ouest des États-Unis actuels — la tiraient, comme aujourd'hui, de mines situées en Arizona (au voisinage de Kingman et de Tombstone), au Colorado (Conejos County), au Nevada (Mineral County) et au Nouveau-Mexique (Los Cerillos). Habiles lapidaires, les Navajos, les Zuñis et les Pueblos travaillèrent la turquoise bien avant leur découverte du métal apporté par les Espagnols, au XVIe siècle. Elle possédait à leurs yeux un charme dont ils sollicitaient les effets bienfaisants aux bornes extrêmes de l'existence. A la naissance, les oreilles du bébé navajo étaient rituellement percées de boucles ornées de turquoise, dans les deux heures suivant sa venue monde. A la mort, la turquoise était souvent fixée aux cheveux du défunt durant une cérémonie curative.

Entre ces deux limites de la vie, la turquoise embellit les bijoux sortis des doigts experts des joailliers indiens. Aujourd'hui comme hier, c'est-à-dire depuis le prodigieux intérêt manifesté par une large clientèle pour l'artisanat du Sud-Ouest. Son emploi par les fabricants n'est limité que par sa présence et par son prix sur le marché. Certains gisements ont été épuisés, d'autres sont si profonds qu'il n'est pas rentable de les atteindre. La turquoise de haute qualité se raréfie d'où ses tarifs élevés : en 1978, 800 dollars environ la livre ; en 1982 (janvier) : 5 000 dollars ! Nombre de joailliers navajos utilisent donc une qualité inférieure ou se rabattent sur le corail, malgré sa cherté (*Navajo Times*, 21 avril 1982). (Voir aussi : *Argent*.)

Window Rock (Arizona)

Si l'on vient de Gallup (Nouveau-Mexique), à 41 km, par la route 264, l'on pénètre en Arizona en même temps que dans les limites de Window Rock. Passé une haute falaise de grès rouge, apparaît la capitale de la nation navajo, gardienne d'un carrefour au-delà duquel la même route file vers les mesas des Hopis, à l'ouest, tandis que la 12 étire ses quatre voies vers Fort Defiance, à 9 km au nord. Le centre urbain occupe ce croisement avec son motel, son supermarché (Fed Mart), sa cité commerciale (1981), ses banques, sa poste et ses stations-service. Le pittoresque est dans le décor naturel. À l'avant de la falaise déjà mentionnée, comme à faible distance au nord, se dressent d'impressionnants cônes de grès isolés qui, dans cette dernière direction, annoncent la haute muraille de même nature percée d'une ouverture quasi circulaire : la fameuse « fenêtre dans le rocher » qui donna son nom à la localité.

À 30 m de hauteur, elle dessine un cercle de 14 m de diamètre environ, ouvert sur le ciel qui apparaît comme un disque bleu à travers la paroi de couleur ocre. Au pied de celle-ci, le parc tribal, ombragé d'arbres toujours verts, limite le secteur occupé par les bâtiments du centre gouvernemental. Des édifices d'une architecture moderne (1983) y avoisinent des constructions plus modestes qui cernent le vénérable siège du Parlement navajo dont le plan octogonal répète celui d'un vaste *hogan* cérémonial de pierre rouge aux arêtes cantonnées de forts piliers. Cette architecture surprend le visiteur qui s'interroge également sur la présence d'une cloche pendue au montant droit de la porte d'entrée, celle-ci orientée à l'est. Point de mystère, pourtant : elle provient du *Santa Fe Railroad* et fut offerte à la tribu par le directeur de cette compagnie, en reconnaissance du travail fourni par les *railroadmen* navajos durant la construction de la ligne. Elle résonne quatre fois l'an pour appeler les conseillers en session.

Window Rock naquit en 1936 du choix de John Collier, commissaire aux Affaires indiennes, qui s'avoua séduit par l'endroit. Dans un premier temps, il souhaita le nommer « Nee Alneeng », « le centre du monde navajo ». Quand on lui eut fait remarquer que, dans la langue du Peuple, ce mot était l'un de ceux signifiant « l'enfer », il choisit la traduction littérale du terme Tseghahodzani — « le rocher percé » c'est-à-dire « la fenêtre ». La construction du bâtiment du Conseil tribal commença aussitôt après. Il devint le noyau autour duquel s'agglutinèrent l'administration de la réserve et les logements des employés. Cet embryon se développa rapidement aux dimensions d'une petite ville vivante qui offre aujourd'hui aux touristes, outre son confortable motel-restaurant (*Navajo Nation Inn*, propriété de la tribu), un riche musée tribal, un Centre d'exposition des arts artisanaux et un zoo. Annuellement, en septembre, Window Rock abrite la Foire tribale *(Navajo Nation Fair)*, le grand événement social et culturel de la réserve et de ses environs.

Notes

Prologue

1. « Bienvenue », en langue navajo.
2. Les Navajos l'honorèrent du titre de Natani Nez (Grand Soldat) pour le remercier de les avoir employés durant cette période de crise.
3. En janvier 1987.
4. Appelé « *The Checkerboard Area* » (« L'Échiquier »).
5. Prononcer « d'Chay », déformation espagnole de son nom navajo Tsegi-Etso signifiant : « Le grand canyon parmi les rochers. »
6. « The Mountain Chant : A Navajo Ceremony », *Eight Annual Report of the Bureau of Ethnology to the Secretary of the Smithsonian Institution, 1883-1884*, Washington, D.C., U.S. Government Printing Office, 1887.
7. Comme les anciennes demeures des Pueblos.
8. Les futurs Pueblos.
9. La San Juan ?
10. Voir ce mot dans l'appendice p. 311.
11. Dans la mythologie navajo, la pluie mâle (*He Rain* ou *Male Rain*) est une averse torrentielle alors qu'une pluie femelle (*She Rain*) n'est qu'une pluie fine.
12. Pueblo Bonito, probablement.
13. Une autre des nombreuses versions du mythe justifie cette considération en associant les deux sœurs en une seule et même personne, Femme Changeante (*Changing Woman*).
14. Tueur-de-monstres, le Superman de cette mythologie riche de dieux et de héros, tient à la fois de Thésée (tueur du Minotaure), Héraklès (qui supprima le lion de Némée et l'hydre de Lerne), Œdipe (vainqueur du Sphinx), Persée (qui trancha la tête de Méduse) et Bellérophon (triomphateur de la Chimère).
15. Par sa radieuse beauté, l'universalité et la générosité de ses pouvoirs, Femme Changeante, peut apparaître comme un composite de diverses divinités peuplant la mythologie grecque : Déméter (la Terre Mère), Aphrodite, Athéna, Héra et Hestia.
16. Voir, de l'auteur, *Les Fils du Soleil*, Paris, Éd. du Seuil, 1978.
17. Tous ces sites sont aujourd'hui des monuments nationaux ouverts aux touristes, d'où le prodigieux intérêt du Sud-Ouest, outre ses beautés naturelles.
18. Au début du XVIIᵉ siècle, les Espagnols distinguèrent parmi ces bandes, après bien des hésitations, les Apaches et les Navajos.
19. In « *The Chronology of the Athapascan languages* » *International Journal of American Linguistics*, Baltimore, 1956, vol 2.
20. « Technique, à base de statistique lexicale, qui se propose de dater les langues primitives », (*Larousse*).

PREMIÈRE PARTIE

Chapitre I

1. Ancien nom d'un secteur alors habité, au nord d'Albuquerque (Nouveau-Mexique), sur le Rio Grande. Aujourd'hui *Coronado National Monument*, à Bernalillo.

2. Kansas actuel où un esclave indien, rencontré par Coronado à Tiguex, situait d'opulents royaumes qui se révélèrent inexistants. Le capitaine général, victime de son mensonge, le fit exécuter.

3. A la vue des villages de pierre et d'adobe du pays des Zuñis (Nouveau-Mexique actuel), les Espagnols, les jugeant d'une construction identique à celle de leurs *pueblos* (villages), les désignèrent ainsi. Depuis, ce terme s'applique aussi bien à la localité qu'à ses habitants.

4. Expédition de découverte et de conquête.

5. Système attribuant à un Espagnol de quelque renom un domaine avec les Indiens vivant dans ses limites et dont il pouvait librement disposer. Le maître devient ainsi un *encomendero* (ou tuteur).

6. Nom donné par les Espagnols à la *kiva* indienne, chambre cérémonielle à demi enterrée chez les Pueblos.

7. A son départ, l'expédition comptait 14 soldats.

8. Cité par Edward P. Dozier, *The Pueblos Indians of North America*, New York, Holt, Rinehart and Winston, Inc., 1970.

9. Cité par John U. Terrell, *Apache Chronicle*, New York, World Publishing Co., 1972.

10. Aujourd'hui, Purgatoire River, affluent de l'Arkansas River, près de Las Animas (Colorado S.-E.).

11. Cité par Paul Horgan in *Great River, The Rio Grande in North American History*, New York, Holt, Rinehart and Winston Inc., 1954.

12. Aujourd'hui, sur la rive mexicaine du rio Grande, face à El Paso, Texas.

13 Le « colonisateur » (chargé du peuplement).

14. D'où le nom de Socorro (secours) mérité par ce village et toujours porté par la petite ville qu'il est devenu.

15. Pedro de Villagra, chroniqueur de l'expédition, à laquelle, en outre, il consacra un long poème épique, in *Histoire du Nouveau-Mexique*, Alcala, 1610, cité par Dorothy Dunn in *American Indian Painting of the Southwest and Plains Areas*, Albuquerque, University of New Mexico Press, 1968.

16. Acoma s'enorgueillit aujourd'hui du surnom de « Cité du Ciel » (*Sky City*), éminemment efficace auprès des touristes invités à payer pour une visite rigoureusement planifiée.

17. L'on soupçonna la présence parmi eux de Navajos.

18. En réalité, les *mestizos* (métis indo-européens) étaient majoritaires dans ce total.

19. Originaires de Tlaxcala, à l'est de Mexico, ces Indiens, tôt soumis par Cortés et christianisés, constituaient une main-d'œuvre dévouée, largement utilisée en Nouvelle-Espagne et ailleurs. Ils servaient la propagande du conquérant auprès des tribus rétives, en donnant l'exemple d'une alliance réussie avec lui.

20. Cette appellation désignant la vallée supérieure du rio Grande (l'en-haut) par opposition à l'en-bas (rio Abajo).

21. Le Sang du Christ ; appellation attribuée, selon la légende, aux découvreurs de ce massif aux versants tapissés de feuillages rougissants, à l'automne.

22. Site différent de l'actuel Santo Domingo Pueblo.

23. Annuellement et par foyer indien, un mètre de tissu de coton (fabriqué par les hommes chez les Pueblos) et un boisseau de maïs ou de blé.

24. Ils y réussirent en 1631, un an après le départ de Benavides, en massacrant le frère Pedro Miranda de Avila et les deux soldats de son escorte. La même année, à Zuñi, son confrère, Francisco de Letrado, tomba, percé de flèches.

25. L'hacienda étant d'une superficie plus vaste que le rancho.

26. Êtres surnaturels du panthéon religieux des Hopis, des Zuñis et de certains villages pueblos. Les kachinas sont personnifiées par des danseurs masqués lors de leurs cérémonies.

27. Son chef-d'œuvre : la fausse relation, sur ses instructions, d'une expédition qu'il aurait menée à Quivira, au Kansas, puis jusqu'au Mississippi. La supercherie fut découverte lorsqu'il fut prouvé que son « Journal » n'était qu'une copie, adaptée, de celui d'Oñate, daté de 1601.

28. Comme les pasteurs protestants de France, victimes alors des persécutions du pouvoir royal.

29. Appellation espagnole d'origine inconnue pour désigner des bandes nomadisant sur la bordure des plaines orientales, au-delà du rio Pecos.

30. De 60 000 environ en 1600, ils se comptaient à peine 15 000 en 1700, répartis en 19 villages contre 110 à 150 à l'arrivée d'Oñate (1598) et 90 au temps du frère Benavides.

31. Où ce clan existe toujours.

32. Les Navajos devaient être de 4 000 à 5 000, à cette époque-là, et les Pueblos quelques centaines.

33. Cette orthographe originelle fut ultérieurement modifiée en Albuquerque, pour la commodité de la prononciation.

34. Le siècle les éprouvera rudement, par l'alarmante diminution de leur population qui passera de 12 142 membres, en 1750, à 9 732, en 1799. Cela en raison de diverses épidémies dont la variole qui emporta des milliers d'entre eux entre 1770 et 1780.

35. En 1776, les Comanches vendaient une fille apache de douze à vingt ans pour deux chevaux et une couverture de selle.

36. Voir, de l'auteur, sur ce sujet : *Histoire des Apaches,* Paris, Albin Michel, 1987.

37. Elle avait été cédée à l'Espagne par le traité secret de Fontainebleau (1762). Madrid ne l'avait que très faiblement occupée militairement en laissant l'administration aux mains des Français de la Nouvelle-Orléans et de Saint Louis, fondée par eux en 1764.

38. L'endroit porte depuis le nom de « Grotte du Massacre ». Il est visible du point d'observation qui le surplombe. Un panneau y rappelle cette tragédie.

39. Où il baptisa de son nom un pic important (Pike's Peak).

40. Siège du commandement général du district politico-militaire incluant alors le Nouveau-Mexique.

41. L'un et l'autre furent arrêtés et fusillés.

42. Appelons-les, désormais et par souci de clarté, les Néo-Mexicains.

43. Cité par Nash Jaramillo in *Civilisation and Culture of the Southwest,* Santa Fe, 1976.

44. Auteur de *Three Years Among the Indians and Mexicans,* Albuquerque, 1846. Réimprimé par W. B. Douglas, Saint Louis, Missouri Historical Society, 1916.

45. Nouveau venu, James découvrait les gilets de cuir sans manches des troupes espagnoles. De là, son étonnement railleur.

46. Cité par R. L. Duffus, *The Santa Fe Trail,* 1930. Réédition University of New Mexico Press, Albuquerque, 1972.

Chapitre II

1. Cité par Raymond Friday Locke, *Book of the Navajo*, Los Angeles, Mankind Publishing Company, 1976.
2. En juillet, William Becknell s'y trouvait avec 21 compagnons qui avaient conduit jusque-là trois chariots — une grande « première » dans le « commerce des prairies » — et un convoi de mûles et de chevaux bâtés.
3. Depuis le 19 mai 1822, Agustin de Iturbide y occupait le trône d'empereur, position éminemment précaire vu l'atmosphère politique du moment.
4. Cité par R. F. Locke, *op. cit.*
5. Et futur massacreur de la garnison américaine réfugiée dans l'ancienne mission de l'Alamo, à San Antonio, Texas, en mars 1836.
6. La valeur totale des marchandises importées des États-Unis passa de 35 000 dollars, en 1824, à 150 000, en 1837, sans toutefois que cette progression soit constante.
7. Le peso mexicain équivalait alors au dollar américain.
8. Le futur col Washington (Washington Pass).
9. Elle empoisonna jusqu'à nos jours les relations entre les deux peuples (p. 289).
10. Un enfant navajo valait 150 pesos sur le marché à ce moment-là.
11. Jugé à Mexico pour trahison, Armijo fut... acquitté ! Il revint ultérieurement au Nouveau-Mexique où il mourut en 1853.

DEUXIÈME PARTIE

Chapitre I

1. Cité par R. L. Duffus, *The Santa Fe Trail, op. cit.*
2. Entré dans l'Union en 1845, le Texas voisin revendiquait depuis des années la rive orientale du fleuve comme sa frontière légitime.
3. L'un des quatre frères Bent, marchands de fourrures à Saint Louis. Deux d'entre eux, Charles et William, fondèrent une firme commerciale très active qui édifia le célèbre Fort Bent (Colorado sud). Ultérieurement, Charles, s'étant retiré des affaires, épousa la belle-sœur de Kit Carson et s'installa, avec sa famille, au lotissement de Taos.
4. D'origine irlandaise, il parcourut l'Ouest des trappeurs et des Indiens avant de regagner Philadelphie et de devenir l'ami de E. A. Poe. Il commença à écrire dans les magazines à bon marché puis, volontaire dans l'armée du général Kearny, il entra à Santa Fe et participa, avec Doniphan, à la guerre du Mexique. De retour à Londres en 1849, il reprit la plume pour raconter ses aventures américaines et atteindre ainsi à une renommée qui égala celle de son grand contemporain, J. F. Cooper.
5. Les habitants blancs du Nouveau-Mexique, selon la terminologie alors usitée ; ou les Néo-Mexicains selon la nôtre.
6. Le capitaine ne pouvait connaître alors l'activité agricole, même modeste, des Navajos.
7. John T. Hughes, « Doniphan's expedition and the Conquest of New Mexico and California », Cincinatti, 1847, cité par R. F. Locke, *The Book of the Navajo, op. cit.*
8. Cité par Ruth Underhill in *The Navajos*, Norman, University of Oklahoma Press, 1956.

9. Clyde Kluckhohn et Dorothea Leighton, *The Navaho*, Cambridge, Harvard University Press, 1946. L'on verra plus loin le pourquoi de cette date clé.

10. Voir, de l'auteur, *Histoire des Apaches, op. cit.*

11. In *Life in the Far West*, New York, 1859 et 1915, cité par R. L. Duffus, *op. cit.*

12. Chargé par Brigham Young, le « Prophète » des Mormons, de participer à la conquête de la Californie vers laquelle il s'éloigna le 19 octobre.

13. Où l'or venait d'être découvert le 24 janvier 1848.

14. D'autres succès suivront : la constitution respective des Territoires de l'Oregon (1848) et du Washington (1953) compléteront bientôt la façade maritime des États-Unis sur le Pacifique.

15. Sigle que nous utiliserons désormais.

16. Entre 1846 et 1850, ils ont volé 493 293 moutons (dont les Navajos sont friands), 31 981 bovins, 12 887 mules et chevaux !

17. Sous le mandat du président Andrew Jackson (1829-1837), la honteuse politique des « *removals* » (les retraits) chassa de leurs terres du Sud-Est les Cinq Tribus civilisées, ainsi nommées en raison du haut degré de leur culture. Entre 1828 et 1838, en vertu des traités signés sous la contrainte des armes, les Choctaws, les Chickasaws, les Creeks, les Cherokees et les Séminoles furent déportés, au prix de milliers de victimes, à l'ouest du Mississippi. 4 000 Cherokees sur 16 000, pour ne parler que d'eux, moururent en chemin, sur la « Piste des Larmes ».

18. Un gouverneur nommé directement par le président des États-Unis (James S. Calhoun fut élevé à cette dignité en janvier 1851), une Assemblée territoriale et un Congrès — la première de 13 membres et le second de 26.

19. L'Achat Gadsden (1854) devait régler ce différend.

20. Les Hopis détestèrent toujours l'appellation espagnole de Moquis, terme signifiant « les morts ». A la fin du siècle dernier ils exigèrent que lui soit substituée celle de Hopis (« le peuple paisible »).

21. Citées par Harry C. James in *Pages from Hopi History*, Tucson, The University of Arizona Press, 1974.

22. L'on s'affrontait alors, en haut lieu, sur divers itinéraires possibles en cette direction.

Chapitre II

1. Cité par R. F. Locke, *The Book of the Navajo, op. cit.*

2. Chef indien élu pour un an à la tête de son village, selon l'ancien système espagnol.

3. Cité par R. F. Locke, *op. cit.*

4. Aujourd'hui, ses ruines sont classées monument national, à Watrous, Nouveau-Mexique.

5. Fort Defiance est devenu une importante communauté située à 10 kilomètres au nord de Window Rock (Arizona), capitale de la réserve navajo.

6. Cité par Lynn R. Bailey in *The Long Walk*, Pasadena, Californie, Western Publications, 1978.

7. Cité par R. F. Locke, *op. cit.*

8. Au point de l'avoir poussé à abandonner son poste de chirurgien militaire pour devenir maire de Saint Louis (Missouri) et y exercer plusieurs mandats successifs.

9. Cité par R. F. Locke, *op. cit.*

10. En 1887, la loi d'allotissement (loi Dawes) s'inspirera de celle-ci, l'une et l'autre s'attachant également à la « pulvérisation » de la propriété tribale dans le but de « détribaliser » les Indiens (cf. p. 234).

11. L'agitation des Utes aurait eu alors pour motif l'épidémie de variole causée

chez eux par la distribution de couvertures contaminées. Déjà, une vieille histoire dans l'Ouest, où jamais rien ne fut prouvé sur ce point.

12. Voir, de l'auteur, *Histoire des Apaches, op. cit.*

13. Ils ont un agent depuis 1853. Un nommé Kit Carson (p. 133).

14. Cité par R. F. Locke, *op. cit.*

15. D'après Margery Bedinger in *Indian Silver,* Albuquerque, University of New Mexico Press, 1973.

16. Cité par L. R. Bailey, *op. cit.*

17. Cité par R. F. Locke, *op. cit.*

18. Leur capitale, fondée en 1847.

19. L'ancien rio Arriba des Espagnols.

20. Fils de Mangus Colorado.

21. D'après Kluckhohn et Leighton, *The Navaho, op. cit.*

22. Rayé à son retour des contrôles de l'armée pour avoir indûment prolongé son congé, il fut réintégré sur intervention de Jackson.

23. Le Territoire du Washington n'existant pas encore, cette appellation désignait la région comprise entre la Californie (alors mexicaine) et la Colombie Britannique. Dans ce vaste domaine s'exerçait alors le monopole de la puissante Compagnie de la Baie d'Hudson, rivale de ses émules américaines dans le commerce des fourrures.

24. Elle fut telle que se développa un mythe Bonneville, annoncé par le livre de W. Irving (New York, 1837) et qui, par la suite, inclina les autorités à baptiser de son nom une ancienne cuvette occupée par les eaux à l'ère secondaire (lac Bonneville), une chaîne de montagnes et un barrage.

25. Ordre n° 4 du 8 septembre 1858, cité par L. R. Bailey, *op. cit.*

26. Littéralement, un cheval « peint » — un « appaloosa » (ou « palouse ») à la robe de teinte variée.

27. Cité par Frances Gillmor et Louisa Wade Wetherill in *Traders to The Navajos,* Albuquerque, University of New Mexico Press, 1953.

28. Aucun rapport avec le dévoué Henry L. Kendrick, ex-commandant de Fort Defiance en 1852.

29. Cette démarche, probablement suscitée par Ganado Mucho lui-même, prouve assez, une fois encore, l'absence de tout sentiment tribal chez les Navajos de cette époque, profondément divisés quant au comportement à adopter face aux Blancs.

30. Aujourd'hui Fort Wingate (dépôt militaire).

31. Fondé en 1854, au sud de Socorro, sur la rive ouest du rio Grande.

32. Lincoln a été élu à la présidence en novembre. La Caroline du Sud fait sécession le 20 décembre. De tragiques lendemains s'annoncent dans l'Est.

33. Appellation navajo.

34. Yuma (1852), Buchanan (1856), Camp Colorado (ou Fort Mohave 1859), Camp Tucson, Breckenridge (1860).

35. « Une maison divisée contre elle-même ne peut pas rester debout », Abraham Lincoln, juin 1858.

36. Pour cette raison, Fort Fauntleroy sera rebaptisé Fort Lyon, à la mémoire du général Nathaniel Lyon, tombé au Missouri.

37. L'or, découvert en juillet 1858 puis en janvier 1859, y provoqua la ruée des *Fifty-niners* (Ceux de 59) qui entraîna la formation du Colorado Territory, le 28 février 1861.

38. Selon certains récits, car d'autres ne mentionnent pas son nom comme celui du champion des Navajos en cette circonstance.

39. Rapport (1862) du capitaine Nicholas Harst, témoin du massacre, cité par R. F. Locke, *op. cit.*

40. Dans le même temps, à Veracruz (Mexique), une flotte combinée anglo-franco-espagnole débarque des troupes chargées de contraindre le gouvernement

Juarez à payer ses dettes envers les trois nations européennes concernées. La folle entreprise mexicaine de Napoléon III commence alors.

41. En octobre 1862, la garnison et les équipements de Fort Lyon furent transférés à Fort Wingate (à 70 km à l'est), ainsi nommé en mémoire du capitaine Benjamin A. Wingate, tombé à Valverde.

42. Cité par R. F. Locke, *op. cit.*

43. Canby sera tué le 11 avril 1873 par « Captain Jack », chef des Modocs de Californie du Nord, lors d'une entrevue devant mettre fin à la « Guerre des Modocs » en cette région.

44. Héros d'un second livre publié cette année-là à Philadelphie : *Life of Kit Carson : The Great Hunter and Guide*, par Charles Burdett.

45. Cité par John U. Terrell, *Apache Chronicle*, *op. cit.*

46. Cité par R. L. Bailey, *op. cit.*

47. Chaînon oriental de la Sierra Nevada où des gisements d'or et d'argent engendrèrent Virginia City et son district minier, en 1859-1860.

48. Aujourd'hui exposée au Muséum d'histoire naturelle de Washington.

49. Le Territoire d'Arizona sera officiellement créé par Lincoln en date du 24 février 1863.

50. Cité par John U. Terrell, *op. cit.*

Chapitre III

1. Raymond E. Lindgren, « A Diary of Kit Carson's Navajo Campain », *New Mexico Historical Review*, juillet 1946, vol XXI. Lindgren précise qu'Everett sera chassé de l'armée pour intempérance, en avril 1864.

2. Ex-sous-agent des Utes à Abiquiu, il commande, maintenant, une compagnie du 1er régiment de Volontaires du Nouveau-Mexique, sous Carson.

3. Inscription toujours visible dans ce canyon aujourd'hui nommé Keam's Canyon (réserve des Hopis, Arizona).

4. Deux importantes victoires nordistes marquèrent ce mois de juillet 1863 : Gettysburg et la chute de Vicksburg, le 4 juillet, après avoir été assiégée depuis le 18 mai.

5. Pour une raison inconnue, ce journal s'arrête à cette date.

6. Vers Bosque Redondo.

7. Frances Gillmor et Louisa W. Wetherill, *Traders to the Navajos*, *op. cit.*

8. Poème publié en 1863 dans un journal du Nouveau-Mexique, selon R. L. Bailey, *The Long Walk*, *op. cit.*

9. Le second convoi, parti également de Fort Defiance/Canby, le 20 mars, avec un millier de Navajos, compta 110 morts et perdit 3 enfants, enlevés par des chasseurs néo-mexicains suivant la colonne comme des rapaces à l'affût.

10. Le capitaine Calloway, convaincu de complicité dans ces détournements, fut cassé de son grade par la même cour.

11. Nom donné par les Navajos à Bosque Redondo.

12. En ce mois, le superintendant Steck a démissionné. Un nommé Felipe Delgado assure son intérim.

13. Cité par Jack D. Forbes, *Apache, Navajo and Spaniard*, Norman, University of Oklahoma Press, 1960.

14. Depuis 1800 environ, leur domaine (Comancheria) occupe la totalité de cette contrée d'où, dès la fin du siècle précédent, ils chassèrent les Apaches vers le sud.

15. Cité par Frances Gillmor et Louisa W. Wetherill, *op. cit.*

16. Et l'armée de l'Union qu'ils fournissent en chevaux (volés) durant la guerre de Sécession, terminée par la capitulation des Confédérés, le 8 avril 1865, à Appomatox. Dix jours avant l'assassinat du président Lincoln, à Washington.

17. Il a démissionné en mai 1865.

18. Cité par Frances Gillmor et Louisa W. Wetherill, *op. cit.*

19. Cité par L. R. Bailey, *op. cit.*

20. Les Navajos ne tarderont pas à le surnommer « Gopher » en raison des volumineuses abajoues qui, encadrant son museau osseux, le font ressembler au gauphre à poches (encore appelé « rat à bourse »). Dodd était petit, rondouillard et très actif.

21. Cité par R. L. Bailey, *op. cit.*

22. Piste ouverte en pays indien par John Bozeman en 1865, entre Fort Laramie (Wyoming), la Powder River et le Montana des mines.

23. Le vainqueur des Confédérés à Atlanta, incendiée sur son ordre en 1864 (voir *Autant en emporte le vent*).

24. Utilisé depuis trente ans, à cette date, comme déversoir des résidus des « conquêtes » des terres indiennes par l'Armée ou des traités imposés aux vaincus.

25. Pour avoir renvoyé, sans l'accord du Sénat, le secrétaire à la Guerre (Stanton).

26. Kit Carson était mort cinq jours auparavant au Fort Lyon (Colorado).

27. Elle n'y avait remporté qu'un succès mitigé auprès des tribus visitées. Au conseil de Medicine Lodge Creek (Kansas, octobre 1867), les Kiowas, les Comanches, les Arapahos, les Cheyennes du Sud et les Apaches de la Prairie avaient accepté de s'installer à l'ouest du Territoire indien. Par contre, à Fort Laramie (Wyoming, novembre), la négociation échoua en raison de l'absence des Sioux et des Cheyennes du Nord et du rejet de toute proposition par les Crows, seuls présents au conseil.

28. D'après *Treaty Between The United States of America and the Navajo Tribe of Indians with a Record of the Discussions that led to its signing* (K. G. Publications, Las Vegas, Nevada, 1973).

29. Au 30 juin 1867, la réserve abritait 550 chevaux, 21 mules, 940 moutons, 1 025 chèvres — une misère ! Pourtant, depuis cette date, les Navajos avaient réussi à reprendre 1 000 chevaux aux Comanches, un exploit !

30. Entre 900 et 1 000 morts depuis 1864.

31. Voir, ci-après, l' « état de situation » de l'agent Dodd.

32. Avec une prodigieuse vitalité, cette tribu (l'une des anciennes Cinq Tribus civilisées du Sud-Est) avait réussi à s'adapter aux nouvelles conditions de vie dans le Territoire indien.

33. Dénomination prétentieuse d'un bâtiment vétuste, abritant neuf pièces exiguës, dont trois sont occupées par un dortoir, une cuisine et le mess de l'équipe médicale. Parce que l' « hôpital » a hébergé des morts, les Navajos refusent d'y aller, en raison de leur croyance selon laquelle toute demeure funéraire doit être incendiée afin de chasser le fantôme du défunt.

34. Les anciens « Navajos ennemis » du défunt Sandoval avaient été déportés, également, à Bosque Redondo.

35. Auteur non mentionné.

36. Le dernier des 370 traités signés avec les tribus sera celui avec les Nez-Percés (13 août 1868). En 1871, une loi du Congrès mit un terme définitif à cette politique, la quasi-totalité des groupes indiens étant alors soumis donc non plus considérés comme « nations ».

37. Ici, leur numérotation respective correspond à celle du texte original.

38. La mise en application des stipulations de cet article suscitera des conflits durant un quart de siècle.

Chapitre IV

1. C'est le temps de la « vieille piste de Chisholm » (*Old Chisholm Trail*) par laquelle les troupeaux texans « montent » vers le chemin de fer du Kansas.

2. Soit le secteur où s'étend aujourd'hui la localité qui porte son nom, à 65 km au sud-Ouest de Fort Defiance.

3. Déformation navajo du nom de la capitale fédérale.

4. In *Federal Indian Law*, U.S. Department of the Interior. Washington, D.C., 1958.

5. De père néo-mexicain et de mère navajo, Henry (Chee) Dodge choisit le côté maternel et se considéra toujours comme un Navajo. Il devint par la suite un leader écouté de la tribu puis un patriarche vénéré.

6. Ce corps fut dissous en 1874, le gouvernement fédéral se chargeant dorénavant du maintien de l'ordre sur la réserve, avec le concours des Navajos. L'agent rendait la justice à Fort Defiance.

7. Les clans concernés durent agir en ce sens, en raison du sentiment de responsabilité collective partagé par leurs membres quant aux méfaits commis par quelques-uns des leurs. L'obligation de réparer ou de punir en découlait, comme on le verra.

8. Carleton venait de mourir à San Antonio (Texas), le 18 janvier.

9. Il est vrai qu'en cet été 1876, Washington s'inquiétait davantage des conséquence du massacre de la cavalerie de Custer, avec son chef, sur le Little Big Horn, le 25 juin.

10. Secteur actuel de Bloomfield-Fruitland-Farmington (Nouveau-Mexique) dont il sera largement question dans l'avenir.

11. Cité par Frank D. Reeve, « A Navajo Struggle for Land », vol. XXI, n° 1, (*New Mexico Historical Review*, janvier 1946).

12. Effectivement, la succession des extensions de la réserve par décrets présidentiels, entre 1878 et 1934, jusqu'à sa configuration et à sa superficie actuelles constitue l'un des chapitres majeurs de l'histoire de la tribu durant cette période — comme nous le constaterons, chemin faisant.

13. Cette année-là, les événements se précipitèrent dans le Sud-Ouest, différents de nature et de portée. Le chemin de fer atteignit Albuquerque. A l'est de cette ville, à Fort Sumner, devenu une modeste localité, Billy the Kid fut tué par son ami, le shérif Pat Garrett dans la nuit du 14 juillet. En octobre, Tombstone (*Arizona Territory*) résonna du fameux règlement de comptes à O. K. Corral. Par ailleurs, le vieux Nana, à la tête d'une bande d'Apaches Chiricahuas et Mescaleros, conduisit un raid d'une hardiesse extraordinaire dans les montagnes du Sud-Est du Territoire du Nouveau-Mexique.

14. Cité par Ruth Underhill, *Red Man's America, A History of the Indians of the United States*, Chicago, University of Chicago Press, 1953, et Raymond F. Locke, *The Book of the Navajo, op. cit.*

15. A pareille époque, les Britishers, ainsi qu'étaient désignés les investisseurs anglais, mettaient la main sur d'importantes portions des grands pâturages du Centre et du Nord du continent — du Texas nord-ouest au Wyoming et aux Dakotas, l'immense « Royaume du bétail », domaine du cow-boy.

16. Serait-elle devenue propriété des Navajos si le Président et ses amis avaient pressenti, alors, sa prodigieuse popularité auprès des touristes du monde entier ?

17. Cité par R. F. Locke, *op. cit.*

18. Ibid.

19. Cité par Frank D. Reeve, *op. cit.*
Ce n'était là qu'un satisfecit de plus décerné aux Navajos dont les rapports

antérieurs de divers commissaires soulignaient largement les qualités : « Les Navajos sont des travailleurs et, n'était la pauvreté de leur pays, ils auraient pu se suffire à eux-mêmes » (1871). « Ils sont passés d'une bande de pauvres à l'état d'une nation prospère, industrieuse, habile et intelligente » (1878). « Les Navajos sont les meilleurs Indiens d'Amérique quant au comportement » (1884). « Par nature, le Navajo est enclin à des habitudes de travail, [poussé] par un désir d'acquérir un bien et de se suffire à lui-même » (1886), citations de Ruth Underhill, *op. cit.*

20. En septembre 1886, Geronimo et les derniers résistants apaches prirent le chemin des prisons de Floride.

21. Cité par Edward H. Spicer : *Cycles of Conquest*, Tucson, University of Arizona Press, 1962.

22. Cité par S. Lyman Tyler : *A History of Indian Policy*, Washington, D.C., U.S. Department of the Interior, B.I.A., 1973.

23. Cité par R. F. Locke, *op. cit.*

24. Combattant des guerres indiennes dans les Plaines du Centre, il avait notamment participé, sous le commandement du lieutenant-colonel G. A. Custer, au massacre des Cheyennes du Sud, sur la Washista (1868). Après quoi, il s'était senti la vocation de devenir, comme il le déclarait, le « Moïse de l'homme rouge », vocation illustrée par la fondation de l'école indienne de Carlisle.

25. Cité par E. H. Spicer, *op. cit.*

26. *Ibid.*

27. Cité in *The World of the American Indian*, Washington, D.C., National Geographic Society, 1974.

28. Mécaniquement fabriquées, ces couvertures apparurent sur la réserve en 1890. Les spécialistes assurent que leur apparition annonça le déclin du tissage manuel.

29. En 1893, il contrôlait tout le système hôtelier de cette compagnie. A sa mort (1901), il dirigeait 15 hôtels, 47 buffets de gare (où officiaient les très prudes « *Harvey Girls* »), 30 wagons-restaurants et il possédait un ferry-boat qui, dans la baie de San Francisco, reliait le terminus de la voie ferrée à la ville elle-même. La chaîne Fred Harvey est encore aujourd'hui largement présente dans l'Ouest.

30. Cette année-là, 9 *traders* avaient obtenu droit de cité sur la réserve même et 30 opéraient à ses abords.

31. En décembre 1888, le hasard leur révéla la présence des ruines d'une fabuleuse cité indienne blottie dans une profonde caverne ouverte dans la paroi d'un canyon de Mesa Verde (Colorado S.W.). De là, l'origine de leur passion pour l'archéologie de la période des Anasazis, ainsi que l'on désigna ultérieurement les populations ayant occupé la zone des Quatre-Coins avant l'arrivée des Espagnols (1540). Voir, de l'auteur, *Les Fils du Soleil*, *op. cit.*

32. Ou Oljetò (Utah. S.E.) au nord de Kayenta.

33. On lui doit, entre autres, la découverte des superbes ruines des cités sous falaises de Betatakin, Keet Seel et Inscription House inscrites, depuis 1909, dans le périmètre de *Navajo National Monument* (Arizona N.E.).

34. *Rainbow Bridge National Monument*, créé en 1910, dans Glen Canyon — Lake Powell National Recreation Area (Utah).

35. In « Across the Navajo Desert », *Outlook*, 11 octobre 1913, cité par Frances Gillmor et Louisa Wetherill, *Traders to the Navajos, op. cit.*

36. *Wetherill Inn Motel* rappelle aujourd'hui le souvenir des Wetherill, l'un et l'autre décédés à Kayenta en 1945.

37. L'humble comptoir de Goulding a fait place, de nos jours, à un confortable complexe touristique (*Goulding's Lodge*), point de départ des circuits dans la vallée, (*Goulding's Valley Tours*).

38. Entre 1868 et 1975, il y eut près de 280 *trading posts*, à l'une ou l'autre époque, sur ou au voisinage de Navajoland (*Navajo Times*, 30 mars 1983).

39. Cité par R. F. Locke, *op. cit.*

40. Sauf sursaut de dernière heure telle la bataille de Little Big Horn (25 juin 1876) où Custer et son régiment furent anéantis.
41. Qui représentaient un total de 53 168 allotissements. L'on estimait à 250 000 environ la population indienne des États-Unis à cette date.
42. Préface à Kenneth R. Philp, *John Collier's Crusade for Indian Reform 1920-1954*, Tucson, University of Arizona Press, 1977.

Chapitre V

1. Le Dr Matthews assista, partiellement, à ce yebichai en octobre 1884, dans le secteur de Fort Wingate (Nouveau-Mexique).
2. Washington Matthews, « The Mountain Chant », *op. cit.*
3. *Ibid.*
4. Tous les spectateurs savent pertinemment que le danseur tient entre ses doigts la pointe de la flèche et qu'il fait coulisser l'embout emplumé dans la tige, donnant ainsi l'impression d' « avaler » le trait. Bien qu'il soit connu, le « truc » produit toujours sur le public un effet saisissant.
5. Afin de montrer la continuité de Yebichai à travers le temps, la description de cette danse est empruntée à l'ouvrage d'Erna Fergusson, *Dancing Gods. Indian Ceremonials of New Mexico and Arizona*, Albuquerque, University of New Mexico Press, 1931.
6. In Paul Coze, *L'Oiseau-Tonnerre*, Paris, éd. Je sers, 1938.
7. Rapporté pour la première fois par Washington Matthews, *op. cit.*
8. *Navajo Times,* 30 décembre 1981.
9. *The Navaho, op. cit.*
10. Père Bernard Hail, *ibid.*
11. Cité par Stan Steiner, *The New Indians*, New York, Harper and Row, 1968.
12. C'est « la danse par toucher du bras » chez les Apaches.

TROISIÈME PARTIE

Chapitre II

1. Né en 1884 à Atlanta (Géorgie), John Collier avait suivi des études de lettres à Columbia University puis voyagé en Europe où, à Paris, il s'était inscrit aux cours de psychologie du Collège de France, avant de rentrer dans son pays (1907). Les informations et citations le concernant sont tirées de l'ouvrage de Kenneth R. Philp, *John Collier's Crusade for Indian Reform, 1920-1954, op. cit.*
2. Ainsi, le *Bursum Bill,* du nom de son rapporteur, visait à déposséder les Pueblos de portions considérables de leurs petits territoires accordés par les Espagnols. Collier obtint son abandon en 1923.
3. Les danses indiennes furent déclarées licencieuses et immorales. Collier engagea le combat en leur faveur dès cette même année.
4. Embryon du futur Conseil tribal.
5. Des noms de ses rapporteurs, les sénateurs Burton K. Wheeler (Montana) et Edgar Howard (Nebraska).

6. Pour les Navajos, Hitler était « l'homme-qui-sent-la moustache ».

7. Une préfiguration de la Commission de même nature présidée par le triste MacCarthy, organisateur de la sinistre « Chasse aux sorcières », entre 1950 et 1954.

8. Cité par R. F. Locke, *The Book of the Navajo, op. cit.*

9. Cité par le *Navajo Times* (17 novembre 1982) auquel nous devons l'histoire des célèbres « Code Talkers » navajos.

10. Ile des Mariannes enlevée aux Japonais en 1944.

11. Cité par Bernard L. Fontana in *Indians of Arizona. A Contemporary Perspective*, Tucson, University of Arizona Press, 1974.

Chapitre III

1. Cité par Tyler, *A History of Indian Policy, op. cit.*

2. Allusion au livre célèbre, du même titre, de Helen Hunt Jackson (1881), véritable réquisitoire contre la politique indienne de Washington. La citation de John Collier est extraite de son article « Retour au déshonneur », in *Frontier*, 1954.

3. En 1948 : 466 lits pour 6 hôpitaux sur la réserve.

4. Exploitation à ciel ouvert en de longues tranchées ou en découvertes.

5. *Acre-foot* : volume d'eau nécessaire pour irriguer une superficie d'un acre (0,4 ha) sur une profondeur d'un pied (0,3 m). Le problème de l'eau, vitale dans l'aride Sud-Ouest, oblige à de tels contingentements entre ses utilisateurs.

6. Dont *The American Indian Movement* et *Coalition for Navajo Liberation*.

7. Quelques repères relatifs à la production pétrolière : 1955 : 56 735 barils ; 1960 : 32 434 131 ; 1973 : 11 718 920 ; 1975 : 10 381 900. En 1981-1982, le montant des royalties perçues sur l'exploitation des 300 puits du seul secteur d'Aneth s'éleva à 32 millions de dollars.

8. Riche, également, de gisements de pétrole, de gaz naturel et d'uranium qui avoisinent des sites archéologiques tel Chaco Canyon.

9. *Navajo Times* (30 mars 1953). Autres sources : *Albuquerque Journal* et *Gallup Independent*.

10. *Water Resource Issue Facing. The Navajo Nation* par Allen F. Schauffler du Collège d'agriculture de l'université d'Arizona.

11. Les informations sur le sujet de l'uranium et de ses méfaits résultent de la synthèse d'articles publiés, entre juillet 1979 et juin 1983, par les journaux suivants : *Albuquerque Journal, Navajo Times, Gallup Independent*.

12. Un rapport de la United State Commission on Civil Rights, Washington, D.C. (publications).

13. Les informations sur le C.E.R.T. proviennent des journaux suivants : *The Gallup Independent* (août 1979), *Albuquerque Journal Magazine* (10/03/81), *Navajo Times* (25/05 et 15/12/83).

14. Margaret Szasz, *Education and the American Indian. The Road to Self-Determination, 1928-1973*, Albuquerque, University of New Mexico Press, 1974.

15. In *Strengthening Navajo Education*, publié par The Division of Education, Window Rock, The Navajo Tribe, 1973.

16. Très précisément, en 1978 : 43 100 enfants de 0 à 9 ans et 39 096 de 10 à 19 ans, le nombre des femmes dépassant légèrement celui des hommes.

17. *Statistics of the Navajo Reservation*, Rapport daté du 26 avril 1979.

18. Cette délégation devait presser l'administration Reagan et le Congrès de restituer les crédits supprimés, *Navajo Times*, 30 décembre 1981.

19. En fait, 290 000 dollars seulement furent versés sur lesquels 90 000 furent détournés de leur destination, *ibid.*, 10 février 1982.

20. De janvier à mars 1982, les revenus tribaux des ressources minérales se répartissaient ainsi : 9,7 millions de dollars pour le pétrole ; 1,3 million de dollars

pour le charbon ; 527 000 dollars pour le gaz naturel et 300 000 dollars pour l'uranium (dont les cours venaient de chuter). Soit un total de 11,8 millions de dollars.

21. *Navajo Times*, 28 avril 1982.

22. En 1983, le taux de chômage s'éleva à 72 % d'un « réservoir » de main-d'œuvre évalué à 86 400 personnes.

23. In *Navajo Educational Hearings 1975*, publié par le Conseil tribal, Window Rock.

24. Extraits des témoignages enregistrés par des chercheurs de l'université d'Arizona, après la réduction du cheptel de la J.U.A., *Navajo Times*, 10 novembre 1982.

25. Achat justifié, selon le président, par la nécessité de loger une population en accroissement constant. Ce qui est une vérité.

26. Selon son service de presse, ce déplacement devait lui permettre de rencontrer les bailleurs de fonds intéressés par la construction d'un nouvel hôpital sur la réserve.

27. En 1900, le Nouveau-Mexique, encore Territoire, comptait 195 000 habitants blancs environ et le Territoire de l'Arizona, 122 000. L'un et l'autre n'entrèrent dans l'Union, à titre d'État, qu'en 1912.

Appendice

1. Un cours élevé interdit à l'artisan de se procurer assez d'argent pour fabriquer de grosses pièces. Le voilà donc chômeur ou contraint de se rabattre vers les vagues et modestes bracelets. Quand le prix de l'argent était à son zénith (en 1980, par exemple, il valait de 35 à 50 dollars l'once) un collier *squash blossom* se vendait 1 800 dollars.

2. Rapporté en 1940 à Margery Bedinger, *Indian Silver, op. cit.*

3. Elizabeth Ward, « M.D.-Navajo Style » in *Indian Life, The Magazine of the Inter-Tribal Indian Ceremonial*, Inter-Tribal Indian Ceremonial Association, Gallup, N.M., 1960.

4. D'après *Strengthening Navajo Education, op. cit.*

5. Kluckhohn et Leighton, *The Navaho, op. cit.*

6. *Navajo Educational Hearings*, 1975, Window Rock, The Navajo Nation, 1975.

7. D'après Kluckhohn et Leighton, *op. cit.*

8. *Ibid.*, et R. F. Locke, *Book of the Navajo, op. cit.*

9. Témoignage d'un berger, rapporté par Kluckhohn (*op. cit.*).

10. Ce que l'on appelait « le mouton chaud » (*hot sheep*).

11. In *the World of the American Indian, op. cit.*

Bibliographie

BAILEY (Lynn R.), *The Long Walk, A History of the Navajos Wars, 1846-1868*, Pasadena, Californie, Western Publications, 1978.

BANNON (John Francis), *The Spanish Borderlands Frontier 1513-1821*, New York, Holt, Rinehart and Winston, Inc., 1963.

BEDINGER (Margery), *Indian Silver*, Albuquerque, N. M., University of New Mexico Press, 1973.

BENNETT (Robert L.), *A Time for Decision, A Time for Change*, Washington, D.C., Bureau of Indian Affairs, novembre 1966.

BILLINGTON (Ray Allen), *Westward Expansion, A History of the American Frontier*, New York, 1960.

BOLTON (Herbert Eugene), *Coronado, Knight of Pueblos and Plains*, Albuquerque, University of New Mexico Press, 1974.

BURDETT (Charles), *Life of Kit Carson, The Great Hunter and Guide*, Philadelphie, 1862.

COLLIER (John), *Indians of the Americas*, New York, New American Library, 1947.
   ● *On the Gleaming Way*, Chicago, Sage Books, 1949.

COZE (Paul), *L'Oiseau-Tonnerre*, Paris, Je sers, 1938.

DALE (Edward Everett), *The Indians of the Southwest*, Norman, University of Oklahoma Press, 1949.

DOZIER (Edward P.), *The Pueblos Indians of North America*, New York, Holt, Rinehart and Winston, Inc., 1970.

DOWNS (James F.), *The Navajo*, New York, Holt, Rinehart and Winston, Inc., 1970.

DUFFUS (R. L.), *The Santa Fe Trail*, Albuquerque, réédition University of New Mexico Press, 1975.

DUNN (Dorothy), *American Indian Painting of the Southwest and Plains Areas*, Albuquerque, University of New Mexico Press, 1968.

DUTTON (Bertha P.), *Indians of the American Southwest*, Englewood Cliffs, Prentice Hall, Inc., 1975.

FAULK (Odie B.), *Arizona, A Short History*, Norman, University of Oklahoma Press, 1970.

FERGUSSON (Edna), *Dancing Gods*, Albuquerque, University of New Mexico Press, 1931.

FONTANA (Bernard L.), *Indians of Arizona*, A Contemporary Perspective, Tucson, University of Arizona Press, 1974.

FORBES (Jack D.), *Apache, Navajo and Spaniard*, Norman, University of Oklahoma Press, 1960.

FORREST (James Taylor), *New Mexico*, New York, Columbia University, 1971.

GILLMOR (Frances) and WETHERILL (Louisa Wade), *Traders to the Navajos, The Wetherills of Kayenta*, Albuquerque, University of New Mexico Press, 1953.

GREGG (Josiah), *Commerce of the Prairies*, 1ʳᵉ édition 1844, réédition Norman, University of Oklahoma Press, 1954.

HORGAN (Paul), *Great River, The Rio Grande in North American History*, New York, Holt, Rinehart and Winston, Inc., 1954.

JAMES (Harry C.), *Pages from Hopi History*, Tucson, University of Arizona Press, 1974.

JARAMILLO (Nash), *Civilisation and Culture of the Southwest*, Santa Fe, La Villa Real, Southwest Book Materials, 1976.

JENKINS (Myra Ellen) and SHROEDER (Albert H.), *A Brief History of New Mexico*, Albuquerque, University of New Mexico Press, 1974.

JOSEPHY (Alvin M.), *The Indian Heritage of America*, New York, Alfred A. Knopf, 1968.

KIDDER (Alfred Vincent), *Southwestern Archeology*, New Have, Yale University Press, 1974.

KLUCKHOHN (Clyde) and LEIGHTON (Dorothea), *The Navaho*, Cambridge, Harvard University Press, 1974.

LAVENDER (David), *The American West*, Harmondsworth, Penguin Books, 1969.

LOCKE (Raymond Friday), *The Book of the Navajo*, Los Angeles, Mankind Publishing C°, 1976.

McGREGOR (John C.), *Southwestern Archeology*, Urbana, University of Illinois Press, 1965.

McNITT (Frank) and WETHERILL (Richard), *Anasazi*, Albuquerque, University of New Mexico Press, 1957.

PHILP (Kenneth R.), *John Collier's Crusade for Indian Reform 1920-1954*, Tucson, University of Arizona Press, 1977.

PIKE (Donald G.), *Anasazi, Ancient People of the Rock*, Palo Alto, American West Publishing, 1974.

PRUCHA (Francis Paul), préface à Kenneth R. Philp, *John Collier's Crusad for Indian Reform 1920-1954* (Cf. ci-dessus).

RIEUPEYROUT (Jean-Louis), *Histoire du Far West*, Paris, Tchou, 1967.
  ● *Les Fils du Soleil*, Paris, Le Seuil, 1978.
  ● *Histoire des Apaches*, Paris, Albin Michel, 1987.

RUXTON (George F.), *Life in the Far West*, New York, 1859 et 1915.

SIMMONS (Marc), *Spanish Government in New Mexico*, Albuquerque, University of New Mexico Press, 1958.

SPICER (Edward H.), *Cycles of Conquest*, Tucson, University of Arizona Press, 1962.
  ● *A Short History of the Indians of the United States*, New York, D. Van Norstrand, Company, 1969.

STEINER (Stan), *The New Indians*, New York, Harper and Row, 1968.

SZASZ (Margaret), *Education and The American Indian, The Road to Self-Determination 1928-1973*, Albuquerque, University of New Mexico Press, 1974.

TERRELL (John U.), *Apache Chronicle*, New York, World Publishing C°, 1972.

TYLER (S. Lyman), *A History of Indian Policy*, Washington, D.C., U.S. Department of the Interior, Bureau of Indian Affairs, 1973.

UNDERHILL (Ruth), *Red Man's America, A History of the Indians of the United States*, Chicago, University of Chicago Press, 1953.
  ● *The Navajos*, Norman, University of Oklahoma Press, 1956.

WATERS (Frank), *Book of the Hopi*, New York, Ballantine Books, 1963.

WEAVER (Thomas), *Indians of Arizona*, (ouvrage collectif), Tucson, University of Arizona Press, 1974.

WEBB (Walter Prescott), *The Great Plains*, New York, Ginn and Company, 1931.

Revues, périodiques et articles divers

Arizona Highways, Phoenix, Az.
MATTHEWS (Washington), « The Mountain Chant : A Navajo Ceremony », *Fifth Annual Report of the Bureau of Ethnology to the Secretary of the Smithsonian Institution, 1883-1884*, Washington, D.C., U.S. Government Printing Office, 1887.
WARD (Elizabeth), « M.D.-Navajo Style », *Indian Life*, Inter-Tribal Indian Ceremonial Association, Gallup, N.M., 1960.
HOIJER (Harry), « The Chronology of Athapascan Languages », *International Journal of American linguistics*, Baltimore, 1956, vol. 2.
Navajo Educational Hearings 1975, Window Rock, Az., The Navajo Nation, 1977.
Navajo Nation Overall Economic Development Program 1978, Window Rock, The Navajo Tribe, 1978.
Navajo School Board Association, Window Rock, 1978.
LINDGREN (Raymond E.), « A Diary of Kit Carson's Navajo Campaign », *New Mexico Historical Review*, juillet 1946, vol. XXI.
REEVE (Frank D.), « A Navajo Struggle for Land », *New Mexico Historical Review*, janvier 1946, vol. XXI, n° 1.
NIXON (Richard), « *New Policy of Self-Determination Without Termination Set Forth by President, A New Era for the American Indians* », Washington, D.C., Bureau of Indian Affairs, 1970.
Program for Strengthening Navajo Education, Window Rock, The Navajo Tribe, 1973.
Progress Report 1975-1976 and 1976-1977, Navajo Agricultural Products Industry, Farmington, 1977.
Strengthening Navajo Education, Window Rock, The Navajo Tribe, 1973.
Strengthening Navajo Education, Survival of Public Schools, Window Rock, The Navajo Tribe, 1975.
DELORIA (Vine), in *The World of the American Indian*, Washington, D.C., National Geographic Society, 1974.
Treaty Between The United States of America and the Navajo Tribe of Indians With A Record of the Discussions that led to its signing, Las Vegas, Nev., K. C. Publications, 1973.
U.S. Commission on Civil Rights, Washington, D.C., (publications de) :
  • *American Indian Civil Rights Handbook*, mars 1972.
  • *Civil Rights Digest*, automne 1973.
  • *Farmington Report, A Conflict of Cultures*, 1975.
  • *Navajo Nation, An American Colony (The)*, septembre 1975.
  • *Southwest Indian Report (The)*, 1973.
U.S. Department of the Interior, Washington, D.C. :
  • *Federal Indian Law*, 1958.
Vocational Education Plan of the Navajo Nation, Window Rock, The Navajo Nation.
SCHAUFFLER (Allen F.), *Water Resource Issue Facing the Navajo Nation*, Window Rock, 1979.

Journaux

Albuquerque Journal, Albuquerque, N.M.
Arizona Republic.
Independent, Gallup, N.M.
Navajo Times, Window Rock, Az.

Index

Remerciements

Les photos d'archives illustrant cet ouvrage sont dues à l'amitié de MM. Richard Rudisill et Arthur L. Olivas du Service photographique du Museum of New Mexico, à Santa Fe, N. M. L'auteur leur renouvelle ici ses remerciements les plus chaleureux pour leurs recherches et leurs conseils au cours de ses visites successives. Il remercie également M. Jean-Robert Masson, son compagnon de route dans le Sud-Ouest des États-Unis, dont l'objectif a toujours capté avec talent les images d'aujourd'hui.

Table

Prologue

Première partie. — Nuevo Mexico (1540-1846)

Table 365

Deuxième partie. — Navajoland, U.S.A. (1846-1900)

Table 367

Table   369

DU MÊME AUTEUR

Éditions du Cerf (Paris)

Le Western ou le cinéma américain par excellence, préface d'André Bazin, 1953.
La Grande Aventure du Western. Du Far West à Hollywood, 1894-1964, 1964.

Éditions Tchou (Paris)

Histoire du Far West, 1967.
Histoires et légendes du Far West mystérieux, 1969.
La véritable conquête de l'Ouest, préface d'Yves Berger, 1970.

Éditions Gallimard (Paris)

L'Oiseau-Tonnerre, (collection Mille Soleils), prix Loisirs-Jeunes, 1973.
Sheriffs et hors-la-loi, 1974.
L'Épopée du Cheval de fer, (Collection Exploits), 1975.

Éditions du Seuil (Paris)

Les Fils du Soleil (Histoire pré-hispanique des Indiens du Sud-Ouest), 1978.

Éditions Le Livre de poche (Paris)

Histoire du Far West (réédition).
Au temps de la conquête de l'Ouest (réédition), 1982.

Éditions Fernand Nathan (Paris)

Guide Poitou-Charentes (Guides couleur Delpal), 1987.

Éditions Ramsay (Paris)

La Grande Aventure du Western, (réédition, préface de Michel Boujut, collection Poche Cinéma, 1987).

Éditions Albin Michel

Histoire des Apaches. La fantastique épopée du peuple de Géronimo, 1520-1981, 1987.

Éditions Sud-Ouest (Bordeaux)

Connaître La Rochelle, 1988.
La Rochelle ou La Chanson des siècles, 1988.

Radio et télévision

Baby Doe ou La Reine de l'Argent (dramatique, « Carte blanche » de Lily Siou), France Culture, 1971.
La Cité crucifiée (dramatique, deux épisodes), O.R.T.F. Réal. : J. P. Roux, 1974.

La composition de ce livre
a été effectuée par Bussière à Saint-Amand
l'impression et le brochage ont été effectués
sur presse CAMERON
dans les ateliers de la S.E.P.C. à Saint-Amand-Montrond (Cher)
pour les Éditions Albin Michel

Achevé d'imprimer en mars 1991.
N° d'édition : 11641. N° d'impression : 3892-2871.
Dépôt légal : avril 1991.